12/17
BERGENFIELD PUBLIC LIBRARY, NJ
3 9104
W9-CCD-239
BERGENFIELD PUBLIC LIBRARY
BERGENFIELD, NJ
BAKER & TAYLOR

ENTRY ISLAND

PETER MAY

ENTRY ISLAND

Traducción del inglés de
Cristina Martín Sanz

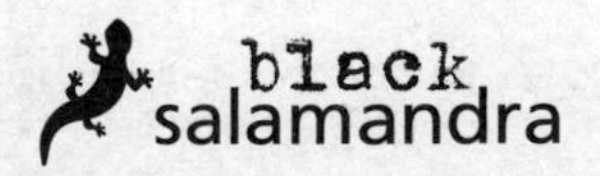

Título original: *Entry Island*

Ilustración de la cubierta: © Compañía

Publicaciones y Ediciones Salamandra, S.A.
Almogàvers, 56, 7º 2ª - 08018 Barcelona - Tel. 93 215 11 99
www.salamandra.info

ISBN: 978-84-16237-11-1
Depósito legal: B-111-2016

1ª edición, enero de 2016
Printed in Spain

Impresión: Romanyà-Valls, Pl. Verdaguer, 1
Capellades, Barcelona

A Denis y Naomi

Gus am bris an latha agus an teich na sgàilean.
«Hasta que llegue el día y se desvanezcan las sombras.»

Cantar de los Cantares 4, 6
(Utilizado a menudo en las esquelas gaélicas)

PRÓLOGO

Resulta evidente, por el modo en que están insertadas las piedras en la falda de la colina, que este sendero fue construido por unas manos que trabajaron con ahínco. Ahora está cubierto de maleza, y a un lado se aprecia vagamente el hueco de una acequia. El hombre va bajando por él con cuidado, en dirección a lo que queda de la aldea, perseguido por la extrañísima sensación de estar volviendo sobre sus propios pasos. Y ello a pesar de que es la primera vez que viene a este lugar.

Siguiendo el contorno de la colina desnuda de árboles, allá arriba, discurre la silueta de un muro de piedra seca derruido. El hombre sabe que, al otro lado, hay una media luna de arena color plata que se extiende hacia el cementerio y las moles de piedra que descansan, verticales, en lo alto del cerro. A sus pies se distinguen a duras penas los cimientos de varias casas, entre el suelo de turba y la alta hierba que se mece y cabecea al viento: el último vestigio de unas paredes que antaño cobijaron a las familias que vivieron y murieron aquí.

El hombre sigue el sendero que avanza entre las ruinas, en dirección a la playa de guijarros, en la que una desigual hilera de piedras toscamente talladas desaparece entre las olas que arrojan su espuma contra la orilla, resoplando y escupiendo. Esa hilera de piedras es lo único que queda de la pretensión, ya olvidada hace mucho tiempo, de construir un embarcadero.

Puede que, por aquel entonces, hubiera aquí unas diez o doce casas. Sus techumbres de paja se combaban sobre los gruesos muros de piedra, y por las grietas y las hendiduras que había en ellas escapaba un humo de turba que enseguida se disipaba en el viento helado de los temporales de invierno. Al llegar al corazón de la aldea, el hombre se detiene para rememorar el lugar exacto en que yacía el viejo Calum, desangrándose con el cráneo abierto, todos sus años de heroísmo borrados de un solo golpe. Se agacha en cuclillas para tocar la tierra, y al hacerlo se siente en conexión directa con la historia, en comunión con los espíritus, porque él mismo es un fantasma que persigue su pasado. Aun así, ese pasado no es el suyo.

Cierra los ojos e imagina cómo debió de ser, qué debió de sentirse, consciente de que aquí es donde comenzó todo, en otra época, en la vida de otra persona.

CAPÍTULO 1

Por la puerta principal de la casa de verano se entraba directamente en el cuarto de estar, después de dejar atrás un mosquitero que había en el porche. Era una estancia grande, y ocupaba la mayor parte de la planta baja de una casa que el asesinado utilizaba para alojar a unos invitados que nunca tenía.

Un estrecho pasillo situado al pie de la escalera llevaba hasta un cuarto de baño y un dormitorio pequeño que había en la parte de atrás de la vivienda. En el salón había una chimenea abierta, enmarcada por un cerco de piedra. El mobiliario era oscuro y macizo, y acaparaba casi todo el espacio disponible. Sime se dijo que, aunque la casa había sido remodelada, aquellos muebles debían de ser los originales. Era como viajar al pasado. Sillones generosos y antiguos provistos de antimacasares, alfombras raídas extendidas sobre unos suelos de tablones desiguales pero recién barnizados, óleos de marcos gruesos colgados en las paredes, y hasta el último centímetro disponible atestado de adornos y fotos familiares. Allí dentro incluso olía a viejo, y aquel olor le trajo a la memoria la casa que tenía su abuela en Scotstown.

Había un cable de color blanco que iba hasta el dormitorio de atrás, donde él pensaba instalar sus monitores. Sime colocó dos cámaras con trípode una junto a la otra y las enfocó hacia el sillón que estaba orientado hacia el ventanal, un lugar en el que la mujer que acababa de enviudar estaría bien iluminada. Después, situó el sillón donde se sentaría él de espaldas a la ventana para que la mujer no pudiera verle el rostro; sin embargo, él podría captar con toda claridad hasta el más minúsculo gesto que cruzara el semblante de ella.

Oyó un crujido de tablones en el piso de arriba y se volvió hacia la escalera en el preciso instante en que una agente de policía bajaba; la luz le daba de lleno, y su expresión era de desconcierto.

—¿Qué está haciendo?

Sime le explicó que estaban preparándolo todo para la entrevista.

—Supongo que ella está en la planta de arriba —dijo.

La agente asintió con la cabeza.

—Pues entonces dígale que baje —pidió.

Sime permaneció unos momentos junto a la ventana, sosteniendo el visillo hacia un lado, y recordó lo que les dijo el investigador de la policía que conocieron en el único puerto que había en la isla: «Al parecer, fue ella quien lo hizo.» El sol le daba en la cara, de modo que se vio reflejado en el cristal. Observó sus delgadas facciones, tan familiares, y su mata de cabello rubio y tupido. Advirtió el cansancio que reflejaban sus ojos y las sombras que le hundían las mejillas, y de inmediato dirigió la mirada a lo lejos, hacia el mar. La alta hierba del borde del acantilado se zarandeaba empujada por el viento, y los penachos blancos del oleaje recorrían la extensión del golfo, procedentes del suroeste. A lo lejos, divisó un amenazador frente de nubes negras que se formaba con rapidez en el horizonte.

El crujido de la escalera hizo que se volviera de nuevo, y, durante un momento que se le antojó una eternidad, su mundo se detuvo.

La mujer estaba de pie en el último peldaño, con su melena castaña echada hacia atrás. Eso le permitía apreciar las delicadas facciones de su rostro. Tenía el cutis de color claro manchado de sangre seca. Sobre los hombros, llevaba una manta que cubría parcialmente su camisón, también manchado de sangre. Sime observó que era alta y que se mantenía erguida, como si el orgullo le impidiera dejarse acobardar por las circunstancias.

Sus ojos eran azules oscuros, como de cristal tallado, con un cerco casi negro alrededor de las pupilas. Eran unos ojos tristes, llenos de tragedia. Sime se fijó en las ojeras que los bordeaban, producto de las horas que llevaba sin dormir; era como si alguien le hubiera dibujado sendos trazos en las mejillas con el dedo manchado de hollín.

Oyó el lento tictac de un viejo reloj de péndulo que reposaba sobre la chimenea y distinguió un sinfín de motas de polvo suspendidas en la luz que se filtraba oblicuamente por las ventanas. Vio que la mujer movía los labios, aunque no emitía sonido alguno. Los movió en silencio una vez más, formando unas palabras que él no logró oír, hasta que de repente se percató del tono de irritación que traslucía su voz:

—¿Hola? ¿Hay alguien en casa?

Fue como si alguien hubiera soltado el botón de pausa y el mundo hubiera vuelto a girar. Sin embargo, el sentimiento de confusión persistió.

—Perdone —se disculpó Sime—. ¿Usted es...?

En aquel momento captó el estado de ansiedad de la mujer.

—Soy Kirsty Cowell. Me han dicho que deseaba hacerme unas preguntas.

Y en medio del torbellino que le cegaba los sentidos, se oyó decir a sí mismo:

—Yo la conozco.

La mujer frunció el ceño.

—Me parece que no.

En cambio, Sime estaba seguro de conocerla. No sabía dónde la había visto, ni en qué circunstancias, ni cuándo, pero sabía con absoluta certeza que la conocía. Y, de pronto, el sentimiento que había experimentado a bordo de la avioneta volvió a invadirlo y estuvo a punto de abrumarlo del todo.

CAPÍTULO 2

I

Costaba creer que sólo unas horas antes estuviera tumbado en su cama a más de mil kilómetros de allí, en Montreal, con los brazos y las piernas enredados en las sábanas, sudando donde éstas lo cubrían y helándose en las partes que quedaban desnudas. En aquel momento tenía los ojos llenos de arenilla y la garganta tan reseca que apenas podía tragar saliva.

Durante aquella larga noche había perdido la cuenta del número de veces que había mirado la pantalla digital del reloj de la mesita. Era una necedad, ya lo sabía; cuando uno no puede conciliar el sueño, el tiempo avanza tan despacio como el inequívoco caminar de una tortuga gigante. Y el hecho de contemplar cómo las horas van transcurriendo penosamente sólo sirve para incrementar la frustración y reducir aún más las posibilidades de dormirse. Justo detrás de sus ojos aguardaba un leve dolor de cabeza, como todas las noches; una jaqueca que aumentaba de intensidad conforme se acercaba el amanecer y que lo empujaría hacia el analgésico que burbujearía frenéticamente en el vaso cuando por fin llegara la hora de levantarse.

Al darse la vuelta sobre el costado derecho, vio el espacio vacío que había a su lado y lo sintió como una reprimenda. Un recordatorio constante de su fracaso. Donde antes hubo calor, ahora sólo quedaba un vacío helado. Podría haber ocupado toda la cama con los brazos y las piernas muy abiertos, para entibiarla con el calor de su cuerpo, pero se sentía atrapado en el lado del colchón en el que tantas veces se había recluido, callado y tenso, tras una de sus peleas. Unas peleas que, según su parecer, nunca iniciaba él. Y aun así, después de las largas horas de insomnio de las últimas semanas, había empezado a dudar incluso de aquello. Las palabras pronunciadas con tanta dureza se repetían una y otra vez para venir a llenar el lento pasar del tiempo.

Al final, en el preciso instante en que empezaba a sumirse dulcemente en la nada, el agudo timbre del teléfono móvil, que había dejado en la mesita de noche, lo despertó con un sobresalto. ¿De verdad había llegado a quedarse dormido? Se sentó de golpe en la cama y, con el corazón acelerado, miró el reloj: apenas pasaban unos minutos de las tres. Manoteó buscando el interruptor de la luz y, parpadeando al sentir el brillo repentino de la lamparilla, cogió el teléfono.

Desde su apartamento de Saint-Lambert, situado junto al río, se podía tardar hasta noventa minutos, en hora punta, en cruzar el puente de Jacques Cartier hasta la isla de Montreal. Pero, a aquellas horas, el gigantesco entramado de vigas curvadas que se alzaba sobre la isla Santa Helena soportaba tan sólo un delgado reguero de tráfico que atravesaba las lentas aguas del río San Lorenzo.

Rodeado por las luces de numerosos edificios ahora vacíos, tomó la rampa de salida y se incorporó a la avenida de Lorimier. Un poco más adelante, giró en dirección noreste y enfiló la Rue Ontario, con la oscura silueta del Mont Royal dominando el cielo en su espejo retrovisor. El trayecto hasta el número 1701 de la Rue Parthenais duró menos de veinte minutos.

La Sûreté de Police ocupaba un edificio de trece pisos situado en el lado este de la calle, y disfrutaba de vistas al puente, a la emisora de televisión y a la montaña. Sime tomó el ascensor hasta la Division des enquêtes sur les crimes contre la personne, ubicada en la cuarta planta. Siempre le había hecho gracia que la lengua francesa necesitara nueve palabras cuando la inglesa se arreglaba con una sola. «Homicidios», habrían dicho los estadounidenses.

El capitán Michel McIvir estaba volviendo a su despacho con un café, y Sime lo alcanzó y se puso a caminar a su lado por aquel pasillo lleno de fotografías en blanco y negro —todas enmarcadas— de antiguos escenarios del crimen de los años cincuenta y sesenta. McIvir tenía apenas cuarenta años, sólo unos pocos más que él, pero desprendía un aire de autoridad que Sime sabía que a él nunca le sentaría bien. El capitán observó a su sargento *enquêteur* con mirada sagaz.

—Tienes una cara horrible, Sime.

El agente hizo una mueca.

—Gracias, ahora me siento mucho mejor.

—¿Sigues sin poder dormir?

Sime se encogió de hombros, reacio a reconocer lo grave que era su problema.

—Unos días sí y otros no —contestó, y enseguida cambió de tema—. Bueno, ¿por qué estoy aquí?

—Se ha cometido un asesinato en las islas de la Magdalena, en el golfo de San Lorenzo. —Las llamó por su nombre en francés: les Îles de la Madeleine—. El primero de la historia. Voy a enviar un primer equipo de ocho.

—Pero ¿por qué yo? No estoy en la lista de rotación.

—Sime, ese asesinato ha sido perpetrado en l'Île d'Entrée, más conocida por sus habitantes como Entry Island. Los magdalenenses son francófonos en su mayoría, pero en esa isla hablan únicamente inglés.

Sime asintió con la cabeza, mostrando comprensión.

—Tengo una avioneta aguardando en el aeródromo de Saint Hubert. El vuelo hasta las islas os llevará unas tres horas. Quiero que te encargues tú de dirigir los interrogatorios. Thomas Blanc hará la supervisión. Tu jefe de equipo será el teniente Crozes, y el sargento supervisor Lapointe se ocupará de la administración y la logística. —El capitán titubeó un instante, algo muy poco habitual en él. A Sime no le pasó inadvertido.

—¿Y el investigador especialista en escenarios del crimen? —Lo planteó como una pregunta, pero ya conocía la respuesta.

McIvir apretó los labios en un gesto de tozudez.
—Marie-Ange.

II

El aparato, un King Air B100 con capacidad para trece pasajeros, llevaba más de dos horas y media en el aire. Durante ese tiempo, los ocho integrantes del equipo de agentes enviados a investigar el asesinato que se había cometido en Entry Island apenas habían intercambiado media docena de palabras.

Sime iba sentado delante, solo, muy consciente de todo lo que lo separaba de sus colegas. No era un miembro habitual de aquel equipo, lo habían obligado a formar parte de él únicamente porque hablaba inglés. Los demás eran franceses de origen, todos hablaban inglés en mayor o menor medida, pero ninguno lo dominaba. Sime tenía antepasados escoceses. Habían llegado a Canadá hablando en gaélico, pero en el curso de un par de generaciones prácticamente ninguno hablaba ya su lengua de origen, que había sido reemplazada por el inglés. Después, en los años setenta, el gobierno de Quebec decidió que la lengua oficial fuera el francés, y en el éxodo masivo que tuvo lugar en aquellos años abandonaron dicha provincia medio millón de angloparlantes.

El padre de Sime, sin embargo, se negó a marcharse. Afirmó que sus tatarabuelos se habían labrado un lugar en aquella tierra, y que por nada del mundo iban a obligarlo a dejarla atrás. De modo que la familia Mackenzie se quedó y se adaptó al nuevo mundo francófono, aunque aferrándose a su propio idioma y a sus propias tradiciones. Sime suponía que tenía mucho que agradecerle. En casa, él se sentía igualmente a gusto con el inglés y con el francés; sin embargo, en ese momento, a bordo de aquel vuelo que lo llevaba a investigar un asesinato cometido en un archipiélago lejano, aquel detalle era lo que lo separaba de sus compañeros. Justo lo que siempre había querido evitar.

Miró por la ventanilla y vio el primer resplandor en el cielo, hacia el este. A sus pies sólo se veía el océano, y ya hacía un rato que habían dejado atrás la boscosa península de la Gaspesia.

De pronto, de la minúscula cabina del piloto emergió la imponente figura del sargento supervisor, con un fajo de papeles en la mano. Él era quien se ocuparía de proveerlos de todo: alojamiento, transporte, requisitos técnicos... Y también quien regresaría con el cadáver de la víctima a Montreal, para que le practicaran la autopsia en el sótano del número 1701 de la Rue Parthenais. Lapointe era un hombre mayor que él, tendría unos cincuenta y tantos, sufría artritis en las manos y lucía un bigote negro y puntiagudo veteado de hebras grises.

—Muy bien —dijo, elevando el tono de voz para que lo oyeran por encima del rugido de los motores—. He hecho una reserva en el hostal Madeli, situado en la isla Cap-aux-Meules. Es la principal isla administrativa, y de ella es de donde zarpa el ferry que va a Entry. El trayecto es de aproximadamente una hora. —Consultó sus notas—. El aeródromo se encuentra en la isla Havre-aux-Maisons, y por lo visto está comunicado con Cap-aux-Meules por un puente. Sea como sea, la policía local irá a buscarnos con un minibús, y parece ser que nos dará tiempo a tomar el primer ferry del día.

—¿Quiere decir que han partido sin nosotros?

El teniente Daniel Crozes levantó una ceja. El jefe del equipo tenía casi la misma edad que Sime, pero era un poco más alto. Estaba moreno y era un hombre muy atractivo. Misteriosamente, siempre se las arreglaba para conservar el bronceado, lo cual representaba toda una hazaña durante los largos y fríos inviernos de Quebec. Sime solía preguntarse si aquel moreno era de rayos o de bote.

—¡Ni lo sueñes! —repuso Lapointe con una sonrisa de oreja a oreja—. Es la única manera que hay aquí de moverse. Ya les dije que era capaz de hundir ese ferry si no nos esperaban. —A continuación, inclinó la cabeza hacia un lado—. Además, por lo que parece no afectará a lo planeado. Y no nos vendrá mal tener a la gente de aquí de nuestra parte.

—¿Qué es lo que sabemos de Entry, Jacques? —preguntó Crozes.

El gigante se atusó el bigote.

—No mucho, teniente. La industria principal es la pesca. La población está disminuyendo, y todos hablan inglés. No llegan a los cien habitantes, creo.

—Ahora son uno menos —replicó Crozes. Varias risitas amortiguadas siguieron a su comentario.

Sime miró hacia el otro lado del pasillo y vio que Marie-Ange también sonreía. Su cabello corto y castaño con algunos mechones rubios y su figura atlética le daban cierto aire masculino; en cambio, no había nada de varonil en sus ojos, de un color verde agua, ni en aquellos labios carnosos y rojos que enmarcaban unos dientes blancos y una sonrisa que desarmaba a cualquiera. Se dio cuenta de que Sime estaba mirándola, y la sonrisa desapareció al instante.

El sargento se volvió de nuevo hacia la ventana y sintió que se le taponaban los oídos cuando la avioneta hizo un viraje a la derecha e inició el descenso. Por un momento, la luz rojiza del sol se reflejó en el océano y lo deslumbró; luego la avioneta viró de nuevo, y Sime pudo ver por primera vez las islas de la Magdalena. Formaban un rosario de montículos de tierra unidos por carreteras y bancos de arena, dispuestos sobre un eje que iba del sureste al noreste. Por extraño que pudiera parecer, en conjunto el archipiélago tenía una forma parecida a un anzuelo, y abarcaba unos sesenta kilómetros de largo.

Mientras giraban para realizar el descenso final hacia el aeródromo de Havre-aux-Maisons, el piloto les dijo que, si miraban a su derecha, verían Entry Island, solitaria, al este de la bahía de Plaisance.

Sime la vio por primera vez, con su silueta recortada contra el sol naciente y posada en el horizonte con sus dos promontorios característicos, como si fuera una estatua caída de la isla de Pascua, casi difuminada en la neblina rosa de primera hora de la mañana que se elevaba del mar. Y, de manera bastante inesperada, sintió un escalofrío de inquietud que le recorrió la columna vertebral.

• • •

III

Sime estaba en el embarcadero golpeando el suelo con los pies para combatir el frío. Su respiración formaba nubecillas a la tenue luz del amanecer, mientras Lapointe, al volante del minibús, daba marcha atrás para embarcarlo a bordo del ferry *Ivan-Quinn*. Sujetas al techo del vehículo iban varias maletas que contenían el equipo. Sime llevaba unos vaqueros, unas botas de cuero y una chaqueta de algodón con capucha, y se mantenía un poco apartado del resto. Dicha distancia no significaría nada para cualquiera que estuviera mirándolos; en cambio, para él era un precipicio tan profundo como el Gran Cañón. No era el idioma lo único que lo separaba de los demás.

Blanc salvó el precipicio para ofrecerle un cigarrillo. Si lo conociera mejor, el supervisor habría sabido que aquel ofrecimiento no era muy adecuado en su caso. Pero Sime agradeció el gesto.

—Lo he dejado —respondió.

Blanc sonrió.

—Es lo más fácil del mundo.

Sime alzó una ceja en un gesto interrogante.

—¿Usted cree?

—Pues claro. Yo lo he hecho cientos de veces.

Sime sonrió, y ambos se quedaron en silencio unos instantes mientras observaban cómo maniobraba Lapointe para subir el minibús a la estrecha cubierta para dos vehículos del ferry. Luego miró a su compañero de interrogatorio. Blanc medía quince centímetros menos que él, pero cargaba con bastante más peso corporal. Tenía una cabellera negra, tupida y rizada, que empezaba a clarearle en la coronilla, una futura tonsura de monje.

—¿Qué tal lleva el inglés? —le preguntó.

Blanc hizo una mueca de disgusto.

—Lo entiendo sin problemas, pero no lo hablo tan bien. —Señaló con un gesto de la cabeza más allá del puerto, hacia ningún sitio en particular—. Tengo entendido que los habitantes de esta isla se niegan a hablar francés. —Soltó un bufido—. Me alegro de que usted se encargue de la entrevista.

Sime asintió. Blanc se quedaría sentado en otra habitación, al otro extremo de un cable, con dos monitores y una grabadora, tomando notas, mientras él llevaba a cabo los interrogatorios frente a una cámara. Hoy en día se grababa todo.

Lapointe terminó por fin de embarcar el minibús, y los demás integrantes del equipo subieron por la rampa para vehículos, abordaron el ferry y enfilaron por un estrecho pasillo para dirigirse a la zona de los asientos, situada en la proa. Sime no los siguió, subió la escalerilla que llevaba a la cubierta superior, rodeó el puente de mando y se dirigió a la parte delantera de la embarcación. Una vez allí, se apoyó sobre la barandilla, bajo una raída bandera de la CTMA, y contó tres cruceros amarrados en diversos muelles.

Transcurrieron otros diez minutos hasta que el ferry abandonó el puerto y dejó atrás el rompeolas para salir a un mar que parecía un espejo. Entry Island se divisaba allá a lo lejos, en el otro extremo de la bahía, iluminada por un sol que tan sólo en ese momento se elevaba por encima de un puñado de oscuras nubes matinales. Aquel trozo de tierra atrajo su atención, y ya no dejó de contemplarlo, casi como si estuviera en trance, mientras el sol le enviaba sus rayos y creaba algo semejante a una aureola alrededor de la isla. Tenía algo mágico. Casi místico.

IV

Ninguno de los integrantes del equipo sabía si era habitual que acudiera tanta gente a recibir al ferry, pero lo cierto es que, cuando éste amarró en el puerto de Entry, el diminuto muelle estaba abarrotado de vehículos y de isleños llenos de curiosidad. También se encontraba allí para recibirlos el sargento *enquêteur* André Aucoin, de la Sûreté de Cap-aux-Meules. De mediana edad, pero falto de experiencia, se sentía intimidado por la llegada de unos policías de verdad procedentes del continente. Aun así, estaba disfrutando de sus quince minutos de gloria bajo el sol. Aquél era su primer asesinato. Tomó asiento al lado de Lapointe en la parte delantera del minibús y fue informando al equipo a lo largo del recorrido lleno de baches que los llevó al interior de la isla.

Señaló un grupo de construcciones que había por encima de la carretera sin asfaltar, nada más pasar el restaurante de Brian Josey y el supermercado de Main Street.

—Desde aquí no se ve, pero ahí arriba está el aeródromo. Cowell tenía una avioneta propia, de un solo motor, y la utilizaba para ir y venir de Havre-aux-Maisons. Desde allí resulta fácil viajar con un vuelo comercial a Quebec o a Montreal para acudir a reuniones de trabajo. Cowell también tenía un Range Rover, que dejaba junto al aeródromo.

—¿A qué se dedicaba? —preguntó Crozes.

—Al negocio de las langostas, teniente —respondió Aucoin con una risita—. ¿A qué otra cosa puede dedicarse uno en las islas de la Magdalena?

Sime se fijó en los millares de cestas para pescar langostas que descansaban apiladas contra las casas y los graneros de madera. Aquellas edificaciones, pintadas de vivos colores y algo apartadas del camino principal, aparecían diseminadas por los verdes pastos del interior de la isla. No había árboles, tan sólo postes de telégrafo inclinados en ángulos extraños y cables que colgaban entre unos y otros. La reciente siega de la hierba del verano había dejado enormes balas de heno que salpicaban el paisaje, y a lo lejos distinguió el chapitel de una iglesia de madera pintada de blanco y las sombras alargadas de unas lápidas que descendían por la ladera bajo la luz amarilla de la mañana.

—Cowell administraba la mitad de los barcos langosteros que hay en las Magdalenas, y facturaba aproximadamente quince millones de dólares al año. Por no mencionar la fábrica de procesado y de conservas que tenía en Cap-aux-Meules.

—¿Era oriundo de las islas? —quiso saber Sime.

—Magdalenense de nacimiento y de crianza. Pertenecía a la comunidad angloparlante de Old Harry, en el norte, pero hablaba bien el francés. Nadie habría dicho que no era su lengua materna.

—¿Y su mujer?

—Kirsty nació en Entry. Por lo visto, no ha salido de aquí desde que se graduó, hace diez años, en la Universidad de Bishop, en Lennoxville.

—¿Ni una sola vez? —El tono de Crozes transmitía incredulidad.

—Eso dicen.

—¿Y qué fue lo que ocurrió anoche?

—Al parecer, fue ella quien lo hizo.

—No le he pedido su opinión, sargento —replicó Crozes en tono cortante—, sólo quiero los hechos.

Aucoin se sonrojó.

—Según Kirsty Cowell, había un intruso. Un tipo que iba cubierto con un pasamontañas. El hombre la agredió, y, cuando el marido intervino, le pegó una puñalada y salió huyendo. —No consiguió disimular su incredulidad, así que una vez más dio su propia interpretación de los hechos—: Me parece bastante raro. A ver, los expertos son ustedes, pero es que aquí, en Entry, no tenemos allanadores. Desde que suprimieron el servicio aéreo, la única forma de llegar es en ferry o en una embarcación particular. Es poco probable que alguien pueda entrar con un bote en el puerto y volver a salir sin que nadie se dé cuenta. Además, en la isla sólo hay otro muelle, uno privado que construyó Cowell al pie de los acantilados que hay bajo su casa. Pero como las corrientes lo convierten en un lugar muy traicionero, rara vez se utiliza.

—Otro isleño, entonces —sugirió Sime.

La mirada que le dirigió Aucoin iba cargada de sarcasmo.

—O un producto de la imaginación de la señora Cowell.

Dejaron el faro a la derecha y comenzaron a subir la cuesta que llevaba hasta la casa de Cowell. La mayoría de las viviendas de la isla habían sido construidas siguiendo un diseño tradicional: armazones de madera y paredes con revestimiento de piedra o tablas, y tejados de tejas planas fuertemente inclinados. Todas estaban pintadas de colores primarios muy vívidos: rojo, verde, azul, y en algunos casos de tonos más estrafalarios como el morado o el ocre, y con los marcos de las ventanas destacados en blanco o en amarillo canario. Los jardines estaban bien cuidados; por lo visto, eso era algo que preocupaba a los habitantes, y de hecho vieron a varios isleños trabajando al aire libre con sus cortadoras de césped, aprovechando el sol del otoño.

La casa de Cowell destacaba entre las demás, y no sólo por su tamaño, sino también por su estilo. En cierto modo estaba fuera de lugar, igual que le ocurriría a un árbol de Navidad en medio de un bosque de pinos silvestres. No pertenecía a aquella isla. Era una construcción alargada, revestida de tablones pintados de color amarillo, y provista de un tejado rojo interrumpido por buhardillas y torretas. También tenía un amplio ventanal con forma de arco. Al avanzar por el camino de grava que bordeaba el acantilado, los integrantes del equipo vieron que había un salón acristalado construido a lo largo de casi toda la fachada sur, y que los ventanales daban a un cuidado césped que se extendía hasta una valla que discurría por el borde del precipicio.

—Esto es enorme —comentó Lapointe.

Aucoin resopló frunciendo los labios, saboreando la importancia que le daban los conocimientos que poseía de aquel lugar.

—Antes era un salón parroquial —dijo—, y tenía un campanario. Estaba en Havre-Aubert, pero Cowell lo dividió en tres partes e hizo que lo transportaran hasta aquí en barcazas traídas especialmente desde Quebec. Volvieron a montarlo en los acantilados, y después lo reformaron por dentro y lo decoraron a la última. El interior es espectacular. Al parecer, lo hizo para su mujer; nada era demasiado bueno ni caro para su Kirsty, según los vecinos.

La mirada de Sime se desvió hacia otra propiedad, más pequeña, que había apenas a cincuenta metros de allí. Estaba situada un poco más abajo, en la misma ladera, y era la típica casa tradicional de la isla, azul y blanca, con un porche cubierto que daba a los acantilados. Parecía estar dentro de la misma parcela.

—¿Quién vive ahí?

Aucoin siguió la mirada de Sime.

—Ah, ésa es la casa de ella.

—¿De Kirsty Cowell?

—Así es.

—¿Quiere decir que vivían en casas separadas?

—No, ésa es la vivienda en la que se crió y que heredó de sus padres. Ella vivía con su marido en la casa grande que construyó Cowell. La vieja la reformaron. Parece ser que la utilizaban como casa de verano o como pabellón de invitados. Aunque, según las personas con las que hemos hablado, nunca tenían ninguno. Ningún invitado, me refiero. —Volvió a mirar a Sime—. En este momento, la esposa está ahí dentro, acompañada por una agente de policía. No quería que alterase el escenario del crimen. —Esperaba recibir una palmadita en la espalda y se quedó desilusionado al ver que nadie se la daba—. O al menos —añadió—, que no la alterase más.

—¿A qué se refiere? —dijo Marie-Ange, hablando por primera vez. Su tono era cortante. Estaba metiéndose en su territorio.

Aucoin se limitó a sonreír.

—Ahora lo verá, señora.

Le quedaba poco tiempo para dejar de servirles de algo, y estaba decidido a exprimirlo al máximo mientras pudiera.

Aparcaron fuera de la casa, junto a lo que supuestamente era el Range Rover de Cowell. Varios agentes de Cap-aux-Meules habían clavado estacas y extendido entre ellas una cinta de la policía para delimitar el escenario del crimen, tal como habían visto hacer en las películas, sin ninguna duda. Ahora, la cinta se agitaba y silbaba, movida por el viento, que soplaba cada vez con más fuerza. Marie-Ange bajó su maleta del techo del minibús y se puso un traje de polietileno con capucha y unas fundas protectoras de plástico en las deportivas. Los otros también se enfundaron los protectores y se pusieron guantes de látex. Aucoin los observaba con admiración y envidia. Marie-Ange le pasó unas fundas para los zapatos y unos guantes.

—Sé que seguramente ya se habrán paseado por todo el escenario del crimen, pero vamos a procurar no joderlo más todavía.

Aucoin se ruborizó de nuevo y le lanzó una mirada de profundo odio.

El equipo entró en la casa con sumo cuidado por unas puertas correderas que daban a un solárium con suelo de baldosas, en el que había un jacuzzi. Lo atravesaron y entraron en el salón acristalado, lleno de sillones abatibles y mesas de cristal. Una de ellas estaba hecha añicos. Notaron el crujido de los cristales rotos bajo sus pies. A continuación, esquivando un rastro de pisadas de sangre seca, subieron dos escalones y entraron en la zona principal de la vivienda.

Los amplios suelos de madera delineaban un espacio que se alzaba hasta el techo abovedado. A mano izquierda había una larga mesa de comedor con sus sillas, y al fondo se abría una cocina americana separada de la entrada principal por un aparador. A la derecha, una escalera en ángulo recto llevaba al piso de arriba, y a la izquierda había tres escalones en curva que conducían a una sala de estar con un piano de cola y un tresillo colocado alrededor de una chimenea.

Casi en el centro de la estancia había un hombre, tumbado boca arriba, con un brazo caído hacia la derecha y el otro a un costado. Vestía un pantalón azul oscuro y una camisa blanca que estaba empapada de sangre. Tenía las piernas extendidas, ligeramente separadas, y los pies, calzados con unos zapatos italianos, se inclinaban a derecha e izquierda. Tenía los ojos abiertos de par en par, igual que la boca. Un gesto antinatural. Sin embargo, el detalle más sorprendente lo conformaban las manchas de sangre que aparecían restregadas por el suelo, alrededor del cadáver: a modo de brochazos y charcos, y formando dibujos aleatorios. Las pisadas de sangre seca daban la sensación de rodearlo. Pertenecían a unos pies desnudos que habían dejado un rastro que iba del cadáver a la cocina y luego regresaba. Las huellas se iban desvaneciendo, pero a continuación aquellos pies habían pisado sangre nueva y las huellas volvían a ser uniformes, continuaban hasta el salón acristalado y se perdían escalones abajo. Los charcos más grandes ya estaban casi secos, y la sangre se veía coagulada y pegajosa. Había adquirido un tono oscuro.

—¡Dios! —exclamó Marie-Ange con un resoplido—. Ahora veo que cuando dijo usted que esto era un verdadero estropicio lo decía en serio.

—Así estaba cuando llegamos nosotros —aseguró Aucoin—. La señora Cowell afirma que intentó reanimar a su marido y detener la hemorragia, pero sin éxito.

—Obviamente —repuso Marie-Ange con ironía.

Aucoin se movió, incómodo, en el sitio.

—Las pisadas son de ella. Fue corriendo a la cocina para coger un paño y frenar la hemorragia. Uno de mis hombres encontró dicho paño ahí fuera, en el césped, al amanecer. Al ver que no lograba revivir a su marido, Kirsty Cowell corrió hasta la casa de un vecino para pedir ayuda. —Aucoin calló unos instantes y luego continuó—. O al menos ésa es la historia que ha contado.

Marie-Ange se movía alrededor del cadáver igual que un gato, examinando cada charco y salpicadura de sangre, cada pisada y rastro dejados en el suelo. A Sime le resultaba difícil observarla.

—Aquí hay más pisadas —anunció—. Es una huella de zapato.

—Será la de la enfermera —señaló Aucoin—. Llegó tras la llamada efectuada por los vecinos. Verificó que el marido estaba muerto. Después, nos llamó a nosotros.

—Si la esposa intentó reanimarlo, ella misma debió de quedar toda manchada de sangre —razonó Crozes.

—Sí, señor, así es —respondió Aucoin, asintiendo con gesto grave.

—Espero que no le hayan permitido cambiarse de ropa ni lavarse —dijo Marie-Ange al tiempo que le dirigía una mirada casi tan áspera como su tono de voz.

—No, señora.

Marie-Ange se volvió hacia Lapointe.

—Vamos a necesitar que la fotografíen y le hagan una exploración médica para buscar fibras y heridas. Quiero muestras de lo que lleve debajo de las uñas. Usted tiene que meter su ropa en una bolsa y llevársela a Montreal para que la examinen los forenses.

Acto seguido, centró de nuevo su atención en Aucoin.

—¿Hay un médico en la isla?

—No, señora, sólo una enfermera. Son dos. Vienen una semana cada una.

—Pues en ese caso tendremos que apañarnos con ella. E imagino que, dado que es una mujer, el agente que la examine tendré que ser yo.

—¿Había alguna señal de allanamiento? —preguntó Blanc.

La carcajada de Aucoin fue involuntaria, pero se rehízo enseguida.

—No. Aunque si alguien hubiera intentado entrar en la casa no habría necesitado forzar ninguna puerta. En esta isla, nadie cierra con llave.

El teniente Crozes dio una palmada.

—Muy bien, pues vamos a empezar. Sargento Aucoin, ¿ha entrevistado a la esposa?

—No, señor. He tomado declaración a los vecinos, nada más.

—Bien. —Crozes se volvió hacia Sime—. ¿Por qué no os instaláis Blanc y tú en la casa de verano y tomáis una declaración inicial antes de que nosotros realicemos la exploración médica?

CAPÍTULO 3

El sonido de su voz resultaba casi hipnótico. Monótono, carente de emoción. La mujer rememoraba lo sucedido la noche anterior como si estuviera leyéndolo por enésima vez en un papel impreso. Y sin embargo, las imágenes que provocaba aquel relato en Sime eran sumamente vívidas, como si hubieran sido revestidas con los detalles de la imagen que se había hecho él mismo de la escena del crimen.

Aun así, era una imagen que iba y venía, que en un momento dado estaba nítida y al siguiente desenfocada. Todo en aquella mujer lo distraía. El modo en que le caía el cabello sobre los hombros, ahora lacio pero todavía animado por una onda natural, y tan oscuro que parecía casi negro. Los ojos, extraños de tan faltos de sentimiento, que daban la sensación de taladrarlo de parte a parte hasta tal punto que tuvo que interrumpir el contacto visual y fingir que estaba pensando en la siguiente pregunta. La manera en que cruzaba las manos sobre el regazo, una dentro de la otra, con aquellos dedos largos y elegantes apretados a causa de la tensión. Y su voz, teñida de aquel lento acento canadiense, sin el menor rastro de entonación francesa.

Las nubes amenazadoras que había visto en el horizonte ya estaban en el golfo, retirándose hacia el sur de las islas, y el sol salía y se ocultaba en instantes efímeros para iluminar brevemente el mar y provocar súbitos fogonazos de luz cegadora. El viento azotaba la casa. Sime no sólo lo oía, también lo sentía en el cuerpo.

—Estaba preparándome para irme a dormir —dijo ella—. Nuestro dormitorio está abajo, en un extremo de la casa. Las puertas dan al salón acristalado, pero las luces estaban apagadas. James se encontraba en el piso de arriba, en su estudio. No hacía mucho que había llegado a casa.

—¿Dónde había estado?

Ella titubeó un momento.

—Había venido en avión desde Havre-aux-Maisons y había cogido su Range Rover en el aeródromo. Siempre lo deja ahí. —Hizo una pausa para rectificar—: Siempre lo dejaba, quiero decir.

Sime sabía por experiencia profesional lo difícil que era referirse de repente a un ser querido en tiempo pasado.

—Oí un ruido en el salón acristalado y lo llamé, pensando que era James.

—¿Qué clase de ruido?

—No lo sé... En este momento no lo recuerdo. Simplemente un ruido. Como el que hace una silla al rozar contra las baldosas o algo parecido. —Entrelazó los dedos sobre el regazo—. En fin, como no me contestó, bajé a echar un vistazo, y entonces fue cuando un hombre salió de la oscuridad y se me tiró encima.

—¿Consiguió verlo?

—En aquel momento, no. Como ya he dicho, estaba oscuro. No fue más que una sombra que surgió de la nada. Pero llevaba guantes. Lo sé porque me puso una mano en la cara y noté el olor y el tacto del cuero. —Sacudió la cabeza—. Resulta extraño, ¿no cree? Las cosas que somos capaces de percibir en los momentos de estrés. —Esta vez fue ella la que interrumpió el contacto visual, y su mirada pareció perderse a media distancia, como si estuviera intentando reconstruir el momento—. Chillé, forcejeé y pataleé, y él intentó sujetarme los brazos a los costados, pero caímos sobre una silla y aterrizamos en una de las mesas de cristal. Cedió bajo nuestro peso y se hizo pedazos en el suelo. Creo que yo debí de caer encima de él, porque durante un momento pareció incapaz de moverse. Supongo que le faltaba el aliento. Entonces vi el reflejo de la luz de la sala de estar en la hoja de su cuchillo, me puse de pie y eché a correr como loca. Subí por la escalera hasta la sala, llamando a James a gritos.

Su respiración iba volviéndose más agitada con el ritmo del relato, y cuando ella volvió a mirarlo, Sime se percató del color que ahora encendía sus mejillas y le rodeaba los ojos.

—Sabía que lo tenía justo a mi espalda, y de repente noté que me empujaba con el hombro en la parte posterior de las piernas. Me derrumbé igual que una torre de ladrillos y choqué con tal fuerza contra el suelo que expulsé todo el aire que tenía en los pulmones. No podía respirar, no podía gritar. Sólo veía lucecitas, como destellos. Intenté zafarme y ponerme boca arriba para poder verle la cara. Y entonces lo conseguí. Estaba sobre mí, de rodillas.

—Ésa fue la primera vez que logró verlo con claridad.

Ella asintió.

—No es que pueda decirles gran cosa. Llevaba unos vaqueros, me parece. Y una chaqueta de color oscuro, no sé de qué tipo. Y la cabeza tapada con un pasamontañas negro. Pero la verdad, señor Mackenzie, yo centraba toda mi atención en el cuchillo que sostenía en la mano derecha. Lo tenía levantado en alto y estaba a punto de clavármelo. En aquel momento tuve la seguridad de que iba a morir. Y de pronto lo vi todo nítido, como si estuviera viendo una película en alta definición y a cámara lenta. En la hoja de aquel cuchillo vi reflejadas cada una de las superficies de la habitación. Los dedos enfundados en el guante de cuero cerrados alrededor del mango. Una extraña intensidad en los ojos que asomaban por el pasamontañas.

—¿De qué color eran?

—¿Los ojos?

Sime asintió.

—Supongo que debería acordarme. Me parecieron oscuros. Negros. Pero a lo mejor era porque tenía las pupilas muy dilatadas. —Inspiró para tomar aire—. Un instante después, vi a James detrás de él. Agarró el cuchillo con las dos manos para apartarlo y tiró del intruso para separarlo de mí. Vi que intentaba arrancarle el pasamontañas y que él le lanzaba un puñetazo a la cara. Los dos se alejaron unos metros, forcejeando. Luego cayeron al suelo con un estruendo terrible, y el intruso quedó encima de James.

—¿Qué hizo usted?

La mujer negó con la cabeza.

—Nada que tuviera mucho sentido. Crucé la habitación y me subí de un salto a la espalda de aquel hombre. ¡Como si yo tuviera fuerza suficiente para dominarlo! Me puse a pegarle y a darle patadas, chillando sin parar, y noté que James se revolvía debajo de nosotros. De repente, un codo, tal vez un puño, me golpeó de lleno en este lado de la cabeza. —Alzó una mano para pasarse los dedos con cuidado por la sien derecha—. Me han contado que algunas personas dicen ver las estrellas cuando reciben un golpe así. Bueno, pues es cierto, yo vi las estrellas, señor Mackenzie. La cabeza se me llenó de luces, y eso me robó toda la fuerza de los brazos y de las piernas. Me caí de espaldas y pensé que iba a vomitar. No podía hacer nada. Oí gritar a James, luego un chillido terrible y como unos golpes, y después el intruso pasó corriendo por mi lado, bajó los tres escalones y salió atravesando el salón acristalado.

Sime la observó con atención. Había empezado contando de forma desapasionada un acontecimiento traumático, y sin embargo ahora se había involucrado del todo, emocionalmente. En sus ojos vio miedo y aprensión. Y retorcía las manos sobre el regazo.

—¿Y luego, qué hizo?

Ella tardó unos instantes en responder, como si estuviera obligándose a sí misma a abandonar los recuerdos y regresar al presente. Todo su cuerpo se relajó.

—Conseguí ponerme de rodillas y vi a James tendido de costado, hecho un ovillo, casi en posición fetal. Estaba de espaldas a mí, y hasta que llegué a su lado no vi el charco de sangre que empezaba a formarse en el suelo. Seguía vivo, y se agarraba el pecho como si intentase detener la hemorragia, pero vi que la sangre se le colaba entre los dedos con cada latido del corazón, cada vez más débil. Salí corriendo hacia la cocina para coger un paño e intentar frenar yo misma la hemorragia, pero como iba descalza resbalé en el charco de sangre y me caí. Fue como si el suelo se hubiera vuelto todo de cristal, porque no hacía más que resbalar y patinar como si fuera idiota. Supongo que fue culpa del pánico.

Cerró los ojos, y Sime la imaginó visualizando aquel momento detrás de sus párpados inquietos. Reviviéndolo. O inventándolo. Todavía no estaba seguro. Sin embargo, ya era consciente de que deseaba que su versión de lo sucedido fuera cierta.

—Para cuando volví junto a él, estaba yéndose. Se lo noté en la respiración: rápida y superficial. Tenía los ojos abiertos, y vi que iban apagándose. Fue como ver ponerse el sol. Me arrodillé en medio de aquel charco de su sangre y lo empujé para tenderlo boca arriba. La verdad es que no sabía qué era lo que debía hacer, así que le apreté el paño enrollado contra el pecho, intentando detener la sangre que no dejaba de brotar. Pero en el suelo ya había mucha... De pronto, dejó escapar una larga exhalación, con la boca abierta, como un suspiro, y luego se fue.

—Usted les ha dicho a los vecinos que intentó reanimarlo haciéndole un masaje cardíaco.

La mujer asintió.

—Lo he visto en la televisión, pero en realidad no tenía ni idea de lo que debía hacer. De modo que le presioné el pecho con las dos manos, varias veces, con todas mis fuerzas. Intentaba que su corazón volviera a latir. —Negó con la cabeza—. Pero no pasó nada, no hubo ninguna señal de vida. Creo que estuve unos dos minutos tratando de reanimarlo, puede que más tiempo. Me pareció una eternidad. Luego lo dejé y probé con el boca a boca. Le abrí la mandíbula, le pincé la nariz y le insuflé aire de mi boca a la suya.

Miró a Sime con los ojos llenos de lágrimas provocadas por los recuerdos.

—Sentí el sabor de la sangre en los labios y en la boca. Pero en el fondo sabía que aquello no estaba funcionando. James había muerto, y no había forma de devolverlo a la vida.

—¿Y entonces fue cuando salió corriendo a casa de sus vecinos?

—Sí. Imagino que debía de estar bastante histérica. Al salir me corté en los pies con los cristales rotos. Ya no era capaz de distinguir qué sangre era la mía. Creo que les di un susto de muerte a los McLean.

Cuando parpadeó, las lágrimas resbalaron por sus mejillas, recorriendo los mismos surcos que las que había derramado anteriormente. Después se quedó mirando a Sime, como si estuviera aguardando la siguiente pregunta, o quizá desafiándolo a que la contradijera. Él, sin embargo, se limitó a devolverle la mirada, medio perdido en la visualización de aquel relato: una parte de él estaba en conflicto con el escepticismo que le generaban su experiencia y su entrenamiento como investigador; la otra se sentía embargada por un sentimiento de empatía. Y, aun así, seguía invadiéndolo la sensación, irresistible y turbadora, de conocer a aquella mujer. No tenía ni idea de cuánto tiempo duró aquel silencio.

—¿Interrumpo algo, Simon? —preguntó Marie-Ange, y su voz disipó el momento. Sime se volvió, sobresaltado, hacia la puerta—. No sé... ¿Ya ha terminado la entrevista o qué? —Habló en inglés, sosteniendo la puerta de rejilla entreabierta, y lo miraba con curiosidad.

Sime se puso de pie. Se sentía desorientado, confuso, como si hubiera perdido el conocimiento durante unos instantes. De repente algo atrajo su atención, un movimiento en el pasillo, más allá de la escalera, y vio a Thomas Blanc allí de pie, con una expresión extraña. Blanc hizo un gesto afirmativo con la cabeza, sin decir nada, y Sime contestó:

—Sí, por ahora hemos terminado.

—Bien. —Marie-Ange se volvió hacia Kirsty Cowell—. Quiero que me acompañe al centro médico. Vamos a hacerle unas cuantas fotos, la enfermera le realizará una exploración médica, y después podrá lavarse. —Miró a Sime, pero éste eludió el contacto visual, de modo que la agente se volvió otra vez hacia la viuda—. La espero fuera. —Dejó que la puerta se cerrase sola y salió.

Sime miró de nuevo hacia el pasillo, pero Blanc había regresado al dormitorio.

Kirsty se puso de pie al tiempo que le lanzaba una mirada extraña, de complicidad.

—Esa agente lo ha llamado Simon, pero usted me ha dicho que se llama Sheem.

Sime se sintió profundamente avergonzado.

—Así es. Es la forma de Simon en gaélico. Se escribe S-I-M-E. O por lo menos así es como lo escribía mi padre. Y así es como me llama todo el mundo.

—Excepto ella.

Sime sintió que se ruborizaba y se encogió de hombros.

—¿Son amantes?

—Mi vida privada no viene a cuento.

—Entonces son antiguos amantes.

Sime pensó que tal vez el cansancio y el estrés fueran lo que la hacía ser tan directa, porque Kirsty Cowell ni siquiera parecía tener interés. Aun así, se sintió empujado a responderle.

—Estuvimos casados. —Y luego agregó a toda prisa—: En pasado. —Y por último añadió—: Esta entrevista no ha terminado. Volveré a hablar con usted después de la exploración médica.

La viuda le sostuvo la mirada unos instantes, luego dio media vuelta, empujó la puerta de rejilla y salió al porche.

Sime salió momentos después y se encontró con Marie-Ange, que estaba esperándolo. La viuda del asesinado había subido a la parte de atrás del minibús. Lapointe estaba sentado al volante, con el vehículo al ralentí, pero el silbido del viento se llevaba el ruido del motor. Marie-Ange se acercó a Sime en un ademán que casi podría haber parecido íntimo, si no hubiera sido por su lenguaje corporal, que resultó muy hostil. Bajó la voz para decirle:

—Vamos a dejar bien claras, desde ahora, las reglas básicas.

Sime la miró con incredulidad.

—¿Qué reglas?

—Es muy sencillo, Simon. —Desde que rompieron, Marie-Ange había vuelto a llamarlo por su nombre formal—.

Tú haces tu trabajo y yo hago el mío. Salvo cuando haya alguna tarea que hacer en común, no tenemos nada de que hablar.

—Llevamos meses sin tener nada de que hablar.

Marie-Ange bajó el tono de voz hasta transformarlo en un susurro apenas audible por encima del viento.

—No quiero peleas entre nosotros. Y menos delante de mi equipo.

Su equipo. Un recordatorio innecesario de que allí el intruso era él. La mirada de Marie-Ange era tan fría que Sime estuvo a punto de encogerse, y se acordó de lo mucho que ella lo había amado en otra época.

—No va a haber ninguna pelea.

—Bien.

—Pero cuando quieras puedes venir a recoger el resto de tus cosas. La verdad, no quiero verlas desperdigadas por mi apartamento.

—Me sorprende que te hayas dado cuenta. Cuando estuve viviendo contigo, apenas te fijabas en mí.

—A lo mejor era porque nunca estabas en casa.

Marie-Ange dejó pasar este último comentario.

—¿Sabes qué es lo más interesante de todo? Que no quiero recoger mis cosas. No las echo de menos. No echo de menos lo nuestro. ¿Por qué no las tiras a la basura?

—¿Como hiciste tú con nuestro matrimonio?

—No me vengas con ésas. Eres un témpano de hielo, Simon. No tienes nada que dar. Lo único que lamento es haber tardado tanto tiempo en darme cuenta. Dejarte es lo mejor que he hecho en la vida. No tienes ni idea de lo libre que me siento.

Todo el dolor y el sentimiento de saberse traicionado se hicieron patentes en la tristeza que había en sus ojos castaños cuando la miró. A menudo se había preguntado si habría una tercera persona, pero ella siempre lo había negado. Todo era culpa de él. Las peleas, los silencios, la ausencia de sexo. Y ahora era Sime quien estaba pagando el precio de la libertad de Marie-Ange.

—Pues en ese caso espero que lo disfrutes —fue todo lo que dijo.

Ella le sostuvo la mirada un momento más, y después se volvió para bajar los escalones del porche rápidamente y dirigirse al minibús, que la aguardaba. Al mirar hacia allí, Sime vio que Kirsty estaba observándolo al otro lado del reflejo de la ventanilla.

CAPÍTULO 4

No era raro que, después de varios fracasos sentimentales, hubiera perdido la confianza en sí mismo. El punto crucial lo alcanzó cuando empezó a creerse que el problema radicaba en él.

Y aquél era el momento en que se encontraba cuando apareció Marie-Ange en su vida.

Un momento doloroso y solitario. Cada vez más cerca de cumplir los treinta, y con un puñado de relaciones fallidas a la espalda, sólo veía ante sí una larga sucesión de noches vacías. Le quedó claro que su trabajo iba a ser su vida, su futuro, y que terminaría tan lleno de manías que al final la idea de compartirla con alguien dejaría de ser una opción.

Siempre había sido autosuficiente, incluso de pequeño. Había tenido pocos amigos, y nunca se había sentido inclinado a compartir cosas, ni siquiera entonces.

Antes de conocer a Marie-Ange, su apartamento había sido un lugar sin alegría. No se había tomado la molestia de decorarlo ni de amueblarlo más allá de lo imprescindible. El único cuadro que colgaba en la pared era un paisaje pintado cinco generaciones atrás por un antepasado que había venido a Canadá y se había ganado la fama de artista. Lo había cogido de casa de sus padres, tras el accidente. La mayoría de las cosas se las había llevado su hermana, pero ella pensó que aquel cuadro debía tenerlo Sime. El hecho de colgarlo en la pared pareció la mejor manera de quitarlo de en medio. A Marie-Ange nunca le había gustado.

Durante una temporada, Marie-Ange intentó convertir aquel piso en un hogar. Construir un nido. Pero ambos acabaron renunciando a demasiadas cosas y al final ninguno de los dos logró sentirse cómodo allí.

El apartamento estaba en la tercera planta de un edificio de Saint-Lambert. Tenía tres dormitorios, y habría sido el hogar ideal para una pareja que deseara formar una familia. Sime tuvo siempre aquella idea en mente cuando lo alquiló; por aquel entonces hacía un año que mantenía una relación, todo un récord para él, y ambos pensaban en irse a vivir juntos.

Pero de improviso ella se marchó. Sin decir palabra. De modo que Sime jamás llegó a saber el motivo. Por eso comenzaron a corroerlo las dudas.

Siempre le había resultado difícil conocer gente. El horario de un policía era, por definición, antisocial. Y mantener una relación de pareja era más difícil todavía, porque uno nunca podía garantizar a qué hora iba a llegar a casa, y, en ocasiones, ni siquiera qué día. A diferencia de muchos de sus colegas, Sime nunca se había implicado a fondo en la vida social de la Sûreté; simplemente le parecía demasiado incestuoso. De modo que las citas por internet acabaron siendo algo así como la última esperanza de un hombre desesperado.

Fue un amigo de su época de la Academia quien se lo sugirió por primera vez, aunque al principio él se negó rotundamente a recurrir a ese tipo de encuentros. Sin embargo, la idea permaneció latente en su subconsciente durante varias semanas y poco a poco fue destruyendo todos los argumentos que tenía en contra, hasta que por fin terminó por quebrar su voluntad.

Era una agencia online. Tuvo que verificar su identidad, por supuesto, pero, aparte de aquel detalle, se garantizaba el total anonimato. La agencia le proporcionó un nombre ficticio que podría anular, o no, después de la primera cita.

Pasó una tarde entera rellenando el cuestionario de la página web, procurando responder con tanta sinceridad como le fue posible. Luego, cuando repasó las respuestas, llegó a la conclusión de que nadie que estuviera en su sano juicio querría tener una cita con él. De modo que se sintió sorprendido y un poco estupefacto cuando la agencia le comunicó que habían encontrado una candidata y que, si quería, la chica tendría mucho gusto en conocerlo.

Sime se había enfrentado a asesinos, le habían disparado, había desarmado a un individuo que empuñaba un rifle automático en un tiroteo; sin embargo, nunca se había sentido tan nervioso como en la noche de su primera cita.

Acordaron encontrarse en el Starbucks de la avenue du Mont-Royal Est. Él se presentó un poco antes de la hora convenida, por miedo a que el tráfico lo retrasara y terminara llegando tarde. Cuando entró, el local estaba tranquilo. Pidió un *caramel macchiato* mediano y se sentó junto al ventanal para poder ver entrar y salir a los clientes.

Y entonces fue cuando vio a Marie-Ange cruzando la calle.

La reconoció, naturalmente: era uno de los especialistas en escenarios del crimen del departamento, aunque nunca habían trabajado juntos. Sime volvió la cara para que ella no lo viese sentado junto a la ventana, pero se quedó horrorizado cuando Marie-Ange entró por la puerta y se dirigió hacia el mostrador. Estuvo a punto de encogerse de pura vergüenza sólo de pensar que ella pudiera descubrir que había acudido allí a una cita a ciegas organizada por una agencia de contactos por internet. Al día siguiente lo sabría toda la división. Por un momento, abrigó la ferviente esperanza de que Marie-Ange hubiera entrado a comprar algo para llevar y no se percatara de su presencia. Pero no tuvo tanta suerte. Marie-Ange cogió el *macchiato* que le entregó el camarero, se volvió y lo miró directamente a él. Sime deseó que se lo tragase la tierra. Ella puso cara de sorpresa, pero no hubo forma de obviar el hecho de que se habían visto, de manera que sonrió y se acercó a la mesa para sentarse con él. Sime hizo lo que pudo para devolverle la sonrisa, aunque tuvo la impresión de que sólo consiguió esbozar una mueca.

—Hola, Sime. Qué sorpresa encontrarte aquí.

—Estoy esperando a una persona —balbuceó él impulsivamente.

—Ya, claro... —Por su rostro se extendió una sonrisa irónica. Luego alzó una ceja—. ¿Alguna tía buena? —En contraste con la agitación que sentía él, su actitud era poco natural, de tan relajada.

—Más o menos.

—¿Es alguien que yo conozca?

—Me parece que no.

—Entonces no puede ser alguien del cuerpo. Últimamente tengo la sensación de no conocer más que a policías.

—Ya, a mí me ocurre lo mismo.

—Excepto por esta cita tuya.

Sime intentó poner cara de diversión.

—Sí, excepto por esta cita mía.

A continuación se hizo un silencio incómodo, y ambos se dedicaron a beber a sorbitos de sus respectivos vasos de papel. Marie-Ange consultó el reloj, y Sime le dirigió una mirada furtiva. Lo cierto era que hasta entonces no le había prestado mucha atención; era simplemente una más entre sus compañeros, y el pelo corto y la figura un tanto masculina contribuían a provocar dicha percepción. Sin embargo, en ese momento se dio cuenta de que había una maravillosa profundidad en el verde de sus ojos, del elegante ángulo de su mandíbula y de la leve carnosidad de sus labios. Si uno se detenía a observarla, Marie-Ange resultaba en realidad bastante atractiva. Ella levantó la vista y lo sorprendió mirándola.

—¿A qué hora has quedado con esa chica?

—A las siete.

Marie-Ange lanzó un suspiro.

—Lástima. Podrías haberme llevado a cenar. Esta noche no tengo nada que hacer.

Y de repente Sime pensó: «¡Sí! Me gustaría mucho más cenar contigo. Con alguien con quien no tengo que fingir. Con alguien que ya me conoce. Que sabe que soy policía y lo que eso significa.» Miró el reloj de la pared. Eran sólo las 18.55 h. Se puso de pie.

—Venga, vamos.

Marie-Ange frunció el ceño.

—¿Adónde?

—Pues a cenar.

Ella soltó una carcajada.

—¿Y tu cita?

Sime negó con la cabeza y miró nervioso hacia la puerta, por si la chica en cuestión aparecía de repente.

—La verdad es que no me gusta demasiado. —Extendió una mano—. Vamos.

Marie-Ange rió de nuevo, aceptó la mano de Sime y se levantó.

—¿Adónde vamos?

—Conozco un sitio estupendo en la Rue Jeanne-Mance.

Aquella noche conversaron como nunca volverían a conversar. Por extraño que pudiera parecer, Sime de pronto se sintió liberado. El vino lo ayudó a desprenderse de las inhibiciones más arraigadas, y cuando quiso darse cuenta estaba contando todos los pequeños miedos y fobias que ocultaba cuidadosamente al mundo, porque desvelar las debilidades lo vuelve a uno vulnerable. Pero en ese momento no se sentía en peligro, porque ella también soltó mucho lastre. Marie-Ange le habló de su fracaso matrimonial en la adolescencia, de un pariente al que le gustaba acariciarle los incipientes pechos cuando sólo tenía trece años, de la lucha que sostuvo su madre primero con el alcohol y después con el cáncer de mama.

Sime le contó que sus padres habían fallecido cuando cruzaban en coche el puente del río Salmon el día en que éste se desmoronó. Le habló de la dificultad que tenía para relacionarse con otros niños en el colegio. De su ineptitud con las chicas.

Todo aquello, visto en retrospectiva, resultaba bastante deprimente, pero también se rieron mucho contándose anécdotas divertidas que habían acumulado a lo largo de casi diez años en el cuerpo, y para cuando iban por el segundo licor digestivo ya se había hecho muy tarde. Sime estaba relajado, y el alcohol le prestó la audacia suficiente para confesar por fin que la verdadera razón de que estuviera aquella tarde en el Starbucks era una cita con una mujer que le habían buscado en una agencia de contactos por internet.

De pronto, Marie-Ange dejó de sonreír y lo miró con curiosidad.

—¿En serio?

Sime se arrepintió de inmediato de habérselo dicho.

—¿Y le has dado plantón a esa pobre chica sin concederle siquiera una oportunidad?

Sime experimentó tal oleada de culpa que le resultó muy difícil mirar a su compañera a los ojos.

—¿Tan malo he sido?

Marie-Ange frunció los labios y asintió con la cabeza.

—Sime, tengo que decirte que ha sido una canallada. Sobre todo teniendo en cuenta que la chica a la que has plantado era yo.

A Sime se le descolgó la mandíbula, y debió de poner tal cara de sorpresa que ella se echó a reír a carcajadas hasta que le rodaron las lágrimas por las mejillas. Sime tardó sólo un instante en comprender la verdad: tanto el uno como el otro habían dado plantón a su cita a ciegas en favor de una persona a la que ya conocían. Y la persona a la que ya conocían era, casualmente, su cita a ciegas.

Al final, las carcajadas terminaron incitando al dueño del restaurante a pedirles que se fueran: estaban molestando a los demás clientes.

Regresaron al apartamento de Sime, y aquella noche tuvieron el mejor sexo de toda su relación futura. Pura lujuria, nada parecido a lo que Sime había experimentado. Seis meses después, ya estaban casados.

Pero la lección que aprendió a partir de entonces fue que uno no puede basar una relación entera en lo sucedido en una única noche. Y que lo que un ordenador considera un emparejamiento perfecto no siempre funciona en la vida real.

CAPÍTULO 5

I

El viento, que soplaba del suroeste, iba cobrando intensidad, barría las cumbres de los acantilados y abatía a su paso todo lo que crecía en ellas. El sol, velado al principio por unas nubes altas, había sido engullido ahora por los nubarrones de tormenta que se acercaban rápidamente cruzando el gris pizarra del océano. Aun así, el aire era templado y suave al contacto con la piel, de modo que Sime se sentó en la hierba que se mecía a su alrededor, a pocos metros del borde del precipicio. Oía cómo rompían las olas allí abajo, y experimentó la sensación de estar plenamente expuesto a las fuerzas de la naturaleza, de formar un todo con ella, de encontrarse por completo a su merced. Se sintió casi como un espectro, insustancial, perdido en mitad de una vida que se había descabalado.

¿Cómo era posible que su relación con Marie-Ange hubiera comenzado con tanta facilidad y terminado de forma tan dolorosa? El afecto se transformó en enemistad. La sensación de plenitud que experimentó los primeros días fue reemplazada por un pronunciado vacío interior. Le dio por pensar que ninguno de los dos se había enamorado verdaderamente del otro. Más que amor, lo suyo había sido necesidad. Y, al igual que el hambre cuando queda satisfecha, dicha necesidad desapareció sin más.

Al principio, Marie-Ange llenó un vacío que había en su vida. Ya en su adolescencia, Sime había sabido que él era una persona diferente de las demás, que en su vida faltaba algo, algo que nunca había sabido identificar ni comprender. Y durante unos pocos años, Marie-Ange pareció encajar en aquel hueco que había en él y de algún modo lo completó. En cuanto a los motivos de ella, Sime sospechaba que debió de actuar impulsada por algún instinto maternal que la llevó a envolver con sus brazos al niño perdido. Y eso no podía constituir la base de una relación, tal como quedó demostrado después.

Cerró los ojos unos instantes y dejó que el viento lo acariciase. Si pudiera dormir, estaba seguro de que una gran parte de aquella tortura desaparecería. Se sintió tentado de tumbarse en la hierba, acompañado del murmullo del viento y del mar, para sentir cómo se acercaba la tormenta, que todavía estaba lejos. Pero, en cuanto cerró los párpados, el rostro de Kirsty Cowell surgió en la oscuridad. Como si hubiera estado allí siempre, esperándolo.

—Sime, ¿estás bien?

La voz, que se hizo oír por encima del ulular del viento, hizo que abriera los ojos y levantara la vista con el corazón acelerado. El teniente Crozes estaba de pie junto a él.

—Claro —respondió—. Sólo estaba escuchando el viento.

Crozes contempló el océano.

—Según el parte, se acerca una buena tormenta.

Sime siguió su mirada hasta los nubarrones que se acumulaban a lo lejos, negros, compactos, devorando el cielo a medida que se aproximaban.

—Sí, eso parece.

—Por lo visto, son los restos del huracán Jess.

Sime sólo tenía una vaga referencia de lo que habían dicho en televisión acerca del huracán que había destrozado la costa este de Estados Unidos.

—¿En serio?

—Ya ha bajado a categoría de tormenta, pero lo denominan «supertormenta». Si salimos de la isla esta noche, nos encontraremos con problemas.

Sime se encogió de hombros. Le daba igual una cosa que otra: fuera cual fuese el sitio en que apoyara la cabeza, no iba a poder dormir.

—¿Qué tal va el puerta a puerta?

Crozes resopló con resignación.

—Es como pedir peras al olmo. Sí, todo el mundo es de lo más amable, pero hablan mucho y no dicen nada. Por lo menos a nosotros. Y nadie habla mal de Kirsty Cowell.

Sime se puso de pie y se sacudió las briznas de hierba de los pantalones.

—¿Y por qué iban a hablar mal de ella?

—Ya, claro, forma parte de esta comunidad. Nació y se crió en esta isla, pero, aunque nadie lo diga, parece que todos piensan que a su marido lo mató ella.

Sime se volvió hacia él, sorprendido.

—¿Por qué?

Crozes se encogió de hombros.

—Eso es lo que tenemos que averiguar. —El teniente se volvió y señaló con un gesto de la cabeza una casa pintada de verde que había colina abajo, a unos cien metros—. Mientras ella está con Marie-Ange y la enfermera, Blanc y tú podríais interrogar a los vecinos. Según Aucoin, ellos fueron los primeros que acudieron a la casa después del crimen.

En aquel momento empezaron a caerles unas finas gotas de lluvia en la cara.

II

Los McLean eran mayores. Esperaban en la casa de verano de los Cowell, claramente nerviosos. Sin duda alguna habían estado allí muchas veces, pero en esta ocasión se sentían como peces fuera del agua, incómodos e inseguros en un ambiente desconocido. Agnes, según los cálculos de Sime, tendría unos setenta años. Harry era un poco mayor que ella. La anciana tenía una cabellera abundante, blanca y algodonosa, rizada a ambos lados de la cabeza y amontonada en la parte superior; Harry, en cambio, casi no tenía pelo, lucía una calva bronceada y llena de manchas debidas a la edad. A Sime le parecieron dos personas muy menudas, como si los hubieran reducido de tamaño.

—No sabría decir con exactitud qué hora era. —Agnes tenía una voz aguda que subía y bajaba como una mariposa en un día de verano—. Estábamos durmiendo.

—¿A qué hora se van ustedes a la cama normalmente?

—A eso de las diez —contestó el marido.

Los dedos de Harry, manchados de nicotina, daban vueltas a su alianza de boda. Tenía las manos apoyadas sobre el regazo; sin duda estaría más contento si estuviera sosteniendo un cigarrillo.

—¿De modo que fue después de las diez y antes de las doce?

—Cuando me fijé por primera vez en la hora, eran las doce y diez. Y para entonces ya habíamos llamado a la enfermera.

—¿Y la enfermera fue quien avisó a la policía?

—Sí.

—Díganme qué ocurrió cuando la señora Cowell se presentó en su casa.

Ambos se miraron el uno al otro, como si estuvieran acordando cuál de los dos hablaría primero. Fue Agnes quien lo hizo.

—Empezó a dar golpes en la puerta, en mitad de la oscuridad. Aquello parecía la Tercera Guerra Mundial. Me extraña que no se hiciera daño en las manos.

—¿Eso fue lo que los despertó?

—A mí sí, pero a Harry no. —Agnes dirigió una mirada fugaz a su marido—. Haría falta algo más que una guerra mundial para levantarlo de la cama. —Él la miró ceñudo—. Pero se despertó poco después, cuando abrimos la puerta.

—Fue como una aparición —dijo Harry, al tiempo que recordaba y abría unos ojos azules, redondos y brillantes, como las flores bajo el sol—. Iba en camisón; era blanco y delicado, casi transparente. ¿Sabe usted?, como tenía la luna detrás, se veía claramente que debajo iba desnuda.

Esta vez fue Agnes la que miró a su marido con expresión ceñuda, pero Harry no le hizo caso y siguió rememorando el momento.

—Y además estaba toda cubierta de sangre. Dios, nunca había visto nada parecido. Tenía sangre en las manos, en la cara y por todo el camisón.

—Estaba histérica —intervino Agnes—. No dejaba de chillar: «¡Ayúdenme, ayúdenme, ha muerto!» —Lanzó una mirada fulminante a su esposo—. Y, por supuesto, Harry tuvo que preguntar quién había muerto. Como si no estuviera más claro que el agua.

—¿Y por qué tenía que estar tan claro? —protestó Harry frunciendo el ceño—. Podría haber sido cualquiera.

—¿Y qué pasó después? —preguntó Sime.

—Fuimos con ella hasta la casa —contestó Agnes—. En pijama. Harry cogió una linterna y su escopeta. Y encontramos al señor Cowell tumbado en el suelo, en medio de un charco de sangre.

—La señora Cowell dijo que la habían agredido y que su esposo intentó socorrerla. —Harry no fue capaz de ocultar su escepticismo, y Sime se apresuró a aprovechar la circunstancia.

—Pero usted no se lo creyó.

El anciano respondió que no y Agnes respondió que sí, los dos al mismo tiempo. Ella volvió a mirar mal a su esposo.

—¿Por qué no se lo creyó, señor McLean?

—Harry... —En el tono de voz de Agnes iba implícita una clara advertencia.

Pero Harry se limitó a encogerse de hombros.

—No se le puede reprochar lo que hizo. Su marido la engañaba y le mentía, eso lo sabía todo el mundo.

Sime arrugó la frente.

—¿A qué se refiere?

—A que él la había abandonado una semana antes, ¿sabe? La dejó por una putilla de Grindstone. —Y tras pensar unos instantes, agregó—: Ustedes lo llaman Cap-aux-Meules.

• • •

III

Estaban sentados dentro del minibús, en lo alto de la colina, contemplando la casa de los Cowell y el faro al fondo. La isla de Havre-Aubert, la más cercana de todo el archipiélago, quedaba casi oculta por los remolinos de lluvia que azotaban la bahía. Blanc estaba delante, en el asiento del copiloto, con la ventanilla bajada para que el humo del cigarrillo se disipara en el viento. Lapointe estaba encorvado sobre el volante, comiéndose un sándwich que le dejaba migas en el bigote. Crozes, Marie-Ange y Sime se habían sentado en la parte de atrás. Fuera aún quedaban dos miembros del equipo, yendo de una puerta a otra y empapándose bajo el aguacero. El ayudante de Marie-Ange estaba tomando fotografías del escenario del crimen antes de que trasladaran el cadáver.

—En cuanto la señora Cowell se haya lavado y cambiado de ropa, quiero que le preguntes por qué no nos ha contado que había roto con su marido —dijo Crozes mientras se mordía una uña con ademán distraído.

Sime bebió un poco de café del vaso de plástico para tragarse el bocado que había dado a su *baguette*, e hizo un gesto de asentimiento. Por alguna razón, saber que Kirsty Cowell tampoco había tenido un matrimonio feliz era un consuelo para él. Ahora ambos tenían algo en común. Y además le daba a ella un motivo para cometer un asesinato.

—Tal vez deberías hablar primero con la enfermera. —Todas las cabezas se giraron hacia Marie-Ange. Ella se encogió de hombros—. No es de aquí, pero conoce lo bastante bien esta isla y a todos sus habitantes como para saber dónde están enterrados los cadáveres. —Esbozó una sonrisa irónica—. Por decirlo de algún modo.

—¿Estás pensando en algún cadáver en particular? —le preguntó Crozes.

Marie-Ange lo atrapó en la mirada de sus ojos verdes, y consiguió que se sintiera incómodo durante un momento.

—Después de que le hiciera la exploración médica a la señora Cowell, estuvimos charlando un poco. Al parecer, hay un pescador que vive cerca de la escuela y que se la tenía tomada a Cowell. Afirma que le robó el barco a su padre.

Crozes frunció los labios en una mueca pensativa y después se volvió hacia Sime.

—Pues entonces será mejor que Thomas y tú vayáis a hablar con él, Sime. Y si te parece que merece la pena, podemos someterlo a un interrogatorio formal.

Thomas Blanc tiró el cigarrillo por la ventanilla y vio cómo se lo llevaban los elementos. Luego se rascó la tonsura.

—Supongamos que la señora Cowell no ha dicho la verdad. ¿Por qué iba a agredirla ese tipo, si de quien quería vengarse era del marido?

El minibús se tambaleó de pronto, zarandeado por una repentina ráfaga de viento que subió del acantilado y golpeó el lateral del vehículo con la fuerza de un manotazo. Un instante de sol bañó la isla, semejante al trazo del pincel de un artista, y luego se esfumó.

—Bueno, a lo mejor también se la tenía tomada a la esposa —comentó Crozes—. Eso es lo que tenéis que averiguar.

CAPÍTULO 6

I

El centro de salud de la isla estaba en una cabaña de color amarillo enmarcada en blanco que se erguía en la orilla derecha de la carretera Big Hill Road, a cincuenta metros del supermercado. Llamarla «carretera» era poco apropiado, pues se trataba de un sendero sin asfaltar, lleno de socavones. El letrero que había fuera decía «Centre de santé et de services sociaux des Îles», aun cuando en aquella isla nadie hablaba francés. Otro indicio más de la esquizofrenia que se sufría en aquella provincia era el detalle de que los nombres de las calles iban todos precedidos del término francés *chemin* y seguidos del inglés *road*.

La enfermera era una mujer de treinta y muchos años y la viva personificación de dicha esquizofrenia, puesto que era nativa de Cap-aux-Meules, y por tanto su lengua materna era el francés, pero pasaba una semana sí y otra no viviendo y hablando inglés en Entry Island. Sime se fijó en que no llevaba alianza. Estaba sentada en el borde de su escritorio, con gesto de preocupación.

—No le dirán a nadie que les he contado esto, ¿verdad?

—Por supuesto que no —contestó Blanc. Se sentía más cómodo ahora que volvían a hablar en francés—. Todo lo que nos diga será estrictamente confidencial.

La enfermera iba vestida con unos vaqueros y un jersey de lana, y tenía los brazos cruzados sobre el pecho, en actitud defensiva. El cabello, castaño y ya con las primeras canas, lo llevaba peinado con austeridad: hacia atrás, retirado de una frente alta y de un rostro limpio de maquillaje.

—Se llama Owen Clarke. Es un poco bravucón. A ver, es un tipo agradable, no digo que no, pero cuando se toma una copa se vuelve un poco agresivo. Son muchas las veces que he atendido heridas infligidas por esos nudillos tan puntiagudos que tiene. Nada grave. Pero aquí los hombres son duros. Algunos de ellos pasan seis meses seguidos pescando y sin volver a su casa. No se les puede reprochar que se desahoguen un poco de vez en cuando.

—¿Qué edad tiene, más o menos? —preguntó Sime.

—Calculo que andará por los cuarenta y tantos. Tiene un hijo adolescente que se llama Chuck. No es mal chico, pero no cabe duda de que acabará siguiendo los pasos de su padre. En lo que se refiere al temperamento, quiero decir. Aunque no quiere dedicarse a la pesca; como la mayoría de los chavales de la isla, lo único que busca es marcharse de aquí.

Miró por la ventana, casi con nostalgia, según le pareció a Sime. Con un día claro, seguramente desde allí se veía Cap-aux-Meules.

—Por extraño que parezca, en la familia Clarke quien dirige el cotarro es la madre. Owen es un hombre burdo, y Chuck no le anda muy a la zaga. Mary-Anne es la líder de la manada.

Blanc estaba jugando distraídamente con un cigarrillo sin encender en la mano derecha, girándolo entre los dedos igual que un ilusionista que está a punto de realizar un juego de prestidigitación. La enfermera tenía la vista fija en él, como si temiese que Blanc pudiera prenderlo.

—¿Y cuál era el asunto que tenía pendiente con Cowell? —preguntó Blanc.

—Algo relacionado con su barco. No conozco los detalles, pero sé que antes pertenecía a su padre y ahora pertenece a Cowell. —Se interrumpió para rectificar—. Pertenecía. Y Owen le hacía de patrón.

—¿Y usted cree que Clarke podría haber sido capaz de matarlo? —dijo Sime.

—Yo no he dicho eso —se apresuró a replicar la enfermera—. Lo único que digo es que no podían verse el uno al otro.

—Usted fue la primera persona que acudió al escenario del crimen —dijo Blanc—. Después de los McLean, claro está.

—Sí.

—Y cuando llegó, Cowell ya estaba muerto.

La enfermera se mordió el labio suavemente, y en su mirada Sime captó que aquel recuerdo la turbaba.

—Así es.

—¿De qué modo lo verificó?

—Sargento, es imposible que una persona que ha perdido tanta sangre continúe con vida.

—Pero ¿consiguió determinar qué fue lo que causó la hemorragia?

—Eso sólo podrá decírselo el patólogo. —Lanzó un suspiro y se relajó un poco—. Se veía que había recibido tres puñaladas en el pecho.

—Así que el agresor debió de ensañarse a conciencia.

La enfermera negó con la cabeza.

—No tengo ni idea. Yo atiendo cortes y contusiones, sargento, y doy consejos a las embarazadas. Lo único que puedo decirle es que por lo menos una de las heridas debió de perforar un pulmón, porque había una gran cantidad de sangre, muy roja y espumosa, oxigenada.

Blanc levantó el cigarrillo como si fuera a llevárselo a los labios, pero luego pareció pensárselo mejor y lo bajó de nuevo.

—¿En qué estado se encontraba la señora Cowell cuando llegó usted?

La enfermera miró hacia el techo, como para revivir aquel momento.

—Estaba casi catatónica.

—Los McLean han dicho que estaba histérica.

—Cuando llegué yo, no. Estaba sentada en el borde de una de las sillas del salón acristalado, con la mirada fija en la nada. Nunca había visto una cara tan pálida, contrastaba mucho con toda la sangre que llevaba encima.

Blanc miró fugazmente a Sime y luego volvió a concentrarse en la enfermera.

—¿A usted le cae bien la señora Cowell?

La pregunta pareció sorprenderla.

—Sí, me cae bien.

—¿Cree que mató a su marido?

Sus mejillas se tiñeron de rojo, se apartó del borde de la mesa y se incorporó.

—No tengo ni idea, sargento, eso es algo que les corresponde averiguar a ustedes.

Fuera, el viento azotaba el cabello de Blanc con tal fuerza que casi se lo levantaba de punta. Se volvió hacia Sime.

—Supongo que tendremos que hablar con ese tal Clarke. Aunque algo me dice que esto va a ser una misión imposible.

Dio una última vuelta al cigarrillo en los dedos y finalmente lo partió por la mitad. El tabaco que contenía se dispersó en el viento del atardecer.

II

El minibús avanzaba traqueteando y dando tumbos por la irregular superficie de School Road, dejando a mano derecha las colinas gemelas de Big Hill y Cherry Hill, que se elevaban por encima de diversas plantaciones de pinos raquíticos. Blanc iba al volante, fumando, y Sime bajó la ventanilla para que entrase aire. La lluvia era ahora intermitente, y dejaba un rastro en la luna delantera con cada barrido de los limpiaparabrisas.

La escuela era un edificio alargado y de escasa altura, provisto de ventanas en un costado. Estaba ubicada en el valle que se extendía más allá del pinar más próximo, y había sido construida en una época en que la población de la isla bien podría ser el doble de la actual. Sime dudó que a ella asistieran por aquel entonces más de un puñado de niños.

Salieron de la carretera para tomar un camino sin asfaltar, y subieron la cuesta que llevaba hasta una casa pintada de color morado que había al final. Una valla blanca cercaba un jardín con la hierba muy crecida, y allí al fondo encontraron a Clarke, dentro de una caseta de ladrillo, siguiendo las indicaciones de una mujer mayor que respondió cuando llamaron a la puerta. Sime pensó que no podía ser su esposa.

Alrededor de la caseta había montañas de cestas para pescar langostas, alineadas de una forma que parecían las algas que arrastra la marea. Estaban apiladas en montones de seis o siete, y había centenares, todas unidas entre sí por cuerdas y sujetas al suelo para que no se las llevaran los fuertes vientos invernales.

La caseta carecía de ventanas, y la única iluminación procedía de una sola bombilla desnuda que descendía desde la oscuridad del techo. El aire estaba lleno de humo de tabaco, y se oía el zumbido de un arcón congelador que estaba en la pared del fondo. Sime detectó además un olor a alcohol rancio. En las paredes colgaban redes, herramientas y cuerdas, y contra un muro se veían apilados varios palos de madera de dos metros de largo. Del techo pendía una profusión de boyas blancas y rosa, como si fueran hongos que hubieran crecido en las vigas.

Clarke estaba sentado en un taburete, encorvado sobre un banco de trabajo situado bajo la bombilla, con los ojos entornados a causa del humo que desprendía el cigarrillo lleno de manchas marrones que ardía en la comisura de sus labios. En un extremo del banco de trabajo aguardaba un botellín de cerveza a medio vaciar. Clarke estaba uniendo una red al bastidor de una cesta recién construida. La mesa y el suelo estaban cubiertos de serrín, y de un torno sujeto al banco, al lado de la cerveza, colgaba una oxidada sierra de marquetería.

Cuando le dijeron a qué habían ido, se echó a reír. Fue una risa que sonó a diversión auténtica.

—¿Y creen que lo he matado yo? Maldita sea, ¡ojalá! Seguro que él se lo esperaba.

Se metió una bocanada de humo en los pulmones y luego la exhaló en dirección a la bombilla. La nube ocultó momentáneamente la luz. A Clark le faltaban la mayoría de los dientes de abajo y llevaba por lo menos una semana sin afeitarse. Vieron un gato que los observaba con una estudiada falta de interés, enroscado dentro de una caja de cartón colocada encima de un viejo armario de madera que aparecía abarrotado con los despojos de una vida caótica.

Blanc cedió la iniciativa a Sime, dado que se encontraban de nuevo en territorio anglófono. No obstante, se sirvió del cigarrillo de Clarke como pretexto para encender uno para sí, de manera que en el interior de aquella caseta el aire se volvió más irrespirable. Los tres hombres se miraron unos a otros con cautela, como si fueran tres rostros escrutando entre la niebla.

—¿Qué era exactamente lo que tenía usted contra el señor Cowell, señor Clarke?

El pescador soltó un bufido.

—¿«Señor», ha dicho? ¡Ja! —Luego su sonrisa desapareció, y la efímera luz que había iluminado sus ojos se vio reemplazada por un odio sórdido—. Voy a contarles lo que tenía yo contra ese hijo de puta. Le robó el barco a mi padre, y de paso lo mató.

—¿Cómo fue eso?

Clarke dejó caer el cigarrillo al suelo y luego lo aplastó con el pie. Acto seguido, bebió un trago de cerveza y, sin soltar el botellín de la mano, se inclinó hacia la luz.

—Esta vida es muy jodida, tío. Uno se pasa los inviernos aquí encerrado, meses enteros sin nada mejor que hacer que oír cotorrear a las mujeres hasta que te hacen papilla los oídos. Es para volverse loco. Hace frío y nieva. Siempre está oscuro, y a veces los días se hacen interminables, sobre todo cuando el ferry no viene porque la bahía se ha helado o porque hay temporal. —Bebió un largo trago directamente del botellín—. Cuando llega la primavera, hay que preparar el barco y luego salir a pescar. Aquí, la temporada de la langosta es corta. Sólo dura dos meses, y empieza el uno de mayo. Se sale al mar a las cinco de la madrugada y ya no se vuelve. Las jornadas son muy largas y duras, y también peligrosas. Cuando sacamos esas cestas del barco, van unidas por una cuerda, rollos y rollos de cuerda. Se te enreda en los pies, y como no tengas cuidado acabas cayéndote al agua en un santiamén. Esas cestas pesan mucho, y te arrastran hasta el fondo. Tío, uno puede acabar ahogándose sin tener siquiera tiempo de darse cuenta. —Se detuvo un instante, en el que no fue capaz de sostenerles la mirada—. Mi hermano murió de esa forma. Un minuto antes estaba aquí, y un minuto después había desaparecido. No pude hacer nada por él.

Sime vio que las lágrimas asomaban a los ojos de Clarke, pero éste enseguida se apresuró a eliminarlas con un pestañeo.

—Casi todos los años pasamos tres o cuatro meses en Nueva Escocia. En ese tiempo, tenemos que ganar el dinero suficiente para pasar todo el invierno, los meses en que no hacemos nada. Por eso era importante que mi viejo tuviera su propio barco, para trabajar por cuenta propia y poder vender al mejor precio. Se pasó toda su puta vida pescando, y lo hizo sólo para poder dejarme aquel barco en herencia. —Hizo una pausa—. Bueno, a mí y a Josh. Sólo que Josh ya no está. También al viejo se le partió el corazón cuando ocurrió aquello. Así que sólo quedé yo. Y yo lo era todo para él, ¿comprenden? Yo era la razón por la que trabajaba tan duro. Y de repente, va Cowell y se lo quita todo en un abrir y cerrar de ojos.

Clarke retorcía los labios al hablar, como si notase un sabor desagradable en la boca.

—¿Y cómo lo hizo? —preguntó Sime.

El hombre sacó la mandíbula en ademán desafiante, como si estuviera retándolos a que lo contradijeran.

—Uno tiene años malos, ¿saben? Es algo que ocurre. Bueno, pues tuvimos dos años malos seguidos. No hubo forma de aguantar hasta el invierno siguiente. Así que mi viejo pidió un crédito a Cowell. Puso el barco como garantía, porque sabía que podría pagarlo la temporada siguiente. El problema era que Cowell cobraba el doble de intereses que los bancos.

—Entonces, ¿por qué no solicitó el crédito a un banco?

Clarke frunció el ceño.

—Porque el banco consideraba que existía un alto riesgo de impago. No había más remedio, o Cowell o nada. Y justo antes de que empezara la temporada de primavera, mi viejo va y sufre un infarto. El médico le dijo que no podía salir al mar, de manera que sólo quedaba yo. Y estaba claro que yo no podría pescar tanto como yendo los dos juntos. Así que no tuvimos dinero suficiente para pagar el crédito cuando Cowell nos lo reclamó. Al ver que no podíamos pagar, se quedó con el barco. Y además se creía que estaba haciéndome un favor permitiendo que yo siguiera siendo el patrón. —Lanzó un largo resoplido, como si con ello desahogara su desprecio—. Cowell se llevó todo aquello por lo que había trabajado mi padre a lo largo de su vida. Aquel barco era su orgullo y su alegría, y su deseo era que llegara a ser mío. —Carraspeó para aclararse la garganta y escupió en el suelo—. Murió menos de un mes después.

Acto seguido, apuró el botellín de cerveza y se quedó mirándolo, como si buscara inspiración en aquel cristal vacío.

—Si ahora ese barco fuese mío, tendría algo que dejar en herencia a mi hijo. Y puede que de esa forma no quisiera marcharse.

Se hizo un largo silencio, tan pesado como el humo que flotaba en torno a la bombilla en lentas volutas que iban cambiando de forma. Sime fue quien lo rompió:

—Señor Clarke, ¿dónde estuvo usted anoche?

Clarke alzó la mirada, desafiante, y la clavó en Sime. Habló despacio, conteniendo la furia:

—Estuve en casa. Toda la noche. Pueden preguntar a mi mujer o a mi madre.

—Así lo haremos.

A continuación, el hombre se apartó del banco de trabajo y se irguió en su asiento.

—Supongo que lo bueno de todo esto es que, cuando ustedes se vayan, se llevarán también a Cowell, y ya no volverá. Miren, la verdad es que no me importa quién lo haya matado, lo importante es que ha muerto. —Dibujó una sonrisa de tristeza al ver la expresión de los detectives—. En esta isla no hay ni leyes ni nada, la gente se toma la justicia por su mano. Somos libres. —Luego cogió un cigarrillo de una lata y lo encendió—. Este lugar nos pertenece a nosotros. Y ustedes pueden irse al infierno.

• • •

III

La anciana señora Clarke estaba sentada a la mesa del comedor, con un gesto de derrota en los labios y una mirada triste que se reflejaban en la superficie brillante de la mesa. Entrar en la casa de los Clarke era como viajar al pasado. Las ventanas estaban adornadas con visillos amarillos de volantes. El empapelado de las paredes tenía un estampado de franjas y flores que cubría los paneles de madera oscura. El suelo era de linóleo de un verde apagado. También había hiedras de plástico con flores rojas colocadas por encima de una profusión de espejos que de alguna manera parecían iluminar la estancia, incluso cuando ya empezaba a caer la tarde. Todas las superficies y todas las estanterías crujían bajo el peso de los adornos y las fotos enmarcadas de los familiares.

La anciana llevaba una blusa larga, de color rojo, encima de una falda azul recta que le cubría modestamente las rodillas. Tenía unas piernas que parecían mazorcas, y los pies hinchados y embutidos en unos zapatos que en otra época debieron de quedarle bien, pero que ahora se veían muy pequeños para ella. El rostro que asomaba tras las gafas redondas y gruesas era de piel clara, casi gris, y daba la impresión de haber sido moldeado con masilla.

—Precisamente estaba haciendo la lista de mensajes —dijo señalando una hoja impresa de artículos del supermercado y un trozo de papel rayado escrito con letra temblorosa.

Afuera, el viento silbaba en las ventanas y en los marcos de las puertas.

—¿Una «lista de mensajes»? —repitió Sime.

La anciana soltó una risita.

—Nosotros los llamamos «mensajes», ustedes dirían «lista de la compra». Cada quince días, llamo por teléfono a la cooperativa de Grindstone, les dicto las cosas que necesito comprar, y dos días después ellos me las envían en el ferry. Ése es mi trabajo. El de Chuck consiste en ir a buscarlas. Para un muchacho hecho y derecho como él eso no es mucho pedir, pero aun así no deja de quejarse.

—Entonces, ¿vive usted aquí con su hijo y su nuera?

—No. Ellos viven aquí conmigo. Aunque nadie lo diría, al ver las órdenes que va dando esa mujer por todas partes. Claro que yo no le hago ni caso. Dentro de poco esta casa será para ellos, a mí no me queda mucho tiempo en este mundo.

Sime dirigió una mirada a Blanc, que parecía confuso.

—Pues yo la veo estupenda, señora Clarke.

—Las apariencias engañan, hijo. No se crea usted todo lo que vea.

En aquel momento se abrió la puerta del pasillo y apareció una mujer menuda y fornida, de cuarenta y tantos años, con el pelo muy corto y teñido de color caoba, que los observó con cara de pocos amigos. Sime miró fugazmente por la ventana y vio un coche junto a la entrada de la casa. Cuando ellos llegaron, no había ningún vehículo allí. Con el aullido del viento, no lo habían oído llegar. Supuso que sería Mary-Anne Clarke.

—¿Se puede saber qué demonios quieren? —exclamó.

—¿Señora Clarke?

—Ésta es mi casa, así que las preguntas las hago yo.

Sime empezó a entender por qué Owen Clarke odiaba los inviernos. Le mostró su placa de identificación de la Sûreté y se presentó:

—Somos los detectives Blanc y Mackenzie. Sólo estamos intentando determinar dónde se encontraba su marido ayer por la tarde.

—Mi marido no ha matado a esa comadreja de Cowell, si es eso lo que están pensando. No habría tenido los cojones para hacer algo así, a no ser que llevara un litro de whisky en el cuerpo. Y dudo incluso de que en ese caso hubiera sido capaz.

—¿Sabe usted dónde estuvo?

—Estuvo aquí mismo, en casa. Toda la noche. —Lanzó una mirada a su suegra—. ¿No es verdad, señora Clarke?

—Si tú lo dices, querida...

Mary-Anne volvió a clavar la vista en los dos policías.

—¿Contentos?

• • •

—¡Joder, Sime! —exclamó Blanc mientras cerraban la verja de la casa—. Si yo fuera Clarke, no sería capaz de esperar a que llegase el uno de mayo para empezar la temporada.

Sime sonrió.

—¿Estás casado, Thomas?

Blanc formó un hueco con las manos alrededor de un cigarrillo para encenderlo, y Sime observó cómo se escapaba el humo de su boca cuando volvió a levantar la cabeza.

—Una vez lo intenté, pero no me gustó. —Calló unos instantes—. Aunque no escarmenté. La segunda vez caí en la trampa. Ahora tengo tres hijos adolescentes. —Dio otra calada al cigarrillo—. Imagino que no merece la pena someter a Clarke a un interrogatorio formal.

Sime se encogió de hombros, un tanto desilusionado.

—Supongo que no. Al menos por el momento.

Blanc consultó el reloj.

—Probablemente tenemos el tiempo justo para interrogar de nuevo a la viuda de Cowell antes de que salga el ferry. —Levantó la vista hacia el cielo—. Si es que se atreven a zarpar.

Como estaban situados en la dirección contraria al viento, no oyeron llegar a los *quads* hasta que aparecieron en su campo visual. Eran cinco e iban a toda velocidad. Sime y Blanc se volvieron hacia ellos, sorprendidos por el estruendo que producían los motores forzados al máximo para liberar todos los caballos de potencia. Surgieron de repente por el repecho de la colina, como salidos de la nada, y uno tras otro empezaron a dar vueltas alrededor de los dos policías.

Sime se dio cuenta de que sólo eran críos. Tendrían catorce años, quince, tal vez dieciséis. Había dos chicas y tres chicos.

—¡Largo de aquí! —les gritó, pero su voz no consiguió imponerse al rugido del viento y de los motores.

Ya había empezado a llover en serio, y Sime y Blanc estaban atrapados en el cerco que formaban los *quads*, de modo que no podían correr a refugiarse en el minibús. Los adolescentes lanzaban gritos y risotadas que se oían por encima del estruendo. Sime se interpuso en la trayectoria del *quad* que tenía más cerca con la intención de romper el círculo, y por un instante creyó que iba a atropellarlo, pero en el último segundo el vehículo hizo un fuerte viraje, volcó y lanzó al conductor al suelo.

Los otros se detuvieron bruscamente, y Blanc corrió hacia el conductor que acababa de caer para agarrarlo por el brazo y ponerlo en pie. Era un chico con cara de malas pulgas que parecía ser el mayor del grupo. Llevaba el pelo afeitado a ambos lados de la cabeza y peinado de punta en la parte superior.

—¡Maldito idiota! —le gritó Blanc—. ¿Es que quieres matarte?

Pero el chico no apartaba los ojos de Sime, que lo había humillado delante de sus amigos.

—No, el que quiere matarme es ése.

De pronto, una voz aguda y cortante se abrió paso entre el rugido que formaban el viento y los motores:

—¡Chuck!

Todo el mundo se volvió hacia la casa. El pelo teñido de Mary-Anne, de un incongruente color rojo, destacaba con la tonalidad sulfurosa de la luz reinante. Estaba de pie en la puerta, y no había una sola persona entre todos ellos, ya fuera adolescente o adulta, que no supiera que con ella no convenía discutir.

—¡Entra en casa ahora mismo! ¡Vamos!

De mala gana, y con la menor elegancia posible, Chuck enderezó su *quad* con la ayuda de uno de sus amigos y se volvió hacia Sime con gesto hosco.

—Deje en paz a mi padre. No ha tenido nada que ver con el asesinato de ese hijo de puta.

Y acto seguido, volvió a subirse al *quad*, dio gas unas cuantas veces y se alejó en dirección a la parte de atrás de la casa. Su madre entró y cerró la puerta. Los demás chicos aceleraron y se perdieron colina arriba, levantando barro y hierba a su paso.

La lluvia caía ya en oleadas, empujada por el viento, pero Sime sintió que le ardía en la cara.

CAPÍTULO 7

El inminente fenómeno meteorológico ya había robado casi toda la luz del cielo, que ahora presentaba una extraña tonalidad ocre, y dentro de la casa de verano estaba lo bastante oscuro como para que fuera necesario encender la luz para llevar a cabo el segundo interrogatorio de Kirsty Cowell.

El viento había alcanzado una intensidad que empezaba a parecerse a la de un temporal. Las contraventanas tableteaban y las tejas de la cubierta del tejado se levantaban sin parar. Había casi tanto ruido dentro como fuera de la casa. Seguía cayendo la lluvia, formando oleadas y remolinos de agua, y aquello no era más que la avanzadilla. El cuerpo principal de la tormenta era visible allá en el mar, se alzaba en una niebla negra que se acercaba implacable hacia la isla.

Sime se sentó de nuevo de espaldas a la ventana, pero esta vez con la cara iluminada por la lámpara del techo. Se sentía más expuesto de lo que le habría gustado. Tenía sobre las rodillas una sinopsis de la exploración médica que la enfermera le había practicado a la señora Cowell. Estaba colorado a causa de los aguijonazos de la lluvia, y, a pesar de que se había secado la cara con una toalla, todavía la notaba húmeda.

—¿Por qué no me dijo que había roto con su esposo?

La expresión de Kirsty Cowell no se alteró lo más mínimo.

—Usted no me lo preguntó.

—Al retener información no se está haciendo ningún favor a sí misma, señora Cowell.

Ella no dijo nada, y Sime la observó detenidamente. Ahora que se había lavado las manchas de sangre y que su rostro estaba limpio de maquillaje, vio que era una mujer atractiva sin ser guapa. Y, cosa extraña, le resultó todavía más familiar que antes. Tenía unas facciones muy marcadas, unos pómulos ligeramente resaltados y una boca generosa. La nariz era un tanto más ancha de lo que debería ser en un mundo perfecto, pero no resultaba desproporcionada respecto al resto de la cara. Su mandíbula, bien dibujada, terminaba en una barbilla un poco en punta; sin embargo, su rasgo más llamativo seguían siendo los ojos. Ahora estaban fijos en él con una mirada fría y cautelosa. Se había duchado, y el cabello le colgaba lacio hasta los hombros. Llevaba unos sencillos vaqueros recortados, zapatillas deportivas y una sudadera de varias tallas más que la suya. Se adivinaban unos leves hematomas en la mejilla izquierda y en la sien derecha.

—Cuénteme por qué la dejó su esposo.

—A punto he estado de contestarle que se lo pregunte a él... —respondió Kirsty. Luego guardó silencio unos instantes y añadió—: Pero estoy segura de que ya sabe que tenía una aventura con otra mujer.

Sime se dijo que a lo mejor su hostilidad era un escudo que usaba para protegerse de la humillación que sin duda sentía al tener que hablar del fracaso de su matrimonio con un desconocido. No le costó imaginar cómo se sentiría él si la situación fuera la inversa. O a lo mejor la viuda tenía miedo de que la sorprendieran en alguna contradicción.

—Me gustaría conocer su versión de lo sucedido.

Kirsty suspiró, resignada a lo inevitable.

—Pasaba cada vez más tiempo en el trabajo, señor Mackenzie. Como seguramente ya le habrán dicho, yo llevo muchos años sin salir de esta isla, de modo que nunca lo acompañé a ninguno de sus viajes.

—¿Era inusual que viajara tan a menudo?

—No, salía de la isla con frecuencia, durante la temporada de la langosta casi a diario, pero nunca estaba fuera mucho tiempo. Lo inusual era la cantidad de tiempo que pasaba fuera de la isla. Siempre que yo le preguntaba a qué se debía, me contestaba que el negocio le exigía cada vez más. Pero nunca le había exigido tanto, y él era muy capaz de dirigirlo todo desde el despacho que tenía en casa.

—¿De modo que usted lo cuestionó al respecto?

—No. —Dejó escapar una risita jocosa—. Le creí, como una tonta. No tuve ni idea de lo que estaba ocurriendo en realidad hasta que una vecina que volvió de Cap-aux-Meules en el ferry me dijo que lo había visto allí.

—¿Y se suponía que estaba en otra parte?

—En Montreal. Me había llamado por teléfono justo la noche anterior. Desde el hotel, dijo. En el que se alojaba siempre. Quería avisarme de que iba a tener que quedarse un par de días más en la ciudad y de que no iba a volver a casa hasta finales de semana. Así que, cuando me dijeron que en realidad estaba al otro lado de la bahía, supe que había estado mintiéndome.

—¿Y qué hizo?

—Esperé a que llegara a casa y le pregunté cómo le había ido en Montreal. Quería darle la oportunidad de que me dijera que, debido a un cambio de planes, había tenido que venir a Cap-aux-Meules y que no había podido comunicármelo.

—Pero no dijo nada de todo eso.

Kirsty negó con la cabeza.

—Incluso me habló de lo que había cenado la noche anterior en Montreal, en su restaurante favorito, La Porte, del bulevar Saint Laurent. —Cerró los ojos, y, durante unos breves momentos, Sime se sintió liberado de aquella tenaza. Cuando volvió a abrirlos, quemaban como el hielo—. Le dije que ya sabía que había estado en Cap-aux-Meules, y vi cómo le cambiaba el color de la cara.

—¿Qué fue lo que dijo?

—Estuvo patético. Se puso a buscar torpemente alguna excusa, algún motivo que explicase por qué había estado en un sitio cuando aseguraba que había estado en otro. Y de repente se rindió. Supongo que se dio cuenta de que todo era inútil. Reconoció que me había mentido, que había otra persona, que llevaban varios meses teniendo una aventura y que de alguna manera todo era culpa mía.

—¿Por qué era culpa de usted?

—Bueno, por lo visto yo me mostraba distante y fría. —Aquellas acusaciones le resultaron muy familiares a Sime—. ¿Y sabe cuál era el peor crimen que yo había cometido? Negarme a salir de la isla. Como si él no lo supiera desde el primer día de nuestra relación. —Ya hablaba con la respiración agitada, y Sime advirtió el dolor y la rabia que la invadían al recordar aquella discusión.

—¿Cuándo sucedió todo esto?

Kirsty volvió a cerrar los ojos, respiró hondo, y fue como si, de pronto, hubiera descendido sobre ella una nube de profunda calma. Cuando los abrió de nuevo, miró a Sime con expresión sincera.

—Hará unos diez días, señor Mackenzie. La semana pasada se marchó de casa y se fue a vivir con la otra.

Se hizo obvio que las heridas aún eran recientes.

—¿Usted la conocía?

—Personalmente, no. Pero sabía quién era. Todo el mundo sabe quién es.

—¿Y quién es?

—Ariane Briand. Está casada con el alcalde de Cap-aux-Meules.

Sime la miró con gesto pensativo. De pronto había aparecido otra amante en la escena, y, sin saber muy bien por qué, se sintió aliviado.

—¿Por qué regresó su esposo a la isla anoche, si ya la había abandonado a usted?

—Porque todavía hay muchísimas cosas suyas en la casa. Vino para hacer unas cuantas maletas.

—¿Sabía que iba a venir?

Ella titubeó sólo un instante.

—No —respondió.

Sime echó un vistazo al informe médico que tenía sobre las rodillas.

—Se dará usted cuenta de que el hecho de que su marido acabara de abandonarla podría interpretarse como un motivo para asesinarlo.

—Nadie que me conozca podría interpretar tal cosa.

Su respuesta fue una constatación de los hechos, lisa y llanamente. Sime la observó un momento, y se dio cuenta de que aquella frase iba dirigida a él. Y Kirsty Cowell tenía razón: no la conocía en absoluto.

Levantó en alto el informe médico.

—Aquí dice que usted presenta abundantes pruebas de contusiones y arañazos por todo el cuerpo, como si se hubiera peleado.

—¡Es que me peleé! Para defenderme. —En sus ojos brilló la cólera durante un instante—. No es de sorprender que esté llena de contusiones y arañazos. Y no tengo ningún motivo para cometer un asesinato, señor Mackenzie. Si quiere saber la verdad, llegué a odiar a mi marido. No sentía el menor deseo de que le hicieran daño, pero me alegro de que ya no esté.

Sime alzó una ceja, sorprendido.

—¿Por qué?

—Cuando nos conocimos, me persiguió... —se interrumpió un momento para buscar la expresión adecuada— de forma implacable. Yo era su obsesión. Me enviaba flores y bombones, me escribía cartas. Me llamaba por teléfono una docena de veces al día. Se servía de su dinero para intentar impresionarme, utilizaba toda la pasión de que era capaz para seducirme. Y yo, como una idiota, caí rendida. Me halagaron sus atenciones, sus grandes gestos. Me enamoré locamente de él. Acababa de terminar la universidad y era joven, impresionable. Y como había nacido en esta isla, probablemente no tenía mucho mundo, y desde luego carecía por completo de experiencia. De modo que, cuando se me declaró, ¿cómo iba a decirle que no?

Sacudió la cabeza, llevada por aquellos tristes recuerdos.

—Ya lo dice el refrán: «Cásate demasiado pronto y te arrepentirás demasiado tarde.» Bueno, pues la verdad es que yo tuve tiempo de sobra para arrepentirme. Una relación auténtica se basa en la confianza y en la comprensión, en compartir las pequeñas cosas, los momentos de felicidad y de alegría. Consiste en darse cuenta de que los dos acabáis de tener la misma idea o estáis a punto de decir lo mismo. James y yo no compartíamos nada, señor Mackenzie, excepto el espacio. E incluso eso cada vez menos. Terminé dándome cuenta de que sus sentimientos carecían de sustancia. Su obsesión era consigo mismo, no conmigo. Tan sólo me hablaba de un importante contrato que había firmado o de un acuerdo de exportación con Estados Unidos, y comprendí que, mientras me lo decía, estaba viendo su reflejo en la ventana. Estaba actuando para su propia galería imaginaria. Estaba posando para unas fotografías que nadie estaba haciendo. Tal vez estuviera enamorado de mí, de la idea que tenía de mí, pero yo no era más que otro trofeo en una vida que sólo giraba en torno a él. En torno a su imagen. En torno a su percepción de cómo lo veían los demás.

Un súbito relámpago se bifurcó en el cielo al otro lado del golfo, y el retumbar del trueno a lo lejos interrumpió el silencio que se hizo en la habitación. Sime esperó a que Kirsty Cowell continuase.

—Debe entender que, cuando descubrí que mi marido tenía una aventura, el principal sentimiento que experimenté fue el de alivio. Estaba dolida, naturalmente, ¿cómo no iba a sentirme un poco traicionada? Pero cuando se marchó de casa fue como si hubiera recuperado mi vida.

A Sime le vino a la memoria lo que le había dicho Marie-Ange: «Dejarte es lo mejor que he hecho en la vida. No tienes ni idea de lo libre que me siento.»

—Ya se había ido, señor Mackenzie. ¿Para qué iba a querer matarlo?

Tras el interrogatorio, Sime dejó que Blanc se encargase de desmantelar el equipo, y encontró a Kirsty en los escalones de la entrada. La lluvia caía en sentido horizontal desde el golfo y se metía en el porche, pero a ella no parecía importarle. Estaba de pie, de cara al aguacero y al viento, como en actitud desafiante, cruzada de brazos y con el rostro ligeramente levantado y empapado por la lluvia. El agua resbalaba por sus mejillas formando regueros que parecían lágrimas.

—Va a pegar fuerte —dijo sin volverse a mirar a Sime.

—Eso me han dicho. —El estruendo que producía el mar al chocar contra las rocas, al pie de los acantilados, resultaba casi ensordecedor, de manera que tuvo que hablar más alto para hacerse oír—. Creo que esta noche es mejor que se quede usted aquí. A no ser que tenga otro sitio al que quiera irse. —Señaló con un gesto de la cabeza la casa que había construido su marido, y añadió—: Ésa es zona vedada.

—Me quedaré aquí.

—En la casa grande habrá un agente apostado durante toda la noche.

Kirsty se volvió y lo miró.

—¿Soy una sospechosa?

—No la hemos arrestado, si se refiere a eso. La misión de ese agente es velar por la integridad del escenario del crimen. —Titubeó un momento—. ¿Tiene algún amigo o algún familiar a quien quiera llamar para que se quede aquí con usted?

Kirsty negó con la cabeza.

—Tengo muchos conocidos, señor Mackenzie, pero nunca me ha resultado fácil hacer amigos. Y el único pariente que me queda es mi primo Jack, pero vive en Havre-Aubert y trabaja a turnos en la mina de sal que hay al norte. La verdad es que tenemos poco contacto, y casi nada en común.

Volvió a mirarlo de esa forma tan extraña, y a él le resultó difícil reprimir algún tipo de reacción emocional.

—No pienso marcharme de la isla, si eso es lo que le preocupa. He pasado más de diez años sin salir de ella, y no tengo intención de hacerlo ahora.

—¿Por qué?

—¿Por qué, qué?

—¿Por qué no quiere salir de la isla?

Ella se encogió de hombros.

—Cuando era más joven tuve que salir, por supuesto. Mis padres me mandaron a la isla Príncipe Eduardo, a estudiar secundaria. Y también lo hice cuando fui a la Universidad de Lennoxville. Eso estuvo bien, al menos mientras tuve aquí a mi familia. Pero en mi último año de carrera falleció mi madre. De cáncer. Y no mucho después también murió mi padre; no fue capaz de afrontar la vida sin ella y dejó de luchar. Desde que lo enterré en el cementerio, no he vuelto a salir de la isla.

Esbozó una sonrisa. Era la primera vez que Sime la veía sonreír. Pero fue una sonrisa triste.

—Al principio eso era algo que a James le encantaba. Decía que lo nuestro era maravillosamente excéntrico, incluso exótico. Los dos acurrucados juntos en esta isla, irse en avión a gestionar su negocio adondequiera que el trabajo lo llevara y después volver al nidito de amor que había construido para ambos. —Miró con tristeza hacia la casa grande—. Donde siempre estaba su amor aguardándolo. El amor en el que siempre podía confiar. —Dio la espalda a la lluvia y se apoyó sobre la barandilla del porche para contemplar la casa en la que había nacido—. Lo que él no sabía era que, cuando estaba fuera, yo casi nunca dormía en su cama. Venía aquí. Era como regresar al útero materno. En esta casa hay consuelo y amor, señor Mackenzie. La casa que construyó James es un lugar frío y vacío. Así era como me hacía sentir él.

Lanzó un profundo suspiro y se volvió una vez más hacia Sime.

—Por supuesto, James no tardó en cansarse de mi excentricidad. Lo frustraba, se convirtió en una fuente de fricciones. A él le gustaba viajar, ¿sabe? Cenar en restaurantes buenos. Y siempre quiso ir a Europa. Pero ninguna de esas cosas era posible teniendo una estúpida esposa que no quería salir de una diminuta isla perdida en mitad del golfo de San Lorenzo.

Se interrumpió para observar el semblante de Sime con una ligera expresión de desconcierto en los ojos.

—¿Por qué resulta tan fácil hablar con usted?

Sime sonrió.

—Porque ése es mi trabajo.

—¿Y por eso estoy contándole cosas que no le he contado a nadie en toda mi vida?

La mirada de Sime no se apartó de la de ella.

—Aún no me ha dicho por qué no quiere salir de esta isla.

En aquel momento ella sí desvió los ojos y pareció concentrarse en algún rincón de su mente.

—A lo mejor es porque no puedo hacerlo.

—¿No puede o no quiere?

—No puedo, señor Mackenzie. Verá, lo cierto es que no sé muy bien por qué. Es simplemente una sensación que tengo. Muy fuerte. Algo que siento en mi interior y que no puedo explicar. A mi madre le ocurría lo mismo, odiaba salir de esta isla. Y al final eso terminó con su vida. No quiso ir a Cap-aux-Meules para que la visitara el médico, de modo que no le detectaron el cáncer hasta que fue demasiado tarde. —Volvió a concentrarse en su interrogador—. Es como... —buscó las palabras necesarias para dar forma a la idea— como si estuviera esperando algo, y como si fuera a perdérmelo si me marchara de aquí.

Sime levantó la mano derecha para apartarse el pelo mojado de la frente, y Kirsty lanzó de pronto un grito. Más que oírla, Sime vio la exclamación ahogada que dejó escapar. Ella atrapó entonces la mano del agente entre las suyas y le dio la vuelta para mirar el dorso. Inclinó la cabeza hacia un lado y frunció el ceño.

—¿De dónde ha sacado este anillo?

Sime retiró la mano y miró el sello de oro de su dedo corazón. Lo llevaba puesto desde hacía tanto tiempo que casi se había olvidado de él.

—¿Por qué?

Kirsty volvió a cogerle la mano y pasó el dedo pulgar por el grabado de la superficie de la piedra roja. Tenía forma ovalada y estaba engarzada en oro.

—Es una cornalina.

—¿Qué es eso?

—Una piedra semipreciosa. Muy dura. Ideal para grabarla. —Levantó la vista con una expresión muy extraña en los ojos. Parecía confusa. Incluso temerosa—. ¿Sabe lo que representa este grabado?

Aún no le había soltado la mano. Sime volvió a mirar el anillo.

—Para serle sincero, la verdad es que nunca le he prestado demasiada atención. Parece un brazo flexionado que empuña una espada.

—¿De dónde lo ha sacado? —volvió a preguntar Kirsty. Aunque esta vez empleó un tono más insistente.

Sime retiró la mano.

—Era de mi padre. Supongo que ha ido pasando de generación en generación. Cuando él falleció, lo heredé yo.

Kirsty se quedó mirándolo largo rato sin decir nada, con aquella intensidad extraña. Luego volvió a mirarle la mano.

—Yo tengo un colgante —dijo—. Más grande, pero de forma ovalada, y engarzado en oro. Tiene exactamente el mismo símbolo grabado en la cornalina. Juraría que es idéntico.

Sime se encogió de hombros.

—Lo más probable es que en algún momento de la historia estuviera de moda. Seguro que existen miles de ellos iguales.

—No. —Kirsty lo contradijo con tanta brusquedad y vehemencia que Sime se sorprendió—. Es idéntico de verdad. Debe de ser el blasón de alguna familia. Lo he mirado cientos de veces. Puedo enseñárselo.

A pesar de que todo aquello despertaba su curiosidad, Sime se resistió a dejarse llevar por aquel extraño giro de los acontecimientos.

—No creo que eso sirviera de nada. Y de todas formas, por el momento no puede entrar usted en la casa. Es el escenario de un crimen que aún se está investigando.

—No necesito entrar en la casa, tengo el colgante aquí. Cuando James se marchó, me traje la mayor parte de mis objetos personales, incluido mi joyero.

Dio media vuelta y entró en la casa de verano. Sime permaneció unos instantes donde estaba, oyendo los golpes de la lluvia en los aleros del tejado, embargado por un peculiar sentimiento de incertidumbre. La extraña sensación de conocer a Kirsty ya le parecía lo suficientemente inquietante. Y ahora esto. Observó el grabado del anillo. Tal vez sólo fuera una rara coincidencia. Empujó de nuevo la puerta de rejilla y entró en el cuarto de estar en el momento preciso en que Blanc traía del dormitorio las maletas con el equipo de grabación.

Kirsty bajó por la escalera con una caja de madera barnizada con incrustaciones de madreperla. La dejó sobre la mesa de centro, delante de la chimenea, y se arrodilló para abrir la tapa. Blanc miró primero a Sime y luego a Kirsty, y después otra vez a Sime; elevó una ceja de manera casi imperceptible a modo de mudo interrogante. La respuesta de Sime fue un levísimo encogimiento de hombros. Ambos se volvieron hacia ella al oír el suspiro de frustración que lanzó.

—No está aquí.

La curiosidad que había sentido Sime en el porche fue reemplazada ahora por un escepticismo cada vez más fuerte. Se acercó a la mesa de centro y se quedó de pie junto a Kirsty, que seguía arrodillada y rebuscando entre el revoltillo de piezas que había dentro del joyero. Acto seguido, llevada por la frustración, las volcó todas sobre la mesa: anillos y pulseras, collares y colgantes, broches, prendedores, pasadores... Todo cayó rodando por el cristal. Plata, oro y platino engastados de piedras preciosas y semipreciosas. Algunas de las joyas eran modernas, otras eran claramente de otra época.

Kirsty intentó ordenarlas con dedos temblorosos y torpes, hasta que Sime la vio levantar la vista con una expresión de perplejidad en el rostro.

—No lo entiendo, siempre lo he tenido guardado aquí. Siempre. Y ahora no está.

Sime era consciente de que Blanc estaba observándolos.

—Señora Cowell —dijo—, aquí lo importante no es lo que usted pueda o no pueda haber hecho con una joya suya, aquí lo importante es que se ha cometido un asesinato. —Calló unos instantes—. Volveremos a vernos mañana por la mañana, si el tiempo lo permite.

CAPÍTULO 8

I

Aquella tarde, en el muelle había menos personas esperando a que zarpara el ferry de las que había aguardándolo por la mañana. Pero era probable que en ello tuviera más que ver el mal tiempo que la falta de curiosidad de los habitantes de Entry. El *Ivan-Quinn* subía y bajaba peligrosamente, incluso dentro de las abrigadas aguas del puerto, y Lapointe tenía dificultades para hacer subir el minibús marcha atrás por la rampa que llevaba a la cubierta de la embarcación.

James Cowell iba dentro de una bolsa de plástico blanca para cadáveres, depositada en el suelo entre los asientos. Ninguno de los agentes había pronunciado ni una palabra durante el trayecto hasta el puerto, mientras aquel cadáver viajaba entre ellos como un fantasma, y ahora todos estaban deseando entrar en la panza del ferry y protegerse del aguacero. Todos excepto Sime. Con la chaqueta ya totalmente empapada, subió los peldaños oxidados y resbaladizos que conducían a la cubierta superior y recorrió un estrecho pasillo para llegar hasta la popa del transbordador. Desde allí alcanzaba a ver los bloques de hormigón del rompeolas, y más allá la bahía que se extendía hasta Cap-aux-Meules. Dicha población ya estaba casi velada del todo por la cortina de lluvia y las nubes bajas, y ahora era tan sólo una cuña azul y dorada que recorría el horizonte. Entre un punto y otro, el mar se veía embravecido, subía y bajaba formando espumosas montañas de aguas grisáceas que parecían plomo fundido.

Una vez que se hubo levantado la rampa, sonó una sirena, y el ferry se despegó del muelle para rodear el rompeolas e internarse en las legiones de avanzadilla de la tempestad que se aproximaba. El oleaje comenzó a romper contra la proa en cuanto escapó de la relativa protección de la isla.

Sime, agarrado a la barandilla pintada de blanco, contempló cómo iba alejándose Entry Island. De forma incongruente, el sol se colaba por debajo de la línea de nubes que había al oeste, y enviaba sus últimos rayos para iluminar los contornos de la isla, formando un vivo contraste con el azul casi negro del cielo que se veía detrás. De pronto, desapareció, y la isla fue engullida por la lluvia y la niebla.

Sime soltó la mano derecha de la barandilla y la levantó para examinar el anillo. Sabía que la historia de aquella joya se remontaba a varias generaciones, pero no tenía ni idea de quién pudo haber sido su primer propietario. Justo en aquel momento, se dio cuenta de que se acercaba el teniente Crozes y volvió a agarrarse a la barandilla. Crozes se detuvo a su lado. Llevaba el impermeable con la cremallera subida hasta arriba y una gorra de béisbol bien calada sobre la frente. Tenía las manos embutidas en los bolsillos y de alguna manera se las arreglaba, con las piernas bien separadas, para mover el cuerpo al mismo ritmo que el barco y no perder el equilibrio. «Un marinero experto», pensó Sime.

—Y bien, ¿qué opinas? —preguntó el teniente, gritando por encima del viento y del oleaje.

—¿De la esposa?

Crozes asintió con la cabeza.

—Es difícil de decir, teniente. Tiene un móvil, desde luego, y es el único testigo. Los arañazos y los hematomas que presenta concuerdan con la historia que nos ha contado, pero también podría habérselos hecho forcejeando con su marido. Aunque, por lo que he visto, el marido estaba en forma y ella es de constitución menuda. Cabría pensar que fue una pelea desigual, y cuesta creer que ella pudiera dominarlo.

Crozes asintió de nuevo y pareció hundir un poco más las manos en los bolsillos.

—Pero si nos centramos en el móvil —agregó Sime—, también está el marido cornudo. Briand, el alcalde de Cap-aux-Meules. Vamos a tener que hablar con él.

—Sí, en efecto. Ya he dado órdenes al sargento Arseneau de que vaya a buscarlo en cuanto lleguemos. Podemos interrogarlo en las oficinas locales de la Sûreté esta noche o mañana a primera hora. Pero cuando el ferry toque tierra, quiero que Blanc y tú vayáis a hablar con la señora Briand. Los chicos de la policía local nos han conseguido la dirección.

Sime lo miró y advirtió que Crozes mostraba una expresión muy seria. Resultaba imposible saber si ello se debía al temporal o a algún otro obstáculo en la investigación, pero era obvio que el teniente estaba de mal humor.

—Aun así, tal como ha comentado Blanc, hay algo que no cuadra —dijo Crozes—. Si nos creemos lo que afirma la esposa, que el objeto de la agresión fue ella y no Cowell, ¿por qué iban a agredirla Briand o Clarke?

Sime hizo un gesto de asentimiento.

—¿Qué dice Marie-Ange?

—Que en el escenario del crimen no hay pruebas de que interviniera una tercera persona. Ha recogido muestras de sangre del cristal roto del salón acristalado, y cabello y fibras del cadáver y del suelo de alrededor, y va a enviarlas a Montreal por medio de Lapointe para que sean analizadas junto con el cadáver. Pero no será esta noche, y puede que tampoco mañana por la mañana; todo se guardará bajo llave hasta que pase el temporal. Ya han cerrado el aeropuerto. Es poco probable que en las próximas veinticuatro horas alguien o algo pueda entrar o salir de las islas de la Magdalena, incluidos Cowell y las muestras que hemos recogido.

Dejaron pasar unos momentos sin decir nada, contemplando el canal verdoso que iba dejando el ferry en su estela y que se abría en forma de abanico en la popa, subiendo y bajando entre las olas. De pronto, Sime notó que Crozes se volvía hacia él.

—Blanc me ha dicho que la esposa estaba preocupada por una joya que le había desaparecido.

Sime asintió.

—¿De qué va ese asunto?

Sime se volvió para mirarlo.

—Lo cierto es que se trata de algo de lo más extraño, teniente. En cuanto vi a esa mujer, podría haber jurado que ya la conocía.

Crozes frunció el ceño.

—¿Y la conocías?

Sime se encogió de hombros en un gesto de impotencia.

—No se me ocurre de qué.

—¿Y la joya?

—Es un colgante. Una cornalina roja, de forma ovalada, engarzada en oro y grabada con el dibujo de un brazo que empuña una espada. —Levantó la mano derecha para que Crozes pudiera ver el anillo—. Exactamente el mismo dibujo que éste. Eso fue lo que dijo.

Crozes examinó el anillo durante unos instantes, hasta que Sime tuvo que aferrarse de nuevo a la barandilla para no caerse.

—Pero ella lo ha perdido —dijo el teniente.

—Sí.

Crozes guardó un largo silencio.

—En el mundo hay siete mil millones de personas, Sime —dijo finalmente—. Todo el mundo se parece a alguien. No permitas que esa mujer juegue con tu imaginación. Si ha matado a su marido, ya va a resultar bastante difícil demostrarlo, tal como están las cosas. No es tonta, y quién sabe qué jueguecitos mentales es capaz de tramar. Tú asegúrate de no perder de vista lo importante.

II

La casa de los Briand se encontraba en el bosque, apartada de la carretera, a poco más de un kilómetro al sur de la comisaría de policía de Cap-aux-Meules. Durante el corto trayecto por la vía costera que llamaban Chemin de Gros-Cap, y con Thomas Blanc en el asiento del copiloto, Sime condujo notando la tensión en el volante, luchando con el viento que soplaba proveniente de la bahía de Plaisance y azotaba el alto costado del minibús. Entry Island había desaparecido en la tormenta, al otro lado de la bahía, como si se hubiera agazapado para resistir el empuje de los elementos. El agente sorprendió a Blanc observándolo.

—¿Te encuentras bien? —le preguntó Blanc.

—No voy a quedarme dormido al volante, si es eso lo que te preocupa.

Blanc sonrió de oreja a oreja.

—No me refería a eso. —Dudó unos instantes—. Es que... Bueno, ya sabes... tú y Marie-Ange.

La sonrisa de Sime se esfumó.

—Estoy bien —contestó. Después cambió rápidamente de tema—. ¿Qué tal es trabajar para Crozes?

Blanc contempló con gesto pensativo la lluvia que salpicaba el parabrisas.

—Es buen policía, pero muy suyo. Está teniendo mucho éxito en su carrera. Ya sabes... —Alzó las cejas hacia el cielo—. Está subiendo por la vía rápida. Para él, todos los casos son importantes. Cada delincuente que lleva ante la justicia es otro peldaño más del escalafón. Si haces un buen trabajo, te respaldará hasta el final. Pero, si la cagas, te dejará tirado como una colilla. No cometas el error de pensar que es amigo tuyo, porque no lo es. Eso es lo único que debes tener en cuenta.

Sime asintió. Sabía cómo eran ese tipo de personas. Y también sabía que Crozes iba a querer que aquel caso en particular se resolviera lo antes posible; desde Montreal debían de opinar que un asesinato perpetrado en una isla cuya población apenas llegaba a los cien habitantes no debía de presentar muchas complicaciones. Además, mantener un equipo de ocho detectives en las islas de la Magdalena iba a ser muy costoso, y en los últimos tiempos la cuenta de resultados tenía mucha importancia.

—Imagino que Ariane Briand hablará francés —dijo—. Tal vez deberías encargarte tú del interrogatorio.

—Si lo prefieres... —Blanc se encogió de hombros en un gesto de indiferencia, pero Sime sabía que era lo que su compañero quería.

Sime giró el volante y penetraron en la Allée Robert-Vigneau, que resultó ser poco más que un sendero lleno de baches. Su anchura apenas iba más allá de lo que abarcaban los faros del minibús y atravesaba una de las plantaciones de pinos que se extendía por aquel extremo sureste de la isla. Cuando hubieron recorrido unos cientos de metros, torcieron a la derecha rodeando un buzón y entraron en un camino para vehículos, corto y empedrado, que conducía hasta una casa rodeada de altos árboles que se sacudían peligrosamente con el viento. Sime se detuvo en un aparcamiento situado delante y se apearon del minibús.

La vivienda de los Briand era impresionante, no se parecía a las típicas construcciones de la isla. Era de madera, por supuesto, pero el tejado presentaba una fuerte inclinación, al estilo escandinavo, y una gran parte de la fachada frontal estaba formada por ventanales. Cuando se aproximaron a la puerta principal, se encendió una luz de seguridad, y Sime vio su figura y la de su compañero reflejadas en el cristal. Formaban una extraña pareja. El uno alto y delgado, un tanto encorvado hacia delante, el otro bajo y rechoncho, con una mata de pelo negro y rizado alrededor de la calva. Parecían dos personajes de dibujos animados sacados de un cómic, pensó.

Blanc llamó al timbre dos veces y, al ver que nadie respondía, golpeó decidido el cristal con los nudillos. Sime retrocedió un poco y observó la casa; no se veían luces en ninguna parte.

—No hay nadie —dijo. Entre los pinos, en la oscuridad cada vez más pronunciada, parpadeaban las luces de una casa cercana—. Vamos a ver si los vecinos saben dónde está la dueña.

Haciendo acopio de fuerzas contra la lluvia, echaron a correr entre los árboles siguiendo un sendero que los llevó hasta el jardín de la otra casa. Otra luz de seguridad bañaba la entrada, y en el camino para vehículos había un todoterreno con el capó todavía caliente y hormigueante. Sime llamó al timbre, y acudió a abrir la puerta una mujer de mediana edad vestida con una sudadera y un pantalón de chándal. Escudriñó a aquellos dos desconocidos calados hasta los huesos, atrapados en medio de la lluvia e iluminados por la dura luz del foco de seguridad. Blanc sacó su documento de identificación y se lo acercó.

—Somos de la Sûreté, señora. Queríamos hablar con Ariane Briand, de la casa de al lado. ¿Sabe usted dónde podemos encontrarla?

—Vaya, pues no está en casa —contestó la vecina.

—Me parece que eso ya nos ha quedado claro, señora. —El tono de Sime estaba cargado de sarcasmo, pero ella no se dio cuenta. Sus ojos negros se abrieron de par en par, llenos de curiosidad; aquello sólo podía estar relacionado con el asesinato cometido en Entry Island.

—Ariane se ha ido esta mañana al continente, en avión —contestó como si estuviera desvelando una confidencia de vital importancia. Luego se le nubló el semblante—. Pero no estoy segura de adónde puede haber ido, ni de cuándo piensa volver.

Sime y Blanc intercambiaron una mirada.

III

Cuando el sargento *enquêteur* Jacques Arseneau volvió con la noticia, el equipo estaba comiendo en el restaurante de la familia La Patio, situado junto al hostal Madeli.

Dos grupos, uno de cuatro personas y otro de tres, se apretujaban en dos mesas contiguas. Sime y Marie-Ange estaban cada uno en un grupo, a todas luces evitándose mutuamente. Los mil trescientos habitantes de las islas de la Magdalena llevaban toda la tarde recibiendo avisos por televisión y por radio de que debían quedarse dentro de casa, de manera que el restaurante estaba vacío. Sólo había un hombre en la cocina y un único camarero servía las mesas.

Arseneau estaba empapado y parecía agotado. Se quitó la chaqueta y la gorra de béisbol mientras echaba pestes del mal tiempo, y se acomodó en un extremo de las mesas.

Crozes se volvió hacia él.

—Bueno, ¿y qué te ha contado el alcalde?

—Nada, teniente. No se encuentra en las islas. Por lo visto, se marchó esta mañana para asistir a una serie de reuniones de políticos en Quebec. Su secretaria ni siquiera sabe en qué hotel va a alojarse. Parece ser que decidió irse en el último momento, y él mismo hizo la reserva.

El silencio se instaló como una capa de polvo entre los miembros del equipo, y todos se volvieron hacia Crozes. El teniente se mostró impasible, pero Sime se percató de que se le había oscurecido la piel de alrededor de los ojos. Tal vez todo aquello no fuera a resolverse tan rápido como habría esperado el jefe del equipo. Crozes se mordió el labio inferior con gesto pensativo:

—Resulta un tanto extraño, ¿no? —dijo—. El... ¿cómo era la expresión que empleaste tú, Sime...? ¿El marido cornudo? Y la otra mujer. Que los dos hayan abandonado las islas la mañana siguiente al asesinato. —Se volvió hacia Arseneau—. Contacte con Quebec. Esta misma noche. Quiero que encuentre a Briand.

El estado de ánimo de Crozes acabó contagiando a todo el equipo, y a partir de ese momento la cena transcurrió en relativo silencio.

Cuando acabaron de comer, continuaron la sesión en el bar. Había una bolera contigua al hotel que estaba cerrada por culpa del mal tiempo. Desde el bar se veían las ventanas, y a través de ellas los pasillos vacíos brillando en silencio bajo la media luz. Abandonado y sin nadie que estuviera jugando, aquel lugar tenía un aire siniestro, casi espectral. En cambio, el ruido de la calle daba miedo. El viento lanzaba por los aires, con fuerza mortal, cubos de basura y señales de tráfico que salían volando por el aparcamiento, y los semáforos se zarandeaban violentamente en sus postes.

Sime se excusó y, a solas, tomó un pasillo desierto que conducía a su habitación, situada junto a la recepción del hotel. Sentía los ojos cansados y le picaban. Volvía a tener la boca seca, y notaba la lengua el doble de grande de su tamaño. Le dolían todos los músculos, como si los hubiera estirado hasta casi quebrarlos, y lo único que quería era tumbarse y cerrar los ojos.

Su habitación tenía unas puertas de cristal correderas que daban al aparcamiento y a la fachada delantera del hotel. El viento silbaba en los cristales, y decidió correr las cortinas para aislarse de la noche, pero apenas logró reducir el ruido. Si no hubiera estado tan agotado, incluso podría haber experimentado cierto agobio.

La siguiente media hora la pasó sentado a oscuras, con el portátil abierto sobre el tocador, navegando por internet en busca de información acerca de Entry Island. Pero no encontró gran cosa. La población de la isla había ido disminuyendo paulatinamente hasta alcanzar la cifra de poco más de cien personas en el último censo, y tenía una escuela que corría el peligro de quedarse sin alumnos. Había dos tiendas, un restaurante, una iglesia anglicana, un museo, la escuela y una oficina de correos. Tenía apenas dos kilómetros de ancho y tres de largo. El invierno duraba demasiado y se hacía muy duro, y cuando la bahía se congelaba, cosa que sucedía muy a menudo, el ferry no podía navegar y los isleños se quedaban aislados, a veces durante períodos largos. Cerró el portátil y se preguntó por qué Kirsty Cowell se empeñaba en no moverse de la isla; la explicación que le había dado parecía muy poco convincente.

Encendió el televisor y se tendió en la cama. Aunque necesitaba dormir desesperadamente, no tenía esperanzas de conseguirlo, de modo que no se molestó en desvestirse.

Se puso a escuchar el golpeteo de la lluvia en las puertas correderas. Casi conseguía ahogar la voz de los frenéticos comentaristas del partido de hockey sobre hielo, que por lo demás era bastante aburrido. Se preguntó qué sentiría Kirsty Cowell estando sola allí arriba, en aquella casa construida sobre los acantilados, totalmente expuesta a la furia de la tempestad. A sólo cincuenta metros de allí, la mansión que había compartido con su obsesivo esposo estaba vacía, salvo por el agente que hacía guardia en el escenario del crimen. Cuántos recuerdos tristes de aquel matrimonio fracasado habrían quedado atrapados en el interior de aquella vivienda y habrían pasado a formar parte de su tejido, como las vetas de la madera.

Supuso que ahora la casa pertenecería a Kirsty. Una casa en la que ni siquiera se atrevía a quedarse sola, ahora que Cowell ya no estaba. Y también pensó que no sólo heredaría la casa, sino todos los bienes de su marido. Los quince millones al año que ingresaba con el negocio de la langosta. La fábrica de procesado que tenía en Cap-aux-Meules. Aquél sí era un buen motivo para cometer un asesinato; un motivo tan poderoso, quizá, como el de la infidelidad. Seguro que existía un testamento. Era otro detalle más que deberían comprobar al día siguiente.

Sus doloridos ojos recorrieron el techo en busca de grietas y manchas en las que dejar vagar su mente durante las largas horas de insomnio que lo aguardaban. Había desarrollado la capacidad de imaginar infinitos dibujos partiendo de las manchas informes que descubría en paredes y techos. Ejercitar la imaginación para llenar el tiempo. Incluso era capaz de crear su propia función de sombras chinescas con el resplandor intermitente que propagaban por la habitación las cambiantes imágenes del televisor.

Sin embargo, aquella noche los párpados le pesaban demasiado. Se le cerraron solos, y luego, de nuevo en la oscuridad, la vio a ella, que lo observaba fijamente, que lo atenazaba con su mirada. Y por un instante, le pareció verla sonreír...

CAPÍTULO 9

Oigo voces. Acentos extraños. Estoy perdido en un mar de rostros que no alcanzo a discernir, como si estuviera viendo el mundo a través de un velo. Ahora me veo a mí mismo. Más joven, quizá con diecisiete años, o con dieciocho. Percibo mi confusión, y al mismo tiempo me observo con una objetividad de lo más peculiar. Soy a la vez espectador y protagonista. Llevo puesta una ropa rarísima: pantalones con tirantes, una camisa blanca sin cuello y llena de manchas, un chaquetón tres cuartos y unas fuertes botas de cuero que parecen quedarme demasiado grandes.

Siento el suelo adoquinado bajo mis pies, y a mi alrededor se alzan edificios de pisos de arenisca ennegrecida. Hay un río, y veo cómo las palas de un vapor surcan las aguas alejándose del muelle, en dirección a un puente de piedra, arqueado y de baja altura, que cruza las aguas plomizas. Más allá de los bloques de pisos, en la otra orilla, frente a mí, distingo la aguja de una iglesia que perfora el cielo, y unas nubes de humo blanco surgen de una estación de tren y se elevan para perderse en el azul. Oigo cómo tosen y escupen los trenes al reposar contra sus topes.

La sensación es de verano. El aire es templado y percibo el calor del sol en la piel. De pronto, el velo se disuelve, todo se vuelve más nítido y mi objetividad desaparece. Tomo conciencia de los veleros de altos mástiles que están amarrados junto al muelle. Un mar de rostros me rodea. Cambia constantemente, ondulándose como las olas. Una corriente de humanidad que va y viene, y que me lleva flotando como si formara parte de los restos de un naufragio.

Sin embargo, no estoy solo. Siento una mano en la mía, una mano pequeña, suave y cálida, y al mirar atrás veo a Kirsty Cowell, aprensiva, inquieta porque, en medio de esta multitud, no podemos controlar nuestro destino. Ella también es más joven. Es una adolescente. La llamo haciéndome oír por encima de las voces que lo llenan todo:

—No te sueltes, Ciorstaidh, quédate a mi lado.

Y desde alguna parte, muy lejos, desde un lugar de mi mundo inconsciente, me doy cuenta de que estoy llamándola por su nombre en gaélico.

De pronto, se abre un espacio a nuestro alrededor, y veo a un muchacho que lleva una gorra de tela y un pantalón corto raído. Sujeta bajo el brazo un fajo de periódicos, y en la otra mano sostiene en alto un ejemplar. Está entonando un sonsonete incomprensible, y lo repite una y otra vez. Alguien coge uno de los periódicos y le deposita unas monedas en la mano. Kirsty también coge uno y se suelta de mi mano para desplegarlo. Veo el nombre: es el *Glasgow Herald*. Y antes de que ella lo abra, alcanzo a distinguir la fecha: 16 de julio de 1847.

—Es Viernes de Feria —dice Kirsty—. No es de extrañar que haya tanto ajetreo.

No sé por qué, pero eso no significa nada para mí. Me doy cuenta de que me invade una sensación de urgencia, de que se está agotando el tiempo. En alguna parte, oigo un reloj que da la hora.

—Se nos hace tarde. No podemos permitirnos perder el barco.

Kirsty se guarda el periódico bajo el brazo y vuelve a cogerme la mano. Los dos llevamos en la otra unos pequeños maletines de cartón que contienen Dios sabe qué. Kirsty está radiante, emocionada. Lleva una túnica abotonada hasta arriba y un vestido largo cuyo vuelo va rozando el suelo, pero su negra melena se derrama libremente alrededor de sus hombros, agitada por una brisa suave.

—Estamos buscando el *Eliza*, Simon. Es un barco de tres palos. Tenemos tiempo suficiente. Han dicho que no zarparía del Broomielaw hasta y cuarto.

Me elevo de puntillas para ver por encima de las cabezas que llenan el muelle. Hay tres barcos amarrados a gigantescos cabrestantes de hierro. Y entonces veo el nombre que estoy buscando, pintado en negro y oro en la popa del último de ellos: *Eliza*. Se me antoja enorme, una confusión de mástiles, aparejos y velas de lona enrolladas.

—Ya lo veo. Vamos.

Y, tirando de Kirsty, me abro paso entre los cuerpos de hombres, mujeres y niños que se apresuran, ansiosos, para asegurarse un sitio a bordo de esas cápsulas del tiempo empujadas por el viento y que los transportarán a una nueva vida en otro lugar.

Pero en ese momento oigo unas voces airadas que se elevan por encima de las demás. Juran y blasfeman, rebosando violencia. Se forma un nutrido grupo de personas en torno a unos carros cargados de maletas. La discusión ha derivado en una pelea, y veo cómo vuelan los puñetazos. Varios sombreros de copa caen rodando por los adoquines, y el gentío que tenemos delante retrocede en masa, como si fuera agua trasegada, y mi contacto con la mano de Kirsty se rompe.

—¡Simon! —la oigo exclamar, presa del pánico.

Entonces hago fuerza contra los cuerpos que nos han separado, pero lo único que consigo es ver cómo se la lleva una corriente más fuerte que nosotros. El miedo se refleja en sus ojos, y agita una mano en el aire con gesto impotente, intentando cogerme de nuevo, hasta que termina por perderse de vista.

—¡Sube al barco...! —me dice con una voz apenas discernible entre el estruendo—. ¡Nos veremos allí!

De repente, el estridente sonido de unos silbatos surca el aire, y veo a varios agentes de policía uniformados que se abren paso entre los cuerpos blandiendo porras. Otro movimiento del gentío me aleja todavía más, y sólo entonces comprendo que mi única esperanza de encontrar a Kirsty está a bordo del *Eliza*.

Ya estoy decidido. Me impulsan el miedo y la rabia. Soy joven y fuerte, de modo que lucho para pasar entre las hordas aterrorizadas agachando la cabeza y sirviéndome de los hombros para abrirme camino. Cuando vuelvo a levantar la vista, por fin veo el *Eliza* irguiéndose frente a mí y me doy cuenta de que la marea ya está alta. La muchedumbre fluye como si fuera agua en dirección a la estrecha pasarela que han tendido sobre el muelle, conducida por los agentes del jefe de policía.

Siento muchas manos que se me aferran a los brazos y los hombros y me llevan hacia delante. Me dejo arrastrar por la corriente sin oponer resistencia, mirando hacia atrás y a un lado y al otro para intentar distinguir a Kirsty.

Vamos derramándonos sobre la cubierta, a centenares, por lo que parece, y me esfuerzo por desviarme hacia la borda del barco, desde donde podré ver la pasarela y el gentío que abarrota el muelle. Ya había visto rebaños de ovejas conducidas de este modo, pero nunca lo había visto con personas. Y nunca a tanta gente concentrada en un solo sitio y en un mismo momento.

Voy escrutando los rostros que ocupan todo mi campo visual, mientras el miedo me va invadiendo como la bilis al ver que no consigo localizar a Kirsty. Me han desplazado a empujones por la cubierta y me han alejado de la barandilla. De pronto, unas voces gritan por encima del tumulto, y comprendo que están retirando la pasarela.

Empujado por el pánico, forcejeo para, a pesar de las protestas, regresar al punto de embarque. Veo que los trabajadores del muelle están soltando unas amarras gruesas como el brazo de un hombre de los ganchos que las sujetan a los cabrestantes. Oigo más voces que proceden de lo alto. Cuando me vuelvo para mirar, veo cómo se desenrollan enormes velas de lona que, al desplegarse, se hinchan con el viento, y siento que el barco se balancea por primera vez bajo mis pies.

—¡Ciorstaidh!

Mi voz se desgarra de mis pulmones, y oigo que ella responde gritando mi nombre, tan lejos que temo que no sea más que un producto de mi imaginación. Alcanzo la barandilla justo a tiempo para ver que el *Eliza* se ha separado ya del embarcadero y se dirige hacia el canal principal del río, donde la profundidad es mayor y la corriente más rápida.

Y allí, entre las caras de la multitud que ha quedado en el muelle, descubro el rostro de la chica que amo. El sentimiento de incredulidad y de desaliento resulta casi abrumador.

—¡Ciorstaidh! —grito otra vez.

Y por un instante fugaz, se me pasa por la cabeza la idea de saltar por la borda. Pero, al igual que les ocurre a la mayoría de los isleños, el miedo al agua siempre me ha impedido aprender a nadar, y sé que si saltara encontraría una muerte segura.

—¡Espérame, Ciorstaidh!

Veo el miedo y la consternación en su rostro mientras se abre camino entre la muchedumbre intentando mantenerse al paso del *Eliza*.

—¿Dónde?

No tengo ni idea. En la confusión del momento, busco desesperadamente un solo pensamiento racional al que aferrarme. Pero fracaso.

—¡Dondequiera que estés! —contesto, ignorando mi desánimo—. Te encontraré. ¡Te lo prometo!

Después, contemplo impotente cómo se va perdiendo de vista su rostro, borroso y difuminado por mis propias lágrimas, y me doy cuenta de que ha sido una promesa que jamás podré cumplir.

CAPÍTULO 10

I

Sime se despertó gritando su nombre y sintiendo cómo su grito le rasgaba la garganta. Cuando se incorporó en la cama sintió el reguero de sudor que le resbalaba por la cara. Y aun así estaba temblando de frío. Su respiración era áspera y agitada, y el corazón parecía martillearle las costillas desde dentro, como si quisiera salírsele del pecho.

Sólo había sido un sueño, pero tan vívido que la desesperación y la impotencia que experimentó cuando su amante se perdió de vista quedaron flotando en su cerebro como una oscura nube de desaliento.

Era la primera vez que tenía aquel sueño, y, sin embargo, era una historia que ya conocía. Recogió las rodillas contra el pecho, apoyó los codos en ellas y cerró los ojos. Por un instante, se sintió transportado de nuevo a su infancia. A la casa que tenía su abuela a orillas del río Salmon, en Scotstown. Una casa vieja, de madera, construida a principios del siglo XX, que se había vuelto sombría por culpa de tres árboles enormes que se erguían amenazadores sobre ella.

Casi le pareció percibir el olor. Aquel olor a humedad y a vejez, a polvo y a historia, que impregnaba todos los rincones. Incluso oyó la voz de su abuela cuando les leía los diarios a su hermana y a él: grave, casi monótona, y siempre con un leve trasfondo de melancolía.

En todos los años que habían transcurrido desde entonces, ni una sola vez había vuelto a acordarse de aquellos diarios. Sin embargo, ahora parecía capaz de rememorarlos con gran claridad. No con todos sus detalles, pero sí con una sorprendente percepción de los lugares y los acontecimientos. La historia de la vida de su antepasado, que había comenzado con su travesía por el océano. El hombre cuyo nombre le habían puesto a él mismo, y cuya historia terminó en una tragedia que su abuela siempre se negó a relatarles.

¿Por qué se había colado aquel momento en su subconsciente, así, de improviso? La trágica separación de Simon y Ciorstaidh en el muelle de Glasgow. ¿Y por qué su subconsciente había asignado aquellos mismos roles a Kirsty Cowell y a él? Negó con la cabeza. Le dolía. No tenía respuestas, y se sentía casi febril. De pronto, se le ocurrió que si había soñado era porque había dormido. Aunque apenas tenía esa sensación. Volvió la vista hacia el reloj de la mesita de noche. Eran poco más de la una y media de la madrugada. El televisor seguía proyectando luces danzarinas por la habitación. El partido de hockey sobre hielo ya había acabado, pero la cadena había rendido el horario nocturno a la promoción de un aparato que servía para esculpir los músculos abdominales. No podía haber dormido más rato del que duraba aquel sueño en tiempo real.

Salió de la cama, se dirigió al cuarto de baño y se mojó la cara con agua fría. Cuando levantó la vista, se quedó casi atónito al ver al joven pálido y ojeroso que lo miraba a su vez desde el espejo. Bajo la dureza de la luz eléctrica, las arrugas y las sombras de su rostro parecían más oscuras y más acentuadas. Sus ojos, de un color castaño suave, ahora se veían cansados y doloridos, e inyectados de sangre. Hasta sus rizos daban la impresión de haber perdido el brillo, y, aunque tenía el pelo casi tan rubio como los escandinavos, advirtió que empezaba a agrisársele en las sienes. Lo llevaba muy corto en los lados y en la nuca, pero más largo en lo alto de la cabeza, y eso le daba un aire juvenil que ahora resultaba incongruente con aquel semblante pálido y cansado cuya imagen reflejada le costaba trabajo mirar.

Apartó la vista y hundió el rostro en una suave toalla. Cuando regresó al dormitorio, fue quitándose la ropa y dejándola caer al suelo. Buscó unos calzoncillos limpios en la bolsa de viaje y se metió de nuevo entre las frías sábanas, se tendió de costado y recogió las piernas para adoptar la posición fetal. Aquella noche ya se había quedado dormido una vez, aunque hubiera sido menos de una hora, y deseaba vivamente volver a aquel sueño para manipularlo a su antojo, como se puede hacer en ocasiones, cuando se sueña en estado consciente. Conseguir lo que su antepasado no había podido lograr en vida. Cambiar el desenlace. Oír la voz de ella y encontrarla a bordo del barco, y liberarse de aquella promesa imposible de cumplir.

Permaneció echado un buen rato con los ojos cerrados, viendo el caleidoscopio de colores reflejado en sus párpados, que se difuminaba como si fueran manchones de tinta hasta desvanecerse de nuevo en la oscuridad. Se dio la vuelta hacia el otro lado y se concentró en la respiración. Lenta, rítmica. Dejó que su mente y sus pensamientos vagaran. Intentó que su cuerpo se relajara, que todo su peso se apoyase en la cama.

Pero poco después estaba de nuevo tendido boca arriba, con los ojos abiertos y clavados en el techo. Y aunque todo su ser le pedía a gritos que se durmiera, seguía totalmente despierto.

Era posible que hubiera ido cayendo en cortos períodos de semiconsciencia, pero no era ésa la impresión que tenía. Incapaz de hacer otra cosa, durante las primeras horas de la madrugada estuvo contemplando penosamente cómo pasaba el tiempo en los números digitales que iban descontando su vida, mientras al otro lado de las puertas de cristal de su habitación el viento y la lluvia arreciaban sin cesar. Las cuatro, las cinco, las seis. Ya eran las seis y media, y se sentía más cansado que cuando se acostó. El dolor de cabeza seguía estando ahí, como siempre, y por fin se levantó para echar un analgésico efervescente en el vaso de plástico y contemplar cómo se deshacía. Ya se le antojaba imposible enfrentarse al día sin él.

Volvió al dormitorio, recogió la ropa que había tirado en el suelo y se vistió despacio. Su chaqueta de algodón con capucha, que había colgado en el baño por la noche, aún estaba empapada, pero como no había traído nada más se la puso de todas maneras. Luego abrió las puertas correderas y salió al aparcamiento. La primera luz grisácea del amanecer se filtraba entre unas nubes tan bajas que rozaban la superficie de la isla, impulsadas por un viento que aún no había dejado de soplar. El asfalto estaba lleno de objetos arrastrados por el temporal. Cubos de basura volcados cuyo contenido se había esparcido por el suelo. Tejas. Ramas de los pinos de las plantaciones que se extendían alrededor de todos los núcleos urbanos de aquella isla. Una cama elástica para niños deformada, arrancada de algún jardín, que había venido volando y había quedado encajada entre una camioneta y un sedán. Incluso la cruz que coronaba el chapitel de la iglesia, moderna y fea, que había al otro lado de la calle se había salido de su base y colgaba ahora precariamente del tejado, sujeta tan sólo por el pararrayos.

Y aun así, el viento no era frío. Seguía soplando casi con la misma fuerza, pero Sime sintió su tibieza en la cara y aspiró profundamente, dejando que el aire le llenase la boca. Entre el hospital y la iglesia discurría una calle ancha que llegaba hasta la bahía, y el mar se veía muy picado a lo largo del perfil de la isla, erizado de grandes olas de color verdoso que rompían entre temibles nubes de espuma siguiendo la curva de la costa. Cruzó la calle y echó a andar hacia allí con las manos metidas en los bolsillos, y al llegar al borde del repecho se detuvo y se quedó contemplando la fuerza del mar, mientras la luz del día empezaba a hacer mella en la tormenta.

Crozes estaba sentado en el comedor donde se servían los desayunos, a solas, tomando un café. En el plato que tenía delante había dos tostadas calientes untadas de mantequilla, pero sólo había tomado un bocado de una de ellas. Sin embargo, cuando Sime entró Crozes ya no estaba masticando, y no daba la impresión de que tuviera apetito suficiente para seguir comiendo.

Sime se sirvió un café, se sentó frente a él y depositó su taza sobre el tablero de melamina lleno de manchas que los separaba. El teniente dejó a un lado sus pensamientos y levantó la mirada.

—Joder, tío, ¿has dormido algo?

—Un poco —contestó Sime encogiéndose de hombros.

Crozes lo escudriñó atentamente durante unos segundos.

—Deberías ir al médico.

Sime bebió un sorbo de café.

—Ya fui. Me recetó unas pastillas, pero lo único que hacen es darme sueño durante el día. No me ayudan a dormir por la noche.

—Yo tampoco he dormido mucho esta noche. Con todo ese maldito ruido. Pensé que el tejado del hotel iba a salir volando por los aires, o que las ventanas iban a explotar hacia dentro. Crujían como si estuvieran a punto de romperse. —Tomó un trago de su café—. Me han llamado hace unos quince minutos. La pista se ha llenado de escombros durante la noche y, por lo visto, la King Air se ha quedado bloqueada. Dicen que ha sufrido desperfectos en el parabrisas. Si no pueden repararla aquí, van a tener que enviar una avioneta de sustitución con las piezas de repuesto. En fin, está claro que hoy no nos vamos de las islas, así que el cadáver y todas las demás pruebas van a tener que esperar metidos en hielo hasta que podamos volar.

—Mala suerte.

Los ojos negros de Crozes se clavaron de repente en los de Sime, como si hubiera detectado cierto sarcasmo en su comentario. Los dos sabían que el hecho de que la investigación se retrasara uno o dos días no beneficiaría al teniente. Metió la mano en el bolsillo, sacó unas llaves de coche y las puso encima de la mesa.

—Lapointe nos ha alquilado un par de vehículos. Estas llaves son del Chevy que está aparcado ahí fuera. Cógelo y ve a hablar con el primo de Kirsty Cowell, Jack Aitkens. Si te parece que merece la pena, tráetelo a la comisaría de Cap-aux-Meules y le haremos un interrogatorio formal con vídeo.

—¿Qué cree que podría decirnos?

Crozes alzó una mano en el aire en ademán de frustración.

—¿Y quién coño lo sabe? Pero he estado viendo las cintas. La viuda de Cowell es más bien un bicho raro, ¿no? A lo mejor su primo nos da algún detalle de su personalidad, de la relación que tenía con su marido. Alguna información que nos aporte algo más de lo que tenemos.

—¿Ya ha visionado las cintas del interrogatorio? —Sime estaba sorprendido.

—¿Y qué otra cosa iba a hacer? No podía dormir, de modo que me pareció la mejor manera de aprovechar el tiempo. Saqué a Blanc de la cama para que me las preparase. —Dirigió una mirada un poco avergonzada a su oficial subalterno—. Me parece que estoy empezando a comprender lo que se siente siendo un insomne como tú.

Sime cogió las llaves de la mesa y se puso de pie. Apuró su café.

—¿Tiene la dirección del primo?

—Vive en un sitio que se llama La Grave. Está en la siguiente isla. L'Île du Havre Aubert. Pero en este momento no se encuentra allí.

Sime elevó una ceja.

—Sí que ha estado ocupado, teniente.

—Tengo ganas de ver este caso terminado y archivado, Sime. Y quiero que nos vayamos de aquí mañana como muy tarde.

—Y si no está en casa, ¿dónde voy a encontrarlo?

—Está haciendo el turno de noche en las minas de sal que hay en el extremo norte de las islas. Sale de trabajar a las ocho. —Consultó el reloj—. Si te das prisa, llegarás justo a tiempo para pillarlo.

II

La carretera de Havre-aux-Maisons tomaba un desvío para evitar las obras de construcción de un puente nuevo, de líneas modernas, que uniría dicha población con Cap-aux-Meules. Sime pasó por una pista con socavones llenos de agua, circundada por chozas que se anunciaban como restaurantes, o bares, o locales nocturnos. Eran endebles estructuras curtidas por la intemperie y pintadas de colores estridentes, que difícilmente podían ofrecer la diversión que prometían a la juventud de las islas.

El terreno fue nivelándose a medida que atravesaba Havre-aux-Maisons en sentido norte, y las plantaciones de pinos y las señales de presencia humana desaparecieron. La hierba que crecía en la cuneta se acamaba por efecto del viento, y la arena de las dunas estrechas y alargadas que había a la derecha se levantaba formando corrientes y remolinos sobre el asfalto de la carretera. Durante todo el trayecto, la sombra de Entry Island, silenciosa al otro lado de la bahía, parecía acecharlo.

Por fin el cielo empezó a abrirse. El viento deshacía las nubes y dejaba ver pequeñas franjas de azul por las que se colaban algunos rayos de un sol oblicuo, de una rara tonalidad dorada, que iluminaban las islas en abanico desde el este.

El mar desahogaba su furia a lo largo de la costa, y las olas rompían en forma de rociones de espuma sobre la autovía que unía Cap-aux-Meules con la isla Pointe-aux-Loups. Aquel nombre significaba de hecho «Punta de los Lobos», y, en realidad, se trataba de un pequeño grupo de islotes situado en medio de un largo puntal de arena que unía las islas del sur con un rosario de tres formaciones de mayor tamaño que había en el extremo norte del archipiélago. A la izquierda, el golfo se extendía hasta el continente de Norteamérica, ahora invisible. A la derecha, las aguas verde esmeralda de la laguna de la isla Grande-Entrée estaban más tranquilas, protegidas del mar embravecido por un arenal que discurría paralelo al que habían utilizado como base para la carretera.

Conforme se aproximaba al tramo final del banco de arena del lado occidental, Sime vio a su derecha la terminal de cargueros, donde varias veces a la semana atracaban enormes barcos para llenar sus bodegas con sal de las minas. Había un almacén de forma alargada, provisto de un tejado plateado que de vez en cuando destellaba bajo el sol, que se filtraba entre las nubes rotas. También había un largo muelle de hormigón que se adentraba en la laguna; junto a él había en aquel momento un buque de color ocre y rojo que estaba cargando sal por medio de una cinta transportadora elevada y cubierta.

La cinta transportadora seguía la línea de la costa casi a lo largo de un kilómetro, hasta la torre de las minas de sal, donde una alta valla coronada con alambre de espino delineaba el perímetro de seguridad del recinto. A ambos lados había estacionados unos treinta o cuarenta vehículos, en un aparcamiento semiinundado y lleno de barro. Sime aparcó y buscó el edificio de administración. Una secretaria le dijo que Jack Aitkens finalizaría el turno al cabo de unos veinte minutos, si no le importaba esperar. A continuación, le indicó un asiento, pero Sime dijo que prefería esperar en su coche y salió de nuevo al exterior. Allí dentro hacía calor, y la sensación era claustrofóbica. Le pareció inimaginable que la gente pudiera pasar doce horas al día bajo tierra, en un espacio oscuro y confinado. Sería peor que cumplir condena.

Se sentó dentro del Chevy, con el motor en marcha para que la calefacción le calentara los pies, pero dejó una ventanilla abierta para que entrara el aire. Contempló las aguas de la laguna y la roca que se alzaba casi directamente del mar, y paseó la mirada por las casas de vivos colores construidas a lo largo de la franja verde que la coronaba. «Gente curtida», se dijo. Pescadores en su mayoría, descendientes de los pioneros franceses y británicos que habían arribado a aquellas islas deshabitadas e inhóspitas y las habían convertido en su hogar. Hasta que llegaron ellos, los únicos que se aventuraban a poner un pie en aquellas tierras en las temporadas de caza eran los indios mi'kmaq.

Sime sintió cómo se zarandeaba el coche con el viento, que soplaba racheado desde el mar y tan sólo había aflojado un poco en su embestida. Dejó que sus pensamientos regresaran de nuevo al asunto de los diarios. No sabía el motivo, pero le parecía importante entender por qué su subconsciente había escogido aquel momento en particular para dar vida a aquel sueño inesperado.

Era muy extraño. Él no podía tener más de siete u ocho años cuando su abuela les leyó aquellas historias por primera vez. En los calurosos días de las vacaciones de verano, sentados fuera de la casa, en el porche, a la sombra de los árboles, y en las oscuras tardes de invierno acurrucados alrededor de la chimenea. Ya había perdido la cuenta de las veces que Annie y él le habían pedido que volviera a leérselas. Y como Sime era de la misma edad que el niño que aparecía en la primera de todas, la recordaba con todo lujo de detalles.

Sin embargo, por alguna razón, cuando se vio arrastrado a aquel relato de nuevo, la voz que oyó no fue la de su abuela. Fue como si su antepasado en persona se lo hubiera leído en voz alta, como si hubiera estado hablándoles directamente a su hermana y a él.

CAPÍTULO 11

Cuando yo era muy pequeño, por lo visto sabía un montón de cosas que en realidad no recordaba cómo ni dónde las había aprendido. Sabía que mi aldea era un conjunto de casas del municipio que llamaban Baile Mhanais. Si ahora intentase escribirlo en inglés, sería algo así como «Bally Vanish». Sabía que nuestra aldea se hallaba situada en la costa occidental de la isla de Lewis y Harris, una de las Hébridas Exteriores. Aunque recuerdo que fue en el colegio donde me enteré de que las Hébridas formaban parte de Escocia.

El maestro había sido enviado por la Iglesia. Al parecer, el clero opinaba que era importante que aprendiéramos a leer y a escribir, por lo menos para que fuéramos capaces de leer la Biblia. Yo me sentaba ante mi pupitre y me ponía a escuchar a aquel maestro, abrumado al ver todo lo que no sabía. A mis ocho años, mi mundo parecía ser un lugar minúsculo en el gran mundo que existía fuera, y aun así me llenaba la vida. Era todo cuanto yo conocía.

Sabía, por ejemplo, que mi aldea tenía casi sesenta habitantes, y casi el doble si se contaban las casas de campo que se extendían hacia el norte y hacia el sur de ambas costas. Sabía también que era el Océano Atlántico el que iba grabando de manera implacable su tatuaje en la playa de guijarros que había en la aldea, y sabía que allá a lo lejos, en la otra orilla de aquel océano, había un lugar que se llamaba América.

Al otro lado de la bahía, los pescadores de Stornoway colocaban los peces capturados sobre las rocas, para que se secasen al sol. Y pagaban a los niños de la aldea un penique a cada uno para que pasaran el día allí, ahuyentando a las gaviotas.

También había una escollera, construida por los nobles, pero con el tiempo Langadail se la vendió a un nuevo propietario. Mi padre juraba que el nuevo *laird* no gastaba nada en reparaciones, y que aquello acabaría por deteriorarse y quedar en ruinas.

En nuestra aldea había una docena de casas. Estaban dispuestas en ángulo en la ladera, y mi hermana y yo solíamos jugar al escondite entre los callejones oscuros que las separaban. Cada casa se construía con el establo en la planta baja, de modo que los excrementos de los animales tuvieran vía libre y se acumularan en el exterior. Al final de cada invierno, yo ayudaba a mi padre a romper el faldón que había en un extremo, y cargábamos las heces de las vacas en un carro con ayuda de palas para trasladarlas a nuestra diminuta parcela de terreno y usarlas como fertilizante. Siempre utilizábamos excrementos y algas para cultivar el centeno. Y la paja del tejado, renegrida y apelmazada con los restos pegajosos del hollín de la turba, la echábamos a la tierra junto con ceniza de algas para abonar las patatas. La avena parecía crecer bien, sin que nada le causara problemas. Todas las primaveras rehacíamos el tejado con cañuelas nuevas de centeno, después las cubríamos con redes de pesca y las sujetábamos en su sitio con piedras. El humo del fuego de turba, de un modo o de otro, terminaba saliendo por el tejado, y las pocas gallinas que teníamos encontraban un poco de calor y consuelo en invierno anidando encima de él.

Las paredes de nuestra casa eran gruesas. En realidad, cada pared era de un doble muro de piedra, con tierra y cascotes en medio, y hierba encima para que absorbiera el agua que resbalaba del tejado. Supongo que, para una persona que no estuviera acostumbrada a ello, el hecho de ver a las ovejas pastando en lo alto de las paredes resultaría bastante extraño. Pero yo estaba acostumbrado a verlo en todas partes.

Todas estas cosas las sabía porque formaban parte de mí, como yo formaba parte de la comunidad de Baile Mhanais.

Recuerdo el día en que nació Murdag. Aquella mañana, yo había estado con el viejo Calum *el Ciego* a la puerta de su casa, ubicada justo al pie de la aldea. Al norte y al este estábamos protegidos por altos cerros, aunque en el lado occidental quedábamos a merced de la intemperie. El promontorio que había al otro lado de la bahía nos protegía un poco de los vientos del sur, y supongo que mis antepasados debieron de pensar que aquél era un sitio tan bueno como cualquiera para establecer su aldea.

Calum, como siempre, vestía su saya azul con botones amarillos, y se cubría la cabeza con un *glengarry* ya gastado de tanto usarlo. Decía que, de día, distinguía formas, pero que de noche, en la oscuridad de su casa, no veía nada. De modo que prefería sentarse fuera, aunque hiciera frío, y ver algo, en vez de quedarse dentro calentito pero sin ver nada.

Yo me sentaba a menudo con el viejo Calum y escuchaba sus anécdotas. Por lo visto, había muy pocas cosas que no supiera de las gentes de aquel lugar y de la historia de Baile Mhanais. Cuando me contó por primera vez que él era un veterano de Waterloo, no me gustó reconocer que no tenía ni idea de lo que era un veterano ni de lo que podía ser Waterloo. Fue mi maestro quien me contó que un veterano era un antiguo soldado, y que Waterloo era una batalla famosa que se había librado a miles de kilómetros de allí, en el continente de Europa, para derrotar al tirano francés Napoleón Bonaparte.

Aquello me llevó a ver al viejo Calum de una manera distinta, con una especie de asombro reverencial. Para mí, él era ahora un soldado que había derrotado a un tirano y que vivía en mi aldea. Aseguraba que había luchado en nueve batallas en el continente, y que en la última se había quedado ciego porque la chispa de su fusil le estalló en la cara.

Aquella mañana hacía frío, soplaba un viento del norte que traía consigo gotas de lluvia y algo de granizo. A veces el invierno podía ser cruel, y otras veces era suave. Mi maestro nos decía que la corriente del golfo impedía que estuviéramos helados de forma permanente, y yo me dibujé mentalmente la imagen de una corriente cálida y burbujeante que atravesaba el mar para derretir el hielo de los océanos del norte.

De pronto, oí una voz llevada por el viento. Era mi hermana, Annag. Sólo tenía un año más que yo, y cuando me volví la vi bajando a la carrera entre las casas. Llevaba una falda de algodón azul claro y un jersey de lana que le había tejido mi madre. Iba descalza, como yo; los zapatos eran para los domingos, y teníamos las plantas de los pies tan duras como el cuero.

—¡Sime! ¡Sime! —Su carita aparecía sonrosada a causa del esfuerzo, y tenía los ojos muy abiertos en una expresión de alarma—. ¡Ya ha llegado la hora, ya ha llcgado la hora!

El viejo Calum buscó mi muñeca y la agarró con fuerza mientras yo me ponía de pie.

—Elevaré una plegaria por ella, muchacho —me dijo.

Annag me cogió de la mano.

—¡Vamos, vamos!

Y echamos a correr los dos juntos, de la mano. Pasamos entre las casas, dejamos atrás el patio donde amontonábamos el heno y entramos en el granero que había detrás. Los dos éramos pequeños todavía, y no tuvimos que agacharnos para entrar en la casa, a diferencia de mi padre, que debía doblarse cada vez para no chocar con la cabeza en el dintel.

Allí dentro estaba oscuro, y la vista tardó unos momentos en acostumbrarse a la penumbra. El suelo estaba adoquinado con piedras grandes, en un rincón se amontonaba el heno formando una pila bien alta, y en el otro estaban las patatas, casi encerradas en la oscuridad total. Entramos a la carrera, y, provocando el correteo de las gallinas, nos metimos en el diminuto espacio que había entre el cuarto de la lumbre y el establo. En aquella época había dos vacas en el establo, y una de ellas volvió la cabeza hacia nosotros y emitió un mugido triste.

Nos agazapamos detrás del gallinero, junto a la puerta, y espiamos lo que estaba ocurriendo en el cuarto de la lumbre. Las lámparas de hierro colgaban de las vigas y desprendían un fuerte olor a aceite de hígado de pescado que se mezclaba con el acre humo de turba que se elevaba del fuego encendido en el centro de la estancia.

Aquello estaba lleno de gente. Todas eran mujeres, excepto mi padre. Annag se agarró de mi brazo con tanta fuerza que me clavó los dedos en la carne.

—La partera ha llegado hace diez minutos —me susurró, y luego hizo una pausa—. ¿Tú sabes qué es una partera?

En mi corta vida, ya habían nacido suficientes niños para que yo supiera que una partera era la mujer que acudía a ayudar en un parto. Aunque de hecho era simplemente una de nuestras vecinas.

—Ha venido para sacar al niño de la barriga de *mamaidh* —le expliqué al tiempo que veía a la mujer inclinada sobre la figura de mi madre, que estaba tumbada en la cama de madera de boj situada al fondo del cuarto.

No sé muy bien cómo fui capaz de darme cuenta, porque no hubo ninguna señal externa de ello, pero en aquella habitación reinaba cierta sensación de pánico. Un pánico mudo que se percibía claramente, aunque no se pudiera ver ni oír. Había agua hirviendo en una olla colgada de la cadena y puesta sobre el fuego de turba. Las otras mujeres estaban ocupadas en lavar trapos manchados de sangre, y mi padre contemplaba la escena con gesto de impotencia. Yo nunca lo había visto tan frágil. Mi padre siempre sabía qué decir en cada ocasión, pero en aquel momento no decía nada.

Oí que la partera instaba a mi madre:

—¡Empuja, Peigi, empuja!

A continuación, mi madre lanzó un grito, y una de las vecinas dejó escapar una exclamación ahogada.

—Viene del revés.

Yo había asistido a muchos partos de animales, y sabía que primero debía salir la cabeza. Hice un esfuerzo para ver algo entre el humo y la oscuridad, y vi que lo que asomaba entre las piernas de mi madre era el trasero del niño, como si no estuviera intentando salir, sino entrar.

Con mucho cuidado, la partera liberó las piernas del bebé, primero una y después la otra; luego empezó a girar y retorcer un bracito, y después el otro. Era una niña. Una niña grande. Pero aún tenía la cabeza dentro del cuerpo de mi madre, y ya se había producido un horrible desgarro de los tejidos. La sangre corría por las piernas de *mamaidh* y por las manos de la partera, y vi cómo iba empapando las sábanas. La mujer tenía la frente húmeda de sudor cuando inclinó a la niña hacia arriba, al tiempo que con la mano le buscaba la carita para intentar liberarla, pero la cabeza seguía sin salir.

Mi madre gritaba y lloraba, y las vecinas le sostenían las manos y le decían con delicadeza que se tranquilizase. Aun así, todas las personas presentes en aquella habitación sabían que, si el bebé no sacaba pronto la cabeza, se asfixiaría.

De repente, la partera se inclinó hacia delante sosteniendo a la pequeña en una mano y palpando con la otra el vientre de mi madre, en busca de la cabeza. Al parecer, la encontró, porque respiró hondo y, acto seguido, apretó con decisión.

—¡Empuja! —chilló con todas sus fuerzas.

El alarido que lanzó mi madre hizo que cayera hollín de las vigas del techo y que a mí se me helara la sangre en las venas. Pero en ese preciso instante mi nueva hermanita sacó por fin la cabeza y, con unos azotes que le propinaron en el trasero, inspiró y se sumó al grito de su madre.

Ella, sin embargo, aún corría peligro, de modo que se llevaron rápidamente a la niña, envuelta en unas mantas, y trajeron sábanas nuevas para intentar frenar la hemorragia. La partera cogió a mi padre del brazo, y éste bajó la cabeza para oír lo que tenía que decirle. El rostro de mi madre mostraba la palidez de la muerte.

Mi padre, con los ojos centelleantes, vino corriendo hacia la puerta, y a punto estuvo de tropezar con Annag y conmigo mientras intentábamos apartarnos de su camino. Vociferando, me agarró por el cuello de mi raída chaqueta de *tweed*. Yo pensé que iba a caerme una buena por estar donde no debía, pero se limitó a acercarse a mí con su rostro grande y enmarcado por unas largas patillas y me dijo:

—Sime, quiero que vayas a buscar al médico. Si no logramos parar la hemorragia, tu madre morirá.

El miedo me traspasó igual que una flecha disparada por una ballesta.

—No sé dónde vive el médico.

—Ve al castillo de Ard Mor —me dijo mi padre, y yo percibí la ansiedad que lo ahogaba y casi le impedía hablar—. Ellos lo encontrarán más deprisa que cualquiera de nosotros. Diles que si el médico no viene enseguida, tu madre morirá.

Acto seguido, me obligó a dar media vuelta y me empujó al exterior de la casa. Yo salí a la luz del día, parpadeando, cargando con la misión de salvar la vida a mi madre.

Impulsado por una mezcla de miedo y del sentimiento de saberme importante, eché a correr cuesta arriba como alma que lleva el diablo, pasé entre las casas y salí al sendero que discurría por la ladera de la colina. Sabía que, si lo seguía durante un buen trecho, terminaría llegando al camino que conducía al castillo, y aunque nunca había estado allí, lo había visto desde lejos y sabía cómo encontrarlo. Fuera como fuese, la distancia que debía recorrer era muy larga, tres kilómetros, tal vez más.

El viento me azotó con fuerza cuando alcancé la cima de la colina, y estuvo a punto de hacerme perder el equilibrio. Sentí la lluvia en la cara, como si Dios menospreciara los esfuerzos que estaba haciendo un simple muchacho para salvar la vida de su madre. Porque aquello, al fin y al cabo, era algo que le correspondía decidir a él.

De ninguna manera podría mantener semejante ritmo, y sabía que el tiempo tenía una importancia vital, de modo que reduje la carrera hasta convertirla en un trote. Tenía que dosificar mis reservas de energía, y por lo menos llegar a mi destino. Mientras corría, procuré no pensar. Me concentré en el camino que tenía delante, en los cerros desolados y sin árboles que me rodeaban. Las nubes, muy bajas, se topaban con el paisaje, lo arañaba al pasar, y el viento agitaba mi ropa y tiraba de los clavos que usaba a modo de botones para cerrarme la chaqueta.

El paisaje aparecía y desaparecía. Entre un grupo de pequeñas colinas, vislumbré la curva de una cala de arena. A lo lejos se veían unas montañas de color morado ribeteadas de nubes, y por una abertura a mi izquierda distinguí las moles de piedra del promontorio que se alzaba más allá de la playa grande, a la que nosotros llamábamos simplemente Traigh

Mhor. Continué corriendo y adopté un ritmo que adormeciera mis pensamientos y calmara mis miedos.

Por fin divisé el camino que serpenteaba por las colinas. Estaba embarrado y lleno de baches, y la lluvia se había acumulado en las huellas dejadas por los carros y en los socavones. Me dirigí hacia el norte y eché a correr pisando los charcos, notando que avanzaba cada vez más despacio y que mis fuerzas iban menguando. El terreno parecía plegarse a mi alrededor, como si quisiera impedirme ver el cielo. Me vinieron a la memoria los hombres que había visto trabajando para construir aquella calzada, pero las piedras que pusieron habían quedado enterradas en el barro, y las zanjas que cavaron a los lados estaban ahora llenas de agua.

Corría agitando los brazos, en el afán de insuflar más aire a mis pulmones, hasta que de repente, tras doblar una curva del camino, tuve que frenar en seco. Frente a mí había una carreta volcada en la cuneta. El caballo estaba tumbado de costado, todavía sujeto al tiro, gimiendo y debatiéndose para intentar ponerse de pie. Enseguida advertí que se había roto una de las patas traseras, sin ninguna posibilidad de cura. Sin duda lo rematarían de un disparo. Sin embargo, allí no había ni rastro del conductor o de los pasajeros.

Empezaba a llover en serio cuando me aproximé a la carreta. Salté al interior de la cuneta, que quedaba semioculta por la caja volcada del carruaje, y allí encontré a una niña tendida entre las frondas del brezo dormido. Llevaba un vestido azul y una capa negra, que se extendía a su alrededor. Tenía el cabello negro y sujeto por un gorrito de color azul vivo. Su rostro mostraba una palidez mortal, y el contraste con el rojo de la sangre que rezumaba de la herida de la sien resultaba sorprendente. A su lado, tendido boca arriba, había un hombre de mediana edad, y un poco más allá su sombrero de copa. Tenía la cara totalmente sumergida en el agua, que aumentaba sus facciones. Curiosamente, sus ojos, que parecían platos de tan grandes, estaban abiertos de par en par y se clavaban en mí. La fuerte impresión hizo que todo mi cuerpo se estremeciera, y comprendí que estaba muerto y que no había nada que yo pudiera hacer.

En aquel momento, oí una vocecilla que gemía y luego tosía, y volví a centrar mi atención en la niña, justo a tiempo para ver que poco a poco abría los párpados y me miraba con unos ojos de un azul intenso.

—¿Puedes moverte? —le pregunté.

Pero ella continuó mirándome con gesto inexpresivo. Una mano minúscula se acercó y asió la manga de mi chaqueta.

—Socorro, ayúdame —me dijo en inglés, una lengua que yo no entendía, al igual que ella no entendía mi gaélico.

Me daba miedo moverla, por si tenía algo roto y mi intervención empeoraba las cosas, pero le cogí la mano. Noté que la tenía muy fría, y supe que no podía dejarla allí, con aquel frío y aquella humedad; más de una vez había visto lo fácil que era perder la vida cuando uno estaba desprotegido frente a los elementos.

—Dime si te duele —le dije, consciente de que no me entendía.

Me observó con tanta confusión en la mirada que estuvieron a punto de saltárseme las lágrimas. Entonces le pasé un brazo por las axilas y el otro por debajo de las rodillas, y la levanté del suelo con mucho cuidado. Era más menuda que yo, quizá tendría un par de años menos; sin embargo, pesaba lo suyo, y no creía que pudiera llevarla en brazos hasta el castillo. Aun así, sabía que tenía que hacerlo. De repente comenzó a pesar sobre mí el hecho de ser responsable de dos vidas humanas.

La niña no se quejó al moverla. Eso me animó un poco, pues deduje que no tenía nada roto. Me echó los brazos alrededor del cuello para agarrarse a mí, y subí otra vez al camino. Empecé a correr de nuevo, pero no había avanzado ni doscientos metros cuando los músculos de mis brazos y de mis piernas protestaron de dolor bajo aquel peso. Sin embargo, sabía que no tenía más remedio que seguir adelante.

Poco después, ya había conseguido adoptar una zancada cómoda que me permitió mantener el ritmo de avance. De vez en cuando miraba a la niña. A veces la encontraba con los ojos cerrados y me temía lo peor, y otras la sorprendía mirándome fijamente, pero me daba la impresión de que tenía fiebre, y no sabía con seguridad si me estaba viendo o no.

Estaba ya al borde de la extenuación, a punto de dejarme caer de rodillas y abandonar, cuando doblé otra curva y surgió Ard Mor ante mí. El castillo se asentaba sobre un brazo de tierra que penetraba en una bahía llena de piedras. Delante de la fortificación se extendía un prado que llegaba hasta la muralla almenada, en lo alto de la cual había un cañón apuntando al mar, y a su espalda se alzaba la fuerte pendiente de la montaña. La calzada proseguía hasta un puñado de casas de la gente que trabajaba en el castillo, y más adelante, a través de una arcada de piedra, se accedía al recinto.

El hecho de verlo me insufló nuevas energías, por lo menos las suficientes para recorrer tambaleante el último tramo del camino, dejar atrás las viviendas de los trabajadores y cruzar la arcada de piedra. Cuando llegué hasta la gran puerta de madera del castillo, deposité a la niña en el suelo, en el primer peldaño, y tiré del cordón para llamar. Oí el ruido de la campanilla, muy lejos.

Me resulta un tanto difícil describir la cara que puso la doncella al abrir la puerta, roja y con los ojos como platos a causa de la sorpresa, y con su blusa negra y su delantal blanco.

En aquel momento, por lo visto, perdí por completo el control de los acontecimientos. Acudieron varios sirvientes para trasladar a la niña al interior del casillo, y a mí me dejaron de pie en aquel enorme vestíbulo con suelo de piedra, mientras todos corrían como locos a mi alrededor. Vi al *laird* en la escalera, pálido y con gesto de preocupación, y por primera vez oí su voz, pero no entendí lo que decía porque habló en inglés.

Nadie me prestaba la menor atención, y rompí a llorar, desesperado, temiendo haberle fallado a mi madre y que fuera a morirse porque yo me había desviado de la misión que me habían encomendado. Sin embargo, de improviso, la doncella que me había abierto la puerta recorrió el enlosado a toda prisa y cayó de rodillas ante mí, con la confusión pintada en el rostro.

—¿Qué te ocurre? —me preguntó en gaélico—. Lo que has hecho es muy valiente, has salvado la vida a la hija del *laird*.

Yo le aferré la mano.

—Necesito que venga el médico —le dije.

—Ya han mandado llamarlo —me respondió en tono tranquilizador—. Llegará enseguida.

—No, es para mi madre. —Estaba al borde de la histeria.

Pero la doncella no me entendía.

—¿A qué te refieres?

Entonces le conté lo de mi madre, lo del nacimiento de mi hermana y lo de la hemorragia. Y se puso pálida.

—Espera aquí —me dijo, y echó a correr en dirección a la gran escalinata.

Me quedé allí quieto durante una eternidad, sintiéndome profundamente desgraciado, hasta que regresó la doncella y volvió a arrodillarse a mi lado.

—En cuanto haya examinado a Ciorstaidh, el médico te acompañará a Baile Mhanais —me aseguró, al tiempo que me retiraba el pelo de los ojos con una mano tibia y tranquilizadora.

Sentí una inmensa oleada de alivio.

—Ciorstaidh —repetí—. ¿Así es como se llama la hija del *laird*?

—Sí —contestó la doncella—. Pero la llaman por su nombre en inglés: Kirsty.

No sabría decir cuánto tiempo tardó el médico en examinar a Ciorstaidh, pero en cuanto terminó con ella partimos a lomos de su caballo y volvimos por la calzada en dirección a mi aldea. Al llegar a la carreta accidentada, hicimos un alto. El caballo aún seguía con vida, pero casi había dejado de luchar. El médico echó un vistazo al hombre que yacía en la cuneta, y momentos después se incorporó de nuevo con una expresión grave en el rostro.

—Está muerto —sentenció, aunque aquel dato podría habérselo proporcionado yo—. Era el tutor de Ciorstaidh, de Glasgow. Apenas llevaba aquí seis meses. —Se subió otra vez al caballo y se volvió a medias hacia mí—. Hijo, si tú no hubieras traído a Ciorstaidh al castillo, habría muerto aquí mismo, a merced de los elementos.

Acto seguido, golpeó al caballo en el flanco con su fusta y partimos al galope, hasta que llegamos al sendero y se vio obligado a aminorar la marcha para que el animal fuera sorteando con cuidado las piedras y las raíces de brezo. Finalmente, descendimos la colina y avistamos la aldea.

Al parecer, se las habían arreglado para detener la hemorragia, y mi madre todavía estaba viva. Condujeron al médico hasta el cuarto de la lumbre, y a Annag y a mí nos hicieron salir de la casa y esperar bajo la lluvia. Pero no me importó. Aquel día había salvado dos vidas, y enseguida le conté lo sucedido a mi hermana pequeña, henchido de orgullo.

Por fin salió mi padre. El gesto de alivio en su rostro era evidente.

—Dice el médico que vuestra madre se pondrá bien. Está débil y necesita descansar, así que tendremos que asumir sus tareas durante una temporada.

—¿Cómo se llama la niña? —preguntó Annag.

En aquel momento mi padre sonrió.

—Murdag —respondió—. Como mi madre. —Luego apoyó una mano en mi hombro—. Lo has hecho muy bien, hijo —me dijo, y aquel elogio me produjo un intenso placer—. El médico me ha contado que llevaste en brazos a la hija del *laird* hasta Ard Mor. Le salvaste la vida, de eso no hay duda. —Luego sacó la barbilla y paseó la mirada, con gesto pensativo, por la ladera de la colina que se erguía a nuestro lado—. El *laird* está en deuda con nosotros.

No recuerdo exactamente cuánto tiempo transcurrió hasta que comenzó de nuevo la escuela. Fue algo después de Año Nuevo, supongo. En cambio, sí recuerdo haber recorrido aquel primer día el camino que llevaba a la escuela, y haber pasado por debajo de la iglesia que prestaba servicio a los municipios de Baile Mhanais y Sgagarstaigh. El edificio estaba construido en el *machair*, la franja de tierras pantanosas que daban a la bahía —situada al final de la colina— y a los campos de cultivo que había más allá. Por lo general, asistíamos a clase unos treinta alumnos, aunque dicho número podía variar dependiendo de las necesidades de la granja. Mi padre, sin embargo, siempre decía que no había nada más importante que una buena educación, de manera que casi nunca me impedía ir a la escuela.

Mi madre se había recuperado bien, y la pequeña Murdag crecía sin problemas. Aquel día, yo me había levantado al alba para salir a coger una cesta de turba y llenarme el estómago con las patatas que habíamos dejado asándose durante toda la noche en los rescoldos del fuego. Más tarde, con el fuego ya fuerte, mi madre coció algunas patatas más, y nos las comimos acompañadas de leche y de un poco de pescado en salazón. De modo que, con la barriga llena, no noté demasiado el frío y apenas me di cuenta de la costra de nieve que crujía bajo mis pies descalzos.

Cuando llegué a la escuela, me sorprendió descubrir que teníamos un maestro nuevo, el señor Ross, venido de Inverness. Era mucho más joven que el anterior y hablaba tanto gaélico como inglés.

Una vez que estuvimos todos sentados ante nuestros toscos pupitres de madera, nos preguntó si alguno de nosotros sabía inglés. Nadie levantó la mano.

—Bien —dijo—, ¿a alguno de vosotros le gustaría hablar inglés?

Miré a mi alrededor y vi que, una vez más, no había ninguna mano levantada. Así que levanté la mía, y el señor Ross me sonrió. Un tanto sorprendido, me parece.

Resultó que todos íbamos a tener que aprender inglés, aunque el único que lo deseaba era yo. Sabía que, si alguna vez quería hablar con aquella niña cuya vida había salvado, iba a tener que aprender su idioma. Y también que la hija del *laird* de ninguna manera iba a aprender gaélico.

CAPÍTULO 12

I

—¿Es usted el policía?

La voz sacó a Sime de su ensoñación y lo obligó a dedicar unos instantes a despejar el desconcierto y la confusión que le producía pasar del gélido invierno de las Hébridas en el siglo XIX a aquella mina de sal y a las islas de la Magdalena, ubicadas a medio mundo de distancia.

Se volvió y vio a un hombre apoyado junto a la ventanilla abierta del Chevy. Un individuo de rostro alargado y oculto por la sombra de una gorra de béisbol que lo observaba con curiosidad.

Casi en el mismo instante, el suelo se sacudió. Fue una vibración profunda, semejante a una serie de palpitaciones.

—¡Por el amor de Dios, ¿qué demonios ha sido eso?! —exclamó Sime, alarmado.

El otro no mostraba la menor preocupación.

—Son las voladuras. Tienen lugar quince minutos después de que acabe cada turno de trabajo. Dejan pasar dos horas para que el terreno se asiente, hasta el siguiente turno.

Sime asintió con la cabeza.

—La respuesta a su pregunta es «sí».

El otro se pasó una manaza por la barba de un día que le cubría el mentón.

—¿Y para qué diablos quiere hablar conmigo? —Sus cejas se juntaron bajo la visera de la gorra cuando miró a Sime con expresión ceñuda.

—Deduzco que es usted Jack Aitkens.

—¿Y qué pasa si lo soy?

—El marido de su prima Kirsty ha sido asesinado en Entry.

Por un instante, dio la sensación de que el viento había dejado de soplar y de que en aquella fracción de segundo el mundo de Aitkens había frenado en seco. Sime vio cómo su gesto de hostilidad se disolvía, era reemplazado por otro de sorpresa y, finalmente, por otro de preocupación.

—Joder —dijo—. Tengo que ir allí inmediatamente.

—Por supuesto —contestó Sime—. Pero antes tenemos que hablar.

II

Las paredes de la Sala 115 de la comisaría de policía de la Sûreté de Quebec en Cap-aux-Meules estaban pintadas de un tono amarillo canario. Dentro había una mesa con tablero blanco de melamina y dos sillas enfrentadas, todo el conjunto pegado a una pared. Las cámaras y el micrófono incorporado transmitían todo lo que se decía a Thomas Blanc, sentado en la sala contigua, la de los detectives. En la pared había una placa que decía «Salle d'interrogatoire».

Jack Aitkens tomó asiento en una de las sillas, frente a Sime, entrelazó sus grandes manos mugrientas de aceite y las apoyó en el tablero. Llevaba un plumón con la cremallera abierta que le formaba bolsas en los hombros, un pantalón vaquero raído y unas grandes botas incrustadas de sal.

Se había quitado la gorra, y ahora se le veía la cara, de piel clara, casi gris, y una mata de pelo en recesión, grasiento y peinado hacia atrás, siguiendo la forma del cráneo, que era ancho y plano. Indicó con un gesto de la cabeza un cartel negro que había clavado en la pared, detrás de Sime.

«URGENCE AVOCAT gratuit en cas d'arrestation.»

—¿Existe alguna razón por la que pudiera necesitar un abogado?

—Ninguna que yo sepa. ¿Qué opina usted?

Aitkens se encogió de hombros.

—Bueno, ¿y qué es lo que quiere saber?

Sime se puso de pie y cerró la puerta. El ruido procedente de la sala de investigaciones, pasillo abajo, era una distracción. Volvió a sentarse.

—Puede empezar hablándome de cómo es trabajar en una mina de sal.

Aitkens puso cara de sorpresa. Acto seguido, hinchó las mejillas y expulsó el aire en un gesto de desprecio.

—Es un puesto de trabajo.

—¿Qué horario tiene?

—Hago turnos de doce horas. Cuatro días a la semana. Llevo así diez años, de manera que ya ni me preocupa. En invierno, en el turno de día, aún es de noche cuando llego al trabajo y vuelve a ser de noche cuando salgo. Y bajo tierra la luz es escasa y muy cara. Así que uno pasa la mayor parte de la vida a oscuras, monsieur... ¿Mackenzie, me dijo?

Sime asintió.

—Es deprimente. A veces te hunde el ánimo.

—Ya me lo imagino. —Es más, a Sime le costaba imaginar algo peor que aquel trabajo—. ¿Cuántos trabajadores hay en esa mina?

—Ciento dieciséis. Mineros, claro. No sé cuántas personas habrá en administración.

Sime se quedó sorprendido.

—Así, visto desde arriba, no habría imaginado que había tantos hombres allí abajo.

Aitkens dibujó una sonrisa casi condescendiente.

—Visto desde arriba, no puede usted imaginar siquiera lo que hay allí abajo, monsieur Mackenzie. Todo el archipiélago de la Magdalena se apoya en columnas de sal que han emergido a través de la corteza terrestre. Por el momento, hemos excavado hasta una profundidad de cuatrocientos cuarenta metros en una de ellas, y todavía quedan ocho o diez kilómetros más por excavar. La mina tiene cinco niveles, y se extiende hasta muy por debajo de la superficie del mar, a ambos lados de la isla.

Sime también sonrió.

—Tiene razón, señor Aitkens, nunca me lo habría imaginado. —Guardó silencio unos instantes—. ¿Dónde estaba usted la noche en que se cometió el asesinato?

Aitkens no pestañeó.

—¿Qué noche fue, exactamente?

—La de anteayer.

—Estaba trabajando en el turno de noche, como llevo haciendo toda la semana. Puede examinar el registro, si quiere.

Sime asintió.

—Lo examinaremos. —Luego se recostó en la silla—. ¿Qué tipo de sal es la que extraen?

Aitkens se echó a reír.

—No es sal de mesa, si es lo que está pensando. Es sal para las carreteras. Aproximadamente, 1,7 toneladas al año. La mayor parte se utiliza en Quebec o en Newfoundland, el resto se envía a Estados Unidos.

—No puede ser muy saludable pasar allí abajo doce horas al día, respirando toda esa sal.

—¡Quién sabe! —Aitkens se encogió de hombros—. Sea como sea, yo todavía no me he muerto. —Soltó una risita—. Dicen que las minas de sal generan un microclima propio. En algunos países de la Europa del Este, envían a la gente que sufre asma a las minas, para que se curen.

Sime observó cómo se desvanecía poco a poco su sonrisa, y esperó a que lo fuera invadiendo la impaciencia.

—¿Va a decirme qué sucedió en Entry o no?

Pero Sime todavía no quería llegar a ese punto.

—Quiero que me hable de su prima —dijo.

—¿Qué es lo que quiere saber?

—Lo que sea. Y todo.

—No tenemos mucho trato.

—De eso ya me he dado cuenta.

Aitkens lo perforó con la mirada, y Sime detectó una expresión calculadora en sus ojos. ¿Habría hablado con Kirsty?

—La hermana de mi padre era la madre de Kirsty. Pero mi padre se enamoró de una chica de Havre-Aubert que hablaba francés y se fue de Entry para casarse con ella cuando apenas había salido de la adolescencia.

—Entonces, ¿usted no habla inglés?

—De pequeño hablaba francés en el colegio, pero mi padre siempre me hablaba en inglés en casa, así que no lo llevo mal.

—¿Y aún viven sus padres?

Aitkens apretó los labios en un gesto adusto.

—Mi madre falleció hace unos años. Mi padre está en el pabellón geriátrico del hospital, y ni siquiera me conoce cuando voy a verlo. Dispongo de todo el poder notarial.

Sime hizo un gesto de asentimiento.

—Por tanto, podría decirse que Kirsty y usted se criaron en comunidades lingüísticas muy distintas.

—Así es. Y las diferencias no son sólo lingüísticas, sino también culturales. La mayoría de los francófonos de estas islas descienden de los originarios colonos de Acadia, los del siglo XVII. Cuando los británicos derrotaron a los franceses y crearon Canadá, los acadianos fueron expulsados, y muchos de ellos acabaron aquí. —Dejó escapar un gruñido desganado—. La mayoría de mis vecinos todavía se consideran acadianos, más que quebequenses. —Empezó a quitarse la mugre que tenía debajo de las uñas—. Muchos anglófonos naufragaron aquí cuando iban de camino a las colonias, y ya no se fueron. Pero las dos comunidades nunca se han mezclado.

—¿Así que no tuvo usted mucho contacto con Kirsty cuando eran pequeños?

—Apenas. Bueno, desde mi casa de La Grave se ve Entry Island. A veces tienes la sensación de casi poder tocarla con la mano. Pero nunca ha sido un lugar en el que uno se deje caer por casualidad. Por supuesto, de vez en cuando había reuniones familiares, por Navidad, en los funerales, cosas así. Pero los anglófonos son presbiterianos, y los franceses son en su mayoría católicos. Como el aceite y el agua, vaya. De modo que no, nunca he conocido demasiado bien a Kirsty. —Dejó de sacarse la mugre de las uñas y se miró las manos—. En estos últimos años prácticamente no la he visto. —Levantó la mirada—. Si yo no hubiera ido a verla, seguro que ella nunca habría venido a verme a mí.

A Sime le pareció detectar una pizca de resentimiento en aquella última frase, pero no vio nada en la actitud de Aitkens que lo sugiriera.

—Por lo que sabe de ella, ¿cómo la describiría?

—¿Qué quiere decir?

—¿Qué clase de persona es?

Aitkens sonrió con cariño.

—Costaría trabajo encontrar una persona más amable que ella en este mundo, señor Mackenzie —contestó—. Es casi... cómo podría decirlo... la serenidad personificada. Como si hubiera alcanzado la paz interior. Si tiene mal genio, desde luego yo nunca se lo he visto.

—Pero usted mismo ha dicho que en realidad no la ha tratado mucho en estos años.

Aquello pareció irritarlo.

—Pues entonces, ¿para qué diablos me lo pregunta?

—Es mi trabajo, señor Aitkens. —Sime se recostó en su asiento y se cruzó de brazos—. ¿Qué sabe usted de la relación que tenía su prima con James Cowell?

Para expresar su desprecio, Aitkens emitió un ruido que estaba a medio camino entre un salivazo y un gruñido.

—Ese hombre nunca me cayó bien. Y no entiendo qué pudo ver en mi prima.

—¿A qué se refiere?

—Bueno, no pretendo perjudicar a Kirsty. A ver, es una mujer muy atractiva y todo eso, pero también es un poco rara, ¿sabe?

A Sime le vino a la memoria el modo en que la describió Crozes: «Más bien un bicho raro, ¿no?»

—¿Rara en qué sentido?

—Por esa obsesión que tiene con no moverse del sitio, con no salir de la isla. Cowell era todo lo contrario, a él le gustaban los coches de lujo y los aviones, las casas grandes y los restaurantes caros. Asistí a la boda. Montó una carpa enorme y se trajo una empresa desde Montreal para que se encargara del *catering*. Había champán para dar y tomar. ¡Cómo le gustaba aparentar al muy cabrón! Tenía más dinero que cabeza. Y además era un engreído. Se creía mejor que todos nosotros porque había hecho una fortuna. Pero sólo era un isleño más, como todos, un puto pescador que tuvo suerte.

—Por lo visto, la suerte se le acabó.

Aitkens inclinó ligeramente la cabeza.

—¿Cómo ha muerto?

—Según afirma Kirsty, un intruso la atacó en la casa. Entonces intervino Cowell, y el tipo lo apuñaló hasta matarlo.

Aitkens se quedó de piedra.

—¡Joder! ¿Un intruso? ¿En Entry? —De repente, se le ocurrió otra cosa—: ¿Y qué estaba haciendo allí Cowell? Tenía entendido que había abandonado a Kirsty.

—¿Qué es exactamente lo que sabe usted?

—Bueno, era más bien algo de dominio público. La obsesión que tenía con Kirsty por lo visto ya se le había pasado, y había encontrado a otra con la que gastarse los millones. Ariane Briand, la esposa del alcalde de Cap-aux-Meules. ¡Ha sido un buen escándalo!

—¿La conoce?

—Pues claro. Fuimos al mismo colegio. Era unos años mayor que yo, pero no conocí a ningún chaval que no estuviera loco por ella. Estaba buena de verdad. Y lo sigue estando. Y es mucho más del estilo de Cowell que Kirsty. Dicen que le dio la patada al alcalde y metió en casa a Cowell. —Lanzó un bufido de mofa—. Pero iba a ser un lío pasajero, estoy seguro. Puede usted apostar lo que quiera a que Cowell ya había hecho planes para buscarse algo mucho más lujoso que la casita que tienen los Briand en el bosque.

Sime asintió.

—Como la casa que construyó en Entry.

—Una más impresionante todavía, diría yo. Cuando uno pone el listón tan alto, no puede empezar a bajarlo.

Sime se acarició la barbilla con gesto pensativo, y sólo en ese momento cayó en la cuenta de que aquella mañana no se había afeitado.

—Supongo que ella lo heredará todo —comentó.

Aitkens ladeó la cabeza y dirigió una mirada ceñuda a Sime.

—No creerán ustedes que lo ha asesinado ella.

—Todavía no creemos nada.

—Pues si lo creen, se equivocan. Kirsty no mataría a Cowell para quedarse con su casa y su fortuna. De hecho, con divorciarse ya habría obtenido la casa y la mitad del dinero.

Sería difícil que Cowell se hubiera quedado con la casa, y de ninguna manera habría aceptado seguir viviendo en ella. —Abrió sus enormes manos en abanico—. Y de todas maneras, ¿qué iba a hacer ella con todo ese dinero? En esa isla no hay donde gastarlo. —De repente, su mirada se posó en la mano derecha de Sime, que descansaba sobre la mesa, frente a él—. Un anillo interesante. ¿Me permite verlo?

Sime, sorprendido, extendió la mano para que Aitkens echase un vistazo.

El minero hizo un gesto afirmativo con la cabeza.

—Muy bonito. Es una cornalina, ¿verdad? Yo tuve uno parecido, aunque la piedra era una sardónice. Una especie de ámbar con vetas blancas. El mío llevaba grabada un ave fénix. —De pronto, se le ensombreció el rostro—. Una vez fui al baño de la mina y me lo dejé allí después de lavarme las manos. Me di cuenta cinco minutos después, y cuando volví a buscarlo ya no estaba. —Torció los labios con desprecio—. Mira que hay gente mala...

—¿Éste le resulta conocido? —le preguntó Sime.

Aitkens frunció el ceño.

—¿El suyo? ¿Por qué debería resultarme familiar?

—Su prima me ha dicho que tenía un colgante del mismo color y con el mismo dibujo grabado.

—¿Kirsty? —Alzó las cejas en un gesto de sorpresa—. ¿De verdad?

—No lo sé. No consiguió encontrarlo.

Aitkens frunció de nuevo el ceño.

—Sí que es raro. —Y fue la segunda vez que utilizó aquel adjetivo en relación con su prima.

III

Sime y Thomas Blanc cruzaron con Crozes el aparcamiento que había detrás de la comisaría, en dirección al *sentier littoral* y a la playa. El viento había amainado bastante, pero todavía era lo suficientemente intenso como para alborotarles el cabello y agitarles las chaquetas y los pantalones. El sol formaba en el mar un cuenco reflectante de luz dorada que enmarcaba la silueta de Entry Island, visible al otro lado de la bahía. Fuera adonde fuera Sime dentro de las islas de la Magdalena, siempre lo desconcertaba la presencia constante de Entry Island. Parecía estar siguiéndolo, como la mirada de la Mona Lisa.

—Arseneau todavía no ha dado con Briand —dijo Crozes. Estaba deseoso de descartarlo o incluirlo como sospechoso, y aquel retraso lo irritaba—. Y no estoy seguro de que Aitkens nos haya proporcionado información de utilidad.

—Sin embargo, Aitkens está en lo cierto con respecto al dinero, teniente —replicó Blanc—. No parece que fuera un motivo para que la mujer de Cowell asesinase a su marido.

—Ya, no la perdamos de vista. Estamos hablando de una mujer cuyo esposo acababa de dejarla por otra. Y ya sabéis lo que dicen de una mujer despechada... —Crozes se rascó la barbilla—. No creo que el dinero tenga nada que ver aquí.

Cuando llegaron al sendero que bordeaba la costa, guardaron silencio y esperaron a que una joven que pasaba haciendo *footing* los rebasara y se alejara.

Crozes se volvió a mirar el edificio de ladrillo rojo y de una sola planta que albergaba la comisaría de policía.

—He requisado un barco de pesca para que nos lleve y nos traiga de Entry, así no tendremos que depender del ferry. Ya he enviado esta mañana a algunos agentes en el *Ivan-Quinn* con el minibús. Marie-Ange tiene que terminar de examinar el escenario del crimen, y creo que deberíamos hablar otra vez con la viuda.

—¿Tenemos una línea nueva de interrogatorio? —preguntó Blanc.

—La que estuvimos comentando ayer —respondió Crozes—. Si está diciendo la verdad, y fue ella la víctima de la agresión en lugar de Cowell, quizá tenga una idea de quién podría tenérsela jurada.

—Es probable que Aitkens quiera venir con nosotros —terció Sime.

—Pues que venga. Puede que sea interesante ver si provoca una reacción emocional.

Al teniente le vibró el teléfono en el bolsillo, lo sacó y se volvió para atender la llamada. Blanc se puso de espaldas al viento y ahuecó las manos en torno a un cigarrillo para encenderlo. Luego miró a Sime.

—Bueno, ¿qué opinas?

—¿Sobre quién mató a Cowell?

—Sí.

Sime se encogió de hombros.

—Aún es una cuestión abierta, diría yo. ¿Qué opinas tú?

Blanc dio una calada al cigarrillo y dejó que el viento se llevase el humo de su boca.

—No sé, las estadísticas dicen que más de la mitad de los asesinatos son perpetrados por una persona cercana a la víctima. De modo que, si yo fuera de los que apuestan, apostaría por Kirsty Cowell.

—¡Mierda! —se oyó exclamar a Crozes por encima del viento. Ambos se volvieron hacia él justo cuando estaba guardándose otra vez el teléfono en el bolsillo.

—¿Qué ocurre, teniente? —preguntó Blanc.

—Creo que esto va a complicarse más de lo que habíamos previsto. —Hizo una mueca pensativa, apuntando con el mentón hacia la isla cuya silueta se recortaba a lo lejos—. Al parecer, esta noche ha desaparecido un tipo de Entry.

CAPÍTULO 13

I

El trayecto en el barco de pesca que había requisado Crozes duró bastante más de una hora. Olía mucho a pescado y ofrecía escasa protección frente a los elementos.

El mar seguía estando muy agitado, y el viento soplaba con suficiente intensidad como para que la travesía de la bahía resultara desagradable, de tan lenta. Sime y Blanc iban acuclillados en la bodega, un espacio estrecho y oscuro, con los pies mojados por el agua salada que inundaba el suelo y aguantando aquel olor a pescado putrefacto que les revolvía el estómago con cada bandazo que daba la embarcación. Crozes parecía inmune a todo aquello. Estaba sentado a solas en un oxidado larguero de la popa, ensimismado en sus pensamientos. Jack Aitkens no se movió de la cabina del patrón, charlando con el propietario del barco como si hubiera salido a dar un paseo en una soleada tarde de domingo.

Arseneau acudió a recogerlos al puerto, y, mientras Aitkens iba hacia el minibús, el sargento *enquêteur* los puso al corriente del hombre que había desaparecido. Se quedaron en un extremo del muelle, formando un corrillo para protegerse del viento, y Blanc hizo varios intentos de encender su cigarrillo, hasta que por fin desistió.

—Se llama Norman Morrison —informó Arseneau—. Edad, treinta y cinco años. Y es... —titubeó un instante, no sabía qué era lo políticamente correcto—. Bueno, un poco simple, no sé si me entienden. Como habría dicho mi viejo, le falta un hervor.

—¿Qué ha ocurrido? —preguntó Sime.

—Vive con su madre en esa colina de ahí. Anoche, después de cenar, salió de casa para amarrar unas cosas en el patio. O eso fue lo que dijo que iba a hacer. Su madre, al ver que ya había pasado media hora y que no regresaba, salió con una linterna a buscarlo. Pero no lo encontró. Y desde entonces no lo ha visto nadie.

Crozes se encogió de hombros.

—Puede haberle sucedido cualquier cosa, con una tormenta como la de anoche. ¿Qué relación tiene con nuestro caso? ¿Por qué tendría que interesarnos?

Sime se fijó en el lenguaje corporal de Arseneau y dedujo que estaba a punto de lanzar otra granada.

—Por lo visto, estaba obsesionado con Kirsty Cowell, teniente. Tenía una fijación con ella. Y si nos creemos lo que dice su madre, James Cowell hizo algo más que advertirlo de que se alejara de su esposa.

Crozes no se tomó bien la noticia. Sime vio cómo apretaba la mandíbula y los labios en un gesto inflexible. Pero no iba a permitir que nada lo desviase del rumbo que se había marcado.

—Muy bien, en primer lugar llevaremos a Aitkens con Cowell. Quiero ver cómo reacciona su prima cuando lo vea. Después iremos a casa de Morrison.

Kirsty Cowell estaba esperándolos en el porche de la casa de verano, observando cómo subían por la cuesta. Iba vestida con una blusa blanca, un chal gris de lana ceñido alrededor de los hombros, unos vaqueros negros de pinza y unas botas de cuero de caña alta. La melena le flotaba hacia atrás, empujada por el viento, y parecía una bandera negra y deshilachada que constantemente se desplegaba y volvía a plegarse. Era la primera vez que Sime la veía desde que tuvo aquel sueño, y, a pesar de todo lo que le advertía su instinto, no pudo evitar sentir una irresistible atracción hacia ella.

Jack Aitkens había sido el primero en apearse del vehículo cuando se detuvieron frente a la casa, y echó a correr por la hierba para abrazar a su prima. Sime, desde lejos, experimentó una extraña punzada de celos, y vio brillar las lágrimas en el rostro de Kirsty Cowell. Tras una breve conversación con su prima, Aitkens volvió hacia el grupo de policías.

Se dirigió a ellos bajando la voz. Su tono traslucía una amenaza velada:

—Kirsty me ha dicho que ya la han interrogado dos veces.

—Entrevistado —lo corrigió Sime—. Y me gustaría volver a hablar con ella.

—Pero ¿es una sospechosa o no? Porque, si lo es, tiene derecho a un abogado.

—De momento es un testigo material, nada más —respondió Crozes.

Aitkens dirigió una mirada de hostilidad a Sime.

—Pues, en ese caso, la entrevista puede esperar. Quisiera pasar un rato con mi prima, si a ustedes les parece bien.

No esperó a que le concedieran permiso, simplemente dio media vuelta y regresó a la casa. Cogió a su prima de la mano y se la llevó del porche, justo cuando el sol se abría paso momentáneamente entre las nubes e iluminaba con un resplandor acuoso la superficie de los acantilados.

Los cuatro policías observaron cómo se alejaban juntos, pendiente arriba.

—No me cae bien ese tipo —comentó Crozes.

Pero Sime sabía que al teniente no le caería bien nadie que se entrometiera y ralentizara el curso de su investigación.

II

La vivienda de la familia Morrison se encontraba al final de un sendero de gravilla que partía de Main Street, a mano izquierda, antes de llegar a la iglesia, y discurría por el valle siguiendo el contorno de la isla hasta el terreno situado bajo Big Hill, una de las colinas gemelas. La casa llevaba años sin pintarse, y el revestimiento de tablas de madera había adquirido un tono gris blanquecino. Las tejas del tejado holandés, con su típica doble inclinación, estaban sólo ligeramente más oscuras. Había varias construcciones exteriores en diversos grados de abandono, y también un tractor viejo y herrumbroso al que le faltaba una rueda, que estaba inclinado en un extraño ángulo, en el patio trasero.

Detrás de la casa vieron un campo de cultivo que descendía por la ladera, y un puñado de ovejas pastando en la hierba. Desde aquella posición en lo alto del cerro, la casa dominaba una panorámica espectacular al sur y al oeste, hacia Havre-Aubert y Cap-aux-Meules, y Sime se dijo que la noche anterior debía de haber sufrido una buena tunda durante la tormenta.

Dejó vagar la mirada por los campos arrasados que se extendían ante él. Algunas de las balas de heno que habían visto en la primera visita a la isla habían desaparecido, hechas trizas por el temporal. Sin embargo, la vivienda de los Morrison no parecía haber sufrido grandes daños. Por más endebles que parecían aquellas casas pintadas de vivos colores, se hacía evidente que habían resistido el paso del tiempo en un clima que rara vez era benévolo. Las distintas siluetas de cada edificación se alzaban a lo largo de la colina, igual de desafiantes que los propietarios, que se mantenían en sus trece en defensa de su lengua y su cultura, decididos a quedarse allí a toda costa. Sin embargo, ahora que la población estaba disminuyendo y los puestos de trabajo escaseaban, estaba claro que aquella isla se moría. Lo cual hacía que aún resultara más inexplicable que una mujer joven como Kirsty Cowell escogiera quedarse allí, cuando la mayoría de los miembros de su generación ya se habían marchado.

El sargento Aucoin y media docena de agentes de Cap-aux-Meules, junto con un grupo de isleños, aguardaban apiñados en un ensanche del camino que había un poco más allá de la casa. Estaban impacientes y nerviosos, deseando iniciar la búsqueda. Morrison llevaba ya más de dieciséis horas desaparecido. Pero Crozes no quería que fueran por allí pisoteando posibles pruebas sin que antes hubiera tenido la oportunidad de evaluar la situación.

—¡Sime!

Al oír su nombre, Sime se volvió y vio que Crozes iba hacia él seguido de Blanc.

—Estamos recibiendo informaciones contradictorias con respecto a ese tipo. —Señaló con un gesto una casa pintada de azul y beige que se levantaba como a unos cincuenta metros de allí, tras un sendero pedregoso—. Los vecinos le han dicho una cosa a la policía local, y la madre dice otra totalmente distinta. Es mejor que hables tú con ellos.

—La única razón por la que nos quedamos aquí fue para criar a los niños —explicó Jackie Patton, al tiempo que se limpiaba las manos con el delantal, enrojecidas tras haber estado fregando los platos.

Se retiró con el dedo meñique un mechón de pelo suelto para meterlo tras la oreja y, al hacerlo, se dejó un poco de harina en la mejilla y en el pelo castaño de la sien. Tenía un rostro cuadrado, una tez clara y salpicada de pecas y un gesto de cansada resignación en los ojos que decía que su vida no había transcurrido tal como ella la había planeado. No era fea, pero tampoco atractiva.

—Pensábamos marcharnos en cuanto tuvieran la edad para cursar estudios superiores. Decidimos que les debíamos a los niños la misma educación que habíamos recibido nosotros en la isla, que no había otra mejor. —Espolvoreó más harina en la masa que estaba trabajando y volvió a aplastarla con el rodillo de amasar—. Ahora ellos se han ido, y nosotros seguimos aquí.

Crozes, Blanc y Sime estaban apretujados en la minúscula cocina, los tres de pie alrededor de una pequeña mesa situada en el centro. Casi no quedaba más espacio libre. La señora Patton estaba concentrada en la masa de hojaldre que estaba preparando para el pastel de carne.

—Ya hemos perdido la cuenta de los puestos de trabajo a los que se ha presentado Jim. El problema es que, después de pasar veinte años pescando langostas, uno ya no sabe hacer otra cosa. De modo que él todavía sale todos los primeros de mayo con su barco, mientras yo me quedo aquí, contando los días que faltan para que vuelvan los chicos a pasar las vacaciones. —De pronto, levantó la vista—. Hace años que deberían haberlo encerrado con llave.

—¿A quién? —preguntó Sime.

—A Norman Morrison. No está bien de la cabeza. Antes, cuando era más joven, los niños iban a verlo. Era como uno de ellos, ¿saben?, un niño con cuerpo de adulto. Pero luego empezó a construir esa ciudad en el techo.

Sime arrugó el ceño.

—¿Qué quiere decir?

—Ya lo verán ustedes mismos cuando vayan a su casa. Supongo que seguirá estando donde estaba. Verá, su dormitorio está en el tejado. Con su techo y todo. Y como él es tan alto, podía tocarlo con sólo alargar la mano.

Se interrumpió para mirar por la ventana. La casa de Morrison se encontraba a una distancia respetable, y su perfil contrastaba con las aguas de la bahía y las islas del archipiélago.

—Es algo bastante impresionante. Se requiere cierto talento para hacer algo así. E imaginación. Casi toda la isla se ha dejado caer por ahí para verlo. Es increíble lo que es capaz de hacer una mente simple con tan pocos elementos. —Volvió a concentrarse en la masa—. Sea como sea, al final llegamos a la conclusión de que sólo lo había hecho con el fin de tener una excusa para subir a los niños a su dormitorio.

—¿Quiere decir que abusaba de los niños? —preguntó Crozes.

—No, señor —replicó la señora Patton—. No puedo decir que hiciera tal cosa. Pero una vez mi Angela volvió diciendo que la había tocado de forma rara. Y no hubo manera de que nos dijera de qué forma lo había hecho.

—¿Estaba alterada? —preguntó Sime.

La señora Patton dejó de amasar y levantó la cabeza, pensativa, dejando que su mirada se perdiera en la distancia.

—No, no estaba alterada. Eso es lo más curioso, supongo. La verdad es que Norman le gustaba mucho. Se pasó llorando casi una semana entera cuando les prohibimos a ella y a su hermano que fueran de nuevo a esa casa.

—¿Por qué se lo prohibieron?

La señora Patton se volvió hacia Sime en actitud defensiva.

—Porque él la había tocado «de forma rara». Eso fue lo que dijo, y como no logré saber a qué se refería, preferí no correr más riesgos. Ese hombre no está bien de la cabeza y, además, ya era demasiado mayor para andar jugando con niños.

Siguió un silencio incómodo, tras el cual continuó trabajando la masa.

—Sea como sea, una persona así debería estar en una residencia o en un hospital. Pero no en esta comunidad.

—¿Usted lo consideraba peligroso? —preguntó Blanc.

La señora Patton se encogió de hombros.

—Quién sabe. Tiene mal genio, eso sí que puedo asegurárselo. A veces era como un niño enrabietado. Cuando su madre lo llamaba para que fuera a comer y él estaba ocupado en sus cosas. O cuando algo no le salía como él quería.

—¿Y qué me dice de Kirsty Cowell? —preguntó Sime.

La señora Patton le dirigió una mirada de recelo.

—¿Qué pasa con ella?

—Usted le ha dicho al sargento Aucoin que Norman estaba obsesionado con ella.

—Bueno, eso es algo que sabe todo el mundo. Antes, cuando hacíamos fiestas en verano, o cuando organizábamos bailes en invierno, él la seguía por todas partes como un perrillo. Habría resultado gracioso, si no fuera tan triste.

—¿Ha dicho «antes»?

—Sí... —respondió la señora Patton con aire pensativo—. Porque todo eso pareció acabar hace aproximadamente seis meses.

—¿Cómo reaccionaba a esa obsesión la señora Cowell?

—Bueno, se lo tomaba a broma, supongo. Esa mujer no tiene ni una pizca de maldad en el cuerpo. Simplemente se casó con quien no tenía que casarse.

—¿Por qué dice eso?

—Es evidente, ¿no? Su marido no era el hombre adecuado para ella. Ni ella la mujer adecuada para él. Era un matrimonio destinado al fracaso. Sólo podía acabar de una forma.

—¿Con un asesinato?

Rápidamente alzó la mirada en dirección a Sime.

—Yo no he dicho eso.

—¿Cómo reaccionaba Cowell al interés que demostraba Norman Morrison por su esposa?

—Ah, no le gustaba nada, eso sí que puedo asegurárselo. Pero, entiéndame, Morrison no representaba ninguna amenaza para su matrimonio. No, por Dios. Norman tiene la edad mental de un niño de doce años.

A aquellas alturas, Sime ya había llegado a la conclusión de que Jackie Patton no le caía nada bien.

—Sin embargo, usted sí que lo consideraba una amenaza para sus hijos.

La señora Patton dejó el rodillo de amasar con un golpe brusco y se volvió para mirarlo a los ojos.

—¿Usted tiene hijos, señor Mackenzie?

—No, señora, no tengo.

—Pues entonces no me juzgue. La primera responsabilidad de un padre es proteger a sus hijos. Uno prefiere no correr ciertos riesgos.

Sime permaneció impasible. Se notaba a todas luces que la señora Patton ya había juzgado a Norman por su cuenta. Y «culpabilidad» significaba «acusación» incluso en las cuestiones más inocentes.

III

El salón de los Morrison tenía grandes ventanales en la parte delantera y un arco que daba a un comedor situado en la parte de atrás. Aunque la mayoría de los muebles eran oscuros y estaban pasados de moda, la luz que entraba por los ventanales parecía multiplicarse en todas las superficies brillantes. El empapelado de las paredes estaba prácticamente cubierto por fotografías y cuadros. Había retratos familiares y de grupo, sobre todo en blanco y negro, y algunos paisajes en color, y objetos de cristal que, como todo lo demás, también reflejaban la luz. En el aire flotaba un olor fuerte, perfumado, que se mezclaba con el del desinfectante. Con un simple vistazo, Sime dedujo que la señora Morrison era una persona que tenía un lugar para cada objeto y le gustaba que cada objeto estuviera en su lugar.

Era una mujer de sesenta y tantos años y huesos grandes, e iba cuidadosamente vestida con una blusa de un blanco inmaculado, una chaqueta de punto y una falda azul que le llegaba por debajo de las rodillas. Todavía tenía el cabello oscuro, aunque ya empezaban a aparecerle algunas hebras grises, y lo llevaba austeramente retirado del rostro y recogido en un moño.

Había poca amabilidad en sus ojos azules, y se la veía notablemente tranquila, teniendo en cuenta las circunstancias.

—¿Les apetece un té, caballeros? —ofreció.

—No, gracias —respondió Sime.

—Bien, pues entonces tomen asiento.

Los tres policías se sentaron, incómodos, en el borde del sofá, y la señora Morrison regresó al sillón situado junto a la chimenea y entrelazó las manos sobre el regazo. Sime supuso que aquél debía de ser su lugar habitual.

—Mi hijo nunca ha hecho nada parecido —dijo.

—¿A qué se refiere? —preguntó Sime.

—A escaparse.

—¿Qué le hace pensar que se ha escapado?

—Es lo que ha hecho, evidentemente. Me dijo que salía al jardín. De haber sido así, habría vuelto mucho antes de que yo fuera a buscarlo. Sin duda me mintió.

—¿Su hijo tiene la costumbre de mentir?

La señora Morrison hizo un gesto de incomodidad y se replegó un poco sobre sí misma.

—En ocasiones es un tanto conciso a la hora de decir la verdad.

Sime dejó que aquella frase se asentara, antes de continuar.

—¿Había alguna razón para que se escapara? Quiero decir, ¿sabría usted decirnos por qué mintió?

La señora Morrison dio la impresión de estar sopesando cuidadosamente su respuesta. Por fin contestó:

—Porque estaba alterado.

—¿Por qué motivo?

—Se había enterado de lo sucedido en casa de los Cowell.

—¿Dónde se enteró?

—En la oficina de correos, ayer por la tarde, cuando bajamos a recoger las cartas.

—De modo que se enteraron los dos al mismo tiempo.

—Sí.

—¿Y por qué se alteró tanto?

La señora Morrison se removió, incómoda, en su sillón.

—Le gustaba mucho la señora Cowell. Supongo que le preocupaba su bienestar.

—¿A qué se refiere al decir que le gustaba mucho? —preguntó Sime.

—Exactamente a eso —respondió, un tanto molesta—. Y a ella también le gustaba mi hijo. Debe entender, señor Mackenzie, que la edad mental de mi hijo es la de un niño de once o doce años. No fuimos conscientes de ello hasta que empezó a tener dificultades en la escuela, con los estudios. Fue una verdadera conmoción cuando nos lo dijeron los psicólogos. Y sólo resultó evidente de verdad cuando fue haciéndose mayor. Al principio yo estaba... en fin, estaba destrozada. Pero con el paso de los años he llegado a considerarlo una bendición. La mayoría de la gente pierde a sus hijos cuando se hacen mayores; en cambio, yo nunca he perdido a Norman. Ahora tiene treinta y cinco años, pero sigue siendo mi niño.

—¿Así que a la señora Cowell le gustaba Norman, del modo en que a uno le gusta un niño?

—Exactamente. Y, por supuesto, de pequeños iban al mismo colegio.

—¿Y qué opinaba de ello el señor Cowell?

El semblante de la señora Morrison se oscureció al momento, como si una nube hubiera cruzado por su rostro.

—Yo soy una persona temerosa de Dios, señor, pero espero que ese hombre pase toda la eternidad en el infierno.

Los tres detectives se quedaron atónitos ante aquella súbita demostración de intenso odio.

—¿Por qué? —preguntó Sime.

—Porque trajo a dos matones a esta isla para que le dieran una paliza a mi hijo.

—¿Cómo sabe usted eso?

—Lo sé porque le dijeron que no se acercara a la señora Cowell, o de lo contrario le ocurriría algo mucho peor.

—¿Eso se lo contó su hijo a usted?

La señora Morrison asintió con la cabeza y apretó los labios con fuerza para reprimir sus sentimientos.

—Cuando llegó a casa aquel día, se encontraba en un estado terrible. Sangrando, lleno de golpes y llorando como un niño pequeño.

—¿Cómo sabe usted que aquello fue obra del señor Cowell?

—¿Y de quién iba a ser, si no?

—¿Y eso cuándo ocurrió?

—Este año, a principios de primavera. Aún había nieve en el suelo.

—¿Presentó una denuncia?

La señora Morrison casi lanzó una carcajada.

—¿A quién? En esta isla no existen las leyes, señor Mackenzie. Las cosas las arreglamos entre nosotros.

Owen Clarke les había dicho algo parecido. Sime dudó sólo unos momentos.

—¿Por qué los vecinos prohibieron a sus hijos que volvieran a jugar con Norman, señora Morrison?

Esta vez el rostro de la señora Morrison se ruborizó intensamente alrededor de los ojos y en lo alto de los pómulos.

—Han estado ustedes hablando con la señora Patton.

Sime inclinó levemente la cabeza, a modo de afirmación.

—No eran más que mentiras, señor Mackenzie. —En sus fríos ojos azules ahora ardía el fuego de la indignación—. Y envidia.

—¿Por qué iba a envidiarla la señora Patton?

—Porque esta casa siempre estaba llena de niños, incluidos sus hijos. Adoraban a Norman. Venían de toda la isla para jugar con él, para ver el pequeño universo que había construido en el techo. Ya era un hombre hecho y derecho, pero era igual que ellos, un niño más.

Por un instante, su rostro se iluminó con el placer que le produjeron aquellos recuerdos. Una casa llena de niños. Una gran familia. Era evidente que para ella todo aquello había sido motivo de alegría. Pero aquella luz se apagó y su semblante se ensombreció de nuevo.

—Luego, esa mujer empezó a decir por ahí que mi Norman estaba tocando a los niños de manera impropia. Era mentira, señor Mackenzie. Lisa y llanamente. Norman nunca ha sido así, pero las mentiras pueden ser contagiosas, como los microbios. Una vez que se expanden, infectan a todo el mundo.

—¿Y los niños dejaron de venir?

La señora Morrison asintió.

—El efecto que causó todo aquello en el pobre Norman fue terrible. De repente, se quedó sin amigos. La casa estaba vacía. Muda como una tumba. Yo también los echaba de menos. Todas aquellas caritas felices, aquellas vocecillas tan alegres. Desde entonces, la vida ya no es lo mismo.

—¿Y qué decía su marido de todo esto?

—No decía nada, señor Mackenzie. Lleva casi veinte años muerto. Se perdió en el mar frente a Nueva Escocia, cuando su barco se hundió en una tormenta. —Negó con la cabeza—. Pobre Norman. Todavía echa de menos a su padre. Y cuando los niños dejaron de venir, en fin... empezó a pasar cada vez más tiempo encerrado en su habitación. Ampliando su pequeño universo.

—¿Su... universo del techo?

—Sí.

Sime miró a Crozes y a Blanc.

—¿Podríamos ver ese pequeño universo, señora Morrison?

La mujer los condujo a la planta de arriba por una escalera de madera que crujía a cada paso. Había tres dormitorios y un cuarto de baño de buen tamaño, pero la habitación de Norman se encontraba en un desván construido en el espacio que formaba el tejado. «Su guarida», la llamó su madre mientras subían la empinada escalera que llevaba hasta ella. Allí arriba no había ventanas, de manera que, cuando entraron, todo estaba a oscuras, hasta que la señora Morrison accionó un interruptor e inundó la estancia de un resplandor eléctrico de color amarillo.

Era un espacio claustrofóbico, amplio, pero el techo era muy bajo, y, a la altura de los hombros, las paredes se inclinaban hacia los lados. Contra la pared del fondo había una cama individual con varios muñecos de peluche y un oso panda deshilachado. Las mesitas de noche estaban atestadas de soldaditos de juguete y piezas de Lego, lápices de colores y tubos de pintura. En la pared de la derecha había un tocador, igualmente sepultado bajo un caos de piezas de plástico y paquetes de plastilina, una muñeca desnuda a la que le faltaban los brazos, varios cochecitos en miniatura y una locomotora. El suelo también estaba abarrotado de libros y juguetes, y de papeles, todos escritos a mano.

Pero las miradas de los detectives se vieron atraídas casi de inmediato hacia el techo, y Sime vio enseguida lo que había querido decir la madre de Norman con lo de «pequeño universo». El techo estaba prácticamente cubierto por varias capas de plastilina de diferentes colores que formaban prados y carreteras, campos sembrados, lagos y ríos. Las montañas se habían moldeado con papel maché y se habían coloreado con pintura en tonos verdes, marrones y grises. Había vías de tren y casas de plástico, y hasta figuritas de seres humanos que poblaban los jardines y las calles. Había coches y autobuses, y en los campos se veían ovejas con su manto de lana y vacas de color marrón. Había bosques y vallas. Casi todo hecho con plastilina. Y todo colgaba boca bajo.

Tuvieron que inclinar el cuello hacia atrás para mirar hacia arriba, pero era como si estuvieran contemplando otro mundo. El pequeño universo de Norman. Construido teniendo en cuenta el más mínimo detalle, hasta el punto de que resultaba casi imposible asimilarlo todo con un solo vistazo.

Su madre lo contemplaba con orgullo.

—Todo esto lo empezó siendo muy pequeño. Un paquete de plastilina y unas cuantas figuritas. Pero a los niños les gustaba tanto que Norman fue ampliándolo cada vez más. Siempre quería sorprenderlos con algo nuevo. De modo que este universo fue haciéndose cada vez más grande y más ambicioso. —De improviso, apartó la mirada—. Hasta que los niños dejaron de venir. Entonces dejó de ser una afición para Norman y se convirtió en su mundo. Su único mundo. —Miró a los detectives, ahora con timidez—. Mi hijo vivía en ese mundo, en realidad pasó a formar parte de él. No sé lo que ocurrió en su mente, pero creo que al final reemplazó a los niños que antes venían a verlo por los del techo. Si se fijan, observarán que algunos de ellos tienen caras recortadas de revistas. Y también están las figurillas de plástico de colores que vienen en los envases de cereales para el desayuno. —Acto seguido, miró con tristeza la cama—. Mi hijo pasaba todo el tiempo aquí arriba, y poco a poco fue cubriendo el techo entero. Cuando ya no tenga espacio, seguro que empezará con las paredes.

Sime estaba atónito. Norman, un niño solitario atrapado en el cuerpo de un hombre, tan sólo había hallado compañía en un mundo que él mismo había creado en el techo de su habitación. Fue recorriendo con la vista el desorden del suelo, y su mirada se detuvo en la cara de una niña recortada de una fotografía vieja. Había algo en ella que le resultaba familiar. Se inclinó para cogerla.

—¿Quién es esta niña?

La señora Morrison le echó un vistazo.

—No tengo ni idea —respondió.

Era una niña de unos doce o trece años. Llevaba unas gafas que reflejaban la luz y casi le tapaban los ojos. Sonreía de una forma extraña, mostrando toda la dentadura, y tenía el cabello castaño oscuro y cortado en una media melena.

—Seguramente la recortó de una revista.

—No, es una fotografía —repuso Sime.

La señora Morrison se encogió de hombros.

—Pues no la conozco de nada.

Sime la depositó con cuidado sobre el tocador y se volvió hacia Crozes.

—Yo diría que cuanto antes encontremos a Norman, mejor.

CAPÍTULO 14

Sime y Blanc dejaron a Crozes y a los demás organizando la búsqueda de Norman Morrison. Dividieron la isla en cuadrantes y distribuyeron a los hombres en grupos. Aunque Entry Island no era muy grande, estaba salpicada de cientos de propiedades, tanto viviendas como explotaciones agrícolas, y su costa era agreste y, en algunos puntos, inaccesible. No iba a ser una búsqueda sencilla.

Cuando regresaron a la casa de los Cowell, Aitkens y Kirsty aún no habían vuelto, de modo que los dos investigadores se pusieron a preparar los monitores y las cámaras para el interrogatorio. Cuando hubieron terminado, Blanc salió de la habitación del fondo y se encontró a Sime mirando por la ventana, en dirección a los acantilados.

—¿Tú crees que un tipo como Cowell ordenaría que le dieran una paliza al chaval ese de Morrison? —le preguntó.

Sime pensó que resultaba extraño oír a alguien describir a Norman Morrison como un chaval, pero lo cierto es que lo era. Un chaval en el cuerpo de un hombre. Se volvió hacia el interior de la sala.

—Creo que es lo que él le contó a su madre —respondió—. Pero que sea verdad o no... —Terminó la frase encogiéndose de hombros.

—¿Y qué otra persona podría querer que le dieran una paliza? —dijo Blanc.

—Depende —contestó Sime—. Si hay algo de cierto en esa historia de que toqueteaba a los niños, podría haber varios padres cabreados. Y, por supuesto, Norman jamás le habría contado algo así a su madre.

Blanc asintió con gesto pensativo.

—No había pensado en eso —dijo, y después añadió—: Oye, salgo al patio a fumarme un pitillo.

—De acuerdo. —Sime cruzó la cocina con él hasta la puerta de atrás—. Mientas esperamos, puede que eche un vistazo a la casa.

Blanc puso cara de sorpresa.

—¿Para qué?

—Me gustaría conocer un poco mejor a la señora Cowell antes de volver a hablar con ella.

—Creo que Marie-Ange todavía está por aquí.

Sime sintió una ligera punzada de irritación.

—Si me entrometo en lo que está haciendo, seguro que me lo dirá.

Blanc se sintió avergonzado.

—Perdona, no era mi intención...

—Ya lo sé —lo interrumpió Sime, y al momento se arrepintió de haber sido tan cortante—. No me hagas caso, es que estoy cansado.

Marie-Ange estaba en la habitación principal, desmantelando los focos que habían montado para fotografiar las salpicaduras y manchas de sangre distribuidas por el suelo. Sime entreabrió la puerta del salón acristalado y entró.

—¡Mire dónde pone los pies! —dijo Marie-Ange sin levantar la vista—. Y no toque nada. —Al ver que nadie respondía, alzó la cabeza y pareció sorprenderse cuando se dio cuenta de que se trataba de Sime.

Él le mostró los guantes de látex que llevaba puestos.

—No es la primera vez que hago esto.

Marie-Ange suavizó un poco su tono.

—Pensaba que eras uno de los policías locales. —Aquello era lo más parecido a una excusa que iba a ofrecerle—. ¿Qué buscas aquí dentro?

—Quería echar un vistazo.

—¿Desde cuándo eres un experto en escenarios del crimen?

—No quiero examinar el escenario del crimen, sino la casa.

Marie-Ange enarcó una ceja y repitió la misma pregunta que había hecho Blanc:

—¿Para qué?

—Simple interés profesional. Dicen que las casas son un reflejo de las personas que viven en ellas, y de sus relaciones personales.

—¿Y crees que vas a descubrir algo acerca de los Cowell examinando su casa?

—Claro que sí.

Marie-Ange se quedó mirándolo unos instantes y luego respondió encogiéndose de hombros:

—Tú mismo.

Sime se fue por el pasillo que llevaba al otro extremo de la casa. A su derecha, vio una escalera que conducía a un sótano. Bajó por ella y encendió las luces. Los fluorescentes del techo iluminaron un cuarto de estar para invitados y otros dos dormitorios. Estaba claro que Cowell esperaba recibir muchas visitas. Sime se preguntó si dichas expectativas habrían llegado a materializarse. Había también un espacioso trastero repleto de archivadores y cajas, y papeles apilados en estanterías. A través de una puerta doble acristalada, vio un amplio taller y un banco de trabajo tan inmaculado que daba la impresión de que no se había utilizado nunca. En una de las paredes colgaba una miríada de herramientas, todas pulcramente ordenadas en filas y por tamaños.

Sime volvió a sumir el sótano en la oscuridad y subió de nuevo a la luz del día. La siguiente puerta de aquel pasillo se hallaba entreabierta y daba a un dormitorio. Las puertas de cristal de la pared del fondo se abrían al salón acristalado. Sime se preguntó si alguna vez habría dormido allí algún invitado, porque no lo parecía. Era una habitación fría, impersonal, y estaba amueblada como la habitación de un hotel de cinco estrellas.

Avanzó un poco más por el pasillo y encontró otra puerta, que daba al dormitorio principal. Le sorprendió descubrir que era tan impersonal como el de invitados. No parecía que hubiera nada común a la pareja: ni fotografías, ni recuerdos de épocas más felices, ni cuadros en las paredes. Ni siquiera prendas de vestir en las sillas o tiradas sobre el colchón, o zapatillas abandonadas al pie de la cama. En el tocador no había cremas para la cara ni maquillaje, ni peines o cepillos con cabellos prendidos entre las cerdas. Lo único que vio fueron superficies brillantes y limpias de polvo. Aquella habitación, por lo visto, era tan estéril como la relación que había existido entre sus ocupantes.

Al final del pasillo había otra puerta a mano izquierda que daba al estudio de Kirsty. En cuanto la abrió y cruzó el umbral, Sime notó enseguida un cambio en el ambiente. Aquél era el espacio privado de Kirsty Cowell, y todas aquellas superficies abarrotadas de cosas y las estanterías llenas de libros hablaban de ella. Había una pared entera dedicada a los libros, con volúmenes de todo tipo, desde los clásicos ingleses hasta autores norteamericanos del siglo XX: Hemingway, Steinbeck, Mailer, Updike. También había enciclopedias, libros de historia de Inglaterra y de Canadá, y casi una balda entera dedicada a la historia de Escocia.

Había también un sillón de cuero desgastado. Un chal descansaba sobre él, y unos mocasines sobresalían de debajo. En las paredes había cuadros, obras de algún artista aficionado que compensaba la falta de técnica con el mérito de haber sabido captar el estado de ánimo de la isla. Toscos paisajes marinos y torpes vistas de tierra firme. Había uno que resultaba especialmente llamativo: una hilera de cuervos negros posados en un cable eléctrico tendido entre dos postes, y como fondo la típica casa de la isla. Estaba pintado en estridentes tonos verdes y blancos, y el cielo era un conjunto de nubes ribeteadas de morado. De repente, Sime cayó en la cuenta de que, en las dos visitas que había hecho a la isla, no había visto ninguna gaviota. Sólo cuervos. Miró por la ventana y también los vio entonces, negros y amontonados en filas, en lo alto de los tejados y en las vallas y los postes de teléfono, como testigos mudos de la investigación de un asesinato.

Se volvió hacia las paredes de la habitación, y su mirada se vio atraída hacia una fotografía enmarcada, en blanco y negro, de una pareja de mediana edad que posaba de pie delante de la casa de verano. Supuso que serían los padres de Kirsty. A juzgar por la edad que aparentaban, aquella foto se la habían hecho sólo diez o doce años atrás, y sin embargo parecía antigua. No sólo porque era en blanco y negro, sino también porque ellos mismos parecían pertenecer a otra época, tanto por la ropa que llevaban como por el modo en que iban peinados. La foto se había hecho antes de la remodelación de la casa, y la construcción parecía más vieja y pasada de moda, igual que los propietarios.

Vio a Kirsty en ellos. Era alta y esbelta como su padre, pero tenía las facciones fuertes de su madre y también su misma cabellera negra y tupida, que en la foto ya se veía invadida por las canas.

A continuación, pasó a examinar el escritorio. Una superficie atestada de papeles y de toda clase de trastos. Un pequeño buda de madera de rostro sonriente, una taza sin fregar, tijeras, un abrecartas, innumerables lápices y bolígrafos recogidos en vasos de cerámica de bordes mellados, pañuelos de papel, unas gafas de leer y un cuaderno de escritorio grande y lleno de garabatos. El reflejo de pensamientos nacidos en momentos ociosos. Espirales y figuras dibujadas con palitos, caras contentas o tristes. Algunas estaban hechas con unos pocos trazos superficiales, otras habían sido remachadas una y otra vez, hasta casi atravesar el papel. Señal, acaso, de momentos de profundo desánimo.

A un lado había un montón de revistas, lo cual daba fe del interés que tenía Kirsty por la actualidad. *Time*, *Newsweek*, *Maclean's*.

En un cajón encontró un viejo álbum de fotos de la familia encuadernado con cuero verde oscuro y agrietado, y Sime se sentó en el sillón del escritorio para abrirlo. Las páginas eran de un papel grueso y de color gris, que se había vuelto quebradizo con el paso del tiempo. En las primeras había fotos en blanco y negro descoloridas, enmarcadas en pestañas para que no se cayeran y acompañadas de alguna frase aclaratoria escrita con tinta ya desvaída.

La primera fotografía del álbum era un retrato en sepia, sobreexpuesto, de una mujer muy anciana. El papel fotográfico estaba agrietado y se había desprendido en algunos puntos. Debajo, escrito con bella caligrafía, decía «tatarabuela McKay». La letra estaba tan descolorida que resultaba casi ilegible. Al parecer, aquella instantánea la habían tomado a finales del siglo XIX o principios del XX, y Sime pensó que tal vez aquel álbum lo había estrenado la madre de Kirsty reuniendo fotografías antiguas de la familia. Fue pasando las páginas, realizando un viaje en el tiempo que lo transportó hasta el nacimiento de Kirsty. Una recién nacida con carita redonda que miraba a la cámara con gesto de curiosidad desde los brazos de su madre.

Después llegó la Kirsty de siete u ocho años, que miraba al objetivo con expresión solemne. Sime pasó más páginas y vio cómo la niña iba creciendo y se hacía adulta. Una sonrisa tímida, en la que faltaban dos dientes. Otra foto de más mayor, con coletas y corrector dental. Más tarde con gafas y media melena.

De repente, su mirada se detuvo en mitad de la página, experimentando una sensación de hormigueo en el cuello y los hombros, y volvió hacia atrás. Aquélla era la niña cuya cara recortada había encontrado en el suelo del dormitorio de Norman Morrison. Y entonces comprendió por qué le había resultado tan familiar. Pese al peinado, las gafas y la sonrisa. Se trataba de Kirsty.

Pasó la página y vio el rectángulo oscuro que había dejado una fotografía que ya no estaba. Todas las que había alrededor eran de Kirsty a la misma edad, y se preguntó si la foto que faltaba sería la misma que Norman había recortado. Porque, si lo era, sólo había dos opciones: o la había cogido sin permiso, o se la había dado Kirsty. Aunque no se le ocurrió por qué razón Kirsty podría haber hecho esto último.

Se quedó largo rato contemplando la página, y después pasó a la siguiente para proseguir su viaje. Kirsty dando el estirón de la adolescencia, transformándose en el curso de unos pocos años, dejando de ser una niña encantadora pero un tanto desgarbada y feúcha para convertirse en una atractiva joven de mirada seria que parecía ver más allá del objetivo de la cámara y del paso de los años. A medida que ella iba haciéndose adulta, sus padres iban haciéndose viejos. Y de pronto, las fotografías se interrumpieron. Tras el fallecimiento de su madre, el registro fotográfico de una familia feliz había llegado a su fin de forma abrupta.

Retrocedió hasta la sombra de la fotografía que faltaba, y lo invadió un sentimiento de confusión provocado por un agotamiento casi incapacitante, producto del insomnio que llevaba arrastrando desde hacía días y semanas. Se frotó los ojos y miró de nuevo la página del álbum. Una Kirsty de trece o catorce años lo miró a su vez, sonriente. Aquélla era precisamente la edad que debía de tener la Ciorstaidh del diario de su antepasado cuando él volvió a verla. Algo le hizo regresar a los diarios, a las historias que les leía su abuela cuando eran pequeños. Y casi le pareció, incluso, oír la voz de su antepasado.

CAPÍTULO 15

Calculo que yo debía de tener unos quince años cuando mi padre volvió aquel año de pescar.

Durante su ausencia, yo había estado yendo todos los días al páramo a recoger la turba que cortábamos en primavera y dejábamos secar en montones llamados *rùdhan mór.* Aquél era un trabajo duro. Cargábamos los terrones de turba seca en cestas de mimbre y recorríamos con ellos a cuestas el kilómetro que había de distancia hasta el pueblo. Aun así, yo había conseguido acumular un montón espléndido detrás de nuestra casa. Los terrones de turba se ponían uno encima de otro, formando un dibujo de espina de pez que permitía que el agua de lluvia se escurriera y no los empapara. Había tenido mucho cuidado a la hora de colocarlos, porque sabía que mi padre lo examinaría con ojo crítico cuando volviera.

El verano había sido suave, pero ya se percibían en el aire los primeros indicios del otoño. El sol no tardaría en cruzar el ecuador y traer los vientos del equinoccio, que anunciaban la llegada del invierno.

Mi padre llevaba dos meses fuera de casa, tal como hacía todos los veranos. Tenía que aprovechar la temporada del arenque en Wick, y siempre tardaba un poco en acostumbrarse de nuevo a vivir con la familia. Aun así, era un hombre de buen carácter. Pero aquélla era también la única época del año en que tenía dinero en los bolsillos, y ya empezaba a quemarle. El viejo Calum *el Ciego* me dijo aquella mañana que mi padre no tardaría en irse a Stornoway para gastárselo. Y no se equivocaba.

Aún no había terminado el día cuando mi padre me llevó a un lado y me dijo que me preparase para hacer un viaje a la ciudad a la mañana siguiente. Iba a ser la primera vez que lo acompañara. Sabía que nos llevaría un día o más llegar hasta allí, con nuestro carro viejo y nuestro caballo prestado, pero me hizo mucha ilusión. Estaba tan emocionado que aquella noche apenas logré dormir en mi cama de madera de boj. A oscuras en la habitación, escuchaba al otro lado de la cortina la respiración de mis hermanas, que, acurrucadas las dos juntas en su propia cama, dormían profundamente ronroneando como gatitas.

Partimos por la mañana con un poni de pelaje castaño arrastrando nuestro carro, y recorrimos varios caminos surcados de rodadas y baches hasta que enlazamos con la calzada principal, que discurría de norte a sur. Era un poco más ancha, quizá, que los caminos a los que yo estaba acostumbrado, y se veía profundamente horadada por el intenso tráfico que iba y venía de Stornoway.

Sentado al lado de mi padre, le dije que me consideraba capaz de avanzar más deprisa, yendo a pie, que aquel poni yendo al trote, pero él replicó que necesitábamos el carro para regresar con las provisiones para el invierno, así que debía tener paciencia con el animal y agradecer que contáramos con él para que tirase de la carga durante el camino de vuelta a casa.

Era la primera vez que me alejaba tanto de nuestra aldea, ya que sólo había ido como mucho hasta Sgagarstaigh o Ard Mor, y estaba maravillado por el tamaño de nuestra isla. Una vez que dejábamos el mar a nuestra espalda, podíamos pasar una jornada entera caminando sin volver a verlo. El terreno, por suerte, estaba salpicado de pequeños lagos en los que se reflejaba el cielo, y aquel detalle rompía la monotonía del paisaje.

Sin embargo, lo que más me sorprendió fue el tamaño del cielo. Era enorme. Se veía una porción mucho más grande que la que se divisaba desde Baile Mhanais. Y además estaba siempre cambiando, según el viento. A veces uno apreciaba que estaba lloviendo allá a lo lejos, debajo de un cúmulo de nubarrones negros, pero, si giraba la cabeza sólo un poquito, descubría que en otro lugar brillaba el sol y hasta aparecía un radiante arco iris que contrastaba con el fondo negro de la tormenta.

El brezo era de un maravilloso tono morado oscuro y estaba salpicado de las motitas amarillas de las tormentilas silvestres, que crecían por todas partes. Al principio, después de haber dejado las montañas a nuestra espalda, al sur, el terreno se plegaba sobre sí mismo una y otra vez, y lo único que rompía aquel paisaje eran las rocas cubiertas de musgo gris que afloraban a través de la turba, o los ríos y riachuelos que, rebosantes de peces, descendían brincando de lugares más elevados.

—¿Por qué nosotros no comemos más pescado, si los ríos bajan llenos de peces? —le pregunté a mi padre.

Él endureció el gesto y mantuvo la vista fija en el camino con expresión ceñuda.

—Porque los dueños de la tierra no nos permiten pescarlos —me contestó—. Los peces de estos ríos, muchacho, son exclusivamente para ellos y para los de su clase. Y si te sorprenden cogiendo uno, acabarás en el calabozo antes de lo que tardas en decir «*bradan mór*».

En gaélico, esas palabras significaban «salmón grande». Y de hecho había gran cantidad de salmones grandes. Al cabo de pocas semanas, estarían saltando corriente arriba, brincando por encima de las piedras y de las cascadas para ir a poner los huevos en algún lugar de las montañas.

A medida que fuimos avanzando hacia el norte, el terreno fue aplanándose y dejamos de ver árboles. En dirección oeste, la vista alcanzaba varios kilómetros a lo largo del páramo, y a nuestra derecha vislumbré ocasionalmente algún retazo del mar. «El Minch», lo llamaban, y yo sabía que más allá del Minch estaba la tierra firme de Escocia.

Cuando anocheció, nos encontrábamos todavía a unos cuantos kilómetros de la ciudad. Mi padre situó el carro al socaire de una afloración rocosa para resguardarnos del viento, y desenvolvió el *marag dhubh* que nos había troceado y frito mi madre antes de que partiéramos. Era un embutido hecho con sangre de vaca, mezclada con avena y un poco de cebolla. Ahora lo llaman «morcilla», pero en aquella época nosotros lo conocíamos como «comida de época de hambruna». Se hacía sangrar a la vaca cuidadosamente, y así se conseguían unas pocas proteínas sin tener que matar al animal.

Después de comer un poco, dormimos debajo de una lona alquitranada, acurrucados para darnos calor y con la cabeza tapada con la lona para protegernos de esos mosquitos tan diminutos que pican a la gente y acuden en forma de nubes negras cuando amaina el viento.

Cuando llegamos a la ciudad, a la mañana siguiente, hacía buen tiempo. Fuimos pasando entre los carros y las carretas que circulaban traqueteando por la calle Cromwell. A un lado, se alzaban viviendas encaladas y altos edificios de piedra que yo no había visto hasta entonces, provistos de frontones, buhardillas y grandes ventanales. Al otro, el sol iluminaba las rizadas aguas del puerto interior, donde había muchos barcos pesqueros alineados junto al muelle. Una lengua de tierra abarrotada de tiendas y casas separaba el muelle pequeño del puerto exterior, y en la bahía que se extendía entre ambos había varios veleros de tres mástiles flotando orgullosos en la marea alta.

A nuestra derecha, a lo lejos, en el cerro que se elevaba junto al puerto interior, se divisaba recortada contra el cielo la silueta de Seaforth Lodge, una enorme casa de piedra de dos plantas, con sus construcciones exteriores, que dominaba la maravillosa panorámica de la ciudad y del puerto, y también de la accidentada costa que quedaba al este.

—¿Quién vive ahí? —le pregunté a mi padre.

—Un tal James Matheson —respondió—. Un hombre muy rico que acaba de comprar la isla entera de Lewis.

Luego añadió que, según tenía entendido, Matheson había pagado ciento noventa mil libras por la isla. Yo era incapaz de imaginar tanto dinero.

—Eso quiere decir que es el dueño de todo y de todas las personas que viven en ella —me explicó mi padre—. Igual que sir John Guthrie, de Ard Mor, es el dueño de todo Langadail y de todas las cosas y todas las personas que hay allí, incluidos nosotros.

Cuando llegamos al centro de la ciudad, mi padre me dijo que fuera a explorar por mi cuenta mientras él empezaba el recorrido por las tiendas de comestibles, visitaba al ferretero y bajaba hasta los abastecedores de buques para comprar herramientas y grano, y también alguna cosilla para mi madre y las niñas.

—Y un poco de tabaco para mí —agregó sonriente.

Al principio, me mostré reacio ante la idea de separarme de él. Nunca había visto tanta gente, y no sabía adónde ir ni qué hacer. Pero mi padre me dio un empujoncito en la espalda.

—Adelante, hijo. Ya es hora de que despliegues las alas.

De todas las personas que había en Stornoway aquel día, yo era la única que iba descalza. Por primera vez en mi vida me sentí cohibido por ello y deseé haber acudido allí vestido con mi traje de los domingos. Deambulé por el muelle, mirando todos los barcos de pesca y procurando no pisar las redes y las boyas. Allí flotaba un fuerte olor a pescado, y sólo me libré de él cuando me metí en una calle estrecha que conducía al puerto exterior. Pasé por delante de cervecerías y posadas, y llegué a lo que llamaban «playa sur», donde se encontraban los grandes veleros amarrados al muelle.

Casi todo el mundo llevaba la cabeza cubierta: los hombres, con sombreros o con gorras de tela; las mujeres, con toda clase de gorros atados debajo de la barbilla para que no se les salieran volando. Por todas partes se oía el claqueteo de los cascos de los caballos y el rechinar metálico de las ruedas de los carros, que se mezclaban con el viento y las voces de la gente.

De pronto, oí que alguien saludaba en gaélico:

—*Ciamar a tha thu?*

Era la voz de una mujer joven. Pero no me volví, porque de ningún modo creí que se hubiera dirigido a mí. Hasta que repitió el saludo, y en aquel momento tuve la sensación de que estaba justo a mi espalda. Me di la vuelta y me encontré frente a frente con el dulce rostro de una adolescente muy guapa, de cabello negro peinado en trenzas. Iba ataviada con una capa oscura y un vestido largo y abotonado hasta arriba que casi le llegaba al suelo. Ella me miró con una expresión de complicidad en sus ojos azules, que parecían sonreír.

—Apuesto a que no sabes quién soy —me dijo a continuación en inglés.

—Pues claro que lo sé —respondí yo sonriendo, con la esperanza de que no alcanzase a oír cómo me retumbaba el corazón—. ¿Cómo iba a olvidarme de ti? Todavía me duelen los brazos por haber cargado contigo durante aquel trecho tan largo.

Me agradó ver que se ruborizaba, y aproveché mi ventaja.

—Creía que no sabías hablar gaélico.

Ella se encogió de hombros con naturalidad.

—Y no sé. Pero he aprendido unas pocas frases, por si acaso volvía a tropezarme contigo.

Esta vez quien se ruborizó fui yo. Sentí cómo el calor me subía a las mejillas. Ahora ella había recuperado la ventaja sobre mí, y sonreía.

—Pero la última vez que nos vimos, tú no sabías nada de inglés.

Aquello me daba la oportunidad de recuperar la iniciativa.

—Aprendí inglés en la escuela —expliqué—. Puse mucho interés, por si acaso volvía a encontrarte tirada en alguna cuneta del camino. —Ella agrandó ligeramente los ojos—. Pero, desde que dejé de ir, no he tenido muchas oportunidades de practicar.

Pareció entristecerse.

—¿Ya has dejado de ir a la escuela?

—Hace tres años.

Esta vez, su expresión fue de desconcierto.

—Pero no podías tener más de... —Escrutó mi rostro, intentando adivinar mi edad.

—Tenía doce años —decidí ayudarla.

—Eso es demasiado pronto para dejar la escuela. Yo seguiré recibiendo clases de mi tutor hasta que cumpla los dieciocho.

—Me necesitaban para trabajar en el campo.

—¿Para qué clase de trabajo?

—Bueno, actualmente estoy tabiqueando.

Ella rompió a reír.

—¿En qué idioma hablas ahora, inglés también?

Yo le sonreí a mi vez, disfrutando de la risa que brillaba en sus ojos.

—Significa que estoy construyendo muros de piedra sin usar mortero. En estos momentos, un aprisco para las ovejas en lo alto de la colina que se alza junto a Baile Mhanais. Es la aldea en la que...

—Ya sé dónde vives —me interrumpió ella.

—Ah, ¿sí? —me sorprendí.

Asintió con la cabeza.

—Una vez fui hasta esa colina y estuve contemplando la aldea. Estoy bastante segura de que te vi en la orilla del mar. Me dio la impresión de que estabas recogiendo algas.

Me emocionó la idea de que ella se hubiera tomado la molestia de ir a ver dónde vivía yo, pero procuré disimular.

—Es muy posible.

Ella ladeó la cabeza y me observó con curiosidad.

—¿Y para qué recogías algas?

—Son un buen fertilizante. Las echamos en los surcos de los cultivos. —Por la cara que ponía, deduje que no tenía ni idea de lo que le estaba contando, y como no quería parecer un simple campesino, cambié de tema—: Un tutor es un profesor, ¿no?

—Un profesor particular, sí.

—¿Y vas a alguna parte para recibir esas clases?

—No, las recibo en el castillo. Mi tutor tiene una habitación para él.

En aquel momento, pasó por nuestro lado un grupo de chicos que iban empujando un carro a todo correr y a punto estuvieron de tirarnos al suelo. Nos gritaron que nos hiciéramos a un lado, de modo que comenzamos a pasear por la orilla del mar.

—Debe de ser increíble vivir en un castillo —comenté.

Pero ella no pareció impresionada.

—Tú vives en una de esas casitas de piedra que tienen techo de paja —me dijo.

—Sí, una casa negra.

—Creo que no me gustaría vivir allí —respondió con un escalofrío.

Su reacción me hizo reír.

—No son tan pequeñas. Dentro hay espacio de sobra; las personas están en un lado y las vacas están en el otro.

Sabía que aquello iba a dejarla atónita, y así fue.

—¿Tenéis vacas viviendo dentro de vuestra casa? —me preguntó con una expresión de horror.

—Así estamos calentitos —repliqué—. Y siempre tenemos leche fresca disponible.

Se estremeció de nuevo.

—Suena medieval.

—No es lo mismo que vivir en un castillo, imagino, pero a mí me gusta.

Recorrimos un corto trecho en silencio, y aproveché para lanzarle una mirada fugaz. Era bastante alta, al menos me llegaba por encima de los hombros, y en su sonrisa había una luz especial que me provocaba mariposas en el estómago. De pronto, me sorprendió mirándola y se sonrojó ligeramente, bajó la mirada y esbozó una levísima sonrisa con las comisuras de los labios.

—¿Qué estás haciendo en Stornoway? —me preguntó.

—He venido con mi padre a comprar provisiones para el invierno. Acaba de regresar de pescar en el continente, así que tenemos algo de dinero.

—¿Es que no ganáis dinero con las cosechas?

Me eché a reír al ver su inocencia.

—Las cosechas apenas llegan para darnos de comer.

Se quedó mirándome con perplejidad.

—Entonces, ¿de dónde sacáis dinero para vestiros?

—Hilamos la lana de las ovejas, y con ella tejemos telas con las que mi madre hace la ropa. —De nuevo me sentí cohibido cuando ella me miró de arriba abajo y se fijó especialmente en mis pies descalzos.

—¿Es que no tienes zapatos?

—Sí, claro, pero tenemos que comprarlos, y se gastan bastante deprisa. Así que los reservamos para ir a la iglesia los domingos.

Advertí en su mirada que ni siquiera era capaz de entender cómo vivíamos.

—¿Qué estás haciendo tú en Stornoway? —le pregunté.

—Nos ha traído mi padre. Unas amigas que están pasando unos días en el castillo querían hacer algunas compras. Vamos a almorzar en el Royal, un hotel de la calle Cromwell. Y pasaremos la noche en él. —Se la veía emocionada con la idea.

No le dije que mi padre y yo no íbamos a almorzar. Comeríamos lo que quedase de la morcilla que nos había hecho mi madre y pasaríamos la noche en nuestro carro, esperando que no lloviera. Hicimos un alto para contemplar cómo chocaban las olas contra la orilla, y vi un navío enorme que, con todo el velamen desplegado, viraba con cuidado por el angosto canal que había entre las rocas para entrar en el relativo refugio que proporcionaba el puerto.

—Les pregunté a los sirvientes del castillo, pero por lo visto nadie sabía cómo te llamabas. —Se volvió y me miró—. Sólo sabían que eras un Mackenzie.

Me sonrojé de placer ante aquella muestra de interés por su parte.

—Sime —respondí.

—¿Sheem? —Arrugó el entrecejo—. ¿Qué nombre es ése?

—Es Simon, pero en gaélico.

—Pues es un nombre absurdo. Te llamaré simplemente Simon.

—¡No me digas! —repliqué enarcando una ceja.

Ella afirmó con gesto decidido.

—Sí.

—En ese caso, yo te llamaré a ti Ciorstaidh.

Volvió a arrugar la frente.

—¿Por qué? No suena tan distinto.

—Porque es Kirsty en gaélico, y así me parecerá distinto.

Entonces me lanzó una mirada tan penetrante con aquellos ojos azules que de nuevo sentí mariposas en el estómago.

—¿Así que te acuerdas de cómo me llamo?

Atrapado en aquella mirada suya, noté que se me secaba la boca y que apenas me quedaba voz para hablar.

—Me acuerdo de todo lo que tiene que ver contigo.

—¡Eh, tú! ¿A qué crees que estás jugando?

La voz me gritó tan de cerca que me sobresaltó, y al volverme me encontré ante un muchacho quizá uno o dos años mayor que yo. Tenía la cabeza grande y una cabellera de color rojo, y era alto, un joven de buena constitución, bien vestido y bien calzado, con unas botas negras y relucientes. Junto a él había otro chico un poco más bajo, de cabello corto y negro. El mayor me propinó un empujón en el pecho, y yo retrocedí, pillado por sorpresa.

—¡George! —le gritó Kirsty, pero él la ignoró y clavó su mirada furibunda en mí.

—¿Qué diablos crees que haces, hablando con mi hermana?

—No es asunto tuyo, George —le advirtió Kirsty.

—Cualquier siervo de la gleba que le dirija la palabra a mi hermana es asunto mío. —Y volvió a empujarme en el pecho con la mano. Aunque esta vez yo no me moví del sitio.

Kirsty se interpuso entre nosotros.

—Es Simon, el chico que me salvó la vida el día en que la carreta cayó en la zanja y falleció el señor Cumming.

Pero George apartó a su hermana a un lado, hinchó el pecho y se me acercó hasta que su cara quedó a escasos centímetros de la mía.

—Pues si te crees que eso te da algún derecho, estás muy equivocado.

—Sólo estábamos charlando —dije.

—Pues no quiero que «charles» con mi hermana. No nos relacionamos con los aparceros. —Pronunció la palabra «aparceros» como si le dejase un regusto amargo en la boca.

—¡Venga, no seas tan borrico, George! —Kirsty intentó interponerse otra vez entre los dos, pero su hermano la mantuvo a raya.

—Si vuelvo a verte con mi hermana —me dijo sin quitarme los ojos de encima—, te arrearé una paliza tal que la recordarás durante el resto de tus días.

Esta vez sentí que mi honor estaba en juego, de modo que levanté la barbilla y repliqué:

—¿Tú y quién más?

Soltó una carcajada en mi cara, y yo me replegué ligeramente al notar su mal aliento.

—¡Ja! No necesito un ejército para tratar con gentuza como tú.

De buenas a primeras, apareció un puño enorme en mi visión periférica y me golpeó de lleno en un lado de la cara. Sentí una explosión de dolor y un fuerte resplandor en la cabeza, y se me doblaron las rodillas.

Lo siguiente que percibí de forma consciente fue que el chico más pequeño estaba inclinado sobre mí y me cogía una mano para ayudarme a ponerme de pie. Me sentía mareado y todavía un poco conmocionado, y por eso apenas reaccioné cuando el chico, de repente, se puso detrás de mí y me sujetó los dos brazos a la espalda. En ese momento vi de nuevo la cara de George, blanca y salpicada de pecas, burlándose de mí, y no pude protegerme de los puñetazos que comenzó a propinarme en el estómago. Cuando el otro chico me soltó por fin, caí de rodillas entre una oleada de náuseas.

Oí que Kirsty les chillaba a los dos que parasen, pero ellos no hicieron caso de sus protestas. George acercó su cara a la mía y siseó:

—No vuelvas a acercarte a ella.

Acto seguido, dio media vuelta, agarró a su hermana por el brazo y se la llevó entre protestas. El otro chico se fue con ellos, y se volvió para sonreírme mientras se alejaba.

Yo aún estaba de rodillas, encorvado y apoyado con los nudillos en el suelo, cuando de pronto sentí unas manos fuertes que me incorporaban. Era un pescador con gorro de lana y rostro curtido por el viento y el sol.

—¿Estás bien, chico?

Asentí con la cabeza, avergonzado de que Kirsty me hubiera visto humillado de aquella manera. Nada me dolía tanto como el orgullo.

Debió de transcurrir una hora o más antes de que volviera a reunirme con mi padre. Me miró con gesto de preocupación, y vio que me asomaban las rodillas por la tela del pantalón y que tenía los nudillos despellejados.

—¿Qué te ha pasado, hijo?

Me dio demasiada vergüenza contárselo.

—Me he caído.

Negó con la cabeza y se rió de mí.

—¡Maldita sea, chaval, por lo que veo, no puedo llevarte a ninguna parte!

Unos días después, volví a verla. Aquel día apenas hacía sol. El viento soplaba con fuerza, procedente del oeste, y traía consigo grandes columnas de nubes de color púrpura que se acercaban desde el mar. Sin embargo, el aire no era frío, y me agradó sentir cómo me agitaba la ropa y el pelo mientras trabajaba. Porque el trabajo que estaba haciendo daba mucho calor: trasladar grandes bloques de piedra del monte para picarlos con el martillo hasta que encajasen de forma exacta en el muro.

Mi padre me había enseñado a construir muros de piedra sin utilizar mortero casi al poco de que aprendiera a andar.

—Así podrás tener unos animales dentro y otros fuera, hijo —me dijo—. O construir un tejado que te dé cobijo. Las cosas fundamentales de la vida.

A mi padre le gustaba hablar con solemnidad. Me parece que aprendió aquel lenguaje de la Biblia en gaélico que nos leía todas las noches y durante parte del domingo.

El día ya estaba menguando, pero aún quedaban varias horas de luz, y yo esperaba terminar el redil para las ovejas antes de que finalizara la semana, momento en que vendría mi padre a inspeccionar mi trabajo y dar el visto bueno. O no. Creo que, si no hubiera sido así, me habría quedado destrozado.

Me enderecé, con la espalda rígida y los músculos doloridos, y me quedé contemplando la aldea de Baile Mhanais y la costa, así como los campos cultivados que descendían por la ladera hasta el mar. Y entonces fue cuando oí la voz.

—*Ciamar a tha thu?*

Me volví, con el corazón acelerado de repente, y descubrí a Kirsty allí de pie, en lo alto de la colina. Encima del vestido llevaba una capa larga y oscura con la capucha levantada para protegerse el cabello. Pero, aun así, algunos mechones habían logrado soltarse y flotaban al viento como cintas de colores.

—Estoy bien, gracias —contesté en inglés—. ¿Cómo estás tú?

Kirsty bajó la mirada al suelo, y vi que se frotaba las manos.

—He venido a pedirte disculpas.

—¿Por qué? —Aunque lo sabía de sobra, mi orgullo deseaba hacerla creer que no había vuelto a acordarme del incidente.

—Por mi hermano George.

—No hay nada por lo que debas pedirme disculpas. No eres su guardiana.

—No, pero él sí cree ser mi guardián. Me siento muy avergonzada por la forma en que te trató, después de lo que tú hiciste por mí. No te lo merecías.

Me encogí de hombros fingiendo indiferencia, pero buscando con desesperación una manera de cambiar de tema. Me sentía inmensamente humillado.

—¿Cómo es que no estás con tu tutor?

Y por primera vez su rostro se distendió en una sonrisa y rió como si yo hubiera dicho algo que no debía.

—Tengo un tutor nuevo. Es joven, tiene poco más de veinte años. Llegó hace unas semanas, y me parece que se ha enamorado perdidamente de mí.

Sentí una punzada de celos.

—Puedo manejarlo como me venga en gana. Así que no tengo problemas para salir del castillo.

Volví la mirada hacia la ladera que bajaba hasta el pueblo, preocupado porque alguien nos hubiera visto. A ella no se le escapó aquel detalle.

—¿Te avergüenza que te vean conmigo?

—¡Claro que no! Es que...

—¿Qué?

—Pues que no es normal, ¿no? Un chico como yo hablando con alguien como tú.

—Venga, olvídate de eso. Te pareces a George.

—¡Ni hablar! —Aquella comparación me indignó.

—Bueno, pues si tanto te preocupa que te vean conmigo, a lo mejor deberíamos encontrarnos donde no pueda vernos nadie.

La miré, confuso.

—¿«Encontrarnos»?

—Para hablar. Claro que a lo mejor no quieres hablar conmigo.

—Sí que quiero —respondí con precipitación, y vi que los labios de ella se agitaban en una sonrisa—. ¿Dónde?

Kirsty indicó con la cabeza el otro lado del repecho, en dirección a la media luna de arena que había allá abajo, al otro lado de la colina.

—¿Conoces las piedras verticales que hay al final de la playa?

—Claro.

—Debajo de ellas hay una hondonada pequeña, casi totalmente resguardada del viento. Desde allí se ve muy bien el mar rompiendo contra las rocas.

—¿Cómo sabes tú eso?

—Lo sé porque voy de vez en cuando, para estar sola. Si nos viéramos allí, no tendrías que preocuparte por lo que pueda pensar la gente.

Acudí a mi cita con Kirsty un día a media tarde. Iba dejando un solitario rastro de huellas en la arena, todavía húmeda por la marea baja, mientras seguía la curva de Traigh Mhor hacia el norte, echando frecuentes miradas al *machair* por si alguien estaba observándome. Pero tenía la sensación de ser la última persona viva de la tierra, porque no se veía ni un alma. Mis únicos compañeros eran el estruendo del oleaje que rompía contra la playa y los graznidos de las gaviotas que volaban en torno a las rocas.

Cuando llegué al final de la playa, atravesé el cementerio. Estaba lleno de lápidas, algunas de pie y otras tumbadas, que asomaban entre la hierba, de modo que procuré ir pisando con cuidado, consciente de que allí estaban enterrados mis antepasados y de que algún día me reuniría con ellos. Hice un alto para contemplar el océano, y vi que el sol empezaba a descender lentamente hacia el horizonte, tiñendo de luz dorada las lejanas nubes y enviando finos rayos luminosos que se reflejaban sobre la superficie del agua. Era una magnífica visión de la eternidad que iba a compartir con las gentes que habían habitado aquella tierra durante todos los siglos anteriores al mío.

Las piedras verticales proyectaban sombras alargadas sobre el *machair*. Algunas de ellas eran más del doble de altas que yo. Trece piedras primitivas que formaban un círculo en el centro, una larga hilera de monolitos hacia el norte y unos brazos más cortos hacia el sur, el este y el oeste.

De pronto, capté un movimiento y vi una falda que se agitaba al viento, semioculta por una de las piedras más altas, y a continuación apareció Kirsty y se quedó mirando ladera abajo, mientras yo subía hacia donde ella se encontraba. Al aproximarme, me di cuenta de que sus mejillas estaban muy rojas. Las faldas de su vestido y la capa ondeaban a su espalda, igual que su melena. Estaba apoyada en la superficie del monolito con los brazos cruzados.

—¿Te enseñaron en la escuela lo que significan estas piedras? —me preguntó cuando llegué a su altura, casi sin resuello.

—Sólo me contaron que tenían unos cuatro mil años de antigüedad y que nadie sabe quién las puso aquí.

—Mi tutor dice que, si pudiéramos observarlas desde arriba, veríamos que siguen más o menos la forma de una cruz celta.

Yo me encogí de hombros.

—¿Y qué?

—Simon, las pusieron aquí más de dos mil años antes de que naciera Cristo.

De repente, comprendí lo que quería decir y asentí con suficiencia, como si aquello ya se me hubiera ocurrido a mí hacía tiempo.

—Ya, claro.

Ella sonrió y pasó la palma de la mano por la piedra en la que estaba apoyada.

—Me encanta la textura de estas piedras —comentó—. Tienen una veta que las recorre, igual que la madera. —Luego echó la cabeza hacia atrás y observó la parte más alta—. Me gustaría saber cómo se las arreglaron para trasladarlas, deben de pesar muchísimo. —Después sonrió de oreja a oreja y me tendió una mano—. Ven.

Titubeé sólo un momento, y enseguida se la cogí. La noté pequeña y cálida. Kirsty tiró de mí, dejamos los monolitos atrás y echamos a correr juntos ladera abajo, eufóricos, riendo casi sin control, hasta que nos detuvimos en un lugar en el que los elementos habían erosionado el *machair* y la turba se desmoronaba en terrones sueltos hacia el interior de una hondonada rocosa.

Se soltó de mi mano y se metió de un salto en la hondonada. Yo hice lo mismo y aterricé a su lado. A nuestro alrededor, la vegetación de la playa crecía formando matojos y arbustos que retenían la tierra suelta y se abrían paso entre las grietas de la roca. Arriba soplaba el viento, pero allí abajo apenas llegaba y uno experimentaba una maravillosa sensación de calma y tranquilidad. Nadie podía vernos, excepto quizá alguien que estuviera en el mar, a bordo de una embarcación.

Kirsty extendió las faldas de su vestido sobre la hierba y me indicó el suelo a su lado. Vi las botas negras que llevaba, altas hasta los tobillos, y alcancé a vislumbrar una franja de piel blanca de sus pantorrillas. Sabía que era más joven que yo, y aun así parecía mucho más segura de sí misma. Le hice caso y me senté a su lado, cohibido de nuevo, y también un tanto asustado por los sentimientos extraños que despertaba en mí, y a los que no estaba acostumbrado.

—A veces miro el mar —me dijo— y me pregunto si en un día claro sería posible ver América. —Dejó escapar una risita—. Ya sé que es una tontería, porque está demasiado lejos, pero me hace pensar en todas esas gentes que se hicieron a la mar sin saber qué había al final de su viaje, si es que había algo.

A mí me encantaba oírla hablar de aquel modo y contemplar cómo le brillaban los ojos al dejar que su mirada se perdiera en el océano.

—Me gustaría saber cómo es —dijo.

—¿América?

Asintió con la cabeza.

—Nunca lo sabremos —respondí, riendo.

—Seguramente, no —convino Kirsty—, pero no deberíamos limitar nuestros horizontes sólo a lo que podemos ver. Mi padre siempre dice que, si uno cree en algo, puede hacer que suceda. Y él sabe mucho. Todo lo que tenemos y todo lo que somos se lo debemos a él. A su visión de futuro.

Me quedé mirándola, por primera vez lleno de curiosidad por saber quiénes eran sus padres, qué vida llevaban, tan diferente de la mía.

—¿Cómo se hizo rico tu padre?

—Nuestra familia procedía originalmente de Glasgow. Mi bisabuelo hizo fortuna con el comercio del tabaco, pero todo eso se hundió cuando en América estalló la guerra de la Independencia, y fue mi padre quien consiguió restaurar la fortuna de la familia haciéndonos entrar en el comercio del algodón y del azúcar con las Indias Occidentales.

Yo la escuchaba con un sentimiento de asombro, y también de inferioridad, consciente de todas las cosas de las cuales era un completo ignorante.

—¿Y todavía sigue dedicándose a ese negocio?

Kirsty soltó una risita.

—No, ya no. Se ha retirado de los negocios. Desde que compró Langadail y construyó el castillo de Ard Mor, eso es lo que ocupa todo su tiempo. Aunque no le haga ganar dinero. —Volvió hacia mí su sonrisa radiante—. O eso es lo que dice siempre.

Yo también sonreí, envuelto de algún modo por su mirada, con mis ojos prendidos de los suyos, y de pronto se hizo un largo silencio entre los dos. Oía el viento y las gaviotas, y también el murmullo del mar. Sentía los latidos de mi corazón como si fueran las olas que rompían en la playa. Y, sin que fuera una decisión consciente, alcé una mano para pasar los dedos por su cabello, suave como la seda, y le acaricié la nuca con la palma. Vi que a ella se le dilataban las pupilas, y experimenté un doloroso sentimiento de anhelo en mi interior.

En aquel momento, me vino a la memoria la niña a la que había sacado de la cuneta y tomado en brazos, y recordé que, mientras iba corriendo bajo la lluvia en dirección al castillo, hubo un instante en que bajé la vista hacia ella y descubrí que estaba mirándome.

Con la otra mano busqué su rostro y, siguiendo suavemente la línea de su mejilla con las puntas de los dedos, me incliné y la besé por primera vez, guiado por algún instinto que llevaba siglos agazapado en mi interior, esperando a entrar en acción. Sus labios eran frescos, blandos y acogedores. Y aunque yo no sabía nada del amor, sí supe que lo había encontrado y que ya jamás querría perderlo.

CAPÍTULO 16

I

Sime regresó de los recuerdos contenidos en los diarios de su antepasado y cayó en la cuenta de que, durante todo aquel rato, había estado con la mirada perdida en la huella fantasmal que había dejado en el álbum de fotos la instantánea de Kirsty que alguien se había llevado, aquella en la que aparecía de pequeña. Entonces alzó la vista, sobresaltado de repente por otra presencia que percibió en la habitación. Era Marie-Ange, que, de pie en el umbral, apoyada en el marco de la puerta, lo observaba en silencio. En sus ojos vio el desprecio habitual, al que ya se había acostumbrado. Pero también algo más. ¿Preocupación? ¿Sentimiento de culpa? Le costaba trabajo distinguirlo.

—Tienes una cara horrible —comentó ella.

—Gracias.

—¿Cuándo fue la última vez que dormiste como es debido?

Sime se dio cuenta de hasta qué punto le pesaban los párpados.

—Antes de que te fueras de casa.

Marie-Ange suspiró.

—Otra cosa más que es culpa mía, está claro. —Y acto seguido se apartó de la puerta y fue hasta el escritorio. Se fijó en las fotos de la Kirsty adolescente que había en el álbum—. ¿Es ésta la señora Cowell?

Sime asintió.

—Cuando tenía trece o catorce años, calculo.

Marie-Ange se inclinó sobre él para pasar unas cuantas hojas del álbum y observó con gesto de indiferencia cómo iba entrado Kirsty en la edad adulta. Al llegar a la última fotografía, se detuvo. En ella se veía a Kirsty con sus padres, a pleno sol, en algún punto de los acantilados. Kirsty, que por aquel entonces era una mujer joven, sonreía a la cámara sin reservas, apretujada entre su padre y su madre, y rodeando a cada uno con un brazo. A medida que ella crecía, ellos habían ido menguando, y en la instantánea se apreciaba que la madre ya estaba enferma.

—Por la cara que tiene en esta foto, nadie diría que es capaz de matar a alguien —comentó Marie-Ange.

Sime la penetró con la mirada.

—¿Eso es lo que piensas?

—Es lo que parece, cada vez más.

—¿Y las pruebas?

—Tranquilo, ya aparecerán, estoy segura. Tiene que haber algo que la delate, y puedes estar seguro de que lo encontraré. —Paseó la mirada por el estudio—. Bueno, ¿y qué has descubierto aquí que arroje alguna información sobre los Cowell?

Sime reflexionó un momento.

—Lo suficiente para saber que no estaban muy unidos. La suya era una relación en la que no había cariño. Ella buscaba consuelo estando a solas, centrándose en sus intereses. Y él buscaba satisfacción en otra parte, y al final con otra mujer.

Marie-Ange lo contempló con aire pensativo durante unos instantes.

—A saber qué conclusiones sacaría alguien después de echar un vistazo a nuestro apartamento.

—Unas bastante parecidas, diría yo. Sólo que al revés de los Cowell.

Marie-Ange chasqueó la lengua en un gesto de fastidio.

—Otra vez, vuelta a lo mismo de siempre.

—Nunca estabas en casa, Marie. Pasaba muchas horas sin saber dónde estabas. Y siempre me ponías las mismas excusas. Que si el trabajo, que si una salida sólo para chicas, que si una visita a Sherbrooke para ir a ver a tus padres...

—Nunca quisiste acompañarme. A ninguna parte. Nunca.

—Y tú nunca lo quisiste realmente. Siempre encontrabas una buena razón para que no te acompañara. Y después hacías que pareciera que había sido culpa mía. —La miró con enfado, acordándose de toda la frustración y toda la soledad—. Había otra persona, ¿verdad?

—Bueno, eso te habría encantado, ¿a que sí? Que yo hubiera tenido una aventura. De ese modo tú estarías libre de toda responsabilidad. Si uno no tiene la culpa, no se le puede echar nada en cara. —Le clavó un dedo en el pecho, furiosa—. Pero la verdad, Simon, es que si necesitas echar la culpa a alguien de la ruptura de nuestro matrimonio, no tienes más que mirarte al espejo.

Un súbito carraspeo hizo que los dos se volvieran. En la puerta estaba Crozes, con un claro gesto de incomodidad, violentado. Decidió ignorar lo que había oído sin querer, fuera lo que fuese.

—Acaba de llamarme Lapointe —dijo—. Dentro de aproximadamente una hora, saldrá en avión para Montreal con el cadáver. —Calló unos instantes—. La autopsia la realizarán mañana por la mañana, a primera hora.

—Bien —respondió Marie-Ange.

—¿Y qué pasa con Morrison? —preguntó Sime.

—Continúa desaparecido, pero ya lo encontraremos.

—¿Usted cree que guarda relación con el caso? —preguntó Marie-Ange—. ¿Con el asesinato?

Crozes no quiso comprometerse.

—Eso podremos averiguarlo cuando hablemos con él.

Sime le mostró el álbum de fotos a su superior, de forma que éste viera el lugar que había ocupado la foto que faltaba.

—Teniente, es mejor que eche un vistazo a esto.

Crozes entró en la habitación e inclinó la cabeza de lado para mirar las fotografías. Al principio no pareció detectar nada, pero luego se le iluminaron los ojos.

—¡Dios! —exclamó—. Es la niña de la foto que encontraste en el suelo de la habitación de Morrison. —Levantó la vista y preguntó—: ¿Era Kirsty Cowell?

Sime asintió con la cabeza.

—Probablemente la cara fue recortada de la misma fotografía que ha desaparecido de este álbum.

—¿Y cómo diablos hizo tal cosa?

Marie-Ange miró primero al uno y después al otro.

—¿Me he perdido algo?

Pero ninguno de los dos le prestó atención.

—Es lo primero que debemos preguntarle cuando demos con él —dijo Sime.

Crozes lanzó un suspiro de frustración.

—Y tal vez sea mejor que vayáis a preguntar a la señora Cowell. —Señaló la puerta con un gesto de la cabeza—. Ya ha vuelto.

II

La calefacción de la casa de verano se había encendido después de la tormenta, y el ambiente era asfixiante. Los penetrantes ojos azules de Kirsty Cowell no dejaban de distraer a Sime, que también sentía un deseo irrefrenable de cerrar los suyos. Con aquel calor, le estaba resultando difícil concentrarse.

Se sentó una vez más de espaldas a la ventana, pero en esta ocasión Kirsty parecía más fría, más relajada, después del largo paseo que había dado con su primo.

—Quiero que me hable de la relación que tiene usted con Norman Morrison. —Aquel primer comentario alteró al instante la actitud relajada de la mujer.

—¿A qué se refiere? Yo no tengo ninguna relación con Norman Morrison.

—¿Está usted al tanto de que anoche Norman desapareció?

Esta vez abrió los ojos como platos.

—No, no lo sabía. ¿Qué ha ocurrido?

—Salió después de cenar, y ya no regresó.

Kirsty palideció visiblemente.

—Pero ¿eso qué quiere decir? ¿Se encuentra bien?

—No lo sabemos. En estos momentos está en marcha un dispositivo de búsqueda. —Observó con detenimiento cómo intentaba evaluar la información que él acababa de proporcionarle—. Por más de una fuente, tenemos entendido que Norman Morrison estaba... un tanto obsesionado con usted, señora Cowell.

En sus ojos explotó la furia.

—La gente dice toda clase de cosas. Y un sitio como éste es como un invernadero, señor Mackenzie. Si se planta una semilla de algo que es verdad, rápidamente crece y se transforma en una profusión de mentiras.

—¿Y cuál es la verdad?

—La verdad es que Norman Morrison es un hombre encantador, bueno y amable, que dejó de crecer cuando tenía unos doce años. ¿Y cuántos de nosotros no cambiaríamos gustosamente todos los años que nos empujan a la vejez por volver a ser jóvenes?

—¿A usted le inspira ternura?

—Pues sí. —Hablaba en un tono casi desafiante—. Coincidimos en el colegio, aquí, en la isla. Él siempre estuvo enamorado de mí, cuando éramos críos. Y, al igual que con todo lo demás, eso es algo en lo que nunca maduró.

—¿Y usted le daba esperanzas?

—¡Por supuesto que no! Pero todavía era un niño, y seguía siendo amigo mío. Nunca he sido capaz de hacerle daño.

—¿Se le ocurre alguna razón por la que él pudiera haber querido hacerle daño a usted?

Kirsty se quedó impactada.

—¡No estará sugiriendo en serio que fue Norman el que me agredió a mí y mató a James!

—No estoy sugiriendo nada, estoy preguntando.

—No. —Se mostró inflexible—. De ninguna manera podría haber hecho Norman algo semejante.

—¿Norman ha estado alguna vez en su casa?

Kirsty frunció el entrecejo.

—¿Aquí?

—En esta casa o en la otra.

—No, nunca. No ha venido por aquí desde que los dos éramos pequeños.

—Entonces, ¿puede explicar cómo es posible que tenga en su dormitorio una fotografía de usted, sacada, casi con toda certeza, del álbum que guarda en su estudio?

Kirsty se quedó boquiabierta de pura incredulidad.

—Eso no puede ser.

—En su álbum falta una foto. Una foto de usted, de cuando tenía trece o catorce años. Y en la habitación de Norman hemos encontrado un recorte de una fotografía suya de esa misma época.

Su estupefacción era palpable.

—Norman... no... él nunca ha estado en la casa grande.

—¿Y usted nunca le ha dado una fotografía suya?

—Desde luego que no.

Sime resopló lentamente. No se encontraba bien.

—Señora Cowell, ¿sabía usted que su marido estaba celoso de Norman Morrison?

Kirsty se mostró claramente despectiva.

—¿Celoso, James? No lo creo.

—Según la madre de Norman, su marido trajo a dos hombres a la isla para que le dieran una paliza a su hijo y le advirtieran de que no debía acercarse a usted.

—¡Eso es ridículo! ¿Cuándo?

—Hace unos seis meses. A principios de primavera. —Hizo una pausa—. ¿Ha visto usted a Norman desde entonces?

Kirsty abrió la boca para responder, pero se interrumpió. Y Sime adivinó lo que estaba pensando.

—No... no lo sé, no me acuerdo.

Aquello quería decir que probablemente no había visto a Norman, y que estaba volviendo a examinar lo sucedido en el pasado bajo una luz distinta. Aun así, fuera lo que fuese lo que recordara, no pensaba revelárselo a ellos.

—Necesito hacer un descanso —dijo de pronto.

Sime asintió con la cabeza. Él también necesitaba descansar, una oportunidad para escapar de aquel calor que reinaba en la casa y tomar un poco de aire. Mientras Kirsty se iba al piso de arriba, él salió al porche y permaneció unos instantes agarrado a la barandilla, respirando hondo. Ahora que todos los policías locales se hallaban ocupados en la operación de búsqueda de Norman Morrison, tan sólo quedaban Arseneau y un joven sargento llamado Lapierre para continuar registrando la zona que rodeaba la casa. Sime observó cómo se movían metódicamente entre la alta vegetación, con un bastón en la mano. Estaban buscando cualquier cosa que pudiera arrojar algo de luz sobre aquel oscuro caso. El sol hacía cuanto podía por ayudarlos, y barría la superficie de los acantilados con efímeras motas doradas y acuosas que desaparecían a los pocos instantes. Debían encontrar el arma del crimen. Pero Sime se dijo que, si Kirsty había asesinado a su esposo, lo más sencillo habría sido arrojar el cuchillo por el precipicio, al mar. En cambio, si James Cowell había sido asesinado por el intruso del que habló Kirsty, casi con toda seguridad se habría llevado el cuchillo consigo, aunque era posible que también lo hubiera arrojado al agua. Tras el registro que hizo Marie-Ange en la cocina, quedó claro que todos los juegos de cuchillos de cocina estaban completos.

Por más pruebas que pudiera encontrar Marie-Ange, a Sime le resultaba cada vez más difícil aceptar que Kirsty Cowell hubiera asesinado a su marido. Aun así, su misión consistía en llegar a la verdad, fuera cual fuese. Y aunque las pruebas que señalaban a Kirsty eran por el momento puramente circunstanciales, él corría el peligro de ser el único que considerara a la viuda inocente. Lo cual entraba en total contradicción con todo lo que le decía su instinto de investigador. Era una dicotomía imposible.

Dio media vuelta y volvió a entrar en la casa.

III

Había un poco de sol. Aparecía en instantes fugaces, ilusorios, surcando el aire quieto y cargado de partículas de polvo con haces luminosos nítidos y definidos. Pero también había una niebla que opacaba la luz. Se acercaba desde el mar como si fuera una bruma de verano, densa y fría, que viniera a neutralizar toda iluminación. Oyó que alguien lo llamaba. Muy a lo lejos. Era una voz conocida, que repetía una y otra vez el mismo nombre.

—Sime... Sime... ¡Sime!

Se despertó sobresaltado, pero se dio cuenta de que ni si quiera había cerrado los ojos.

—Sime, ¿te encuentras bien?

Sime se volvió y vio a Thomas Blanc al pie de la escalera, con una extraña expresión en la cara.

—Estoy bien —contestó, pero sabía que no era cierto.

Una tos educada le hizo mirar al frente, y vio a Kirsty sentada en el sillón. Tenía la cabeza inclinada muy levemente hacia un lado, y en sus ojos había una expresión de curiosidad.

—Si prefiere continuar en otro momento...

¿Continuar? De repente, recordó que habían reanudado la entrevista hacía un rato, y no tenía ni idea de cuánto tiempo había pasado allí sentado, en estado de animación suspendida. Respiraba con dificultad.

—No, no, debemos seguir. —Su desorientación resultaba casi paralizante.

—Bien, pues estoy esperando —repuso Kirsty, encogiéndose de hombros.

Sime miró a Blanc, que enarcaba una ceja. Un gesto de muda interrogación. Sime asintió de manera casi imperceptible, y Blanc, de mala gana, regresó a sus monitores, instalados en la habitación del fondo.

—¿Por dónde íbamos? —le preguntó a Kirsty.

—Me estaba preguntando cómo conocí a mi marido.

Sime asintió con la cabeza.

—Dígame.

—Ya se lo he dicho.

—Pues dígamelo de nuevo.

Kirsty lanzó un suspiro cargado de impaciencia y frustración.

—A James lo invitaron a dar una conferencia sobre economía empresarial cuando yo cursaba mi último año en la Universidad de Bishop, en Lennoxville.

—¿Ésa es una universidad de habla inglesa?

—Sí.

—¿Dio James una única conferencia?

—Sí. Lo habían invitado para que nos diera una charla, como ejemplo clásico de logro empresarial. Un pequeño negocio local transformado en un éxito internacional multimillonario.

—¿Y qué era lo que estudiaba usted?

—Económicas. —Kirsty se encogió de hombros y dibujó una sonrisa irónica y triste—. No me pregunte por qué. A una la obligan a tomar decisiones de ese tipo cuando todavía es demasiado joven para tener criterio. Siempre se me habían dado bien los números, así que... —Su voz se fue apagando—. Sea como sea, tras la conferencia se sirvió una copa en su honor, y yo me acerqué a hablar con él.

—¿Por qué? ¿Se sentía atraída?

Kirsty reflexionó unos instantes.

—Supongo que sí. Pero no de la forma convencional. Él era doce años mayor que yo, lo cual es mucha diferencia de edad cuando uno tiene veintipocos. No era lo que podría decirse guapo, y tampoco atractivo. En cambio, sí tenía cierto encanto, y sabía hacer reír al público. Y yo estaba impresionada por su éxito, por su seguridad en sí mismo y por todas las cosas que parecía saber del mundo. Pero supongo que lo que me resultó más irresistible de él fue que procedía de las islas de la Magdalena, igual que yo. Aquello me hizo ver que, con independencia de quién sea uno o de dónde venga, puede ser lo que quiera. Al menos, siempre que lo desee con la suficiente intensidad.

—¿Y por qué iba a interesarle eso a usted, si no tenía intención de salir de la isla?

—En aquella época no era ésa mi intención, señor Mackenzie. Tal vez instintivamente estuviera destinada a pensar eso, pero mis padres aún vivían. Ellos eran mi ancla. Aunque yo no estuviera en la isla, ellos sí lo estaban. De manera que en aquella época todavía me sentía libre de hacer lo que quisiera. Jamás imaginé que, en apenas doce meses, habrían fallecido los dos y que mi mundo se habría reducido a esta diminuta franja de tierra perdida en el golfo de San Lorenzo.

—¿La siente como una cárcel?

—No exactamente como una cárcel. Pero sí me siento atada a ella.

Sime dedicó unos instantes a escrutar de nuevo a Kirsty. Parecía agotada. Sus ojos se veían cansados, debido a la falta de sueño. Él sabía muy bien cómo se sentía ella: rara. Aquélla era la palabra que habían empleado Aitkens y

Crozes para describirla, y se preguntó cuál sería la extraña compulsión que la hacía atarse a aquel lugar sin tener otro motivo que una vaga sensación de ir a perderse algo si se iba de allí.

—¿Así que lo conoció en el cóctel que hubo tras la conferencia?

—Sí.

—¿Y?

—Me lo presentaron porque era magdalenense, como yo, y ya desde el primer momento noté la intensidad que desprendía. En la manera en que me cogía la mano durante demasiado rato. En la manera en que me clavaba la mirada y me dejaba paralizada en el sitio, como si no hubiera nadie más alrededor.

—¿Amor a primera vista?

Kirsty lo penetró con la mirada, como si intuyera una pizca de sarcasmo.

—Al menos por parte de él, sí. O eso decía siempre.

—¿Y por su parte?

—Bueno, a mí me halagaban sus atenciones, naturalmente. Pero, como ya le dije, durante los dos años siguientes me persiguió de forma implacable. Cuando regresé a la isla, tras fallecer mis padres, se me declaró. Le contesté que no iba a ser muy buena esposa, dado que no tenía ningún deseo de salir de la isla. Éste era mi hogar, y aquí era donde deseaba quedarme. —Sonrió con tristeza—. Y él me respondió que en tal caso también sería el suyo, que construiría aquí una casa para los dos, que formaríamos una familia y crearíamos una dinastía.

—Sin embargo, no tuvieron hijos.

—No. —Esta vez Kirsty eludió el contacto visual—. Resultó que soy estéril. Lo de tener hijos quedó descartado.

Estaba claro que aquél era un tema emotivo, pues durante unos momentos la hizo sentirse vulnerable. Sime aprovechó la oportunidad para alterar el punto de vista y cogerla con el pie cambiado.

—Si no fue Norman Morrison, ¿qué otra persona podría desear matarla, señora Cowell?

Kirsty puso cara de sorpresa.

—¿Qué quiere decir?

—Usted afirma que el objeto de la agresión fue usted, y no su marido. De modo que alguien debía de querer matarla.

Fue como si aquello no se le hubiera ocurrido en ningún momento, y pareció aturdida, turbada por la pregunta.

—Pues... la verdad es que no tengo ni idea.

—¡Vamos, señora Cowell! Esta comunidad es muy pequeña. ¿No hay alguien a quien haya usted ofendido, alguien que se la tenga jurada?

—¡No! —Su negación fue casi excesiva, de tan vehemente—. No hay nadie.

—Entonces, ¿por qué iban a agredirla?

Kirsty estaba confusa. Comenzó a ruborizarse.

—No lo sé. Tal vez... tal vez era un ladrón, y simplemente tropezó conmigo.

—¿Sabe cuántos casos de allanamiento se han denunciado en Entry en los diez últimos años, señora Cowell? —replicó Sime.

—¿Cómo voy a saber eso?

—No puede, a menos que lo pregunte. Como he hecho yo. ¿Quiere saber cuál es la respuesta?

Kirsty lo miró con patente hostilidad, apretando los labios.

—Exactamente cero. —Sime dejó escapar un largo suspiro para serenarse—. Aun así, supongamos por un momento que el intruso fuera un allanador, por más improbable que sea. ¿Por qué iba a perseguirla a usted por la habitación, tirarla al suelo, tal como ha descrito, y luego intentar apuñalarla? Eso dejando aparte el hecho de que es poco probable que un ladrón entre en una casa que todavía tiene las luces encendidas y cuyos residentes aún no se han acostado. ¿No sería más probable que huyera al verse descubierto? Y si el verdadero propósito de que entrara en la casa era el robo, ¿por qué iba a llevar un cuchillo en la mano?

Kirsty lo miraba con el ceño fruncido.

—No tengo la menor idea —respondió en un tono de voz tenso, casi inaudible—. Ya le he dicho lo que sucedió. No soy vidente, no puedo explicarlo.

—Por lo que se ve, hay muchas cosas que no puede usted explicar, señora Cowell.

No era una pregunta, y estaba claro que ella no se sentía obligada a responder, de modo que ambos permanecieron callados, mirándose el uno al otro durante lo que pareció ser un silencio que no acababa nunca.

Sime se sentía igual que el matón del colegio, acosando con crueldad implacable a la más débil de la clase. Kirsty parecía angustiada y vulnerable, completamente sola en el mundo y sin nadie que acudiera a defenderla, salvo su agresivo primo. Intentó escrutar su rostro de nuevo, como hizo la primera vez en la que tan convencido estaba de conocerla de algo; pero ahora simplemente tenía la impresión de conocerla de toda la vida.

—Kirsty es un nombre escocés, ¿no es así? —preguntó.

Ella pareció sorprenderse por la pregunta, y arrugó la frente en un gesto de preocupación.

—¿A qué viene eso?

—¿Su familia tiene raíces en Escocia?

Lanzó un suspiro de impaciencia.

—Tengo entendido que sí.

—La tatarabuela de su madre se apellidaba McKay.

La impaciencia dio paso al estupor.

—¿Cómo sabe usted eso?

—En su álbum de fotos de familia hay una fotografía de ella.

—Sí que ha estado ocupado... Supongo que habrá estado hurgando entre mis cosas privadas.

—Esto es la investigación de un asesinato, señora Cowell. No hay nada privado.

A estas alturas, a Kirsty ya le temblaban las manos, y se las retorció en el regazo.

—No veo adónde quiere ir a parar con todo esto.

Pero Sime ya estaba lanzado, y no había vuelta atrás. Sabía que aquello no tenía nada que ver con la investigación, pero se sentía impulsado a continuar tirando de aquel hilo.

—Tan sólo intento aclarar cuáles son sus antecedentes.

—La mayoría de los habitantes de esta isla son de origen escocés o irlandés, o incluso inglés —explicó Kirsty—. Llegaron procedentes de Nueva Escocia o de la isla Príncipe Eduardo. Algunos naufragaron cuando se dirigían a Quebec. Mi tatatarabuela McKay seguramente era escocesa, porque el apellido es escocés. Pero desde entonces ha habido muchos matrimonios mixtos. El apellido de soltera de mi madre era «Aitkens», y el mío era «Dickson». —Tomó aire, temblorosa—. ¿Ahora va a decirme qué tiene que ver todo esto con el asesinato de mi marido?

—Sime.

Éste se volvió y vio a Blanc de pie en el umbral. Su rostro reflejaba una extraña expresión, y había una leve chispa de desconcierto en sus ojos.

—Me parece que vamos a tener que acabar ya.

Las sombras de las nubes recorrían a toda velocidad las colinas y los cerros de Entry Island por efecto del viento, que soplaba cada vez más intenso y las empujaba con fuerza desde el suroeste hacia el noreste. Pero no llevaban consigo ninguna amenaza de lluvia.

Thomas Blanc terminó de meter en el maletero del minibús las maletas plateadas que contenían los monitores, y se volvió hacia Sime.

—¿Se puede saber qué diablos ha ocurrido ahí dentro, Sime? —le preguntó sin alzar el tono de voz.

—¿A qué te refieres?

—Venga, ya sabes de qué estoy hablando.

—No lo sé.

Blanc entornó los ojos en un gesto que indicaba que la ingenuidad de Sime le resultaba sospechosa.

—Si no te conociera, diría que te has quedado dormido, con los ojos abiertos, a mitad de la entrevista.

Sime difícilmente podía negarlo, sobre todo teniendo en cuenta que no sabía cuánto tiempo había permanecido así.

—¿Cuándo fue la última vez que dormiste una noche entera? ¿Hace días? ¿Semanas?

Sime se encogió de hombros.

—Deberías ir al médico.

—Ya he ido.

—No a un médico cualquiera, sino a un loquero. Alguien que sea capaz de averiguar qué es lo que está pasando dentro de tu cabeza. —Soltó un resoplido de frustración—. A ver, ¿qué era todo eso de las raíces escocesas y de las tatarabuelas? ¡Joder, tío! Crozes va a visionar esas cintas, y también lo hará más gente. —Hizo una pausa, y su semblante se suavizó. Puso una mano en el brazo de Sime—. Necesitas ayuda, Sime. No estás en condiciones de trabajar. En serio. Y no hay un solo miembro del equipo que no se haya dado cuenta. Deberías estar de baja por enfermedad, en lugar de investigando un caso de asesinato.

De pronto, Sime experimentó un intensísimo sentimiento de fracaso y, como si fuera una máscara, la actitud de valentía que venía mostrando ante el mundo se desmoronó. Bajó la cabeza y no fue capaz de sostenerle la mirada a Blanc.

—No tienes ni idea de lo que es esto, Thomas —se oyó decir a sí mismo. Pero su voz le sonó incorpórea, lejana, como si perteneciera a otra persona—. Pasar una noche tras otra con la vista clavada en el maldito techo. Contando las pulsaciones. Viendo cómo los segundos se transforman en minutos, y los minutos en horas. Viendo que, cuantos más esfuerzos haces por dormirte, más difícil te resulta. Luego, por la mañana, estás todavía más cansado que cuando te fuiste a la cama, y te preguntas cómo diablos vas a arreglártelas para aguantar otro día más.

Por fin levantó la vista, y la compasión que vio en los ojos de Blanc resultó casi más difícil de encajar que su frustración. Blanc negó lentamente con la cabeza.

—De verdad que no deberías estar trabajando, tío. No sé en qué estaban pensando cuando te asignaron a este caso.

De repente, se detuvo, desvió la mirada y se agachó para recoger el estuche de una de las cámaras. Sime se volvió y vio que se acercaba Crozes.

—¿Qué tal ha ido? —preguntó el teniente cuando llegó hasta ellos.

Sime miró a Blanc, pero su compañero de interrogatorio dio a entender que estaba muy ocupado cargando el equipo en el minibús.

—La señora Cowell no ha sabido explicar por qué Norman Morrison tiene una fotografía suya en su habitación —dijo—, y tampoco cómo se hizo con ella. Afirma que no tiene ni idea de por qué alguien iba a querer matarla. Al parecer, ni siquiera se le había ocurrido pensar que, si el objeto del ataque era ella, el agresor debía de tener un motivo.

—A no ser, claro está, que no existiera tal agresor y que ella se lo haya inventado todo. —Crozes calló unos instantes—. ¿Cómo la has visto?

Sime no tenía otro recurso que responder con sinceridad.

—Aturdida, teniente. No muy convincente.

—¿Y qué dices tú, Thomas? ¿Te ha convencido a ti?

Blanc irguió la espalda.

—En absoluto, jefe. Se muestra hostil y agresiva, parece culpable hasta la médula, si quiere saber mi opinión.

En aquel momento apareció Aitkens en el porche de la casa de verano, y los tres se volvieron al ver que bajaba los escalones y se dirigía hacia ellos.

—No quiere que me quede con ella a pasar la noche —informó, al tiempo que se encogía de hombros con gesto de impotencia. Acto seguido, posó su mirada hostil en Sime—. No sé qué le habrá dicho usted ahí dentro, pero la ha dejado muy alterada.

Sime no supo qué contestar, y fue Crozes quien lo rescató de la necesidad de responder.

—Ha muerto un hombre, monsieur Aitkens. Cuando se está intentando averiguar la razón, es difícil no herir la sensibilidad de las personas implicadas. Comprendemos que madame Cowell acaba de enviudar, pero también es el único testigo que tenemos. —Y dicho esto, zanjó el tema—. Puede regresar en el barco pesquero con nosotros.

Aitkens se quedó mirándolo un buen rato con cara de pocos amigos, pero no dijo nada. A continuación, dio media vuelta y volvió a entrar en la casa.

Crozes se volvió hacia Sime y Blanc.

—Si Norman Morrison no aparece antes de que se haga de noche, voy a tener que dejar a un miembro del equipo vigilando a la señora Cowell. Por improbable que pueda parecer, si fue Morrison quien cometió el asesinato y continúa en libertad, existe la posibilidad de que la señora Cowell esté en peligro.

—Ya me quedo yo —se apresuró a ofrecerse Sime.

Crozes se sorprendió.

—¿Por qué?

—Si no soy capaz de dormir en el hotel, tampoco voy a poder hacerlo aquí.

Se percató de que Blanc giraba la cabeza para mirarlo, pero Sime evitó el contacto visual.

CAPÍTULO 17

El policía local de Cap-aux-Meules estaba en la cocina, preparándose algo de comer antes de volver a la casa grande a montar guardia durante el resto de la noche. Por la puerta entornada entraba luz en el cuarto de estar.

Kirsty estaba en el piso de arriba, y Sime la oía moverse de un lado a otro. La escalera estaba iluminada, pero el cuarto de estar en sí se encontraba a oscuras. Tan sólo había una pequeña lámpara de lectura en un rincón, que concentraba su resplandor en un círculo alrededor de una butaca.

Sime iba deambulando entre las sombras de aquella penumbra, tocando los objetos. Un buda sonriente, color esmeralda, dotado de una panza redondeada; un calendario formado por dos cubos con números, sostenidos por un pie de estaño; una representación en cerámica del personaje del señor Micawber, de Dickens, de cabeza calva y reluciente.

Junto a uno de los sillones había una mesa auxiliar de madera de caoba, cubierta con un tapete circular de encaje para que no se arañase con el portarretratos de peltre que descansaba sobre ella. Sime giró el portarretratos hacia él y vio que contenía una foto de Kirsty. La cogió, la acercó a la luz y la observó con atención. En aquella foto debía de tener veintipocos años, se le veía la cara más llena, y su sonrisa transmitía el candor y la inocencia de la juventud. En aquella época no era una prisionera. Sus padres aún vivían, y ella se sentía libre para salir de la isla.

Contempló unos minutos más la fotografía, y después acarició suavemente el cristal con los dedos y volvió a depositarla en la mesa. Se preguntó si, al igual que le ocurría a Norman Morrison, él no estaría también obsesionándose un poco con Kirsty.

Justo en aquel momento, el policía local asomó la cabeza por la puerta de la cocina para despedirse, y Sime vio por la ventana cómo se alejaba cruzando el césped en la oscuridad. Aunque la casa grande estaba iluminada como un árbol de Navidad y podía sentarse a ver la televisión, Sime no envidió su trabajo; aquélla era la casa de alguien que había sido asesinado, y si bien el cadáver ya no estaba, su espíritu seguía estando presente en cada mueble, en la ropa que todavía colgaba en el armario, en la sangre que manchaba el suelo.

—¿Dónde tiene pensado dormir?

Sime giró en redondo, sobresaltado. No la había oído bajar por la escalera. Se había duchado y cambiado, todavía tenía el cabello húmedo, y se había puesto una bata de seda negra bordada con dragones chinos de vivos colores.

—Me basta con el sofá —respondió—, no voy a dormir.

Ella entró en la cocina para poner agua a hervir y volvió a hablarle a través de la puerta abierta:

—Voy a hacer té, ¿le apetece una taza?

—¿De qué clase?

—Té verde a la menta.

—Vale.

Un par de minutos más tarde, volvió a salir de la cocina con dos tazas humeantes, y dejó una encima de la mesa de centro que había junto al sofá. Luego se llevó la suya al sillón iluminado por la lámpara de lectura, y se sentó con las piernas dobladas bajo el cuerpo y la taza de té entre las manos, como si tuviera frío.

—Qué raro se hace esto, ¿no? —comentó.

Sime se sentó en el sofá y bebió un sorbo de su taza, que casi le escaldó los labios.

—¿Usted cree?

—El cazador y su presa pactando una tregua para la noche y compartiendo un té.

Sime se picó.

—¿Así es como me ve usted? ¿Como un cazador?

—Bueno, lo cierto es que yo me siento cazada. Es como si usted ya hubiera decidido que soy culpable, y sólo fuera cuestión de tiempo que me agotase y me capturase. La imagen mental que tengo ahora mismo es la de un león y una gacela. Adivine cuál de los dos soy yo.

—Yo sólo...

—Ya —lo interrumpió ella—, usted sólo hace su trabajo. —Calló unos instantes—. Y yo sólo soy una persona que ha visto cómo mataban a su marido a puñaladas. Desde entonces no duermo.

—Pues ya tenemos algo en común.

Ella lo miró con curiosidad.

—¿A qué se refiere?

—Llevo semanas sin dormir. —En cuanto lo dijo, se arrepintió, pero era demasiado tarde para retirarlo.

—¿Por qué?

Sime se limitó a encogerse de hombros.

—No importa.

—¿Tiene algo que ver con la ruptura de su matrimonio? —Había ido directa al grano, y Sime casi se sintió culpable. Perder a una esposa no era precisamente lo mismo que ver cómo alguien asesina brutalmente a tu marido.

—Olvídelo —dijo, y cambió de tema—: ¿Llegó a encontrar el colgante?

—No. —Kirsty se quedó mirando su taza con cara pensativa—. No lo he encontrado. Pero me he dado cuenta de que hay más cosas que no consigo encontrar.

Sime volvió a dejar la taza sobre la mesa de centro. Sentía curiosidad.

—¿Como cuáles?

—Bueno, objetos sin importancia. Una pulsera barata que me compré cuando era estudiante, un par de horquillas para el pelo, unos pendientes. Nada de valor. Y es posible que haya puesto esas cosas en alguna otra parte, pero la verdad es que no las encuentro.

—Tal vez estén en la otra casa.

Kirsty, como si hubiera decidido que simplemente quería dejar aquel tema, se encogió de hombros y contestó:

—Puede ser.

Pero Sime detectó que no creía en dicha posibilidad.

—Usted no cree en serio que yo corra peligro, ¿verdad? —preguntó Kirsty a continuación.

—¿Con Norman Morrison?

—Sí.

Sime negó con la cabeza.

—No, lo cierto es que no. Pero el teniente no quiere correr riesgos.

Aunque aún no se había terminado el té, Kirsty se levantó del sillón para llevar la taza a la cocina, pero hizo un alto junto al sofá y miró a Sime.

—¿Por qué le han dejado a usted aquí para vigilarme?

—Me he ofrecido voluntario.

Kirsty abrió un poco más los ojos, única muestra de su sorpresa.

—¿Por qué?

—Porque sabía que no había peligro de que me quedase dormido.

Kirsty le sostuvo la mirada durante largo rato, después interrumpió el contacto visual y se fue a la cocina. Sime la oyó echar el té por el fregadero y aclarar la taza. Luego ella apagó la luz y se dirigió al dormitorio que había al fondo de la casa. Momentos más tarde, apareció otra vez, con un edredón blanco y una almohada. Dejó el edredón en el respaldo del sofá y la almohada al lado de Sime.

—Por si acaso —le dijo—. Buenas noches.

La luz de la escalera se apagó cuando Kirsty hubo subido al rellano. Sime la oyó moverse por la habitación y también el crujido que hizo la cama cuando ella se acostó. Por un instante, coqueteó con la visión de Kirsty desnuda entre el frescor de las sábanas, pero enseguida se obligó a apartar aquella idea de su mente.

Permaneció un buen rato sentado en la penumbra de la media luz que proyectaba la lámpara de lectura, luego se levantó del sofá y fue hasta el otro extremo de la habitación para apagarla. A continuación, decidió echar la llave a la puerta de entrada de la casa, y encendió la luz del porche antes de cerrar con llave también la puerta de atrás. Ya sabía que en aquella isla cerrar las puertas con llave se consideraba algo execrable, pero no estaba dispuesto a correr ningún riesgo.

Finalmente regresó al sofá, se descalzó y se tumbó cuan largo era, con la cabeza apoyada en la almohada que le había traído Kirsty. Por la ventana se veía el resplandor de la luz del porche, que proyectaba sombras alargadas en el interior de la habitación. Su tenue reflejo le permitía distinguir las grietas y los hoyuelos del techo, que iban a convertirse en su punto de mira durante las largas horas de insomnio que lo aguardaban.

De tanto en tanto oía cómo ella daba vueltas en la cama, y se preguntó si también le estaría costando trabajo conciliar el sueño. Había una extraña intimidad en el hecho de que él estuviera allí, tan cerca de Kirsty, que estaba acostada en su cama justo encima de donde se hallaba él. Y sin embargo, difícilmente podía separarlos a ambos un abismo más profundo.

Al cabo de un rato, empezó a tener frío. La calefacción estaba ya apagada, y la temperatura exterior estaba bajando. Alargó una mano y se tapó con el edredón. Su tejido mullido lo envolvió, y sintió cómo le devolvía el propio calor de su cuerpo. Inspiró larga y profundamente, y cerró sus doloridos ojos. Pensó en el anillo. Y en el colgante de Kirsty. «No permitas que esa mujer juegue con tu imaginación», le había advertido Crozes. Sin embargo, por alguna razón, estaba seguro de que lo del colgante sí era cierto.

Intentó recordar si su padre había mencionado alguna vez aquel anillo. De dónde había salido, por qué era importante. Pero nunca había prestado suficiente atención a las historias de la familia. A sus raíces escocesas, a sus ancestros. Había estado demasiado ocupado intentando encajar en el mundo. Procurando ser un habitante de Quebec y hablar francés. Lo único que nunca lo había abandonado eran las historias que les leía su abuela en aquellos diarios, que tan vívidamente recordaba incluso después de que hubieran pasado tantos años.

CAPÍTULO 18

Está lloviendo. Es una lluvia fina, que cala, casi como una niebla. Una llovizna. Viene del mar, transportada por un viento capaz de cortarlo a uno por la mitad.

Estoy con mi padre. Pero vamos corriendo agachados, presas del pánico, siguiendo la línea de la colina que se eleva por detrás de Baile Mhanais, allí donde comienza a descender hacia la laguna de agua salada que yo conozco como Loch Glas. Llevo la ropa empapada y estoy casi entumecido a causa del frío. No sé muy bien qué edad tengo, pero no soy mucho mayor de lo que era cuando besé a Kirsty junto al círculo de piedras verticales que hay más allá de la playa.

Mi padre lleva su gorra de tela, vieja y raída, muy inclinada sobre la frente, y cuando se vuelve para mirarme veo lo negros que son sus ojos.

—Por el amor de Dios, muchacho, no te levantes. Si nos ven, vendrán a por nosotros y nos subirán al barco con los demás.

Al llegar a la cima de la colina, alcanzamos un afloramiento rocoso casi enterrado en la turba y, tras cruzar chapoteando un arroyuelo que se ha convertido en un torrente, nos arrojamos al suelo para ocultarnos entre la vegetación húmeda. Oigo voces en el viento. Hombres que gritan. Avanzamos arrastrándonos por la hierba, hasta que aparece ante nosotros la ladera que baja hasta la orilla de la laguna de Glas y la aldea de Sgagarstaigh, con su pequeño embarcadero de piedra.

Inmediatamente, me fijo en el gigantesco velero de tres mástiles que aguarda anclado en la laguna y en la multitud de aldeanos que pululan por el embarcadero. Luego, mi atención se centra en el humo y las llamas que se elevan de la aldea.

Los caminos que discurren entre las casas están atestados de muebles y otros enseres. Sábanas y cochecitos de niño, vajilla rota, juguetes. Un grupo de hombres va de casa en casa vociferando y gritando órdenes. Llevan antorchas con las que van prendiendo fuego a las puertas y los tejados de cada vivienda.

Mi horror y mi confusión son totales, y el brazo con el que me sujeta mi padre es lo único que me impide ponerme de pie y protestar a gritos. Con profunda estupefacción, contemplo cómo los hombres, las mujeres y los niños de la aldea son conducidos hacia el embarcadero por agentes vestidos de uniforme y armados con largas porras de madera. Veo niños a los que conozco del colegio, que son golpeados en los brazos y en las piernas con esos fuertes bastones. También pegan a las mujeres y a las niñas. Les dan patadas y puñetazos. Al parecer, sólo llevan consigo las pertenencias que han podido sacar de casa. Y por primera vez diviso la barca de remos que transporta su cargamento humano desde el muelle hasta el velero.

Por fin consigo articular:

—¿Qué está pasando?

Mi padre también tiene la voz grave y ronca cuando me responde con los dientes apretados:

—Están evacuando Sgagarstaigh.

—¿De qué la están evacuando?

—De gente, hijo.

Niego con la cabeza, perplejo.

—No entiendo...

—Llevan evacuando a los habitantes de esta tierra y de todas las Tierras Altas desde que el gobierno derrotó a los jacobitas en Culloden.

—¿«Jacobitas»?

Mi padre me lanza una mirada de exasperación.

—Por Dios, hijo, ¿es que en el colegio no te han enseñado nada? —Menea la cabeza, enfadado, y añade—: Aunque es posible que esto no te lo hayan enseñado. Ya dicen que la historia la escriben sólo los vencedores. —A continuación, levanta un poco la cabeza, carraspea y luego escupe en el arroyo que baja por la colina—. Pero a mí me lo contó mi padre, a quien se lo contó el suyo. Y ahora yo te lo contaré a ti.

De pronto, se oye un intenso vocerío, que llega hasta nosotros transportado por la llovizna y nos hace volver la vista hacia el caos que se ha desatado allí abajo. Vemos que acaba de derrumbarse el tejado de una de las casas de la aldea, lanzando al aire una nube de chispas que enseguida se lleva el viento.

Mi padre se vuelve de nuevo hacia mí.

—Los jacobitas apoyaban a los reyes de la dinastía Estuardo, que antiguamente reinó en Inglaterra y en Escocia, hijo. Hace unos cien años, hubo una revuelta en todas las Tierras Altas. Los jacobitas querían restaurar a los Estuardo en el trono. Con el joven pretendiente, el príncipe Carlos, a la cabeza, marcharon hacia el sur y llegaron lo bastante cerca de Londres para asediar la ciudad. Pero al final fueron obligados a replegarse, y para terminar fueron vencidos en un lugar llamado Culloden, cerca de Inverness. —Respira hondo y menea la cabeza, en un gesto de negación—. Fue una carnicería, hijo. Y después de eso, el gobierno envió a un batallón de criminales sacados de las cárceles de Inglaterra a arrasar las Tierras Altas. Mataron a los que hablaban gaélico y violaron a sus mujeres. Y en Londres, el gobierno aprobó leyes que declaraban ilegal vestir la falda escocesa o tocar la gaita. Si en un tribunal uno hablaba gaélico, se consideraba que no había hablado, por lo tanto no tenía modo de lograr que se hiciera justicia.

Es la primera vez que oigo todo esto, y experimento un sentimiento de creciente indignación.

—El gobierno quería destruir el antiguo sistema de clanes, para que no hubiera más revueltas. Sobornó a los jefes de varios clanes antiguos, y vendió las tierras de varios otros a hombres ricos de las Tierras Bajas y de Inglaterra. Y la nueva generación de *lairds*, como Guthrie, Matheson y Gordon de Clunie, quiso expulsar a la gente de sus tierras. Las ovejas, hijo, dan más dinero que las personas.

—¿Las ovejas?

—Sí, quieren convertir toda esta tierra en pasto para las ovejas.

—Pero ¿cómo pueden hacer algo así?

Mi padre suelta una carcajada llena de resentimiento y carente de humor.

—Los propietarios de las tierras pueden hacer lo que les plazca, muchacho. Tienen la ley de su parte.

Yo niego con la cabeza.

—Pero... ¿por qué?

—Porque la ley está hecha para mantener a los poderosos en el poder, para que los ricos sigan siendo ricos y los pobres sigamos siendo pobres. Los aparceros como nosotros apenas tenemos para sobrevivir con lo que cultivamos. ¡De sobra lo sabes tú! Pero eso no impide que estemos obligados a pagar una renta, aunque no tengamos dinero. Así que los propietarios emiten avisos de embargo. Si no podemos pagar, nos echan. Queman nuestras casas para que no podamos volver a ellas. Nos obligan a subir a un barco y nos envían al otro lado del océano, a Estados Unidos o Canadá. De esa manera, se libran de nosotros de una vez por todas. Los muy desgraciados hasta pagan nuestro pasaje. Algunos de ellos. Deben de considerar que les sale más barato.

Me resulta difícil asimilar todo lo que me está contando mi padre. Estoy profundamente desconcertado. Siempre había creído que Baile Mhanais y todo lo que conozco iba a durar eternamente.

—¿Y si uno no quiere irse?

—¡Puaj! —El desprecio que siente mi padre le explota en la boca como si fuera un salivazo—. No hay donde escoger, hijo. Tu vida no te pertenece. Como acabo de decirte, el *laird* es el dueño de la tierra y de todo lo que hay en ella. Y eso nos incluye a nosotros. —Se quita la gorra para retirarse el pelo de la frente, y luego vuelve a ponérsela—. Ocurría incluso con los antiguos jefes de los clanes. Si querían que fuéramos a luchar en alguna guerra que ellos apoyaban, teníamos que dejarlo todo y marchar a la batalla. Les entregábamos la vida. Aunque fuera para defender alguna causa que no significaba nada para nosotros.

Un nuevo griterío procedente de la orilla nos hace volver la cabeza.

—Dios —dice mi padre casi en un susurro—. Esos pobres diablos están saltando por la borda del barco.

Reptando, nos acercamos un poco más al borde de la roca para poder ver mejor, y distingo a dos hombres en el agua y a un tercero que está lanzándose desde la cubierta del velero. La barca de remos se encuentra a medio camino, entre el barco y la orilla, y va cargada con otro contingente de aldeanos, por lo que no puede acudir a rescatarlos.

Los hombres que han saltado al agua se lanzan de inmediato en dirección a la orilla, nadando con todas sus fuerzas. Pero las aguas de la laguna están muy agitadas por culpa del viento, y frías como el hielo. Veo que uno de los hombres empieza a tener dificultades para mantenerse a flote, forcejea frenético durante unos instantes, y luego se hunde bajo la superficie. Desaparece, y no vuelve a emerger. Me cuesta trabajo creer que yo esté aquí arriba, en lo alto de la colina, a apenas media hora de mi casa, viendo cómo se ahoga un hombre en la laguna ante la mirada de varios centenares de personas que están observando la escena.

Un callado sentimiento de rabia comienza a bullir en mi interior.

—¿Me está diciendo, padre, que el que está haciendo todo esto es nuestro propio *laird*, sir John Guthrie?

—Sí, hijo, así es. Lleva todo este último año expulsando a los habitantes de todas las aldeas de la costa occidental. —A continuación, se vuelve y me mira—. Estoy convencido de que, si no fuera porque hace años le salvaste la vida a su hija, Baile Mhanais habría desaparecido también, hace mucho.

Los otros dos hombres que han saltado del barco llegan a la orilla. Uno de ellos apenas puede sostenerse en pie, de modo que es presa fácil para la media docena de agentes que echan a correr hacia él por la orilla del lago. Lo alcanzan enseguida, sus porras suben y bajan entre la lluvia, y terminan por reducirlo a golpes.

El otro hombre es más corpulento, más fuerte, y sale huyendo colina arriba, casi en línea recta hacia donde estamos nosotros, escondidos tras las rocas.

—Dios mío... —oigo decir a mi padre en una exclamación ahogada—. Ése es Seoras Mackay. Un buen tipo. —Y de inmediato se vuelve hacia mí con cara de pánico—: ¡Hijo, escóndete! ¡Vienen hacia aquí!

No veo adónde se va mi padre, pero, en un momento, cegado por el pánico, me meto en las gélidas aguas del arroyo y me escondo debajo de una mata de helechos que cuelga por encima del agua. Con la mitad del cuerpo sumergida, rodeado por el olor a tierra mojada y a vegetación en estado de descomposición, y con los dientes castañeteando a causa del frío, de repente siento la vibración de unas fuertes pisadas que suben hacia donde estoy yo, y acto seguido, cada vez más cerca, el agitado resoplar de una persona que lucha por insuflar aire a sus pulmones.

Seoras Mackay y los que lo persiguen están ya casi encima de mí, cuando de pronto lo atrapan y lo hacen caer al suelo. La tierra se sacude debido al peso del escocés, que expulsa bruscamente todo el aire que tenía dentro del pecho. Veo su rostro a la altura del mío, apenas nos separa la distancia de medio brazo. Me mira a través de las hojas de los helechos, y por un instante tengo la sensación de que esos ojos castaños y de expresión triste me están pidiendo socorro. Pero inmediatamente se nublan en un gesto de resignación, al tiempo que los agentes, furiosos, descargan varios golpes con sus porras. Uno de ellos apoya una rodilla en la espalda del escocés, le lleva los brazos hacia atrás, y sus compañeros se apresuran a sujetarle las muñecas y los tobillos con grilletes. Oigo el chasquido brutal de unas cadenas de hierro. Los agentes incorporan a Mackay y se lo llevan a rastras otra vez, colina abajo. Nuestro contacto visual se interrumpe, y Seoras desaparece para siempre.

Se avecina mal tiempo. Veo cómo está preparándose a lo lejos, en el mar. A mi espalda, el sol extiende un resplandor amarillo sobre el accidentado paisaje, y el viento sopla con suficiente intensidad como para levantarlo a uno del suelo si no tiene los pies bien plantados. Acama la tormentila y la hierba algodonera, y aúlla entre el círculo de piedras que se alza más allá del borde de la hondonada, por encima de donde estoy. Incluso en el resguardo que ofrece la propia hondonada, las duras y puntiagudas hierbas de la playa que asientan la arena se cimbrean y fibrilan, y hasta parece que cantan al viento.

Estoy acurrucado sobre una piedra, y se diría que soy una estatua tallada en el propio gneis. No siento el frío. Sería difícil tener más frío por fuera del que siento dentro de mí. Contemplo las nubes blancas que se aproximan como avanzadilla de la tormenta, y siento una emoción glacial que me invade en sucesivas oleadas.

—Hola.

La voz de Kirsty se eleva por encima del rugido del viento y del mar cuando, sonriente, salta al interior de la hondonada para acercarse hasta donde estoy. Detecto felicidad en su tono, y procuro que no me afecte. Ella se inclina para darme un beso en la mejilla, pero yo aparto la cara para impedírselo.

De inmediato, percibo que se ha puesto en tensión. Se incorpora de nuevo y me pregunta:

—¿Qué pasa?

—Tu padre, eso es lo que pasa.

No la miro, pero distingo la irritación que trasluce su tono de voz.

—¿A qué te refieres?

Me pongo de pie para mirarla de frente.

—¿Sabes lo que está haciendo? —Ella me devuelve la mirada fijamente, con gesto de confusión—. Está obligando a los aldeanos a que abandonen su hogar, y está incendiando sus casas para que no puedan volver.

—¡Eso no es verdad!

—Y además está enviando a agentes y funcionarios para que obliguen a la gente a subir a un barco y marcharse a América, en contra de su voluntad.

—¡Basta! Eso no es cierto.

—Sí lo es. —Mi furia se inflama ante la de ella—. ¡Lo he visto con mis propios ojos! Personas que conozco, golpeadas y apaleadas. Vecinos de Sgagarstaigh, antiguos compañeros de colegio, obligados a abandonar la casa en la que nacieron y a contemplar cómo esos malditos le prenden fuego. He visto cómo se los llevaban hasta un barco que aguardaba en la laguna, y cómo los encadenaban si intentaban escapar. Son gente corriente, Ciorstaidh, gente cuyos antepasados han vivido aquí desde hace muchas generaciones, gente cuyos padres y abuelos están enterrados en este *machair*. Los han obligado a dejarlo todo y los han enviado a algún lugar del otro lado del mundo, dejado de la mano de Dios, sólo porque tu padre quiere estas tierras para las ovejas.

Veo la conmoción pintada en el rostro de Kirsty. Veo su dolor y su desconcierto, el deseo desesperado de que todo esto no sea verdad.

—¡No te creo! —me grita a la cara, deseosa de hacerlo, pero no me cabe la menor duda de que ella también ve en la expresión de mi rostro que todo es cierto.

Las lágrimas que habían acudido a sus ojos finalmente se derraman, y el viento se encarga de esparcirlas por las mejillas. De pronto, saca una mano, que parece surgir de la nada, y me abofetea con la palma abierta. Casi me caigo al suelo del impulso, y siento un intenso escozor en la mejilla. Veo que, detrás de sus lágrimas, se esconde la angustia. Y cuando da media vuelta y sale de la hondonada para irse corriendo entre los monolitos que se yerguen orgullosos sobre la colina, con la falda y la capa ondeando al viento, comprendo que acabo de destruir su mundo. Su mundo y el mío.

Ojalá pudiera ir corriendo tras ella y decirle que nada de esto es real, pero no puedo. Y por primera vez soy plenamente consciente de lo mucho que ha cambiado nuestra vida y de que ya nada volverá a ser igual.

Hay marea baja, y en el aire flota un fuerte olor a mar. Un olor intenso y familiar a algas en descomposición. Por una vez, no sopla el viento y el mar es una superficie plácida, con el brillo del peltre, en la que se refleja un cielo de un color gris, triste y uniforme, que pende muy bajo, casi rozándome. Las olas acarician mansamente la playa y se desparraman sobre los rugosos zarcillos de roca gneis de la isla de Lewis, que se estiran hasta invadir la arena. Piedras duras y ancestrales, incrustadas de moluscos y resbaladizas a causa de las algas que crecen profusamente sobre ellas y las cubren casi por completo.

Tengo dos cestas de mimbre colocadas en ángulo sobre la roca, y voy cortando las algas con un cuchillo de hoja larga y curva, pero aun así mis dedos están llenos de heridas que me he hecho con las conchas, afiladas como cuchillas, al arrancar las algas de raíz para echarlas en las cestas. Me duele la espalda, y noto los pies entumecidos tras las muchas horas que llevo metido en el agua helada. Las cestas están ya casi a rebosar, y dentro de poco emprenderé el regreso a la granja, para llenar una vez más los surcos de la tierra con las algas recogidas en el mar.

No me he dado cuenta de que Kirsty se me acercaba, y sólo ahora, al levantar la vista, la veo ahí de pie, en las rocas, mirándome. Lleva la capa abotonada hasta arriba para protegerse del frío y la capucha puesta, y con la luz que la ilumina por detrás y recorta su silueta contra el cielo me resulta imposible verle la cara. Han transcurrido varios días desde la discusión que tuvimos en la hondonada, y pensaba que ya no volvería a verla nunca más.

Me incorporo muy despacio, salgo del agua y me subo a la roca. Los cangrejos huyen, escurridizos, hacia los charcos de agua que se forman en las grietas, y algunos retazos de luz reflejada aparecen desperdigados al azar entre el verde oscuro de las algas.

Ahora me doy cuenta de lo pálida que está y de las ojeras que manchan la piel inmaculada de sus mejillas.

—Lo siento —me dice con una voz tan tenue que apenas consigo oírla por encima del respirar del océano. Baja la mirada y añade—: Por lo visto, siempre estoy pidiéndote perdón por algo.

Me encojo de hombros, consciente de que, sea lo que sea lo que siente ella, mi remordimiento es mayor que el suyo.

—¿Qué es lo que sientes?

—Haberte pegado una bofetada. —Hace una pausa, y agrega—: Y no haberte creído.

No sé qué decir. Comprendo perfectamente el dolor y la desilusión que sentiría yo si alguien hubiera desmantelado la fe que tengo en mi padre.

—Todavía me cuesta mucho creer que pueda ser el responsable de cosas así. Sabía que no podía preguntárselo directamente, así que se lo pregunté a los sirvientes. Al principio, ninguno de ellos quería reconocer que supiera nada, hasta que los presioné. Al final, me lo ha dicho mi tutor.

Se muerde el labio inferior, probablemente para controlar sus emociones.

—Sólo después de eso me enfrenté a mi padre. Se puso... —Cierra los ojos por el dolor que le causa rememorarlo—. Se puso furioso. Me dijo que no era asunto mío y que simplemente yo no podría entenderlo. Y cuando le repliqué que lo que no entendía era cómo era capaz de tratar así a las personas, me hizo lo que te hice yo a ti. —Toma aire con un estremecimiento, y advierto lo dolida que está—. Me abofeteó. Con tanta fuerza que me dejó un moratón. —De manera instintiva, sube la mano hacia la cara y se pasa los dedos por el pómulo, pero ya no queda ningún rastro del golpe—. Me tuvo dos días encerrada en mi cuarto, y no estoy segura de que pasara un solo instante sin llorar. Mi madre quería hablar conmigo, pero yo ni siquiera le permití que entrase en la habitación.

Baja los ojos hacia el suelo, y en sus hombros encorvados veo un gesto de derrota.

—Han despedido a mi tutor, y a mí no me dejan salir de la casa. Esta mañana me las he ingeniado para escabullirme por la puerta de la cocina. Es probable que aún no se hayan dado cuenta de que me he escapado, pero no sé muy bien si me importa siquiera.

En ese momento, me acerco hasta ella y la tomo en mis brazos. Noto que tiembla cuando la acerco a mi pecho y la retengo unos instantes ahí. Ella apoya la cabeza en mi hombro y me abraza. Permanecemos así una eternidad, respirando al unísono con el lento batir del océano. Hasta que por fin ella se aparta y se suelta de mis brazos.

—Quiero huir, Simon —me dice perforándome con la mirada. La sinceridad que hay en sus ojos es tan profunda que me transmite la desesperación de su súplica. Pero huir no es un concepto que yo pueda entender con facilidad.

—¿A qué te refieres?

—A que quiero marcharme de aquí. Y quiero que tú vengas conmigo.

Sacudo la cabeza en un gesto de confusión.

—¿Adónde?

—Eso da igual. A cualquier sitio que no sea éste.

—Pero, Ciorstaidh, yo no tengo dinero.

—Yo puedo conseguir el suficiente para los dos.

De nuevo niego con la cabeza.

—No puedo, Ciorstaidh. Mi hogar está aquí. Mis padres y mis hermanas me necesitan. Mi padre no puede encargarse él solo de la granja. —Todo esto me resulta profundamente desconcertante—. Y además, ¿adónde iríamos? ¿Qué haría yo? ¿De qué viviríamos?

Ella continúa clavándome la mirada, con los ojos velados por las lágrimas y el sentimiento de verse traicionada. Su semblante refleja tristeza y desesperanza, y de repente me grita:

—¡Te odio, Simon Mackenzie! ¡Te odio más de lo que he odiado a nadie en toda mi vida!

Y acto seguido, da media vuelta y echa a andar por las rocas a grandes zancadas, con las faldas recogidas para no rozar las algas y los charcos de agua. Cuando llega a la hierba, huye corriendo hasta perderse en el cielo plomizo de la mañana, dejando tras de sí una estela de sollozos.

Y dejándome a mí con un sentimiento de culpa que me desgarra las entrañas.

CAPÍTULO 19

Sime se incorporó súbitamente, sin saber muy bien si de verdad había gritado en la oscuridad o si sólo lo había imaginado. En el silencio que siguió, aguzó el oído por si captaba alguna señal de haber turbado el sueño de Kirsty, pero no oyó ningún ruido procedente del piso de arriba. Lo único que percibió fue su propia respiración, jadeante, y el bombear de la sangre en sus sienes.

Sudaba copiosamente, de modo que apartó el edredón. Recordaba aquella historia con nitidez, su abuela se la había leído, pero el hecho de haberla soñado le añadía una dimensión personal que no podía conseguirse con ninguna lectura.

Consultó el reloj. Todavía no eran ni las doce. Había dormido apenas media hora, y aún tenía por delante toda la noche, marcada por el insomnio. Un espacio de tiempo infinito para preguntarse qué estaba provocándole aquellos sueños y aquellas rememoraciones de los diarios de su antepasado. Para averiguar qué intentaba decirle su subconsciente. Sabía que era algo relacionado con aquel primer encuentro con Kirsty Cowell y con su convencimiento de que la conocía de antes. De eso estaba seguro. Y luego estaban el anillo y el colgante. El brazo y la espada grabados en la cornalina.

Sólo había una persona en el mundo, que él supiera, que tal vez pudiese arrojar alguna luz sobre aquel asunto: su hermana Annie. Aunque no le hacía ninguna gracia, supo que iba a tener que llamarla al día siguiente.

Bajó las piernas del sofá, puso los pies en el suelo y se inclinó hacia delante, apoyándose en los codos y sosteniéndose la cabeza con ambas manos. Antes le había parecido que hacía frío; en cambio, ahora le costaba respirar a causa del calor que él mismo estaba generando. Así que metió los pies en las botas y se puso la chaqueta con capucha. Necesitaba aire.

Una brisa ligera empujaba las nubes por un cielo de color añil, en el que las estrellas brillaban como si fueran joyas engarzadas en ébano. Había salido la luna, casi llena, y reflejaba una luz plateada e incolora. Al fondo, se oía el rumor del océano, el lento y seguro respirar de la eternidad.

Atravesó los parches de luz que, en forma de cuadrados y rectángulos, se proyectaban desde los ventanales iluminados de la casa grande, y salió al camino. Para alguien como él, que se había criado tan lejos del mar, la sensación de verse rodeado por el océano resultaba bastante inquietante. Estaba por todas partes, en aparente calma, reflejando la luna en fragmentos inconexos, peligrosamente engañoso en su tranquila belleza. A lo lejos, en el horizonte, se distinguían las luces de Havre-Aubert y de Cap-aux-Meules, parpadeando en la oscuridad.

Mientras paseaba en dirección al faro, haciendo crujir la grava que cubría el camino, iba pensando en aquel hombre-niño que había desaparecido. ¿Por qué habría escapado y adónde podía haber ido? ¿Estaría implicado en el asesinato de Cowell? Su vecina afirmaba que tenía mal genio y que era proclive a caer en infantiles rabietas. ¿Era posible que simplemente se hubiera vengado de la paliza que le dieron los matones contratados por Cowell, y que hubiera considerado que Kirsty era cómplice de las acciones de su esposo? ¿O se habría inventado todo aquel episodio?

Luego estaba la fotografía robada del álbum de Kirsty. ¿Cómo se habría hecho con ella? Si ya había estado en la casa, ¿no podría haber sido él el intruso que agredió a Kirsty la noche del asesinato?

A su izquierda, vio una plataforma de madera sobre la que había una gran cantidad de cestas para langostas puestas a secar, en tres alturas. Un poco más allá, el haz de luz del faro surcaba el cielo nocturno. Las casas que salpicaban el extremo sur de la isla reposaban en la oscuridad, los vecinos decentes de Entry hacía mucho rato que estaban en la cama, practicando para las largas noches de invierno que estaban por venir. A lo lejos, oyó el ladrido de un perro, y unos segundos después un sonido parecido a un latigazo le hizo volver la cabeza hacia la derecha, y de repente sintió el impacto de un fuerte golpe que lo alcanzó de lleno en la sien. Aturdido por el dolor y por un resplandor súbito que pareció estallar en su cerebro, se le doblaron las rodillas y se desplomó en el suelo. El impacto fue tan duro que tuvo la sensación de expulsar todo el aire de sus pulmones.

Se quedó sin aliento y fue incapaz de gritar, y cuando una bota le propinó un violento puntapié en la boca del estómago, creyó que iba a perder el conocimiento. Pero el instinto se hizo cargo de la situación y lo llevó a adoptar una posición fetal para recibir los golpes en la espalda, los brazos y las piernas. Manoteó con desesperación, buscando la Glock que llevaba debajo de la chaqueta, y aunque consiguió desenfundarla y girar el cuerpo hacia su agresor, sintió que se la quitaban de la mano de una patada y la lanzaban fuera de su alcance.

Su atacante era una sombra recortada contra el cielo, un hombre corpulento vestido de negro que absorbía toda la luz y tapaba el fondo de estrellas. Desde donde se encontraba Sime, en el suelo y conteniendo las arcadas, daba la impresión de que llenaba todo el espacio disponible. Tras las ranuras de su pasamontañas se veía cómo le relucían los ojos. Sime oyó su respiración, rápida y trémula, y también vio la luna reflejada en el cuchillo que empuñaba en la mano derecha. Tuvo la sensación de que se le deshacían las tripas. Sabía que no podría hacer nada para impedir que aquel tipo le quitara la vida, para evitar que le hundiera aquel cuchillo en el cuerpo una y otra vez. El dolor en su estómago era tan fuerte que le impedía defenderse, y en un instante vio pasar ante él su vida entera, una visión que le hizo lamentar todos los años que había desperdiciado.

De pronto, la hierba se iluminó con una cuña alargada de luz amarilla que proyectó las sombras de ambos hacia la noche. Sime giró la cabeza para ver de dónde procedía, y distinguió la silueta de un individuo robusto que estaba de pie en la puerta de su casa, con una escopeta firmemente apretada a la altura del pecho.

—¿Qué diablos está pasando ahí? —rugió.

Al momento, el agresor de Sime se esfumó. Salió corriendo y se internó en la oscuridad, sin hacer ruido, una sombra en el viento que apenas dejó un susurro a su paso.

Sime estuvo a punto de desmayarse de alivio. Se volvió sobre un costado y vació lo que tenía en el estómago. Luego notó la luz de una linterna en la cara y levantó la vista.

—¡Dios santo! —oyó exclamar—. Usted es uno de los policías de Montreal.

En plena noche, Sime no se había percatado de la distancia que había recorrido, y tardó casi diez minutos en regresar a la casa, ralentizado como iba por el retumbar que sentía en la cabeza y por las punzadas de dolor que parecían perforarle el pecho con cada paso que daba.

Su pistola, recuperada de entre la hierba, se encontraba de nuevo a buen recaudo en la funda. Sin embargo, Sime estaba desconcertado por la facilidad con que su agresor lo había desarmado y dejado a su merced. Si no hubiera sido por la intervención de aquel vecino de sueño ligero, a aquellas alturas la tierra de Entry Island estaría empapándose con su sangre, y su cadáver estaría enfriándose poco a poco.

Ahora su preocupación se centraba en Kirsty. No debería haberla dejado sola en la casa. El agresor había tenido tiempo de sobra para matarla mientras dormía en su cama, antes de ir a buscarlo a él. Aunque la razón por la que lo había atacado a él era un misterio.

Tambaleándose y maldiciendo su estupidez, subió los escalones del porche de la casa de verano, abrió rápidamente la puerta y llamó a Kirsty gritando con toda la fuerza que sus malheridos pulmones le permitieron. Ya había empezado a subir la escalera a oscuras cuando, de pronto, se encendió la luz y apareció Kirsty. Estaba en el rellano superior, con cara de susto y los ojos muy abiertos, terminando de ponerse la bata.

Cuando la vio, a punto estuvieron de fallarle las piernas de puro alivio. Kirsty se quedó boquiabierta al reparar en la sangre que manaba de la sien de Sime y en el barro de su ropa, y bajó a toda prisa los peldaños que los separaban para cogerlo del brazo.

—Por el amor de Dios, señor Mackenzie, ¿qué le ha ocurrido?

Sime, sumido entre el dolor y el alivio, se sintió reconfortado por el calor que desprendía su cuerpo y por la seguridad que le transmitía su contacto. Nunca había estado tan cerca de Kirsty, respirando su aroma, y experimentó un impulso irreprimible de abrazarla.

—Me han atacado —fue todo cuanto acertó a decir, y de nuevo irguió la espalda—. ¿Usted está bien?

—Estoy bien. Pero usted no. Voy a llamar a la enfermera.

En aquel momento se oyó un ruido de pisadas en el porche, y la puerta de rejilla se abrió de repente. El policía local que vigilaba la casa grande los miró con expresión de alarma desde el pie de la escalera.

—¿Qué ha ocurrido?

CAPÍTULO 20

El puerto estaba abarrotado de gente que esperaba la llegada del ferry de la mañana. A lo largo del muelle aguardaban, con el motor en marcha, camionetas con matrículas de Entry Island de vivos colores. Hombres de todos los tamaños y formas, viejos y jóvenes, con gorras de béisbol y zapatillas deportivas, vaqueros anchos y camisetas, esperaban en corrillos, charlando y fumando. Las mujeres estaban aparte, formando sus propios grupos, enfrascadas en conversaciones muy diferentes. Detrás de todos ellos se alzaba un bosque de antenas, mástiles y postes de radar que rompía el perfil de la costa, mientras los barcos de pesca amarrados a lo largo del embarcadero se mecían en el suave oleaje.

Sime estaba al final del muelle, cerca del agua, pasada la caseta amarilla donde se vendían los billetes, sintiendo la brisa en la cara y contemplando cómo iba penetrando en el puerto la ya familiar silueta, blanca y azul, del *Ivan-Quinn*. Era consciente de las miradas que estaban puestas en él, y también de los cuchicheos que iban pasando de boca en boca el nuevo «chismorreo», que sin duda alguna estaba ya propagándose como un reguero de pólvora por toda la isla, tras la agresión que había sufrido la noche anterior. No le hacía precisamente mucha ilusión tener que explicárselo a Crozes.

Llevaba la herida de la sien tapada con una tirita, pero la magulladura de alrededor seguía enrojecida e inflamada. La enfermera le había vendado fuertemente el pecho, y aquello lo había ayudado un poco a soportar el dolor. Según ella, no había sufrido más que una contusión, pero de todos modos convenía que se hiciera una radiografía.

Después, Sime había pasado el resto de la noche tumbado, notando cómo disminuía el dolor conforme el paracetamol que le había administrado la enfermera iba haciendo efecto. Cuando amaneció, se sintió un poco magullado y notó que sus músculos y articulaciones estaban rígidos. Tras sostener una incómoda conversación telefónica con Crozes, tomó el minibús para ir al puerto un poco antes de la hora y dio un paseo por la costa para desentumecerse.

La rampa del ferry se abrió, y comenzaron a salir pasajeros y vehículos que fueron llenando el muelle, al tiempo que los isleños acudían a recoger las cajas de víveres y otros suministros que habían pedido. Crozes se destacó del resto y, con las manos embutidas en los bolsillos, se dirigió a donde estaba Sime. Llevaba una gorra y unas gafas oscuras, y la única pista real de cuál era su estado de ánimo era su actitud. Sime vio también a Marie-Ange y Blanc, que le dirigieron una mirada justo antes de subir al minibús para esperar al teniente. Los policías de Cap-aux-Meules habían llevado sus propios vehículos, y se fueron para reanudar la búsqueda del desaparecido Norman Morrison.

—¿A qué cojones estás jugando, Mackenzie? —le soltó Crozes sin mirarlo siquiera. Se quedó a su lado, hombro con hombro, con la vista fija en la bahía.

—Sólo salí a tomar un poco el aire, teniente. No estuve fuera más que unos minutos.

—Unos minutos en los que ese tipo podría haber matado a Kirsty Cowell.

—Y entonces, ¿por qué no la mató? —replicó Sime.

Por primera vez, Crozes volvió la cabeza para mirarlo.

—¿Qué quieres decir?

—Pues que tuvo la oportunidad, pero no la aprovechó. En vez de eso, vino a por mí.

Crozes lo observó, pensativo.

—¿Llegaste a verle la cara?

Sime soltó un bufido de exasperación.

—Lo cierto es que no. Iba vestido con ropa oscura, y llevaba puesto un pasamontañas. Exactamente como lo describió la señora Cowell.

Crozes desvió de nuevo la mirada.

—No habrá ni una sola persona en esta isla que no sepa que la señora Cowell afirmó haber sido atacada por un tipo que llevaba un pasamontañas. No es muy difícil de imitar. —Volvió a mirar a Sime—. No sé por qué razón iba a querer alguien atacarte a ti, pero es una complicación más que no nos conviene para nada. —Calló unos instantes, y finalmente añadió—: ¿Tienes alguna idea?

Sime se encogió de hombros.

—La verdad es que no. Tal vez Norman Morrison. Si es que fue él quien agredió a la señora Cowell.

—Pero, como tú mismo has dicho, ¿por qué iba a atacarte a ti? —Crozes se quitó la gorra y se rascó la cabeza, pensando—. ¿Y qué me dices del pescador al que interrogasteis Blanc y tú?

—¿Owen Clarke?

Crozes asintió.

—¿Le diste algún motivo para que se cabrease contigo?

—No, que yo sepa.

Crozes volvió a calarse la gorra sobre la frente, luego carraspeó y escupió hacia el agua.

—Vamos a hablar con él. —Pero, como si acabara de pensar en ello, agregó a continuación—: ¿Estás bien?

A Sime le costó trabajo disimular el sarcasmo en su voz cuando respondió:

—Estoy bien, teniente. Gracias por preguntar.

II

Clarke llevaba puesto un mono de trabajo azul lleno de lamparones de grasa, cuya cremallera abierta hasta la mitad del pecho dejaba ver una maraña de vello rizado que recordaba al alambre de cobre de los fusibles. Las perneras del pantalón prácticamente cubrían unas deportivas blancas y sucias que, incapaces ya de contener sus enormes pies, se habían descosido por los costados. Estaba podando la hierba de alrededor de la casa con un cortacésped, todo rojo y empapado en sudor bajo su gorra. De la comisura de la boca le colgaba su habitual cigarrillo de liar, manchado de motas marrones. Los vio venir, pero no hizo el menor intento de apagar el motor hasta que Crozes le pegó un grito y se pasó un dedo por el pescuezo.

Entonces accionó un interruptor para cortar el suministro de combustible y, mientras el motor del cortacésped se detenía, se volvió hacia ellos con cara de pocos amigos.

—¿Se puede saber qué es lo que quieren ahora?

Sime lo estudió detenidamente. Era un tipo corpulento, algo en lo que no se había fijado cuando Blanc y él lo interrogaron junto a su banco de trabajo dos días antes. Desde luego, era lo bastante grande como para ser el individuo que lo había agredido. Se fijó en sus manos y vio que tenía los nudillos despellejados y con algunos hematomas, y en aquel momento cayó en la cuenta de algo que hasta ahora sólo había quedado registrado en su subconsciente: su agresor llevaba guantes.

—¿Dónde estaba usted anoche, a eso de las doce? —le preguntó Crozes.

Clarke miró a Sime, y luego señaló a Crozes con un gesto de la cabeza.

—¿No me lo va a presentar?

—Teniente Daniel Crozes —dijo éste, mostrando su identificación—. ¿Quiere hacer el favor de responder a la pregunta?

Clarke se apoyó en el cortacésped y los miró con una sonrisa socarrona.

—Estaba tirándome a una rubia despampanante —dijo—. Tenía unas tetas así. —Y levantó sus manazas de grandes nudillos como si estuviera agarrando unos pechos imaginarios. Luego, al ver la cara que pusieron los agentes, soltó una risotada—. ¡Ya quisiera yo, joder! Estaba durmiendo. En mi casa, en mi cama. Pregunten a mi mujer. —Sonrió de oreja a oreja, dejando ver los pocos tocones de color marrón que pretendían pasar por dientes—. Pero no le digan nada de la rubia, ¿vale?

De improviso, Crozes se inclinó hacia delante y le quitó la gorra de un manotazo, dejando al descubierto una mata de greñas que se había pegado al cuero cabelludo por efecto del sudor y un marcado hematoma en el pómulo izquierdo.

—¡Eh! —protestó Clarke, intentando recuperar su gorra, pero Crozes se lo impidió.

—¿Dónde se ha dado ese golpe, señor Clarke?

En un gesto instintivo, el hombre se llevó los dedos al hematoma y se lo tocó con suavidad. Ya no sonreía.

—En el barco, resbalé y me caí —contestó en tono desafiante, como si estuviera retándoles a que lo contradijeran. Después miró a Sime, y de nuevo sonrió de oreja a oreja, de forma desagradable y sin ganas de seguir bromeando—. ¿Dónde se ha dado usted el suyo?

No parecía que mereciera la pena preguntar a Mary-Anne Clarke dónde había estado su marido la noche anterior. Sin duda confirmaría que había estado en casa, en la cama con ella. Pero Crozes dijo que más tarde enviaría a otro agente a tomarle declaración. Sólo para que constase. No podía decirse que no fuera meticuloso.

En el trayecto de regreso, por el camino que iba hasta Main Street, distinguieron a lo lejos a varios grupos de isleños, cada uno de ellos conducido por un policía, que recorrían metódicamente la isla buscando a Norman Morrison. Se habían ofrecido más de treinta voluntarios, y estaban registrando graneros y cobertizos que ya no se utilizaran, y peinando barrancos y grietas cegadas por la vegetación. Ya comenzaba a levantarse un viento que tumbaba la hierba y formaba en ella ondas y corrientes, como si fuera la superficie del agua. Una capa de nubes altas sólo permitía que se filtrase un sol mortecino que como mínimo aliviaba la perturbadora oscuridad del mar, que se agitaba, inquieto y amenazante, alrededor de la isla.

Sime conducía y Crozes iba mirando por la ventanilla, observando con gesto grave las partidas de búsqueda.

—Voy a asignar a la mayor parte de nuestro equipo para que ayuden en la búsqueda —dijo—. Cuanto antes encontremos a ese tipo y lo descartemos para bien o para mal, mejor. Así podremos volver a centrarnos en esta investigación y acabar con ella de una vez. —Estiró el cuello para escudriñar el horizonte—. ¿Quiénes coño son ésos?

Sime lo imitó y vio media docena de *quads* que subían y bajaban siguiendo los contornos de la isla, en una trayectoria paralela al rumbo que seguía el minibús, por Main Street.

—Creo que son el hijo de Clarke y sus amigos.

Crozes frunció el ceño.

—Blanc me comentó que tuviste una enganchada con unos chicos que conducían *quads*, pero no me dijo que uno de ellos fuera el hijo de Clarke.

—Estuvo a punto de atropellarme, y en el intento volcó con el *quad*.

Crozes dejó escapar un gruñido.

—Eso debió de humillarlo delante de sus amigos. ¿Discutisteis?

—Nos dijo muy claramente que dejáramos en paz a su padre.

Crozes se irguió en su asiento.

—Vamos a hablar con él.

Sime torció a la izquierda y tomó el camino que llevaba hacia la iglesia acelerando por encima de los baches y los socavones. El minibús se zarandeaba y se sacudía en aquella superficie irregular, pero los chicos que iban en los *quads* se percataron demasiado tarde de que iba a cortarles el paso. Sime dio un volantazo a la izquierda, y el vehículo derrapó y terminó atravesado de costado en el camino, delante de las motos de cuatro ruedas. Ellos cambiaron rápidamente de dirección y se lanzaron hacia Big Hill, pero Crozes se apeó del minibús y les ordenó a gritos que se detuvieran. Los chicos frenaron de mala gana y esperaron con los motores encendidos, entre fuertes acelerones y nubes de gasóleo. El teniente levantó su placa de identificación por encima de la cabeza.

—¡Policía! —gritó—. Venid aquí. —Y les indicó por señas que se acercasen.

Los chicos se miraron unos a otros, y, acto seguido, de uno en uno, metieron la marcha y fueron aproximándose despacio hacia el minibús, del que ya estaba bajándose Sime. Cuando llegó el último, quedaron formando un semicírculo alrededor de los dos detectives.

—¿Quién de vosotros es Clarke? —preguntó Crozes.

Chuck Clarke estaba en el centro del grupo, se hizo evidente que era el líder. Los pinchos de su cabello engominado se mantenían erectos contra el viento.

—¿Qué es lo que quiere de mí? —respondió.

—Apagad los motores —ordenó Crozes.

Cuando se hizo el silencio, Sime oyó el aullido del viento sobre la hierba y el estruendo del mar que rompía contra la costa sur. Crozes miró a Chuck y le dio una orden:

—Baja de ese *quad*, muchacho.

El adolescente respondió con una mueca beligerante.

—¿Y si no quiero?

El teniente se quitó muy despacio las gafas de sol.

—Mira, estoy aquí para investigar un asesinato. Si considero que estás obstruyendo dicha investigación, te llevaré a Cap-aux-Meules y te encerraré de una patada en el culo en una celda de la policía en menos de lo que canta un gallo. —Volvió a calarse las gafas—. Así que bájate del puto *quad*.

Aquello suponía una nueva humillación para el hijo de Clarke, pero no tenía más remedio que obedecer. Desmontó lentamente y se quedó de pie, con las piernas un tanto separadas y las manos en las caderas, mirando a Crozes con gesto furibundo.

El muchacho estaba cuadrado. Mediría un metro ochenta o más, y Sime se fijó en los vaqueros y la cazadora de cuero negro. Calzaba unas botas Doc Martens con ribetes superiores, y se dijo que aquéllas bien podían ser las botas con las que le habían machacado las costillas. A continuación, posó la vista en los guantes, caros, de cuero y cosidos a mano. Kirsty había señalado que su agresor llevaba guantes y que eran de cuero cosido a mano.

—¿Dónde estuviste anoche? —le preguntó Crozes.

Chuck, nervioso, miró a sus compañeros.

—¿Por qué?

—Tú responde a la pregunta, muchacho.

—Anoche hicimos una fiesta —contestó una de las chicas—. Mi padre tiene un granero al final de Cherry Hill. Allí podemos poner la música tan fuerte como nos dé la gana, sin molestar a nadie.

—¿Cuánto tiempo duró esa fiesta?

—Ah, pues no sé... —dijo la chica—. Puede que hasta las tres.

Crozes ladeó la cabeza.

—Y Chuck estuvo con vosotros todo el tiempo.

—Así es. —Esta vez contestó otro de los muchachos. Se recostó contra el cómodo asiento de cuero de su *quad*, entrelazó las manos en la nuca y después levantó los pies para cruzarlos sobre el manillar de la moto—. ¿Hay alguna ley que lo prohíba?

—No, a no ser que estuvierais bebiendo. O fumando droga.

Una ola de nerviosismo recorrió a los miembros del grupo, y Crozes se volvió de nuevo hacia Chuck.

—¿Dónde estuviste la noche en que asesinaron al señor Cowell?

Chuck soltó un bufido de incredulidad e hizo una mueca.

—No creerá que yo he tenido algo que ver con eso.

—Te estoy haciendo una pregunta.

—Estaba en casa, con mis *padges* —respondió Chuck, imitando el fuerte acento francés de Crozes, y sus amigos soltaron una carcajada.

El teniente sonrió de oreja a oreja, como si aquello también le divirtiera.

—Muy bueno, Chuck. Mira, si quieres, puedo confiscarte toda tu ropa para que la examine un forense. Y puedo detenerte y ponerte bajo custodia durante un período de cuarenta y ocho horas, mientras un equipo de expertos desmonta tu casa trocito a trocito. Lo cual, estoy seguro, va a dejar a tus padres encantados contigo.

La tez clara de Chuck se oscureció.

—Estuve toda la noche en casa. Pregunte a mi madre.

Sime se dijo que, por lo que parecía, Mary-Anne Clarke era la encargada de proporcionar coartadas a toda la familia.

De repente sonó el móvil de Crozes, y el teniente se volvió para sacarlo de su bolsillo y atender la llamada. Se tapó un oído con el dedo y se apartó unos pasos, escuchó unos momentos, y luego habló a toda prisa y colgó. Regresó con los adolescentes y les indicó con un gesto de la mano que podían marcharse.

—¡Largo de aquí! —voceó—. Y si queréis hacer algo útil, podéis sumaros a los que están buscando a Norman Morrison.

Los chicos no se lo pensaron dos veces. Arrancaron de nuevo los motores, dieron media vuelta y se alejaron dibujando una línea serpenteante a través de la colina. Cuando dejó de oírse el estruendo de las motos, el teniente se volvió hacia Sime.

—Ariane Briand acaba de aterrizar en el aeropuerto de Havre-aux-Maisons —le informó—. Blanc y tú coged el barco pesquero e id para allá. Quiero saber qué tiene que decir esa mujer.

CAPÍTULO 21

I

Durante el trayecto hasta Cap-aux-Meules, Blanc se esforzó por no preguntarle por la agresión que había sufrido. Pasaron en silencio la mayor parte de los cincuenta y cinco minutos que tardaron en cruzar la bahía, pero en un momento dado Sime lo sorprendió mirando atentamente el hematoma que tenía en la sien, y Blanc se sintió violento y obligado a decir algo.

—¿Te encuentras bien?

—Sobreviviré —respondió Sime asintiendo con la cabeza.

Tomaron el Chevy que el equipo había dejado aparcado en el muelle y, con Blanc al volante, se dirigieron al sur por el Chemin Principal, hasta que tomaron el camino de la costa por el que habían circulado dos días antes bajo la lluvia. Esta vez había un vehículo estacionado en el jardín de los Briand: Ariane Briand estaba en casa.

En cuanto les abrió la puerta, Sime entendió lo que había querido decir Aitkens con el comentario que había hecho de ella. «No conocí a ningún chaval que no estuviera loco por ella. Estaba buena de verdad. Y lo sigue estando.» Estaba más cerca de los cuarenta de lo que probablemente querría reconocer, y todavía era una mujer atractiva. Llevaba una camiseta recortada de manga corta que dejaba al aire un estómago firme y bronceado, y unos vaqueros muy ceñidos que exhibían la esbeltez de sus caderas. Su melena castaña con hebras rubias le caía sobre los hombros, formando grandes ondas naturales. Sus ojos eran castaños y suaves, y sus labios carnosos y bien dibujados. La mayoría de las mujeres necesitarían cirugía para tener una línea de la mandíbula como la suya.

Iba muy poco maquillada, y la edad se le notaba sólo en las finísimas arrugas que tenía alrededor de los ojos y de la boca. Sime sabía por experiencia que era la clase de mujer que uno sólo podía admirar desde lejos, a no ser que casualmente fuera rico o poderoso. Estaba claro que Cowell era rico, y el ex de Ariane, supuso Sime, podría describirse como un hombre poderoso. Como mínimo, era el tuerto en un mundo de ciegos.

Ariane se apartó de la puerta y los observó con curiosidad. Sime se fijó en que iba descalza.

—¿En qué puedo ayudarlos?

Blanc le mostró su identificación.

—Sûreté, madame. Estamos investigando el asesinato de James Cowell.

—Ah, claro. Será mejor que pasen. —Se hizo a un lado para dejarlos entrar.

Pasaron al interior de un amplio comedor de paredes altas que se elevaban hasta el espacio que formaba el tejado, donde unas enormes ventanas Velux instaladas en la propia cubierta del tejado permitían que la luz entrase en cascada en la habitación. Había un arco a través del cual se accedía a una gran cocina de forma cuadrada con una isleta en el centro, pero los visitantes no fueron más allá del comedor, porque Ariane Briand se plantó ante ellos, casi bloqueándoles el paso al resto de la casa, de pie y cruzada de brazos, en una actitud defensiva que rayaba en la hostilidad.

—Bien... —empezó Blanc—. ¿Le importaría decirnos dónde ha estado estos dos últimos días?

—Bueno, tal vez a ustedes no les importe decirme a mí por qué es eso asunto suyo.

Blanc se erizó.

—Madame, puede responder a mis preguntas aquí o en la Sûreté. Elija.

Ariane Briand frunció los labios, pensando, pero, si estaba molesta, desde luego no se le notó.

—He estado en Quebec, de compras. ¿Es ilegal?

—¿Aun sabiendo que acababan de asesinar a su amante?

—No lo sabía —replicó Ariane—. No me he enterado hasta que he vuelto en avión esta mañana a las Magdalenas.

Sime señaló con la cabeza una carísima maleta de cuero de color rojo oscuro que estaba apoyada en la isleta de la cocina, en el suelo.

—¿Esa maleta es suya?

Ariane se volvió un instante a mirar a su espalda, pero su hostilidad permaneció intacta.

—Es de James. Son las cosas que trajo consigo cuando se mudó aquí.

—¿Y cuándo fue eso, exactamente?

—Hace poco más de una semana. El jueves o el viernes, no me acuerdo bien.

—¿Y no llegó a deshacerla? —se extrañó Blanc.

Ariane pareció por un momento desconcertada.

—Acabo de hacerla. Pueden llevársela, si quieren.

Blanc se rascó la calva de la coronilla.

—Madame Briand, espero que no le importe que se lo diga, pero no da precisamente la impresión de ser la amante afligida.

Ariane apretó su elegante mandíbula y la levantó en un gesto de altivez.

—La aflicción adopta muchas formas, sargento.

Durante aquel diálogo, Sime paseó la mirada por la estancia. Junto a la puerta de entrada había un chaquetón de hombre colgado del perchero. Era demasiado grande para pertenecer a Cowell, pero, aunque fuera suyo, ¿por qué no lo había metido Ariane en la maleta, con el resto de su ropa? Sobre el aparador había una foto grande, enmarcada, en la que se veía a Ariane acompañada de un hombre al que Sime no reconoció. La rodeaba por la cintura con un brazo, y los dos reían abiertamente ante la cámara, compartiendo alguna broma con quienquiera que fuese el fotógrafo.

Oyó que Blanc preguntaba:

—¿Se le ocurre quién podía tener un motivo para asesinar a monsieur Cowell, madame?

Ariane se encogió de hombros y siguió cruzada de brazos.

—Bueno, es obvio, ¿no?

—¿Lo es? —respondió Sime.

—Naturalmente. Fue Kirsty Cowell, ¿quién si no?

—¿Por qué cree usted eso?

—Porque Kirsty ha hecho honor a su palabra.

Los segundos de silencio que siguieron a continuación se dilataron tanto que resultaron violentos.

—Explíquese —pidió Sime.

Ariane separó ligeramente los pies, como si estuviera preparándose para defender su terreno y desafiar a los dos detectives a que la contradijeran.

—Kirsty se presentó en mi casa la noche anterior al asesinato.

Al oír aquella revelación, Sime sintió el impacto de un hormigueo que le recorrió el cuero cabelludo.

—¿Kirsty?

Ariane lo miró con una expresión fugaz de desconcierto. Aquel «Kirsty» había sonado demasiado íntimo.

—Sí.

—Según todas las personas con las que hemos hablado —repuso Blanc—, lleva diez años sin salir de la isla.

—Bueno, pues esa noche sí que salió.

—¿Y cómo vino hasta aquí?

—Eso tendrá que preguntárselo a ella. Pero sé que tenían una lancha en el muelle que hay debajo de su casa. Y hay un puerto pequeño en Gros-Cap, justo bajando por el camino. Probablemente la amarró allí. Debió de venir hasta aquí andando bajo la lluvia, porque cuando llegó a mi casa estaba empapada.

Sime se la imaginó de pie en la puerta, en la oscuridad, con el pelo mojado y apelmazado, igual que la había visto él aquel primer día, recién salida de la ducha. Pero no era una visión en la que le conviniera recrearse.

—¿Qué era lo que quería? —preguntó Blanc.

—A James.

Sime frunció el ceño.

—¿Qué quiere decir?

—Que estaba buscando a su marido, eso es lo que quiero decir. Y además estaba casi histérica. No me creyó cuando le dije que James no estaba aquí. Entró a la fuerza y empezó a recorrer la casa llamándolo a gritos. Yo no pude hacer nada para impedírselo, de modo que me quedé aquí hasta que ella se dio cuenta de que le había dicho la verdad.

Sime estaba asombrado. La imagen que estaba pintando Ariane Briand de Kirsty no coincidía con lo que él había percibido, ni con ninguna de las cosas que le había dicho ella durante los diversos interrogatorios. Ni tampoco con la descripción que les había proporcionado Jack Aitkens. La expresión que había empleado su primo había sido «la serenidad personificada». «Como si hubiera alcanzado la paz interior. Si tiene mal genio, desde luego yo nunca se lo he visto.» Pero claro, también confesó que apenas la había tratado.

—Cuando por fin aceptó que su marido no estaba aquí, se quedó tan callada que me dio miedo. —Ariane Briand rememoró la escena durante unos instantes—. Tenía la mirada enloquecida, fija. Y su voz fue poco más que un susurro cuando me dijo que no tenía intención de renunciar a James sin pelear por él. Y que si no podía tenerlo ella, iba a cerciorarse de que no lo tuviera nadie.

Sime vio su propia imagen reflejada en el espejo del aparador y advirtió lo pálido que estaba. Y por primera vez se permitió contemplar la posibilidad de que tal vez Kirsty Cowell sí hubiera matado a su esposo, después de todo.

—La noche del asesinato —continuó Blanc—, ¿sabía usted que Cowell iba a regresar a Entry?

Ariane negó con la cabeza.

—No. Estuvo aquí ese mismo día. Pero recibió una llamada en el móvil. No tengo ni idea de quién lo llamó, pero la conversación fue en un tono desagradable, y cuando colgó estaba muy agitado. Dijo que tenía que ocuparse de un asunto y que volvería al cabo de un par de horas.

Blanc dirigió una mirada a Sime, pero éste se hallaba sumido en una nube de pensamientos confusos.

—Madame Briand, va a tener que acompañarnos a la comisaría de policía para hacer una declaración oficial.

—Acto seguido, se adelantó para ir a coger la maleta de Cowell—. Y esto también nos lo llevamos.

Sime se giró para señalar el chaquetón del perchero de la puerta.

—¿Y este chaquetón?

Ariane Briand titubeó sólo de forma imperceptible.

—No, ese abrigo no es de él.

II

Ariane Briand repitió su versión de los hechos en la sala de interrogatorios de la comisaría. De las preguntas se encargó Thomas Blanc, mientras Sime esperaba en la sala contigua mirando los monitores. En el interrogatorio forense de Blanc, Ariane aportó detalles nuevos que pintaron una imagen todavía más gráfica de la inesperada visita de Kirsty Cowell.

Sentado en el borde de la cama de su habitación del hostal, Sime sintió que se hundía en el desánimo. Se había formado su propia imagen de Kirsty Cowell. Una imagen que había construido con sumo cuidado, una capa tras otra, y que ahora había sido barrida de un solo plumazo y la había dejado como una mentirosa. Había salido de la isla. Había advertido a la amante de su marido con una amenaza implícita contra el propio James Cowell.

El barco pesquero que los había transportado hasta Cap-aux-Meules había vuelto a Entry con más voluntarios para ayudar en la búsqueda de Morrison. Así que disponían de una hora sin nada que hacer antes de poder emprender el trayecto de regreso. Sime había declinado la sugerencia que le había hecho Blanc de tomar un café en el Tim Horton's, que estaba al otro lado de la calle, y se había retirado al hostal para cerrar las cortinas al mundo y replegarse en la semioscuridad.

Se descalzó y subió los pies a la cama. Luego se sentó con la espalda apoyada en el cabecero, se puso una almohada detrás de la espalda y sacó el teléfono móvil. Un creciente sentimiento de culpa se apoderó de él. Sabía que había llegado el momento de telefonear a su hermana. No había nadie más a quien pudiera preguntar por el anillo y los diarios, pero llevaba muchísimo tiempo sin hablar con ella, ni siquiera por teléfono. ¿Cuánto había pasado? ¿Cinco años? ¿Más? Pobre Annie. No sabía por qué, pero nunca se había sentido muy unido a su hermana. Había una diferencia de edad, por supuesto, ella era cuatro años mayor, pero no se trataba sólo de eso. Él siempre había sido una persona solitaria, independiente, autosuficiente, y nunca había sentido interés por su hermana. Ni siquiera cuando ella intentó acercarse a él tras fallecer sus padres.

En cuanto terminó los estudios, empezó a caminar solo y se fue a la gran ciudad. En cambio, Annie se quedó donde siempre y se casó con un vecino, un muchacho que había ido a su misma clase, francófono. Y tuvieron primero un hijo y después una hija. Ambos niños eran ya dos adolescentes que no hablaban inglés.

Sime tan sólo regresó en una ocasión: para asistir al funeral de sus padres.

La última vez que vio a Annie fue cuando ella acudió a su boda. Asistió sola, sin su marido. Lo disculpó con una excusa, pero Sime sabía que Gilles estaba resentido por la manera en que él había descuidado a su hermana.

De nuevo se sintió abrumado por la culpa, inundado por el remordimiento. A lo mejor Marie-Ange estaba en lo cierto; a lo mejor él era todas aquellas cosas que le había llamado a la cara. Egoísta, egocéntrico. No eran reflexiones muy agradables, de modo que intentó apartarlas, igual que en aquellos últimos días había eludido mirarse en el espejo.

Encontró el número de teléfono de Annie en la lista de contactos del móvil y, haciendo un gran esfuerzo de voluntad, pulsó la tecla de marcación automática. Se acercó el teléfono al oído, un tanto nervioso. Tras varios tonos, contestó un muchacho cuya voz sonaba como si estuviera a punto de quebrarse.

—¿Sí?

—Hola. ¿Está tu madre?

—¿Quién es? —Daba la impresión de estar aburrido. O decepcionado. A lo mejor estaba esperando una llamada.

Sime tuvo un instante de vacilación.

—Soy tu tío Simon.

Al otro lado de la línea se hizo un largo silencio que resultó difícil de interpretar. Por fin, el muchacho respondió:

—Voy a llamarla.

Sime oyó voces amortiguadas al fondo. Después siguió más silencio. Notaba cómo le latía el pulso en el cuello. De pronto, se oyó la voz de Annie.

—¿Sime?

—Hola, hermana —dijo, temiendo su reacción.

Ya debería saber que su hermana nunca había sido una persona rencorosa. Su tono no sólo era de sorpresa, sino también de alegría.

—¡Oh, Dios mío, hermanito! ¿Cómo estás?

Y se lo contó todo. Sin preámbulos. La verdad, sencilla y sin maquillar. Su ruptura con Marie-Ange, su insomnio. Y aunque en el silencio con que lo escuchaba su hermana percibía un sentimiento de estupor, el simple hecho de desahogar todo lo que llevaba tanto tiempo reprimiendo le supuso un tremendo alivio.

—Pobre Sime —dijo ella, y lo dijo de corazón, confirmando lo que sólo unos minutos antes él había pensado de ella—. ¿Por qué no vienes a casa y te quedas una temporada con nosotros?

La palabra «casa» sonó extraña en los labios de su hermana. Annie seguía viviendo en la pequeña localidad militar de Bury, situada en los Cantones del Este que había al sureste de Montreal. Hacía ya muchos años que había dejado de ser «su» casa. Sin embargo, aquella palabra le sonó muy bien, le transmitió una sensación de acogida.

—Ahora mismo me es imposible. Estoy en las islas de la Magdalena, investigando un asesinato. —Titubeó unos instantes. En cuanto se lo preguntase, su hermana sabría que la había llamado por otro motivo muy distinto—. Annie, ¿te acuerdas de los diarios? ¿Los que nos leía la abuela cuando éramos pequeños?

Si Annie se sintió desilusionada, desde luego no se le notó en la voz. Sólo reflejó sorpresa.

—Sí, claro que sí. ¿Por qué?

—¿Todavía los conservas?

—Sí, por aquí andarán. Conservo todo lo que sacamos de casa de papá y mamá. Y de casa de la abuela. Tengo la intención de ordenarlo algún día, pero lo metimos todo en el desván del garaje, y ya se sabe, ojos que no ven...

—Me gustaría leerlos otra vez, Annie. —Detectó que a su hermana le estaba costando trabajo reprimir la curiosidad.

—Naturalmente. Cuando quieras.

—Iré en cuanto hayamos terminado aquí, en las Magdalenas.

—Eso sería genial, Sime. Será maravilloso verte. —No pudo aguantar más—: ¿Y a qué viene ese repentino interés por los diarios?

—Es un poco complicado —replicó Sime—. Ya te lo explicaré cuando vaya. —Y añadió—: Por cierto... ¿te acuerdas de ese anillo que heredé de papá?

—Sí. Llevaba una piedra roja semipreciosa, ¿no? Grabada con un blasón de familia. Aunque no de la nuestra. Era un brazo y una espada, o algo así.

—Exacto. ¿Tú sabes algo de la historia de ese anillo?

Su hermana rompió a reír.

—¿De verdad voy a tener que esperar a que vengas aquí para enterarme de qué va todo esto?

—Perdona, Annie, es que ahora mismo no tengo tiempo para explicártelo.

—Bueno, sé que fue pasando de padres a hijos, por la línea paterna —dijo Annie—. Originalmente perteneció a nuestro tatatarabuelo, me parece. El que escribió los diarios, el que se llamaba como tú. Estoy segura de que en los diarios se dice algo de ese anillo, pero no recuerdo qué.

—¿Y te acuerdas de cómo llegó a sus manos?

—Creo que se lo regaló su mujer.

Sime se quedó desinflado. Si aquello era verdad, no se le ocurría qué relación podía existir entre el anillo y Kirsty Cowell.

—A su mujer la conoció en Canadá, ¿verdad?

—Exacto. Era una chica de servicio, o algo así, y vivía en Quebec.

Un callejón sin salida.

Al ver que su hermano guardaba silencio, preguntó:

—Sime, ¿sigues ahí?

—Sí, sigo aquí.

Percibió que su hermana dudaba.

—La semana pasada fue el décimo aniversario, Sime.

Se quedó desconcertado durante unos instantes.

—¿De qué?

—Del accidente de mamá y papá.

De nuevo lo invadió el sentimiento de culpa. Apenas se había acordado de sus padres en todos los años que habían transcurrido desde el accidente. Por supuesto que lo recordaba, había sucedido en aquella época del año. Una crecida de otoño que había aumentado el caudal del río Salmon y se había llevado por delante el puente, y con él los coches que circulaban por encima en aquel momento. Por irónico que pudiera parecer, las únicas personas que perdieron la vida en el suceso fueron sus padres.

—Alguien ha puesto flores en su tumba —continuó Annie—. Yo voy a verlos con frecuencia, y me pareció conmovedor que alguien más se hubiera acordado. Pero no tengo ni idea de quién ha podido ser.

—Annie —dijo Sime—, tengo que colgar. Ya te llamaré cuando vuelva a casa, ¿de acuerdo?

Cortó la llamada y cerró los ojos. En su vida había muchas cosas a las que simplemente había dado la espalda. Como la desaparición de sus padres. Siempre había pensado que ya habría tiempo para decirles que los quería, aunque nunca hubiera estado muy seguro de dicho sentimiento. Y de repente, la muerte se le adelantó y lo dejó con la sensación, por primera vez, de encontrarse solo en el mundo.

De pronto, envuelto en un aluvión de recuerdos de la infancia, le vino a la memoria el dolor que había sufrido su antepasado por la pérdida de su padre. Su abuela les leyó aquella historia en una fría noche de invierno, poco después de Año Nuevo. Justo después de cenar, Annie y él se sentaron a sus pies, junto al fuego, mientras ella leía. Aquella noche la historia le provocó pesadillas. En aquel momento, no era capaz de imaginar lo que se sentía al perder a un progenitor. Y mucho menos al perder a los dos.

CAPÍTULO 22

Aunque en el cielo aún flotaba la luz de la tarde, en el interior de la casa todo estaba oscuro como una noche de invierno. Y los rostros de todos los congregados alrededor del débil fuego de turba estaban cargados de conspiración.

Yo estaba sentado entre los varones, escuchando, pero sin decir nada.

Todavía recuerdo con claridad la primera vez que se echó a perder la cosecha de patatas, el año anterior. Las plantas, que crecían verdes y lozanas en los surcos de la tierra, se tornaron negras y babosas casi de la noche a la mañana. También recuerdo que me mandaron ir al almacén de patatas que teníamos en el granero, y que al apartar la lona me encontré con el olor a putrefacción que procedía de aquellos tubérculos que con tanto cuidado habíamos nutrido y cosechado doce meses antes.

¡Qué desastre!

Sin las patatas, no había forma de sobrevivir. Era el alimento que siempre estaba presente en todas las comidas. Nuestra magra cosecha de avena y centeno servía sólo como complemento de una dieta que dependía por completo de aquella humilde planta. Y sin embargo, algún mal invisible nos había arrebatado el don de la vida que nos proporcionaba aquel tubérculo. Dios nos había enviado aquella plaga. Por nuestros pecados, como habría dicho el pastor.

Sentados en torno al fuego de turba, debía de haber una docena de hombres o más. Sus rostros apenas se adivinaban en la densa humareda que llenaba el cuarto de la lumbre, pero aun así yo distinguía los surcos que había dejado el hambre en sus semblantes demacrados. Había visto a hombres fuertes volverse débiles, igual que me había ocurrido a mí, y a hombres corpulentos enflaquecer terriblemente. Había visto a mi madre y a mis hermanas consumirse poco a poco, obligadas a recorrer la costa en busca de algo que comer. Lapas y almejas. Alimentos propios de viejas sin dientes. Buscaban entre la hierba y recogían ortigas con las que hacer sopa y matas de cineraria, una planta cuya raíz, una vez seca y molida, se convierte en harina comestible. Pero constituía un mal sustituto del grano verdadero, y apenas recogíamos lo suficiente para subsistir.

Los pescadores ya no ponían a secar los peces sobre las rocas por si se los robábamos, y nosotros no teníamos botes propios en los que salir al mar a pescar.

Mi padre dirigía la reunión, como siempre. Junto a él se sentaba el viejo Calum *el Ciego*, en cuclillas y escuchando con atención desde su mundo de oscuridad. Tenía ya la cabeza tan encogida que su *glengarry* daba la impresión de llegarle hasta el cuello.

Detecté un tono de furia contenida en la voz de mi padre:

—Guthrie reparte raciones de grano, obligado por la Poor Board, y después se las cobra de nuestras rentas. Se gana la fama de persona generosa, y al mismo tiempo consigue una excusa para expulsarnos de nuestra tierra. Las rentas superan nuestros recursos, y nos carga con deudas que jamás podremos pagar. Y mientras nosotros nos morimos de hambre, él y sus compinches cazan ciervos, pescan salmones y comen como reyes.

Alrededor del fuego se alzó una cortina de voces descontentas, como si fueran humo. Oí a hombres de Dios utilizar el lenguaje del demonio:

—¡Tenemos comida abundante a nuestro alrededor, y ni una maldita cosa que podamos llevarnos a la boca! —exclamó uno de ellos.

—Podríamos comer —replicó mi padre con la voz trémula por la ira—, pero no nos lo permiten. Lo prohíbe la ley que sirve a los ricos. —Era uno de sus temas favoritos, y a menudo lo oía desahogar su rabia al respecto—. Pues bien, eso ya se ha acabado. Ha llegado el momento de que nos tomemos la justicia por nuestra mano, y de que aprovechemos los bienes que el Señor creó para todos, no sólo para unos pocos.

Cuando dijo esas palabras, se hizo el silencio en torno al fuego. Porque no había ningún hombre entre los presentes que no supiera lo que significaba aquello.

Mi padre, frustrado por tal falta de agallas, elevó la voz:

—¡Nuestra obligación es dar de comer a nuestras familias! Yo, por mi parte, no pienso quedarme sin hacer nada, mirando cómo los míos se consumen poco a poco delante de mis narices.

—¿Y qué es lo que propones, Angus? —El que habló era Donald Dubh, nuestro vecino.

Mi padre se inclinó hacia el fuego y habló en un tono grave y serio:

—Las tierras que hay al otro lado de la colina de Sgagarstaigh están rebosantes de ciervos rojos. Viven dentro de lo que los ricachones llaman en broma «bosque de ciervos». —Soltó una risotada amarga—. ¡Y eso que no hay ni un solo árbol! —Su gesto era grave y entornaba los ojos. En ellos sólo brillaba el reflejo de las ascuas—. Hay luna llena. Si mañana partimos pasada la medianoche, dispondremos de luz suficiente para cazar, pero no habrá nadie en los alrededores. Mataremos a todos los ciervos que podamos transportar y volveremos aquí con ellos.

En aquel momento intervino el viejo Jock Maciver:

—Angus, si nos cogen, nos meterán en el calabozo. O nos harán algo peor.

—Si somos muchos no, Jock. Formaremos una enorme partida de caza. Si nos pillan, saldrá en los periódicos. Imagínate los titulares: «Un gran número de hombres hambrientos son arrestados por intentar dar de comer a sus familias.» Si nos atrapan, Guthrie no podrá hacer nada, porque sabe que los tribunales jamás se atreverían a acusarnos. ¡Habría una sangrienta revolución!

No había un solo hombre en torno al fuego que no hubiera dado su brazo derecho por una pierna de venado.

Pero tampoco había uno solo que no tuviera miedo de las consecuencias.

Una vez que se hubieron marchado todos, volvieron a entrar en casa mi madre y mis hermanas. Habían estado fuera, con las otras mujeres de la aldea, sentadas en torno a una mesa colocada entre las casas, bataneando el *tweed* recién tejido para que se ablandase. Por lo general, cantaban en gaélico mientras golpeaban la lana, y la reunión de los hombres alrededor del fuego habría tenido como música de acompañamiento las voces de sus esposas e hijas. Pero la hambruna había hecho callar a las mujeres. Lo primero que roba el hambre es el ánimo.

Mi padre sacó su vieja ballesta, que guardaba en el último cajón del aparador. Cogió un paño y empezó a engrasarla allí donde habían aparecido las primeras señales de herrumbre. La ballesta pesaba mucho y era un arma letal, construida por un experto herrero. Mi padre se había hecho con ella muchos años atrás, se la había dado un hojalatero a cambio de una madeja de *tweed*. Se sentía orgulloso de ella, y también de los cuadrillos, cortos pero bien equilibrados, que él mismo había fabricado con fustes de pluma y puntas de pedernal.

Cuando terminó de engrasarla, la dejó a un lado y empezó a afilar el cuchillo de caza que había llevado consigo en las ocasiones en que los nobles lo habían contratado para que prestara servicios como ayudante. Era muy hábil con él en el *gralloch*, el momento de destripar a los ciervos. Las veces que yo lo había acompañado, había observado cómo lo hacía con una mezcla de asombro y respeto. Y también con asco. Resulta bastante impresionante ver cómo las entrañas de un animal salen casi intactas y todavía humeantes, porque la sangre aún no se ha enfriado.

—¿Qué cuchillo cojo yo? —le pregunté.

Se volvió hacia mí con expresión seria.

—Tú no vienes, hijo —me respondió.

Sentí que me recorría una punzada de rabia y desilusión, a partes iguales.

—¿Por qué?

—Porque, si no regreso mañana por la noche, por la razón que sea, alguien tendrá que cuidar de tu madre y tus hermanas.

Sentí que el corazón se me subía a la garganta.

—¡Qué es eso de si no regresas!

Pero mi padre se limitó a reírse de mí y me apoyó una mano en el hombro.

—No tengo intención de dejar que me atrapen, hijo, pero, si me cogieran, lo más probable es que nos llevaran, a mí y a todos los demás, a la prisión de Stornoway. Por lo menos hasta que se celebrara una vista en el tribunal... o hasta que nos soltasen. Ocurra lo que ocurra, tu misión será ocupar mi sitio hasta que yo vuelva.

Poco después de las doce de la noche, los vi marchar. Aún había luz, y no llegaría a hacerse oscuro del todo. Hacía una noche clara, y brillaba una buena luna que iluminaría el camino cuando por fin llegara el ocaso. No soplaba viento, algo poco habitual y que significaba que los mosquitos se los comerían vivos. Antes de partir, mi padre se untó las manos y la cara con cieno para ahuyentarlos.

La partida de caza debía de estar formada por quince hombres o más, todos armados con palos y cuchillos. Un par de ellos portaban ballestas, como mi padre. Trepé hasta lo alto del cerro de Baile Mhanais para verlos hasta que se perdieron de vista, decepcionado por no poder acompañarlos. A mis dieciocho años, ya era más hombre que niño.

Busqué un lugar resguardado desde el que poder esperar su regreso. Me puse cómodo, y enseguida empecé a notar los mosquitos en el pelo y en la cara. Me tapé la cabeza con la chaqueta, subí las rodillas a la altura del pecho y pensé en Ciorstaidh. No había pasado un solo día en que no hubiera pensado en ella, experimentando un dolor parecido al que me provocaba el hambre. Habían sido muchas las veces que me había preguntado qué habría sido de nosotros si yo me hubiera fugado con ella, tal como me pidió. Pero no servía de nada pensar en cómo podían haber sido las cosas, y ya había transcurrido más de un año desde la última vez que la vi.

Un par de horas más tarde, oí a lo lejos voces de hombres flotando en el silencio de la noche. Me incorporé y los vi apiñados en un grupo, cruzando a la carrera la colina de Sgagarstaigh. Traían consigo algo que pesaba mucho. Lo primero que pensé fue que volvían muy pronto y que sólo habían cazado un ciervo.

Bajé corriendo hasta el camino y atravesé como una flecha la pradera de brezo, reseco por el verano, sintiendo cómo cedía el terreno bajo mis pies y menguaba la fuerza de mis piernas. Al acercarme a ellos los oí jadear, como caballos resollando al terminar una carrera. Ninguno alzó la voz para saludarme cuando me vieron correr a su encuentro.

Busqué entre aquellos rostros la cara de mi padre, y al no encontrarla la confusión se apoderó de mí. ¿Se habría quedado a cazar un poco más por su cuenta? ¿Lo habrían atrapado? Difícilmente podía imaginar algo peor, hasta que reparé en que lo que transportaban los hombres no era un ciervo, sino un ser humano. Cuando llegué a su altura, dejaron de correr, y entonces vi que el hombre que transportaban era mi padre. Mostraba una palidez mortal, y tenía la camisa y la chaqueta de color negro a causa de la sangre que las empapaba.

Por un momento permanecimos así, de pie en la penumbra, sin que nadie supiera qué decir. Yo estaba profundamente desconcertado y no habría sido capaz de pronunciar palabra aunque hubiera sabido qué decir. Me quedé mirando a mi padre, al que sus compañeros, cubiertos de sudor, sujetaban por los brazos y las piernas.

—Nos estaban esperando —dijo Donal Dubh—. Como si ya supieran que íbamos a ir. El guardabosques y el alguacil de los arroyos, y con ellos una docena de hombres del *laird*. ¡Llevaban armas de fuego, muchacho!

—¿Está...? —No me atreví a expresar en voz alta lo que estaba pensando.

—Aún vive —respondió alguien—. Pero sólo Dios sabe cuánto tiempo aguantará. Dispararon tiros de advertencia al aire, pero tu padre se negó a huir. Como si quisiera que nos atrapasen. Como si quisiera que lo exhibiesen delante del público y de la prensa. Como un maldito mártir. —Calló unos instantes, y después agregó—: Echó a correr hacia ellos chillando como un demente. Y uno de aquellos bastardos le disparó de lleno en el pecho.

—Luego, los muy cobardes se dieron media vuelta y salieron huyendo —agregó Donald Dubh—. Ha sido un asesinato, lisa y llanamente. Pero puedes apostar lo que quieras a que a ninguno de ellos se le pedirán cuentas por lo que ha hecho.

Cuando trasladamos a mi padre al interior de la casa y lo depositamos en el suelo de piedra, junto al fuego, mi madre se puso histérica. Gritaba y se rasgaba la ropa. Varios de los hombres intentaron calmarla. Vi a mis hermanas observando la escena desde la penumbra de la habitación del fondo, con la cara pálida como la ceniza.

Me arrodillé al lado de mi padre y le abrí la camisa. Tenía un agujero enorme en el pecho, justo por debajo de las costillas. La bala había penetrado, destrozando carne y hueso, y no había herida por el otro lado, así que supuse que el proyectil se le había quedado alojado en la columna vertebral. Por los débiles latidos de su corazón, y por el hecho de que la herida había dejado de sangrar, deduje que ya había perdido demasiada sangre como para recuperarse. Se encontraba en estado de *shock* y perdía rápidamente la conciencia.

De repente, abrió los ojos, nublados como si sufriera de cataratas. Ni siquiera estoy seguro de que me viera. Su mano se aferró a mi antebrazo, como una tenaza de hierro, y luego fue relajándose muy despacio. Entonces exhaló un largo suspiro por los labios entreabiertos, y el último aliento de vida escapó de su cuerpo.

Yo nunca había sentido semejante desolación. Los ojos de mi padre todavía estaban abiertos y me miraban fijamente. Con delicadeza, apoyé una mano en ellos y le cerré los párpados. Luego me acerqué para darle un beso en los labios, y al hacerlo mis lágrimas resbalaron y cayeron, tibias, hasta una piel que ya había empezado a enfriarse.

• • •

El ataúd era una caja oblonga, confeccionada bastamente y salpicada de manchas negras por las raíces de los nenúfares. Descansaba sobre los respaldos de dos sillas que habíamos puesto frente a la casa, en el camino. A su alrededor, se habían congregado más de un centenar de personas, en medio de un silencio roto tan sólo por los gritos lastimeros de las gaviotas, que se veían empujadas hacia tierra firme por el mal tiempo, y por el fragor del océano, que, llevado por la marea alta, golpeaba la playa de piedras con un ritmo incesante.

Los hombres llevaban puesta la gorra, y las mujeres se cubrían la cabeza con pañuelos. Los que podíamos vestíamos de negro, pero formábamos un harapiento grupo de seres descorazonados, cubiertos con poco más que harapos y andrajos, con rostros desprovistos de color y profundamente demacrados a causa de la hambruna.

El viento había rolado al noroeste, y al hacerlo había barrido los últimos vestigios del verano. El cielo estaba de luto, cargado de nubes bajas que se preparaban para descargar su llanto sobre la tierra. Junto al féretro, se hallaba de pie el viejo Calum, todavía ataviado con su raída chaqueta azul de botones de un amarillo descolorido. Con un rostro grisáceo, puso una mano anciana y esquelética sobre la tapa del féretro. En los años que habían pasado desde que perdió la vista, se había aprendido de memoria gran parte de la Biblia en gaélico, y en ese instante comenzó a recitarla.

—«Yo soy la resurrección y la vida, dice el Señor. Aquel que crea en mí, aunque haya muerto, vivirá; y aquel que viva y crea en mí, no morirá.»

Deseé con toda mi alma que aquello fuera verdad.

Ataron dos remos al ataúd, uno a cada lado, y a continuación lo levantamos entre seis, tres para cada remo, de tal modo que el féretro quedó colgando entre nosotros igual que colgó mi padre a lo largo de su último viaje. Acto seguido, subimos la colina y volvimos a bajarla por el otro lado, en dirección a la franja de arena plateada que rodeaba el cementerio.

Tan sólo lo acompañamos los hombres. Éramos treinta o cuarenta. Cuando llegamos por fin al pequeño claro del terreno del *machair*, en el que surgían las piedras entre la hierba, otros dos hombres y yo empezamos a cavar un hoyo en el suelo arenoso. Tardamos casi media hora en hacerlo lo bastante profundo para que cupiera el féretro. No se llevó a cabo ninguna ceremonia ni se pronunció ningún discurso. No hubo ningún pastor cuando bajamos a mi padre hasta la fosa y lo cubrimos. Encima de la tierra suelta echamos una capa de césped que llevamos de la granja, y pusimos unas piedras pequeñas a la cabeza y a los pies.

Y se acabó. Mi padre ya no estaba. Lo habíamos depositado en la tierra, con sus antepasados, y ya tan sólo existía en el recuerdo de quienes lo habíamos conocido.

Los hombres dieron media vuelta y se fueron por la playa en silencio, desandando las huellas que habían dejado en la arena, y yo me quedé allí, sintiendo el azote del viento, justo debajo del círculo de piedras verticales en el que había tenido mi primera cita con Kirsty. La muerte llega, pero la lucha por la vida continúa. A lo lejos, en la orilla, vi a varias mujeres y niños. Figuras patéticas encorvadas entre las rocas y la marea baja, buscando algo de comer. Y sentí las primeras gotas de lluvia en mi rostro, como si fueran las lágrimas que no había podido derramar.

De pronto, al volverme, me quedé estupefacto al descubrir allí a Kirsty. Llevaba un vestido largo y negro, y una capa con la capucha puesta. Tenía el rostro tan blanco como las piedras al sol. Nos quedamos mirándonos un largo rato que se nos antojó una eternidad, y me di cuenta de que estaba conmocionada por mi aspecto.

—He llorado por ti al enterarme de la noticia —me dijo con un hilo de voz.

Yo fruncí el ceño.

—¿Y cómo te has enterado?

—Algunos de los sirvientes me dijeron que un hombre había recibido un disparo durante una incursión en el bosque de los ciervos. Y que eran hombres de la aldea de Baile Mhanais. —Calló un momento, e hizo un esfuerzo por controlar la voz—. Por un instante pensé, horrorizada, que podrías ser tú, pero luego me enteré de que había sido tu padre. —Se mordió el labio inferior, se acercó un poco más y me cogió la cara con las dos manos. Sus manos, suaves y frías, contrastaban con mi piel ardiente—. Lo siento muchísimo, Simon.

Su compasión, unida a aquel momento de ternura, hizo trizas mi resolución de ser valiente, y por fin afloraron las lágrimas.

—Ha venido el delegado del jefe de policía a tomar declaración a varias personas —dijo Kirsty—, pero parece ser que nadie sabe quién disparó el tiro mortal. Afirman que fue un accidente.

Sentí que la furia me invadía brevemente, pero enseguida me controlé. Nada podía cambiar lo que había sucedido. Nada podía hacer que volviera mi padre. Lo único que podía hacer yo era ser la persona que él quería que fuera. Así que me enjugué las lágrimas.

—Mi familia y mi aldea están muriéndose de hambre —dije—. Él sólo intentaba darnos de comer.

Kirsty arrugó la frente en un gesto de preocupación.

—Me han contado que ha vuelto a echarse a perder la cosecha de patatas. Pero mi padre os está dando grano, ¿no?

—¡Mírame, Ciorstaidh! El grano que nos dan apenas nos mantiene vivos. Llevo meses sin comer como es debido. Los niños y los viejos se están muriendo. —Esta vez no pude contener la rabia. Era la ira de mi padre, ardiendo dentro de mí—. Pregunta al *laird* por qué se muere la gente de hambre, habiendo ciervos en las colinas y pesca suficiente en los ríos. ¡Pregúntaselo!

Le di la espalda, pero ella me sujetó por el brazo.

—¡Simon!

Me volví de nuevo hacia ella, atormentado por los sentimientos que me inspiraba, pero percibiendo al mismo tiempo todo lo que nos separaba. Me zafé de su mano.

—Ahora mi familia depende de mí, y no pienso permitir que se mueran de hambre.

—¿Qué vas a hacer?

—Voy a llevar un ciervo a casa para darles de comer. O moriré en el intento, como le ha ocurrido a mi padre.

Y, dicho esto, eché a correr por la ladera sin volver la vista atrás, bajo la lluvia, y me alejé a grandes zancadas por la media luna de arena mojada que había dejado la marea al descender.

Cuando la lluvia provenía del mar, se extendía por la ladera de la colina igual que un manto de niebla y robaba a la tierra las tonalidades del verano y todo su calor. Había transcurrido más de una hora desde que salí de la aldea. Llevaba una gruesa maroma enrollada al hombro, la ballesta de mi padre sujeta a la espalda y un carcaj casero, confeccionado con la pernera de un pantalón viejo, para guardar los cuadrillos que él había fabricado con paciencia durante largas horas.

Estaba empapado hasta los huesos y tiritaba. No me quedaba grasa corporal que me protegiera de los elementos. Pero no me daba cuenta de aquellas incomodidades, porque toda mi atención se centraba en los ciervos que había visto pastando en el valle. Eran cinco, y estaban con la cabeza baja, de espaldas al viento. Me había llevado casi veinte minutos llegar hasta aquel lugar arrastrándome a cuatro patas. Tenía que aproximarme lo suficiente.

Las rocas que me servían de escondite se hallaban a mitad de la ladera, y yo estaba tendido boca abajo encima de una piedra lisa de gneis que afloraba siguiendo un poco la inclinación de la cuesta. Aquella piedra me mantenía casi totalmente oculto a la vista, y al mismo tiempo me ofrecía el ángulo perfecto para disparar.

Me eché un momento hacia atrás para no sobresalir por encima del perfil del terreno y armé la ballesta con un cuadrillo. A continuación, volví a colocarme en la posición idónea y apunté a los ciervos. Quería efectuar un disparo limpio.

De repente, capté un movimiento con el rabillo del ojo que interrumpió mi concentración, y vi un grupo de cinco o seis hombres que avanzaban agachados por el valle. Tenían el viento a favor, de modo que los animales no podían olerlos, y un conjunto de rocas los ocultaba. La lluvia casi me impedía verlos. Eran una partida de caza procedente del castillo. Uno de ellos era un rastreador, y un poco más atrás iba un sirviente sujetando por la brida el caballo que habría de cargar con las piezas que cobrasen.

De pronto, con cierto asombro, vi que entre los cazadores se encontraba George, el hermano de Ciorstaidh. Lo delataba su peculiar cabellera pelirroja.

Sabía que no me habían visto, encaramado en mi posición, porque estaban concentrados en los ciervos. Alteré el ángulo de la trayectoria del disparo y agaché la cabeza para tener en el centro de la mira a George. Me mantuve así por espacio de varios segundos, acordándome del día en que me humilló delante de Ciorstaidh, con el dedo peligrosamente a punto de apretar el gatillo y soltar el cuadrillo que le arrebataría la vida, igual que se la había quitado a mi padre alguno de los hombres que servían al *laird*. Pero todas las fibras de mi ser se opusieron, y al final retiré el cuadrillo y aflojé la tensión de la ballesta.

Rodé hacia un lado para que no me vieran y me quedé tendido boca arriba, mirando el cielo plomizo y maldiciendo mi mala suerte. Sólo unos segundos más y habría podido disparar, y aquel animal estaría ahora muerto en el valle. Aunque casi con toda seguridad, cuando me hubiera dispuesto a realizar el *gralloch*, la partida de cazadores habría caído sobre mí. A lo mejor, después de todo, la suerte había estado de mi parte.

De repente, se oyó un disparo que rasgó el aire frío y húmedo de la mañana, y me hizo rodar de nuevo hasta mi atalaya. Uno de los cazadores había abatido al único macho del grupo, y en aquel momento me di cuenta de que no habían salido a cazar para comer, sino para conseguir el trofeo: la cornamenta.

Sin embargo, quienquiera que hubiera disparado era un pésimo tirador. El macho sólo estaba herido en el lomo, cerca de la grupa. El animal se derrumbó en el suelo al tiempo que los demás se dispersaban. Intentó incorporarse, primero se ayudó con las patas delanteras y la cabeza, como hacen los caballos, y en ese momento oí un segundo disparo que erró el objetivo. El ciervo consiguió levantarse por fin y echar a correr, angustiado y tambaleándose, encorvado hacia delante y sufriendo a todas luces. Venía colina arriba, avanzando entre el brezo, y uno de los cazadores disparó por tercera vez, pero en el tiempo que tardó el primer cazador en recargar su fusil, el ciervo logró perderse de vista.

Ya sin tomar precauciones de ninguna clase, los cazadores echaron a correr en pos de su presa y atravesaron a toda prisa la turbera, chapoteando por aquel terreno blando y húmedo. Uno de ellos cayó, y momentos después se incorporó chorreando agua sucia y cenagosa.

Contemplé cómo subían por el cerro y coronaban la cima. George y el rastreador habían sacado mucha ventaja a los demás, pero, de repente, algo los detuvo. Dedicaron unos instantes a otear el terreno que se abría ante ellos: un profundo valle salpicado de grandes pedruscos y flanqueado por laderas de pendiente muy pronunciada. El suelo era tan pantanoso que hacía muy difícil la marcha, y el agreste paisaje se desdibujaba rápidamente en la llovizna que barría las colinas.

A mí no me era posible, desde mi posición, ver lo que veían ellos, pero me quedó claro que habían perdido de vista al ciervo. Los rezagados los alcanzaron en lo alto del repecho, y tuvo lugar una discusión breve pero acalorada, tras la cual todos dieron media vuelta, de mala gana, y emprendieron el regreso por donde habían venido.

Yo apenas podía creerlo. Mi padre habría seguido la pista de un animal herido hasta los confines de la tierra, con tal de ahorrarle sufrimiento. Y no me cabía la menor duda de que aquel pobre macho, en su desesperada huida hacia el siguiente valle, estaría sufriendo mucho.

Aguardé hasta que los cazadores se hubieron perdido valle abajo, y después salí de mi escondite y eché a correr por la ladera, hacia el lugar donde había caído el ciervo. El lecho de la turbera estaba revuelto allí donde había hundido las pezuñas para intentar apoyarse y levantarse. En la hierba había rastros de sangre. De un rojo oscuro, casi negro. De repente, me invadió un sentimiento de compasión por el pobre animal. Si debía morir, lo menos que merecía era un desenlace rápido. Herirlo y dejar que muriera entre horribles tormentos era algo imperdonable.

Sabía lo que debía hacer, así que eché a correr en busca del ciervo herido.

Rebasé el cerro y encontré su rastro. Aunque al principio había mucha sangre, poco a poco, conforme se coagulaba la herida, fue desapareciendo, y empezó a resultarme difícil hallar alguna mancha. Aun así, sabía que el ciervo estaría herido de muerte, y aquel pensamiento me dio un nuevo impulso para continuar mi persecución entre la lluvia y la niebla, ya a trompicones, y debilitado por el hambre y el frío. Busqué raíces de brezo rotas y huellas de pezuñas en la tierra pantanosa, avanzando a un ritmo cada vez más lento, consciente de que cada momento que pasaba significaba más dolor.

Un rato después empecé a desesperar, pues ni siquiera estaba seguro de que las huellas de pezuñas encharcadas de agua fueran las de aquel macho.

Ya estaba a punto de desistir cuando de pronto lo vi. Se había desplomado en una hondonada, cerca de un lago pequeño. Oí su respiración entrecortada y jadeante, llena de angustia. Sabía que la pérdida de sangre lo habría privado de oxígeno. Estaría mareado y débil, y si la bala le había perforado el hígado el sufrimiento sería considerable. Pero también sabía que si me veía llegar le entraría el pánico e intentaría volver a incorporarse. Además, si me acercaba demasiado, aquella cornamenta podía ser letal. Así que hinqué una rodilla en tierra y me quedé muy quieto. El ciervo no me había visto, y yo seguía teniendo el viento a favor.

Muy despacio, fui aproximándome a él por detrás. Una pisada tras otra, suave, con mucho cuidado, hasta que vi la nubecilla de vapor que formaba su respiración y oí sus estertores. Entonces dejé la ballesta y el carcaj en el suelo, y saqué el largo cuchillo de caza de mi padre. Iba a tener que actuar con rapidez y precisión.

Cuando ya me encontraba lo bastante cerca como para captar su olor, salté sobre él en un solo movimiento, lo golpeé con la rodilla en la nuca y tiré de su cornamenta hacia mí con la mano izquierda. A continuación, le hundí el cuchillo en el cuello y, con un tajo de lado a lado, le seccioné tanto la vena yugular como la arteria carótida. La escasa energía que le quedaba en el corazón bombeó un último chorro de sangre que se derramó sobre la hierba.

Me aparté de él y me tendí en el suelo, junto a su cabeza, observando cómo se nublaban sus grandes ojos, igual que le había ocurrido a mi padre. El ciervo me miró, y vi cómo la vida se le iba poco a poco, y, con ella, el sufrimiento. El único sentimiento que fui capaz de experimentar fue el de culpabilidad, por haber tardado tanto tiempo en dar con él.

Una vez muerto el ciervo, me incorporé de rodillas y lo hice rodar de costado. Agarré la piel del escroto y tiré de ella para extirparle el órgano. Me vino a la memoria lo que decía siempre mi padre cuando hacía aquello: «Esto ya no lo vas a necesitar.» Y de nuevo me dolió inmensamente su pérdida, y también la de aquel bello animal. Estaba harto de tanta muerte.

Pero me obligué a mí mismo a concentrarme y a recordar cómo realizaba mi padre aquella operación. Siempre decía que era vital que las entrañas salieran intactas, pues si se derramaba el contenido se contaminaría la carne.

Hice una pequeña incisión e introduje dos dedos, con la palma de la mano vuelta hacia arriba para evitar que la hoja del cuchillo tocase los intestinos, y, acto seguido, lo deslicé hacia la base del esternón, abriendo la pared abdominal. En ese punto, daba comienzo el *gralloch*.

Trabajé concentrado, en silencio, el único sonido que me acompañaba era el de mi respiración. Era una labor repugnante y difícil, de modo que procuré no pensar mucho en el hecho de que aquel cadáver había sido una criatura orgullosa y capaz de sentir.

La capa de grasa del ciervo era gruesa y blanda cuando todavía estaba caliente, pero al entrar en contacto con el frío se solidificaba de inmediato. Me cubrió las manos y los antebrazos, y, como estaba mezclada con sangre que se iba coagulando, parecía que llevara puestos un par de guantes de color rojo. Cogí varios puñados de musgo para intentar limpiarme, pero resultó una tarea casi imposible.

Por fin, cuando los órganos y los intestinos del animal quedaron en la hierba, humeantes, descansé unos momentos sin moverme de donde estaba. Me quedé allí, de rodillas, encorvado hacia delante con los codos apoyados en la turba y la frente enterrada en la hierba. Sentí deseos de llorar, pero no tenía tiempo para compadecerme de mí mismo. Igual que había visto hacer a mi padre, utilicé musgo para limpiar la cavidad ya vacía, y luego puse al ciervo boca arriba. Tomé el rollo de cuerda que llevaba al hombro y la até alrededor de la cornamenta, la bajé hasta el morro y sujeté las mandíbulas, con la esperanza de que aquello mantuviera recta la cabeza del ciervo y evitara que los cuernos se trabaran en las piedras y las raíces de brezo cuando lo arrastrase.

Sin embargo, no había previsto lo débil que estaba. Aun destripado, aquel macho pesaba más de lo que había imaginado. Me enrollé la cuerda al pecho, por debajo de las axilas, para poder tirar de él valiéndome de todo mi peso por aquel escabroso terreno, pero apenas había conseguido recorrer doscientos metros cuando caí de rodillas, agotado física y mentalmente. De ninguna manera iba a poder llevar a aquel animal hasta mi aldea.

Entonces sí que lloré. Desesperado, di rienda suelta a mi frustración, consciente de que tanto Dios como mi padre estarían siendo testigos de mi fracaso. El eco de mi angustia se extendió por el valle entero a través de la lluvia.

Debieron de transcurrir diez minutos, o más, hasta que empecé a cavilar qué habría hecho mi padre. Él no habría aceptado la derrota por nada del mundo. Decía que, fuera cual fuese el problema, siempre había una solución. Y cuando se me ocurrió por fin, vi que era muy simple: si no podía llevarme el animal entero, me llevaría una parte.

La mejor carne es la de los cuartos traseros, la grupa. Me di cuenta de que necesitaba separarlos del resto del cuerpo, de modo que hice acopio de fuerzas para batallar una vez más con aquel animal.

Aun así, incluso después de que hube seccionado la carne, la piel y el pelaje por debajo de la última costilla, las dos mitades del ciervo aún continuaban unidas por los ligamentos y las vértebras de la columna, y para dejarlos a la vista me vi obligado a retorcer la mitad inferior del cadáver en una dirección y la otra mitad en otra. Fue una tarea agotadora, y tardé varios minutos en recuperarme antes de poder buscar los ligamentos con la punta del cuchillo y cortarlos. Finalmente, con un último empujón, logré girar del todo la grupa del ciervo y desarticular completamente la espina dorsal. Casi cegado por el sudor, por fin había conseguido separar los cuartos traseros del resto del cadáver. Por supuesto, aún estaban unidos entre sí por la pelvis, pero imaginé que podría llevarlos a cuestas sobre la espalda y los hombros, con una pata a cada lado de la cabeza.

Y así fue. Guardé el cuchillo en su funda, me eché los cuartos traseros del ciervo encima de los hombros y tensé los muslos para soportar el peso en el momento de levantarme. Estaba de pie y podía moverme, y en algún lugar desconocido encontré la determinación suficiente para seguir adelante.

No podía permitirme el lujo de detenerme. No podía pensar ni hacer caso a mis músculos, que me pedían a gritos que claudicara. Mantuve la cabeza baja para no ver la distancia que aún me quedaba por recorrer, y me concentré en dar un paso tras otro.

Mientras caminaba, iba pensando en Ciorstaidh y en el día en que la llevé en brazos hasta el castillo sabiendo que no podía rendirme. Ahora sentía lo mismo. Se lo debía a mi familia, a mi padre y a aquel ciervo, cuya vida estaba decidido a no desperdiciar.

No tengo ni idea de cuánto tiempo estuve andando en aquel estado casi de trance. Había dejado el valle a mi espalda y estaba coronando el cerro, en dirección a la colina de Sgagarstaigh. Había perdido la sensibilidad en casi todas las partes del cuerpo, y me asombraba que todavía tuviera fuerzas en las manos para agarrar al animal.

A media tarde, se abrió un ligero claro entre las nubes y salió el sol para salpicar de forma intermitente todo el páramo. Vi el arco iris, que contrastaba vívidamente con el cielo ennegrecido. Y a mi izquierda, a lo lejos, pude vislumbrar el océano por primera vez. Estaba muy cerca de mi casa, pero aquél no era un pensamiento que me atreviera a acariciar.

El peligro más grande al que me enfrentaba era el de cruzar la calzada para llegar al sendero que atravesaba la colina y llevaba hasta Baile Mhanais. Allí estaría a la vista de cualquiera que pasara por la calzada, y había mucha gente que iba y venía del castillo de Ard Mor.

Sólo en aquel momento, al reflexionar sobre aquel detalle, caí en la cuenta, con un súbito sentimiento de pánico, de que me había dejado atrás la ballesta de mi padre. De repente, perdí el control de mi cuerpo. Se me doblaron las rodillas y caí al suelo. Me retorcí hacia un costado para descargar el peso que llevaba en los hombros y allí me quedé, tendido en la tierra mojada, con los cuartos traseros del ciervo a mi lado.

Intenté recordar lo que había hecho con la ballesta y me vi a mí mismo depositándola en el suelo, junto con el carcaj, antes de abalanzarme sobre el cuello del macho herido. Sin duda la había dejado allí, olvidada, tirada entre la hierba, al lado de la mitad delantera del cuerpo del ciervo y de las tripas y las entrañas. ¿Cómo había podido ser tan descuidado? Era la posesión más preciada de mi padre, y sabía que no podía volver a casa sin ella.

Permanecí largo rato tumbado, intentando reunir energías y la fuerza de voluntad suficientes para emprender la larga caminata de regreso y recuperar el arma. Incluso me pareció oír la voz de mi padre, que me decía: «No lo pienses, hijo, simplemente hazlo.»

Me llevó unos veinte minutos regresar al valle. La ballesta y el carcaj estaban donde los había dejado. Y no se había disparado ni un solo cuadrillo. Me los eché a la espalda y de nuevo puse rumbo a mi aldea, esta vez a media carrera.

Iba bastante animado. Me sentía más fuerte, alimentado por la esperanza y por la idea de que, por increíble que pareciera, estaba muy cerca de lograr lo imposible. Me infundía ánimos el hecho de saber que mi padre estaba viéndome desde alguna parte, y que se sentía orgulloso de mí.

Y justo cuando acababa de rebasar la colina de Sgagarstaigh, los vi de nuevo. Me arrojé al suelo al instante. Los cazadores que habían dejado herido al ciervo habían abandonado la calzada, donde aguardaba el criado junto a un carro tirado por un caballo, y estaban cruzando la turbera a pie. Habían descubierto los cuartos traseros del ciervo a menos de cien metros de allí, donde yo los había dejado, y, perplejos, habían echado a andar hacia ellos. Al llegar, se pusieron inmediatamente en estado de alerta. Vi que George escrutaba rápidamente el horizonte, y me apresuré a agachar la cabeza y pegarme a la hierba. Sabía que, en cuanto levantara la vista, me descubrirían.

Maldije lo estúpido que había sido al dejar los cuartos traseros del ciervo a plena vista de cualquiera que pasara por la calzada. Después de haber hecho tantos esfuerzos, el hecho de haber sido derrotado estando ya tan cerca de casa era más de lo que podía soportar.

Finalmente, me arriesgué a mirar de nuevo hacia ellos, y vi que los cazadores estaban llevándose los restos del animal hacia la calzada. El criado y el rastreador los subieron al carro. No se me ocurría qué podían estar haciendo allí, y lo único que pensé fue que el guarda forestal les habría ordenado que regresaran a buscar al ciervo al que habían herido y lo mataran. De repente, vi que oteaban el horizonte una vez más, así que de nuevo me aplasté contra el suelo.

Cuando volví a atreverme a mirar, el grupo se alejaba ya por el camino en dirección al castillo, llevándose consigo la carne que habría servido para dar de comer a mi familia. Dejé caer la cabeza entre la hierba y cerré los ojos. Me entraron ganas de llorar, pero ya no me quedaban lágrimas. Estaba completamente derrotado, exhausto, y tardé más de diez minutos en reunir las fuerzas necesarias para ponerme en pie y tirar de mi cuerpo por el camino que conducía a mi aldea.

Cuando coroné la cima de la colina, vi el humo que se alzaba sobre los tejados de las casas negras de Baile Mhanais. Dos cosas me consumían: el cansancio y el sentimiento de fracaso. Y casi deseé que no existiera la otra vida, para que mi padre no viera que lo había decepcionado.

Me costaba trabajo creer que aquella misma mañana lo hubiéramos enterrado en su tumba. Desde entonces parecía haber transcurrido una vida entera, y no sabía cómo iba a mirar a la cara a mi madre y a mis hermanas volviendo con las manos vacías.

De improviso, me pareció que una voz llevada por el viento me llamaba por mi nombre. Al principio, creí que era sólo fruto de mi imaginación, pero entonces volví a oírla, y, al levantar la vista, divisé a Kirsty en lo alto de la colina. Me sentía triste, desgraciado, y no deseaba que me viera así; sin embargo, ella me hacía gestos desesperados con la mano para que me acercase, de manera que no pude pasar de largo sin más.

De mala gana, dejé el sendero y comencé a subir por la ladera. Cuando llegué a donde estaba Kirsty, casi no tuve el valor de mirarla a los ojos, y cuando por fin lo hice vi que su expresión era de profunda sorpresa. Cubierto de la sangre y la grasa del ciervo, y empapado hasta los huesos, debía de ofrecer un aspecto de lo más patético.

—¡Dios mío! —exclamó en un tono de voz que apenas era un susurro.

Sin embargo, no me preguntó qué me había ocurrido. En lugar de eso, se inclinó, recogió una enorme cesta de mimbre que tenía al lado, tapada con un paño a cuadros, y me la tendió.

—¿Qué es eso? —le pregunté. Mi propia voz me sonó extraña.

—Cógelo —insistió Ciorstaidh al tiempo que empujaba la cesta contra mi pecho.

La cogí, y me sorprendió lo mucho que pesaba.

—¿Qué hay dentro?

—Queso, huevos y fiambres. Y también una quiche preparada en las cocinas de Ard Mor.

Yo no tenía ni idea de lo que era una quiche, pero lo único que sentí fue vergüenza.

—No puedo aceptarlo —contesté al tiempo que le devolvía la cesta.

Los ojos de Ciorstaidh brillaron de rabia.

—No seas idiota, Simon. Tienes la responsabilidad de dar de comer a tu familia, tú mismo me lo dijiste. Y si supieras lo mucho que me he arriesgado para traerte esto...

—Se interrumpió, y yo fui incapaz de volver a mirarla a los ojos—. Pero traeré más, cuando pueda escamotearlo.

Sentí su mano en mi cara y alcé la mirada con lágrimas en los ojos. Ella se inclinó, me dio un beso muy suave en los labios, luego se volvió y se fue corriendo. Yo me quedé allí de pie, viendo cómo se iba, hasta que desapareció por detrás del primer repecho y la perdí de vista. Sentí en las manos el peso de aquellos alimentos, y supe que tenía que dejar a un lado mi vergüenza. Después de todo, no iba a presentarme en casa con las manos vacías.

Cuando me volví para bajar la colina, capté un movimiento que atrajo mi atención. Había una figura de pie al final del sendero, en el punto en que éste rodeaba la colina y continuaba hacia la calzada principal. A unos doscientos metros, quizá trescientos. Permanecía inmóvil, una silueta negra recortada contra el cielo gris. Y hasta que se volvió y pude verla de perfil, no caí en la cuenta de que se trataba de George, el hermano de Ciorstaidh.

CAPÍTULO 23

I

Fue Arseneau quien acudió al puerto con el minibús para recoger a Sime y a Blanc, y quien les dio la noticia de que habían encontrado a Norman Morrison.

El viento se había notado mucho más intenso en el trayecto de vuelta en el barco, y ahora, al incorporarse al Chemin Mountain, al final de Main Street, observaron cómo azotaba con fuerza al grupo de gente que había en lo alto de la cuesta. Una docena de vehículos, tanto policiales como civiles, se apiñaba en torno a la casa de los Cowell. Arseneau aparcó el minibús en la calzada, un poco más abajo, y los tres detectives se acercaron a pie hasta la valla junto a la que se congregaba el gentío. Habría tal vez veinte isleños y varios policías uniformados de Cap-aux-Meules.

Sime miró hacia la casa de verano y vio a Kirsty, que, con la cara pálida, los observaba desde el porche. Lo invadió una oleada de decepción y supo que muy pronto iba a tener que obligarla a afrontar sus mentiras.

En la valla había una cancela por la que se accedía a unos estrechos escalones de hormigón enclavados en el ángulo que formaban los acantilados. Eran de un incongruente color gris que contrastaba con el rojo de la piedra natural, y descendían en fuerte pendiente hasta un minúsculo embarcadero, constituido en parte por un arco de roca natural y ampliado por los bloques de hormigón intercalados que constituían el rompeolas del puerto. Había una lancha rápida Seadoo Challenger, azul y blanca y con capacidad para cuatro pasajeros, amarrada con maromas ajadas por la intemperie a unas argollas de hierro llenas de herrumbre, y cubierta por una lona. Subía y bajaba con violencia, meciéndose en el fuerte oleaje, mientras un grupo de agentes protegidos con chalecos salvavidas de color anaranjado avanzaba con dificultad por las rocas de la cala, cargando con el cuerpo sin vida de Norman Morrison. Al verlos, Sime no pudo dejar de pensar en los hombres que cargaron con el cuerpo del padre de su antepasado, tras la fallida expedición de caza. Cuando por fin llegaron al embarcadero, los agentes depositaron el cadáver sobre el hormigón. El cuerpo de Morrison expulsó por la boca un poco de agua de mar, que le resbaló por la cara y se le metió en los ojos abiertos.

Sólo entonces Sime advirtió allí abajo la presencia de Crozes, acompañado de la enfermera, el sargento Aucoin y Marie-Ange. Se abrió paso entre el grupo de mudos espectadores y empezó a bajar los escalones. Blanc lo siguió. En lo alto del acantilado estaba a merced del viento, que no dejaba de azotarle la chaqueta y el pantalón y de aplastarle los rizos.

La enfermera iba vestida con unos vaqueros y un anorak amarillo, y estaba acuclillada sobre el cadáver. Morrison presentaba múltiples heridas, todas horribles. Le faltaba casi toda la parte posterior de la cabeza. Tenía la piel blanca como la cal, y su cuerpo estaba hinchado bajo lo que quedaba de su jersey y sus tejanos. Si uno se fijaba en la anómala posición de sus extremidades, podía concluir que tenía fracturadas las dos piernas y un brazo. Había perdido un zapato, y a través de un agujero del calcetín sobresalía parte del pie, también hinchado.

La enfermera se incorporó. Estaba tan pálida que su rostro parecía antinatural, y la tez se le veía casi azulada en torno a los ojos. Se volvió hacia Crozes y le dijo:

—Me resulta imposible decirle cómo ha muerto. —Tuvo que elevar la voz por encima del viento y del estruendo que provocaba el mar al romper a su alrededor—. Pero unas lesiones como éstas... Lo único que se me ocurre es que debió de caer por el acantilado. Y a juzgar por el estado en que se encuentra el cadáver, diría que seguramente lleva en el agua desde la noche de su desaparición.

Crozes dirigió una mirada fugaz a Sime y luego volvió a mirar a la enfermera.

—¿De ninguna manera pudo estar vivo anoche, entonces?

—Imposible.

—Pero, por amor de Dios, ¿qué diablos estaba haciendo aquí durante una tormenta? —intervino Marie-Ange.

Nadie tenía respuestas. Crozes estaba muy serio.

—Metámoslo en una bolsa y llevémoslo al aeródromo. Cuanto antes se le practique la autopsia, mejor. —Por último se volvió hacia Marie-Ange—. Quiero que registréis a fondo esa habitación suya del desván. Palmo a palmo.

II

El silencio que reinaba en el salón de la señora Morrison sólo se veía interrumpido por el viento que silbaba en las ventanas y por los suaves sollozos de una madre que lloraba la muerte de su hijo. El cielo se había encapotado, y la única luz que había en la habitación, igual que la vez anterior, era la que se reflejaba en las bruñidas superficies de los objetos que llenaban la estancia.

En el camino de entrada para coches, Blanc estaba informando a Crozes de los resultados de su conversación con Ariane Briand, y el teniente casi sonreía.

—Estaré sentado con Thomas delante de los monitores, mientras tú interrogas a la señora Cowell —le dijo a Sime—. Va a ser interesante descubrir qué dice la afligida viuda para salir airosa de ésta.

Pero primero tenían que resolver el asunto del hombre-niño que habían hallado muerto en el mar, debajo de la casa de los Cowell.

La señora Morrison estaba sentada en el sillón situado junto a la chimenea apagada y fría, retorciéndose las manos.

—No lo entiendo —repetía una y otra vez—. Simplemente, no lo entiendo. —Como si el hecho de entenderlo pudiera devolverle a su hijo.

Sime y Crozes estaban sentados en el sofá, incómodos, y Blanc salió de la cocina con una taza de té para la entristecida madre. Se la dejó en la mesa de centro, encima del libro que estaba leyendo.

—Aquí tiene, madame Morrison —le dijo.

Sime dudó de que ella se percatara siquiera de su presencia. Acto seguido, Blanc se sentó en el sillón de enfrente.

Entretanto, en el piso de arriba, Marie-Ange y su ayudante llevaban a cabo un examen forense del dormitorio de Norman Morrison.

—La otra vez nos dijo que su hijo nunca se había escapado así —empezó Sime.

—Nunca.

—Sin embargo, ¿tenía por costumbre deambular por la isla?

—Salía mucho a pasear. Le gustaba estar al aire libre, y en una ocasión me dijo que le encantaba sentir el hormigueo de la lluvia en la cara cuando soplaba viento fuerte del suroeste.

—¿Tenía amigos?

La madre lo miró a través de las lágrimas.

—Desde que los niños dejaron de venir, no. Las personas de su edad tendían a evitarlo. Supongo que se sentían violentas. Y algunos adolescentes se burlaban de él. En esas ocasiones, Norman se enfadaba.

—Usted dijo que la noche en que desapareció estaba alterado.

La señora Morrison asintió con la cabeza.

—A causa del asesinato del señor Cowell.

—El señor Cowell le importaba un comino. Quien le preocupaba era Kirsty Cowell.

—¿Usted cree que intentó ir a verla?

La señora Morrison se puso tensa al oír aquella pregunta y evitó mirar a Sime.

—No tengo ni idea de adónde fue ni por qué.

—En cambio, lo han encontrado al pie de los acantilados que hay bajo la casa de los Cowell. Cabe pensar que debió de ir allí para algo.

—Supongo.

Sime reflexionó unos instantes. Descubrir la motivación de un hombre que tenía la mente de un niño de doce años no era nada fácil, y ya veía que su madre estaba siendo de muy poca utilidad.

—¿Alguna vez salió de casa por la noche? Me refiero a después de que se hiciera de noche.

La señora Morrison se volvió hacia la taza de té que le había llevado Blanc, como si hubiera reparado en ella por primera vez. Cogiéndola con ambas manos, se la acercó a los labios para beber un sorbo y luego se encogió levemente de hombros.

—No tenía por costumbre pedirme permiso.

—¿Quiere decir que sí salía alguna vez de noche?

—No puedo saberlo. Yo me acuesto todas las noches a las diez en punto, señor Mackenzie. Y Norman a veces tenía problemas para dormir. Sé que algunas noches se quedaba trabajando en el techo hasta altas horas de la madrugada. Es posible que, de vez en cuando, saliera a tomar el aire. —Se mordió el labio inferior para que no le temblase y reprimió el llanto—. Pero no puedo saberlo.

—¿Norman estaba deprimido, señora Morrison? —preguntó Crozes.

Ella puso cara de no entender.

—¿«Deprimido»?

—Usted nos dijo que, cuando los niños dejaron de venir, se recluyó en su mundo, en el pequeño universo de su habitación.

—No estaba deprimido, sencillamente reenfocó su vida. Igual que haría usted. Igual que hice yo cuando falleció mi esposo.

—Así que, cuando dice usted que estaba alterado, ¿no lo describiría como una persona que está pensando en suicidarse?

Esta vez la mujer se escandalizó.

—Por Dios santo, claro que no. Norman jamás se habría quitado la vida. ¡Jamás se le habría pasado una cosa así por la cabeza!

De pronto, se oyeron unos golpes suaves en la puerta que hicieron que todos se volvieran. Marie-Ange había aparecido en el pasillo, junto al marco.

—Perdonen que interrumpa —dijo—, me parece que hay una cosa que deben ver.

—Discúlpeme, madame —se excusó Crozes, al tiempo que se levantaba y salía al pasillo.

—Simon también —agregó Marie-Ange, mirando a su ex. Sime reconoció la peculiar expresión de su rostro, y se levantó inmediatamente.

Dejaron a la señora Morrison en compañía de Blanc y subieron a la buhardilla. Marie-Ange había llevado los focos que solía usar en los escenarios del crimen, de modo que el dormitorio de Norman estaba iluminado igual que un plató de cine. Antes de entrar, Sime y Crozes se calzaron unos protectores de plástico para los zapatos y se enfundaron unos guantes de látex. Allí dentro hacía un calor sofocante, y, bajo la fuerte luz, los colores del pequeño universo de Norman parecían poco naturales, de tan chillones.

Marie-Ange y su ayudante habían despejado el suelo y colocado la mayor parte de los objetos sobre la cama, respetando cierto orden. Los peluches y los trenes en miniatura, así como la muñeca desmembrada de Norman, los habían guardado en bolsas de plástico.

—Todavía no he tocado el techo —explicó Marie-Ange—, pero hemos estado fotografiándolo con todo detalle. —Dirigió una mirada a Sime—. Aquí hay cosas que sólo se hacen visibles cuando uno se pone a examinarlas detenidamente. Cosas que se confunden con el conjunto, hasta que se observan más de cerca. —Se sirvió de unas pinzas de plástico a modo de puntero—. ¿Veis este grupo de casitas de aquí...?

Señaló un semicírculo de viviendas adosadas y dispuestas en torno a una zona verde circular, como un parquecito. Estaban separadas de la calle por una valla, y en el interior había una serie de figuras de plastilina que representaban a un grupo de niños, colgando boca abajo como todo, alrededor de una fogata. El fuego era rojo en el centro y estaba rodeado por unas piedrecillas. Incluso se veía el humo en tres dimensiones, fabricado de manera muy ingeniosa, con trocitos de algodón anudados a un alambre que resultaba casi invisible.

Crozes y Sime lo escudriñaron con atención, intentando averiguar qué era lo que no acertaban a ver.

Con suma delicadeza, Marie-Ange cogió la valla con las pinzas y la despegó del suelo de plastilina. Se la mostró a los dos hombres para que la vieran. Era una horquilla para sujetar el pelo, una peineta arqueada cuyos dientes habían servido para representar los tablones de la valla.

—Y hay varias más —informó Marie-Ange, al tiempo que dejaba la horquilla en la mano de Crozes para que la examinara—. Cuatro en total. Pero lo verdaderamente interesante viene ahora...

Se volvió de nuevo hacia el techo y acercó las pinzas a las ascuas de la fogata. Las piedrecillas que la rodeaban parecían ser diminutas piezas de plastilina moldeadas. Maniobró con las pinzas, intentando coger algo que quedaba escondido debajo de la masilla. Cuando lo consiguió, comenzó a mover las pinzas adelante y atrás, con cuidado, para retirar el resplandor rojo de la fogata. Entonces quedó al descubierto algo mucho más grande que el círculo que antes estaba a la vista: una piedra semipreciosa, ovalada, engarzada en oro, provista de una cadena enrollada que quedaba oculta bajo la plastilina. Marie-Ange se volvió hacia los detectives y, con la mano que le quedaba libre, cogió la mano derecha de Sime para que pudieran comparar el colgante con el anillo grabado que él llevaba. El brazo y la espada que aparecían en uno y otro eran idénticos. Sime sintió que lo recorría un escalofrío.

III

Volcó el contenido de la bolsa de plástico sobre el tablero de cristal de la mesa y alzó la vista para ver la reacción de Kirsty. Se hizo evidente que estaba atónita. Y a Sime se le hizo evidente también que Kirsty estaba durmiendo tan poco como él. Daba la impresión de haber envejecido en sólo tres días. Sus ojeras eran un poco más profundas, las sombras eran un poco más oscuras. Incluso el sorprendente azul de sus ojos parecía haber perdido brillo.

Se inclinó hacia delante para orientar una de las cámaras del interrogatorio hacia los artículos esparcidos por la mesa.

—¿Reconoce estos objetos?

Kirsty fue directa al colgante. Lo cogió y pasó delicadamente los dedos por el grabado que representaba el brazo y la espada.

—Ya le dije que eran idénticos. ¿Me permite verlo? —Cogió la mano de Sime para hacer la comparación—. ¿Dónde ha encontrado todas estas cosas?

—¿Son todas suyas? —replicó Sime.

Además del colgante, había dos pares de pendientes, las cuatro horquillas que daban forma a la valla, un collar de diamantes falsos que Norman había incrustado en la mediana de una carretera, y que parecían ojos de gato, y una pulsera que había servido para marcar los límites de un pequeño lago.

Kirsty asintió.

—¿Dónde estaban?

—¿Vio usted en alguna ocasión el pequeño universo que había construido Norman Morrison en el techo de su cuarto?

—Personalmente, no. Pero todo el mundo estaba enterado. Creo que mucha gente iba a verlo sólo por curiosidad. —Frunció el ceño—. Pero ¿qué tiene eso que ver con estos objetos míos?

—Estaban ocultos en la plastilina, formando parte de su pequeño universo, señora Cowell. Resultaban irreconocibles como tales, pero cada uno desempeñaba un papel distinto en ese paisaje. —Calló unos instantes, y añadió—: ¿Tiene idea de cómo pudieron llegar a manos de Norman Morrison?

Se hizo evidente que Kirsty estaba desconcertada. No sabía qué responder.

—Pues... no sé. Debió de cogerlos de la casa.

—Cuando estuvimos hablando de la fotografía que faltaba en el álbum de su familia, usted dijo que Norman Morrison nunca había estado en la casa.

—Y así es. —De pronto se interrumpió, frustrada por aquella contradicción—. Por lo menos, que yo sepa.

—¿Cree usted que pudo entrar por la fuerza, alguna de las noches en que su marido estaba de viaje por trabajo y usted dormía aquí?

—No habría tenido necesidad de entrar por la fuerza, la puerta nunca está cerrada con llave. Además, no habría podido llevarse todos estos objetos de una sola vez, yo me habría dado cuenta. Debió de entrar en la casa varias veces, dejando que pasara cierto tiempo. —De pronto, se le quebró la voz y tuvo que hacer un esfuerzo para reprimir las lágrimas—. Pobre Norman. —Levantó la vista—. ¿Qué demonios estaría haciendo aquí la noche de la tormenta?

—Su madre cree que estaba preocupado por usted.

Kirsty se llevó una mano al pecho y cerró los ojos, al tiempo que negaba con la cabeza.

—Jamás pensé que su obsesión llegara tan lejos. —Miró a Sime y le preguntó—: ¿Qué cree usted que le ocurrió?

Sime se encogió de hombros.

—Quién sabe. A lo mejor vino hasta aquí para cerciorarse de que usted se encontraba bien. A lo mejor no se percató de que dentro de la casa grande había un policía, y cuando lo vio se asustó y se perdió en la oscuridad. La tormenta fue de las buenas, usted lo sabe de sobra. Probablemente deambuló sin ver adónde iba.

Kirsty se inclinó hacia delante y contempló con congoja los objetos que le había ido robando Norman para que pasaran a formar parte de su mundo secreto.

—Es muy triste.

Sime cambió una vez más la posición de la cámara para que enfocase de nuevo a Kirsty, y se sentó frente a ella. Aquel sillón se estaba convirtiendo en su asiento habitual. Fuera llovía, y, aunque aún no era de noche, apenas había luz natural.

Kirsty levantó la vista con una expresión de cansancio y resignación en la cara.

—¿Más preguntas?

Sime asintió y fue directo al grano:

—¿Por qué no nos dijo que había ido a casa de los Briand la noche anterior al asesinato?

Kirsty se sonrojó y tardó unos momentos en responder.

—Porque sabía que influiría en la interpretación que harían ustedes de lo que sucedió la noche del asesinato.

—De su versión de lo que sucedió.

Kirsty enarcó a medias una ceja.

—¿Ve a qué me refiero?

—¿Y no pensó usted que acabaríamos averiguándolo?

—No pensaba de un modo muy coherente. Para serle sincera, aquello me pareció que no venía a cuento. Lo único que importaba era lo que sucedió esa noche. Fuera lo que fuese lo que se desenredara o se dijera la noche anterior, no venía al caso.

—¿«Desenredara»? —repitió Sime, frunciendo el ceño—. Ése es un verbo un poco extraño.

—¿Se lo parece? —Kirsty pensó en ello unos momentos—. Quizá sea porque describe cómo me sentía yo. Como si estuviera desenredándome.

—Usted me dijo que se alegraba de haber descubierto que James tenía una aventura. Que ello ponía fin a una situación con la que usted se sentía profundamente desgraciada.

—Ya sé lo que le dije.

—Pero no era verdad.

—¡Sí era verdad! —Sus ojos relampaguearon de furia.

—Entonces, ¿cómo explica su comportamiento? ¿Eso de presentarse en casa de Ariane Briand y ponerse a registrar las habitaciones buscando a James?

—¿Registrar? ¿Es lo que ha dicho ella?

—¿Cómo lo describiría usted?

Kirsty bajó los ojos y se miró las manos.

—Patético —respondió en voz baja—. Eso es lo que fue. Lo que fui yo. Triste y patética. Todo lo que le he contado respecto de cómo me sentía era cierto. Pero también me sentía dolida y humillada. —Volvió a levantar la vista, y a Sime le pareció ver en sus ojos que suplicaba que la entendieran—. Esa noche estuve bebiendo. —Ahora, lo que vio fue que estaba avergonzada—. No tengo precisamente costumbre de beber, por eso no hizo falta mucho para que me achispase. Sentada aquí, sola, a oscuras, pensando en todos los años que he desperdiciado, acordándome de todas las cosas que dijo James, hasta los detalles más pequeños, todos sus grandes gestos y promesas, preguntándome si Ariane era la primera o sólo la más reciente de todas. Todos aquellos viajes de trabajo. Quería saber. Quería preguntárselo a la cara.

—¿Así que cogió la lancha que tiene amarrada en el embarcadero del acantilado?

Kirsty asintió con la cabeza.

—Fue una auténtica estupidez. No se me da nada bien conducir una lancha, pero el alcohol me había enloquecido y me daba todo igual. Si hubiera hecho peor tiempo, seguramente no habría conseguido llegar. James aún estaría vivo, y mi cadáver habría sido hallado en alguna playa, arrojado por la marea. —Miraba en dirección a Sime, pero éste dudaba que estuviera viéndolo. Su mente se encontraba en otra parte, reviviendo aquel episodio demencial—. Sí, estaba, literalmente, desenredándome. —Y de repente enfocó la vista y clavó la mirada en el agente—. No me siento orgullosa de mí misma, señor Mackenzie. Sabe Dios qué era lo que pasaba por mi cabeza en aquel instante o en qué estado emocional me encontraba. Lo único que quería era aclarar las cosas con James. Cara a cara. Lo único que quería era saber la verdad. Toda la verdad.

—Y como James no estaba en casa, usted recurrió a la siguiente opción: su amante.

—¡No recurrí a ella!

—Según madame Briand, usted dijo... —Sime consultó las notas que había tomado durante el interrogatorio formal—. Dijo textualmente que no tenía intención de renunciar a James sin pelear por él. Y que si no podía tenerlo usted, iba a cerciorarse de que no lo tuviera nadie. —De nuevo alzó la vista—. ¿Son éstas sus palabras?

Kirsty negó con la cabeza.

—Creo que no.

—¿La parafraseó, entonces?

—Yo nunca utilizaría esas palabras.

—Pero ¿fue ése el sentimiento que expresó usted?

Se hizo obvio que se sentía violenta.

—Probablemente.

—¿Lo fue o no lo fue?

—¡Sí! —exclamó Kirsty—. ¡Sí, sí, sí! Perdí los nervios, ¿vale? El alcohol, mi estado de ánimo... —Encogió los hombros en un gesto de impotencia—. Lo que fuera. Estaba derrumbada. Tenía la sensación de que mi vida había terminado. Estaba atada a esta condenada isla. Sola. Ya no quedaba casi nadie de mi misma edad. Nunca más iba a conocer a otra persona. Lo único que veía ante mí era un montón de años de soledad en una casa vacía.

Sime se reclinó en su asiento y dejó que entre ellos cayera de nuevo un manto de silencio, como el polvo que se asienta tras una pelea.

—Señora Cowell, ¿es consciente de que lo que le dijo a madame Briand podría interpretarse como una amenaza de matar a su marido?

—Ya, claro, y a usted le encantaría darle esa interpretación, ¿a que sí? —Pronunció la palabra «interpretación» con todo el sarcasmo que pudo.

—Usted me dijo que la noche del asesinato no sabía que su marido pensaba volver a la isla.

Kirsty se miró las manos.

Sime aguardó varios segundos.

—¿Va a responder o no?

Ella volvió a mirarlo.

—No me ha hecho ninguna pregunta.

—Está bien. ¿Es cierto que esa noche usted desconocía que su marido fuera a regresar a la isla?

Kirsty desvió la mirada hacia la ventana que Sime tenía detrás, hacia los acantilados. Y de nuevo dejó la pregunta sin responder.

—Según madame Briand, esa misma noche James recibió en su teléfono móvil una llamada breve un tanto desagradable y se marchó inmediatamente después. ¿Hizo usted esa llamada?

Kirsty volvió a posar la mirada en Sime, pero ya sin la hostilidad anterior.

—Podemos examinar el registro de llamadas telefónicas, señora Cowell.

—Sí —dijo Kirsty en voz baja, sin añadir nada más.

—¿Qué fue lo que le dijo?

—Que quería hablar con él.

—¿De qué quería hablar con él?

—De todas las cosas que quería aclarar la noche anterior. Pero entonces ya no estaba achispada. Me mostré fría, a pesar de que estaba furiosa. Quería saber cosas de las que nunca habíamos tenido oportunidad de hablar, para no tener que pasarme el resto de mi vida dándoles vueltas.

—¿Y qué respondió él?

—Que ya habíamos hablado bastante y que no tenía la intención de venir a la isla. Por lo menos, de momento.

—Entonces, ¿cómo lo convenció usted?

—Le dije que, en primer lugar, iba a coger toda su ropa y quemarla en una hoguera, en lo alto de los acantilados. Y que si aun así seguía sin venir, iba a prender fuego a su querida casa, a su ordenador y a todos los documentos de trabajo que tuviera guardados dentro. —Casi sonrió—. Eso terminó de convencerlo.

Sime se preparó para una última ofensiva.

—De modo que todo lo que nos contó usted de lo que sucedió esa noche era mentira.

—¡No!

—Y como la noche anterior no logró aclarar las cosas con su marido en casa de Ariane Briand, lanzó una amenaza velada de matarlo, y a la noche siguiente lo persuadió de que viniera a la isla amenazándolo con prender fuego a la casa. Y cuando llegó, los dos se pelearon, al principio verbalmente, y después pasaron a las manos.

—¡No!

—Ya fuera premeditado o no, usted cogió un cuchillo y, llevada por la histeria, lo apuñaló tres veces en el pecho.

—¡Eso no es lo que ocurrió!

—Pero se arrepintió de inmediato e intentó reanimarlo. Y al ver que no lo conseguía, se inventó la historia del intruso y corrió a contárselo a los vecinos.

—Sí que hubo un intruso. ¡Yo no he matado a mi marido!

Kirsty, con la respiración agitada, miró furiosa a Sime. Éste se recostó en su asiento, consciente de que le temblaban las manos. No se atrevió siquiera a recoger los papeles que tenía sobre las rodillas, para evitar que ella lo viera.

Kirsty le lanzó una mirada llena de odio.

—Me parece que el león acaba de cazar a la gacela.

—Esto es lo menos que puede esperar de un fiscal si llega a subirse al estrado, señora Cowell.

Sabía que todas las pruebas eran circunstanciales y que las acusaciones por sí solas no bastarían para justificar una condena. Sin embargo, una única prueba forense en su contra, por minúscula que fuera, inclinaría la balanza.

Kirsty tenía la cara enrojecida. Pero era imposible saber si se debía al miedo, al sentimiento de culpa o a la rabia.

—¿Me está acusando de algo?

—No.

—Bien. —Se puso de pie—. Pues en ese caso, esta entrevista ha terminado. Y si quiere volver a hablar conmigo, tendrá que hacerlo en presencia de un abogado.

Y acto seguido dio media vuelta, empujó la puerta de rejilla y salió al porche. Sime se levantó para mirar por la ventana, y la vio bajar los peldaños a la carrera y echar a andar por el borde de los acantilados. Iba cruzada de brazos y con la melena al viento. Aquella imagen le recordó a Ciorstaidh alejándose a grandes zancadas por el *machair*, después de decirle a su antepasado que lo odiaba.

Cuando se volvió de nuevo hacia el interior de la habitación, vio a Crozes allí de pie, mirándolo con expresión eufórica.

—Has estado a punto de pillarla —dijo—. Un gran trabajo, Sime.

CAPÍTULO 24

I

El bar brillaba en la semioscuridad del local. La luz incidía sobre las botellas y los dosificadores de bebidas alcohólicas, procedente de las lámparas ocultas en el techo de la barra. Sime estaba sentado en un taburete, a solas, mientras un camarero aburrido sacaba brillo a los vasos para mantenerse ocupado. No le había apetecido cenar con los demás integrantes del equipo, que ahora estaban divirtiéndose en la bolera. Ellos eran amigos. Eran colegas que llevaban varios meses trabajando juntos, y ahora estaban pasándolo bien, compartiendo amistad y tiempo de ocio. Reían. Lanzaban vítores cada vez que uno hacía un pleno, y llenaban con su griterío el cavernoso salón de la bolera. Entre ellos flotaba la sensación de que estaban sólo a un paso de resolver aquel caso, de modo que todos estaban muy animados. Norman Morrison había quedado descartado, habían seguido una pista falsa. Como mucho, su muerte no había sido más que un trágico accidente.

Sime estaba de espaldas a ellos, pero aun así no podía aislarse del ruido que hacían. Iba ya por el tercer o el cuarto whisky. Había empezado a perder la cuenta, pero su deseo de distraerse o aturdirse, que tanto anhelaba cuando se sentó a la barra, no se había cumplido todavía. Si el alcohol estaba causándole algún efecto, desde luego él no lo percibía.

Por más que se esforzaba, no conseguía quitarse de la cabeza aquella mirada de animal herido que vio en los ojos de Kirsty cuando le dijo que el león acababa de cazar a la gacela. Se sintió como un depredador despiadado.

Ya no sabía qué pensar de ella. Sin embargo, no cabía ninguna duda de que le había dicho la verdad acerca del colgante, y eso le provocaba una profunda inquietud. ¿Cómo era posible que los dos hubieran llegado a poseer el mismo blasón familiar, grabado en la misma piedra semipreciosa, una cornelina? Él un anillo, ella un colgante. Estaba claro que eran piezas que pertenecían a un único conjunto.

Crozes no le había dado importancia. Aquello no tenía nada que ver con el caso, dijo, y Sime no había sido capaz de encontrar ningún argumento con el que rebatir dicha afirmación. Era cierto, no existía ninguna conexión obvia con el asesinato.

Aun así, seguía atormentado por lo que sintió cuando vio por primera vez a Kirsty y tuvo el convencimiento de que la conocía de antes. Si eso fuera cierto, que ambos tuvieran aquellas joyas con el blasón del brazo y la espada ya no parecía tanta coincidencia. Sin embargo, era incapaz de imaginar siquiera qué era lo que los relacionaba a ambos.

Si existía una conexión, y el hecho de que ambos tuvieran el anillo y el colgante no era una mera coincidencia, lo único que se le ocurría era que la respuesta tenía que encontrarse en los diarios. En todo aquel asunto había algo que había hecho revivir sus sueños y sus recuerdos. Su hermana Annie le dijo que creía recordar que en los diarios se mencionaba el anillo, aunque a él no le sonase. Por supuesto, sabía que su abuela no le había leído todo lo que contenían los diarios. Además, recordaba vagamente que sus padres expresaron cierta preocupación con respecto a una de las historias. No era apropiada para los niños, dijeron.

Necesitaba leerlos.

—¿Le apetece otro, monsieur? —le preguntó el camarero señalando con la cabeza el vaso vacío que descansaba sobre la barra.

Sime negó con un gesto; no tenía fuerzas para afrontar una copa más. Lo que sí tenía que afrontar era otra noche con todos los demonios del insomnio, tendido en la cama con la vista fija en la pantalla del televisor mientras éste proyectaba sus luces danzarinas sobre las paredes de la habitación.

Recorrió el pasillo con la sensación de que, con cada paso que daba, iba sacando el pie de un pozo de melaza. Llegó a su cuarto, entró y se apoyó unos segundos en la puerta. Nada más cerrar los ojos, sintió que el suelo empezaba a ondularse. Por un instante creyó que iba a caerse de bruces, de modo que volvió a abrirlos rápidamente.

A oscuras, encontró el mando a distancia del televisor y lo encendió. Prefería aislarse de cualquier programa sin sentido que dieran en la televisión que estar tendido en la cama escuchando un silencio cargado de reproches. Se descalzó y se tumbó con cuidado. Las costillas le dolían ya un poco menos. La enfermera había acertado, sólo tenía una contusión. Volvió a preguntarse quién lo habría agredido la noche anterior. No fue Norman Morrison, y desde luego tampoco Kirsty. Entonces, ¿quién? Extendió las manos sobre la cama. Parecía que algo invisible estuviera haciendo presión sobre él y aplastándolo contra el colchón.

Notaba la garganta dolorida y los ojos hinchados. Los cerró y vio titilar una luz roja a través de los párpados. Su respiración era lenta pero trabajosa, como si cada bocanada de aire le costase un esfuerzo consciente. Todo su cuerpo le pedía a gritos un poco de sueño.

Las horas fueron pasando, y Sime se vio sumido en un estado cercano al delirio febril, sin alcanzar en ningún momento la plena vigilia, pero sin estar tampoco dormido del todo. Sus frecuentes e involuntarias miradas al reloj iban marcando el paso del tiempo. La última vez que lo miró era la 1.57 h. Ahora eran las 2.11 h. El canal de televisión había pasado a su dieta nocturna de ofertas especiales de la teletienda. Esa noche le tocaba a un artilugio de cocina capaz de picar cualquier verdura dándole una docena de formas distintas.

Sime sacó las piernas de la cama y se levantó. Se dirigió al cuarto de baño con andares rígidos, evitó mirarse en el espejo y abrió el grifo. Hizo un cuenco con las manos y se echó agua fría en la cara. La impresión alivió de forma momentánea la fatiga que lo tenía entumecido, y a continuación se secó vigorosamente con una toalla. Luego volvió al dormitorio y metió los pies en sus botas.

Apartó la cortina para abrir la puerta interior de cristal, luego abrió también la rejilla, y por último deslizó la ventana exterior hacia un lado para poder salir a la oscuridad del aparcamiento. El viento soplaba barriendo la bahía, frío y racheado. Se subió la cremallera de la chaqueta, metió las manos en los bolsillos y empezó a andar. Lo que fuese, con tal de huir del insoportable aburrimiento que traía consigo el insomnio.

El resplandor amarillo de las farolas de la calle se derramaba en forma de tristes círculos sobre el asfalto y arrancaba destellos a los techos de los coches del aparcamiento. La carretera principal, que discurría de norte a sur, estaba desierta. El único indicio de vida eran las luces que se veían en las ventanas del hospital. Luces que brillaban para los enfermos y los muertos, y para las personas que tenían que lidiar con unos y otros.

No había recorrido ni cincuenta metros cuando de repente oyó a una mujer lanzar un grito ahogado. Y luego una voz de hombre. Al principio pensó que quizá la mujer estaba sufriendo una agresión, y rápidamente se volvió para buscar el origen de los gritos. Pero luego cayó en la cuenta de que aquellos ruidos eran los que solían hacer las personas cuando hacen el amor. Las voces salían flotando a la noche, procedentes de una de las habitaciones del hotel, emitidas detrás de una cortina echada y una puerta abierta para que entrase el aire.

Sime cerró los ojos. Eran las vidas de otros, se dijo, y de pronto sintió una punzada de dolor por el amor que había perdido, por los momentos que antes había compartido y que ahora había extraviado. Aunque su matrimonio estaba muerto y sin esperanza de resucitación, echó de menos el calor y el consuelo que trae consigo la intimidad con otro ser humano.

Permaneció inmóvil unos instantes, cohibido, escuchando el momento que compartían aquellos desconocidos al otro lado de la cortina, casi recreándose en su propia tristeza, cuando, sin previo aviso, un lóbrego pensamiento fue abriéndose paso a través de la autocompasión. Se volvió para mirar la hilera de puertas de cristal de cada habitación hasta llegar a la suya, e hizo un cálculo rápido. Y en aquel momento, sintió el afilado aguijón de los celos clavándose en su alma igual que un hierro candente.

Sin pensar siquiera, se dirigió a grandes zancadas hacia la habitación de los amantes, deslizó a un lado la puerta de rejilla sin contemplaciones y apartó la cortina. El cuarto se iluminó de pronto con la luz amarillenta de las farolas de la calle, que se derramó sobre la cama y sorprendió al hombre y a la mujer en mitad de su momento de pasión. El hombre rodó hacia un costado, y la mujer se incorporó y miró con unos ojos como platos a la figura cuya silueta se recortaba en la puerta. Entonces se encendió la luz de la mesita de noche, y Sime descubrió, incrédulo, las figuras despeinadas de Marie-Ange y Daniel Crozes, cuya desnudez tan sólo quedaba semioculta por el revuelo de las sábanas.

—¡Sime! —En la manera en que exclamó su nombre Marie-Ange, casi involuntariamente, había una mezcla de incredulidad y alarma.

Fueron tantas las cosas que pasaron por su mente en un instante que no logró asimilar ninguna de ellas con claridad. Su mujer y su jefe estaban haciendo el amor en la habitación del hotel. Dos personas manteniendo relaciones sexuales. Dos personas que él conocía. A una la respetaba, a la otra la había querido. Y cuando de repente se disipó aquella niebla de confusión, comprendió, con el nauseabundo sentimiento de saberse traicionado, que aquello no era un encuentro de una noche. Vio la botella de champán medio vacía sobre el tocador, las dos copas vacías, la ropa tirada descuidadamente por el suelo.

—¿Cuánto tiempo viene durando esto? —preguntó.

Marie-Ange se apretó las sábanas contra el cuerpo para taparse los pechos, como si él no se los hubiera visto nunca.

—Eso no es de tu incumbencia. Tú y yo ya no somos pareja, Sime. Nuestro matrimonio se acabó.

—¿Cuánto tiempo?

Marie-Ange no fue capaz de mantener aquella fachada de indignación y decencia, y volvió la cabeza para evitar el contacto visual con Sime, para huir de la acusación y el dolor que reflejaban sus ojos.

Sime posó la mirada en Crozes.

—¿Teniente? —dijo en un tono cargado de ironía.

Crozes no pudo sostenerle la mirada.

—Lo siento, Sime —se excusó.

Antes de que su cerebro pudiera entrar en razón, Sime pasó en un instante de la calma a la furia. Atravesó la habitación a grandes zancadas, agarró a su superior por los hombros, lo sacó de la cama y lo empujó contra la pared. Crozes se quedó sin aire casi en el mismo momento en que Sime le propinaba un puñetazo en el estómago que lo hizo doblarse por la mitad. Acto seguido, sin pararse a pensarlo, le dio un rodillazo en la cara que le reventó el labio superior contra los dientes y roció de sangre su pecho desnudo y sus muslos. Oyó que Marie-Ange chillaba y que Crozes gorgoteaba con la boca llena de sangre, pero se había apoderado de él una furia incontenible, de modo que agarró a Crozes, le dio la vuelta y lo aplastó de nuevo contra la pared. Una silla salió volando. La botella de champán cayó al suelo y una de las copas se rompió en pedazos. Sime lanzó otro puñetazo y alcanzó a Crozes en la sien. El teniente se desplomó de rodillas, y sólo el tono amenazante e imperativo con que le habló Marie-Ange impidió que Sime lo rematara en el suelo.

—¡Si no paras ahora mismo, eres un puto hombre muerto!

Sime se volvió y la vio arrodillada en la cama, olvidando ya las sábanas y el pudor, empuñando su Glock 26 con ambas manos y apuntándole a la cabeza.

Fuera de la habitación se oyeron voces y unos golpes frenéticos en la puerta.

Sime, furibundo y jadeando, miró fijamente a la que había sido su mujer y su amante.

—No vas a dispararme.

Ella le devolvió una mirada glacial.

—Ponme a prueba.

Y de repente, la locura se extinguió, se replegó igual que el agua tras una súbita inundación. Sime miró a Crozes, que yacía en el suelo ensangrentado y magullado, y por un instante casi sintió compasión por él. Se preguntó por qué habría sufrido semejante acceso de ira. Al fin y al cabo, la gente se enamora. Por un millar de razones. No es algo que uno escoja. Más bien al contrario. Y entonces cayó en la cuenta de que lo que le provocaba aquel sentimiento de haber sido traicionado, aquella profunda cólera, eran sus mentiras.

—¡Por Dios, abrid la puerta! —chilló una voz en el pasillo al tiempo que unos puños aporreaban la madera.

Sime saltó por encima de la figura postrada de Crozes y fue a abrir. En el pasillo se amontonaban Thomas Blanc, Arseneau y otros dos agentes, todos con cara de asombro. Vio que dirigían sus miradas hacia el interior de la habitación. Crozes estaba tirado en el suelo y cubierto de sangre. Marie-Ange completamente desnuda en la cama, todavía con la Glock en la mano.

Sin pronunciar palabra, Sime los empujó para abrirse paso y se alejó por el pasillo sumido en un cúmulo de emociones: desconcierto, arrepentimiento, cólera, dolor. Necesitaba salir de allí, necesitaba aire, necesitaba tiempo para pensar y para replanteárselo todo. Oyó unas pisadas que venían tras él, y la voz de Thomas Blanc.

—Sime. Sime. ¡Tío, por Dios, para!

Pero Sime no le hizo caso. Empujó la puerta que daba a la recepción del hotel, sobresaltando al vigilante nocturno, después cruzó como una exhalación la puerta principal y salió al frío y la oscuridad de la noche.

Ya había recorrido la mitad del aparcamiento, caminando a ciegas, cuando Blanc lo agarró del brazo y lo obligó a detenerse. Al volverse, se encontró con un gesto de incomprensión y alarma en los ojos de su compañero. Sime se quedó mirándolo sin pestañear, con una expresión enajenada que debía de parecer la de un demente.

—¿Te has vuelto loco, Sime? —No era tanto una pregunta como una afirmación—. ¿Tienes la más mínima idea de lo que acabas de hacer? ¡Crozes es tu oficial superior, y acabas de darle una paliza!

—¡Y también lleva Dios sabe cuánto tiempo tirándose a mi mujer!

Sime no sabía qué reacción debía esperar de Blanc, pero, desde luego, no esperaba el gesto de apuro con que se encontró. Su compañero de interrogatorios parecía no saber qué decir. Y de pronto, Sime, totalmente humillado, comprendió lo que estaba ocurriendo.

—Tú ya lo sabías.

Blanc bajó la vista al suelo, y Sime se zafó de su mano, invadido por un profundo malestar.

—Y eso quiere decir que también lo sabía todo el mundo, ¿verdad?

Blanc logró sostenerle la mirada unos instantes, luego la apartó de nuevo.

—Pero nadie pensó en decírmelo.

Blanc respiró hondo.

—Creíamos que te estábamos haciendo un favor, Sime, que te estábamos protegiendo. En serio. —Sus ojos le rogaban que lo entendiera.

Sime lo miró con rabia, asqueado.

—Que te jodan —dijo en voz queda—. Que os jodan a todos.

Y acto seguido, dio media vuelta y se perdió en la oscuridad.

II

El puerto estaba dominado en su lado sur por un enorme peñasco que se erguía sobre los muelles. Una escalera de madera ascendía en zigzag hasta un mirador que había en lo alto. Allí estaba Sime, totalmente expuesto al viento. Había subido poco a poco, sintiendo las piernas como si fueran de plomo, después de haber caminado sin rumbo durante toda la noche casi en estado de trance, hasta que por fin llegó al puerto. Se quedó allí de pie, al borde del mar, contemplando la bahía y Entry Island al fondo. No sabía por qué, pero, por lo visto, su mirada siempre acababa posándose en aquella isla. Tan sólo un puñado de luces parpadeaban débilmente a lo lejos, como si quisieran delatar su presencia en la oscuridad.

Agarrado con fuerza a la barandilla de madera del mirador, plantando cara al viento que soplaba con intensidad desde el suroeste, vio las luces de las islas desperdigadas allá al frente, hacia el norte y hacia el sur. Sabía que no tardaría en salir el sol, y por primera vez entendió de verdad aquel dicho de que la hora más oscura es justo la que precede al amanecer.

Mientras caminaba a ciegas en la oscuridad, se obligó a sí mismo a no pensar en nada y entró en un estado parecido al zen, en el que no permitió que su yo consciente se centrara en ninguno de los sucesos ocurridos en los últimos días. Únicamente ahora, abrumado por el agotamiento total, su voluntad se quebró y dejó que aquellos pensamientos inundaran su mente.

Rememoró sin parar, como en un bucle sin fin, lo que había sido su vida durante aquellos últimos meses, y por primera vez fue recuperando todos los pequeños detalles que había pasado por alto, las señales delatoras que había ignorado, ya fuera de manera consciente o no. Ahora, viéndolo todo en retrospectiva, calculó que Marie-Ange y Crozes debían de llevar bastante más de un año saliendo juntos. Ella había transformado su sentimiento de culpa en otro de rabia, y eso le había permitido trasladarle la culpa a él. La infidelidad de su mujer se había convertido en algo de lo que el único responsable era él. Si ella se había visto obligada a lanzarse a los brazos de un amante, estaba claro que la culpa era sólo de Sime. Aquello explicaba muchas cosas. Explicaba por qué el cariño de Marie-Ange se había transformado en desprecio, por qué la intimidad se había convertido en impaciencia y, finalmente, en ira.

Y también entendió, por primera vez desde que ella se fue de casa, lo que sentía él: era dolor. Dolor por la amante que había perdido. Era casi como si Marie-Ange hubiera muerto, salvo que su cuerpo seguía estando presente. Caminando, hablando, burlándose de él, atormentándolo.

Aferró con fuerza la barandilla para calmarse, sintiendo su cuerpo rígido a causa de la tensión, y las lágrimas que resbalaron por sus mejillas casi lo sorprendieron.

• • •

Todavía era de noche cuando regresó al hotel. Aquel edificio bajo y alargado, de dos plantas, reposaba silencioso bajo el resplandor amarillo de las farolas. No había nada que diera algún indicio del drama que había tenido lugar sólo unas horas antes. Sime se preguntó cuántos miembros del equipo estarían durmiendo. Los imaginó hablando en susurros en los pasillos y las habitaciones. Sin embargo, llegó a la conclusión de que en realidad ya no le importaba. El agudo sentimiento de humillación ya había quedado atrás, y lo había dejado vacío de emociones e indiferente a la opinión de los demás.

Desde el mostrador de recepción, el vigilante nocturno le dirigió una mirada llena de curiosidad mal disimulada. Cuando llegó a su habitación, el canal de televisión estaba vendiendo una máquina de gimnasia con la que hacer ejercicios para tonificar el cuerpo. Sime cerró todas las puertas con llave y apagó el televisor. Después se descalzó y se metió entre las sábanas, completamente vestido. Eran poco más de las cinco y media de la mañana, y se quedó tumbado, tiritando, hasta que consiguió entrar un poco en calor. Una sensación tibia, que lentamente fue subiendo por sus extremidades y terminó por invadir sus pensamientos. Notó que su cuerpo se relajaba y vio que el resplandor rojo del reloj digital iba volviéndose negro, a medida que sus párpados se cerraban sobre sus ojos doloridos...

CAPÍTULO 25

Los avisos de expulsión llegaron sólo unos días después del funeral de mi padre, pero ninguno de nosotros tenía la menor intención de marcharse.

Siento la brisa en la cara, enfriándome el sudor mientras trabajo encorvado esta obstinada tierra. No hace frío, pero el cielo de verano viene cargado de lluvia, y la intensidad creciente del viento me dice que no tardará en descargar. Tengo una pala en las manos. Estoy cavando para retirar piedras y conseguir otra pequeña parcela de terreno cultivable en medio de esta tierra yerma. Aquí el suelo es arenoso y poco profundo, y está lleno de piedras, pero si queremos sobrevivir a esta condenada hambruna necesitamos cultivar más.

Alzo la mirada más allá de la tierra removida y distingo la figura de Ciorstaidh, que viene hacia mí bajando por la colina a la carrera. Está toda sonrojada y sin aliento, y me alegra verla, hasta que se acerca un poco más y me percato de la expresión de alarma en su rostro.

Cuando llega a mi lado, tarda unos momentos en recuperar el resuello.

—Ya vienen —jadea.

—¿Quiénes?

Todavía le cuesta trabajo hablar.

—El delegado del jefe de policía y unos treinta policías más. Los acompaña una partida de hombres de la nobleza, dirigidos por George. Han estado bebiendo cerveza en el castillo, para cobrar fuerzas.

Cierro los ojos, y en la oscuridad siento que todo cuanto he conocido hasta ahora ha tocado a su fin.

—Simon, tienes que persuadir a los aldeanos de que se vayan.

Abro los ojos y niego lentamente con la cabeza.

—No se irán.

—¡Deben marcharse!

—Esta aldea es su hogar, Ciorstaidh, y no la dejarán. Hombres, mujeres, niños, todos hemos nacido aquí. Nuestros padres y sus padres, y los padres de sus padres. Nuestros antepasados están enterrados aquí. De ninguna forma vamos a marcharnos.

—Simon, por favor. —Su tono es de súplica—. No tenéis forma de vencer. Los policías van armados con porras y llevan grilletes. Con independencia de que todo esto esté bien o mal, tienen la ley de su parte.

—¡Maldita sea la ley! —exclamo.

Ciorstaidh se encoge al oírme, y en sus ojos veo que se siente dolida. Al momento, me arrepiento de haber gritado de esa forma.

Consigue dominarse, y baja el tono de voz hasta convertirlo en un susurro:

—Esta mañana, el *Heather* ha fondeado en la laguna de Glas. Sea cual sea la resistencia que ofrezcáis, tienen la intención de evacuar Baile Mhanais. Obligarán a todos sus habitantes a subir a bordo. —Hace una pausa, y luego continúa—: Por favor, Simon, intenta por lo menos convencer a tu familia de que se vaya antes de que lleguen esos hombres.

Yo niego con la cabeza, presintiendo lo peor.

—Mi madre es la más testaruda de todos nosotros. Y si ella no se va, tampoco me iré yo.

Ciorstaidh se queda mirándome, como si intentara encontrar algún argumento que me haga cambiar de opinión. Y de repente, de manera inesperada, rompe a llorar. Yo me debato entre la confusión que me invade y el impulso de protegerla. Me acerco a ella y la rodeo con mis brazos. Los sollozos que hacen vibrar su cuerpo reverberan también en el mío.

—Todo es culpa mía —se lamenta.

Le acaricio el pelo con los dedos. Bajo la palma de mi mano, su cabeza parece pequeña.

—No seas tonta. Nada de esto es culpa tuya, no eres responsable de las acciones de tu padre.

Ciorstaidh se aparta un poco y me mira con los ojos llenos de lágrimas.

—Sí lo soy. Si no fuera por mí, mi padre no estaría haciendo nada de esto.

Niego con la cabeza.

—No lo entiendo.

—George nos vio juntos, Simon. Aquel día en la colina, cuando te llevé la primera cesta. —Guarda silencio unos instantes, casi como si tuviera miedo de continuar—. El muy bastardo se lo contó a nuestro padre.

Me quedo atónito al oírla emplear esa palabra.

—Mi padre estaba furioso, Simon. Le entró tal ataque de cólera que llegué a pensar que iba a matarme. Me dijo que antes prefería verme muerta que en compañía de un vulgar siervo de la gleba. Y entonces fue cuando ordenó las expulsiones. Baile Mhanais se había librado sólo porque tú me habías salvado la vida, pero ahora quiere cerciorarse de que yo no vuelva a verte nunca más. Quiere que te subas a un barco con rumbo a Canadá y que desaparezcas de mi vida. —Nuevas lágrimas brotan de sus ojos, y su voz tiembla como si estuviera a punto de quebrarse—. Tenéis que venir conmigo. Tú, tu madre y tus hermanas.

Me quedo mirándola con gesto de incredulidad.

—¿Contigo? —Otra vez niego con la cabeza—. ¿Cómo? ¿Adónde?

—Me han tenido varios días encerrada en mi habitación, Simon —dice con voz temblorosa—. Poco menos que prisionera en mi propia casa. Hasta esta mañana. —Se limpia las lágrimas con el dorso de la mano, concentrada en contarme la historia—. He convencido a una de las criadas para que me dejara salir, y mientras mi padre estaba abajo con el delegado del jefe de policía y con el factor, he entrado en su estudio. Sé que allí es donde guarda el dinero, y sabía que iba a necesitar dinero para escaparme.

Imagino a Ciorstaidh registrando frenéticamente el estudio de su padre, temblando de miedo, y con el oído atento en todo momento por si subía alguien por la escalera.

—Encontré la caja del dinero en el último cajón de su escritorio. Pero estaba cerrada con llave, así que tuve que forzar la cerradura con una daga ceremonial que él utiliza como abrecartas. —Cierra los ojos momentáneamente, reviviendo la escena—. En cuanto lo hice, supe que ya no había vuelta atrás. —Abre de nuevo los ojos y me atraviesa con su mirada asustada—. ¡Dentro había doscientas libras, Simon!

¡Doscientas libras! Apenas soy capaz de imaginar tanto dinero, y mucho menos la posibilidad de tenerlo en las manos.

—Con una cantidad así, podemos irnos muy lejos. Todos. Tú, yo y tu familia. —Me implora con la mirada, y me resulta casi imposible resistirme. Entonces toma mi mano entre las suyas, y noto lo fría que está—. Ya no puedo volver a mi casa, Simon. He desafiado a mi padre, le he robado el dinero. —Aprieta mi mano con fuerza, casi hasta hacerme daño—. Cuando se haya ido todo el mundo, conseguiré un caballo y una carreta de los establos del castillo. Me reuniré contigo al pie de la cascada que hay cerca del antiguo cruce de caminos de Sgagarstaigh. Podemos dirigirnos hacia el sur, y cruzar al continente.

Dentro de la casa, el ambiente es sofocante. En el fuego arde turba nueva. Desprende una densa columna de humo que se eleva hacia el tejado y hace que a uno le ardan los pulmones y le escuezan los ojos. Pero lo que llena la estancia es la voz de mi madre. Una voz llena de resonancia, furiosa y al borde de la histeria. Annag y Murdag están de pie detrás de ella, pálidas de miedo.

—¡Esto ha sido obra tuya, Sime! Tuya y de esa muchacha tan necia. Bien sabe Dios que su padre tiene razón, en este mundo no hay sitio para que estéis los dos juntos. Pertenecéis a lugares muy diferentes. Ella debe estar en el suyo, y tú en el tuyo. ¿Cómo has podido pensar, siquiera por un momento, que iban a aceptarte en su mundo, o que ella iba a rebajarse a formar parte del tuyo?

Nunca me he sentido muy unido a mi madre. Siempre fui el ojito derecho de mi padre, y, desde que murió, ella no deja de protestar y de quejarse. Constantemente me busca defectos, casi como si me echara la culpa de lo que le sucedió a él. Sin embargo, yo tengo paciencia. Soy consciente en todo momento de la responsabilidad que me dejó mi padre en herencia.

—Pues bien que ha aceptado la comida que nos ha dado a lo largo de estas dos semanas, madre.

Pero eso sólo sirve para enojarla todavía más.

—¡Si hubiera sabido que venía de esa chica, por nada del mundo la habría aceptado!

En ese momento, me enfado por primera vez.

—¿Y de dónde pensaba que venía? ¿De Dios? ¿Qué creía que era, maná caído del cielo? —La miro furioso—. Es usted tan mala como el *laird*. Él piensa que los de su clase son mejores que nosotros, y usted, que nosotros somos mejores que ellos. Pero ¿sabe una cosa? Nadie es mejor que nadie. Todos somos hijos de Dios, iguales ante Dios, y eso no lo puede cambiar el lugar donde haya nacido cada uno de forma accidental.

—¡No te atrevas a nombrar a Dios Nuestro Señor! No pienso consentir que blasfemes dentro de esta casa.

—¡No es ninguna blasfemia! ¡Si no fuera tan estúpida, sabría que eso es lo que dice la Biblia!

Esto último lo he dicho sin poder contenerme. Mi madre me propina una bofetada con la mano abierta, tan fuerte que a punto estoy de caerme al suelo. Pero me mantengo en el sitio y, con la mejilla escocida, sigo mirándola, furioso.

—¡Nos vamos! —afirmo, y a continuación me dirijo a mis hermanas—. Recoged vuestras cosas, no tenemos mucho tiempo.

—¡No os mováis! —exclama mi madre, atravesando el humo con su agudo timbre. Aunque no ha apartado la mirada de mí en ningún momento, mis hermanas saben que se dirige a ellas, y al instante se quedan inmóviles en el sitio—.

Ningún hijo mío va a decirme lo que debo hacer. Yo nací en esta casa, como todos vosotros, y no vamos a irnos de aquí.

De pronto, interviene Annag por primera vez, pero con voz frágil e insegura:

—A lo mejor Sime tiene razón, *mamaidh*. Si vienen hacia aquí cuarenta hombres o más para echarnos, no tendremos la menor posibilidad. Tal vez deberíamos irnos con la hija del *laird*.

Mi madre se vuelve hacia ella, muy despacio, y le lanza una mirada capaz de convertirla en piedra.

—Nos quedamos —sentencia en un tono tan definitivo que a ninguno de nosotros le queda la menor duda de que no va a haber más discusión al respecto—. Ahora, niñas, id a recoger piedras. Piedras de buen tamaño, grandes como un puño, capaces de partirle la cabeza a un policía. —Luego se vuelve hacia mí—. Hijo, eres un Mackenzie. Y los Mackenzie no se rinden sin pelear.

Me gustaría saber qué habría hecho mi padre.

El viento ha amainado, y la temperatura también ha descendido, de modo que por fin empieza a llover. Es una llovizna fina que se extiende como una niebla por las montañas. Cuando llegan los policías, parecen espectros puestos en fila en la cima del altozano, figuras grises contra un cielo también gris.

Los aldeanos, y también todos los granjeros de la comarca con sus familias, estamos agrupados entre las casas y a lo largo de la orilla. Somos casi doscientos. Ofrecemos una imagen patética, consumidos por el hambre y mal equipados para hacer frente a una partida de policías y sirvientes de la nobleza robustos y bien alimentados. Pero nuestro combustible es la indignación. Aquí está nuestro hogar, y ésta es nuestra tierra. Aquí han vivido nuestros antepasados hasta más allá de donde se remonta la memoria, y desde mucho antes de que ningún *laird* pensara que con sus riquezas podía comprar y vender nuestras almas.

Estoy resignado a luchar. Tengo el corazón destrozado por Ciorstaidh, pero no pienso abandonar a mi familia.

Aunque sepa que todo esto es inútil. Porque también sé que, antes de que acabe el día, estaré muerto o a bordo de un barco con rumbo al Nuevo Mundo. Aun así, ya no estoy asustado, sólo decidido.

Me da miedo moverme como un desconocido entre los demás. Mientras tanto, nuestros enemigos se congregan en lo alto del cerro, formidables en su oscuro anonimato, amenazadores en su silencio. El mismo silencio que se ha abatido sobre Baile Mhanais. Sin el viento, el mar también calla, como si estuviera aguantando la respiración. Ni siquiera se oye el grito lastimero de las gaviotas quebrando la quietud de la mañana.

Dos figuras se destacan del grupo de la colina y echan a andar por el sendero que baja hacia nosotros. Hasta que los tengo un poco más cerca, no reconozco a uno de ellos: es el factor. El lacayo del *laird*. El administrador de sus propiedades, Dougal Macaulay. Un hombre despreciado por todos, porque antes era uno de los nuestros y ahora hace lo que le ordena el *laird*. Seguro que estará pensando que codearse con la nobleza lo convierte en mejor persona que sus iguales. Se le nota incluso en el tono con que se dirige a nosotros cuando él y su compañero se detienen a escasos metros. Mi madre, mis hermanas y yo estamos situados a la cabecera del grupo.

Recorre con mirada especulativa a los aldeanos que nos hemos reunido, y después dice en gaélico:

—Éste es el señor Jamieson, el delegado del jefe de policía.

El señor Jamieson es un hombre de estatura y constitución medianas, de aproximadamente cuarenta y cinco o cincuenta años. Calza botas de cuero y viste un chaquetón largo que reluce con una miríada de gotitas de lluvia. Lleva el sombrero muy calado sobre la frente, de modo que apenas podemos verle los ojos. Su voz impone y transmite la seguridad de la clase dirigente, y su aliento forma nubes semejantes a la niebla alrededor de su cabeza cuando habla en inglés, un idioma que no van a entender más del noventa por ciento de las personas congregadas aquí.

—Habitantes de Baile Mhanais, he venido para informaros de que los avisos de emigración que se os hicieron llegar hace catorce días ya han expirado. Os pido, en nombre de la paz y del orden, que os marchéis ahora, o de lo contrario no tendré más alternativa que sancionar vuestro desahucio por la fuerza.

Tal vez mis vecinos no hayan entendido lo que ha dicho, pero sí han percibido el tono de sus palabras.

Siento que me invade la cólera.

—Señor Jamieson, si alguien le ordenara a usted que abandonase su hogar, ¿cómo se sentiría?

El aludido levanta ligeramente la cabeza, como para verme con mayor claridad.

—Si tuviera algún pago pendiente relativo a mi renta, joven, no tendría más remedio que obedecer. La ley es la ley.

—¡Ya, vuestra maldita ley! —grita alguien que conoce bien el inglés coloquial.

—¡No hay necesidad de utilizar ese lenguaje! —exclama, tajante, el factor.

—¿Cómo vamos a poder pagar la renta, cuando no tenemos ni dinero ni medios para ganarlo?

Vuelvo la cabeza al oír a mi lado la voz de Donald Dubh, y veo que tiene el rostro de un gris tan ceniciento como el mar. Me sorprende oírlo hablar en inglés.

El señor Jamieson aprieta la mandíbula al ver el tono que está adquiriendo la discusión.

—No he venido a hablar de los problemas sociales que esto entraña, sino a hacer cumplir la ley. Os advierto que esta concentración es ilegal, y que si no os disgregáis y os vais pacíficamente, me veré obligado a leeros la Ley contra Amotinamientos.

No tengo ni idea de qué ley es ésa ni de las consecuencias que puede traer el hecho de que sea leída, pero el factor se pone de pronto a traducir al gaélico lo que acaba de decir el delegado, y el efecto es un silencio incómodo que se extiende entre los vecinos congregados. Al ver que nadie se mueve, el delegado introduce la mano en un bolsillo interior y extrae un papel que, a continuación, comienza a desdoblar.

—¡Por el amor de Dios! —dice el factor—. Si os lee la Ley contra Amotinamientos y no hacéis caso, podéis acabar todos en la horca.

Esas palabras provocan escalofríos entre los presentes, pero, aun así, nadie se mueve de su sitio. El señor Jamieson carraspea y comienza a leer con voz estentórea.

—Su Majestad la Reina encarga y ordena a todas las personas aquí reunidas que se dispersen inmediatamente...

De repente, una piedra sale volando de entre la multitud y golpea la frente del delegado. El sombrero le cae sobre una rodilla y la copia de la Ley contra Amotinamientos acaba en el barro. El delegado se lleva una mano a la frente, y la sangre que rezuma de la herida y mancha sus dedos resalta en un vívido color rojo que contrasta en la blanca piel de su mano.

Macaulay se apresura a agarrarlo del brazo y lo ayuda a mantenerse en pie.

—¡Estáis locos! —nos grita—. ¡Vosotros os lo habéis buscado!

A continuación, se lleva al delegado, que camina ligeramente encorvado y todavía sujetándose la cabeza. Su sombrero ha quedado tirado en el barro, en el mismo lugar donde ha caído, y me fijo en el escaso pelo que tiene, canoso y engominado hacia atrás; ya no parece un representante de la autoridad, sino sólo un hombre humillado. Si no supiera qué es lo que está a punto de suceder, puede que incluso sintiera lástima por él.

Cuando delegado y factor han subido ya la mitad de la colina, Macaulay grita unas órdenes a los que aguardan en la cima, y, tras una brevísima pausa, se oye un fuerte alarido y se inicia la carga.

Los hombres se lanzan ladera abajo a toda velocidad. Treinta o cuarenta, puede que más, con los policías al frente. Llevan las porras en alto y dan órdenes a voz en grito. Es un momento que hiela la sangre. Los aldeanos reaccionamos de inmediato. Una granizada de piedras vuela por los aires en dirección a los policías. El casco que llevan les ofrece cierta protección, y también levantan las porras y los brazos para desviar los proyectiles, pero algunos resultan alcanzados en la cabeza o en la cara, y varios tropiezan y caen a tierra. Aun así, la carga ladera abajo no se detiene.

Llueven más piedras, pero los policías ya casi han llegado a nuestra altura. De pronto, oigo el primer crujido de un cráneo golpeado por una porra. Se trata de un hombre que conozco bien. Un granjero de la parte de la playa. Se desploma en el suelo.

¡Estalla el caos!

Las voces de hombres y mujeres que luchan en combate desigual se elevan en el aire quieto de la mañana. Una tremenda cacofonía de gritos y alaridos. Veo porras que se alzan y vuelven a caer, como las lanzaderas de los telares que van y vienen de un lado al otro arrastrando el hilo. Yo había mantenido mi piedra escondida, pero ahora la agarro con fuerza en el interior de mi puño y golpeo con ella la cara de un joven policía antes de que él tenga oportunidad de golpearme a mí con su porra. Por el sonido y el tacto, advierto que le he roto los dientes, y veo cómo la sangre brota de su boca cuando se derrumba en el suelo.

Poco a poco, vamos replegándonos bajo la ofensiva de los atacantes. Nos defendemos de los golpes con las manos y con los brazos. No tengo ni idea de dónde están mi madre y mis hermanas. Las imágenes y los sonidos de la refriega me bombardean. Los primeros aldeanos caídos son pateados y apaleados sin piedad. No les importa que sean mujeres o niños. Veo a una adolescente que vive tres casas más allá de la nuestra, grita desesperada tendida en el suelo, boca arriba, mientras dos policías le pisotean repetidamente los pechos.

Luego alcanzo a ver la lastimosa figura del viejo Calum *el Ciego*, que, con su *glengarry* en el suelo y pisoteado en el barro, camina tambaleante y con los brazos en alto, intentando defenderse de unos golpes que no puede ver. Un hombre que luchó por Gran Bretaña en la batalla de Waterloo, derribado ahora por los brutales golpes de un joven que ni siquiera había nacido cuando él ya luchaba por su libertad. Se desploma con la cabeza casi partida en dos, perdiendo sangre y materia gris del cráneo fracturado, muerto incluso antes de tocar el suelo.

Estoy tan enfurecido que pierdo todo control y arremeto contra esos bastardos a voz en grito, agitando los puños como un loco. Alcanzo a uno en la cara, a otro en el cuello, hasta que de pronto siento un tremendo porrazo en la sien y noto que se me doblan las rodillas. El mundo se vuelve negro y se queda mudo.

No tengo ni idea de cuánto tiempo he permanecido inconsciente. Lo primero que siento es un agudo dolor de cabeza. Y después advierto la luz. Al principio es de un color rojo sangre, luego de un blanco deslumbrante, tanto que me veo obligado a entornar los ojos.

No puedo moverme, y, durante un instante, el pánico me hace creer que estoy paralítico. Hasta que me doy cuenta de que tengo un hombre encima de mí. Me las arreglo para liberar las piernas y, reptando, consigo incorporarme a medias y apoyarme en la pared de la casa que tengo detrás. Justo en ese momento reparo en que el hombre que tenía encima era Donald Dubh. Me mira fijamente, sin pestañear, pero ya no puede verme. Hay más cuerpos desperdigados por el sendero. Hombres, mujeres y niños. La mayoría aún viven, pero sus heridas son horribles. Me llegan quejidos ahogados de aldeanos que están semiinconscientes, agonizando. A lo lejos oigo gritar a una mujer. Giro la cabeza hacia un costado y la veo huyendo a la carrera por la orilla del mar, resbalando y tropezando entre los guijarros. Dos policías la persiguen. La alcanzan ya cerca del embarcadero y la reducen a golpes, y luego empiezan a darle patadas sin piedad.

Esto es como mi peor pesadilla, pero sé que no tengo forma de despertar de ella. Un poco más allá, colina arriba, entre las dos primeras casas que hay en lo alto de la aldea, varios hombres encabezados por la distintiva cabellera pelirroja de George Guthrie están sacando a una anciana a rastras de su casa. Es la señora Macritchie. Tiene por lo menos ochenta años y lleva varios meses en cama. Recuerdo que era una de las mujeres que estaban presentes cuando mi madre parió a Murdag.

La sacan de la casa todavía tendida en su jergón y la arrojan al suelo. Se le rompe el camisón que lleva puesto, y veo su cuerpo viejo y marchito, tan pálido que da lástima. Sus gritos de protesta se ahogan en su garganta en forma de débiles susurros. Los hombres empiezan a darle patadas. Me cuesta creer que esté presenciando tanta falta de humanidad, tal ausencia de compasión. Desvío la mirada sintiendo las mejillas enrojecidas por el llanto y la bilis que me sube por la garganta.

Afligido, recorro la aldea con la vista y advierto que la mayoría de sus habitantes parecen haber desaparecido. No tengo ni idea de dónde pueden estar. Comprendo que tengo que escapar antes de que George y su partida de hombres me encuentren, porque en ese caso ya puedo darme por muerto.

Consigo ponerme de rodillas e introducirme en un estrechísimo callejón que hay entre dos casas. Está oscuro y húmedo, y huele a excrementos humanos. Me cuelo por ese estrecho espacio reptando a cuatro patas, en dirección a los graneros construidos en la parte posterior de las casas, casi en la falda de la colina. Aquí el suelo se eleva en fuerte pendiente y está cubierto de brezo y de helechos, y salpicado de piedras que emergen entre la fina capa de tierra. Me pongo de pie, y descanso un momento para recuperar el resuello y reunir fuerzas. En cuanto haya subido por encima del nivel de las casas, quedaré a la vista de cualquiera que esté en la aldea. Voy a tener que hacer un esfuerzo monumental para llegar a la cima de la colina, porque no hay ningún sendero y en algunos puntos la ascensión es casi vertical.

Sé que vendrán a por mí, pero es probable que quien me persiga utilice el camino que parte de la aldea, y esa ruta es mucho más larga. Si tengo fuerzas suficientes para subir esta ladera, conseguiré bastante ventaja. Me agarro a las raíces del brezo y, buscando puntos de apoyo para los pies, comienzo a tirar de mí mismo para trepar los primeros metros. Me impulsa una mezcla de miedo y rabia que tensa los músculos de mis hombros y mis muslos, de manera que voy subiendo con rapidez.

Ya he rebasado los tejados de las casas, y cuando lanzo una mirada fugaz a mi izquierda, veo que una de ellas está ardiendo. Igual que en Sgagarstaigh, los hombres que sirven a los nobles han venido preparados con antorchas y han prendido fuego a tejados y puertas.

De pronto, se alza una voz allá abajo. Me han descubierto. Al principio no me atrevo siquiera a mirar y continúo subiendo, sintiéndome empujado a realizar un esfuerzo aún mayor, pero cuando consigo salvar el afloramiento rocoso por el que estoy trepando me dejo caer al otro lado, pegado al suelo, para mirar hacia la aldea. Hay más tejados en llamas. Veo que se está quemando también mi casa, y acuden a mi memoria todos aquellos días de verano en que tanto trabajamos mi padre y yo retirando la techumbre de la casa para emplearla como fertilizante, y poniendo otra nueva para el invierno. Las maderas del tejado, al desplomarse, levantan nubes de chispas que se disipan en la niebla.

Un grupo de policías se ha destacado de los demás y ha echado a correr por el sendero para intentar cortarme el paso, pero también veo a poca distancia de mí a George Guthrie, que viene directamente hacia donde estoy. Avanza mirando hacia arriba, con el rostro distorsionado por el esfuerzo y la determinación, casi tan rojo como su cabellera.

Al instante me pongo de pie y me lanzo de nuevo colina arriba con renovados bríos, resbalando y patinando en el empeño de buscar asideros para las manos y los pies. Prácticamente tengo que izarme valiéndome sólo de los brazos y de mis doloridos hombros. Cuando llego por fin a la cima, me quedo unos momentos ahí de pie, con las piernas temblorosas, contemplando la aldea que antes fue mi hogar. Toda ella es presa de las llamas. Se oyen vítores cuando otro de los tejados se viene abajo.

A lo lejos, a mi izquierda, diviso una larga fila de aldeanos que están siendo conducidos hacia el cerro de Sgagarstaigh. Los que no pueden andar son apiñados en carretas, junto con las escasas pertenencias que han logrado salvar. Muchos de los hombres llevan grilletes y caminan encorvados y ensangrentados, haciendo un gran esfuerzo para mantenerse en pie. Si tropiezan y caen, los golpean con las porras.

Entre ellos, descubro a mi madre. También lleva grilletes. Tiene manchas de sangre en la cara y avanza tambaleándose. Casi tiene que correr para seguir el ritmo. Va dando pasos cortos y rápidos, limitada por la cadena que sujeta sus tobillos. Annag y Murdag corren a su lado, sosteniéndola por los brazos para que no se caiga.

El sentimiento de culpa es aplastante. Las he decepcionado. He traicionado a mi padre. Y peor aún: sé que no puedo hacer nada para enmendarlo.

De repente, oigo la respiración de George, áspera y jadeante, desgarrándole el pecho. Está a cuatro o cinco pasos de la cima. Me agacho, cojo unas cuantas piedras y se las arrojo. Una de ellas lo alcanza en el hombro, y él levanta el brazo para protegerse la cabeza. Dicho movimiento le impide agarrarse y resbala hacia atrás, hasta las rocas que hay más abajo. Sin embargo, los gritos de los policías que vienen por el sendero distraen mi atención, echan a correr por la cima de la colina y vienen directos hacia mí.

Su griterío hace que los aldeanos que están siendo conducidos hacia la laguna de Glas vuelvan la cabeza. Veo que mi madre y mis hermanas también se vuelven. Pero no tengo tiempo de recrearme en mi sentimiento de culpa. Doy media vuelta y salgo disparado como una flecha por la cima de la colina, siguiendo un sendero trazado por las pezuñas de incontables ciervos, que serpentea entre el brezo, rodeando grandes rocas que sobresalen en ángulos extraños salpicando la ladera. Atravieso chapoteando un pequeño arroyo de aguas rápidas, agitando los brazos y con la cabeza echada hacia atrás.

A mi izquierda, muy por debajo de mi posición, veo la media luna plateada de Traigh Mhor y los monolitos verticales del círculo de piedra, que se yerguen como testigos mudos de las generaciones que me han precedido. Constituyen un triste recordatorio de que ha sido mi relación con Ciorstaidh lo que ha hecho que caiga sobre nosotros esta calamidad.

Vuelvo la vista atrás por primera vez y veo a George persiguiéndome con feroz determinación. Varios cientos de metros por detrás de él van los policías, perdiendo terreno, lastrados por el peso de las botas y de los uniformes empapados por la lluvia. George, en cambio, es fuerte y rápido, está bien alimentado y la furia lo impulsa a seguir adelante. Sé que al final terminará dándome alcance.

Aprieto los dientes y continúo corriendo, moviendo brazos y piernas, insuflando aire en mis pulmones, que gritan de dolor. De pronto, a mi derecha, allá a lo lejos, distingo la figura del castillo de Ard Mor, enclavado entre dos altozanos, y más allá la bahía gris y en calma, casi completamente difuminada por la niebla. Y sigo corriendo. La inclinación de la ladera y el sendero de los ciervos me guían hacia la costa, donde los acantilados de roca negra de diez metros de altura llevan manteniendo a raya el implacable asalto del océano Atlántico desde tiempos inmemoriales.

Veo islas a lo lejos, a través de la neblina, y de pronto, en un fortuito jirón que se abre entre las nubes, se cuela un débil rayo de sol que baña la superficie del mar con un resplandor color plata.

El *machair* que hay en lo alto de los acantilados es relativamente llano, y la hierba es corta y muy dura. Corro arañándome los pies descalzos con los cardos, saltando por encima de las piedras y chapoteando en las charcas de barro. Mi mente me insta a continuar avanzando, pero mi cuerpo me grita que me detenga. A pesar de que el sudor casi me ciega, todavía alcanzo a ver que el *machair* se interrumpe más adelante para hundirse en una cala parcialmente oculta, cuya diminuta franja de arena de color plateado se vuelve casi fosforescente con la espuma de la marea alta. Sigo el sendero que baja hasta la playa, y sé que George va a atraparme ahí. No tiene sentido gastar más energía. En el instante en que mis pies tocan la arena, me doy cuenta de que ha llegado el momento de parar y enfrentarme a él.

Me detengo tambaleándome y descanso unos instantes inclinado hacia delante, apoyando el peso del cuerpo en los brazos y los muslos, intentando recuperar el aliento. Después, me incorporo de nuevo y doy media vuelta.

Ya casi tengo a George encima. Apenas nos separan unos metros, cuando, de improviso, frena poco a poco hasta que se detiene del todo, con la respiración agitada. Su cabello, de un rojo intenso, está ahora oscurecido por la lluvia y el sudor, y le cae formando ondas alrededor de la frente. Me lanza tal mirada de odio y desprecio que podría dejarme calcinado con su intensidad.

—¡Tú, gusano de mierda! —me grita—. ¿De verdad creías, ni remotamente, que ibas a poder estar con mi hermana?

A continuación, saca un largo cuchillo de caza de una funda que lleva al cinto y, sujetándolo con firmeza por la empuñadura, extiende el brazo hacia la derecha, haciendo relampaguear la hoja en dirección a mí.

—Voy a destriparte como el animal que eres. —Lanza una mirada fugaz hacia los acantilados. No hay ni rastro de los policías que me persiguen—. Y no habrá ningún testigo que pueda decir que no he actuado en legítima defensa.

Cuando lo veo avanzar despacio hacia mí, planto los pies firmes en el suelo y me preparo para su ataque, sin apartar la vista de la mano que empuña el cuchillo. Lo tengo ya tan cerca que percibo su olor. Presiento que él quiere que lo mire a los ojos, pero no pienso apartar la vista del cuchillo, y, obedeciendo un impulso ciego, decido tomar la iniciativa. Me abalanzo hacia él ligeramente de costado, para golpearlo de lleno en el pecho con el hombro, y consigo agarrar con ambas manos la mano en la que él blande el cuchillo.

Ambos caemos en la arena, yo encima de él, y el impacto hace que expulse todo el aire de los pulmones de golpe, en un doloroso resoplido. Aprovecho el momento, y le retuerzo la muñeca y el antebrazo para obligarlo a que suelte el arma, que finalmente cae y se aleja rodando por la playa.

Pero él se recupera de inmediato y, consciente de que tiene más fuerza que yo, me empuja hacia un lado. Vuelve a ponerse de pie con una mueca de dolor y jadeando para recobrar el resuello. Yo agarro un puñado de arena y se lo lanzo a la cara, pero él aparta la cabeza para esquivarlo, y advierto que desvía la mirada un instante hacia donde ha quedado su cuchillo, medio enterrado. Ambos estamos calculando cuál de los dos podría alcanzarlo primero. Entonces, casi antes de que yo pueda moverme siquiera, él se arroja hacia su derecha, se tira al suelo y coge el cuchillo. En un instante vuelve a estar en pie, con la ropa llena de arena que se lleva el viento. Y de nuevo se siente el más fuerte.

Ahora me tiene de espaldas contra el mar y sin forma de escapar de él. A medida que avanza, voy retrocediendo con cautela y siento romper las olas alrededor de mis tobillos. Abre la boca en lo que imagino que él considerará que es una sonrisa, aunque su rostro se asemeja más al de un animal salvaje enseñando los dientes.

De pronto, arremete contra mí, y, cuando intento sujetarle de nuevo la muñeca, noto que la hoja del cuchillo rasga la piel de mi antebrazo. Forcejeamos, tan juntos que nuestras caras casi llegan a rozarse, y empezamos a retroceder hacia el mar hasta que terminamos cayendo entre las olas, que nos pasan por encima. Me revuelvo para evitar el cuchillo, y por un instante los dos permanecemos completamente sumergidos bajo el agua. Cuando salgo a la superficie de nuevo, ansioso por respirar, el desconcierto se apodera de mí durante unos momentos. El agua está roja. George me ha soltado. Presa del pánico, tambaleándome, me palpo el cuerpo buscando una herida que no siento. Y entonces me doy cuenta de que George está flotando boca abajo, y de que la sangre sube borboteando a la superficie y forma remolinos a su alrededor.

Lo aferro por la chaqueta y, trastabillando entre las olas, lo llevo a rastras hasta la orilla y le doy la vuelta. La arena plateada se torna de color rojo debajo de él. La sangre le empapa la ropa procedente de una herida que ha debido de hacerse él mismo, por la cintura, al caer encima de su propio cuchillo. Aún vive, y me mira fijamente con miedo en los ojos. Mueve los labios, pero no consigue articular ninguna palabra, y veo cómo lo abandona la vida, casi como si fuera algo físico que sale de su cuerpo.

Arrodillado a su lado, con el mar helado bañando mis piernas, de repente oigo gritos procedentes de los acantilados. Al levantar la vista, distingo a tres policías que nos han descubierto en la playa. Debe de resultarles obvio que George está muerto, y al verme a mí agachado junto a él no me cabe duda de cuál va a ser la conclusión que sacarán. No merece la pena intentar explicarlo siquiera.

Me incorporo y echo a correr por la arena mojada y firme. Los oigo dar voces mientras inician el descenso, pero sé que no van a capturarme. Dejo el mar atrás y me dirijo a toda velocidad hacia una lengua de arena cubierta de tierra y vegetación áspera y afilada. Después subo de nuevo hasta el *machair*, buscando la protección que ofrecen las colinas, agradecido de que la llovizna que está cayendo en forma de neblina difumine mi silueta y me confunda con el paisaje.

No tengo ni idea de cuánto tiempo he tardado en llegar al cruce de caminos. El agua de la cascada se vierte sobre los bloques de gneis fracturados y va acumulándose en lo que he oído que llaman la «Poza de los ahogados». El antiguo camino de Sgagarstaigh pasa muy cerca de aquí. Sé que, un poco más adelante, colina abajo, se bifurca hacia Ard Mor, y que actualmente apenas se utiliza, porque ha caído en desuso desde que sir John Guthrie construyó el castillo y la calzada nueva que llega hasta la mansión desde el este.

Kirsty está esperándome con un caballo y una carreta, resguardada bajo el único serbal que crece ahí. El animal está piafando de impaciencia y relinchando al frío. Kirsty pone cara de alivio al verme, hasta que de pronto repara en mi estado.

—¿Qué ha ocurrido? ¿Dónde están tu madre y tus hermanas?

—Se las han llevado —respondo—. Junto con los demás habitantes de la aldea que han sobrevivido al ataque. Lo más probable es que a estas alturas ya estén a bordo del *Heather*.

—Pero ¿por qué no huisteis antes de que llegaran los policías?

Puedo ver la inquietud en su mirada.

—Porque mi madre no quería irse. Y luego ya fue demasiado tarde. —Me esfuerzo por reprimir el llanto, y tardo un momento en recuperar el habla—. Baile Mhanais está ardiendo. Algunos de mis vecinos han muerto. Y a todos los demás se los han llevado a la laguna de Glas.

Mantengo la vista clavada en el suelo, no me atrevo a mirar a Kirsty a los ojos. No me atrevo a contarle el resto. Pero de repente levanto la mirada y se lo confieso:

—Tu hermano ha muerto, Ciorstaidh.

Observo cómo se le oscurecen los ojos a causa de la impresión en el frío gris de este infausto día.

—¿George...?

Asiento con la cabeza.

—¿Qué ha pasado?

—Conseguí escapar, y él vino a por mí. Luchamos en la playa que hay más allá de los acantilados. Él tenía un cuchillo, Ciorstaidh, y quería matarme. Dijo que quería destriparme como a un animal.

—¿Lo has matado? —me pregunta con un hilo de voz.

—No era mi intención. Te lo juro. Acabamos forcejeando en el agua, y él solo se cayó encima del cuchillo.

Veo cómo las lágrimas le resbalan por la cara en silencio.

—Pobre George. Siempre lo he odiado. No sé si merecía o no morir, pero, de un modo u otro, se lo ha buscado él mismo.

Se muerde el labio para contener un sentimiento de tristeza que acaso pudiera desmentir lo que ha dicho. Sin duda hubo momentos de afecto entre su hermano y ella, cuando eran pequeños.

—Dirán que lo he matado yo, Ciorstaidh, por más que fuera él quien pretendía matarme. Puedes tener por seguro que querrán acusarme de asesinato. Y si me cogen, me ahorcarán.

Observo cómo aprieta la mandíbula en un mudo gesto de determinación.

—No te cogerán.

Y tras decir esto, se vuelve hacia la carreta y abre el baúl que lleva en la parte de atrás. Dentro hay dos maletas pequeñas. Saca una, la apoya en el suelo y la abre.

—Te he traído ropa de George y un par de botas. Quizá te vengan un poco grandes, pero te servirán. Con la ropa que llevas, no puedes viajar.

Observo el pantalón doblado, la chaqueta y la camisa planchada. Y también las relucientes botas de George. No quiero ni imaginar cómo se sentiría él si supiera que voy a vestirme con todas esas prendas suyas.

—No puedo viajar —replico.

Ella me mira frunciendo el ceño, como si no acabara de entenderlo.

—¿Por qué no?

—No puedo abandonar a mi madre y a mis hermanas.

—Simon, tú mismo acabas de decir que probablemente ya estarán a bordo del barco. No hay nada que puedas hacer.

Cierro los ojos y me entran ganas de gritar. Ciorstaidh tiene razón, por supuesto, pero me resulta casi imposible aceptar lo inevitable.

En ese momento, ella me agarra del brazo y me obliga a mirarla:

—Simon, escúchame. El *Heather* se dirige a una ciudad llamada Quebec, situada en la costa este de Canadá. Si logramos llegar a Glasgow, tengo dinero más que suficiente para pagar el pasaje hasta allí para ti y para mí. Cuando lleguemos, habrá un registro de los pasajeros que han entrado en el país, o algo parecido. Seguro que podrás localizarlas. Pero tenemos que irnos. Ahora mismo. Tenemos que estar navegando en dirección al continente antes de que la policía pueda dar contigo.

CAPÍTULO 26

Sime despertó con un sobresalto, y el dolor y el sentimiento de culpa que lo acosaban en su sueño lo siguieron hasta el estado de vigilia como lo harían los efectos de una resaca. El sueño en sí se había desarrollado tal como él recordaba la narración de aquella historia, pero las experiencias vitales que había ido adquiriendo en los años transcurridos desde que se la leyó su abuela la habían coloreado con imágenes y sentimientos que no podría haber experimentado de pequeño. Una vez más, Kirsty Cowell era Ciorstaidh, y él, su propio antepasado.

Alrededor de las cortinas echadas de su habitación se filtraba un poco de luz diurna, y Sime consultó la hora. Eran poco más de las siete, de modo que no había dormido mucho.

Los acontecimientos de la vida de su antepasado lo atormentaban cada vez con más frecuencia. Cuando no afloraban de forma consciente a su mente, su subconsciente los espolvoreaba durante los breves momentos en que estaba dormido. Por lo visto, no había manera de escapar de ellos.

La evacuación de Baile Mhanais y su huida con Ciorstaidh de alguna forma habían cerrado el círculo. Ya podía volver a aquel primer sueño en el que ambos se separaban en el muelle de Glasgow. Y eso era lo que ocupaba ahora su mente, pero tenía la sensación de que aún faltaba algo, si bien no se le ocurría qué podía ser. Se obligó a rememorar todo lo sucedido aquel fatídico día en que el *Eliza* se llevó a Simon al Nuevo Mundo y dejó a Ciorstaidh atrás, en el viejo. Aquella promesa que su antepasado supo que jamás iba a poder cumplir. Tal como había ocurrido en el sueño. Tal como la recordaba en el relato, después de tantos años. Y aun así, sabía que aún faltaba algo. Algo perdido en el tiempo, que quedaba fuera de su alcance.

Unos golpes en la puerta lo sacaron de su ensoñación y sus pensamientos, que fueron reemplazados por el recuerdo de lo que había sucedido la noche anterior. De repente, se sintió profundamente abatido, como si un manto de nieve lo aplastara bajo su peso.

De nuevo los golpes. Esta vez más insistentes.

Estaba hecho polvo. Aún tenía los ojos cargados de sueño y apenas lograba enfocar con claridad. Había dormido vestido, y llevaba la ropa arrugada y empapada en sudor. Sacó las piernas de la cama y se calzó.

—¡Ya está bien! —gritó cuando volvieron a aporrear la puerta.

Se apartó el pelo de la cara y se frotó los ojos con el dorso de las manos, y después abrió.

En el pasillo estaba el teniente Crozes. Sime temió por un instante que fuera a agredirle, pero su actitud era grave y seria. El corte del labio había empezado a cicatrizar, y en su rostro lucía un extenso hematoma que le cubría todo el lado izquierdo, el pómulo y la zona del ojo.

—¿Puedo pasar?

Sime se hizo a un lado y abrió la puerta de par en par, y Crozes pasó al interior del cuarto. Cuando cerró de nuevo, se volvió hacia el teniente.

—Esto podemos solucionarlo de dos maneras —dijo Crozes.

—¿Ah, sí? —Sime no logró adivinar nada en la expresión impasible de sus ojos. Crozes estaba pálido, y el bronceado le daba a su tez un tinte amarillento, casi de ictericia.

—Podemos actuar como si no hubiera pasado nada y continuar cada uno con su vida. —Titubeó un instante—. O puedo presentar contra ti una denuncia por agresión, con lo cual quedarás inmediatamente suspendido, y casi con toda seguridad te expulsarán del cuerpo.

Sime lo miró, pensativo. Poco a poco se le iba aclarando la mente.

—Bueno, voy a decirle por qué motivos no va a escoger esa segunda opción, teniente. —Crozes aguardó, impávido—. Uno, porque se vería obligado a reconocer que ha estado tirándose a la mujer de un compañero. Y dos, porque tendría que enfrentarse a la humillación que supondría que hasta el último mono del departamento se entere de que yo le he pegado una paliza. —Crozes seguía aguardando—. Sería el fin tanto de su carrera como de la mía. Y no creo que ninguno de los dos quiera tal cosa.

—Entonces, ¿qué propones?

—Esto podemos solucionarlo de dos maneras. —Sintió un placer casi perverso al lanzarle a Crozes sus propias palabras a la cara—. Podemos actuar como si no hubiera pasado nada.

Crozes supo reprimir bien la rabia.

—¿O?

—O puedo acudir a los de arriba con la historia de que usted lleva un año acostándose con mi mujer, y ver lo que pasa.

—El resultado será el mismo.

Sime se encogió de hombros.

—Puede.

Él mismo estaba sorprendido de su frialdad emocional y de su calma. Era como si estuvieran hablando de las vidas de otras personas. Con cierto estupor, cayó en la cuenta de que ya no le importaban gran cosa ni la Sûreté, ni Marie-Ange, ni Crozes.

—Sólo depende de quién de los dos tome antes la iniciativa.

—Podría detenerte ahora mismo. No me faltarían testigos.

—¿Y cómo sabe que no he llamado yo al capitán McIvir para darle una explicación completa de lo ocurrido? Incluida su infidelidad con mi mujer. —Vio que Crozes se ponía en tensión.

—¿Lo has hecho?

Sime dejó que la pregunta quedara flotando en el aire durante unos segundos.

—No —respondió por fin.

El alivio de Crozes casi podía palparse.

—Entonces, estamos de acuerdo.

—¿Lo estamos?

—Anoche no ocurrió nada. Mi relación con Marie-Ange comenzó después de la ruptura de vuestro matrimonio. Acabamos con esta investigación, y cada uno pasa el resto de su carrera sin incordiar al otro.

Sime perforó con la mirada a su superior.

—Dicho de otro modo, quiere que mantenga la boca cerrada.

Por el movimiento de su mandíbula, advirtió que Crozes estaba apretando los dientes.

—Puedes interpretarlo como quieras. Me estoy limitando a exponer las alternativas.

Se hizo un profundo silencio en la habitación, y Sime tardó unos segundos en interrumpir el contacto visual con el teniente para ir a sentarse en el borde de la cama.

—Como quiera —dijo en tono cansado.

Crozes asintió con un gesto, y toda su actitud corporal dio la impresión de cambiar en un instante. De repente, era otra vez el teniente y volvía a ocuparse de temas profesionales. Del asesinato de James Cowell. Como si no hubiera ocurrido nada entre ellos, dijo:

—La policía de Quebec ha localizado por fin a Briand, el alcalde. Se aloja en el hotel Saint-Antoine. —Consultó el reloj y añadió—: Dentro de cuarenta y cinco minutos sale un vuelo. Quiero que lo toméis Blanc y tú.

CAPÍTULO 27

I

—¡Joder!

Blanc levantó la vista de la carpeta que tenía sobre las rodillas. Estaban sobrevolando la península de la Gaspesia, probablemente a menos de una hora de aterrizar en la ciudad de Quebec. La primera hora de vuelo había transcurrido en un silencio tenso, y Blanc había estado todo el rato con la cabeza enterrada en la información que les había proporcionado Arseneau acerca de Richard Briand, el alcalde. Se volvió hacia Sime, que iba sentado a su lado en la diminuta avioneta Jetstream con capacidad para diecinueve pasajeros que hacía la ruta de ida y vuelta, y, sin poder contenerse, exclamó:

—¡¿Has leído lo que dice aquí?!

Sime se encontraba a muchos kilómetros de distancia, dando vueltas a lo que había vivido su antepasado en la Escocia del siglo XIX. Apenas prestaba atención al momento presente, como no fuera para hurgar en la herida de su fracasada relación con Marie-Ange. Miró a su compañero de interrogatorios con indiferencia y respondió:

—No.

El rostro de Blanc, habitualmente pálido, estaba encendido por la emoción.

—Todo el mundo sabe que uno no llega a lo más alto de la política sin tener dinero. Y Briand no es ninguna excepción, aunque no sea más que el alcalde de una isla.

—Vale, tiene dinero. ¿Y qué?

—Lo interesante es la forma en que lo consiguió.

—Cuenta.

—Con las langostas. —Miró a Sime con gesto expectante, para darle tiempo a asimilar aquel dato.

—¿Estaba en el mismo negocio que Cowell?

—No sólo estaba en el mismo negocio, Sime. Sus empresas competían entre sí. El sector estaba prácticamente copado por ellos dos. Cowell era el dueño de la mitad de los barcos pesqueros, pero es que Briand es el dueño de la otra mitad. Y, según las notas de Arseneau, el año pasado el alcalde vio frustrado su intento de absorber el negocio de su competidor. Al parecer, hubo una fuerte disputa entre los dos. No se tenían mucho cariño el uno al otro.

A Sime no le pasó inadvertida la importancia de lo que estaba contándole Blanc. Los sueños, los diarios y los matrimonios fracasados se replegaron hacia un rincón de su cerebro.

—De modo que, si Cowell desaparecía del mapa, es de suponer que la viuda no representaría un obstáculo para sus planes de expandir su pequeño imperio.

Blanc asintió con la cabeza.

—Exactamente. Además, el hecho de que Cowell se mudara a vivir con su esposa no debió de ser una píldora fácil de tragar para el alcalde.

Sime reflexionó unos momentos sobre aquel punto.

—De modo que Briand tenía un motivo doble, y muy fuerte, para cometer el asesinato.

—Eso hace que se vea todo con una luz distinta, ¿verdad?

—Si no fuera por un pequeño detalle —replicó Sime.

—¿Qué detalle?

—El mismo que nos ha impedido desde el principio considerar a Briand un sospechoso. Si su objetivo era Cowell, ¿por qué atacó a Kirsty?

—A lo mejor quería matarlos a los dos. De ese modo, el negocio de Cowell habría quedado desbaratado con toda seguridad.

—¿Y por qué no lo hizo, entonces?

Blanc frunció el ceño.

—¿Por qué no hizo el qué?

—Matarlos a los dos. Tuvo ocasión de hacerlo.

Blanc estaba desanimado.

—Tal vez le entró el pánico.

Sime negó con la cabeza.

—Habiendo matado a uno, ¿por qué no acabar también con el otro? Además, piensa una cosa: Briand se fue a Quebec la mañana siguiente al asesinato, así que no pudo ser él quien me atacó a mí hace dos noches. Y el hecho de que quien me agredió fuera un hombre con un pasamontañas parece corroborar la historia de Kirsty Cowell de que en la noche del asesinato penetró un intruso en la casa. Un detalle que también debería descartarla a ella.

Blanc se rascó la coronilla, calva y reluciente.

—Y eso también plantea la pregunta de por qué te atacaron a ti.

Sime asintió.

—Así es. Pero eso no cambia el hecho de que me atacaron. —Guardó silencio unos instantes, rememorando con toda nitidez aquel momento en el que creyó que iba a morir. Luego señaló con la mirada la carpeta que sostenía Blanc sobre las rodillas y le preguntó—: ¿Ya has terminado con eso?

—Sí.

Alargó la mano para coger la carpeta.

—Pues supongo que vendrá bien que yo también le eche un vistazo antes de que lleguemos a Quebec.

Volvió a las primeras páginas que había escrito Arseneau y comenzó a leer, pero se dio cuenta de que Blanc no dejaba de mirarlo. Levantó la cabeza y advirtió su gesto de incomodidad.

—¿Qué pasa?

—Tenemos que aclarar las cosas, Sime.

—¿Respecto a qué?

—Respecto a lo de anoche.

Sime volvió a bajar la vista hacia el informe.

—Olvídalo.

—No puedo.

—¿Por qué?

—Porque no me gustaría pensar que tú me reprochas algo al respecto.

—No te reprocho nada.

—Pues no fue ésa la impresión que me diste anoche a las dos de la madrugada.

Sime lanzó un suspiro y de nuevo posó la mirada en Blanc.

—Oye, Thomas, estaba un poco alterado, ¿de acuerdo? Acababa de enterarme de que mi ex mujer y el teniente llevan acostándose a saber cuánto tiempo, sin que yo sospechara nada. Y si mi ex mujer no me hubiera apuntado a la cabeza con una pistola, puede que hubiera matado a Crozes.

Blanc se miró las manos mientras se las retorcía en el regazo.

—Pero tenías razón en lo que dijiste. Lo sabía todo el mundo. —Levantó la vista y lo miró con franqueza—. A nadie le parecía bien. Pero es que tú no te relacionabas con nadie, Sime, así que todos creímos que no era asunto nuestro decírtelo. Yo, desde luego, pensé que no era de mi incumbencia.

Sime negó con la cabeza, y estuvo a punto de soltar una carcajada. Se imaginó cómo se lo diría cualquiera de ellos: «Eh, Sime, ¿sabes que el teniente Crozes se está cepillando a tu mujer?»

—Si yo hubiera estado en tu lugar, Thomas, seguramente tampoco te habría dicho nada. Pero lo cierto es que ya no importa. Se acabó. Hay que pasar página.

Pero estaba claro que Blanc seguía dándole vueltas a algo.

—¿Qué te ha dicho Crozes esta mañana, cuando ha ido a tu habitación? —le preguntó.

Sime enarcó una ceja.

—¿Te has enterado de eso?

—Se ha enterado todo el mundo, Sime.

Sime dejó escapar un suspiro.

—Hemos acordado hacer como que no ha pasado nada.

Y dicho eso, volvió a concentrarse en el informe.

Transcurrieron unos segundos de silencio, hasta que Blanc preguntó:

—¿Eso quiere decir que Crozes no va a emprender acciones legales contra ti?

—Thomas, eso acabaría perjudicándonos a los dos, de manera que no, no va a emprender acciones legales contra mí. —Apartó la mirada de la información de Arseneau, y, al posarla en Blanc, vio que su compañero negaba con la cabeza—. ¿Qué ocurre?

—Que no tiene lógica, Sime.

—¿Opinas que debería denunciarme? —dijo Sime sin poder disimular su sorpresa.

—Lo que opino es que Crozes es como un animal herido, está sangrando y es peligroso. —Blanc lo taladró con sus pequeños ojos castaños—. Anoche le diste una paliza, Sime, delante de su amante. Y cuando abriste la puerta de esa habitación, no hubo un solo miembro del equipo que no viera al teniente tirado en el suelo, desnudo y cubierto de sangre. Fue una humillación en toda regla. Una humillación que le durará mucho más tiempo que cualquier dolor físico que hayas podido infligirle. —Lo miró con expresión seria—. Si Crozes ha dicho que quiere hacer como si no hubiera pasado nada, te ha mentido. Da igual lo que haya afirmado, da igual lo que te haya prometido. No te lo creas, Sime. Te joderá en la primera ocasión que se le presente.

II

El taxi tardó menos de veinte minutos en ir desde el aeropuerto hasta el hotel Saint-Antoine, que estaba situado en la zona del puerto antiguo de Quebec. A pesar de todo lo que había estudiado acerca de los Cantones del Este, era la primera vez que Sime iba a la capital de la provincia.

El centro histórico de Quebec era impresionante, con su castillo amurallado alzándose sobre el puerto y el río, y con su enjambre de casas muy viejas, encajadas en calles angostas y apiñadas bajo las murallas del casco antiguo. Lo habían restaurado y transformado en atracción turística, y estaba lleno de restaurantes y hoteles.

El río San Lorenzo era ancho en aquel punto, y cuando el taxi los dejó frente al hotel en el que se alojaba Briand, divisaron a lo lejos el ferry que venía del distante puerto de

Levis, situado en la otra orilla. Aunque muchas de las habitaciones del hotel daban al río, la entrada estaba encajada entre edificios de piedra en la estrecha Rue Saint-Antoine, que desembocaba en un promontorio cubierto de árboles. Briand ocupaba la última habitación de la cuarta planta, dotada de un amplio ventanal con forma de arco, y disfrutaba de una bella panorámica del río. Era un hombre que estaba acostumbrado a salirse con la suya, y cuando los hizo pasar a la habitación notaron que estaba de un humor de perros.

—¿Estoy detenido o qué? —preguntó en cuanto cerró la puerta tras ellos.

—Naturalmente que no —intentó tranquilizarlo Blanc, pero Briand no se ablandó.

—Pues lo parece. Anoche recibí una visita de la Sûreté. Vinieron a advertirme que hoy no debía salir de la habitación hasta que ustedes hubieran hablado conmigo. Me siento igual que si estuviera bajo arresto domiciliario. Ya me he perdido una reunión esta mañana, y ahora voy a llegar tarde a otra.

—Ha muerto una persona, señor Briand —dijo Sime mirando al alcalde con ademán pensativo.

Era un hombre alto, atractivo, en buena forma física. Tenía la típica actitud perspicaz y falta de escrúpulos de los políticos, iba arreglado y con las uñas cuidadas, pero desprendía ese estudiado barniz de sofisticación que sólo se consigue con dinero. Llevaba el cabello, tupido y castaño oscuro, peinado hacia atrás con gomina para dejar a la vista un rostro bronceado. En cuanto abrió la puerta, Sime se dio cuenta de que era él quien aparecía junto a Ariane Briand en la fotografía que había visto sobre el aparador. Vestía un pantalón oscuro y una camisa blanca con las mangas cuidadosamente remangadas.

—Eso ya lo sé —replicó—, pero no entiendo qué tiene que ver conmigo.

—Era su competencia directa en los negocios —contestó Blanc—, y se estaba tirando a su mujer.

A pesar del bronceado, Briand se ruborizó.

—Lo que haya ocurrido o no entre Cowell y mi mujer ya se terminó. —Apretó los dientes para controlar el tono de voz y que no se le notase la cólera.

Blanc no se inmutó.

—Tenemos entendido que Cowell aún vivía con su esposa, Ariane, cuando fue asesinado. Sus pertenencias seguían estando en la casa.

Sime se acordó del chaquetón de caballero colgado junto a la puerta, que parecía ser demasiado grande para Cowell.

—Si Cowell hubiera vuelto aquella noche, se las habría encontrado en la puerta de la calle.

—¿Y cómo sabe usted eso? —le preguntó Sime.

—Porque las puse yo mismo.

Aquello cogió por sorpresa a los dos detectives, que se quedaron por un momento en silencio.

—¿Estaba usted en casa de su mujer la noche del asesinato? —preguntó Blanc.

—Así es.

—Debería explicarse —le dijo Sime.

Briand suspiró profundamente y se dirigió hasta el otro extremo de la habitación para abrir los ventanales que daban al río. Respiró hondo y se volvió hacia los policías. Su rostro quedaba ahora a contraluz y apenas se adivinaba; estaba claro que era un hombre acostumbrado a buscar la posición más ventajosa en cualquier sitio.

—Si no se ha vivido nunca en una isla —comentó—, resulta difícil entender la facilidad con que los rumores y las medias verdades acaban transformándose en completos embustes.

—Eso sucede en todas las comunidades pequeñas —repuso Blanc—. ¿De qué rumor o media verdad estamos hablando, exactamente?

Briand no se dejó amilanar.

—En contra de lo que cree todo el pueblo, mi mujer no me echó de casa. Tuvimos una pelea, sí, son cosas que pasan en el matrimonio. Acordamos separarnos una temporada, darnos una especie de margen para dejar enfriar las cosas.

—¿Y cuándo empezó la aventura de su mujer con Cowell? —terció Sime.

—Después de nuestra separación. Ariane me dijo que en realidad sólo lo había hecho para darme celos.

—¿De modo que ése fue el único motivo por el que su mujer le pidió a Cowell que se fuera a vivir con ella?

—Mi mujer no hizo tal cosa —replicó Briand, en actitud defensiva—. Cowell se invitó solo. Una noche se presentó en la puerta con una maleta y dijo que su mujer se había enterado de lo suyo.

Se pasó una mano por el contorno de la mandíbula, pulcramente rasurada; estaba claro que lo incomodaba hablar de algo que sin duda había sido una experiencia muy humillante para él.

—Ariane y Cowell tuvieron una aventura, sí, pero ella y yo estábamos ya haciendo las paces. Cuando Cowell apareció aquella noche con la maleta, Ariane estaba a punto de terminar con él, pero aquello la dejó descolocada. No supo qué hacer. Según ella, Cowell era un hombre obsesivo, casi ponía los pelos de punta. Ariane había llegado al punto de tenerle un poco de miedo. Yo la convencí para que se enfrentara a él y le dijera la verdad, que iba a volver conmigo y que lo suyo con él se había terminado. Íbamos a decírselo aquella noche, los dos juntos. La noche en que lo asesinaron. Yo fui a la casa cuando Cowell ya se había marchado, y esperamos mucho rato, pero no regresó.

—¿Está diciendo que la noche en que Cowell fue asesinado, usted estaba en casa de su mujer?

—De hecho, la casa es mía —replicó Briand, irritado—. Pero sí, Ariane y yo estuvimos en casa juntos toda la noche.

—Ésa es una coartada muy oportuna —dijo Blanc—. Me gustaría saber por qué razón no nos la ha dado su mujer.

—Tal vez porque ustedes no se lo han preguntado —repuso Briand con sarcasmo.

—Tranquilo, que ya lo haremos. —Briand no pudo disimular su enfado.

—Y qué coincidencia, los dos vinieron a Quebec a la mañana siguiente —dijo Sime.

—No fue ninguna coincidencia —respondió Briand—. Vinimos juntos. Ya lo teníamos pensado, no quería que Ariane tuviera que aguantar las posibles represalias de Cowell después de que rompiera con él. Yo mismo reservé los vuelos y el hotel, para mayor discreción. No tuve ninguna reunión hasta ayer, así que sabíamos que íbamos a poder disfrutar de un par de días para nosotros solos, antes de que ella tuviera que volver.

Sime se mostró reacio a admitir que todo aquello fuera verdad. Probablemente volvieron a poner la fotografía de Ariane y Briand en su sitio la noche en que ambos planearon darle la noticia a Cowell. El chaquetón colgado junto a la puerta era de Briand. Y Ariane no había metido las cosas de Cowell en la maleta al volver del aeropuerto, sino que la maleta ya estaba hecha desde la noche del asesinato. En cualquier caso, marido y mujer se proporcionaban una coartada el uno al otro, y Sime tenía muy clara una cosa: como le había hecho ver a Blanc, era imposible que el alcalde lo atacara a él en Entry Island, porque en aquel momento Briand se encontraba en Quebec.

—¿Cuándo se enteró usted de que habían asesinado a Cowell? —preguntó.

—No lo supe hasta que Ariane llegó a casa. Me llamó para decírmelo.

—Ha salido en todos los informativos —repuso Blanc.

—No estuvimos precisamente viendo los informativos, detective. Estuvimos rehaciendo nuestro matrimonio, encontrándonos de nuevo. Nadie sabía adónde habíamos ido, y desconectamos los móviles. Queríamos estar solos, sin nadie más. Una habitación de hotel, un par de restaurantes. El mundo no existía.

—¿Y qué fue lo que sintió usted cuando se enteró de que Cowell había sido asesinado? —le preguntó Sime.

Una leve sonrisa sardónica se extendió por los labios del alcalde.

—Para serle totalmente sincero, di un saltito de alegría. Ese tipo me estaba jodiendo tanto la vida personal como la profesional. Su pobre mujer se merece una medalla.

—¿Su mujer? —repitió Blanc, sorprendido.

—Claro.

—¿Por qué?

—Por haberlo matado.

• • •

El Château Frontenac, con sus torres y pináculos, sus tejados verdes de cobre y su ladrillo anaranjado, dominaba el perfil de la ciudad por encima de ellos. Había sido construido en el emplazamiento del antiguo Château Haldimand, en el que antaño vivieron sucesivos gobernadores de la colonia británica, y en la actualidad era un hotel de lujo. Los colores otoñales del promontorio sobre el que se elevaba pintaban las laderas de amarillo y rojo vivo, y un tránsito constante de turistas llenaba el funicular que iba y venía de las murallas del casco antiguo.

Sime y Blanc estaban sentados en un café protegido por sombrillas, contemplando a los pasajeros que subían y bajaban de los ferrys del río, cuya terminal se encontraba al otro lado de la calle. Había amarrado en el muelle un enorme crucero de lujo, que casi volvía enano a aquel antiguo puerto. El cañón que defendía lo que, en otra época, había sido el puerto más importante de la costa oriental de Norteamérica, se asomaba ahora entre las almenas de la muralla, pintado de negro y ocioso desde hacía casi dos siglos.

Blanc iba ya por el segundo café y el tercer cigarrillo. Estaban esperando el taxi que iba a llevarlos de nuevo hasta el aeropuerto, y ya había informado a Crozes por teléfono.

—A Briand se lo ve contento —dijo—. Se ha quedado más o menos fuera del asunto, y todas las sospechas vuelven a centrarse en la esposa de Cowell.

—Pero seguimos sin tener ninguna prueba contra ella. Ninguna prueba consistente —replicó Sime.

Blanc se encogió de hombros.

—Hoy deberíamos recibir el informe del patólogo y los primeros resultados del forense. —Estudió detenidamente la expresión de su compañero—. ¿Qué es lo que hay entre tú y esa mujer, Sime?

Sime sintió que se sonrojaba.

—¿Qué quieres decir?

—Todo eso del anillo y el colgante, lo de creer que la conocías de antes. He visto cómo la miras.

—¿Y cómo la miro? —De repente, se sintió avergonzado.

—No lo sé. Es difícil de decir. Pero no la miras como un policía suele mirar a un sospechoso. Aquí hay algo personal, y eso no procede. No es profesional. Lo sabes de sobra.

Sime no respondió, y Blanc se quedó reflexionando durante unos instantes.

—El otro día le preguntaste por sus raíces escocesas.

—¿Y?

—Tú eres escocés, si no me equivoco. Al menos, tus antepasados lo son.

Sime dudó un poco antes de contestar.

—¿Sabes?, es muy curioso. De pequeño no quería ser nada más que canadiense. De Quebec. Por supuesto, sabía que mis antepasados eran escoceses, que llegaron aquí hablando gaélico. Y mi padre se sentía muy orgulloso de nuestras raíces escocesas, insistía en que en casa hablásemos inglés. Bueno, eso ya te lo he contado. —Sonrió—. Él estaba seguro de que tenía acento escocés, pero yo lo dudo. —Miró a su compañero—. El problema es que yo no quería ser escocés. No quería ser distinto. En la escuela, la mayoría de mis compañeros de clase tenían ascendencia francesa, y todos hablábamos francés entre nosotros. Yo sólo quería ser uno más. Casi me negaba a ser escocés. Imagino que eso debió de suponer una verdadera desilusión para mi padre.

Sime volvió la mirada hacia el puerto, pensativo.

—Pero, si me remonto cinco generaciones, mi tatatarabuelo salió de Escocia y llegó aquí, a Quebec, sin un solo centavo en los bolsillos. Su familia y él habían sido expulsados de las Hébridas Exteriores, y lo habían separado de su madre y sus hermanas.

Blanc dio una calada a su cigarrillo.

—¿Y su padre?

—A su padre lo mataron de un tiro cuando intentaba cazar furtivamente un ciervo durante la hambruna ocasionada por la plaga de la patata.

—Yo creía que eso había ocurrido en Irlanda.

Sime negó con la cabeza.

—La hambruna causó los mismos estragos en algunas partes de Escocia. —Señaló el puerto—. Cuando mi antepasado llegó aquí, examinó los registros de la oficina del puerto para intentar descubrir cuándo había llegado el barco en el que venía su familia y poder dar con ella. Era un navío llamado *Heather*.

—¿Y?

—No figuraba en ningún registro. Y le dijeron que probablemente había naufragado durante la travesía. En aquella época, si un barco se hundía no llegaba a enterarse nadie.

Recordaba con toda claridad el momento en que su abuela les leyó aquel pasaje de los diarios. Su antepasado estaba borracho, y fue rescatado de unos maleantes por un irlandés al que había conocido. Sime negó con la cabeza antes de continuar:

—Cuesta trabajo imaginar lo que debió de ser aquello. Verte expulsado de tu tierra y obligado a subir a un barco. Llegar a un lugar desconocido sin nada, ni familia ni amigos.

—¿Qué fue de él?

Sime se encogió de hombros.

—Al final, consiguió salir adelante. Terminó creándose cierta reputación como pintor, ya ves tú.

—¿Tienes algún cuadro suyo?

—Sólo uno. Un paisaje. Supongo que debe de ser de las Hébridas. Es un lugar bastante inhóspito, sin árboles y sin nada.

De repente, se le ocurrió que las imágenes que servían de telón de fondo a sus sueños debían de proceder de aquel cuadro, que tenía colgado en su apartamento. Se volvió hacia Blanc y le preguntó:

—¿Y qué me dices de ti? ¿Cuáles son tus raíces?

—Mis antepasados se remontan hasta los primeros acadianos que se instalaron en Canadá —contestó Blanc—. Procedían de una localidad situada en la región de Poitou-Charentes, del oeste de Francia, llamada Loudun. —Sonrió de oreja a oreja—. Así que soy un franchute de pura cepa.

Supongo que lo que diferencia a mi gente de la tuya es que la mía vino voluntariamente. Eran pioneros.

En aquel momento, un taxi se detuvo junto al bordillo y tocó el claxon. Los dos detectives se apresuraron a levantarse, y Blanc dejó unas monedas en la mesa.

III

Poco después de las doce del mediodía ya estaban en el aire, y hacia las dos aterrizarían en las islas. Crozes le había dicho a Blanc por teléfono que iba a convocar una reunión del equipo en la Sûreté, para evaluar las pruebas recopiladas hasta la fecha y decidir qué pasos había que dar a continuación.

Sime dejó caer la cabeza sobre el respaldo del asiento y cerró los ojos, pero al momento se encontró con el rostro de Kirsty Cowell, esperándolo, grabado en sus retinas. Reflexionó sobre lo que le había dicho Blanc en el café acerca de la actitud que mostraba hacia ella. «Aquí hay algo personal, y eso no procede. No es profesional.» Y se preguntó si no estaría perdiendo la objetividad en aquel caso.

Notó que el avión se inclinaba hacia la izquierda por encima de la ciudad, para tomar un rumbo que lo llevaría a lo largo del río en dirección al golfo. En ese momento, Blanc lo tocó en el brazo. Iba en el asiento de la ventanilla, contemplando el paisaje que se extendía allá abajo mientras el avión viraba. Hacía un día de otoño estupendo, claro y despejado, y los colores del bosque que bordeaba las riberas del río se veían tan espectaculares iluminados por el sol, que parecía que hubieran sido intensificados con un programa informático.

—Mira —le dijo—, ¿ves esa cadena de islas que hay en el río?

Sime se inclinó por encima de él para intentar ver algo. Y allí estaban, destacadas en vívido relieve contra las oscuras aguas del río San Lorenzo. Piedra gris y vegetación otoñal. Serían nueve o diez islas, de diferentes tamaños, todas ellas alineadas como si siguieran el curso del río, al noreste de la ciudad.

—La tercera a partir de l'Île d'Orléans —dijo Blanc— es la Grosse Île. Allí fue donde pusieron en cuarentena a los inmigrantes de finales del Diecinueve y principios del Veinte. ¿Lo sabías?

Sime asintió con gesto serio.

—Sí.

—Pobres diablos. Dicen que aquello fue un verdadero infierno.

Y entonces Sime sintió que de nuevo acudían a él los recuerdos de lo vivido por su antepasado.

CAPÍTULO 28

Este viaje es una pesadilla que supera todo lo que yo habría podido imaginar. ¡Y no ha hecho más que empezar! Sólo Dios sabe qué desgracias nos aguardan más adelante.

He aprendido a no pensar en Ciorstaidh, porque sólo me causa dolor y acentúa mi abatimiento. Si ella hubiera estado a bordo conmigo, tal como habíamos planeado, habríamos viajado en uno de los pocos camarotes para pasajeros que hay en la cubierta superior. Ella guardaba la documentación de los dos, y cuando se descubrió que yo no llevaba ninguna encima, ni tampoco nada que demostrase que mi pasaje estaba pagado, el primer oficial me dijo que tendría que pagar el viaje trabajando a bordo, de modo que me mandó a las cocinas a guisar para los pasajeros de la cubierta inferior, entre los cuales iba a tener que hacerme un sitio.

Lo que él llamó «las cocinas» era en realidad una tosca estancia donde se prepara la comida, y a los tres que hemos sido nombrados cocineros nos resulta casi imposible trabajar cuando el mar está agitado, cosa que viene sucediendo desde que zarpamos.

El agua potable de los barriles está de color verde. Casi resulta imposible beberla. Y la mitad del grano de los sacos está lleno de moho. Hay muy poca cantidad de algo que parece carne, y de todas maneras no va a aguantar mucho más. No tengo ni idea de cómo vamos a racionar las patatas, las cebollas y los nabos para que duren hasta el final de la travesía.

He descubierto que la mayoría de los doscientos sesenta y nueve pasajeros de tercera clase son de la isla de Skye. Fueron expulsados de sus tierras y enviados a Glasgow por su señor, que les ha pagado el pasaje a Canadá. La mayor parte de ellos no poseen más que la ropa que llevan encima. No tienen dinero, ni saben lo que les ocurrirá cuando lleguen a su destino.

El *Eliza* no fue diseñado para ser un barco de pasajeros. Es un carguero. Regresará a las islas Británicas lleno de mercancías del Nuevo Mundo, y los pasajeros de tercera clase que lleve en la travesía de regreso apenas servirán de lastre.

Lo que denominan «cubierta de tercera clase» es una bodega de carga burdamente adaptada para alojar a seres humanos. Se han construido unos compartimentos a lo largo de los costados del barco y también en el centro. Están dispuestos en dos niveles, encajados entre la cubierta superior y la inferior, y el espacio que proporcionan es tan reducido que apenas cabe una persona tumbada. Los tablones sobre los que dormimos están manchados y asquerosos. Las familias viajan hacinadas, ocho o diez personas juntas dentro de un compartimento. No hay retretes, sólo disponemos de orinales de latón que uno tiene que llevar consigo, salpicándolo todo a su paso, hasta la cubierta superior para vaciarlos por la borda. En el aire flota un fuerte hedor a excrementos humanos, y no hay agua para lavarnos.

Tampoco tenemos ninguna intimidad para hacer nuestras necesidades, lo cual resulta violento para todo el mundo, pero sobre todo para las mujeres. La mayoría de ellas utilizan mantas que algún familiar sostiene en alto para que no las vean.

Aquí abajo está oscuro y el ambiente es sofocante. Cuando hace mal tiempo, bajan las portas, con lo que pasamos muchas jornadas sin ver la luz del día. La única iluminación es la que proviene de las lámparas de aceite que cuelgan del techo y llenan de humo un aire ya irrespirable de por sí. Hay ocasiones en las que ni siquiera alcanzo a ver lo suficiente para escribir este diario, y cuando el barco cabecea y se bambolea en medio de una tormenta empiezo a pensar que nadie llegará a leer nunca lo que escribo. He tenido la suerte de que la esposa del capitán me haya tomado bajo su protección, dado que soy casi el único pasajero de tercera clase que habla inglés. Ella me ha proporcionado todo lo necesario para escribir y un lugar donde guardarlo. Este diario es lo único que me mantiene cuerdo durante esta interminable sucesión de horas y días.

El mareo es desagradable, y la música del sufrimiento humano que ya me he acostumbrado a oír día y noche va acompañada casi de manera constante por el ruido de alguien que vomita. Con frecuencia me acuerdo de mi madre y mis hermanas, que viajan a bordo del *Heather*, y pienso en lo duro que también debe de ser esto para ellas. Es un pensamiento que me resulta casi insoportable.

Y, además, existe otro mal a bordo. No es el causado por el movimiento del barco, sino por alguna enfermedad. Me he fijado en que hay un hombre que parece estar más enfermo que el resto. Es joven y fuerte, puede que tenga cinco o seis años más que yo. Se llama John Angus Macdonald y tiene dos hijos, y su esposa está embarazada del tercero. Sufre un mareo y una diarrea muy fuertes, y ya lleva dos días sin comer. Anoche descubrí que tiene una erupción de manchas rojas en el pecho y en el abdomen.

Llevamos dos semanas en el mar, y John Angus Macdonald ha muerto. Ocupaba con su familia el compartimento contiguo al mío, y he visto cómo iba marchitándose poco a poco.

Esta mañana le hemos hecho un funeral. Sólo nos han dado permiso a un puñado de nosotros para que subiéramos a la cubierta a celebrar la ceremonia. No tengo palabras para describir lo maravilloso que ha sido respirar aire fresco, aunque, al final, por eso mismo se ha hecho más difícil regresar a la bodega.

John Angus ha sido envuelto en la misma sábana en la que ha muerto. La hemos cosido con unas toscas puntadas. Yo he estado presente sólo porque soy una de las pocas personas del barco que saben leer y escribir, y alguien me ha puesto una Biblia en gaélico en las manos y me ha pedido que leyera en voz alta. En ese momento, me ha venido a la memoria el pasaje que recitó el viejo Calum ante el féretro de mi padre, y, aunque me ha llevado un poco de tiempo, he terminado encontrándolo: Juan, capítulo 11, versículo 25: «Yo soy la resurrección y la vida, dice el Señor. Aquel que crea en mí, aunque haya muerto, vivirá; y aquel que viva y crea en mí, no morirá.»

A continuación, han dejado caer el cadáver por la borda. He observado el leve chapoteo que ha causado en el fuerte oleaje y he comprendido, quizá por primera vez en mi vida, cuán insignificantes somos todos.

No sé cuántas semanas de embarazo le quedan a su viuda, Catrìona, pero tiene una barriga enorme, de modo que ya no puede tardar mucho en dar a luz. Un niño que jamás conocerá a su padre.

No sé por qué, pero me siento responsable de ella, ahora que su marido ya no está. Estoy justo a su lado, en el compartimento anexo al suyo, y soy lo más parecido a un padre que tienen sus hijos. Mientras escribo estas líneas, a la tenue luz que hay aquí abajo, tengo al niño y a la niña acurrucados contra mis piernas, compartiendo mi sábana, ahora que ya no tienen la de su padre. Lo único que puedo hacer por ellos es cerciorarme de que reciban una pequeña ración extra de comida.

El tiempo sigue siendo horrible. Las portas llevan varios días cerradas para proteger la bodega de la intemperie, y el aire es tan denso que podría cortarse con un cuchillo.

Antes he estado hablando con un miembro de la tripulación. Me ha dicho que la duración habitual de una travesía es de entre cuatro y seis semanas, y que por culpa del mal tiempo llevamos un retraso muy considerable. En su opinión, podríamos tardar dos meses en llegar. De inmediato, me he dispuesto a hacer inventario de los víveres que nos quedan, y he realizado un cálculo rápido. Creo que nos quedaremos sin comida y sin agua antes de llegar a destino.

• • •

La enfermedad de John Angus Macdonald se ha propagado. Ya han fallecido once personas, y las han tirado por la borda. Muchos de los pasajeros que viajan conmigo sufren una diarrea constante. El suelo en el que dormimos se ensucia de excrementos y, al mezclarse con los vómitos, forman un engrudo que vuelve sumamente resbaladizos los tablones que pisamos. No tenemos modo de limpiarlo, y el hedor es más que insoportable.

Estoy muy atento a los síntomas de la enfermedad que nos acecha en tercera clase, y me mantengo ojo avizor por si descubro alguno de esos síntomas en mí mismo. Hasta ahora he logrado evitar la enfermedad, pero no así el sufrimiento.

La pasada noche fue una de las más angustiosas de toda mi vida.

Catrìona Macdonald por fin se puso de parto. El barco cabeceaba con violencia, y las sombras que proyectaban las lámparas de aceite bailoteaban entre nosotros como si fueran demonios. Era casi imposible ver ni enfocar con nitidez.

La pobre Catrìona sufría terriblemente, y las mujeres mayores, con más experiencia que ella, se congregaron a su alrededor para ayudarla a parir. Sus alaridos se oían incluso por encima del fragor de la tempestad, y sus hijos, aterrorizados, se abrazaban a mí en el compartimento de al lado.

Enseguida se hizo obvio que Catrìona tenía problemas. Me llevé a los niños al compartimento de enfrente para que no pudieran ver nada, aunque todavía podían oír los gritos con total claridad. A pesar de la penumbra, fui capaz de interpretar el lenguaje corporal de las mujeres reunidas en torno a la joven viuda, y su mudo pánico me hizo recordar aquel día, muchos años atrás, en el que mi hermana Annag y yo aguardábamos agazapados junto al gallinero, a la puerta del cuarto de la lumbre de nuestra casa, mientras mi madre daba a luz.

Dejé a los pequeños al cuidado de la familia que ocupaba el compartimento anexo, y me acerqué a ver qué ocurría. Al principio, las otras mujeres quisieron apartarme. Aquél no era lugar para un hombre, dijeron. Pero yo insistí en abrirme paso, y, al apoyarme en el mamparo, vi a la pobre Catrìona tumbada boca arriba y con las piernas separadas. El niño estaba saliendo del revés, como había ocurrido con mi hermana Murdag.

A bordo no viajaba ninguna comadrona, y la mujer que estaba intentando ayudar a que naciera el niño parecía exhausta. Cerré los ojos y vi con toda nitidez, a través del humo que llenaba el cuarto de la lumbre, que la partera de Baile Mhanais había dado la vuelta al bebé. Cuando volví a abrir los ojos, vi todavía más claro que, si no hacía algo, aquella criatura iba a morir.

Aparté a la mujer de en medio, y oí a las otras lanzar exclamaciones ahogadas de sorpresa cuando ocupé su sitio. Apoyé firmemente las rodillas contra el costado del compartimento, para no caerme con los zarandeos del barco y para poder sujetar bien al bebé. Ya lo había visto hacer antes, y sabía que era capaz de repetirlo.

La criatura venía de nalgas, y tanto los brazos como las piernas aún estaban dentro del vientre de la madre. Era una niña. Visualicé mentalmente lo que había visto hacer a la partera: ir liberando las piernas del bebé, una por una, y después girarlo y retorcerlo con delicadeza para sacar primero un brazo y a continuación el otro. Los chillidos que lanzaba Catrìona estaban poniéndome nervioso. Igual que sucedió en el caso de mi madre, había una cantidad de sangre terrible, y empecé a perder la confianza en mí mismo. Ya había conseguido liberar todo el cuerpo de la niña, pero la cabeza aún seguía atrapada dentro. El bebé estaba asfixiándose. La pequeña se ahogaba entre la sangre y los fluidos de su propia madre.

Sentía que la fuerza vital de la criatura que sostenía en las manos iba disminuyendo poco a poco, y estaba casi cegado por mi propio sudor. Intenté recordar lo que había hecho la partera para liberar la cabeza, y me esforcé por concentrarme en lo que había visto aquel día. Entonces recordé que la comadrona intentó palpar la cabeza de la niña a través del vientre de la madre, y que después apretó hacia abajo y hacia delante con la palma de la mano.

Las mujeres me gritaban que no lo hiciera, pero yo estaba convencido de ser el único que podía salvarle la vida a aquella niñita.

Mi mano resbalaba en la sangre que cubría el vientre de Catrìona, pero noté la cabeza de la niña, redonda y dura. Entonces, sostuve a la pequeña en el hueco de mi brazo y apreté hacia abajo con fuerza, al mismo tiempo que gritaba:

—¡Empuja!

La cabeza salió de forma tan inesperada que trastabillé y estuve a punto de caerme al suelo. Sentí las manos de muchas mujeres que me aferraban y me sujetaban, y enseguida procedí a dar unos vigorosos azotes a la pequeña en el trasero, tal como había visto hacer a la partera con Murdag.

Durante unos instantes, no ocurrió nada. Luego, la niña tosió y empezó a berrear, y corté el cordón umbilical con mi cuchillo para liberar a la pequeña. Allí estaba aquella criatura diminuta, cubierta de sangre y de mucosa, sujeta contra mi pecho, abriendo los ojos por primera vez. Me sentí casi abrumado por la emoción de tener aquella nueva vida en mis manos.

Las mujeres nos rodearon con sábanas para intentar frenar la hemorragia de la madre, pero en aquel momento Catrìona era ajena al dolor y al peligro que pudiera correr. A través de la penumbra, me miró con los ojos brillantes y, temblorosa, me tendió los brazos para que le pasara a su hijita. Alguien me quitó la niña de las manos, la envolvió en una manta y se la entregó a su madre. Catrìona se la apretó contra el pecho como si fuera el bien más preciado del mundo. Y supongo que en aquel momento lo era, al menos para ella.

Catrìona miró a su hija, luego me miró a mí y, con un hilo de voz apenas audible entre el estruendo de la tormenta y los crujidos del barco, me susurró:

—Gracias.

Ya llevamos cuarenta y cinco días en el mar. Uno de los cocineros ha muerto, el otro ha caído enfermo, y yo hago lo que está en mi mano para dar de comer a los pasajeros que quedan. Llevamos semanas sin carne, el grano se ha terminado, y lo único que tenemos son unas pocas verduras arrugadas con las que hago lo que puedo para preparar una sopa aguada que reparto entre todos. El agua, aunque ya desde el principio del viaje era repugnante, casi se ha acabado también. Si no sucumbimos a la enfermedad, moriremos de hambre.

Cada vez más pasajeros son víctimas del mal que acabó con John Angus Macdonald. Y ahora Catrìona también empieza a mostrar síntomas. Desde que nació su pequeña no se encuentra bien, y su estado se deteriora rápidamente. Paso muchas tardes consolándola y manteniendo ocupados a los niños. La recién nacida ya habría muerto, estoy seguro, si no fuera porque ha estado dándole el pecho una mujer que duerme varios compartimentos más allá, así que hago todo lo que está a mi alcance para que la familia Macdonald y la mujer que amamanta a la pequeña tengan suficiente comida para sobrevivir.

Actualmente, Ciorstaidh es un recuerdo lejano. Pero sé que pasaré el resto de mis días lamentando el momento en que la perdí en el muelle.

La pasada noche cargué con una nueva responsabilidad sobre mis hombros. Catrìona sabe que va a morir. ¿Cómo no iba a saberlo? Yo acababa de arropar a los niños con una manta, y les había acariciado el pelo hasta que se quedaron dormidos. Luego, al volverme, vi que ella estaba observándome con los ojos muy abiertos y llenos de tristeza. Me cogió de la muñeca y me susurró:

—Mi abuela siempre decía que si uno salva una vida, se hace responsable de ella. —Tosió y un coágulo de mucosa y esputos cayó sobre la sábana. Necesitó unos momentos para recuperarse—. Cuando yo ya no esté, debes cuidar de mi pequeñina. Y también de mis otros hijos. Haz lo que puedas, Sime, no tienen a nadie más.

Sólo tengo dieciocho años, pero ¿cómo iba a negarme a una petición como ésa?

• • •

Ayer lanzamos otros tres cadáveres por la borda. A estas alturas ya prescindimos de todas las formalidades, pero yo siempre murmuro las palabras de despedida que dedicó Calum a mi padre. Aunque no me oiga nadie más, estoy seguro de que Dios está escuchando.

En los últimos días ha mejorado el tiempo, con lo que hemos podido ganar algo de velocidad. Después de los enterramientos, me quedé un rato en cubierta y oí que alguien gritaba: «¡Tierra!» Otros cuantos y yo corrimos a la borda del costado de babor y aguzamos la vista para intentar divisar algo entre el oleaje. Y de pronto, allá a lo lejos, distinguí un pequeño grupo de islas cuyo perfil rompía la línea del horizonte. Un miembro de la tripulación que estaba mi lado dijo:

—Gracias a Dios. Llegaremos mañana, o pasado mañana.

Experimenté tal sensación de alivio, que me entraron ganas de gritarlo a los cuatro vientos y de lanzar puñetazos al aire. Quería estar ya en aquel lugar, quería que todo acabase de una vez. No deja de ser curioso que uno sea capaz de seguir aguantando firme cuando sabe que todavía queda mucha distancia que recorrer, y que, sin embargo, cuando tiene a la vista el final de la carrera, se quede sin fuerzas y apenas logre llegar a la meta con un resto de aliento.

Aun así, mi felicidad duró muy poco.

—No te ilusiones tanto, muchacho —me advirtió el miembro de la tripulación—. No creas que nos permitirán entrar sin más en la ciudad de Quebec. Antes nos obligarán a detenernos en Grosse Île. Y si pensabas que esto era duro... —dejó la frase sin terminar.

—¿Qué quiere decir? —pregunté yo—. ¿Qué es Grosse Île?

—Es el infierno en la tierra, hijo. Una isla situada en el río San Lorenzo, a pocos kilómetros de la capital. Nos pondrán en cuarentena. Los enfermos serán atendidos, pero probablemente morirán. Los demás tendremos que esperar hasta que tengan la seguridad de que no estamos enfermos. Y sólo entonces nos dejarán salir de la isla.

Me entraron ganas de llorar.

• • •

Hoy ha resultado algo extraordinario ver tierra en ambos horizontes, cuando hemos entrado en la desembocadura del río San Lorenzo. Sin embargo, las dos orillas están tan lejos que apenas oscurecen la línea que distingue el cielo del mar. No tenía ni idea de que un río podía ser tan grande.

Todo el que aún tiene fuerzas ha acudido a la cubierta para presenciar cómo íbamos avanzando río arriba, viendo pasar las riberas a cada lado. Éste es el gran continente de Norteamérica.

Pero veintinueve de los doscientos sesenta y nueve pasajeros que partimos de Glasgow en tercera clase han muerto, y sólo quedamos doscientos cuarenta.

Al atardecer, llegamos junto a un rosario de islas oscuras que destacaban en la corriente del río, y finalmente echamos el ancla en Grosse Île. En la bahía, esperaban otros ocho o diez veleros como el nuestro, todos con la bandera amarilla que indica cuarentena. Por lo visto, hemos venido a este Nuevo Mundo trayendo con nosotros todas nuestras enfermedades.

En la costa vi una serie de cobertizos alargados, y detrás de ellos un bosque que ascendía por el promontorio que se elevaba a su espalda. Una barca de gran tamaño salió del embarcadero y se dirigió hacia nosotros. El agua que se derramaba desde sus remos lanzaba destellos a la luz del sol poniente y parecía plata líquida que volvía a vertirse en la corriente del río.

Un hombre que vestía una chaqueta con faldones, un pantalón grueso y botas subió a bordo. Se cubría con un sombrero, y tenía un rostro delgado y de mejillas hundidas.

—Es el médico —me dijo un miembro de la tripulación.

—¿Alguien habla inglés? —preguntó.

Dejé pasar unos segundos y levanté la mano.

—Yo, señor.

—¿Qué idioma habla esta gente?

—Gaélico.

—Maldición —masculló el doctor—. El único de mis asistentes que hablaba gaélico murió hace dos días. Vas a tener que hacer tú las veces de intérprete. —Dio unas cuantas zancadas hacia mí y me miró de arriba abajo. Después me abrió la camisa y me examinó el pecho—. Se te ve bastante sano, por el momento. —Hablaba inglés con un acento extraño, lento y nasal—. Voy a tener que examinar a esta gente para ver quién está enfermo y necesita tratamiento. Los demás os alojaréis en los lazaretos que hay en el otro extremo de la isla.

—¿Qué son los lazaretos?

—Unas cabañas, hijo. —Miró en derredor y agregó—: Supongo que los enfermos estarán todavía en la cubierta inferior.

Por fin nos llevaron a todos a tierra. Nos transportaron en las barcas y nos fueron reuniendo en el embarcadero. Ya era de noche, y había algunos faroles colgados en lo alto de varias estacas. Parecíamos un grupo de desgraciados, vestidos con harapos, con el pelo largo, sucio y desgreñado, la barba enredada y el rostro demacrado y cadavérico. Ninguno iba calzado. Incluso había un hombre vestido con una enagua de mujer que le había prestado la esposa del capitán para que ocultara las vergüenzas, y se le notaba a las claras la humillación que sentía.

Treinta y nueve personas, la mayoría de las cuales no podían andar, fueron trasladadas directamente a los barracones que servían de hospital. Los demás fuimos despojados de las escasas pertenencias que habíamos traído por unos hombres protegidos con mascarillas y guantes que se movían entre nosotros como si fueran sirvientes de la muerte. Afortunadamente, mis diarios se encontraban en poder de la esposa del capitán, por lo que se salvaron de la quema.

Catrìona Macdonald fue trasladada al hospital junto con el resto de los enfermos, y yo me quedé encargado del cuidado de sus hijos, con la recién nacida en brazos. A continuación, nos condujeron hasta unas carretas para realizar el corto trayecto hasta el extremo noreste de la isla. El médico se sentó junto a mí y los pequeños. Su cansancio era patente.

—He visto cosas que no debería ver ningún hombre —dijo—. He visto sufrimientos que ningún ser humano debería soportar. —Acto seguido, se volvió y me miró con expresión vacía—. Yo antes era un hombre religioso, hijo. Pero, si existe un Dios, hace mucho tiempo que nos abandonó.

Nuestro triste convoy partió en la noche, con un farol en cada carreta. El sendero se internaba en la isla, y el mar fue quedando atrás, a nuestra derecha. Al otro lado había un espacio que el médico describió como una laguna infestada de mosquitos. La «Bahía del Cólera», la denominaba él. Y al lugar en que atracó el *Eliza* lo llamaban «Bahía del Hospital».

El médico me ha dicho que sólo en este año han pasado por Grosse Île unas cien mil personas, la mayoría de las cuales han venido en barcos procedentes de Irlanda. Dice que en ese país los muertos se contaban por decenas de miles, a causa de la hambruna de la patata. Yo sé muy bien lo que debió de ser eso.

—En Grosse Île, en los siete últimos meses han fallecido cinco mil personas a causa de la fiebre tifoidea —me dijo—. Y ésa es la enfermedad que sufren también la mayoría de los enfermos del *Eliza*.

—¿Se van a morir? —le pregunté.

—Algunos de ellos, sí. Los más fuertes sobrevivirán. Teniendo en cuenta las circunstancias, no lo estamos haciendo tan mal. Pero nuestra ambulancia hace también las veces de coche fúnebre. Y es un trabajo que ocupa las veinticuatro horas del día y los siete días de la semana. —Negó con la cabeza—. Este año hemos perdido ya a dos conductores por culpa de la fiebre tifoidea, y a la mitad de nuestros intérpretes.

Yo no sabía qué responder. ¿Cinco mil muertos? Era un número inimaginable. Pasamos junto a la única aldea que había en la isla. La formaban unas pocas casas y una iglesia, dispuestas a ambos lados del camino.

—¿Quién vive ahí? —pregunté.

—Los trabajadores de la cuarentena y sus familias —me respondió—. Médicos, enfermeras, traductores, administradores, conductores. Y los hombres de Dios, naturalmente. Ven a verlo por ti mismo y te darás cuenta del infierno que ha creado el Paraíso en la tierra.

Su desilusión y su falta de fe resultaban casi dolorosas, y me costó trabajo sostenerle la mirada. También me pregunté qué clase de personas podían querer venir a trabajar a un lugar como éste y traer consigo a sus familias a vivir aquí con ellas.

Cuando dejamos atrás la aldea, el terreno se niveló y volvimos a acercarnos al mar. Por fin divisamos los lazaretos, unas sombras alargadas en la oscuridad, construidos en filas y mirando hacia una costa rocosa.

Nos apeamos de la carreta, y el médico me dijo que sin duda volverían a requerir mis servicios, me dio las gracias por mi paciencia y luego emprendió el regreso hacia la aldea. Pero se equivoca, porque yo no tengo paciencia. No tengo el menor deseo de quedarme en este lugar, y pienso marcharme en cuanto pueda.

Un trabajador nos condujo hasta la última de las cabañas. Parecía interminable, de tan grande. Estaba dividida a lo largo y tenía unas puertas abiertas que comunicaban una sección con la siguiente. Las paredes, el tejado y las vigas estaban burdamente enyesadas, y las lámparas de aceite que colgaban del techo proyectaban sombras que nos perseguían y se movían como espectros entre los centenares de personas que yacían unas junto a otras en largos camastros apoyados en los muros. También había una fila de literas de dos alturas en el centro de la cabaña, abarrotadas de cuerpos que gemían. Una única sábana servía para cubrir a ocho o diez enfermos a la vez.

Éste va a ser nuestro hogar durante los próximos días o semanas, hasta que sucumbamos a la fiebre tifoidea y acabemos muriendo, o hasta que logremos sobrevivir y pasar a la siguiente fase de este infernal viaje.

Con los niños aferrados a mis piernas, entramos en nuestra sección y fuimos ocupando los camastros de madera, que estaban llenos de pintadas de todas las personas desesperadas que nos habían precedido, y manchados de sabe Dios qué secreciones.

La mujer que amamantaba a la hija de Catrìona Macdonald se la llevó para darle el pecho. Poco después, según nos dijeron, comeríamos. Y aunque yo me sentí agradecido, lo único que deseaba era marcharme de allí.

Es difícil decir que me siento mejor, pero después de tres comidas completas me encuentro físicamente más fuerte.

Esta mañana ha venido a buscarme el médico que acudió al encuentro de nuestro barco, para decirme que el administrador quería hablar conmigo. He vuelto a recorrer la isla con él en la carreta, y durante el trayecto me ha ido señalando a los guardias armados que estaban apostados junto al pueblo más próximo a los lazaretos.

—Hacen guardia día y noche, por turnos —me explicó.

Los miré, sorprendido.

—¿Guardia? ¿Y qué es lo que guardan?

—Impiden que las personas que están en cuarentena entren en el pueblo o intenten escapar de la isla. La fiebre tifoidea es algo horrible, hijo. Las autoridades están dispuestas a todo con tal de contenerla.

Cuando atravesamos el pueblo vi que había varios niños jugando entre las casas. Se interrumpieron al vernos pasar y nos miraron con ojos oscuros, cautos, que hicieron que me sintiera como esos leprosos de los que habla la Biblia.

La cabaña de administración estaba muy cerca del embarcadero. Era alargada y estaba provista de ventanas que daban a la bahía. El administrador era también escocés, originario de un sitio llamado Dumfries, y me dijo que llevaba más de diez años trabajando allí. Yo le pregunté si no tenía miedo de contagiarse de la fiebre tifoidea, y él se limitó a sonreír y a responder que uno nunca deja de tener miedo, pero que si su destino hubiera sido contagiarse, a esas alturas ya tendría la enfermedad.

—Me han dicho que hablas gaélico —me comentó, y yo asentí con la cabeza—. Aquí tenemos traductores de muchas lenguas, pero hace poco perdimos a nuestro intérprete de gaélico. De hecho, era irlandés, pero por lo visto se entendía bastante bien con los escoceses.

A continuación, volvió la mirada hacia la ventana, por la que se veían todos los barcos que estaban anclados en la bahía.

—No sé si tú podrás ayudarnos con un pequeño problema que tenemos. Hay un irlandés llamado Michaél O'Connor que llegó aquí el día cinco. Al parecer, no habla nada de inglés. —Me miró de nuevo—. Se ha vuelto loco. Incluso en una o dos ocasiones se ha puesto violento. Se sube a la ambulancia y viene aquí dos o tres veces al día chillando y vociferando. A lo mejor tú podrías hablar con él y averiguar qué diablos es lo que quiere.

Encontré a Michaél O'Connor en el lazareto número 3, y me sorprendí al descubrir que no era mucho mayor que yo. Estaba sentado a una mesa, solo, con la mirada perdida. Por lo visto, la mayoría de los hombres, cuando ya llevan aquí uno o dos días, se afeitan y se cortan el pelo, pero Michaél lucía una barba negra tupida y muy crecida, y llevaba el pelo largo hasta los hombros, apelmazado y desgreñado. Me miró con unos ojos celtas de un azul muy claro, totalmente carentes de emoción.

Hasta que me dirigí a él en gaélico; en ese momento, se le iluminó el semblante.

—Tío, pensé que eras otro de esos bastardos que me vienen parloteando en inglés. No hay ninguno que hable en cristiano, de modo que no puedo hacerme entender. —De repente, me lanzó una mirada suspicaz—. Pero tú hablas un gaélico un poco raro.

—No tan raro como el tuyo —repliqué.

—¿De dónde eres?

—De Escocia.

O'Connor lanzó un gruñido que acabó convirtiéndose en una fuerte carcajada, y después me dio una palmada en la espalda. Creo que fue la primera vez en muchos meses que oí reír a un ser humano.

—¡*Ach*, así que eres escocés! —exclamó—. No sois tan buenos como los irlandeses, claro está, pero no estáis mal del todo. ¿Te envían ellos?

—Así es —contesté—. Para que averigüe qué es lo que quieres.

Se le nubló ligeramente la expresión y su sonrisa se esfumó.

—Hace más de cuatro meses que mi hermano Seamus zarpó de Cork en el *Emily*. Estuvo aquí pasando la cuarentena, de modo que su nombre tiene que figurar en algún registro, y sé que son muy meticulosos con los libros de registro. Lo único que quiero es confirmar que arribó sano y salvo, y que después de pasar la cuarentena lo trasladaron a Quebec.

—Pero ¿no podrías haber encontrado alguna manera de preguntárselo? —razoné.

—Escocés, esos hijos de puta no hablan la lengua materna.

Me quedé sorprendido, porque me respondió en un inglés con un fuerte acento irlandés y empleando un lenguaje bastante obsceno.

—Sólo hablan el jodido inglés —añadió.

Me quedé atónito.

—Pero ¡si tú también lo hablas! —dije, levantando las manos en un gesto de desconcierto—. Entonces, ¿dónde está el problema?

En los ojos de O'Connor brilló una chispa de malicia.

—Nunca les he dado a los ingleses el placer de oírme hablar en su puñetero idioma. Y no pienso empezar ahora.

Yo me eché a reír y sacudí la cabeza en un gesto de incredulidad.

—Pero ¡si estas personas no son inglesas, Michaél! ¡Son canadienses! Sólo saben hablar inglés o francés.

O'Connor soltó otra risotada. Fue una carcajada fuerte y ruidosa, contagiosa.

—Pues, en ese caso, me parece que voy a tener que aprender el puto francés.

Esta tarde me han dado acceso a los libros de llegadas y salidas que se guardan en la oficina de administración. Me he sentado a una mesa con un gran libro de registro en el que figura la llegada de cada barco: de dónde procedía, cuántas personas iban a bordo, cuántas habían fallecido y cuántas estaban enfermas.

Busqué el *Heather*, que zarpó de la laguna de Glas, en las Hébridas Exteriores, pero no encontré ninguna anotación que lo citase. Pregunté al empleado si todos los barcos que llegaban hacían un alto en Grosse Île. Es un hombrecillo gris, con muy poco pelo en la cabeza y unos ojos verdes de expresión triste. Me contestó que todos los barcos se detienen aquí, pero que este año, debido a la cantidad tan grande de personas que están llegando, si el médico no encuentra ninguna enfermedad a bordo, se da permiso al barco para que continúe sin pasar la cuarentena.

Esto me ha dado ánimos y ha hecho renacer mis esperanzas; tal vez mi madre y mis hermanas no hayan sufrido ninguna enfermedad a bordo del *Heather*, y por lo tanto es posible que les hayan dado permiso para continuar directamente hacia Quebec. Ya lo averiguaré cuando llegue allí y consulte el registro.

A continuación, centré la atención en la lista de pasajeros del *Emily*, cuya llegada encontré registrada el 2 de julio. La travesía le llevó cincuenta y un días, y transportaba ciento cincuenta y siete pasajeros en tercera clase. Nueve habían fallecido durante el viaje, y dieciséis llegaron enfermos. Entre los enfermos que habían sobrevivido a la travesía había un Seamus O'Connor. El hombrecillo gris de ojos verdes alzó la cabeza con ademán cansado cuando yo lo molesté pidiéndole una información adicional:

—Seamus O'Connor —dije—. Llegado en el *Emily* procedente de Cork, Irlanda, el dos de julio. ¿Puede decirme cuándo partieron esos pasajeros hacia Quebec?

Abrió otro libro gigantesco y fue pasando la uña renegrida de su huesudo dedo por las columnas de anotaciones.

—Aquí está —anunció—. El *Emily* estuvo en cuarentena tan sólo cuatro días. Seis de los dieciséis enfermos que ingresaron en el hospital fallecieron. —Luego pasó el dedo por otra columna y, levantando la vista, añadió—: Uno de ellos era Seamus O'Connor. Está enterrado en la fosa común.

• • •

La fosa común se encuentra en una zona llana y herbosa que hay cerca del extremo suroeste de Grosse Île. A un lado y al otro, el terreno se eleva, rocoso y cubierto de árboles. Pero más allá de las tumbas se distingue, entre los árboles, el lento discurrir del río. La ciudad de Quebec no queda muy lejos de allí, río arriba. Así que los muertos casi alcanzan a verla.

Varias hileras de cruces blancas toscamente talladas surgen de la hierba que acaba de crecer en la tierra recién removida. Encontré a Michaél de pie, entre los árboles, intentando protegerse de la llovizna, contemplando las cruces. Iba vestido con una chaqueta de lana azul y unos pantalones raídos sujetos con tirantes. Llevaba unas botas descosidas y tan deterioradas que a duras penas seguían de una pieza. Y tenía las manos metidas en los bolsillos.

—Los que están ahí enterrados eran compatriotas míos —dijo, a la vez que señalaba las tumbas con la cabeza.

—Y míos.

Se volvió hacia mí.

—¿Vosotros también sufristeis la hambruna?

—Sí.

De nuevo posó la mirada en las cruces. Y por el modo en que apretó la mandíbula, percibí la furia que sentía.

—Ninguno de estos pobres diablos se marchó por decisión propia. Pero, si se hubieran quedado, habrían muerto de hambre. —Se volvió hacia mí, con los ojos centelleantes de rabia—. Sin que ni un solo terrateniente hubiera levantado un dedo para ayudarlos. —Y de repente soltó la pregunta que yo sabía que temía formular—: Bueno, ¿y qué has averiguado de Seamus?

Yo temía aquel momento casi tanto como él. No sabía cómo se le decía a alguien que uno de sus seres queridos había muerto. Sin embargo, no tuve necesidad de hacerlo, porque él me lo notó en la cara y rápidamente desvió otra vez la mirada.

—Está enterrado ahí, ¿verdad? —preguntó.

Pero me di cuenta de que no esperaba que le respondiera. Las lágrimas comenzaron a rodarle por las mejillas, hasta que se perdieron entre su espesa barba.

—¿Por qué no pudo esperarme? —Se secó las mejillas con el dorso de la mano, avergonzado—. Le supliqué que me dejase ir con él. Pero me contestó que no, que era demasiado peligroso para mí. Yo era su hermano pequeño, y prefería adelantarse él solo, establecerse aquí y asegurarse de que yo me encontrara con algo por lo que mereciera la pena el viaje.

Se quedó en silencio largo rato, intentando rehacerse. Yo no tenía ni idea de qué decir, pero, por fin, habló otra vez:

—Seamus siempre cuidó de mí. No quería que corriera riesgos. Mi madre murió de hambre, ¿sabes? Y mi padre de cólera. De modo que lo único que le quedaba era yo. —Se volvió hacia mí—. Y yo también habría muerto de hambre si no hubiera sido por él. Nunca preguntaba de dónde salía la comida que nos mantenía con vida, pero él siempre volvía a casa con algo.

De improviso, sus facciones se distendieron en una sonrisa forzada, con la que pretendió disimular su dolor.

—Luego se le ocurrió la brillante idea de venir aquí. Le habían contado maravillas de este lugar. Decía que uno podía tener su propia parcela de tierra y ser un hombre libre sin depender de ningún puñetero terrateniente. Así que me dejó en casa de una tía, y me dijo que ya mandaría a alguien a buscarme en cuanto hubiera encontrado algo mejor para los dos. Pero no fui capaz de esperar, ¿sabes? Robé un poco de dinero y compré un pasaje para embarcar en el *Highland Mary*, que zarpaba de Cork. —Se le quebró la voz, y de nuevo luchó unos instantes para reprimir la emoción, hasta que logró dominarse—. Y ahora... —Se volvió hacia mí para mirarme, y vi el dolor reflejado en sus ojos—. Ahora no tengo ni idea de qué hacer con mi vida. —Se quedó callado de nuevo, y de repente recuperó su habitual actitud agresiva—. Pero te digo una cosa, no pienso quedarme sin hacer nada en este puñetero sitio.

Esta mañana estaba en nuestro lazareto, sentado a la mesa, cuando de pronto apareció Michaél buscándome. En estos últimos días he estado enseñando a los hijos de Catrìona a contar en inglés, y también les he enseñado un poco de vocabulario básico. Con el gaélico no van a poder llegar muy lejos en esta tierra, en la que sólo se habla inglés y francés.

Creo que el niño tiene ocho años, y la niña tendrá unos seis, pero no son como los pequeños de esa edad que yo recuerdo haber visto en Baile Mhanais. Éstos no juegan. No les brillan los ojos. El hambre y las pérdidas sufridas les han robado la alegría. De modo que se sientan dócilmente y hacen lo que yo les digo, ávidos de recibir la atención que les doy, deseosos de complacerme, con la esperanza de obtener a cambio un poco de consuelo. Igual que las mascotas.

Michaél traía de nuevo una expresión vivaz en los ojos, y apenas lograba contener la emoción. Me agarró del brazo y tiró de mí hacia la puerta, y me llevó a toda prisa hacia la orilla, para que nadie pudiera oírnos.

—Esta noche voy a escaparme de Grosse Île —me dijo en un grave susurro.

Me quedé estupefacto.

—¿Cómo?

Michaél negó con la cabeza.

—No preguntes. Me va a costar un riñón. Y si nos ven los puñeteros guardias, nos pegarán un tiro. Un bote nos recogerá en la orilla noreste de la isla y nos llevará a la orilla norte del San Lorenzo. Desde allí, podremos dirigirnos al oeste, hacia Quebec. Yo y otros tres. Todos irlandeses. —Calló unos instantes—. Pero podríamos hacer hueco para un escocés, si quisiera venir con nosotros.

El corazón me retumbaba en el pecho. ¡Tenía la oportunidad de escapar de allí!

—Sí que quiero —contesté—. Pero no tengo dinero.

—¡Los puñeteros escoceses nunca tenéis un centavo! —exclamó—. Pero no te preocupes por eso, ya me lo devolverás más adelante. Siempre que no te importe viajar en segunda clase. —Me sonrió de oreja a oreja detrás de su barba—. ¿Te vienes?

Yo asentí con un gesto.

• • •

A pesar de mi desesperación por salir de esta maldita isla, a media tarde ya estaba arrepintiéndome de mi impulsiva decisión de marcharme con Michaél y los otros tres irlandeses. Había prometido a Catrìona Macdonald que cuidaría de sus hijos. Y aunque me había dicho a mí mismo que no era justo por su parte que me hubiera cargado con semejante responsabilidad, me sentía culpable por abandonarlos. De modo que decidí ir al hospital a hablar personalmente con ella.

Era la primera visita que hacía a aquel barracón, y cuando crucé el umbral tuve la sensación de haber pasado de un mundo a otro, del infierno en la tierra al infierno que había aún más abajo.

Era una estancia alargada y estaba oscura, pues habían tapado las ventanas con mantas para que no entrase la luz del día. Y olía peor que en la bodega del barco. Después de llevar tres días respirando un maravilloso aire fresco, aún se hacía más difícil soportar aquel ambiente. Las camas estaban dispuestas unas junto a otras, sin dejar casi espacio entre ellas. No eran más que un catre de madera con un jergón mugriento.

Varias enfermeras vestidas con uniformes sucios y llenos de lamparones se movían entre los moribundos como ángeles de la muerte, haciendo lo que podían para aliviar el dolor y el sufrimiento, pero, en realidad, eran poco más que limpiadoras que iban barriendo los lugares por donde había pasado la muerte. La tensión que soportaban se hacía patente en su semblante pálido y sus profundas ojeras. Aunque el médico me había dicho que la tasa de enfermos que se recuperaban era razonablemente alta, costaba trabajo creer que alguien pudiera sobrevivir en aquel lugar. Los empleados llevaban bata larga, gorro y mascarilla para no contagiarse del miasma de infección que impregnaba el aire mismo que estaban respirando.

Me entraron ganas de dar media vuelta y marcharme de inmediato, pero saqué fuerzas de flaqueza. Lo mínimo que le debía a Catrìona Macdonald era una explicación. Detuve a una de las enfermeras y le pregunté qué cama ocupaba Catrìona. Ella examinó unos gráficos colgados en la pared, pasó unas cuantas hojas y buscó entre los nombres con el dedo. Por fin, se detuvo al llegar a uno.

—Ah, sí. Catrìona Macdonald. Ha fallecido esta mañana.

Fuera hacía calor, el sol asomaba de vez en cuando entre un cielo roto. Respiré el aire fresco a bocanadas, invadido de sentimientos contradictorios. Una parte de mí sentía alivio por no tener ya que enfrentarme a Catrìona; otra sentía deseos de llorar por la mujer de cuyo vientre yo había extraído una vida. Y aún había una tercera parte de mí que había muerto al pensar en sus hijos y en aquella criatura recién nacida que nunca conocería a su madre.

Encontré a Michaél en el lazareto número 3, con su pequeño grupo de conspiradores, todos reunidos en torno a una mesa. Mis compañeros de huida.

—Necesito hablar contigo —le dije, y salimos al exterior.

Supongo que debía de envolverme un aura de muerte, porque me miró con gesto extraño.

—¿Qué puedo hacer por ti, escocés?

—Necesito dinero.

Michaél frunció el entrecejo.

—¿Para qué?

—Es una historia muy larga. Te lo devolveré en cuanto pueda.

No podía decirle que lo necesitaba para acallar mi conciencia. Aun así, a pesar de que hace muy poco tiempo que lo conozco, me he dado cuenta de que Michaél es muy hábil a la hora de interpretar lo que sienten los demás.

Me miró durante largo rato, perforándome hasta el alma. Esa sensación me dio. Después dibujó una gran sonrisa y me dijo:

—Qué diablos, lo que necesitemos ya lo robaremos. —Y a continuación metió la mano en un bolsillo interior de la chaqueta y sacó una pequeña bolsa con los cordones bien atados. Me cogió la mano y me puso la bolsa en ella—. Aquí dentro hay diez jodidos soberanos de oro. Espero que los destines a una buena causa.

Asentí, boquiabierto. Apenas podía creer que alguien fuera capaz de tanta generosidad.

—Así será. Pero no estoy seguro de poder aceptar semejante cantidad.

—¡Acéptala! —rugió—. Y no me preguntes de dónde la he sacado. De todas maneras, esas putas monedas pesan demasiado. Y además llevan la cara de la puñetera reina de Inglaterra. Ningún irlandés que se precie permitiría que lo encontrasen muerto llevando encima algo así.

Fui derecho al matrimonio Mackinnon, que había cuidado de los hijos de Catrìona durante mi ausencia, y hablé con ellos sin tapujos. Les dije que había muerto y que yo me marchaba esa noche. A continuación, saqué la bolsa de monedas, la dejé sobre la mesa y les expliqué que era para pagar la manutención de los niños. Ellos ya tienen tres hijos propios, pero marido y mujer miraron el dinero con unos ojos como platos; era más de lo que ninguno de los dos había visto en toda su vida. Y también más de lo que había visto yo, si vamos a eso. Y por un instante me pregunté cómo demonios iba a ingeniármelas para devolverle aquella cantidad a Michaél.

Los niños recibieron la noticia de la muerte de su madre con un silencio extraño, de tan solemne. Pensé que tal vez se debía a que habían visto tanta muerte que ya no los impresionaba. En cambio, la noticia de que yo me iba pareció angustiarlos de verdad. Se abrazaron a mí llorando, sin decir palabra, aferrados a mi chaqueta con sus manitas. Yo los abracé a los dos, haciendo grandes esfuerzos para no llorar también, y preguntándome cómo podía ser tan egoísta.

Le di un beso a cada uno, y luego los aparté de mí para levantarme y coger en brazos a la recién nacida, igual que hice aquella noche a bordo del barco. La pequeña me miró fijamente, casi como si supiera que ya no iba a verme más, y me agarró el pulgar con sus deditos. Sus ojos se clavaron, incisivos, en los míos. Yo la besé en la frente y le susurré:

—Cuídate, pequeña.

Y ella sonrió.

• • •

Me cuesta mucho escribir, agachado como estoy en el suelo, temblando por la humedad y el frío, tan arrimado al fuego como puedo, para intentar entrar un poco en calor y alumbrarme para ver lo que escribo. Michaél me observa con una expresión de curiosidad en sus ojos claros. No entiende el sentimiento de culpa que me impulsa a plasmar mi vida en un papel. No sé por qué, pero en estos últimos meses este diario se ha convertido en lo único que da sentido a mi existencia.

Veo el lento correr del río más allá del bosque en el que nos hemos cobijado de la lluvia y del frío bajo esta cornisa rocosa. En la otra orilla siguen estando, aunque invisibles ya para nosotros, los horrores de Grosse Île. Parece casi imposible que hayan transcurrido menos de dos horas desde que, amparándonos en la oscuridad, escapamos de los lazaretos. Y más aún que tan sólo sigamos vivos Michaél y yo.

Éramos cinco en total. Al atardecer, el cielo estaba despejado, pero a medianoche, cuando nos fuimos, ya se había encapotado y amenazaba lluvia. La oscuridad parecía impenetrable.

Avanzamos muy juntos, casi tocándonos. Dejamos atrás las cabañas, y atravesamos la ancha planicie de terreno pantanoso que se extiende entre los lazaretos y el pueblo. Apenas alcanzábamos a distinguir la sombra, un poco más oscura que la noche, de la pendiente boscosa que se elevaba entre zarzales en dirección al límite norte de la isla. Esa parte nunca ha sido habitada, y sabíamos que iba a ser un terreno difícil de sortear.

Casi habíamos llegado, cuando de pronto Dios decidió intervenir y se abrió un gran hueco en el cielo por el que penetró la luz de la luna. Toda la isla se iluminó y, por un momento, pareció que era pleno día. Y allí estábamos nosotros, iluminados de lleno por aquel resplandor y expuestos al peligro de que nos viera alguien. Y, en efecto, acabó viéndonos alguien. Los guardias apostados a la entrada del pueblo. Oímos que un hombre lanzaba un grito, luego siguieron varias voces de alarma y, a continuación, un disparo surcó la oscuridad.

Echamos a correr como almas que lleva el diablo, buscando la protección de los árboles, y cuando llegamos al bosque nos metimos rápidamente entre las zarzas y la vegetación, que nos hicieron trizas la ropa. Subíamos la pendiente trepando por encima de piedras y raíces, tropezando y resbalando, impulsados por el pánico.

A nuestra espalda se oían las voces de los guardias que habían salido en nuestra persecución, y cuando llegamos a la cima del repecho nos dispararon una andanada. Uno de los irlandeses se desplomó en el suelo de bruces.

—¡Dejadlo! —gritó uno de los otros.

Michaél no hizo caso y se detuvo. Se agachó al lado de su compañero para darle la vuelta. Yo también me detuve, muerto de miedo y con la respiración jadeante. Michaél me miró con gesto grave.

—Está muerto —me dijo—. Ya no podemos hacer nada por él.

Y al momento siguiente, estaba de nuevo en pie y tirando de mi manga para escapar de allí, perdiéndonos entre los árboles.

Todo fue más fácil cuando descendimos a la carrera por el otro lado, sin orden ni concierto, sorteando los troncos casi sin control, hasta que por fin vimos el reflejo de la luna en el agua a través del follaje. En ese momento, se me ocurrió pensar por primera vez que, si el bote no estaba allí, esperándonos, estaríamos acorralados y acabaríamos capturados o muertos.

Por suerte, allí estaba. Una silueta oscura que se mecía arriba y abajo entre las rocas, tal como estaba planeado. Nos deslizamos salvando las rocas y nos metimos en el agua. Los dos hombres que nos ayudaron a subir al bote tenían mucha prisa, a juzgar por el tono de urgencia con que nos recibieron.

—¡Rápido, rápido! —exclamaban, porque ya estaban oyendo los gritos de los guardias mientras bajaban por la pendiente, corriendo hacia nosotros.

En aquel momento, Dios volvió a intervenir, la luz de la luna se esfumó y la oscuridad nos cubrió de nuevo como si fuera una capa de polvo que nos protegiera de la vista de todos. Nos alejamos de la costa con un empujón, y los hombres del bote se pusieron enseguida a los remos para llevarnos hacia las aguas profundas del centro del río. Los guardias efectuaron varios disparos desde la orilla. Distinguimos el fogonazo de sus rifles en la oscuridad, pero los proyectiles se desviaban mucho del blanco o bien se quedaban cortos. No tardamos en situarnos fuera de su alcance. Éramos libres.

Pero no estábamos a salvo. Todavía no. El río parecía avanzar con lentitud, y sin embargo la corriente era fuerte, con lo que los remeros se veían obligados a remar con fuerza para no ser arrastrados por ella. Daba la impresión de que difícilmente podríamos ir en otra dirección que no fuera la de la corriente, así que aguantamos agachados, jadeando y llenos de miedo, completamente a merced de nuestros rescatadores y de aquella inmensa masa de aguas negras que nos arrastraba.

Cuando por fin vimos la línea negra de la otra orilla, tuve la sensación de que había transcurrido una eternidad. Poco después, repentinamente, estábamos ya sorteando las rocas y tocando tierra en una playa de guijarros. El terreno se elevaba en fuerte pendiente, y los árboles crecían casi hasta el borde mismo del agua.

La primera señal de que teníamos problemas fue el estampido de un disparo que oí nada más bajarme del bote. Al volverme, vi que uno de los irlandeses se derrumbaba en la popa. Uno de los remeros nos apuntaba con una pistola a los tres que quedábamos vivos, mientras su compañero rebuscaba en los bolsillos del muerto y luego lo arrojaba al río.

—Muy bien, entregadnos el dinero que llevéis encima —nos dijo el de la pistola con voz temblorosa.

—Si queréis el puto dinero, tendréis que quitárnoslo —contestó Michaél.

—Bueno, en mi opinión, tenéis dos opciones: o nos entregáis el dinero ahora mismo, o lo cojo yo de vuestro cadáver.

—En cuanto te lo demos, nos matarás —terció el otro irlandés.

El de la pistola dibujó una sonrisa.

—Ése es un riesgo que tendréis que correr.

La rapidez con que el irlandés se abalanzó sobre él lo pilló por sorpresa, pero en el momento en que los dos caían al suelo, la pistola se disparó y el cuerpo del irlandés quedó encima de él, inerte. El otro remero se volvió enseguida, empuñando una segunda pistola, y apenas me dio tiempo de ver relampaguear el cuchillo de Michaél antes de que éste se lo hundiera a su adversario entre las costillas y le atravesara el corazón.

Entonces Michaél se lanzó sobre él inmediatamente para coger el arma y, antes de que el primer remero se quitara de encima el cadáver del irlandés al que acababa de matar, le disparó a quemarropa en el pecho.

Todo sucedió tan deprisa que, cuando por fin puse el pie en la pequeña playa de guijarros, apenas me había movido del sitio. Estaba horrorizado y no podía creer lo que acababa de ocurrir.

—¡Bastardos! —exclamó Michaél—. Vamos, escocés, ayúdame a registrarles los bolsillos. Coge todo el dinero que puedas y nos largamos de aquí.

Cuando hubimos terminado, echamos todos los cadáveres al agua, y Michaél se persignó a modo de despedida de sus amigos. Acto seguido, empujamos el bote hasta el río y empezamos a subir por el terraplén de la orilla, justo en el momento en que comenzaba a llover.

Entre los dos tenemos seis soberanos de oro y diez dólares canadienses, y somos afortunados por seguir con vida. No tengo ni idea de qué nos deparará el futuro, pero parece ser que el mío ya está inextricablemente unido al de Michaél. Al contemplar su rostro demacrado y su barba desgreñada, veo en sus facciones el ardor que lo anima. Si no hubiera sido por él, yo ahora estaría muerto.

CAPÍTULO 29

I

El ambiente de la sala de investigaciones policiales de la Sûreté de Cap-aux-Meules era tenso. El equipo se hallaba sentado alrededor de una mesa ovalada, evitando estudiadamente establecer contacto visual con Sime o con Marie-Ange. Alguien había clavado un mapa de las islas de la Magdalena en una de las paredes, y en el rincón opuesto colgaba la bandera roja y verde de la Sûreté. La pared del fondo, la de la puerta, estaba ocupada casi en su totalidad por una pizarra llena de datos escritos con tiza. Nombres, números de teléfono, fechas, lugares.

Lapointe ya había regresado de Montreal, donde había asistido a la autopsia. Los informó de que el patólogo no había podido establecer mucho más que la causa de la muerte. Cualquiera de las tres heridas de arma blanca habría sido fatal, incluso sin necesidad de las otras dos. El cuchillo empleado tenía una hoja de quince centímetros de longitud, estrecha y con filo de sierra, y la punta roma. Posiblemente era un cuchillo de los que se usan para descamar el pescado, aventuró. Aparte de algunos hematomas, las únicas lesiones que consiguió detectar el patólogo fueron unas marcas de arañazos que Cowell presentaba en la cara. Supuso que se las había hecho alguien con las uñas durante el forcejeo.

Crozes cogió un borrador y se hizo un poco de hueco en la pizarra. Arriba de todo escribió con tiza el nombre de James Cowell y a continuación trazó una raya vertical hacia abajo, hasta el borde del encerado, y fue escribiendo a derecha y a izquierda los nombres de los sospechosos.

Empezó por abajo, con Briand.

—Ya hemos dejado claro que Briand tenía un motivo de peso. Su esposa le había sido infiel con Cowell, y su empresa era competencia directa de la del fallecido. De hecho, el alcalde era quien más ganaba con la muerte de Cowell. Incluso sin tener en cuenta el factor de los celos. —Hizo una pausa, y añadió—: Aun así, su coartada es muy sólida: estaba en casa con su mujer. —Luego miró a Sime y a Blanc—: Mientras vosotros regresabais de Quebec, Arseneau y Blanc volvieron a interrogar a Ariane Briand. Ha confirmado lo que os dijo su marido.

A Sime le costaba mucho mirarlo a los ojos.

—Claro, cómo no. Ella también tiene un motivo, teniente. Si hemos de creerlos a los dos, Ariane Briand estaba deseando dejar a Cowell, pero no sabía cómo decírselo. Su marido dice que, de hecho, le tenía miedo. Es perfectamente posible que ambos conspirasen para asesinarlo.

Crozes asintió con un gesto. Sin embargo, por debajo de su pátina de profesionalidad, se notaba a las claras que se sentía incómodo.

—Eso es verdad, pero no tenemos ni una sola prueba que los sitúe en el escenario del crimen.

—Pues en ese caso deberíamos estar buscando alguna.

Esta vez Crozes tuvo dificultades para disimular su irritación.

—Mira, Sime, la gente lleva años buscando vida extraterrestre, pero eso no quiere decir que exista. Sin que haya pruebas que demuestren lo contrario, y dado que cada uno sirve de coartada para el otro, en mi opinión debemos descartarlos a ambos.

Acto seguido, cogió de nuevo la tiza y tachó con un trazo firme el nombre de Briand. En la sala se hizo el silencio. Luego señaló con la punta de la tiza el nombre de Morrison.

—No creo que ninguno de nosotros considere que Norman Morrison tuvo algo que ver con el asesinato. Era un tipo digno de compasión. Un deficiente. Tenía la edad mental de un niño de doce años. Y aunque estuviera obsesionado con la señora Cowell, creo que lo que le contó a su madre de que James Cowell contrató a unos matones para que le dieran una paliza a modo de advertencia para que se apartase era sólo eso, una historia que contó. Que alguien le dio una paliza parece que está claro, pero es poco probable que podamos averiguar alguna vez quién fue realmente. Y aunque su madre no puede asegurar de manera inequívoca que Norman estaba en casa, durmiendo, la noche del asesinato, en el registro de la vivienda no ha aparecido ni el arma del crimen ni ninguna prenda de ropa que pudiera haber llevado puesta al perpetrar el ataque. Y desde luego tampoco ha aparecido ningún pasamontañas. De hecho, si él hubiera tenido alguna vez dicha prenda, su madre lo sabría. Y, según ella, nunca la tuvo.

—¿Y su muerte? —preguntó Lapointe.

—Un triste accidente, Jacques. Cuando se enteró del asesinato, se preocupó por la señora Cowell. Pensamos que salió en mitad de la tormenta para comprobar si ella se encontraba bien. Era de noche, la isla estaba siendo azotada por vientos de grado diez, incluso once. Debió de desorientarse y se precipitó por el acantilado.

Seguidamente, Crozes tachó también el nombre de Morrison, y después se volvió de nuevo hacia los presentes.

—Luego tenemos al señor Clarke. —Se rascó el mentón—. Sentía una clara antipatía hacia Cowell. Lo acusaba de la muerte de su padre y de que se hubieran quedado sin el barco que pertenecía a la familia. Pero su mujer jura que estaba en casa, durmiendo, y no tenemos absolutamente ninguna prueba que lo desmienta. —Tachó el nombre de Clarke, y se quedó mirando al único sospechoso que quedaba—. Lo cual nos deja sólo a la señora Cowell. En mi opinión, es y ha sido siempre la que más posibilidades tiene de ser el asesino.

Sime escuchó, con creciente preocupación, cómo iba exponiendo Crozes su argumentación en contra de Kirsty. Se basaba en premisas sólidas e indiscutibles, y sabía que en cualquier circunstancia normal no podría haber encontrado ningún fallo en ellas. Pero este caso era muy distinto para él. Y por una razón muy simple: no deseaba que fuera verdad.

—La señora Cowell es el único testigo del asesinato —decía Crozes—. Cuando ocurrió, ella estaba presente. Eso no lo ha negado. Estaba cubierta de sangre de su marido, y sí, es cierto, nos contó una historia para explicar ese punto, pero en la escena del crimen no se ha hallado ni la más mínima prueba que la corrobore. No hay nada que sugiera que hubo en realidad una tercera persona. —Respiró hondo—. Nos ha mentido más de una vez: aseguró que se alegraba de que su marido la hubiera abandonado; afirmó que llevaba mucho tiempo sin salir de la isla; dijo que no sabía que su marido iba a regresar aquella noche, y ha reconocido todas esas mentiras. ¿Por qué iba a mentir una persona inocente?

Paseó la mirada por los rostros que tenía fijos en él, y vio que la recapitulación que acababa de hacer resultaba muy convincente.

—Ella lo amenazó. Tal vez no directamente, pero no ha negado haberle dicho a Ariane Briand que, si ella no podía tenerlo, se encargaría de que no lo tuviera nadie más. En la última entrevista que hizo a la señora Cowell, Sime resumió con mucha claridad y concisión la hipótesis más probable. Todos hemos visto ya las cintas. Sime la acusó de haber hecho volver a su marido amenazando con prender fuego a la casa, y de haberlo matado en un ataque de celos. Sugirió que, como se arrepintió de inmediato, intentó reanimarlo, y, al ver que no lo conseguía, se inventó la historia de que un intruso había irrumpido en la casa. —Se volvió hacia Sime—. Todo un cañonazo, Sime. —Su tono de voz llevaba una arista afilada.

Sime sintió que se ruborizaba. No quería apropiarse el mérito de todo eso. Era casi como si Crozes lo supiera y estuviera echando sal a propósito en una herida que ni el propio Sime era capaz de reconocer. Además, sabía que cualquier elogio proveniente de Crozes tendría un doble filo, a la luz de lo sucedido la noche anterior. Aun así, se mantuvo firme.

—Hay dos problemas —dijo.

—Vaya. —Crozes intentó dar la impresión de que había despertado su interés—. ¿Y cuáles son?

—El tipo que me agredió hace dos noches. Usted dice que no hay pruebas de que existiera el intruso del que habló Kirsty Cowell. Ese tipo, en cambio, encaja en la descripción, incluso en el detalle del pasamontañas.

—Pudo ser cualquiera que estuviera intentando desviar las sospechas que pudiéramos tener de él —replicó Crozes.

—¿Como quién?

—Como Owen Clarke.

—El cual tiene coartada. Y ningún motivo, que yo sepa, para agredirme a mí.

—Pues entonces su hijo. Tal vez consideró que lo habías humillado delante de sus amigos y quiso darte una lección.

—Su hijo también tiene coartada.

Crozes estaba cáustico.

—Sí, si hemos de creer a sus amigos. Piénsalo un momento, Sime. ¿Qué motivo podía tener el asesino para agredirte? En mi opinión, eso fue una maniobra de distracción. Y no quiero que perdamos más tiempo con ello. ¿Cuál es el segundo problema?

—Muy simple —respondió Sime—. En realidad, no tenemos ninguna prueba física contra la señora Cowell.

—Oh, claro que la tenemos. —Crozes esbozó una sonrisa llena de satisfacción—. O por lo menos podríamos tenerla. El informe de la autopsia revela que Cowell tenía arañazos en la cara, casi con toda seguridad causados por unas uñas. —Calló unos instantes—. Pero la señora Cowell afirma que su agresor llevaba guantes, así que, ¿cómo pudo dejar marcas de arañazos? Si los forenses logran encontrar coincidencias entre el residuo recogido de las uñas de la señora Cowell y la piel de la cara de la víctima, Kirsty Cowell ya es nuestra.

II

Sime ya había recorrido la mitad del aparcamiento para ir a recoger el Chevy y llevarlo de nuevo al hostal, cuando de pronto advirtió que se había dejado el teléfono móvil en la mesa de la sala de investigaciones. Llevaba varios días sin cargar la batería, y necesitaba enchufarlo en cuanto volviera a su habitación. Así que dio media vuelta, dejó atrás la estatua que había en el césped de la entrada, que representaba un cormorán, y se dirigió a la puerta principal. Justo en aquel momento, Marie-Ange salía de la Sûreté. Iba buscando algo en su bolso, por eso estuvo a punto de chocar con él. Se le escapó una levísima exclamación de sorpresa cuando ambos quedaron a escasos centímetros el uno del otro, una sorpresa que enseguida se transformó en una furia tan intensa que hizo que Sime casi se encogiera sobre sí mismo. Rápidamente, miró un momento a su espalda. No había nadie en el vestíbulo. De modo que le dijo en voz baja:

—Debería haberte pegado un tiro. De esa manera, habríamos dejado de sufrir los dos.

—Ya, pues teniendo en cuenta que la responsable de ese sufrimiento eres tú, tal vez deberías haberte pegado un tiro a ti misma.

Los labios de Marie-Ange dibujaron una sonrisa burlona.

—No te pases de listo, Simon.

—Por lo menos, yo soy sincero. —Le resultaba extraño, pero sentía un fuerte desapego emocional hacia ella—. ¿Sabes?, a lo mejor sí que deberías haberme disparado. Ya es lo único que te queda por hacerme.

Marie-Ange echó a andar por el sendero, pero Sime la agarró por el brazo.

—¡Suéltame! —exclamó, volviéndose bruscamente hacia él.

—Me alegro de que no llegásemos a tener aquel hijo —dijo Sime.

Por el rostro de Marie-Ange cruzó una sonrisa extraña.

—Sí, alégrate, porque ni siquiera era tuyo.

Y dicho esto, se zafó de su mano y desapareció por la esquina del edificio.

Sime se quedó mirando hacia allí con la cara tan roja como si lo hubiera abofeteado. Hasta aquel momento, había creído imposible que Marie-Ange pudiera hacerle más daño del que ya le había hecho.

CAPÍTULO 30

La noticia del embarazo de Marie-Ange había cambiado su forma de ver las cosas. Si había pasado la vida buscando algo, un motivo para vivir, un objetivo que diera sentido a su existencia, de pronto parecía haberlo encontrado.

Sin embargo, ya desde el principio, Marie-Ange se mostró indecisa. Sime no lograba entender por qué no estaba emocionada. Habían pasado una etapa difícil, y él creía que la llegada de un hijo podría ser el pegamento que volviera a unirlos a los dos. Pero, viéndolo en retrospectiva, se dio cuenta de que lo más probable es que Marie-Ange lo considerara sólo un impedimento para la ruptura, una responsabilidad familiar que no deseaba.

Habían discutido acerca de la ecografía. Sime quería conocer el sexo del bebé, pero Marie-Ange no. Y, como de costumbre, prevaleció la voluntad de ella.

Cuando ya llevaba cuatro meses de embarazo, y después de haber realizado varias visitas periódicas al ginecólogo, Marie-Ange seguía mostrando un instinto maternal escaso o nulo. En cambio, Sime sentía la paternidad cada vez con más fuerza. Miraba a los niños que volvían del colegio y se imaginaba cómo sería ser padre. Le venían a la memoria recuerdos de su primer día de colegio, de cómo insistió en que sabía volver a casa solo y al final acabó perdiéndose. Incluso se quedaba mirando embobado los cochecitos de niño y las sillitas para el coche.

Aquello también le recordó una anécdota de su antepasado, cuando ayudó a una mujer a parir a bordo de un barco, y cuando, más adelante, en el momento de marcharse de Grosse Île, la recién nacida le agarró con fuerza el pulgar.

Sime quería experimentar aquel sentimiento, el amor absoluto e incondicional de un hijo, la sensación de que una parte de sí mismo iba a pervivir aun cuando él ya no estuviera.

Cuando ya llevaba unas diecisiete semanas de embarazo, Marie-Ange pidió una semana de vacaciones para ir a ver a sus padres, que vivían en Sherbrooke. El día en que tenía previsto volver, Sime estaba fuera, trabajando en un caso. Aquella tarde, recibió una llamada en la que le comunicaron que Marie-Ange había ingresado de urgencia en el hospital, aquejada de una hemorragia grave, pero pasaron veinticuatro horas hasta que él pudo regresar a Montreal.

Sin tener ni idea de lo que había sucedido, se fue directo al hospital. Lo dejaron sentado en una sala de espera durante casi dos horas. Nadie le decía nada, y Sime estaba muerto de preocupación.

La gente iba y venía. Enfermos. Familiares preocupados. Estaba ya a punto de leerle la cartilla a la enfermera de recepción, cuando de repente vio aparecer a Marie-Ange por las puertas basculantes. Estaba pálida como la cal y apretaba contra el cuerpo una bolsa pequeña con sus pertenencias. Se la veía extrañamente abatida, y cuando Sime corrió a su lado, se abrazó a él y hundió la cara en su pecho entre fuertes sollozos. Luego se apartó ligeramente para mirarlo a los ojos, y Sime vio que tenía la cara brillante y empapada por las lágrimas. No fue necesario que Marie-Ange le dijera que habían perdido al bebé.

Por extraño que pudiera parecer, en los días que siguieron estuvieron más unidos de lo que habían estado en los últimos años. Sime la mimó, cocinó para ella, fregó los platos, le llevó el desayuno a la cama. Por la noche, se sentaban en el sofá con una copa de vino y veían programas insulsos en la televisión.

Fue a la semana siguiente cuando Marie-Ange le dio la noticia. Su ginecólogo le había dicho que ya no iba a poder tener hijos.

Sime se quedó destrozado. Aquello le resultó casi más duro de encajar que la pérdida del bebé. Volvió a experimentar el mismo sentimiento de duelo que sufrió tras la muerte de sus padres. De pesar. De estar solo en el mundo. No únicamente en aquel momento, sino para siempre. Les había fallado a todos. No sólo a sus padres, sino también a los padres de sus padres, y a los padres de aquéllos. Todo acabaría con él. ¿De qué habían servido tantos esfuerzos?

CAPÍTULO 31

I

Sime permaneció en la entrada de la Sûreté, recreándose en su dolor. Marie-Ange siempre había dicho que él había cambiado a partir del momento en que se enteró de que ella no iba a poder darle un hijo. Que aquello los había cambiado a ambos. Que había marcado el principio del fin. Y que la culpa era de él, no de ella.

Y ahora, aquella revelación de que el niño ni siquiera era suyo.

Sin embargo, por alguna razón, allí había algo que no encajaba del todo. El hecho de haber sorprendido a Marie-Ange en la cama con Crozes. Que acabara de descubrir que llevaban meses, tal vez años, siendo amantes. Y ahora rememorar aquel instante horrible en que ella perdió el niño. Todo aquello provocó que, de repente, reinterpretara los hechos. Fue como si se le hubiera caído una venda de los ojos. De pronto lo invadió una oleada de rabia e incredulidad, y echó a correr de nuevo hacia el aparcamiento.

Marie-Ange estaba sentada al volante del otro coche de alquiler, con el motor al ralentí, pero sin intención de arrancar. Sime cruzó el aparcamiento a la carrera y abrió de golpe la puerta del lado del conductor. Marie-Ange se quedó mirándolo. Tenía la cara mojada por las lágrimas, igual que aquel día en el hospital.

—Me has mentido —le soltó.

Ella se encogió como si le hubieran propinado una bofetada.

—Sí era hijo mío. Pero pensaste que, si lo tenías, te verías obligada a continuar conmigo, ¿verdad? —Al ver que Marie-Ange no respondía, insistió—: ¿Verdad?

Los ojos de Marie-Ange le devolvieron una mirada inexpresiva.

—Aquella semana no estuviste en casa de tus padres. Fuiste a abortar. Abortaste en algún antro de mala muerte, porque no podías hacerlo de forma legal sin que yo me enterase. —La miró con incredulidad, y añadió—: Mataste a mi hijo.

Marie-Ange permaneció un buen rato sin decir nada. Luego, con un hilo de voz, susurró:

—También era mi hijo.

Y acto seguido, tiró de la puerta para cerrarla, metió la primera y arrancó a toda velocidad.

II

Sime estaba junto al *sentier littoral*, contemplando la bahía de Plaisance, mucho después de que Marie-Ange se hubiera ido. Al fondo, en el horizonte, se apreciaba el contorno ya familiar de Entry Island. Había niños jugando en la playa, descalzos, persiguiendo las olas que rompían en la arena, lanzando chillidos cada vez que el agua fría les mojaba los pies. La brisa le revolvía el pelo y le abombaba la chaqueta. Se sentía entumecido a causa del cansancio, y vacío por dentro. Era una sensación que lo devoraba igual que el hambre.

Cuanto más miraba aquella isla que en los últimos días había llegado a dominar su vida, más empujado se sentía a volver a ella. No sabía por qué, tan sólo tenía el fuerte presentimiento de que las respuestas que estaba buscando, fueran las que fuesen, las encontraría allí.

Regresó al aparcamiento y se subió al Chevy. Fue hasta el Chemin Principal y, a continuación, giró hacia el norte, pasó por delante del hospital y del café Tim Horton's y se dirigió al puerto. Allí encontró al patrón del barco que había sido requisado por la Sûreté. Estaba junto al muelle, sentado en la popa de su embarcación, fumando un cigarro y desenredando unas redes de pesca. Cuando vio que Sime subía a bordo, levantó la vista, sorprendido.

—Necesito que me lleve a Entry —dijo Sime.

—El teniente Crozes me ha dicho que no iban a necesitarme hasta más tarde.

—Ha habido un cambio de planes. Necesito ir ahora mismo.

Cuando llegaron a la isla, Sime le dijo al pescador que podía regresar con el barco a Cap-aux-Meules, y que él ya volvería por su cuenta en el ferry. Permaneció unos instantes contemplando cómo el pesquero se apartaba del refugio del rompeolas y se alejaba hacia las aguas agitadas de la bahía, y después dio media vuelta y echó a andar. Llegó a donde estaba el minibús, que habían dejado estacionado en la isla para moverse por allí. Y podría haberlo cogido, pero quería caminar, sentir la isla bajo los pies. Pasó junto a barcos pesqueros de nombres corrientes como *Wendy Cora* y *Lady Bell*, y torció para entrar en Main Street, el camino sin asfaltar que discurría siguiendo la costa oriental de la isla. En los momentos en que se abrían un poco las nubes, el sol se derramaba sobre la bahía desde la lejana Cap-aux-Meules. Hacia el suroeste, y mucho más cerca, estaba Sandy Hook, un arenal alargado y en curva que partía desde La Grave, en la punta oriental de la isla Havre-Aubert, y que, a modo de dedo gigante, se extendía en dirección a Entry.

La brisa estaba refrescando un poco, pero seguía siendo templada. Tomó rumbo sur y pasó por delante del restaurante Josey's. A su izquierda, vio una cadena que cerraba el paso al camino que conducía hasta el pequeño aeródromo que, antiguamente, en invierno, prestaba un servicio de vuelos de pasajeros entre Entry Island y Havre-aux-Maisons. Aquel corto tramo de pista era donde Cowell solía aterrizar con su avioneta y donde dejaba aparcado su Ranger Rover. El aparato seguía estando allí, posado sobre el asfalto.

Al llegar a lo alto de la cuesta, la carretera doblaba hacia el interior y proseguía hacia la iglesia anglicana. Era un sencillo edificio de color blanco, con revestimiento de tablones de madera y pequeñas ventanas arqueadas y ribeteadas de verde. Desde lo alto del repecho se disfrutaba de una vista panorámica que llegaba hasta el oeste. Una enorme cruz blanca, sujeta por cables de acero para que no se la llevaran los fuertes vientos, proyectaba su sombra sobre el cementerio.

Sime abrió la verja y entró. Pasó al lado de una campana de barco montada sobre un pie metálico oxidado y comenzó a pasear entre las lápidas bajo el sol de media tarde. Fusilero Arthur E. McLean; Curtis Quinn; Dickson, hijo de Leonard y Joyce. Algunas de las inscripciones tenían varias décadas de antigüedad, otras eran más recientes. Aun así, era poco probable que quienes habían reclamado el derecho de tener un sitio allí, en las colinas de Entry, fueran a disfrutar de la compañía de muchos más isleños como ellos, porque la población estaba disminuyendo rápidamente, camino de extinguirse.

La sombra de Sime se proyectaba ahora sobre una lápida antigua, curtida por la intemperie, que no sobresalía ni medio metro de la hierba y estaba ligeramente torcida. Con dificultad logró distinguir el apellido McKay, y decidió agacharse para limpiar las algas y los líquenes que se habían acumulado allí a lo largo de más de un siglo. «Kirsty McKay —rezaba la lápida—. Hija de Alasdair y Margaret. Fallecida el 2 de agosto de 1912 a la edad de 82 años.» Aquélla tenía que ser la tatatarabuela de Kirsty. La anciana cuya foto había visto él en el álbum que había empezado la madre de Kirsty. Intentó recordar cómo era, pero había olvidado los detalles. Su mente sólo conservaba la impresión de una época en la que todas las personas de una determinada generación parecían tener el mismo rostro. Tal vez se debiera a la homogeneización causada por un peinado popular, o por una moda determinada respecto a la ropa y los sombreros. O a las limitaciones de las primeras cámaras fotográficas. A las fotografías en blanco y negro, y en sepia, a la iluminación deficiente. A la luz excesiva o escasa, o al exagerado o nulo contraste.

Fuera lo que fuese, el hecho de tropezarse de aquel modo con la tumba de aquella anciana le produjo cierta tristeza. Una imagen impresa en un álbum de fotos perpetúa la ilusión óptica de que la persona aún sigue viva. Incluso mucho después de que haya muerto, sigue conservando la sonrisa o el ceño fruncido. En cambio, un hoyo en el suelo, con una piedra que marque el lugar en el que apoyaron su cabeza, es un recuerdo de la muerte que queda para la eternidad. Puso una mano en la lápida y la notó fría al tacto. De forma inesperada, experimentó un sentimiento de afinidad con aquella anciana cuyos huesos reposaban bajo el suelo que estaba pisando, como si de algún modo ella hubiera tendido un puente entre su pasado y su presente, entre su tatataranieta y él.

Se incorporó y sintió un escalofrío, aunque todavía hacía calor, y notó que la piel de los brazos y los hombros se le erizaba, como si alguien acabara de pasar por encima de su propia tumba.

La ropa puesta a secar al sol de finales de septiembre ondeaba al viento, colgada de una cuerda tendida ante una casa de diseño moderno e impersonal próxima a la *épicerie*. Dos individuos ataviados con monos de trabajo azules y botas de goma interrumpieron su conversación para mirar a Sime, que en ese momento atravesaba el cruce. En aquella zona, el firme del asfalto era irregular y estaba lleno de piedrecillas. De pronto, un perro labrador viejo, de pelaje dorado y cuartos traseros rígidos y artríticos, le salió al paso.

—¡*Duke!* —lo llamó uno de los hombres—. ¡*Duke*, ven aquí!

Pero el perro no le hizo caso y siguió andando al lado de Sime.

Allí donde el camino doblaba a la derecha para continuar hacia el faro, giraba también a la izquierda, hacia la casa de los Cowell. *Duke* se adelantó, tomó el sendero de la casa y empezó a subir la cuesta, renqueante, casi como si supiera adónde se dirigía Sime. Pero él titubeó un momento. No tenía motivos ni autoridad para regresar a aquella casa. Sus entrevistas con Kirsty habían finalizado. Y en cualquier caso, ella ya no quería hablar más con la policía sin que hubiera un abogado presente. Aun así, siguió el camino que le marcaba el perro.

La casa que había construido Cowell le pareció ahora un triste despilfarro de dinero. Era el frío testimonio de un matrimonio fallido, vacío y sin amor. Entró en el salón acristalado y saludó:

—¿Hola?

Su voz reverberó por todos los espacios vacíos del interior, pero no obtuvo respuesta. Cruzó el césped para acercarse a la casa de verano y encontró al policía de Cap-aux-Meules preparándose un sándwich en la cocina. El joven levantó la vista, un tanto sorprendido.

—Pensaba que habían vuelto ustedes a Cap-aux-Meules —comentó.

Sime se limitó a encogerse de hombros.

—¿Dónde está la señora Cowell?

—¿Va a interrogarla otra vez?

—No.

El patrullero dio un bocado al sándwich y se ayudó de un sorbo de café para tragarlo. Luego observó a Sime con curiosidad.

—La última vez que la vi estaba en el camino que sube por esa colina de ahí.

—¿Adónde conduce?

—A ningún sitio en particular. Al cabo de un trecho, desaparece.

Cuando volvió a salir de la casa, *Duke* estaba esperándolo. Incluso tuvo la impresión de que el labrador le sonreía. Luego se volvió y empezó a subir por el sendero, como si pretendiera enseñarle el camino. Sime observó a aquel chucho viejo y de andares artríticos que ascendía penosamente por la cuesta y, un poco después, vio que se detenía y miraba atrás. Casi se le notaba lo impaciente que estaba.

Sin embargo, Sime dio media vuelta y tomó el camino que llevaba a los acantilados y a la estrecha escalera de hormigón que bajaba hasta el embarcadero. La lancha motora de los Cowell cabeceaba suavemente en el oleaje de la tarde.

Imaginó a Kirsty, medio borracha, furiosa y humillada por los celos, bajando a la carrera por aquellos escalones, de noche, y zarpando a bordo de aquella lancha en dirección a Cap-aux-Meules. Debía de impulsarla una profunda desesperación.

Se volvió para regresar a la casa, y vio que *Duke* seguía esperándolo en la colina.

No tenía motivos para hablar de nuevo con Kirsty, y sin embargo tenía ganas de verla. Quería decirle lo mucho que odiaba todo lo ocurrido, aunque sabía que no debía decírselo. Aun así, subió la cuesta para seguir a *Duke*. El perro lo esperó hasta tenerlo a unos pocos metros, y seguidamente se volvió y continuó subiendo.

El camino era irregular y estaba sembrado de baches. Había multitud de piedrecillas sueltas que resbalaban al pisarlas. Cuando llegó a lo alto del promontorio, se volvió para mirar. La casa ya había quedado muy atrás, y a lo lejos, en el extremo sur de la isla, el faro parecía diminuto. Al otro lado de la bahía se veía Havre-Aubert, muy cerca, tanto que daba la sensación de poder alcanzarla con la mano. Allí arriba el viento soplaba con más fuerza, le azotaba el cabello y le abombaba y agitaba la chaqueta. Al volverse, vio a *Duke* esperándolo de nuevo. Avanzó un poco más, hasta un punto en el que la pista se transformaba en un sendero abierto en la hierba. Al llegar a una hondonada, se dividía en dos: un ramal subía serpenteando hacia la cima de la Big Hill, y el otro descendía de nuevo hacia los acantilados y las rocas de color rojo que se elevaban en medio del mar.

Y entonces la vio. Estaba de pie, muy cerca del borde del acantilado, con su silueta recortada contra el resplandor del sol, que se reflejaba en el océano. En aquel lugar, orientada hacia el este, de cara al golfo de San Lorenzo y al Atlántico Norte, la isla miraba hacia la tierra lejana de la que antaño habían partido los antepasados de ambos.

Duke llegó antes que él. Kirsty se inclinó para acariciarlo y luego se acuclilló a su lado. Sime vio que sonreía, con una expresión alegre que él no le había visto hasta el momento. De pronto, entró en su visión periférica, ella volvió la cabeza y lo vio acercarse. Dejó de sonreír y se incorporó inmediatamente. Toda su actitud se volvió defensiva y hostil.

—¿Qué es lo que quiere? —le preguntó con frialdad cuando lo tuvo enfrente.

Sime metió las manos en los bolsillos y encogió los hombros.

—Nada —contestó—. Estaba dando un paseo. Matando el tiempo hasta que llegue el ferry. —Señaló con la cabeza el mar y dijo—: Está usted un poco demasiado cerca del acantilado.

Ella rompió a reír, y Sime tuvo la impresión de que era la primera vez que la veía contenta de verdad.

—No tengo intención de tirarme por el precipicio, si es lo que está insinuando.

Sime sonrió.

—No pretendía insinuar eso. —Recorrió con la mirada el mellado borde de los acantilados—. Pero aquí hay mucha erosión. Yo diría que es bastante peligroso acercarse tanto.

—Su preocupación me conmueve. —Había recuperado el tono de sarcasmo.

Sime la miró de frente.

—Sólo hago mi trabajo, señora Cowell. No tengo nada contra usted.

Ella dejó escapar una exclamación ahogada para indicar incredulidad.

—Pues acusarme de haber matado a mi marido tampoco indica precisamente que me tenga en alta estima.

—No hago más que analizar las pruebas —replicó Sime. Guardó silencio unos instantes y luego agregó—: Un patólogo que conozco me dijo en una ocasión que, cuando realiza una autopsia a una víctima de asesinato, se siente como si fuera el único defensor que le queda a esa persona en el mundo. Alguien que busca las pruebas fehacientes que ha puesto en sus manos el cadáver del fallecido.

—¿Y eso es lo que está haciendo usted por James?

—En cierto modo, sí. Él no puede hablar por sí mismo, no puede decirnos qué fue lo que ocurrió. Y con independencia de lo que hiciera, con independencia de la clase de persona que fuera, no merecía morir de ese modo.

Kirsty lo miró largamente durante unos instantes.

—No, no lo merecía.

Se hizo un silencio incómodo entre los dos. Fue Sime quien lo rompió:

—¿De verdad tiene la intención de pasar aquí el resto de su vida?

Kirsty lanzó una carcajada.

—Bueno, eso depende de si usted me mete en la cárcel o no —respondió con una tenue sonrisa—. Pero lo cierto, señor Mackenzie, es que, a pesar de lo que haya dicho en un arrebato emocional, amo realmente esta isla. De pequeña jugué por toda ella, y de mayor la he recorrido hasta el último centímetro. Big Hill, Jim's Hill, Cherry's Hill. En realidad, no son más que pequeños montículos que forma el paisaje, pero cuando uno es pequeño le parecen los Alpes o las Rocosas. La isla es todo tu mundo, y todo lo que hay fuera de ella parece lejano y exótico. Incluso las demás islas de la Magdalena.

—Yo no diría que es un lugar cómodo donde vivir.

—Eso depende de aquello a lo que uno esté acostumbrado. Nosotros no conocíamos otra cosa. Por lo menos hasta que nos hicimos mayores. El clima es duro, sí, pero incluso eso se termina aceptando, porque es así. Los inviernos son largos, y a veces hace tanto frío que la bahía se congela y uno puede ir andando hasta Amherst. —Luego, como para hacerle un favor, aclaró—: Me refiero a Havre-Aubert.

—¿Cómo es que aquí hablan inglés, cuando en las demás islas se habla francés?

—No en todas —replicó Kirsty. Una racha de viento le echó el pelo en la cara, y ella se lo apartó cuidadosamente con el dedo meñique y sacudió la cabeza hacia atrás—. También en el norte se habla inglés. En la isla Grand Entry, en Old Harry y en Grosse Île. James nació en Old Harry. Pero sí, la mayor parte de la población de las islas de la Magdalena habla francés. Calculo que tal vez hablemos inglés sólo el cinco o el diez por ciento. —Se encogió de hombros—. Es la cultura que hemos heredado. Y cuando uno está en minoría, tiende a proteger esas cosas, a cuidarlas, a defenderlas. Igual que ocurre con la minoría francesa de Canadá.

Duke deambulaba por los alrededores, olfateando entre la hierba, y estaba muy cerca del borde del precipicio. Kirsty le dio una voz para que se acercara a ellos, pero el perro se limitó a alzar la cabeza y a mirarla con gesto desapasionado.

—Vamos —le dijo a Sime—. Si echamos a andar otra vez por el camino, vendrá detrás de nosotros. —Luego añadió con una sonrisa—: *Duke* se ha pasado la vida acompañando a todos los que llegan de visita a la isla.

Empezaron a subir por la senda, el uno al lado del otro, sin ninguna prisa. Cualquiera que estuviera viéndolos a lo lejos pensaría que eran dos viejos amigos. Pero el silencio que había entre ellos era tenso.

—Como seguramente ya sabrá —dijo Kirsty de improviso—, aquí, en Entry, llamamos a las islas por sus nombres en inglés. Cap-aux-Meules para nosotros es Grindstone, Havre-Aubert es Amherst... Bueno, ésa ya se la he dicho antes. Havre-aux-Maisons se conoce como isla Alright. —Era como si pensara que hablando de cosas triviales, las cosas que no eran triviales en absoluto, las que estaban creando aquella tensión entre ellos, se disiparían—. El archipiélago entero está rodeado de barcos hundidos. En una ocasión, vi un mapa en el que aparecían todos marcados. Hay centenares de ellos a lo largo de la costa.

—¿Y cómo es que fueron arrastrados hasta aquí?

—¿Quién sabe? El mal tiempo, la mala suerte... Además, en aquel entonces no había faro. Y supongo que estamos situados en medio de la principal ruta de entrada al río San Lorenzo y a Quebec. —Miró a Sime y se mordió el labio—. ¿Cómo es posible que pueda conversar con tanta tranquilidad con una persona a la que considera una asesina?

—Eso no es necesariamente lo que opino —replicó Sime, y al momento se arrepintió de haber dicho aquello. Porque, a fin de cuentas, sí era lo que opinaba, pero no era lo que quería opinar.

Kirsty lo atravesó con la mirada, como si aquellos ojos azules fueran capaces de horadar sus defensas y llegar a la verdad.

—Claro —respondió al fin, no muy convencida.

Duke pasó junto a ellos cojeando y se abalanzó sobre una zanja llena de agua que había a un lado del camino. Estuvo unos momentos chapoteando, para refrescarse, y después, con cierta dificultad, se incorporó de nuevo. Entonces se sacudió con fuerza y salpicó a Kirsty y a Sime. Ella lanzó un grito y se apartó, y a punto estuvo de perder el equilibrio, pero Sime reaccionó con rapidez y la agarró por el brazo para evitar que se cayera.

—¡Maldito perro! —exclamó Kirsty, riendo.

No obstante, su sonrisa se desvaneció cuando se dio cuenta de que Sime aún la tenía agarrada. Los dos se sintieron incómodos al instante, y él, cohibido, la soltó por fin, casi avergonzado por aquel inesperado contacto físico.

Reanudaron el paseo y siguieron a *Duke*, que había echado a correr con energías renovadas en dirección al punto en que el camino comenzaba a descender por el otro lado de la colina. El viento soplaba más fuerte en la cima. Allá abajo, la bahía resplandecía de manera intermitente, iluminada por fugaces rayos de sol. La casa de los Cowell se erguía orgullosa al borde de los acantilados, y justo detrás estaba la casa de verano en la que había nacido Kirsty. El techo del coche patrulla relucía al sol, junto al Range Rover beis de Cowell.

—¿Usted tiene coche? —preguntó Sime de repente.

—No.

—¿Y cómo se mueve por la isla?

—Para moverse por la isla no hace falta coche. No hay ningún sitio al que no se pueda ir andando.

—Pues James pensaba que era necesario tenerlo.

—James solía traer cosas en el avión. Supongo que si yo hubiera necesitado coche alguna vez, habría utilizado el suyo. Con la salvedad de que no sé conducir.

Sime se quedó sorprendido.

—Eso sí que es poco frecuente.

Kirsty no contestó, su atención estaba puesta en la mano derecha de Sime, con la que él se estaba alisando el pelo.

—¿Qué le ha ocurrido en la mano?

Sime se la miró y vio que tenía los nudillos magullados y arañados, y también ligeramente hinchados, de resultas de haber golpeado a Crozes. Se sintió un poco violento y volvió a meterla en el bolsillo.

—Nada —respondió.

Para su sorpresa, Kirsty le cogió la muñeca y le sacó la mano para poder examinarla.

—Se ha peleado con alguien.

—¿Usted cree?

Kirsty, que todavía le sostenía la mano, elevó una ceja.

—Esta isla es dura, señor Mackenzie. Aquí no hay policías, así que los hombres suelen resolver sus diferencias con los puños. No es la primera vez que veo unos nudillos despellejados. —Guardó silencio unos instantes para mirarle de nuevo la mano—. Y los suyos no estaban así ayer.

Cuando se la soltó, Sime se la frotó suavemente con la otra mano, casi como si pretendiera esconder las magulladuras, y de nuevo se fijó en su anillo grabado con el brazo y la espada. A pesar del extraño impulso que sentía de decirle la verdad a Kirsty, lo único que le salió fue:

—Es un tema personal. —Y desvió la mirada.

—A ver si lo adivino. Los hombres no suelen pegarse con un desconocido, y dado que usted no conoce a nadie de aquí, probablemente se ha peleado con uno de sus compañeros de trabajo. Otro investigador. ¿Me equivoco?

Esta vez Sime le sostuvo la mirada. Sin embargo, no dijo nada.

—Y como no veo que tenga ninguna herida en la cara, salvo la brecha que le hicieron el otro día, cabría suponer que el agresor fue usted. Eso significa que debió de tener un motivo importante. Uno no agrede a un colega por cualquier cosa. ¿Por casualidad no habría una mujer de por medio? —Enarcó una ceja al hacer la pregunta. Al ver que no obtenía respuesta, añadió—: Y como la única mujer que hay en el equipo es su ex...

—Ha estado acostándose con ella. —Lo soltó antes de poder contenerse. Y de inmediato deseó poder retractarse. Sintió que se ruborizaba con intensidad.

—¿Desde antes de romper con usted?

Sime asintió con la cabeza.

—¿Y acaba de enterarse?

—Sí.

—¿De modo que le dio una paliza?

—Sí.

—Bien hecho.

De alguna manera, Kirsty había dado la vuelta a la situación. Ella era ahora la interrogadora, y él era el culpable que defendía lo que había hecho.

Kirsty sonrió.

—Así que, en realidad, usted y yo no somos tan distintos, ¿no? —dijo. Sime la miró, extrañado—. Los dos somos capaces de perder los papeles ante la posibilidad de perder a un amante. —Hizo una pausa y suspiró—. Precisamente usted, señor Mackenzie, debería entender qué fue lo que me empujó aquella noche a ir a Cap-aux-Meules para hablar cara a cara con James y Ariane Briand.

Sime tenía la boca seca.

—¿Lo mismo que la empujó a matar a su marido?

Kirsty lo miró por espacio de unos segundos.

—Me parece que la respuesta a esa pregunta ya la conoce.

Duke se había cansado de esperarlos, así que dio media vuelta y se dejó caer a sus pies, resoplando.

—La primera vez que nos vimos, usted me dijo que creía conocerme de antes —continuó Kirsty.

Sime asintió. Tenía ganas de contarle lo de los diarios. Lo de los sueños que estaba teniendo. Quería hablarle de aquella niña llamada Kirsty a la que su antepasado le había salvado la vida. De la adolescente a la que había besado en una isla de las Hébridas barrida por los vientos, y a la que más tarde había perdido en un muelle de Glasgow. Quería decirle que, sin saber cómo, en sus sueños y en su mente ella había terminado siendo la misma mujer que tenía ahora ante él, en aquella ventosa colina de Entry Island.

De pronto, Kirsty le pasó las yemas de los dedos por la mejilla, muy levemente, y le dijo:

—Usted no me conoce en absoluto.

El instinto, o algún movimiento fugaz, hizo que Sime volviera la cabeza. Vio al policía de Cap-aux-Meules subiendo por el camino, a unos doscientos metros de donde estaban ellos. Incluso desde aquella distancia, Sime percibió su gesto de confusión. Se daba cuenta de lo extraña que debía de resultarle la intimidad de aquel momento. Sime el detective, Kirsty la sospechosa de asesinato, de pie los dos muy juntos en lo alto de la colina, ella con la mano extendida para acariciarle la cara.

Kirsty retiró la mano, y Sime se apartó de ella y se apresuró a bajar por el camino para ir al encuentro del agente. *Duke* se incorporó haciendo un esfuerzo y salió corriendo detrás de él.

El joven patrullero continuó subiendo la cuesta para encontrarse con Sime a medio camino. Lo miró con profunda extrañeza, pero lo que pensaba se lo guardó para sus adentros.

—El teniente Crozes está buscándolo, señor.

—¿Y por qué no me ha llamado al móvil? —Sime se metió la mano en el bolsillo para cogerlo, y sólo entonces se dio cuenta de que al final no había regresado a la sala de investigaciones para recuperarlo—. ¡Maldita sea! Voy a llamarlo desde el teléfono de la casa.

Y tras dirigir una brevísima mirada a Kirsty, empezó a bajar a toda prisa por el camino en dirección a la casa de verano, acompañado por el policía. Kirsty se quedó en lo alto de la colina, viendo cómo se alejaban.

Sime podía oír la furia reprimida en el tono de voz de Crozes. ¿Qué diablos estaba él haciendo en Entry? Sime, sin embargo, casi no le prestaba atención; desde el sitio en el que estaba hablando por teléfono, el cuarto de estar de la casa de verano, veía a Kirsty bajar lentamente por la ladera, así que dejó que Crozes se desahogara a gusto. Hasta que por fin al teniente se le agotó la pólvora y dijo con frialdad:

—Ya hablaremos de eso más tarde. Acaba de llegar el informe preliminar de los forenses. Lapointe les pidió que dieran prioridad a la prueba de ADN, y acaban de enviar los resultados.

—¿Y? —Sime ya sabía que la noticia no iba a ser buena.

—Las muestras tomadas de las uñas de Kirsty Cowell contienen piel que coincide con la de los arañazos que presentaba su marido en la cara. —Sime le notó en la voz un ligero tono casi de placer—. Al final habrá sido una suerte que estés ahí, Sime. Quiero que la detengas y la traigas para que sea acusada formalmente de asesinato.

Sime no respondió.

—¿Sigues ahí?

—Sí, teniente.

—Bien. Pues entonces quedamos en que os veré a los dos aquí a eso de las seis —añadió Crozes antes de colgar.

Sime aún permaneció unos instantes sosteniendo el teléfono antes de decidirse a colgar. Por la ventana, vio que Kirsty había llegado a la casa grande y que estaba cruzando el trecho de césped que la separaba de la casa de verano. *Duke* había acudido a su encuentro y daba saltos de alegría entre sus piernas, con tanto entusiasmo como le permitía su artritis. Sime se volvió y vio que el policía local estaba mirándolo.

—Voy a necesitar un testigo —le dijo.

El joven se sonrojó ante la idea. Tenía claro que estaba a punto de ocurrirle algo de lo que no tenía experiencia previa.

Cuando Kirsty comenzó a subir los escalones del porche y Sime salió a recibirla, enseguida detectó que había cambiado algo.

—¿Qué ocurre?

—Kirsty Cowell —dijo Sime—, está usted detenida por el asesinato de su marido, James Cowell.

El semblante de Kirsty perdió todo el color.

—¿Qué? —Le tembló la voz, estaba estupefacta.

—¿Ha entendido lo que acabo de decirle?

—He entiendo lo que ha dicho, pero no entiendo por qué lo ha dicho.

Sime respiró hondo, consciente de que tenía al joven policía detrás.

—Tiene derecho a contratar los servicios de un abogado. Voy a llevarla conmigo a la comisaría de Cap-aux-Meules, y allí le proporcionaremos un teléfono gratuito en el que le procurarán los servicios de un abogado si usted no tiene uno propio. Todo lo que diga podrá ser utilizado como prueba ante un tribunal. ¿Lo ha entendido? —Aguardó unos instantes y agregó—: ¿Quiere hablar con un abogado?

Kirsty lo miró fijamente durante largo rato. Sus ojos reflejaban sentimientos contradictorios. Luego alzó una mano y le propinó a Sime una fuerte bofetada en la cara, en el mismo sitio en el que tan sólo unos momentos antes lo había acariciado con las yemas de los dedos.

El policía intervino con rapidez y la sujetó por las muñecas.

—¡Suéltela!

El tono imperativo de Sime tuvo en el joven casi el mismo efecto que había tenido la bofetada de Kirsty en él. Inmediatamente, le soltó las muñecas, como si Kirsty le hubiera provocado una descarga eléctrica. Sime la miró a los ojos con un sentimiento de pesar.

—Lo siento —le dijo.

CAPÍTULO 32

I

Dejó a Kirsty al cuidado del policía local, para que éste la vigilase mientras ella preparaba una bolsa con sus cosas, y se fue en busca del minibús que aguardaba en el puerto. Eso le dio tiempo de sobra para pensar, tanto en la caminata de ida como en el trayecto de vuelta al volante del vehículo. Pero no le resultó fácil encontrar argumentos convincentes. Desde el momento mismo en que posó la mirada por primera vez en Entry, percibió algo amenazador en la sombra oscura que se dibujaba en el horizonte. La sensación de fatalidad que había experimentado al llegar había alcanzado ahora, perversamente, toda su plenitud. La mujer que en su mente se había convertido en la niña que aparecía en sus sueños y en la Ciorstaidh de los diarios era ahora, después de todo, la asesina de James Cowell. Y había recaído en él la misión de detenerla.

Al regresar a la casa de verano, Sime metió la bolsa de Kirsty en el minibús. Ella subió al vehículo con gesto taciturno y se acomodó en el asiento del copiloto. Dejaron al policía vigilando el escenario del crimen y partieron en silencio en dirección al otro lado de la isla. El sol estaba poniéndose ya por el cielo del oeste, teñía de tonos dorados las nubes rosadas y grises y resplandecía flotando como una miríada de joyas sobre la bahía.

Sabía que era la última vez que pisaba aquella isla, y por eso dejó vagar la mirada con tristeza por sus suaves ondulaciones cubiertas de verde, sus casas pintadas de vivos colores y sus montañas de cestas de langostas apiladas a lo largo de la cuneta. Cuando el camino sembrado de baches que pretendía ser una carretera pasó junto al montículo en que se elevaba la iglesia, levantó la vista hacia la ladera de escasa pendiente, de cuya hierba sobresalían las lápidas de las tumbas. Allí, entre ellas, estaba la piedra incrustada de líquenes que marcaba el lugar de descanso definitivo de la lejana tatatarabuela de Kirsty, y a Sime incluso le pareció oír las palabras de reproche de la anciana.

En el muelle se había congregado un numeroso grupo de isleños para recibir al ferry. Sime distinguió entre ellos a Owen y Chuck Clarke, que lo miraron con gesto hosco. Cuando el transbordador se hubo desembarazado de su cargamento de mercancías y personas, todos observaron en silencio cómo Sime subía a bordo al volante del minibús, reculando sobre la rampa. Kirsty iba sentada a la vista de todo el mundo, con la mirada perdida y el semblante pétreo, sin volverse ni a derecha ni a izquierda. Si aquella mujer no había salido de la isla en diez años, aquello sólo podía significar una cosa.

Sime permaneció a su lado en el interior del minibús hasta que se izó la rampa y los ocultó a la vista de los curiosos del muelle. A continuación, el ferry se despegó del embarcadero con un suave bamboleo, pasó junto al rompeolas y salió a la bahía. Sólo entonces Sime, sin pronunciar palabra, buscó las esposas que llevaba en el bolsillo y, antes de que Kirsty se percatara de lo que estaba ocurriendo, le cogió la muñeca de la mano izquierda y se la sujetó al volante. La sorpresa de Kirsty fue mayúscula; sus ojos azules se oscurecieron por la dilatación de las pupilas, que centellearon de rabia y humillación.

—¿Se puede saber qué demonios está haciendo?

—No puedo correr el riesgo que representa dejarla libre por el ferry, no vaya a ser que salte por la borda.

Kirsty lo miró con incredulidad, boquiabierta.

—¿De verdad cree que sería capaz de suicidarme?

—No sería la primera que lo hace. —Calló unos instantes—. Si lo prefiere, puede subir conmigo a cubierta con las esposas puestas, para que la vean todos los pasajeros y la tripulación.

Kirsty cerró la boca, volvió la cara y se quedó mirando fijamente el parabrisas.

—Me quedaré aquí.

Sime asintió. Con gesto cansado, se apeó del minibús, subió la escalera que llevaba a la cubierta superior y luego se dirigió hacia la proa del barco. Cerró los ojos, doloridos y resecos, y disfrutó de la sensación del viento en la cara, que era como agua fría, refrescante, vigorizante, aunque no lo suficiente como para eliminar su cansancio y su sentimiento de culpa. Se sentía como si la hubiera traicionado.

Después dio media vuelta y, con paso vacilante, se dirigió a la popa para quedarse allí de pie, agarrado a la barandilla, mientras contemplaba cómo Entry Island se alejaba y se perdía en la oscuridad de la noche, que iba cayendo poco a poco. Recordó el momento en que Kirsty le había acariciado la mejilla. Aún le parecía sentir su contacto. Y de pronto, pensó con desazón que estaba cometiendo un error.

II

Cuando pasaron por delante del hospital y del hostal Madeli, el cielo estaba cubierto de nubes negras, hechas jirones, que recorrían la isla provenientes del oeste, iluminadas de refilón por el intenso brillo del sol, que se ponía en el horizonte cambiando gradualmente de color. Primero pasó a un blanco ardiente, después al amarillo y al rojo, y finalmente al morado cuando llegó a estar por debajo del manto de los nubarrones. Era como si el cielo estuviera en llamas, y Sime no estaba seguro de haber visto en su vida semejante puesta de sol.

Sin embargo, al igual que todas las cosas que arden con tanto fulgor, aquella puesta de sol también se consumió con rapidez, y para cuando llegaron a la comisaría de policía del Chemin du Gros Cap, el disco solar ya se había ocultado del todo y no había dejado tras de sí más que un cielo chamuscado.

Todavía quedaba un poco de luz cuando Sime condujo a Kirsty al interior del edificio. Una luz eléctrica de tonalidad amarilla se reflejaba oblicuamente desde las puertas de cristal, y cuando las cruzaron, vieron varias cabezas que se volvían en su dirección; tanto desde la puerta abierta de la oficina general, como desde la sala de investigaciones de al lado, donde había varios integrantes del equipo holgazaneando en torno a una mesa abarrotada de papeles, ordenadores portátiles y teléfonos. Se los veía relajados. El trabajo ya estaba hecho. Thomas Blanc cruzó una breve mirada con Sime, y enseguida desvió la vista.

Crozes estaba de pie al fondo de la sala. Se volvió, y Sime vio la expresión de satisfacción que reflejaba su rostro, un rostro que todavía conservaba los hematomas resultantes del encuentro de la pasada madrugada.

—Por aquí —le indicó.

Se detuvo en la puerta de los calabozos para dejarlos entrar. Una agente uniformada los aguardaba. Kirsty dirigió a Crozes una mirada hosca al pasar por su lado, y Sime la hizo detenerse delante de la primera de las dos celdas. Ella se volvió. En su expresión, Sime detectó el mismo desprecio que tan familiar había llegado a resultarle en Marie-Ange.

—Bueno, ahora ya sabemos quién es el que ha estado tirándose a su mujer —dijo la detenida.

Sime miró un momento a Crozes, que entornó los ojos con incredulidad y ladeó la cabeza en un gesto de escepticismo. Pero a Sime le resultó del todo indiferente. Entró en la celda para dejar la bolsa de Kirsty en el suelo, junto a la cama arrimada a la pared de la derecha.

Kirsty recorrió la estancia con la mirada.

—¿Esto es todo? —preguntó—. ¿Aquí es donde van a tenerme encerrada?

—Por el momento —contestó Crozes.

Las paredes estaban pintadas de un color amarillo claro, el mismo que la sábana de la cama. El suelo de resina era azul, igual que la almohada y el edredón.

—Muy mediterráneo —comentó Kirsty—, y muy bien combinado. ¿Qué más puede pedir una chica?

La celda no tenía puerta, sino tan sólo unos barrotes que se corrían e impedían la salida, de modo que no proporcionaban ninguna intimidad al preso. Había un mueble de acero inoxidable que incorporaba inodoro y lavabo, todo en uno. Al final del pasillo, en la pared del fondo, pasada la segunda celda, había una ducha entre paredes de azulejos. Era sombría y deprimente. Pero, por más abatida que pudiera sentirse, Kirsty estaba decidida a no mostrarlo.

—¿Ha hablado con algún abogado? —le preguntó Crozes.

—No tengo ninguno —respondió Kirsty, y sin mirar a Sime, agregó—: Él me ha dicho que podría llamar a uno desde aquí.

Crozes asintió con la cabeza.

—En la sala de al lado —confirmó, y se la llevó a la sala de interrogatorios—. Supongo que querrá que esté presente su abogado en todos los interrogatorios a partir de ahora.

Kirsty se volvió bruscamente, con furia en los ojos.

—Puede estar seguro de ello —contestó. Luego señaló con un dedo acusador a Sime, que aguardaba de pie en la puerta—. Pero no espere que conteste a una sola pregunta mientras él esté en el edificio.

La sala de investigaciones estaba vacía cuando entraron. Sime se preguntó adónde se habría ido todo el mundo, pero no tardó en averiguarlo. Crozes cerró tras de sí y habló empleando un tono de voz grave y amenazante:

—Ni siquiera voy a preguntarte qué diablos estabas haciendo en Entry, ni cómo se ha enterado ella.

Sime lo miró fingiendo que no sabía de qué iba todo aquello.

—¿Enterarse de qué?

—De lo sucedido entre nosotros.

Entonces le mostró la mano.

—Nudillos despellejados. Hematomas en la cara. Matrimonio hecho pedazos. No hace falta ser muy inteligente para atar cabos.

Basándose en la expresión de su rostro, resultaba imposible saber lo que estaba pensando Crozes, pero fuera lo que fuese no llegó a decirlo en voz alta.

—A la señora Cowell se le impondrán los cargos pertinentes, y se la retendrá aquí hasta que el juzgado de Havre-Aubert ponga fecha para la audiencia. Si posteriormente se celebrase un juicio, tendría lugar en el continente. —Hizo un alto para tomar aire con gesto pensativo—. Entretanto, voy a llevarme al equipo otra vez a Montreal. A primera hora de la mañana. Tu participación en esta investigación ha finalizado.

—¿Qué quiere decir?

—Quiero decir que de tu trabajo se encargará otra persona.

Sime lo miró, furioso.

—Dicho de otro modo, me aparta del caso.

Crozes se volvió y, con fingida naturalidad, empezó a recoger unos papeles que había en la mesa.

—No soy yo, Sime. —Abrió un maletín y metió todos los papeles dentro, antes de volverse de nuevo—. No estás bien. En la Rue Parthenais ya lo saben, y la gente está preocupada por tu bienestar. —Hizo una pausa antes de descargar el golpe de gracia. Le fue difícil disimular la satisfacción que le producía todo aquello—. Quieren que te tomes una baja por enfermedad para que te evalúe un médico. Ya te han concertado una cita con un especialista.

En aquel momento, Sime comprendió que Crozes lo había jodido bien. Exactamente como le había advertido Thomas Blanc.

III

Sime estaba a solas en su habitación, mientras el resto del equipo comía en La Patio. No podía pensar en otra cosa que en Kirsty. La imaginaba triste y cabizbaja, sentada en el borde del camastro de la celda de la Sûreté. A estas alturas, sabía perfectamente que había perdido toda la capacidad de ser objetivo con respecto a su inocencia o culpabilidad, aunque ya daba lo mismo. La habían acusado de asesinato. Y él había contribuido de manera decisiva a que el caso hubiera concluido de aquella forma. Sin embargo, seguía inquieto.

Dos días antes, él estaba en el suelo, contemplando el rostro enmascarado de un hombre que estaba punto de matarlo. Un hombre que encajaba con la descripción que había dado Kirsty del intruso que, según ella, había asesinado a su marido. Crozes había desechado aquel detalle porque lo consideraba una maniobra de distracción. Pero claro, Crozes no había visto la expresión que brillaba en los ojos de aquel hombre, ni había entendido, como sí entendió él, que su intención era quitarle la vida. No se trataba de un crío que quisiera ahuyentarlo. Tan sólo la casualidad y un vecino de sueño ligero lo habían salvado de una muerte segura.

Más inexplicable era todavía el motivo por el que ese hombre podía desear matarlo. Como había señalado el propio Crozes. Por más vueltas que le daba, seguía sin encontrarle ninguna lógica.

En circunstancias normales, le habría costado dormirse, pero las circunstancias de esa noche no eran normales. Sus jefes de la Sûreté tenían razón: no estaba en condiciones de trabajar. De hecho, no estaba en condiciones de casi nada. Le daba la impresión de que no iba a tardar mucho en tener que buscarse otro trabajo. Y los policías que ya habían sido sacados de algún caso no eran precisamente los que más ventaja tenían a la hora de competir.

Hundió la cara entre las manos. El recuerdo del hijo que no había llegado a tener se hizo un hueco entre la pena que sentía por haber perdido a Marie-Ange y la rabia por lo que ésta había hecho. Tuvo deseos de llorar, pero las lágrimas no acudían, de modo que se incorporó de nuevo en la cama, y, al hacerlo, su mirada se posó en el sello que llevaba en la mano derecha. Una cornalina roja engarzada en oro y grabada con el dibujo de un brazo y una espada. El mismo símbolo que había en el colgante de Kirsty.

Le vino a la memoria lo que le había dicho su hermana: «Estoy segura de que en los diarios se dice algo de ese anillo, pero no recuerdo qué.» De repente, se sintió casi abrumado al pensar que, en todas sus rememoraciones de aquellas historias que se remontaban tantos años, había algo que se le estaba escapando.

Tenía que hacerse con aquellos diarios fuese como fuese.

CAPÍTULO 33

No hubo ni la charla animada ni la alegría que suelen acompañar a la conclusión de un caso con éxito. A la mañana siguiente, los detectives asignados al caso del asesinato de James Cowell por la Sûreté de Quebec del número 19 de la Rue Parthenais de Montreal se presentaron solemnemente en el control de seguridad del pequeño aeropuerto de Havre-aux-Maisons. Poco después, salían a la pista de asfalto, donde los aguardaba su King Air con capacidad para trece pasajeros, para devolverlos a la ciudad en un vuelo de tres horas de duración.

Con todo el material ya guardado en la bodega del aparato, los miembros del equipo se acomodaron en la diminuta cabina de pasajeros. Sime, una vez más, se sentó a solas en la parte de delante, aislado de sus compañeros, y, al igual que había hecho en el vuelo de ida, evitó todo contacto visual con Marie-Ange. La tensión que se respiraba a bordo de la avioneta casi podía palparse.

Despegaron con el viento de cara, y cuando viraron hacia la izquierda, Sime pudo disfrutar de una panorámica de la bahía de Plaisance. El sol se elevaba por detrás de Entry Island y proyectaba su sombra, oscura y alargada, sobre el mar, en dirección a Cap-aux-Meules. Como si fuera un puño que lo señalara con un dedo acusatorio.

Sime desvió la mirada. Era la última vez que pondría los ojos en ella. Igual que el día anterior había sido la última vez que había puesto los ojos en Kirsty Cowell. En aquellos momentos, ella estaría despertando para enfrentarse a su primer día completo de encarcelamiento, a la espera de una audiencia que le permitiera declarar oficialmente su inocencia.

Dejó escapar un suspiro. Estaba cansado. Muy muy cansado.

CAPÍTULO 34

I

La clínica especializada en insomnio estaba situada en la Unidad de Investigación de Psicoterapia Conductual del Jewish General Hospital, ubicado en el Chemin de la Côte-Sainte-Catherine, casi a la sombra del Mont Royal, y a pocas manzanas del cementerio judío que había al pie de dicho monte.

El sol todavía calentaba y había hojas en los árboles, pero el viento ya traía consigo el primer frescor del otoño. El cielo estaba despejado, de modo que Montreal disfrutaba del tiempo soleado de finales de septiembre. Desde la consulta en la que llevaba media hora respondiendo a preguntas pacientemente, Sime veía el tráfico que se dirigía hacia el sur por la Rue Légaré. En aquel despacho, además, hacía calor, y el sol que entraba a raudales por las ventanas aumentaba esa sensación. El movimiento intermitente de los coches arrancando y parando allá abajo resultaba casi hipnótico, y a Sime le costaba trabajo concentrarse.

Catherine Li tendría, según él, cuarenta y pocos años. Llevaba una blusa blanca abierta en el cuello y un pantalón negro. Era una mujer atractiva, delgada, de cabello corto y negro, y unos ojos oscuros y rasgados, típicos en alguien de ascendencia asiática. Canadá era una verdadera mezcla de variedades étnicas, y aunque Sime se consideraba un nativo de habla francesa, de todos modos le resultó extraño que aquella mujer se dirigiera a él en francés. La placa de la puerta decía que tenía el doctorado y que era la directora clínica del centro.

No hubo preámbulo. Ni charla trivial. La doctora le dijo que tomara asiento, abrió el expediente que tenía sobre la mesa y fue tomando notas a medida que él iba respondiendo a sus preguntas. Fueron preguntas generales, acerca de su infancia, su trabajo, su matrimonio, y de su opinión respecto de diversos temas políticos y sociales. A continuación, le preguntó por sus síntomas. Cuándo habían comenzado, qué forma adoptaban, con qué frecuencia dormía. Si soñaba.

Luego la doctora se recostó por primera vez en su sillón y lo miró a los ojos. Le examinaba el rostro, pensó Sime. Un rostro que a él mismo le parecía cada vez más irreconocible cuando se miraba cada mañana en el espejo. Ojos irritados y ojeras profundas. Mejillas hundidas. Había adelgazado, y su cabello había perdido brillo. Cada vez que veía su imagen en el espejo, se sentía atormentado por el fantasma de sí mismo.

La doctora sonrió inesperadamente, y en sus suaves ojos castaños Sime detectó afecto y amabilidad.

—Por supuesto, usted ya sabe por qué se encuentra aquí —le dijo. No era una pregunta, pero Sime asintió con la cabeza de todos modos—. Sus jefes de la Sûreté lo han enviado a mi consulta porque temen que su problema esté afectando a su capacidad para llevar a cabo su trabajo. —Calló un momento—. ¿Usted opina que está sucediendo eso?

Sime asintió de nuevo.

—Sí.

La doctora volvió a sonreír.

—Por supuesto que sí. De hecho, es un dato objetivo. Las toxinas que se han ido acumulando en su cuerpo debido a la falta de sueño han afectado negativamente a su rendimiento, tanto físico como mental. Como sin duda usted ya sabe, su concentración y su memoria también se habrán visto perjudicadas. Durante el día tiene sueño, se siente irritable y cansado, y aun así es incapaz de dormir por la noche.

Sime se preguntó por qué la doctora estaba diciéndole cosas que él ya sabía.

La especialista apoyó las manos en la mesa y entrelazó los dedos.

—Existen dos clases de insomnio, monsieur Mackenzie. Está el insomnio agudo, cuya duración suele ser breve, por lo general de unos pocos días. Y luego está el insomnio crónico, que puede definirse como un trastorno del sueño que se sufre por lo menos tres o cuatro noches por semana, a lo largo de un mes o más. —Hizo una pausa para recuperar el aliento—. Está claro que el problema que tiene usted entra en la categoría del insomnio crónico.

—Eso parece, ¿no?

Sime sabía que su respuesta iba teñida de sarcasmo; la doctora Li seguía sin decirle nada nuevo. Pero si ella lo había detectado, desde luego no dio señal alguna. Tal vez lo achacó a la irritabilidad que acababa de mencionar como síntoma.

—La causa de su problema también puede definirse de dos maneras: insomnio primario o secundario.

—¿Qué diferencia hay?

—Bueno, el insomnio primario no guarda relación con ningún problema físico ni mental. Es simplemente un problema en sí mismo. Sin embargo, en el caso del insomnio secundario, el problema viene ocasionado por alguna otra cosa. Son muchas las cosas que pueden afectar al sueño: la artritis, el asma, el cáncer. Cualquier tipo de dolor. O la depresión. —La doctora lo miró durante unos instantes con gesto pensativo—. Yo diría que, en su caso, el problema está relacionado con esto último. La depresión extrema ocasionada por la ruptura de su matrimonio. —Inclinó la cabeza ligeramente—. ¿Es usted consciente de sentirse deprimido?

—Soy consciente de que no soy feliz.

La doctora asintió.

—Los sueños vívidos que me ha descrito con frecuencia son un síntoma que acompaña al insomnio inducido por la ansiedad o por la depresión.

Por extraño que pudiera parecer, el hecho de que alguien le explicase de aquel modo sus propias pesadillas le supuso casi un alivio. Eran un síntoma. Un problema causado por algo que quedaba fuera de su control. Pero era normal, si es que podía calificarse de «normal» el síntoma de un problema psicológico.

Reparó en que la doctora Li estaba observándolo fijamente.

—¿Sigue conmigo?

—Sí.

—Existe una escuela de pensamiento que afirma que los sueños son en realidad algo químico y que se ven afectados directamente por fluctuaciones de los neurotransmisores del cerebro. ¿Sabe usted lo que significa REM?

—¿REM?

—Sí.

—Es un grupo de música, ¿no? Los que cantan *Losing my religion*.

Su sonrisa indicaba de todo menos diversión.

—No me suenan de nada.

—Perdone —se disculpó Sime, bajando los ojos avergonzado.

—REM son las siglas de *Rapid Eye Movement*, movimientos oculares rápidos. Describe una fase del sueño que suele tener lugar cuatro o cinco veces a lo largo de la noche, y que dura en total hasta ciento veinte minutos del tiempo que pasamos dormidos. En ella se producen la mayoría de los sueños. Durante la fase REM, suelen prevalecer la acetilcolina y sus reguladores, mientras que la serotonina disminuye.

Sime se encogió de hombros. A esas alturas ya no entendía nada.

—¿Y eso qué quiere decir?

La doctora Li sonrió.

—Quiere decir que yo recomendaría que su médico le recetase un ISRS.

—Por supuesto, ¿cómo no se me había ocurrido?

Esta vez su sonrisa fue irónica.

—Inhibidor selectivo de la recaptación de serotonina —explicó pacientemente—. Aumentará sus niveles de serotonina y le levantará el ánimo.

Sime dejó escapar un suspiro.

—Dicho de otro modo, es un antidepresivo.

bragas y los sujetadores, y también con todos los zapatos. Tuvo que ir a por una segunda bolsa, y luego a por una tercera. Por último, las arrastró todas hasta el ascensor y bajó al sótano. Titubeó sólo un momento, antes de vaciarlas en el tubo de reciclaje. *Au revoir*, Marie-Ange.

En el viaje de vuelta en el ascensor, se vio reflejado en el espejo, y no pudo evitar que se le llenasen los ojos de lágrimas. A aquellas alturas, ya podría haber sido padre. Maldijo su imagen reflejada.

Cuando volvió a entrar en el apartamento, tomó la decisión de no dejarse distraer por sentimientos negativos. Se enjugó las lágrimas, quitó las sábanas de la cama y, junto con las toallas usadas, las metió en una bolsa que llevó consigo al coche. Cruzó el puente para ir a una lavandería de la Rue Ontario Est que estaba abierta toda la noche, y dejó la ropa allí para ir a recogerla por la mañana. Cuando llegó al piso, buscó unas sábanas limpias en el armario e hizo la cama.

Durante la media hora siguiente, estuvo pasando el aspirador por todas las alfombras de la casa. Después gastó un paquete entero de paños para el polvo que eliminaban la estática, y limpió muebles, estanterías y mesas, asombrado de la cantidad de polvo que se había acumulado en ellos. A continuación, roció todas las habitaciones con ambientador, pero el perfume era tan penetrante que, agobiado, tuvo que abrir las ventanas.

Hacia la una de la madrugada, el apartamento estaba más limpio y más fresco que nunca desde que se había ido Marie-Ange, y en él no quedaba ya ni el más mínimo rastro de su ex mujer. Permaneció unos instantes en el salón, jadeando por el esfuerzo y con la frente empapada de sudor. Si esperaba sentirse mejor, lo cierto era que no estaba muy seguro de haberlo conseguido. Sabía que aquel comportamiento era propio de un neurótico. Aunque por lo menos era positivo. Sin embargo, cuando por fin se sentó, en lo más profundo de su ser supo que todo lo que había estado haciendo tenía como fin evitar el momento de apoyar la cabeza en la almohada e intentar dormir.

Se dirigió al dormitorio y se desnudó. Esta vez poniendo cuidado de dejar la ropa en el cesto. Aquél iba a ser su nuevo régimen. Acto seguido, entró en el cuarto de baño y se dio una ducha. Cuando salió, se plantó delante del espejo, agradecido de que éste se hubiera empañado con el vapor de agua y no le permitiera verse. Se tomó la pastilla de ISRS que le habían recetado con un sorbo de agua, y a continuación se lavó los dientes.

El vapor que cubría el espejo fue desapareciendo poco a poco, y por fin le dejó ver a su fantasma, que le devolvió la mirada con unos ojos hundidos. Lo había cambiado todo, pero no había cambiado nada.

Se secó el pelo con energía con una toalla, y se puso unos calzoncillos limpios. Luego regresó al salón, encendió el televisor y pasó media hora recorriendo los canales, hasta que lo apagó de nuevo y se sumió en un silencio atronador. Estaba tan agotado físicamente que apenas podía mantenerse en pie, pero al mismo tiempo su mente viajaba por alguna autopista astral a la velocidad de la luz, de modo que no sentía ningunas ganas de dormir.

A pesar de las advertencias que le enviaba su cuerpo, se dirigió hasta el mueble de las bebidas y sacó una botella de whisky. Se sirvió una cantidad generosa, y bebió sin poder reprimir una mueca de asco. El whisky y la pasta de dientes formaban una combinación más bien desagradable, pero se obligó a beberse la copa. Y después bebió otra. Y otra más.

Por fin, ya mareado, regresó al dormitorio y se metió entre las sábanas limpias. Estaban frías, lo cual disipó la placentera somnolencia que podría haber inducido el alcohol. Cerró los ojos y dejó que lo envolviera la oscuridad. Tumbado, sin moverse, rezando por que llegara la liberación.

Pero no sucedió nada. Hizo un gran esfuerzo por no abrir los ojos. Aun así, al cabo de un rato se le abrieron solos, y de nuevo se encontró mirando las sombras del techo. Cada tanto giraba la cabeza hacia un lado para ver el resplandor rojo de los dígitos del reloj de la mesita de noche, e iba descontando las horas. En algún momento, tal vez unas dos horas más tarde, de sus labios escapó un grito de profunda desesperación que reverberó por todo el apartamento.

• • •

A las siete y media de la mañana, un hilo de luz diurna se dibujó alrededor de los estores del dormitorio, pero Sime aún no se había dormido. De mala gana, con ademán cansado, apartó las sábanas y se levantó. Empezó a vestirse. Había llegado el momento de hacer frente a la Rue Parthenais.

III

Se le hizo extraño subir en el ascensor hasta la cuarta planta de la Sûreté, tal como había hecho incontables veces a lo largo de meses y años. Temía el momento en que se abriesen las puertas, el largo recorrido a pie por el pasillo, la extensa hilera de fotografías en blanco y negro de crímenes antiguos y detectives muertos. Y, de hecho, cuando menos de un minuto después sus pisadas resonaron en las paredes de aquel lugar, se sintió completamente desconectado.

Rostros que conocía lo saludaron de camino a la sala de detectives. Rostros que le sonrieron y le dijeron «*bonjour*». Sonrisas forzadas, miradas de curiosidad.

Al llegar a la placa azul que rezaba «4.03 Division des enquêtes sur les crimes contre la personne», entró en los despachos de la patrulla de homicidios. La puerta de la sala de investigaciones estaba entreabierta, y se dio cuenta de que varios agentes se volvían hacia él al verlo pasar. Pero Sime no miró quién había dentro.

Los despachos de los altos cargos estaban dispuestos alrededor de una zona atestada de impresoras, faxes y archivadores, y de radiotransmisores puestos a cargar. Semejantes a peceras, las mamparas de cristal permitían que todo el mundo viera lo que sucedía dentro.

De uno de ellos salió el capitán Michel McIvir, con la mirada baja, concentrado en un fajo de papeles que llevaba en la mano. Cuando vio a Sime, allí de pie, una fugaz sombra cruzó su semblante. Sin embargo, logró esbozar una sonrisa y le indicó con un gesto la puerta de su despacho.

—Enseguida estoy contigo, Sime.

Sime tomó asiento en la oficina del capitán. En la pared, había una fotografía nocturna de París, y en un rincón, en lo alto de un soporte, colgaba lacia una enorme bandera de Quebec. En el exterior se veía a lo lejos el Mont Royal. La escarcha de primera hora relucía en los tejados planos de los bloques de apartamentos de tres pisos que había enfrente.

El capitán entró y se sentó a su lado del escritorio. Abrió una carpeta y rebuscó entre las varias hojas de papel impreso que contenía. Puro teatro, por supuesto. Fuera lo que fuese lo que decían aquellos documentos, ya lo había leído. Finalmente, apoyó las manos en la mesa, levantó la vista y estudió a Sime por espacio de unos instantes.

—Anoche, Catherine Li me envió un fax con el informe que redactó tras recibirte en su consulta. —Sus ojos volvieron a posarse un momento en la mesa, para indicar que dicho informe se encontraba en aquella carpeta. Luego apretó los labios y suspiró—. Además, he estado un rato repasando las cintas del interrogatorio al que sometiste a la sospechosa, en Entry. —De nuevo hizo ese gesto característico de apretar los labios—. Es un tanto errático, Sime, por no decir algo peor.

De forma inesperada, se levantó de su asiento y fue a cerrar la puerta. Permaneció unos momentos allí, con el pomo en la mano y mirando a Sime. Cuando volvió a hablar, lo hizo bajando la voz.

—También estoy enterado de cierto incidente que tuvo lugar en las islas durante la investigación. —Dudó unos segundos, y continuó—: Un incidente que es, y que debe seguir siendo, de carácter confidencial. —Soltó el pomo de la puerta y regresó a su lado de la mesa, pero sin sentarse—. Entiendo cómo debiste de sentirte, Sime.

Éste permaneció impasible. No buscaba comprensión.

—Sin embargo, lo que me ha quedado claro, tanto después de haber leído lo que dice la doctora como de haberlo visto con mis propios ojos, es que no te encuentras bien. —Se sentó en el borde del escritorio y se inclinó hacia delante con el gesto típico de un médico paternalista—. Por eso voy a darte la baja indefinida por enfermedad.

Aunque ya se lo esperaba, Sime se puso tenso. Cuando habló, su voz le sonó muy lejana, como si no le perteneciera.

—Dicho de otro modo, a mí se me castiga y Crozes se va de rositas.

McIvir reculó, casi como si Sime lo hubiera abofeteado.

—Aquí no hay nadie que esté siendo castigado, Mackenzie. Te estoy haciendo un favor. Es por tu propio bien.

Aquello era lo que se decía siempre cuando le daban a alguien una medicina amarga, pensó Sime.

El capitán bajó la voz de nuevo, y adoptó un tono confidencial.

—Los acontecimientos relacionados con el teniente Crozes no han pasado inadvertidos. Y por supuesto, tendrán consecuencias. —Se incorporó—. Pero eso no es asunto tuyo. Por el momento, quiero que te vayas a casa y te recuperes.

Ya en la calle, Sime respiró larga y profundamente. A pesar de la noticia que acababa de darle su jefe, se sintió libre por primera vez en varios años. Había llegado el momento de volver a casa. De regresar al útero materno.

Había llegado la hora de leer aquellos diarios.

IV

El trayecto en coche desde Montreal hasta Sherbrooke le llevó algo menos de dos horas. Circulaba casi directamente en sentido este, al núcleo de lo que en otra época se conocía como los Municipios del Este, y que ahora se denominaba los Cantones del Este. Cuando llegó a Sherbrooke, continuó hasta Lennoxville y tomó la autopista 108, en dirección este.

A medida que iba adentrándose en el bosque, sintió que se le encogía el corazón y experimentó una extraña nostalgia. Aquél era el lugar en el que se había criado, en el que, muchas generaciones atrás, sus ancestros se habían construido una nueva vida. Y no era una expresión más. Sus antepasados habían tenido que talar árboles y despejar el terreno, para conseguir que aquellas tierras vírgenes produjeran alimentos suficientes para darles de comer. Muchos de los inmigrantes que empezaron a vivir allí eran escoceses, y se preguntó cuántos habrían sido víctimas de la Expulsión. Pasó junto a un letrero en el que se leía «Le Chemin des Ecossais», el camino de los escoceses. Y conforme iba avanzando se sorprendió de que tantas de aquellas localidades tuvieran nombres que sonaban a escocés: East Angus, Bishopton, Scotstown, Hampden, Stornoway, Tolsta.

Un cálido sol que se derramaba sesgado desde el cielo otoñal iba transformando cada árbol en una vidriera de colores creada por la mano de la madre naturaleza. Los dorados y los amarillos, los anaranjados y los rojos de las hojas resplandecían luminosos y vibrantes al ser atravesados por los rayos del sol, y todo el conjunto convertía el bosque en una catedral de colores. Sime ya había olvidado cuán sorprendentes podían ser las tonalidades del otoño. Sus sentidos se habían entumecido por los muchos años que llevaba viviendo entre la escala de grises de la ciudad.

Ante él iban apareciendo carreteras nuevas que surcaban el bosque en línea recta y se adaptaban a los contornos del terreno, igual que las calzadas romanas en Europa, que tan bien representaban la firme determinación de una raza. El bosque, con todo su colorido, se extendía ante él hasta donde alcanzaba la vista, semejante a un océano que se ondula suavemente.

Y aquello le hizo rememorar con gran nitidez el momento en que su antepasado puso por primera vez los ojos en aquella tierra.

CAPÍTULO 35

Hemos tardado cinco días en llegar a nuestro destino, y ésta es la primera oportunidad que tengo de poner al día mi diario. Hemos estado durmiendo en el bosque, o debajo de los arbustos, suplicando que nos dieran comida y agua en las casas que hemos ido encontrando por el camino. Todas las personas con las que hemos tropezado nos han mostrado una generosidad asombrosa, tal vez porque ellas también han pasado por una situación como ésta cuando llegaron aquí.

Lo que más me asombra son los árboles. En la tierra de la que yo vengo, uno podría caminar una jornada entera sin ver uno solo. Aquí, en cambio, es imposible dar dos pasos sin toparse con uno. Y los colores, conforme los días van acortándose y las temperaturas van siendo más frías, no se parecen a nada de lo que yo haya visto antes. Es como si la tierra entera estuviera encendiéndose.

Al dirigirnos más hacia el sur, empezamos a encontrarnos con las aldeas y los pueblos que están estableciéndose a lo largo de los valles de los ríos. Están formados por cabañas de troncos, y algunas de ellas son poco más que chozas levantadas alrededor de iglesias toscamente construidas. En los pueblos también hay tiendas de comestibles y aserraderos, repartidos por riachuelos y arroyos, y pequeñas escuelas en las que los hijos de los inmigrantes aprenden a hablar una lengua nueva. Sus habitantes talan árboles y limpian el terreno, y me sorprendió ver el gran número de personas que hay en lo que, al principio, me pareció un país grande y vacío.

Ayer domingo por la mañana, a eso de las doce, llegamos al pueblo de Gould, situado en el cantón de Lingwick. Allí era adonde nos habían dicho que debíamos ir si queríamos un trozo de tierra. La aldea está construida alrededor de un cruce de caminos, cuyo ramal principal, el del norte, desciende en fuerte pendiente en dirección al valle del río Salmon. La aldea tiene una tienda de comestibles, una iglesia y una escuela, y, en el momento en que llegamos nosotros, no se veía ni un alma.

Entonces fue cuando oí cantar salmos en gaélico. El canto provenía de la iglesia, pero no era como los cánticos habituales, sino más bien una alabanza al Señor que entonaban los fieles, sin acompañamiento musical, guiados por uno o varios chantres. Me resultó tan familiar y me recordó tanto a mi hogar, que se me erizó el vello de la nuca. Ese canto tiene algo particular, una especie de conexión primitiva con la tierra y con el Señor, que siempre ha surtido efecto en mí.

—¿Qué diablos es eso? —preguntó Michaél.

Yo solté una carcajada.

—Es la música de mi isla —respondí.

—Pues me alegro de no ser de tu isla, porque a mí me suena de lo más raro.

Estábamos frente a la iglesia en el momento en que los fieles comenzaron a salir al sol del mediodía. Nos miraron con curiosidad. Éramos dos jóvenes andrajosos, desgreñados y barbudos, plantados allí de pie, con unos zapatos destrozados y aferrando poco más que un puñado de objetos personales.

Cuando el pastor hubo terminado de estrechar la mano a todos los miembros de su parroquia, vino hacia nosotros. Era un hombre alto y delgado, de cabello castaño oscuro y ojos de mirada cauta. Se presentó, en inglés, como el reverendo Iain Macaulay y nos dio la bienvenida a lo que él denominó la «aldea hébrida de Gould».

—Entonces, hemos acertado viniendo a este sitio —le contesté en gaélico. El reverendo enarcó las cejas—. Me llamo Sime Mackenzie, y vengo de la aldea de Baile Mhanais, que está en la comarca de Langadail, en la isla de Lewis y Harris. Y éste es mi amigo Michaél O'Connor, de Irlanda.

De los ojos del reverendo desapareció todo rastro de cautela, y nos estrechó la mano calurosamente. Todos los fieles, al oírme decir que era de las Hébridas como ellos, empezaron a apiñarse a nuestro alrededor y nos fueron dando la bienvenida y estrechándonos la mano.

—Ciertamente, han venido ustedes al lugar adecuado, señor Mackenzie —dijo Macaulay—. La aldea de Gould fue fundada por dieciséis familias de las islas Hébridas que fueron expulsadas de sus tierras en 1838. A ellas se unieron otras cuarenta familias procedentes de la costa occidental de Lewis, que fueron deportadas sólo tres años después. Esto es lo más parecido a un hogar que podrán encontrar fuera de su tierra. —Me sentí inundado por el calor de su sonrisa—. ¿Qué los ha traído hasta nosotros?

—Nos han dicho que en esta zona estaban ofreciendo tierras libres —contesté.

—Sí, así es —terció un anciano de traje oscuro—. Llegas en el momento oportuno, muchacho. Mañana por la mañana vendrá el administrador de la Compañía Británico-Americana de Tierras para empezar a adjudicar parcelas. —Señaló vagamente con el dedo la zona que había más allá de la iglesia, y añadió—: Por ahí, hacia el sur, es lo que llaman el «tramo de San Francisco».

—Pero ¿cómo es que ofrecen tierras a cambio de nada? —quiso saber Michaél.

Todavía se mostraba un tanto suspicaz con todo el que afirmaba poseer tierras, pero me alivió ver que por lo menos había moderado el lenguaje.

—Muchachos —respondió Macaulay—, si hay algo que sobra en este país es tierra. La compañía está regalándola para que sea poblada por colonos. De esa forma, el gobierno firmará contratos con ellos para construir carreteras y tender puentes.

• • •

El lunes por la mañana, temprano, partimos de Gould siguiendo un camino que se internaba algo más de medio kilómetro en el bosque. Con nosotros iba el reverendo, así como un gran grupo de aldeanos que acompañaban a veinte o más colonos esperanzados y al administrador de la Compañía Británico-Americana de Tierras.

Al cabo de diez o quince minutos, llegamos a un pequeño claro. El sol apenas se alzaba por encima de las copas de los árboles, y aún hacía mucho frío. Pero el cielo estaba despejado, y todo indicaba que nos aguardaba otro hermoso día de otoño.

El señor Macaulay pidió a los que quisieran tierras que formasen un grupo. Íbamos a echarlas a suertes, dijo.

—¿Cómo es eso? —le pregunté yo.

—Es una práctica que aparece en la Biblia, señor Mackenzie —respondió el reverendo—. Sobre todo en relación con la distribución de las tierras en tiempos de Josué. Puede consultar el Libro de Josué, del capítulo catorce al veintiuno. En este caso, yo sostendré en la mano un montón de palitos de diferentes longitudes. Cada uno de ustedes sacará uno, y el que tenga el más largo recibirá la primera parcela de tierra. Y así sucesivamente, hasta que lleguemos al que saque el palo más corto, que recibirá la última.

Michaél gruñó con fuerza.

—¿Y eso qué sentido tiene?

—El sentido que tiene, señor O'Connor, es que la primera parcela de tierra será la que esté más cerca del pueblo. La última será la más retirada, y por lo tanto la más inaccesible. Éste es el método más justo para decidir quién recibe qué parcela. Será la voluntad de Dios.

De modo que lo echamos a suertes. Me quedé asombrado cuando saqué el palo más largo. Michaél sacó el más corto, y puso tal cara que parecía que debajo de su barba se estuviera arremolinando una tormenta.

Acto seguido, todos fuimos al lugar en el que empezaba la primera parcela, que iba a ser la mía. El ministro me entregó un hacha pequeña y me dijo que hiciera con ella una muesca en el árbol más cercano.

—¿Para qué? —quise saber.

Pero él sonrió y me dijo que pronto lo vería.

Así que hice una muesca en el árbol que había más cerca, un gran abeto.

—¿Y ahora?

—Cuando empecemos a cantar —me dijo—, eche a andar en línea recta. Cuando paremos, haga una muesca en el árbol más cercano; luego gire en ángulo recto y eche a andar de nuevo cuando nos oiga cantar otra vez. Otra pausa y otra muesca, otro giro, y, para cuando hayamos cantado tres veces, ya tendrá usted marcada su parcela.

—Ha de medir aproximadamente diez acres —dijo el administrador de la Compañía Británico-Americana de Tierras—. Yo lo acompañaré para registrar su tierra en el plano oficial.

Michaél soltó una carcajada y dijo:

—Pues si los aquí presentes cantan más bien despacio y yo corro lo más rápido que pueda entre los árboles, podría hacerme con un trozo de tierra mucho más grande.

El señor Macaulay sonrió con indulgencia.

—Sí, así es. Y también podría usted partirse la espalda intentando limpiarla de árboles para hacerla cultivable. Que sea más grande no significa necesariamente que sea mejor, señor O'Connor.

Después se volvió de nuevo hacia los aldeanos, levantó una mano y empezaron a cantar. Me quedé estupefacto cuando reconocí de inmediato lo que entonaban: el salmo 23. ¡Iba a delimitar mi parcela de tierra al son de «El Señor es mi pastor»!

Las voces comenzaron a sonar más distantes a medida que yo iba caminando entre los árboles, con el administrador justo a mi espalda. Pero, aun así, continuaban oyéndose en la brisa de la mañana, formando una música extraña y cadenciosa que nos perseguía hasta lo más recóndito del bosque. Por fin cantaron el final del último verso, y en el silencio que siguió hice una muesca en el árbol más próximo. Acto seguido, giré a mi derecha y esperé a que el cántico se iniciara otra vez.

• • •

Tras muchas paradas y arrancadas, y una pausa que hicimos para almorzar, para cuando Michaél delimitó su parcela de tierra ya casi se había hecho de noche. Estábamos roncos de tanto cantar. Jamás en toda mi vida, estoy seguro, se había entonado el salmo 23 tan repetidamente a lo largo de un solo día. Cuando ya se ponía el sol y regresábamos a la aldea, Michaél me dijo:

—Mi parcela de tierra está demasiado lejos, de modo que primero te ayudaré a ti con la tuya, y dejaremos la mía para más adelante.

Me alegré mucho de no tener que enfrentarme yo solo a aquella tarea.

Anoche, Michaél y yo pasamos nuestra primera noche en mi nuevo hogar.

Durante dos semanas hemos trabajado todas las horas del día para despejar una zona de tierra que fuera lo bastante grande como para construir en ella una cabaña de troncos. Hemos trabajado muy duro, nos hemos despellejado las manos con hachas y sierras que nos han prestado los habitantes del pueblo. Talar árboles ha resultado ser bastante fácil, una vez que se le coge el tranquillo, pero trasladarlos cuando ya han caído es harina de otro costal, y arrancar las raíces es casi imposible. Alguien prometió prestarnos en primavera un buey que nos ayude a extraer la mayor parte, pero lo más importante era construir una cabaña básica antes de que llegara el invierno. La temperatura ha ido bajando, y hemos trabajado contra el reloj de la naturaleza. Uno de los aldeanos más viejos me ha dicho que en Lewis y Harris yo tal vez haya visto caer un poco de nieve de vez en cuando, pero que nada puede haberme preparado para las nevadas que no tardarán en caer aquí.

En los últimos días hemos estado desbastando troncos y cortándolos a la longitud adecuada, y ayer acudió la aldea entera para ayudarnos a levantar la cabaña. Desde luego, de ningún modo habríamos podido hacerlo nosotros solos, y tampoco habríamos sabido cómo rebajar y entrelazar los troncos unos con otros en cada una de las esquinas.

Las paredes miden dos metros de alto, que es hasta donde los hombres pueden levantar un tronco. El tejado es muy inclinado, está sujeto con piedras cortadas a mano y cubierto con hierba.

Jamás lo hubiera creído posible, pero, para cuando acabó el día, la cabaña ya estaba terminada. Es una morada de aspecto bastante triste, pero también es un techo bajo el que refugiarnos, y tiene una puerta que nos protegerá de la intemperie.

Alguien trajo una vieja cama de madera de boj en un carromato y la montó para mí en el interior de mi casa recién construida. En el mismo carro llegaron una mesa de cocina que alguien había donado y un par de sillas destartaladas, apenas lo bastante fuertes para soportar nuestro peso. Abrimos una botella de licor, y todo el mundo le dio un trago para bautizar la nueva vivienda. A continuación, nos pusimos todos de pie alrededor de la mesa y rezamos una oración. La siguiente prioridad será construir una chimenea de piedra en un aguilón del tejado, pero ésta es una tarea que tal vez pueda realizar yo solo. Así podremos encender fuego y caldear la casa.

El problema es cómo vamos a calentarnos mientras tanto.

Cuando los aldeanos se marcharon, y mientras Michaél estaba recogiendo cubos de agua en el río, yo me dediqué a buscar leña y a partir unos cuantos troncos para encender una fogata en el centro de la cabaña. Todavía no he construido el suelo de madera; de momento es de tierra, así que puse unas piedras en círculo y metí dentro la leña para el fuego.

Aunque la estancia se llenó enseguida de humo, yo sabía que no tardaría en dispersarse y salir a través de las grietas y hendiduras que había entre los troncos, igual que en nuestra antigua casa de Baile Mhanais salía por el tejado. Pero, de repente, la puerta se abrió de par en par y Michaél entró corriendo y chillando desesperadamente:

—¡Fuego, fuego!

A continuación, echó un cubo de agua encima de la fogata que yo había encendido con tanto cariño.

—¡¿Qué diablos crees que estás haciendo?! —le grité.

Él me miró con los ojos muy abiertos, como de loco.

—¡No puedes encender un fuego en medio de una jodida cabaña de madera! ¡La quemarás entera!

No volví a hablarle en toda la tarde. Poco después de que anocheciera, empezó a hacer tanto frío que no quedó más remedio que entrar en la cabaña para pasar la noche. Fue Michaél quien por fin rompió el silencio proponiendo lanzar una moneda para decidir quién se quedaba con la cama. Pero yo le dije que, dado que aquélla era mi casa, la cama era mía y por lo tanto él podía dormir en el puñetero suelo.

No sé cuánto tiempo pasó hasta que apagué la lámpara de aceite, pero, cuando la cabaña quedó sumida en la oscuridad, me percaté de que Michaél se acostaba a mi lado, en la cama, con las manos y los pies helados y trayendo consigo todo el aire frío. En un primer instante valoré la posibilidad de echarlo, pero al final llegué a la conclusión de que seguramente dos cuerpos generarían más calor que uno solo, de modo que fingí que seguía dormido.

Esta mañana, ninguno de los dos ha hecho ningún comentario al respecto. Cuando me he despertado, Michaél ya estaba levantado y había encendido un fuego fuera de la casa, en el claro del bosque, y había puesto una olla con agua a calentar. Cuando he salido de la cabaña con mi taza de latón para hacerme un té, me ha comentado con toda naturalidad que tiene la intención de construirse una cama para él hoy mismo.

—Ese puñetero suelo es demasiado duro —se ha quejado.

CAPÍTULO 36

I

Al llegar al Chemin Kirkpatrick, Sime abandonó la carretera para continuar en dirección norte, hacia la localidad de Bury, enclavada entre los árboles del valle por el que corría un riachuelo del mismo nombre. Bury había enviado hombres a morir en dos guerras mundiales, y los recordaba en varias placas que había en la vieja armería.

La carretera que llegaba hasta el pueblo se llamaba McIver y pasaba por el centro del cementerio. El último lugar de reposo de los padres de Sime se encontraba en la ladera que se elevaba en la orilla occidental del camino. La hierba, cuidadosamente recortada, estaba salpicada de lápidas que llevaban grabados los nombres de escoceses e ingleses, irlandeses y galeses. Aun así, en el pueblo casi todas las huellas que quedaban de la cultura inglesa y gaélica habían sido borradas por el francés, a excepción de algunos nombres de calles. E incluso éstos iban cambiándose también de forma gradual.

Sime había quedado en verse con su hermana Annie en la casa que tenía su abuela en Scotstown, pero antes quería parar a hacer una visita al hogar en el que había vivido de pequeño. Una peregrinación al pasado.

Atravesó Main Street, continuó por la curva que salía del pueblo y luego dobló a la izquierda para cruzar el río que discurría pasado el aserradero. En el camino de entrada para coches de una casa de madera pintada de color crema, con mecedoras en el porche, vio una camioneta de los años cincuenta, de color rojo vivo y restaurada. Un poco más adelante, escondida detrás de los árboles, divisó la casa que siempre lo había fascinado de pequeño. Era un disparate de construcción, llena de buhardillas y con un tejado rojo de muchas vertientes. La vivienda en sí estaba revestida de piedras redondeadas, semejantes a las escamas de un pez, y pintada de diversos tonos: azul y verde, rojo y gris, y también melocotón. Parecía una casita de cuento de hadas confeccionada con caramelos de colores. Pero no siempre había sido tan colorida. La anciana que vivía allí cuando él era pequeño despreciaba a los niños.

Fue un extraño regreso al hogar. Agridulce. Su infancia había sido bastante feliz, y sin embargo nunca había encajado del todo en su familia. Estaba seguro de que aquello debió de suponer una decepción para sus padres. Ojalá pudiera reencontrarse ahora con el niño que era cuando tenía diez años, en aquel camino, el mismo que recorría todos los días para ir y venir del colegio. ¡Las cosas que podría contarle! ¡Los consejos que podría darle!

Su antiguo hogar se erguía, abandonado, en medio de un jardín invadido por la vegetación. Lo habían puesto en manos de una agencia inmobiliaria, pero nadie se había interesado por la vivienda. Sime no entendía por qué. Era una casa estupenda, de dos plantas, con un porche delantero y una buena parcela de tierra. Y estaba cerca del centro del pueblo, en una zona de bosque limpia. Su habitación estaba en el desván y tenía una ventana semicircular que daba a la carretera. Le encantaba aquel cuarto. Le permitía estar separado del resto de la casa y le daba la sensación de que, desde allí, dominaba el mundo con la mirada.

Permaneció unos instantes en la carretera, de pie junto al coche, con el motor en marcha, y contempló aquella ventana desde la que de pequeño observaba el mundo. No tenía cristal, y algunas de las tablas que revestían el saliente de la buhardilla se habían caído o las habían arrancado. En su antigua habitación habían anidado las palomas, y en el tejado se alineaban los cuervos como aves de mal agüero.

¿Adónde había ido la felicidad?, se preguntó. ¿Se había evaporado como la lluvia en la calle al salir el sol? ¿Sería algo más que un momento efímero que existía tan sólo en la memoria? ¿O tal vez un estado mental que cambiaba constantemente, como el tiempo? La felicidad que había conocido en aquella casa, fuera la que fuese, ya hacía mucho que había desaparecido, y lo único que experimentó estando allí de pie fue tristeza, la sensación de ser testigo de algo que se había perdido para siempre, como las vidas de sus padres y todas las generaciones que los habían precedido.

Cerró los ojos y estuvo a punto de romper a reír. El fármaco que le había recetado la doctora estaba fallando bastante en eso de levantarle el ánimo. Finalmente, volvió a subirse al coche y puso rumbo a Scotstown.

II

Sime tenía muy pocos recuerdos de aquel pueblo. Aunque ahora sabía que había sido fundado por colonos escoceses en el siglo XIX, en el colegio los habían desilusionado diciéndoles que sólo se llamaba así porque allí vivían muchos escoceses. De hecho, el nombre se lo habían puesto por John Scott, el primer director de la Glasgow Canadian Land and Trust Company, que era la que había fundado dicho asentamiento.

En otra época fue una comunidad muy próspera. Tenía un lucrativo negocio maderero y una presa hidroeléctrica en el río Salmon, y el ferrocarril traía mercancías, trabajadores y colonos en grandes cantidades. Sime supuso que había sido un pueblo rico cuando él era pequeño; sin embargo, ahora su población había quedado reducida a unos pocos cientos de habitantes, y la mayor parte de su industria había cerrado. Los aserraderos yacían mudos y destartalados, llenos de letreros ajados por la intemperie y clavados en las paredes desconchadas, en los que se leía «Se vende» o «Se alquila».

Durante su primer año de colegio, su madre encontró un empleo en el *dépanneur* de Bury, y a partir de entonces las vacaciones escolares se convirtieron en un problema. Aquel primer año, y durante varios años más, en las vacaciones de verano y de invierno su madre los llevaba en coche a su hermana Annie y a él hasta Scotstown, los dejaba en la casa de la abuela y luego se iba a trabajar. Y fue durante aquellos años cuando su abuela les leyó las historias de los diarios.

La casa estaba ubicada en la Rue Albert, y era el reflejo de la decadencia en que había caído aquel pueblo. Al igual que el hogar de sus padres, se encontraba rodeada de vegetación muy crecida. En sus buenos tiempos era una casa impresionante. Constaba de dos plantas, un porche que daba la vuelta al edificio y una terraza enorme en la parte de atrás. Estaba pintada de blanco y amarillo, y tenía unos tejados rojos fuertemente inclinados. Pero la pintura se veía ahora descolorida y desconchada, y tenía un tono verdoso a causa del musgo. La barandilla de madera que rodeaba el porche estaba podrida.

Había un coche aparcado al pie de los dos abetos gigantescos y el arce que recordaba de su infancia. Los tres árboles proyectaban ahora su inmensa sombra sobre la casa. Aquello le hizo pensar que probablemente debían de tener cien años más que la persona que los había plantado. Aparcó detrás de aquel coche, se apeó y subió por el sendero. Su hermana Annie y él solían jugar allí al escondite cuando eran pequeños, y en los calurosos días de verano bajaban corriendo por la cuesta hasta el río que había detrás de la casa, para pescar a la sombra. Justo en ese momento, se dio cuenta de que se oía el murmullo del río allí detrás, en el jardín, incluso le pareció oír cómo crujía la mecedora de su abuela mientras les leía los diarios en el porche.

Siguió subiendo por el sendero invadido por la vegetación, y, al llegar a los escalones de la entrada principal, sintió que lo ahogaba un sentimiento de culpa por todos los años en los que apenas había tenido contacto con su hermana. Ella le mandaba cada año, religiosamente, tarjetas de cumpleaños y de Navidad. Él, en cambio, nunca le había respondido. Nunca había levantado el teléfono ni enviado un correo electrónico. Sintió que se le encogía el corazón por la aprensión que le producía volver a verla.

Cuando ya estaba cerca de la casa, se abrió la puerta y apareció Annie, con los ojos muy abiertos por la emoción.

Sime se quedó impresionado de encontrarla tan envejecida. Su cabello, que en otra época era rubio y brillante, había encanecido, y lo llevaba recogido hacia atrás en un discreto moño. También había engordado, parecía casi una matrona. Sin embargo, en sus ojos verdes brillaba el mismo afecto que él recordaba de cuando era pequeño. Su expresión cambió en cuanto vio a su hermano.

—¡Dios mío, Sime! Cuando me dijiste que últimamente no dormías, no imaginé...

Sime respondió con una débil sonrisa.

—Llevo bastante tiempo sin dormir como es debido, hermana, desde que rompí con Marie-Ange.

La sorpresa se convirtió en compasión. Annie se adelantó y lo estrechó con fuerza. Los años de distanciamiento quedaron olvidados con aquel abrazo. La sensación de alivio que experimentó Sime en aquel sencillo momento de afecto estuvo a punto de hacerlo llorar. Al devolverle el abrazo a su hermana, tuvo la impresión de que hacía años que no sentía un cariño tan sincero.

Estuvieron largo rato así, en el porche, hasta que por fin Annie se apartó un poco y Sime vio que tenía los ojos humedecidos.

—Tal vez haya sido para mejor —dijo ella—. Lo de tu ruptura con Marie-Ange, quiero decir. —Titubeó unos instantes y agregó—: Si quieres que te diga la verdad, nunca me cayó bien.

Sime sonrió, y se preguntó por qué la gente siempre cree que tal vez suponga un consuelo enterarse de que la persona a la que uno ha amado no le caía bien a nadie.

Annie paseó la mirada por el jardín invadido de malas hierbas con gesto de consternación.

—Antes venía Gilles cada dos semanas a cortar la hierba, y nosotros intentábamos mantener en condiciones la pintura del exterior de la casa, por lo menos le hacíamos un mantenimiento básico. —Se encogió de hombros—. Pero cuando se tiene familia... —Dejó la frase sin terminar—. Desde Bury hasta aquí hay un buen trecho, y cuando llegan las nevadas... —Sonrió, pesarosa—. Los inviernos son muy largos.

—¿No ha aparecido nadie que quisiera comprarla?

—Al principio vinieron un par de personas. Pero ya lo has visto tú mismo, Sime. El pueblo está muriéndose, de modo que no resulta fácil vender nada por aquí. Y cuando empezó a notarse que la casa llevaba ya una temporada vacía, el poco interés que había se evaporó. —Annie sonrió y cambió de tema—. Será mejor que entremos.

Sime asintió.

Dentro estaba oscuro. Olía a humedad y a cerrado, era como retroceder a una vida anterior. Aquella casa había sido un hogar en otro tiempo, pero ahora sólo estaba habitada por los recuerdos de cuando ambos hermanos eran más jóvenes. Sime avanzó despacio, pisando unos tablones que crujían dolorosamente bajo sus pies, y recorriendo con la vista el salón que antaño había ocupado la mayor parte de la planta baja. Aunque ahora estaba vacío, a excepción de una vieja mesa de cámping y un par de sillas, no tuvo dificultad para recuperar de alguna parte de su mente el recuerdo de cómo era antes. Estaba lleno de muebles grandes y oscuros. Un viejo piano, un aparador. Alfombras indias en el suelo, adornos en la repisa de la chimenea de piedra. En todas las paredes, en los tonos desvaídos del empapelado, aún se adivinaban las sombras de los cuadros que, en otra época, habían estado colgados allí. Encima de la chimenea se apreciaba un amplio rectángulo de tono más claro; era como el fantasma del cuadro que había salvado aquel trozo de pared de haber perdido todo el color. Sin embargo, Sime no recordó ninguna de las pinturas.

Ambos salieron a la terraza que había en la parte posterior de la casa, y oyeron el murmullo del río elevarse entre los árboles. Permanecieron allí unos instantes, apoyados en la barandilla, respirando la humedad del bosque y sintiendo el frescor del aire en la piel como si fuera una ligera brisa susurrada a través del follaje. Por fin, Annie se volvió hacia su hermano.

—¿Qué está pasando, Sime? —le preguntó.

Y él se lo contó todo. Lo del asesinato cometido en Entry Island. La sensación de que ya conocía a la joven viuda cuando la vio por primera vez. Lo del anillo y el colgante, que llevaban el mismo símbolo. El hecho de que a raíz de aquella coincidencia él hubiera tenido aquel primer sueño y hubiera recordado los diarios. Annie lo escuchó en silencio, pensativa, y cuando Sime terminó le dijo:

—Ven conmigo.

Sobre la polvorienta mesa de cámping reposaba una mochila de cuero de gran tamaño. Annie la cogió, se sentó y se la puso en las rodillas, y a continuación palmeó el asiento, a su lado, para que Sime se sentara también. Sacó unos cuantos libros de la bolsa. Eran unos volúmenes pequeños, encuadernados en un cuero ya agrietado, de diferentes colores y tamaños, todos sujetos con una cinta amarilla que daba varias vueltas a su alrededor y acababa en un lazo.

—¿Son éstos? —preguntó Sime en un tono de voz que fue poco más que un susurro.

Cuando su hermana asintió, Sime alargó una mano para tocarlos. El hecho de ver los diarios, de tocarlos, era como ser testigo de la historia, como formar parte de ella.

Annie deshizo el lazo y abrió el primero. Sime la observaba tembloroso y emocionado. Ella levantó la tapa de cuero y aparecieron las páginas interiores, amarillentas y quebradizas. Estaban escritas a mano, con una letra un tanto burda y ya descolorida por el paso de los años.

—Éste es el primero —dijo Annie.

Con una precaución infinita, pasó varias páginas para llegar a la cubierta interior. «Di-ciadaoin 21mh latha de'n t-Iuchair, 1847», rezaba el texto escrito con una caligrafía gruesa.

—¿Qué querrá decir?

—Es la fecha en gaélico. «Miércoles, 21 de julio de 1847.»

—¿Cómo es posible que sepas eso? Tú no hablas gaélico.

Annie lanzó una carcajada.

—La abuela me enseñó los números, los días de la semana y los meses. Yo era muy pequeña, pero aún no se me han olvidado.

A Sime se le cayó el alma a los pies.

—¿Está todo en gaélico?

—No —repuso Annie, sonriendo—, sólo la fecha. Nuestro antepasado escribió los diarios en inglés.

Sime observó fijamente la página. Debajo de la fecha había una firma. Al principio no resultó nada fácil descifrarla, pero ladeó un poco la cabeza y entornó los ojos.

—«Sime Mackenzie» —leyó.

Era la persona cuyo nombre había heredado él. «Sime.» De él había tomado su padre la manera de escribirlo. Se puso tenso a causa de la emoción.

—¿Me lo dejas?

Annie le pasó el diario, y Sime lo sostuvo como si fuera a romperse. Aquel libro había estado en las manos de su antepasado. Las mismas que habían empuñado la pluma que formó las letras, las palabras y las frases que narraban la historia de su vida. La historia del nacimiento de su hermana, del rescate de Kirsty, de la muerte de su padre, de la evacuación de Baile Mhanais. Y de aquel terrorífico viaje a través del Atlántico, de la pesadilla que había sido el encierro en los lazaretos de Grosse Île.

—Pensé que tendría algo de simbólico el hecho de que te entregase los diarios en este lugar, considerando que era aquí donde nos los leía la abuela. —Annie apoyó una mano sobre la de su hermano—. Pero creo que deberíamos irnos a casa. La familia quiere conocerte. Ya habrá tiempo de sobra para leer los diarios.

III

Annie vivía en Main Street, en una casa de madera pintada de gris, grande y llena de recovecos, encajada entre la biblioteca del pueblo y el Centro Comunitario de la Armería de Bury. La historia militar de Bury se hacía patente en el edificio que había albergado la División 48 de la Real Legión del Canadá, situado justo enfrente, pasada la oficina de correos. Main Street era una calle tranquila. Sobre los cuidados jardines iban cayendo suavemente las hojas de los árboles que crecían alrededor. A lo largo de su recorrido había tres iglesias: una anglicana, una presbiteriana y una católica. Además de su tradición militar, Bury poseía una tradición religiosa igual de potente, y los Mackenzie acudían todos los domingos a la Iglesia Presbiteriana Unida del Canadá, que había absorbido a la mayoría de las iglesias escocesas durante la Gran Unificación.

Sime aparcó en el camino de entrada, detrás del coche de su hermana, y subió los escalones del porche mientras echaba un vistazo al jardín. Unos arces enormes iban dejando caer sus hojas sobre el césped recortado. Detrás de ellos había un garaje de dos plazas que quedaba casi completamente oculto a la vista. De nuevo lo invadió la aprensión. Aunque su hermana no parecía recriminarle nada, no estaba seguro de que su familia fuera a hacer lo mismo.

Annie se dio cuenta y lo cogió de la mano.

—Vamos, ven a saludarlos. No muerden.

Abrió la puerta e hizo entrar a su hermano en un pasillo en penumbra que enseguida dio paso a un cuarto de estar mucho más luminoso, provisto de unos grandes ventanales que daban al jardín. Sime detectó el ambiente nada más entrar. Sus sobrinos estaban jugando a un videojuego en la televisión. Su cuñado estaba sentado en un sofá de cuero, fingiendo que leía el periódico. Todos se volvieron hacia él cuando lo vieron.

—Luc, ven a saludar a tu tío.

El chico tendría unos quince años y lucía una mata de pelo rubio que llevaba retirado de la frente con gomina. Obediente, cruzó la habitación y le dio a Sime un solemne apretón de manos. En sus ojos, reacios a encontrarse con los de su tío, había una leve chispa de curiosidad.

—La última vez que te vi, eras más o menos así de alto —le dijo Sime, sin saber muy bien qué más decir.

Detrás de él se acercó su hermana. Era una chica desgarbada con corrector dental, que lo miró sin disimular su interés.

—Pues Magali no podía ser mucho más que una recién nacida —explicó Annie.

Magali ofreció las dos mejillas, y Sime se inclinó para besarla con ademán incómodo. Ambos adolescentes regresaron a su videojuego, y su padre dejó el periódico a un lado y se levantó del sofá. Se acercó a Sime con la mano extendida, pero su sonrisa era fría.

—Gilles —lo saludó Sime, asintiendo y estrechándole la mano.

—Me alegro de verte después de todo este tiempo —dijo Gilles—. Si te hubiera visto por la calle, no sé si te habría reconocido.

Sime sintió el aguijón de la reprimenda, y Annie se apresuró a intervenir.

—Últimamente no se encuentra bien, Gilles —le dijo en un claro tono de advertencia.

Cuando se sentaron todos a la mesa para cenar, ya se había hecho de noche. Era la primera vez que Sime cenaba en familia desde el fallecimiento de sus padres.

Annie parloteó sin cesar para llenar los incómodos silencios, y puso a Sime al día respecto de todos y de todo. A Luc se le daban muy bien los deportes y estaba empezando a despuntar en el equipo de baloncesto del colegio. El chico se ruborizó. Magali, por su parte, era la primera de su clase y quería ser médico. La joven continuaba mirándolo sin pestañear y sin disimular su curiosidad. Gilles era ya el director del instituto de Bury, e incluso estaba acariciando la idea de entrar en política.

A Sime aquello lo sorprendió.

—¿Con qué partido? —le preguntó.

—Con el Parti Québécois —respondió Gilles.

Se refería al partido nacionalista de Quebec. Sime asintió con la cabeza. Nunca lo había convencido la idea de un estado independiente y ajeno a la federación de Canadá, pero se abstuvo de expresar su opinión.

—¿Cómo es que nunca has venido a vernos? —le preguntó Magali de improviso.

Se hizo un silencio incómodo en la mesa. Estaba claro que aquél había sido un tema de conversación habitual antes de su llegada, y sintió que todas las miradas se posaban en él.

Sime dejó el tenedor y el cuchillo. Quiso ser sincero.

—Porque he sido bastante egoísta y egocéntrico, Magali. Y porque había olvidado lo maravillosa que es tu madre.

—No tuvo valor para mirar a su hermana en ese instante—. Pero espero venir a veros con regularidad de ahora en adelante, y que podamos conocernos todos un poco mejor. —Miró a Magali a los ojos—. Y si de verdad te interesa la medicina, un día puedo llevarte a los laboratorios de patología que tiene la Sûreté en Montreal.

La joven abrió unos ojos como platos.

—¿En serio?

—Sin problemas —dijo Sime, sonriendo.

—Me encantaría —repuso Magali, boquiabierta.

—¿Llevas pistola? —Era la primera vez que Luc abría la boca desde que Sime había llegado.

—Por lo general, sí —respondió Sime—. Pero en este momento, no. Estoy más o menos de baja por enfermedad.

—¿Qué pistola llevas?

—Bueno, un patrullero llevaría una Glock Diecisiete, pero los detectives como yo llevamos la Glock Veintiséis.

—¿Cuántas balas tiene?

—Trece. ¿Te interesan las armas, Luc?

—Claro.

—Pues en ese caso —repuso Sime, encogiéndose de hombros—, a lo mejor un día puedo llevarte al campo de tiro de la policía, para que sepas lo que es disparar una.

—¿Estás de coña?

—¡Luc! —lo reprendió su padre.

—Perdón —dijo el muchacho, pero sin sentirlo de veras—. ¡Eso sería magnífico!

Sime miró a Annie y vio su sonrisa de satisfacción. Sabía que su hermana estaba en contra de las armas, pero cualquier cosa que consiguiera crear vínculos que uniesen a la familia tenía que ser buena.

Pasó el resto de la cena respondiendo a preguntas sobre casos en los que había trabajado, homicidios que ellos conocían por haberlos visto en los periódicos o en la televisión. Había dejado de ser el paria de la familia para convertirse de pronto en una persona exótica e interesante, por lo menos para los dos adolescentes. Gilles se mostró más reservado, pero justo antes de que Annie se llevara a Sime al piso de arriba para enseñarle su habitación, le estrechó la mano con solemnidad y le dijo:

—Me alegro de que hayas venido, Sime.

IV

La habitación que le habían preparado estaba en el desván y tenía una buhardilla que daba al jardín. Annie encendió la luz de la mesita de noche y fue depositando los diarios sobre la cama, en orden cronológico. Sime miró a su hermana con cierta aprensión, pero también emocionado. Estaba deseando leerlos, y al mismo tiempo temía que no le proporcionasen ninguna información acerca del anillo que había desencadenado aquellos sueños, o acerca de la relación que pudiera tener él con una mujer de Entry que acababa de ser acusada de asesinato.

Annie depositó el último de los diarios y se volvió hacia Sime.

—Después de que me llamases —le dijo—, saqué los diarios y pasé casi dos días enteros leyéndolos. No te imaginas los recuerdos que me trajeron. Mientras los leía, casi tuve la sensación de estar respirando de nuevo el olor de la casa de la abuela, y hasta me pareció oír otra vez aquella voz rota que ponía cuando leía, tan característica de ella. —Calló unos momentos—. ¿Sabes que no nos lo leyó todo?

Sime asintió.

—Sabía que había cosas que nuestros padres no querían que supiéramos. Pero nunca imaginé a qué se referían.

—Ya lo descubrirás cuando los leas tú mismo —repuso Annie—. Cuando llamaste, mencionaste el anillo, y en eso me he concentrado principalmente. —Escrutó el rostro de su hermano con sus ojos de color verde oscuro, que reflejaban desconcierto, y después abrió el diario que sostenía en las manos y buscó una página que había marcado con un papel—. Nuestro antepasado fue escribiendo cada vez con menos frecuencia, hasta que finalmente dejó de hacerlo. Pero deberías leer primero a partir de aquí, Sime. La abuela nunca nos leyó nada de esto. De lo contrario, estoy segura de que habrías recordado el significado del anillo. —Le entregó el diario a Sime—. Cuando llegues al final de esta parte, puedes volver y seguir el hilo desde el principio. Seguro que sabes dónde buscar.

A continuación, le dio un suave beso en la mejilla.

—Espero que encuentres aquí la respuesta a lo que te preocupa.

Cuando su hermana se hubo marchado, Sime permaneció largo rato escuchando el silencio que reinaba en aquella habitación. Fuera, a lo lejos, se oyó el ulular de un búho. El diario le pesaba cada vez más en las manos, hasta que por fin acercó la silla que había junto a una pequeña mesa escritorio situada bajo la ventana abuhardillada. Se sentó y encendió la lámpara de lectura. Y seguidamente, con sumo cuidado, abrió el diario por la página que había marcado Annie, y empezó a leer.

CAPÍTULO 37

Jueves, 19 de mayo de 1853

Ya he puesto las tablas en el suelo del altillo de la cabaña, con el fin de hacer un desván. En la parte de atrás he construido otra habitación más y un retrete interior, y en la parte delantera, un porche cubierto y provisto de mosquiteras. A menudo me siento en el porche al final de la jornada, a contemplar cómo se pone el sol por detrás de los árboles, y sueño con cómo podrían haber sido las cosas si aquel fatídico día no me hubiera separado de Ciorstaidh en el muelle de Glasgow.

He limpiado y arado la mayor parte de mi parcela de tierra, y ya estoy cultivando lo suficiente para mantenerme y para que me sobre algo que vender. En determinadas épocas del año, me junto con varios hombres de Gould y cruzamos la frontera para ganar un dinero extra en las granjas de Vermont, Estados Unidos, que son más grandes. El resto del año estoy demasiado ocupado trabajando mi propia tierra, sobre todo en la temporada de la cosecha, cuando tengo que darme prisa para recoger los cultivos antes de las primeras heladas, que pueden llegar incluso en el mes de septiembre.

Hace poco obtuve un empleo de media jornada enseñando inglés a los niños de la escuela de Gould que sólo hablan gaélico. Cuando llegan, la mayoría sólo conoce su lengua materna, pero cuando les toca aprender a leer y escribir tienen que usar el inglés.

El motivo de que esté escribiendo esto es que, justo ayer por la mañana, ocurrió una cosa increíble en la escuela.

Este año hay una maestra nueva que se llama Jean Macritchie. Está casada con Angus Macritchie, el alcalde del cantón de Lingwick. Es una dama muy refinada, de unos cuarenta y tantos años, me parece. No se da aires ni ínfulas, y es muy cortés y habla con mucha educación. Lleva vestidos estampados de algodón y chales de seda, y tiene un aire como de artista. De hecho, su gran pasión es el arte, hasta el punto de que ha creado una nueva asignatura de arte para sus alumnos.

Ayer, a la hora del almuerzo, yo ya había terminado de corregir unos exámenes y me pasé por su aula. Todo el mundo se había ido a comer, pero el cuadro de naturaleza muerta que había montado la señora Macritchie para que lo dibujasen sus alumnos seguía estando allí. No era más que una jarra, un vaso de agua y algunas piezas de fruta. Los bocetos que habían empezado a hacer los niños aún estaban encima de los pupitres.

Paseé un poco entre ellos para echarles un vistazo. La mayoría eran bastante malos, algunos incluso me hicieron reír. Pero vi un par bastante buenos. No tengo ni idea de qué fue lo que me empujó a hacer lo que hice, porque yo nunca había dibujado nada en mi vida, pero de repente me entraron ganas de ver qué tal se me daba. De modo que cogí una hoja de papel en blanco y un carboncillo de la mesa de la profesora, y me senté a dibujar.

Fue increíble la manera en que me absorbió aquello. No sé cuánto tiempo estuve allí, trazando las líneas que mis ojos me hacían dibujar y utilizando la parte plana del carboncillo para crear luces y sombras, pero lo cierto es que no oí llegar a la señora Macritchie hasta que se dirigió a mí. A punto estuve de caerme de la silla, del susto que me llevé. Levanté la vista y descubrí que estaba observando fijamente mi dibujo.

—¿Cuánto tiempo llevas dibujando, Sime?

—No tengo ni idea —contesté—. Como media hora, más o menos.

La señora Macritchie se echó a reír.

—No, me refiero a si es algo que llevas mucho tiempo practicando.

Esta vez, el que soltó la carcajada fui yo.

—No, en absoluto. Ésta es la primera vez que lo hago.

Su sonrisa se esfumó.

—Estás de broma, ¿verdad?

—Pues... no —respondí, y acto seguido miré mi dibujo—. ¿Tan mal lo hago?

Esperaba que riera otra vez, pero permaneció muy seria.

—No sé si eres consciente de ello, Sime, pero tienes verdadero talento. —Aquello era nuevo para mí. La señora Macritchie juntó las manos en ademán pensativo, y apoyó las yemas de los dedos en los labios—. ¿Qué dirías si yo me ofreciera a darte clases?

La miré estupefacto.

—¿Lo está diciendo en serio?

—Por supuesto.

Lo pensé durante dos segundos, y después asentí vigorosamente con la cabeza.

—Me encantaría.

Viernes, 7 de julio de 1854

Hoy ha sido el último día de clase en la escuela, y el principio de las vacaciones para los alumnos. Como es natural, eso quiere decir que los ingresos que obtengo como profesor quedarán suspendidos hasta septiembre, y voy a tener que dedicar muchas horas de trabajo duro a la parcela.

También quiere decir que deberé dejar a un lado la pintura hasta que empiece el siguiente curso, momento en el que dispondré de tiempo otra vez. El descubrimiento de este inesperado talento me ha causado un gran placer. Durante todo este año, la señora Macritchie ha tenido mucha paciencia y se ha tomado muchas molestias en enseñarme la técnica correcta, primero la del dibujo, y luego la de la pintura. Pero donde he encontrado mayor placer es en esta última. Al principio representaba las cosas que veía a mi alrededor, personas y lugares. Después, llegó un momento, no sé muy bien cuándo, en que empecé a reproducir los paisajes que recordaba de mi hogar: Baile Mhanais, el castillo de Ard Mor, el mar, las colinas, las turberas y los páramos barridos por el viento de las Hébridas. En estos últimos meses, he gastado casi todo mi dinero en materiales, lienzos, pintura y pinceles. Temo que esté convirtiéndose en una adicción.

Sea como sea, estaba ya recogiendo mis cosas cuando entró en mi aula la señora Macritchie. Su actitud resultaba un tanto extraña, de tan informal. Ella nunca se comporta así.

—Sime —me dijo—, ¿te acuerdas del cuadro que me regalaste? ¿El del paisaje en el que se ve un ciervo y unos cazadores que le disparan desde detrás de unas rocas?

—Sí.

Lo recordaba perfectamente. Aquella pintura me había transportado al día del funeral de mi padre, el mismo día en que maté al ciervo herido para evitarle más sufrimiento. Para mí fue un placer regalárselo a la señora Macritchie; fue mi humilde modo de compensarle el tiempo que había invertido en mí.

—Anoche estuvieron cenando en casa el señor Morrison y su esposa. Son de Red Mountain. Él acaba de establecer allí un aserradero.

Asentí, un tanto confuso. No tenía ni idea de adónde quería llegar.

—Resulta que el señor Morrison es de la isla de Lewis. Y antes de cenar, cuando estábamos en la salita, vio tu cuadro. Lo tenemos colgado encima de la chimenea. Se emocionó tanto que después de la cena volvió a la salita y estuvo contemplándolo durante un buen rato. Cuando le pregunté qué era lo que tanto lo emocionaba de él, me dijo simplemente que lo transportaba a su hogar. Dijo que casi le parecía estar tocando el brezo y percibiendo el aroma del humo de turba llevado por el viento. —Dudó un instante, y luego añadió—: Me dijo que quería comprármelo.

—Pues no puede —repliqué yo, indignado—. Se lo he regalado a usted.

La profesora sonrió.

—Sime —me dijo—, para mí será un placer colgar en ese mismo sitio cualquiera de tus otros cuadros. Además, el señor Morrison me dijo que con mucho gusto estaba dispuesto a pagar cinco dólares por él.

Noté que se me descolgaba la mandíbula, de la sorpresa. Cinco dólares son una pequeña fortuna.

—¿En serio?

—Quiere ese cuadro, Sime.

No supe qué decir.

—Mi sugerencia, si estás de acuerdo, es que yo se lo venda por el importe que acabo de mencionar, y que a continuación te entregue el dinero directamente a ti.

—Menos un porcentaje para usted —me apresuré a decir—. Dado que yo no habría podido hacer algo así si no hubiera sido por sus clases.

Pero la señora Macritchie se echó a reír.

—Sime, Sime... El talento que posees no te lo he dado yo, sino Dios. Yo te he ayudado a encauzarlo. El dinero es tuyo, te lo has ganado tú. Sin embargo, tengo otra sugerencia que hacerte.

Ni por asomo se me habría ocurrido de qué podía tratarse.

—En mi opinión, ha llegado el momento de que organices una pequeña exposición de tus obras. Ya tienes suficientes para hacer una presentación de tamaño considerable. El salón de la iglesia sería un buen sitio, y, si la anunciamos como es debido, sin duda acudirán a verla un gran número de personas. La mayoría de los habitantes de los alrededores todavía se acuerdan de las islas. Y tú, en tus cuadros, sabes captar toda su esencia. Creo que podrías vender bastantes.

Sábado, 22 de julio de 1854

Estoy tan emocionado que sé que ni siquiera merece la pena que intente dormir. No tengo ni idea de la hora que es, y tampoco me importa. Llevo sentado aquí en el porche desde que he regresado del pueblo, y ya hace mucho rato que he visto ponerse el sol por detrás de los árboles.

Hoy hemos expuesto mis obras en el salón de la iglesia, y han debido de ser unas doscientas personas, o más, las que han estado circulando y viendo mis cuadros a lo largo de la tarde. Y no eran únicamente personas de Lingwick, sino de todas partes. De lugares tan retirados como Tolsta, que está al este de aquí, y Bury, que está al oeste. He expuesto treinta pinturas y dibujos, y hemos vendido todos los cuadros, sin excepción. Al parecer, todos los inmigrantes quieren tener un trozo de su antiguo hogar colgado en su casa.

Ahora estoy aquí sentado, casi con cuarenta dólares en el bolsillo y una lista de personas que me han encargado cuadros especialmente para ellas. Es una pequeña fortuna, y más dinero del que yo jamás habría esperado ganar haciendo casi cualquier otra cosa. Y no hay ninguna otra cosa que me guste tanto hacer como ésta.

Por primera vez en toda mi vida, sé lo que quiero hacer con todo este dinero.

CAPÍTULO 38

La inmersión de Sime en el diario se vio interrumpida súbitamente por una luz de seguridad exterior que se encendió debajo de su ventana y que lo hizo volver a la realidad de la habitación abuhardillada que ocupaba en la casa de su hermana, en Bury. Se sintió desorientado, y también un poco desilusionado. No tenía ni idea de adónde lo conducirían los acontecimientos que se narraban en aquella parte del diario, y tampoco veía qué relación podían tener con él.

Se levantó de la silla y se inclinó por encima de la mesa hacia la ventana para asomarse al jardín. Gracias a la luz que inundaba el porche lateral y el césped, vio a su hermana envuelta en un chaquetón y con una linterna en la mano. Estaba cruzando el jardín en dirección a los árboles que había al fondo.

Cuando la luz de seguridad se apagó tras alejarse ella, lo único que perforó la oscuridad del jardín fue el haz de la linterna, hasta que otra luz de seguridad situada un poco más allá, encima de las puertas del garaje, alumbró el sendero y la curva que describía. Vio que Annie abría una puerta y desaparecía de su vista. Unos momentos después, un resplandor amarillo iluminó la ventana del desván del garaje, encima de las puertas. La lámpara de seguridad se apagó sola, y el jardín volvió a quedarse completamente a oscuras.

Sime se sentó de nuevo y volvió a concentrarse en el diario.

Pasó varias páginas leyendo por encima lo escrito, intentando hacerse una idea de la historia sin tener que entrar en tantos detalles. Por lo visto, su antepasado había conseguido un gran éxito con sus obras y había llegado a exponerlas en Quebec y en Montreal. Al final, sus cuadros le procuraron sumas de dinero bastante sustanciales, suficientes para que pudiera ganarse la vida con su talento artístico, cosa que en aquella época debía de resultar bastante poco habitual. Al parecer, sus obras alcanzaron mucha popularidad: los inmigrantes escoceses tenían una sed insaciable de hacerse con un trocito de su tierra natal, y a su antepasado le resultaba difícil satisfacer la fuerte demanda.

No fue hasta más adelante, en una parte escrita quince años más tarde, fecha en que su tatatarabuelo debía de andar por los cuarenta y pocos, cuando Sime se quedó totalmente estupefacto al leer la primera frase.

CAPÍTULO 39

Sábado, 26 de junio de 1869

Esta noche escribo con el profundo convencimiento de que existe una fuerza que guía nuestra vida de una manera que jamás comprenderemos. Supongo que podría atribuir dicha fuerza a Dios, pero en ese caso tendría que concederle a Él tanto el mérito de lo bueno como de lo malo, y para ser sincero, ya no estoy seguro de cuáles son mis creencias. La vida me ha tratado bien y mal casi a partes iguales, aunque lo que pone a prueba nuestra fe son las cosas malas. Por extraño que parezca, las cosas buenas tendemos a darlas por sentadas. Sin embargo, ya no volveré a hacer tal cosa, después de lo que ha sucedido hoy.

He estado toda la semana en Quebec, en una exposición de mis obras que ha tenido lugar dentro del recinto amurallado del casco histórico de la ciudad, casi a la sombra del Château Haldimand. La exposición abarcaba sesenta cuadros, hoy era el último día, y sólo quedaban dos pinturas por vender. Ya era media tarde, y estaba preparándome para marcharme, cuando de repente entró una mujer en la galería.

Era una joven de extraordinaria belleza, y probablemente eso fue lo que atrajo mi mirada de inmediato, aunque, para ser sincero, debo decir que no pertenecía a la clase social que se le atribuiría a alguien que visita una galería de arte. Calculé que tendría menos de veinte años, o como mucho veintipocos, y aunque vestía de forma muy presentable, sus ropas eran sencillas, tal como cabría esperar en una doncella o en una sirvienta. Sin embargo, tenía algo que me fascinó, y apenas pude apartar la mirada de ella mientras deambulaba por la galería con naturalidad, pasando de un cuadro a otro. Dedicaba el tiempo necesario a cada cuadro, y se la veía bastante ensimismada.

En aquel momento, había otras personas en la sala, y durante unos instantes me distrajo un potencial comprador que me hizo varias preguntas acerca de las obras que aún no había vendido.

Cuando el comprador se hubo marchado —sin comprar nada, debo admitir—, el carraspeo de una mujer hizo que me diera la vuelta. Y allí estaba ella, a mi lado. Había tal intensidad en sus ojos que el estómago me dio un vuelco. Vista de cerca era todavía más hermosa.

—Disculpe que lo importune, señor —me dijo con una sonrisa—. Me han dicho que es usted el autor de las obras.

Sentí una timidez inusitada.

—Sí.

—Son paisajes de Escocia, según creo.

—Así es.

—Son muy bellos.

—Gracias. —Tenía la sensación de que la lengua se me estaba quedando pegada al paladar.

—Pero no son de cualquier lugar de Escocia, ¿verdad?

—Bueno, no —dije sonriente—. Todos estos paisajes son de las Hébridas Exteriores.

—¿Y por qué ha elegido usted ese sitio en particular?

Reí levemente.

—Porque es donde me crié. —Titubeé unos instantes—. ¿Le interesa a usted comprar algún cuadro?

—¡Oh, Dios santo, no! —respondió ella, casi riendo—. No podría permitírmelo, ni aunque tuviera un sitio donde colocarlo. —A continuación, su sonrisa se desvaneció, y entre los dos se hizo un silencio de lo más extraño e incómodo. De repente, dijo—: ¿Por qué vino usted a Canadá?

Su estilo directo me dejó bastante perplejo, pero, aun así, respondí con sinceridad a aquella inesperada pregunta.

—Porque la aldea en la que vivía, en la isla de Lewis y Harris, fue evacuada por su *laird*. No tuve más remedio.

—¿Y de dónde zarpó su barco?

Entonces fruncí el ceño. Sus preguntas empezaron a irritarme. Sin embargo, mantuve la cortesía.

—De Glasgow —contesté.

Ella me miró directamente a los ojos.

—¿En el *Eliza*?

Me quedé estupefacto.

—Pues sí. Pero ¿cómo es posible que usted sepa eso? Por aquel entonces, no podía ser más que una niña muy pequeña.

Me dio la impresión de que su sonrisa se teñía de tristeza.

—Eso es exactamente lo que era —dijo—. Nací a bordo del *Eliza*, me trajo al mundo un montañés que sabía lo que debía hacer para salvar a un bebé que venía de nalgas.

Juro que se me paró el corazón durante un minuto entero.

—Ese hombre me salvó la vida —siguió diciendo la joven—. Siempre he sabido que se llamaba Sime Mackenzie. —Sus ojos no se apartaron ni un instante de los míos—. La primera vez que oí hablar de usted fue hace unos tres años. En un artículo del periódico. Y desde entonces me he preguntado si sería usted, pero nunca me he atrevido a abrigar esperanzas, hasta ahora.

Yo no sabía qué decir. Un millón de sentimientos nublaban mi mente, pero lo único que deseaba era estrechar a aquella joven en mis brazos, tal como había hecho tantos años antes a bordo del *Eliza*. Naturalmente, no lo hice; me quedé allí de pie, plantado como un idiota.

—La familia que me crió me dio su apellido, Mackinnon. Y el nombre de pila de mi madre.

—Catrìona. —El nombre se escapó de mis labios en un susurro.

—Quería entregarle esto —me dijo.

Y a continuación, sacó un sello con una cornalina roja grabada con el dibujo de un brazo y una espada. Apenas podía creer lo que estaba viendo. Era el anillo que me había dado Ciorstaidh en el muelle de Glasgow el día que la perdí. Y también era el anillo que, junto con el dinero que me prestó Michaél, entregué yo en Grosse Île a la familia Mackinnon, a cuyo cuidado dejé a aquella pequeña y a sus hermanos. Era el único objeto de valor que poseía, lo último que me unía a Ciorstaidh, y el mayor sacrificio que podía hacer.

—Supongo que debía de valer una pequeña fortuna —dijo Catrìona—, pero mis padres jamás lo vendieron. No tuvieron valor para ello. El dinero que les dio usted los ayudó a empezar una vida nueva, y yo me he hecho mayor llevando este anillo siempre al cuello, colgado de una cadenita. —Me lo tendió—. Ahora se lo devuelvo, en agradecimiento por el don de la vida que me regaló.

CAPÍTULO 40

Sime estaba profundamente conmocionado. Las lágrimas, que le brotaron de manera involuntaria, emborronaron lo que había escrito su antepasado.

No recordaba que, en la lectura que les había hecho su abuela de los diarios, Ciorstaidh le hubiera dado un anillo a Simon en Glasgow. Ni tampoco que su antepasado se separase de dicho anillo en Grosse Île, para ayudar a pagar la manutención de los hijos de Catrìona. Tal como había dicho Annie, si hubiera sabido que la historia cerraba un círculo, y que el anillo había terminado volviendo a él, seguro que jamás se habría olvidado del profundo significado que tenía aquella joya.

Se miró la mano, apoyada en la mesa. Era exactamente aquel anillo, el mismo que ahora brillaba bajo la luz de la lámpara. Pasó con suavidad el dedo por el grabado del brazo y la espada. ¿Cómo podía haber imaginado siquiera la historia de la que había sido testigo aquel sencillo objeto inanimado? ¿Con qué despreocupación lo había llevado puesto durante tantos años, sin tener la menor idea de lo mucho que significaba?

Se levantó, fue hasta la cama y se sentó para abrir los diarios y buscar entre sus páginas el momento que quería encontrar, hasta que por fin dio con él. Allí estaba. El relato del día en que su antepasado perdió a Ciorstaidh en el muelle, tal como él lo había soñado. Excepto por lo del anillo, que ella le regaló momentos antes de la separación. Una joya de la familia que se había llevado consigo por si necesitaban más dinero. Formaba parte de un conjunto, hacía juego con un colgante que Ciorstaidh llevaba al cuello.

Sime buscó afanosamente en los demás diarios, hasta que encontró el momento en que su antepasado le entregaba el anillo a la familia Mackinnon, en Grosse Île. Casi se le ocurrió en el último instante. Se sentía culpable de que hubiese sido Michaél y no él quien se hubiera sacrificado. Sime no recordaba aquel episodio en absoluto. Luego, al ir pasando más páginas, se dio cuenta de que estaban llenas de detalles que tampoco recordaba haber oído de labios de su abuela. A lo mejor cuando les leía iba parafraseando algunas partes o resumiéndolas. A Sime no le cupo duda de que muy pronto iba a tener que sentarse a leer los diarios a fondo, de principio a fin. Después de todo, aquel relato también formaba parte de su propia historia.

De repente, cayó en la cuenta de que no tenía ni idea de lo que había sucedido con Michaél. ¿Sería ésa la parte que sus padres no quisieron que les leyera la abuela? Fuera como fuese, ya la buscaría más adelante. En el último diario sólo quedaban dos breves anotaciones, así que volvió a sentarse a la mesa para leerlas a la luz de la lámpara.

CAPÍTULO 41

Sábado, 25 de diciembre de 1869

En este día de Navidad, en el mes más frío y oscuro del año, me produce un placer de lo más extraordinario dejar constancia de que anoche, poco después de la cena, me declaré a Catrìona Mackinnon, la niña que traje a este mundo hace veintidós años, y de la que me he enamorado profundamente. De forma inexplicable, me dio la tremenda alegría de aceptarme, y vamos a casarnos en primavera, en cuanto se haya fundido la nieve y el calor del sol vuelva a hacer crecer la vida en la tierra.

Domingo, 13 de agosto de 1871

Ésta es la última anotación que voy a hacer. Escribo para dejar constancia del nacimiento de mi hijo Angus, al que le he puesto el nombre de mi padre. Y también del fallecimiento de su madre, Catrìona, en el parto. Ha sido, al mismo tiempo, el día más feliz y más triste de mi vida.

CAPÍTULO 42

I

El aluvión de sentimientos que lo inundaba se vio interrumpido por unos golpes suaves en la puerta. Sime se puso de pie.

—¿Sí? —contestó.

La puerta se abrió, y en el umbral apareció Annie, todavía con el chaquetón puesto. Lo miró con gesto de preocupación, y cruzó el cuarto para acudir a su lado y secarle las lágrimas.

—Veo que lo has acabado.

Sime asintió con la cabeza, no se veía capaz de hablar.

—Es muy triste —dijo su hermana—, pasar por todo lo que pasó él, y al final terminar perdiendo a tu mujer en el parto.

Sime se acordó de su propio hijo, al que había perdido incluso antes de que naciera.

—Lo que no entiendo —dijo— es cómo ha llegado el colgante a manos de Kirsty Cowell. Las dos piezas iban juntas, Annie.

Su hermana le cogió la mano y observó el anillo.

—Ojalá pudiera hablarnos. —Suspiró. Luego levantó la vista y agregó—: Ven, tengo que enseñarte otra cosa.

Subieron por una escalera chirriante al desván que había sobre el garaje. Una luz fría proyectaba sombras oblicuas en los escalones, e iluminó la nube de polvo que se levantó cuando Annie empujó la trampilla. Casi todo el espacio disponible estaba ocupado por cajas, baúles y cajas de cartón para embalar, muebles viejos cubiertos con sábanas para protegerlos del polvo, cuadros y espejos apilados contra las paredes.

—Como te he dicho, prácticamente todos los objetos de valor que había en casa de papá y mamá están aquí arriba —dijo Annie—. Y cuando murió la abuela, también traje aquí todas sus cosas, por lo menos hasta que decidiera qué hacer con ellas. —Los residuos de la vida de los que habían muerto aguardaban sumidos en la densa oscuridad, fuera del alcance del resplandor de la única bombilla que iluminaba el desván—. Llevaba años sin subir aquí —comentó—, pero, cuando me llamaste, vine a buscar los diarios.

Se abrió paso entre los baúles para el té, las cajas de embalar y los muebles antiguos apenas cubiertos por sábanas raídas.

—En su día sí que me fijé en los cuadros que están apilados contra la pared del fondo, pero no les presté mucha atención. Sin embargo, hoy he vuelto a pensar en ello, y he caído en la cuenta de que deben de ser los que estaban en casa de la abuela, los que ella tenía colgados cuando nosotros éramos pequeños. Y creo que pueden ser de Sime Mackenzie.

Sime siguió a su hermana hasta el fondo del desván, donde había alrededor de una docena de cuadros enmarcados, apoyados unos en otros, mirando hacia la pared.

—Mientras tú leías los diarios, se me ocurrió venir a echar una ojeada.

Levantó el primero de los cuadros y le dio la vuelta para verlo a la luz de la bombilla. Era una pintura al óleo, ya oscurecida por el paso del tiempo. Un sombrío paisaje de las Hébridas. Nubes negras y bajas sobre un terreno pantanoso de tonos morados y verdes, y allá, a lo lejos, el sol reflejándose en un lago remoto. Podía ser un paisaje sacado de cualquiera de los que había visto él en sueños, o igual que cualquiera de los que evocaba su abuela cuando les leía aquellos relatos. Unas imágenes que parecían inspiradas en los cuadros que colgaban de las paredes de su casa. Aquel óleo le hizo pensar también en el cuadro que tenía él en su apartamento. Annie lo inclinó para mostrarle la firma.

—SM —dijo—. Es suyo.

Fue pasando los cuadros a Sime, de uno en uno. Todos habían sido pintados por su antepasado. Una media luna de arena de color plata, con el mar agitado, verde y tormentoso. Una aldea de humildes casas vista desde la colina. Baile Mhanais. La misma aldea de nuevo, con los tejados en llamas. Hombres corriendo entre las casas portando antorchas, policías uniformados formando una hilera en lo alto de la colina. La evacuación.

—Y éste —dijo su hermana por último— lo recordé nada más verlo. Estaba encima de la chimenea, en casa de la abuela, y también lleva su firma. —Titubeó unos momentos—. ¿Es ella?

Sime lo cogió y lo giró hacia la luz, y por segunda vez en una semana su mundo se paralizó de pronto. Desde el lienzo lo miraba fijamente una joven que tendría menos de veinte años. Ojos azules. Ojos celtas. Cabello castaño oscuro y abundante que le caía sobre los hombros. Aquella sonrisa un tanto burlona que tan familiar le resultaba ahora. Llevaba al cuello un colgante con una piedra roja y ovalada, engarzada en oro. Y aunque el símbolo que estaba grabado en ella no se veía con claridad, formaba la distintiva «V» del brazo flexionado que empuñaba la espada. Era el mismo grabado que aparecía en su anillo.

En el silencio profundo y aterciopelado del desván, su voz sonó áspera, igual que el rasgueo del arco en las cuerdas de un violonchelo.

—Es Kirsty —dijo.

Más joven, desde luego, pero era ella, no cabía la menor duda. En aquel momento, él también se acordó del retrato que colgaba encima de la chimenea en casa de su abuela. Después de todas las horas, los días, las semanas y los meses que habían pasado los dos juntos en aquella casa, no era de extrañar que Sime tuviera la sensación de conocer a Kirsty Cowell.

Dio la vuelta al cuadro y quitó con la mano el polvo y las telarañas que no dejaban ver la fecha: «24 de diciembre de 1869.» Lo acabó un día antes de que se declarase a Catrìona. Debajo de la fecha, se leía una única palabra escrita débilmente a lápiz. Era un nombre.

—«Ciorstaidh» —leyó en voz alta.

Un último adiós a su amor perdido. Pintado de memoria, tal como la había visto por última vez.

Sime levantó la mirada. Lo veía todo borroso.

—No lo entiendo.

—La mujer de Entry debe de ser una descendiente, o estar emparentada de algún modo con ella —propuso Annie.

Sime negó con la cabeza.

—No.

—Pero tiene el colgante.

Muy pocas veces se había sentido tan perdido.

—No puedo explicarlo, Annie. Habría jurado que esta mujer es ella. Y, sí, tiene el colgante que hace juego con el anillo, el mismo que aparece en este retrato. Pero he visto la tumba de su tatatarabuela, su fecha de nacimiento. Debía de tener la misma edad que la Ciorstaidh de Langadail. —Calló unos instantes y recordó el frío tacto de la piedra cuando apoyó la mano en ella. Aún podía ver la inscripción de la lápida—. Esa mujer también se llamaba Kirsty, pero no Kirsty Guthrie. Se apellidaba McKay. Hija de Alasdair y de Margaret.

II

Aunque no hubiera sufrido de insomnio, aquella noche tampoco habría dormido. Su mente era un torbellino. Intentaba encontrar lógica a conexiones que eran imposibles. Reproducía una y otra vez todas las conversaciones que había tenido con Kirsty Cowell, todos los relatos de los diarios.

Finalmente, se rindió. Dejó que la noche lo envolviera y procuró dejar su mente en blanco. Se quedó mirando el techo y se preguntó si sería algo más que un mero peón en una intemporal partida de ajedrez que no tenía ni principio ni fin.

En algún momento de la noche, y sin saber muy bien de dónde procedía, le vino a la memoria una sentencia que repetía siempre su padre cuando hablaba de la familia y de sus raíces escocesas: «Los lazos de sangre son fuertes, Sime. Los lazos de sangre son muy fuertes.» Y aquella frase permaneció flotando en su cabeza durante todas las horas de oscuridad, repitiéndose sin cesar, hasta que vio surgir el primer resplandor grisáceo que descendía del cielo como si fuera polvo y decidió levantarse, esperando no molestar al resto de la familia.

Su intención era dejar una nota a Annie en la cocina, pero se la encontró sentada a la mesa, en camisón, tomando una taza de café. Estaba pálida, y se volvió hacia él con mirada sombría.

—Me parece que me has contagiado tu enfermedad, Sime. No he pegado ojo en toda la noche. —Luego bajó la mirada hacia el bolso de viaje que llevaba su hermano en la mano—. ¿Pensabas marcharte sin despedirte?

Sime depositó la nota doblada en la mesa.

—Iba a dejarte esto. —Sonrió—. No quería despertarte.

Annie sonrió también.

—Pues ya ves que no lo has hecho —repuso, y añadió—: Seguro que tú tampoco has dormido nada.

—He pasado la noche entera con una frase que no dejaba de rondarme por la cabeza. Una frase que decía papá: «Los lazos de sangre son muy fuertes.»

Annie sonrió de nuevo.

—Sí, la recuerdo.

—Nunca entendí de verdad lo que significaba, hasta ahora.

—¿Por qué lo dices?

—Bueno, siempre hemos sabido que somos escoceses, ¿no? Nuestra familia materna también provenía de Escocia. Sin embargo, nunca nos dio por pensar que eso tuviera importancia, simplemente formaba parte de nuestra historia, como lo que se cuenta en esos diarios. No sé por qué, pero nunca asumí que fueran personas reales, nunca se me ocurrió pensar que nosotros somos quienes somos gracias a ellos, que sólo existimos gracias a las penurias que pasaron ellos para sobrevivir, al valor que necesitaron para seguir vivos.

Su hermana lo miró, pensativa.

—Yo siempre he sentido esa conexión, Sime.

Sime negó con la cabeza.

—Pues yo no. Yo siempre me he sentido... no sé... como si no encajase. Nunca he tenido la sensación de formar parte de nada, ni siquiera de mi propia familia. —Miró a su hermana con timidez—. Pero ahora sí. En esos sueños he sentido el dolor de Sime. Al leer esos diarios, he sentido una profunda empatía. Y el anillo... —Casi de manera inconsciente, pasó los dedos de la mano izquierda por el dibujo grabado en la cornalina—. Es casi como si estuviera tocándolo a él. —Cerró los ojos—. Los lazos de sangre son muy fuertes.

Cuando volvió a abrir los ojos, vio cariño en la mirada de su hermana. Ella se incorporó y le cogió las manos.

—Así es, Sime.

—Lo siento mucho.

—¿Qué es lo que sientes, si puede saberse?

—No haberte querido como debería. No haber sido nunca el hermano que te merecías.

Los labios de su hermana dibujaron una sonrisa triste.

—Yo siempre te he querido, Sime.

Él asintió.

—Lo sé. Por eso te mereces algo mejor —contestó.

Annie negó con la cabeza y volvió a posar la mirada en el bolso de viaje.

—¿Te llevas los diarios?

—Sí. Quiero leerlos de cabo a rabo. Y poner en orden mis ideas. Debo intentar aclarar todo esto.

—No vuelvas a desaparecer.

—No lo haré, te lo prometo. Volveré en cuanto pueda.

Annie dejó la taza de café en la mesa y se puso de pie.

—Ayer no tuve ocasión de preguntártelo. —Hizo una pausa—. ¿Lo hizo ella? ¿Asesinó Kirsty Cowell a su marido?

Sime movió la cabeza en un gesto negativo.

—Yo creo que no.

—Entonces, tienes que hacer algo al respecto.

—Lo sé —contestó Sime—. Pero antes tengo que ir a ver a alguien.

• • •

Annie esperó a que su hermano se hubiera marchado para desdoblar la nota que le había dejado. Leyó las dos palabras que había escritas en ella:

«Te quiero.»

CAPÍTULO 43

Cuando cogió la autopista 108 en dirección este no había mucho tráfico, poco más que uno o dos camiones que habían salido temprano para ganar tiempo antes de que empezara a llenarse de coches. La carretera atravesaba el bosque como una flecha, y el sol que iba ascendiendo por encima de las copas de los árboles teñía el follaje de un intenso rojo vivo. Sime tuvo que bajar la visera para que no lo cegase la luz.

Al llegar al pueblo de Gould, abandonó la autopista y entró en un aparcamiento que había frente a un viejo hostal. A su lado se alzaba la iglesia, que pertenecía a la Congregación Unida de Chalmers y había sido construida en 1892. Era un sencillo edificio de ladrillos rojos rodeado de un césped muy cuidado. Del pueblo original ya no quedaba gran cosa, únicamente unas cuantas casas dispersas y muy apartadas del antiguo cruce de caminos. También habían desaparecido las escuelas y las iglesias que habían surgido a lo largo del siglo XIX. La mayor parte de las parcelas de tierra que tanto les costó despejar de árboles a los primeros colonos habían acabado siendo reclamadas de nuevo por el bosque, y casi todas las pruebas físicas de que hubieran existido alguna vez se habían borrado para siempre.

Sime contempló la frondosa vegetación. Allí, en algún lugar, se encontraba la parcela que había trabajado su antepasado.

El cementerio de Lingwick estaba a unos cien metros, al otro lado de la carretera, encaramado en lo alto de un cerro que se asomaba por encima de los árboles que alfombraban toda aquella provincia. Un lugar de descanso elevado para los muertos venidos de tierras lejanas.

El cementerio estaba inmaculado. Sime subió por la ladera cubierta de hierba hasta las verjas de hierro forjado, cuya sombra, a aquella temprana hora de la mañana, se extendía colina abajo hasta donde se encontraba él. Hizo un alto junto a las jambas de piedra para leer la inscripción que tenía a su derecha: «En reconocimiento del valor y la integridad de los pioneros presbiterianos de la isla de Lewis, Escocia. Esta verja está dedicada a su memoria.»

Las lápidas estaban dispuestas en filas que seguían el contorno de la colina. Morrison y Maclean. Macneil, Macritchie y Macdonald. Macleod y Nicholson. Y allí, a la sombra del bosque que intentaba penetrar en el interior del cementerio por su borde oriental, estaba la piedra sepulcral, envejecida y cubierta de líquenes, de Sime Mackenzie. «Nacido el 18 de marzo de 1829 en la isla de Lewis y Harris, Escocia. Fallecido el 23 de noviembre de 1904.» De modo que había vivido hasta los setenta y cinco años y había logrado ver el nuevo siglo. Había traído al mundo a la mujer que más tarde le dio un hijo, y había visto cómo le arrebataban aquella misma vida de las manos. Su amor por la mujer a la que, en aquel trágico día en las orillas del río Clyde, había hecho una promesa que jamás pudo cumplir, no llegó a consumarse nunca.

Sime experimentó una dolorosa tristeza por él, por todo lo que había sufrido, por haber acabado allí, solo, descansando para toda la eternidad en una tierra extranjera, tan lejos de su hogar.

Se arrodilló junto a la tumba, apoyó ambas manos en la piedra fría y áspera, y tocó el alma de su antepasado. Debajo de su nombre había otra inscripción: «*Gus am bris an latha agus an teich na sgàilean.*»

—¿Sabe lo que significa?

La voz lo sobresaltó, y al volverse vio a un hombre a pocos metros de donde se encontraba él. Era un individuo de cuarenta y tantos años, con una melena castaña recogida en una coleta que empezaba a tornarse gris en las sienes. Vestía una camisa blanca sin cuello, abierta, y encima llevaba un chaleco a cuadros. Completaban el atuendo un pantalón negro y unas recias botas.

Sime se incorporó.

—No, no lo sé.

El hombre sonrió.

—Significa: «Hasta que llegue el día y se desvanezcan las sombras.» Es una inscripción bastante común en las tumbas de las Hébridas.

Sime lo observó con curiosidad.

—¿Es usted escocés?

El otro se echó a reír.

—¿Le parece que tengo acento escocés? No, soy más francés que nadie. Mi socio y yo somos los propietarios del hostal que hay al otro lado de la carretera, pero a mí me obsesiona el trasfondo histórico de este lugar. —Se miró el chaleco a cuadros y añadió—: Como puede usted ver. —Sonrió de nuevo—. Incluso he viajado a la isla de Lewis en compañía de varios historiadores de aquí. Quería ver cómo olía el humo de turba y a qué sabía el estofado de *guga*. —Se adelantó, le estrechó la mano y luego señaló la lápida—. ¿Es algún pariente?

—Mi tatatarabuelo.

—Pues, en ese caso, estoy más que contento de haberlo conocido, monsieur. En el hostal tengo toda una colección de papeles y objetos relacionados con él. Su antepasado era una auténtica celebridad. Me parece que incluso tengo una fotografía suya.

—¿En serio? —A Sime le costaba trabajo creerlo.

—Sí, totalmente en serio. Venga a tomarse un café. Veré si la encuentro.

Mientras servía para los dos café recién hecho en una vieja cafetera, el propietario del hostal puso a Sime al día:

—La tierra de su antepasado, y su casa, estaban situadas en el antiguo camino que se dirigía hacia el sur, a unos ochocientos metros del pueblo. En la actualidad ya no queda nada, por supuesto. Por lo visto, el tipo que lo acompañaba cuando vino aquí no llegó a hacer nada con su parcela.

Sime alzó la vista con súbito interés.

—¿El irlandés?

—Sí, el mismo. Era muy poco frecuente que un irlandés se estableciese en estas comarcas.

—Y, según acaba de decirme, no llegó a hacer nada con su parcela.

—No.

—¿Y qué fue de él, entonces?

El dueño del hostal se encogió de hombros.

—Ni idea. Cuentan que un año se fueron los dos a talar árboles y que sólo regresó uno de ellos. Pero no lo sé a ciencia cierta. —Se puso de pie—. Voy a ver si encuentro esa foto.

Desde su asiento junto a la ventana, mientras bebía despacio su café, Sime paseó la mirada por el interior del local. La pared de un lado estaba literalmente forrada de fotografías antiguas y cabezas de ciervo, y la del otro se veía abarrotada de toda clase de objetos y recuerdos de todo tipo. Sobre un mostrador igualmente atestado, descansaba una antigua cafetera, y a través del tablero abatible se veía la cocina, al fondo. Aquel hostal, según le había dicho el dueño, se había levantado en el lugar que ocupaba la antigua tienda de comestibles de Gould, construida por un inmigrante de las Tierras Altas.

Cuando volvió, traía en la mano un álbum repleto de fotografías descoloridas de personas que habían fallecido mucho tiempo atrás, y fue pasando las páginas hasta que encontró la que estaba buscando.

—Ahí lo tiene —dijo, poniendo el dedo en una instantánea tan desvaída por el paso del tiempo que costaba trabajo distinguir la figura que aparecía en ella.

Pero Sime vio que era el retrato de un hombre anciano, de barba larga, sentado en un banco. Su cabello era de un blanco níveo, y lo llevaba largo y peinado hacia atrás hasta la nuca, donde se rizaba en las puntas al rozar con el cuello de la chaqueta oscura, como su pantalón. También llevaba un chaleco y una camisa blanca que a duras penas se discernían en la foto. Estaba ligeramente inclinado hacia delante, con las dos manos, la derecha encima de la izquierda, apoyadas en la empuñadura de un bastón que sostenía recto frente a sí. Y allí, en el dedo anular, difícil de distinguir, estaba el anillo que llevaba ahora Sime en su mano derecha.

CAPÍTULO 44

I

El vuelo de Quebec a las islas de la Magdalena en el pequeño avión de pasajeros que hacía la ruta de ida y vuelta duró menos de dos horas. Sime iba sentado junto a una mujer de las islas que viajaba con sus dos hijos adolescentes. Los chicos, en los asientos delanteros, no paraban quietos. Llevaban gorras de béisbol con las viseras hacia arriba, e iban escuchando música en sus iPods y jugando a videojuegos. La mujer dirigió una mirada a Sime medio contrita, como pidiéndole disculpas por la conducta de sus hijos. Como si a él le importara.

Poco después del despegue, había cerrado los ojos, que le ardían de cansancio, y había estado a punto de dormirse. Pero lo reanimó el anuncio del piloto, que, haciéndose oír por encima del rugido de los motores, pidió perdón por las turbulencias que habían encontrado durante el vuelo e informó a los pasajeros de que se aproximaba una tormenta. No era del mismo grado que los restos del huracán Jess, que había azotado las islas durante la primera visita de Sime, pero era probable que la tormenta, según indicó el piloto, con vientos huracanados y fuertes precipitaciones, cayera sobre las islas al final del día.

Cuando el avión inició el descenso final hacia Havre-aux-Maisons, viró hacia la izquierda, y ello permitió a Sime ver los nubarrones de tormenta que empezaban a acumularse en el suroeste. Poco después, cuando el aparato giró en redondo para aterrizar, Sime vislumbró una vez más Entry

Island, muda centinela de la bahía, allá a lo lejos. Como una sombra siniestra y uniforme que estaba esperándolo, recortada en la luz gris que precedía al temporal. Sólo unos días antes, había creído que ya no iba a volver a verla nunca más, y sin embargo allí estaba, regresando a ella de nuevo. Para intentar resolver lo que parecía un misterio irresoluble. Para rectificar lo que él consideraba un error de la justicia. Algo que, con toda probabilidad, le haría perder su trabajo.

Este último pensamiento le causó la misma sensación de fatalidad que había experimentado en su primera visita.

En el aeropuerto cogió un coche de alquiler y salió por el Chemin de l'Aéroport para incorporarse a la autopista 199 Sur. Comenzaron a caer las primeras gotas, y los gastados limpiaparabrisas las barrieron de inmediato, pero no hicieron más que emborronar el cristal sucio de grasa. Sime parpadeó, como si de esa forma pudiera limpiarlo. Estaba consumido por el cansancio.

El coche iba dando brincos y salpicando el agua de los baches de la carretera, que daba un rodeo para evitar las obras del puente nuevo. Luego cruzó hacia Cap-aux-Meules por la vieja y oxidada estructura de vigas que había prestado servicio a los isleños a lo largo de dos generaciones. Para cuando llegó a las oficinas de la Sûreté de Police, la lluvia estaba ya azotando la bahía, impulsada por un viento que iba ganando intensidad.

El sargento *enquêteur* Aucoin se sorprendió al verlo.

—La detenida acaba de regresar, no hace ni media hora, del Palais de Justice de Havre-Aubert —le informó al tiempo que recorrían el pasillo—. El juez no ha podido venir, así que se ha hecho todo con cámaras de vídeo. La señora Cowell se ha declarado inocente, por supuesto.

—¿Y?

—Será encarcelada de nuevo en Montreal, en prisión preventiva a la espera de juicio. Mañana la trasladarán al continente. —Luego bajó la voz y agregó—: No tengo inconveniente en reconocer que nos alegramos de que se la lleven de aquí. Esto no está diseñado para retener a los presos durante mucho tiempo, y menos aún si son presas. —Se detuvieron frente a la puerta de las celdas—. Pero ¿para qué quiere verla?

Sime titubeó. No tenía derecho a estar allí, ni autoridad para interrogar a un acusado. Pero en la Sûreté de Cap-aux-Meules nadie tenía motivos para sospechar tal cosa.

—Hay novedades —respondió—. Necesito hablar con ella en privado.

Aucoin abrió la puerta y lo dejó pasar. Sime oyó cómo volvía a girar la llave en la cerradura, a su espalda. Las dos celdas estaban abiertas. Kirsty, sentada en su camastro con las piernas cruzadas, estaba rodeada de papeles y libros. Se volvió hacia él con expresión cansada. Llevaba puesta una simple camiseta, unos vaqueros y unas zapatillas deportivas. Se había retirado el pelo de la cara y se lo había recogido en una coleta floja. Sólo habían pasado unos días, pero ya había adelgazado y su piel había adoptado un tono grisáceo.

Su expresión inicial de indiferencia dio paso a otra de ira cuando se dio cuenta de quién era la persona que había ido a verla.

—¿Viene a regodearse?

Sime negó con la cabeza y entró en la celda. Despejó un poco la cama para sentarse, y la detenida lo miró con cara de pocos amigos.

—Quiero hablar con usted.

—No tengo nada que decir.

—Esto no es una visita oficial.

—Pues entonces, ¿qué es?

Sime respiró hondo.

—Ayer vi un cuadro en el que aparecía usted retratada.

Kirsty entornó los ojos.

—Nunca me han hecho ningún retrato. Por lo menos, que yo sepa. ¿Dónde ha visto ese cuadro?

—En el desván que tiene mi hermana encima del garaje de su casa, en la localidad de Bury, en los Cantones del Este. Lo pintó mi tatatarabuelo, y estaba colgado en casa de mi abuela, en la pared de la chimenea, cuando éramos pequeños y nos leía relatos. —Alzó la mano derecha—. Este anillo perteneció a mi tatatarabuelo.

Kirsty lanzó un resoplido de desprecio.

—Mire, si esto es una especie de treta para que reconozca haber asesinado a mi marido, no va a funcionar.

—No es ninguna treta, Kirsty.

A continuación, Sime sacó su teléfono móvil y tocó la pantalla para enseñarle la foto que había tomado la noche anterior en el desván de su hermana.

Kirsty la miró con gesto hosco, y Sime vio cómo iba cambiándole la expresión. No fue un cambio súbito, sino gradual, como si la impresión que le causaba ver aquello fuera socavando lentamente su resistencia. Entreabrió los labios, y sus ojos se agrandaron de forma casi imperceptible. Entonces alargó una mano para coger el teléfono y examinar la fotografía más de cerca. Finalmente, levantó la vista y preguntó:

—¿Cómo ha hecho esto?

—Yo no he hecho nada. Es el cuadro que tenía mi abuela en casa, encima de la chimenea, cuando yo era pequeño. —Calló unos instantes—. Estaba seguro de que la conocía, Kirsty. Lo estuve desde el primer momento en que la vi.

Los ojos de Kirsty buscaron los suyos. Tal vez intentaba recordar el primer encuentro entre ambos, cuando ella bajó por la escalera de la casa de verano y se lo encontró a él, esperándola para entrevistarla.

Miró de nuevo el teléfono.

—Pura coincidencia. Un parecido espectacular, pero no soy yo.

—Si le hubiera mostrado esta foto sin más y le hubiera preguntado si era usted, ¿qué habría contestado?

—Es precisamente lo que ha hecho. Y ya le he dicho que la persona de ese retrato se parece a mí, pero que no soy yo.

—Vuelva a mirarla. Lleva un colgante de color rojo.

Kirsty, de mala gana, volvió a fijarse en la foto. Sime vio cómo iba sonrojándose paulatinamente, pero mantenía los labios apretados en un gesto de obstinación.

—No es más que eso, un colgante de color rojo. No hay nada que diga que es el mío.

Sime recuperó su teléfono, lo apagó y se lo guardó en el bolsillo.

—Usted me dijo que su tatatarabuela McKay era escocesa.

—Me parece que le dije que probablemente era escocesa. No lo sé, nunca lo he investigado. Que yo sepa, sus padres eran de Nueva Escocia, casi con toda seguridad eran inmigrantes escoceses. Pero no sé decirle si ella había nacido en Escocia, en Nueva Escocia o aquí. Es algo que nunca me ha interesado lo suficiente para averiguarlo. Si quiere saber más acerca de la historia de mi familia, aunque no alcanzo a entender por qué, tendría que preguntar a Jack.

—¿A su primo?

—Es un fanático de la genealogía. Se pasa horas buscando datos de la familia en internet. Últimamente, ha estado dándome la lata para que le dejase ver los papeles que han ido pasando de una generación a otra en mi rama de la familia.

—Tenía entendido que ustedes dos no se habían visto mucho.

—Y así es. Mi primo no ha visto ni la mitad de las cosas que tengo en casa. Claro que tampoco necesita verlas. Por lo que parece, no hay mucho que él no conozca ya. —Sonrió con tristeza—. Nunca ha comprendido mi falta de interés.

Sime se dio cuenta de que a Kirsty le había sucedido lo mismo que a él. Siempre había sentido indiferencia hacia su pasado, no había prestado ninguna atención a sus raíces. Y, al igual que él, había luchado por encontrar su sitio en un mundo que vive sólo para el presente, en el que la cultura es un bien prescindible, por muchas generaciones que se hayan necesitado para darle forma.

—¿De dónde le viene a usted esa obsesión por no salir de Entry?

Kirsty se volvió bruscamente.

—¡No es una obsesión! Es un sentimiento.

—Usted comentó que su madre también era reacia a abandonar la isla.

—Igual que mi abuela. No me pregunte por qué, no tengo ni idea. —Se le estaba agotando la paciencia con el señor Mackenzie—. A lo mejor lo llevamos en el ADN.

—¿Y su antepasada, Kirsty McKay?

—Que yo sepa, tampoco abandonó nunca la isla. —Se puso de pie—. Oiga, me gustaría que se marchase. Mañana me trasladarán a una prisión del continente, y quién sabe cuánto tiempo tardarán en llevarme a juicio. Además, no veo ninguna manera de demostrar mi inocencia, así que lo más probable es que pase el resto de mi vida detrás de unos barrotes. Gracias a usted.

Sime quería hablarle del Sime Mackenzie de Baile Mhanais y de la Ciorstaidh de la que se enamoró en una remota isla de las Hébridas en otro siglo. Quería hablarle de las penurias que lo hicieron emigrar a Canadá, y de que, muchas generaciones más tarde, él, su tatataranieto, había terminado yendo a Entry Island y encontrándose por casualidad con una mujer llamada Kirsty que era casi idéntica en todos los sentidos a la Ciorstaidh que su antepasado había perdido en un muelle de Glasgow.

Pero ya sabía cómo iba a sonar todo aquello, y no tenía ningún modo racional de explicárselo. Incluso aunque ella se hubiera mostrado un poco receptiva. Porque en aquel momento lo único que percibía Sime era hostilidad. Se levantó y la miró a los ojos de una forma tan directa que ella tuvo dificultades para mantener el contacto visual y terminó por desviar la mirada.

Como policía, sabía que todas las pruebas del asesinato de su marido apuntaban a Kirsty. Pero también sabía que la mayoría de ellas eran circunstanciales, y a él nunca le habían parecido consistentes. Puro instinto. O tal vez algo menos tangible todavía. En lo más profundo de su ser, sabía que conocía a Kirsty Cowell y que aquella mujer no era capaz de cometer un asesinato.

—Kirsty —le dijo—, ¿cómo pudo usted acabar con restos de piel de su marido bajo las uñas?

—Ni idea. Debí de arañarlo mientras forcejeaba para quitarle al asesino de encima. —Volvió la vista hacia el suelo—. Váyase, por favor.

Pero, para su sorpresa, Sime le cogió las manos y se las apretó con fuerza.

—Kirsty, míreme.

Ella levantó la mirada y obedeció.

—Míreme a los ojos y dígame que usted no lo mató.

Kirsty retiró las manos.

—¡Yo no lo maté! —gritó, y su voz reverberó por la diminuta celda.

Sime continuó perforándola con la mirada.

—La creo.

Ella pareció confusa.

—Mañana iré a Montreal con usted, y haré lo que sea necesario para demostrar que es inocente.

II

La lluvia azotaba sin piedad el parabrisas cuando regresó a la autopista 199 para dirigirse hacia el sur. No tenía ni idea de si Jack Aitkens seguiría o no trabajando en el turno de noche, pero se tardaba menos en ir a su casa de Havre-Aubert, para averiguarlo, que en dirigirse hacia el norte para ir a las minas de sal. Además, si todavía estaba trabajando bajo tierra, no podría hablar con él hasta pasadas las seis.

Aún era mediodía, pero había tan poca luz diurna que todos los vehículos llevaban encendidos los faros, y formaban un deslumbrante enjambre de luces amarillas y rojas que se reflejaba en el asfalto mojado de la carretera.

Sime subió la cuesta de la colina y vio cómo los cables del tendido eléctrico se mecían en lo alto con el viento. No supo qué fue lo que atrajo su atención, pero, nada más pasar el aparcamiento del supermercado Cooperative, miró a la izquierda y vio un rostro conocido. Un rostro captado por el destello momentáneo de los faros de un coche. La blanca piel, iluminada por una amplia sonrisa, contrastaba sobre el negro de la tela del paraguas. Al momento siguiente desapareció, cuando el paraguas se inclinó en contra del viento.

Era Ariane Briand. Y no iba sola. La acompañaba Richard Briand, rodeándola con el brazo y compartiendo el paraguas con ella.

Sime pisó el freno y giró violentamente a la izquierda para colarse por la segunda entrada del estacionamiento.

Oyó varios bocinazos entre la lluvia, y alcanzó a vislumbrar una cara que lo miraba con enfado desde el interior de un coche. Aminoró la velocidad y comenzó a circular entre las hileras de vehículos aparcados, en dirección a donde había visto a la pareja, esforzándose para ver algo a través del movimiento de los limpiaparabrisas.

Allí estaban, todavía debajo del paraguas, metiendo una cesta de la compra en el maletero de un coche, acurrucados el uno junto al otro para no mojarse. En aquella última reunión, fue el propio Crozes quien dijo que Briand era quien más tenía que ganar con la muerte de Cowell. Y aun así, en ningún momento lo había considerado sospechoso porque su mujer le había proporcionado una coartada. Incluso él mismo, Sime, lo había descartado, porque la noche en que sufrió la agresión en Entry, Briand se encontraba en Quebec. O eso fue lo que dijo. En realidad, nadie lo había comprobado. Su esposa y él afirmaron haberse aislado del mundo en su hotel, pero no había ninguna prueba de que aquello fuera verdad. Lo único que tenían los investigadores era su palabra.

Y como toda la atención estaba centrada en Kirsty Cowell, el resto de las posibilidades simplemente se ignoraron.

Sime repasó los hechos mientras las ventanillas del coche empezaban a empañarse. Arseneau había ido a buscar a Briand el mismo día que el equipo llegó a la isla, por la tarde. Al inicio de la investigación. La secretaria de Briand le aseguró que el alcalde se había ido a Quebec aquella mañana, pero que él mismo había reservado los billetes y el hotel, de modo que nadie sabía dónde localizarlo. ¿Alguien había confirmado con las líneas aéreas siquiera que Briand había salido de la isla?

Limpió el parabrisas empañado a tiempo para ver a Ariane Briand y a su marido riendo, sorprendidos de forma inesperada por la lluvia cuando su paraguas se dio la vuelta por la fuerza del viento. Briand se inclinó para darle un beso rápido, y después los dos corrieron cada uno a un lado del coche para meterse dentro a toda prisa.

Entonces Sime sacó el teléfono y buscó en Google el nombre del hotel donde se había alojado Briand en Quebec. Apareció la página web y un número de contacto. Lo marcó, y esperó mientras sonaba un teléfono situado a mil doscientos kilómetros de allí.

—Hotel Saint-Antoine. Recepción. ¿En qué puedo servirle?

—Soy el sargento *enquêteur* Sime Mackenzie, de la Sûreté de Montreal. Recientemente han tenido ustedes a un cliente alojado en el hotel que se llama Richard Briand. Quisiera comprobar la fecha en que llegó, por favor.

—Un momento, sargento.

Sime observó cómo el coche de los Briand salía del aparcamiento, se incorporaba a una calle lateral y después cogía la autopista.

—Sargento. Sí, monsieur Briand se registró el día veintiocho y se marchó ayer.

Sime colgó. El 28 era el día antes de que Blanc y él fueran a Quebec para interrogarlo. ¿Dónde habían estado Ariane y él los dos días anteriores, si no habían estado en el hotel? ¿Se había marchado Briand de las islas antes del día 28? Porque, de no ser así, era muy posible que el individuo que lo había agredido hubiera sido Briand. Tenía que llamar a las líneas aéreas para confirmar sus idas y venidas de Havre-aux-Maisons. Sería lo primero que haría al día siguiente, antes de acompañar a Kirsty a Montreal.

La posibilidad de que los Briand pudieran haber mentido le aceleró el pulso. Aun así, en el fondo de su mente seguía atormentándolo la misma duda de siempre. Aunque Briand no estuviera en Quebec como afirmaba, ¿por qué lo agredió a él?

III

La lluvia ya había amainado un poco cuando Sime enfiló la estrecha franja de tierra que discurría directamente en sentido sur, hacia Havre-Aubert. Las olas rompían a lo largo de la playa de la Martinique, a su izquierda. A su derecha, el viento erizaba la superficie de la Baie du Havre-aux-Basques, que quedaba protegida de la embestida de la tormenta gracias a las dunas de arena que crecían en su perímetro occidental. En aquella zona, varios amantes del *kite surf* habían salido a disfrutar del potente viento del suroeste.

Mientras conducía, iba ensimismado pensando en el matrimonio Briand, pero cuando comenzó a aproximarse a La Grave, ubicada en la punta sureste de la isla, se obligó a concentrarse en la carretera.

La casa de Jack Aitkens estaba a tiro de piedra del Palais de Justice, el mismo lugar en el que, tan sólo unas horas antes, Kirsty Cowell había comparecido por primera vez ante el tribunal. Era una casa isleña típica, de color granate y crema, con un tejado fuertemente inclinado y grandes aleros. Tenía una galería cubierta que la recorría por el frente y el costado sur, hasta el porche de la entrada, situado en la esquina sureste. A diferencia de las otras casas desperdigadas por los alrededores, la de Aitkens necesitaba una mano de pintura. El jardín, aunque era pequeño, estaba lleno de malas hierbas, y la casa entera transmitía un aire de descuido.

Sime aparcó en el camino y subió a buen paso por el sendero que llevaba hasta la veranda, para refugiarse de la lluvia. Como no encontró ningún timbre, dio unos golpes con los nudillos. Sin embargo, en el interior de la vivienda no hubo movimiento alguno. No había luces encendidas, y tras echar una ojeada alrededor, tampoco vio rastro del coche del propietario. Al parecer, no había tenido suerte: Aitkens había dejado el turno de noche y ahora trabajaba de día.

—¿Está usted buscando a Jack?

Sime se volvió y se encontró con un individuo de mediana edad que le hablaba desde la casa de al lado. Estaba trabajando en el motor de un camión viejo, resguardado de la lluvia bajo una marquesina adosada a la vivienda.

—Sí, supongo que debe de estar en la mina.

—No, trabaja en el turno de noche. Ha bajado al puerto deportivo a amarrar bien su barco. Con el temporal que se avecina, toda precaución es poca.

• • •

La calle principal discurría por encima de una lengua de tierra que se curvaba alrededor de un minúsculo puerto protegido por el recodo que formaba el dedo largo y huesudo de Sandy Hook. A ambos lados de la calle había una serie de edificios de madera y ladrillo: tiendas, bares, restaurantes, un museo, pisos de alquiler para vacaciones. Justo detrás, al resguardo de La Petite Baie, había un diminuto puerto deportivo que acogía una pequeña colección de veleros y barcos de pesca. Estaban todos amarrados a ambos costados de un largo pantalán que subía y bajaba en el mar agitado.

Aitkens estaba amarrando su barco por delante y por detrás a un pantalán de acceso. Era un pesquero de siete metros y medio, dotado de un motor intraborda y una pequeña cabina que por lo menos protegía al patrón de los elementos. Había visto días mejores.

El primo de Kirsty estaba acuclillado junto a un cabrestante, ocupado con los cabos, y al ver acercarse a Sime levantó la vista. Pareció sorprenderse al verlo allí, y de inmediato se puso de pie.

—¿Qué ocurre? ¿Le ha pasado algo a Kirsty? —Tuvo que levantar la voz por encima del viento y del tableteo de los cables de acero contra los mástiles.

—No, Kirsty está bien.

Aitkens frunció el ceño.

—Creía que ya se habían marchado a casa.

—Y así era —replicó Sime—, pero yo aún no he terminado aquí.

—Van a trasladar a Kirsty a Montreal —dijo Aitkens, pensando que Sime no lo sabría aún.

—¿Estuvo usted en el juzgado?

—Claro, está a un par de minutos de donde vivo. —Se quedó unos instantes callado, y luego añadió—: Pero no hay muchas pruebas contra ella, que digamos.

Sime asintió.

—Ya lo sé.

Aitkens pareció sorprenderse.

—¿En serio?

—Necesito hablar con usted, monsieur Aitkens.

Consultó el reloj.

—La verdad es que no tengo tiempo.

—Le agradecería que me dedicase unos minutos. —El tono que empleó Sime transmitía la clara impresión de que aquello era algo más que una petición.

Aun así, se preguntó por qué la primera reacción de Aitkens no había sido querer saber de qué quería hablar con él. Era casi como si ya lo supiera.

—Está bien, pero aquí no —repuso Aitkens—. Vamos a tomar un café.

La mayoría de las tiendas y los restaurantes de la calle principal permanecían cerrados por la temporada baja; en cambio, el Café de la Grave estaba abierto, y lo iluminaba un resplandor amarillo que se proyectaba hacia el tono ocre de la tarde. No había clientes, sólo varias filas de mesas de madera y sillas pintadas. Las paredes estaban forradas de madera y adornadas con coloridos cuadros infantiles de peces y flores. El menú escrito con tiza en una pizarra ofrecía para el almuerzo «*Quiche à la Poulet*» o «*Penne sauce bolognese à la merguez*». Sime y Aitkens tomaron asiento junto a un viejo piano de pared, y pidieron dos cafés. A Aitkens se lo notaba incómodo, y no dejaba de juguetear, nervioso, con los dedos sobre la mesa.

—Bueno, ¿y de qué quiere hablar conmigo? —Por fin hizo la pregunta.

—De la historia de su familia.

Aitkens miró a Sime con el ceño fruncido. Reflexionó unos instantes y luego preguntó:

—¿Es una línea de investigación oficial? —Su tono era hostil.

Al fin y al cabo, Sime era el agente que había detenido a su prima y la había acusado de asesinato.

Sime se quedó descolocado por espacio de unos segundos, pero no pudo mentir.

—Mi interés es más personal que profesional.

Esta vez, Aitkens ladeó la cabeza y escudriñó a Sime con suspicacia y confusión al mismo tiempo.

—¿Qué le interesa? ¿La historia de mi familia?

—Bueno, la que me interesa es la de Kirsty, más que la suya. Pero supongo que tendrán una gran parte en común. Ella me ha dicho que la genealogía es una obsesión para usted.

—Yo no lo llamaría «obsesión» —replicó Aitkens a la defensiva—. Es una afición. ¿Qué diablos puede hacer, si no, un hombre cuando no trabaja? Con mi horario y mi padre en el hospital geriátrico, no soy lo que se dice un soltero cotizado, ¿no le parece? Aquí los inviernos no sólo son duros, además son muy largos y solitarios.

—Dígame, ¿hasta dónde ha logrado remontarse en la investigación de sus ancestros?

Aitkens se encogió de hombros.

—Hasta bastante atrás.

—¿Hasta su tatatarabuela?

—¿Cuál de ellas?

—La que está enterrada en el cementerio de Entry. Kirsty McKay.

Aitkens frunció el ceño en una mueca extraña y examinó el rostro de Sime durante un buen rato, hasta que el silencio empezó a resultar casi violento.

—¿Qué pasa con ella? —dijo por fin.

—¿Qué sabe usted de sus orígenes?

Esta vez, Aitkens sonrió.

—No fue una tarea fácil, monsieur Mackenzie. Cuando alguien naufraga e inicia una nueva vida, puede resultar sumamente difícil esclarecer su pasado.

Sime sintió que se le aceleraba el corazón.

—Pero ¿usted lo esclareció?

Aitkens asintió con la cabeza.

—Su barco se hundió justo frente a Entry en la primavera de 1848. Fue directo hacia los arrecifes en mitad de una tormenta. Había zarpado de Escocia y se dirigía a Quebec. Ella fue la única superviviente. La sacó del agua una familia que vivía en los acantilados del extremo sur de la isla. En aquella época, no había faros en estas islas. Según parece, su estado era un tanto delicado. La familia la acogió en su casa y la cuidó hasta que recobró la salud, y mi tatatarabuela terminó quedándose a vivir allí con ellos, casi como una especie de hija adoptiva. De hecho, jamás salió de la isla. Cinco años después, se casó con uno de los hijos, William.

—Y así fue como acabó adoptando el apellido McKay, que era el de sus padres. Sólo que no eran sus padres verdaderos.

—Eran sus suegros. Pero, como ella no tenía padres, era prácticamente como si fuera su hija de verdad.

Aquello explicaba la inscripción que figuraba en la lápida.

—¿Y qué ocurrió con sus padres verdaderos? ¿Fallecieron en el naufragio?

—No, viajaba sola. Al parecer, a consecuencia del trauma sufrió una pérdida de memoria transitoria, y al principio no sabía bien quién era ni de dónde venía. Pero poco a poco fue recuperando la memoria. Primero de forma fragmentada. Escribía cosas en un cuaderno a medida que iba recordándolas. Para ella, era una manera de hacer que parecieran reales. Ese cuaderno ha ido pasando de generación en generación, de padres a hijos. Yo lo encontré en un baúl de recuerdos antiguos que guardaba mi padre en el desván. No tenía ni idea de que estuviera allí, hasta que ingresó en el hospital.

Sime estaba teniendo dificultades para controlar su respiración y disimular lo emocionado que estaba.

—¿Y averiguó finalmente quién era su tatatarabuela?

Aitkens hizo una mueca y soltó un resoplido.

—¿Se puede saber qué diablos tiene que ver todo esto con la detención de Kirsty?

—Usted dígamelo —le ordenó Sime.

Aitkens suspiró.

—Por lo visto, era la hija del *laird* de no sé qué comarca de las Hébridas Exteriores, en Escocia. Se había enamorado del hijo de un aparcero, cosa que en aquellos tiempos estaba totalmente prohibida. El padre se opuso a esa relación, y el hijo del aparcero, después de matar al hermano de ella en una pelea, huyó a Canadá. Ella vino poco después, con la esperanza de encontrarlo, pero naturalmente no dio con él.

—Kirsty Guthrie —dijo Sime.

Aitkens apretó la mandíbula y lo miró.

—Usted ya sabía todo esto.

Sime negó con la cabeza.

—No. Pero hay muchas cosas que acaban de encajar.

Aitkens se puso de nuevo a juguetear con los dedos sobre la mesa, nervioso.

—Llevo un tiempo intentando unir piezas con más precisión. Kirsty tiene muchos objetos personales que heredó de su madre. Los guarda en el sótano de la casa que construyó Cowell. Y llevo una eternidad pidiéndole que me deje verlos. —Hizo una mueca de resentimiento—. Pero ningún momento le venía bien. Sabe Dios qué ocurrirá ahora con esas cosas.

—¿Usted podría llevarme a Entry? —preguntó Sime de improviso.

Aitkens lo miró sorprendido.

—¿Cuándo?

—Ahora.

—¿Está loco? Se acerca un temporal.

—Todavía tardará una o dos horas en llegar.

Pero Aitkens negó con la cabeza.

—El mar está demasiado revuelto. —Luego consultó el reloj—. Y de todas formas, en nada tengo que irme. Sigo trabajando en el turno de noche de la mina.

—Lo entiendo. ¿Y conoce a alguien que pueda llevarme?

—Pero ¿para qué quiere ir a la isla ahora?

—Tengo que hacer un par de cosas. —Sime estaba haciendo un gran esfuerzo por conservar la calma—. Me gustaría echar una ojeada a esos objetos que guarda su prima en el sótano. Además... —Titubeó—. No creo que su prima matase a su marido.

—¡Joder! ¡Si fue usted quien la detuvo!

—Ya lo sé, pero me equivoqué. Nos equivocamos todos. Hay algo que se nos escapa. Algo que probablemente hemos tenido todo el tiempo delante de nuestras narices. Quiero echar otro vistazo a esa casa.

Aitkens se puso de pie, y el ruido que hizo al arrastrar la silla reverberó en el silencio que reinaba en la cafetería.

—Usted mismo. Pero si de verdad está decidido a ir a la isla esta noche, a quien tal vez pueda convencer para que lo lleve es a Gaston Boudreau. Siempre que lo unte bien de dinero.

—¿Y ése es...?

—El tipo al que le requisaron el barco durante la investigación.

CAPÍTULO 45

Sime se aguantaba apoyado firmemente en un costado de la cabina mientras el barco pesquero de Gaston Boudreau subía y bajaba en el oleaje, que era considerable incluso dentro de los muros del puerto.

Boudreau estaba de pie en la puerta de la cabina, y al parecer la idea de llevar a Sime hasta Entry teniendo la tormenta encima no lo preocupaba. Sin embargo, aquella petición le parecía sorprendente.

—¿No puede esperar hasta mañana, monsieur? Para entonces, el temporal ya habrá pasado y podrá tomar el ferry.

Pero Sime quería estar con Kirsty a bordo del avión cuando éste despegara a las doce del mediodía. De modo que aquella noche era la última oportunidad que tenía de echar otro vistazo a la casa y de examinar los papeles de la familia que estaban guardados en el sótano. Además de eso, sabía que probablemente sería incapaz de dormir y que en las largas horas de vigilia en la oscuridad no dejaría de pensar en todo aquello.

—¿Cuánto tiempo tardaremos? —fue lo único que respondió.

—¿Cuánto ofrece?

Su oferta inicial de doscientos dólares hizo reír al pescador.

—Si restamos el coste del combustible, me queda una verdadera mierda —repuso—. Quinientos.

—Trato hecho.

Sime habría pagado el doble. Boudreau se percató de ello al ver lo deprisa que aceptaba, e hizo un gesto de disgusto cuando se dio cuenta de que podía haber sacado más.

—Deme un minuto.

Boudreau entró en la cabina y cerró la puerta. Sime vio que estaba haciendo una llamada por el teléfono móvil. Mantuvo con su interlocutor una conversación que duró unos treinta segundos, después colgó y volvió a guardarse el móvil en el bolsillo. Abrió la puerta y dijo:

—Muy bien, tenemos luz verde. Vámonos.

Acto seguido, se metió de nuevo en la cabina para arrancar el motor, y Sime entró detrás de él.

—¿A quién ha llamado?

—Al propietario, naturalmente.

—Ah, tenía entendido que el barco era suyo.

Boudreau soltó una carcajada.

—¡Ojalá fuera así!

—¿Y quién es el propietario, entonces?

Boudreau contestó al tiempo que el GPS y el sonar cobraban vida.

—Briand, el alcalde.

Quince minutos después de salir del puerto, Sime ya había dejado a un lado todas las elucubraciones que pudiera haber empezado a hacer acerca de Briand, porque la perentoria sensación de mareo no le permitió pensar en nada más. Cuando llevaban recorrida la mitad de la bahía, ya estaba arrepintiéndose de haber querido realizar aquella descabellada travesía.

A Boudreau, en cambio, se lo veía en su salsa, allí de pie y con las piernas separadas, manejando el timón y moviéndose a la par que el barco. Sime se consoló al verlo tan relajado. Estaba oscureciendo rápidamente, y el cielo iba adquiriendo un amenazante color negruzco. No distinguieron Entry Island hasta que la tuvieron muy cerca: una forma oscura que emergió de pronto entre la espuma y las crestas de las olas, y que llenó su campo visual.

En las inmediaciones de la isla, el mar estaba menos turbulento, de modo que entraron sin problemas en la relativa calma del pequeño puerto mientras el viento desahogaba su furia azotando las escolleras de hormigón que lo protegían.

Boudreau maniobró para acercar su barco al muelle con la pericia de un patrón experto y saltó a tierra para amarrarlo con un cabo. A continuación, cogió a Sime de la mano para ayudarlo a guardar el equilibrio y salvar de un salto el hueco que había entre el pesquero y tierra firme.

—¿Quiere que me quede a esperarlo para llevarlo de vuelta? —ofreció con una sonrisa de oreja a oreja, gritando para hacerse oír por encima del aullido del viento.

—¡No, por Dios! —le respondió Sime, gritando él también—. ¡Váyase a casa antes de que estalle la tormenta! ¡Yo volveré mañana por la mañana en el ferry!

Sime sólo estudió la nueva situación por primera vez cuando Boudreau salía ya del puerto y las luces de su barco fueron devoradas por la oscuridad. En lo único en que se había concentrado hasta aquel momento era en llegar hasta allí, y ahora que lo había conseguido, sintió que una avalancha de emociones ahogaba en él todo pensamiento coherente. Se había obligado a no pensar en lo que le había contado Aitkens, porque casi le daba miedo enfrentarse a las implicaciones de lo que ahora sabía.

Kirsty Cowell era la tatataranieta de Kirsty Guthrie, que había embarcado en otro barco para ir en busca de Simon y había terminado naufragando en aquella diminuta isla perdida en medio del golfo de San Lorenzo. Esperó y esperó, porque Simon le había prometido que, estuviera donde estuviese, la encontraría. Pero Simon nunca apareció, y al final ella se casó con otro hombre, igual que él se casaría con Catrìona Mackinnon.

Lo único que había sobrevivido tanto al paso del tiempo como al de las sucesivas generaciones era el anillo que Kirsty había dado a Simon y el colgante que ella siempre llevó en el cuello.

Sime permaneció de pie en el muelle, dejando que la lluvia le azotase el rostro, intentando asimilar el extraño giro del destino que había vuelto a reunirlos allí a Kirsty Cowell y a él.

Varios pescadores que estaban amarrando sus barcos para protegerlos del temporal dejaron de hacer lo que estaban haciendo y, formando un corrillo, lo observaron desde lejos. Cuando Sime se percató de su presencia, de pronto cohibido, dio media vuelta y echó a andar rápidamente, atravesando el resplandor, velado por la lluvia, de las farolas que iluminaban el puerto. De repente, una luz en la cabina de uno de los pesqueros le llamó la atención, y cuando pasó por su lado, salió de ella una figura que se volvió hacia Sime. La luz alumbró el rostro del pescador durante unos instantes. Era un rostro que reconoció al momento: el de Owen Clarke. Entonces Sime se subió la capucha, se la caló bien para abrigarse del viento y se apresuró a salir del puerto en dirección a Main Street.

El zumbido que producían los generadores situados en lo alto de la cuesta apenas se oía por encima del rugido del viento, contra el que Sime tuvo que luchar a lo largo de todo el camino, hasta que llegó a la iglesia. Junto a él pasaron un par de camionetas traqueteando y levantando el agua de los charcos. Sus faros iluminaban su silueta durante unos segundos, señalándola en la oscuridad, y después lo adelantaba el rugido de un motor hasta perderse de nuevo en la noche. En las pocas casas que se alzaban desperdigadas por la ladera había luces encendidas, pero no se veía ni un alma. Sime abrió la verja de la iglesia y, ayudándose con el resplandor del teléfono móvil, buscó la tumba de Kirsty McKay. Ahora ya sabía que, en realidad, se trataba de Kirsty Guthrie.

Permaneció unos instantes allí de pie, bajo la lluvia y el viento, contemplando la lápida, consciente de que bajo sus pies reposaban los huesos de Kirsty.

Igual que había hecho aquella otra mañana, se arrodilló ante la piedra y apoyó las dos manos sobre ella. Notó que sus pantalones se empapaban con la humedad del suelo. La piedra estaba fría y era áspera al tacto. Y de repente, con aquel gesto, experimentó la intensa sensación de estar cubriendo la distancia que separaba a aquellos desdichados amantes, de estar uniéndolos de nuevo después de todos aquellos años.

Pero también lo invadió un sentimiento de profunda congoja. Había vivido momentos apasionados en la piel de su antepasado. En su sueño, lo había sacrificado todo para estar con su Ciorstaidh. Y allí estaba ella, enterrada desde hacía ya tanto tiempo.

Se incorporó rápidamente. Le resultaba imposible distinguir las lágrimas de las gotas de lluvia.

De pronto, por encima del ulular del viento, llegó hasta él el bronco rugido de un motor, y se volvió a tiempo para ver la sombra de una figura que conducía un *quad* y que enseguida se perdió de vista por el otro lado de la colina.

Cuando llegó a la casa grande y pintada de amarillo que se encaramaba en lo alto de los acantilados, ya era noche cerrada. Durante todo el trayecto, había tenido que luchar contra el viento y sortear los charcos que prácticamente inundaban ya el camino. Llevaba la ropa empapada y temblaba de frío.

Aun así, no tomó el camino más corto. Dio un rodeo por detrás de la casa grande y cruzó hacia la casa de verano, la que originalmente había pertenecido a la familia McKay, el hogar en el que había crecido Kirsty Guthrie y donde con toda probabilidad, vivió más tarde con su esposo. La misma casa en la que, varias generaciones después, nació y se crió Kirsty Cowell. Pisando las mismas sendas que su antepasada, viendo las mismas cosas que había visto ella. Entry Island, que casi no había cambiado en doscientos años. Con el sol centelleando al otro lado de la bahía, iluminando las demás islas que formaban aquel archipiélago que se extendía sobre el horizonte. Seguro que sintió el mismo viento en el rostro y que recogió las mismas flores en las mismas colinas.

La puerta de la casa no estaba cerrada con llave, de modo que entró sin más. Encendió la lámpara de una mesa y comenzó a deambular en la penumbra tocando las cosas. Cosas que pertenecían a Kirsty Cowell. Un búho ornamental esculpido en un trozo de carbón. Un reloj antiguo que iba marcando lentamente los segundos sobre la repisa de la chimenea. Un libro que estaba leyendo Kirsty, depositado sobre una mesa de centro. Una taza de té que nadie había devuelto a la cocina. Y con cada contacto parecía intensificarse la conexión entre ambos, hasta que Sime ya no tuvo fuerzas para seguir soportándola.

Abrió la puerta de atrás, salió al porche y se dirigió, a la carrera, hacia la casa que había construido James Cowell. Los restos de la cinta que marcaba el escenario del crimen, ya hecha jirones, colgaban de una estaca de madera y ondeaban desordenadamente en el fuerte viento. La puerta del salón acristalado tampoco estaba cerrada con llave, de modo que la deslizó hacia un lado, penetró en el interior y buscó el interruptor. Las luces disimuladas alrededor del salón acristalado, la sala de estar y la cocina se encendieron con un parpadeo y proyectaron una iluminación suave entre las sombras. En el suelo aún seguían estando las manchas de sangre, ahora ya seca, y vio la silueta que Marie-Ange había señalado con cinta blanca en el lugar donde yacía el cadáver.

Sime se quedó largo rato allí de pie, empapando el suelo de parquet y contemplando aquel lugar. Trataba de reconstruir la escena exactamente como la había descrito Kirsty. La clara conclusión que uno podía sacar de su relato era que el objetivo del agresor era ella, y no James. El intruso la había atacado en la oscuridad del salón acristalado y después la había perseguido hasta la sala de estar y había intentado apuñalarla. Lo cual quería decir que si el objetivo de la agresión no era James, el agresor no pudo ser Briand. Porque, ¿qué motivo podía tener él para matar a Kirsty?

La única respuesta lógica era que Kirsty tropezó con el intruso por accidente, mientras James estaba en el piso de arriba. ¿No era posible que el intruso simplemente hubiera intentado hacerla callar, impedirle que diera la voz de alarma? ¿No era posible que sólo «pareciera» que la víctima era ella?

Por otra parte, si el objetivo era ella, y el agresor no fue Briand, el intruso no podía saber que Cowell iba a estar en la casa. Todo el mundo sabía que Cowell la había dejado y se había ido a vivir con otra mujer al otro lado de la bahía, de modo que habría sido una sorpresa que estuviera allí.

Súbitamente, se sintió inquieto, invadido por la sensación de estar a solas con los fantasmas, y además frustrado por no poder comprender las cosas con claridad. Abandonó el escenario del crimen, avanzó por el pasillo que conducía hacia el extremo más alejado de la casa y encontró un interruptor de la luz en la escalera que llevaba al sótano.

Allí, en las entrañas de la casa, costaba trabajo creer que fuera había estallado una tormenta. El único indicio de que el temporal había llegado ya y estaba descargando con todas sus ganas eran las pocas vibraciones que se notaban cuando el edificio recibía la sacudida de una racha de viento más fuerte que las otras.

Sime encontró un panel de interruptores y los accionó todos. El sótano entero se inundó del brillo de varios fluorescentes. Fue derecho al trastero que había visto en la visita anterior. Estaba repleto de cajas de cartón, y también había un par de baúles viejos y varias maletas de piel. Las estanterías que llenaban las paredes se combaban bajo el peso de libros, documentos y archivadores.

De repente, todo quedó a oscuras.

Sime permaneció inmóvil en el sitio, con el corazón desbocado. Incluso habría jurado que le parecía oír cómo latía su pulso en aquel denso silencio. La negrura era profunda, ni siquiera se veía las manos. Aguardó unos instantes, con la esperanza de que sus ojos se acostumbrasen a la oscuridad y pudiera por lo menos distinguir algo. Pero la negrura continuó envolviéndolo, blanda y espesa, y sintió como si de pronto se hubiera quedado ciego.

Alargó una mano para tocar la pared y fue avanzando a tientas hacia la puerta. La alcanzó antes de lo que esperaba, y estuvo a punto de chocar contra ella. Palpó la moldura y el marco de madera y, con cautela, salió a lo que sabía que era un amplio espacio abierto al fondo del cual estaba la escalera. Maldijo la tormenta, que ahora se oía más fuerte, a pesar de las capas de aislante que insonorizaban la casa. Era muy probable que, si se había caído el cableado, se hubiera ido la luz en toda la isla, o por lo menos en una parte de ella.

Un repentino fogonazo luminoso quedó impresionado en sus retinas, junto con la instantánea de todos los objetos que lo rodeaban. Un relámpago. Penetró por las ventanas de arriba, las de los muros de la casa, y se apagó con la misma rapidez con la que había llegado. Ahora, sin embargo, ya se había hecho una idea de dónde se encontraba exactamente, y enseguida se movió en dirección a la escalera. Tropezó con el primer peldaño y se hizo un rasguño en la rodilla al chocar con el segundo.

—¡Mierda!

Esperó unos momentos a que cediera un poco el dolor y luego comenzó a subir, palpando las paredes a un lado y a otro para ayudarse. Seguía sin ver nada. Al llegar a lo alto de la escalera, estalló otro relámpago que iluminó toda la casa. Y de nuevo se sirvió de la imagen que el resplandor dejó a su paso para guiarse hasta el salón principal.

Allí se detuvo, y por primera vez tomó conciencia de la alarma que había empezado a sonar a lo lejos, en el interior de su mente. Por los ventanales del salón acristalado vislumbró la casa de verano y la lámpara de mesa que él mismo había encendido en el cuarto de estar y que no se había apagado. Entonces se volvió hacia los otros ventanales y vio parpadear a lo lejos las luces de otras viviendas. La única que se había quedado sin electricidad era la de Cowell. O se había quemado un fusible, o alguien había desconectado el suministro. Y aunque hubiera sido capaz de ver por dónde iba, no tenía ni idea de dónde se encontraba la caja de los fusibles.

Permaneció completamente inmóvil, escuchando a oscuras, sin oír nada más que el fragor de la tormenta en el exterior. Pero había algo que le producía un hormigueo en todas sus terminaciones nerviosas: la aguda sensación de que no estaba solo. Unos minutos antes de que se fuera la luz, se había sentido inquieto por la imaginaria presencia de los muertos. Ahora, ya fuera porque percibía el calor que despedía un cuerpo o un levísimo olor, todos sus instintos le advirtieron de que en aquella casa había alguien más. Aparte de Boudreau, tan sólo un puñado de personas sabían que estaba allí: Aitkens y Briand; los pescadores que había visto en el puerto, entre ellos Owen Clarke, y la persona a la que había visto con el *quad* cerca del cementerio, que tal vez fuera Chuck. De todos ellos, a su modo de ver, el único que tenía motivos era Briand. Y si se eliminaba la coartada que le había proporcionado su mujer, había tenido la oportunidad de matar a Cowell y atacarlo a él.

De pronto, se reprendió a sí mismo por ser tan idiota. Apenas media hora antes, se había servido del resplandor de su teléfono móvil para encontrar la tumba de Kirsty Guthrie, y llevaba los últimos minutos avanzando a trompicones en la oscuridad cuando en el bolsillo tenía una fuente de luz perfectamente utilizable. Manoteó para sacar el móvil y lo encendió.

Al hacerlo, apareció una cara cubierta por un pasamontañas a menos de medio metro de él y la hoja de un cuchillo que se alzaba con rapidez.

Dejó escapar un grito de espanto, y al ir a agarrar la mano con que su agresor empuñaba el arma se le cayó el teléfono al suelo y la luz se apagó. Lo único que quedó impreso en su mente fue la forma de dos ojos oscuros y relucientes en las aberturas de un pasamontañas.

Sintió que la navaja lo alcanzaba en el hombro, penetrando profundamente en el músculo hasta llegarle al hueso. La descarga de dolor se le extendió por el cuello y el brazo, pero como tenía agarrado a su agresor por la muñeca con una mano, lanzó un puñetazo a ciegas, apuntando a la oscuridad. Sintió el fuerte choque de hueso contra hueso, y oyó que el otro lanzaba un grito de dolor. Entonces se revolvió y arremetió hacia delante con todo su peso para obligar a su adversario a retroceder, hasta que el intruso perdió el equilibrio en los tres escalones que bajaban al salón acristalado. Ambos cayeron al suelo, Sime encima del otro, y se oyó el repiqueteo del arma rodando por el suelo. El peso de Sime hizo que su atacante expulsara todo el aire que tenía en los pulmones, como un profundo resoplido, y Sime sintió una bocanada de su mal aliento en la cara.

Pero no estaba preparado para la mano que le palpó de pronto el rostro y, tras encontrar los ojos y la boca, se aferró a ellos con unos dedos como garras de acero. Para liberarse, soltó la muñeca de su agresor y rodó hacia un lado hasta chocar contra un sillón reclinable.

Un nuevo relámpago rasgó el cielo, y en aquel momento vio que su adversario se ponía de pie. Sime logró ponerse de rodillas, e intentó controlar la respiración y prepararse para otra acometida, pero lo único que sintió fue la ráfaga de viento y lluvia que irrumpió con brusquedad en la casa cuando se abrió la puerta del salón acristalado. El estampido del trueno que estalló en el cielo lo hizo agacharse instintivamente.

La fugaz sombra del hombre que acababa de intentar asesinarlo cruzó por delante de la luz de la casa de verano y se desvaneció en la noche. Sime, con paso tambaleante, volvió a subir los tres escalones del salón y se puso a tantear el suelo, buscando su teléfono móvil. Un nuevo relámpago lo ayudó a localizarlo a escasos metros de donde estaba y, antes de que la fugaz imagen se borrase de su memoria, se lanzó a por él manoteando con dedos temblorosos. Pulsó el botón de encendido, esperando que no se hubiera estropeado, y sintió un profundo alivio al ver que proyectaba una increíble cantidad de luz a su alrededor. Se incorporó del todo y corrió a la cocina para coger un cuchillo. Cuánto le hubiera gustado llevar encima su Glock. Se volvió para ir detrás de su agresor, pero frenó en seco al ver una linterna junto a la puerta, metida en su cargador montado en la pared. La sacó y, con dedos aún temblorosos, accionó el interruptor para encenderla. Arrojó un potente haz de luz que inundó la cocina. Entonces volvió a guardarse el teléfono en el bolsillo y corrió hacia la puerta, esta vez armado con un cuchillo y una linterna, para dar caza a su asesino en mitad de la tormenta.

Hizo un alto en el salón acristalado para recoger la navaja de su agresor por la punta de la hoja y depositarla con cuidado encima de una silla. Había muchas posibilidades de que aquélla fuera la navaja que se había utilizado para matar a Cowell.

Y a continuación salió a la lluvia y al viento. El agudo dolor de la herida del hombro se había atenuado un poco, y ahora sólo sentía la zona un tanto dolorida. Notaba que el brazo se le estaba agarrotando. Levantó la linterna y escudriñó el borde de los acantilados. Sólo vio las gotas de lluvia, que al pasar por delante del haz luminoso se asemejaban a las estrellas cuando la nave de «Star Trek» se desplazaba a la velocidad de la luz. Corrió al otro lado de la casa y barrió con la linterna el camino que llevaba hacia el faro. Tampoco vio nada. Aquel tipo había desaparecido. A continuación, orientó la linterna hacia el otro sentido del camino, y en un instante fugaz le pareció vislumbrar una sombra que se perdía de vista por el repecho de la colina.

Respiró hondo y echó a correr hacia allí, moviendo la linterna en zigzag al tiempo que subía por la ladera. Cuando llegó a la cima, se detuvo un instante, y de nuevo describió un arco de 180 grados con el haz de luz. Aquél era el mismo sitio en el que había estado con Kirsty sólo unos días antes, cuando ambos parecieron conectar por primera vez y ella le acarició la mejilla. Justo antes de que la llamada de Crozes lo obligara a detenerla por asesinato.

No había ni rastro del fugitivo. De pronto, otro relámpago iluminó la colina, y entonces Sime lo vio en la hondonada que había al fondo, corriendo por el borde de los acantilados. Echó a correr ladera abajo para perseguirlo, haciendo esfuerzos para conservar el equilibrio y no dar un mal paso bajo la lluvia y a oscuras, sufriendo el azote del viento en plena cara.

Cuando estuvo a escasos metros del borde de los acantilados, se detuvo y barrió su mellado contorno con el haz de luz. Durante millones de años, la erosión había ido devorando la roca, que ahora relucía en tonos de un intenso color rojo. Incluso había puntos en los que se veían columnas de piedra desnuda que surgían en medio del mar. El estruendo de la tormenta era ensordecedor. El viento provocaba unas olas gigantescas que, al chocar contra la base de los acantilados, lanzaban nubes de agua pulverizada que alcanzaban los quince metros de altura y resplandecían como una neblina plateada al iluminarlas con la linterna.

Y entonces lo vio. Su agresor se había rendido. No tenía adónde ir. Estaba desarmado y sin luz para guiarse. Sime supo que iba a capturarlo. Se había acuclillado entre la hierba para recuperar el resuello, y había extendido un brazo hacia la derecha con el fin de guardar el equilibrio. Vio que Sime se le acercaba despacio, con cautela, manteniendo el haz de la linterna enfocado en él en todo momento.

—¡Ríndase, Briand! —le gritó Sime por encima del rugido del viento.

Pero el otro ni contestó ni se movió. Sime ya estaba a un metro de él. Y de improviso, el hombre saltó hacia delante, invadió el haz de luz casi con todo su cuerpo y se abalanzó sobre Sime. Con una mano le aferró el brazo del cuchillo, y con la otra le propinó un puñetazo en el hombro herido. Uno, dos, tres. Sime, entre alaridos de dolor, dejó caer la linterna en la hierba. Su atacante era fuerte, y cuando ambos cayeron al suelo aprovechó que había quedado encima para retorcerle la muñeca a Sime y obligarlo a que abriese la mano y soltase el cuchillo.

Ahora la ventaja era suya, cogió el cuchillo y se revolvió rápidamente para ponerse de pie. Sime, desesperado, se le agarró a la cara, pero sus dedos encontraron tan sólo el material mojado y resbaladizo del pasamontañas, y eso fue lo único que quedó en su mano cuando el otro logró zafarse.

La linterna había quedado entre la hierba, proyectando el haz de luz sobre ella, pero iluminaba lo suficiente para que Sime pudiera ver que se trataba de Jack Aitkens, que lo miraba con furia, dando la espalda a los acantilados y al mar. Aguardaba con las piernas separadas y las rodillas ligeramente flexionadas, y con el cuchillo en la mano derecha, apuntando hacia él. Jadeaba para recobrar el aliento.

Sime se incorporó muy despacio, mirándolo estupefacto.

—¡¿Por qué?! —gritó.

Pero Aitkens no hizo el menor intento de responder y continuó taladrando al detective con la mirada.

—¡Por Dios, Aitkens! —gritó Sime—. ¡Déjelo ya!

Aitkens negó con la cabeza, pero siguió sin contestar. Sime desvió la mirada hacia la linterna. Si lograse alcanzarla, por lo menos podría deslumbrar a Aitkens cuando éste intentara apuñalarlo. Se arrojó al suelo para cogerla justo cuando Aitkens saltaba hacia él para atacar.

Tendido boca abajo, agarró la linterna, casi esperando sentir cómo se le clavaba el cuchillo de su adversario entre los omoplatos. Rodó hacia un costado y la enfocó hacia donde imaginaba que estaría Aitkens, pero el haz luminoso no encontró a nadie. Entonces se incorporó para ponerse de rodillas y barrió el borde del acantilado con la luz. Nada. Aitkens se había esfumado.

De repente, sintió que el suelo que estaba pisando se movía, y con rapidez retrocedió, presa del pánico, al tiempo que el acantilado empezaba a derrumbarse a lo largo del borde. En aquel momento comprendió lo que había pasado: sencillamente, el suelo había cedido bajo los pies de Aitkens y lo había precipitado contra las rocas.

Empapado y dolorido, jadeando y con el estómago revuelto, Sime se tumbó en el suelo, boca abajo, y se acercó al precipicio muy despacio hasta que tuvo a la vista la maraña de rocas que había al pie del acantilado. La caída no era en vertical, sino una pared muy escarpada que descendía formando cornisas y rebordes, para finalmente zambullirse en un océano que se estrellaba sin cesar contra letales afloraciones rocosas. Aitkens yacía boca arriba, a unos quince metros de distancia y todavía a diez metros de donde rompían las olas, empapado por la espuma que levantaba el viento. Estaba vivo, y con un brazo intentaba asirse a una cornisa de roca que había un poco más arriba. Pero daba la impresión de que no podía mover el resto del cuerpo.

Sime se apartó del borde del precipicio y se puso de pie. Barrió el terreno con el haz de la linterna hasta que vio un sitio por el que bajar. Una pequeña sección desgajada de la cima, y luego una profunda grieta en la roca que llegaba hasta abajo en un ángulo que lo llevaría directamente hasta donde se encontraba Aitkens. Se dirigió hacia allí, se descolgó con cuidado por el borde y, con mucha precaución, fue probando el suelo que pisaba, por si cedía bajo su peso.

Tardó casi diez minutos en realizar el descenso, azotado por el explosivo ímpetu de la tempestad y empapado por las nubes de agua que el mar arrojaba sin cesar contra el acantilado.

Aitkens tenía dificultad para respirar. Hacía inspiraciones cortas, mecánicas. Sus ojos estaban muy abiertos y llenos de pánico. Sime se apoyó precariamente en la cornisa que había al lado.

—¿Puede moverse?

Aitkens negó con la cabeza.

—No siento las piernas. No noto la mitad inferior del cuerpo. —Hablaba con voz débil. Se mordió el labio, y sus ojos se llenaron de lágrimas—. Me parece que me he roto la espalda.

—Dios... ¿Se puede saber qué diablos estaba haciendo, Aitkens? ¿Por qué quería matar a Kirsty?

—Creía que ya lo había deducido usted, cuando vino haciendo preguntas sobre la historia de nuestra familia.

—¿Qué tenía que deducir?

Aitkens cerró los ojos, dolorido por la ironía de todo aquello y el sentimiento de pesar.

—Es evidente que no ha entendido nada. —Volvió a abrir los ojos, y una lágrima resbaló por su sien hasta desaparecer en su pelo—. Sir John Guthrie...

—¿El padre de Kirsty?

Aitkens asintió.

—Ese hombre valía una fortuna, Mackenzie, todas las riquezas que acumuló esa familia, primero con el negocio del tabaco y más adelante con el azúcar y el algodón... No sólo era el dueño de la comarca de Langadail, además tenía propiedades en Glasgow y en Londres. Dinero invertido y en el banco. Y se lo dejó todo a su hija, ya que su hijo había muerto. —De nuevo cerró los ojos, y dejó escapar un gemido de dolor. Intentó tragar saliva, y luego miró una vez más a Sime—. Pero no lograron dar con ella. Había huido a Canadá, a buscar a su aparcero. Su mujer también había fallecido y no había ningún heredero más. —Parecía tener problemas para respirar y hablar a la vez. Sime esperó a que recuperase el aliento—. Estuve investigando. En Escocia, en aquella época, si no se podía localizar a un beneficiario, había que informar de ello al *remembrancer* del Tesoro. —Sacudió la cabeza—. Vaya título más estúpido... el «recordador». Actualmente es la Oficina de la Corona. —Tragó saliva para recuperar de nuevo el aliento—. En el caso de Guthrie, los abogados vendieron todos sus bienes, y el dinero pasó a quedar bajo custodia de la Corona, hasta que apareciese alguien que lo reclamara. Pero no apareció nadie.

Por primera vez, Sime se percató de que el motivo de todo lo sucedido había sido la codicia.

Aitkens contrajo las facciones en una mueca que podía ser tanto de dolor como de pesar.

—Las dos únicas personas vivas que podían reclamar ese dinero éramos Kirsty y yo. Bueno, y antes que yo, mi padre. Pero como yo dispongo de poder notarial...

—Y usted no deseaba compartir esa fortuna.

Los ojos de Aitkens centellearon de indignación.

—¿Y por qué iba a querer compartirla? Mi prima tenía una casa grande, y le esperaba un jugoso acuerdo de divorcio. Más dinero del que iba a poder gastarse nunca en su querida Entry. ¿Y qué tenía yo? Una vida bajo tierra, siempre a oscuras, a cambio de un salario mensual patético. Ni vida, ni futuro. Ese dinero podría habérmelo dado todo.

Y ahora, pensó Sime, si lograba sobrevivir, se enfrentaba a una vida en prisión, en una silla de ruedas y detrás de unos barrotes. El semblante de Aitkens reflejaba que él mismo se daba cuenta de su situación.

—Fue usted el que me agredió esa noche —le dijo Sime.

Aitkens logró hablar de nuevo, pero fue meramente un susurro:

—Sí.

—Pero ¿por qué?

—Por el anillo —respondió Aitkens—. Había visto el colgante que tenía Kirsty y sabía que lo había heredado de Kirsty Guthrie. Pensé... —Sacudió la cabeza, en un gesto de desesperación—. Pensé que a lo mejor usted también pertenecía a la familia, que tal vez era algún pariente lejano que iba a reclamar su derecho a cobrar el dinero. Si mira la parte interior del anillo, seguramente verá que lleva grabado el lema de la familia Guthrie: «*Sto pro veritate.*» —Cerró los ojos y dejó escapar un suspiro teñido de desesperación, ante la ironía de aquella frase—. Significa «En pro de la verdad».

Sime negó con la cabeza, perplejo.

—Joder.

Otra vez el anillo. Sacó el teléfono móvil y marcó el número de emergencias.

—¿Qué diablos está haciendo? —le preguntó Aitkens.

—Pedir ayuda.

—No quiero ayuda. Por Dios, esto se ha acabado. Déjeme morir sin más. Quiero morir.

Hizo un esfuerzo e intentó arrastrarse. Si lograra acercarse al borde de la cornisa tan sólo unos centímetros más, podría caer al mar y desaparecer en el olvido, que ahora le parecía la única salida que le quedaba. Pero no lo consiguió.

Sime colgó el teléfono y vio que Aitkens lo miraba con odio.

—Dentro de una hora, llegará un equipo de rescate.

Aitkens no respondió. Cerró los ojos, como si pudiera contemplar el infierno que iba a ser su vida a partir de aquel momento.

—Un pequeño detalle, Aitkens.

El aludido abrió los ojos.

—Usted contaba con una coartada perfecta para la noche en que asesinaron a Cowell. En aquel momento, estaba trabajando en el turno de noche de la mina de sal.

Sobre los dientes ensangrentados de Aitkens se dibujó algo muy parecido a una sonrisa.

—Son realmente idiotas. Llamaron a la mina para corroborar lo que les había dicho, normal. Y los de la mina consultaron los registros. Y, en efecto, les dijeron que, cuando mataron a Cowell, Jack Aitkens estaba haciendo el turno de noche.

—Obviamente, no estaba haciéndolo.

—Cambié el turno con un compañero. Un arreglo informal, lo hacemos siempre. Pero no quedó registrado. Ese mismo compañero me está cubriendo esta noche. —Su sonrisa tenía el sabor amargo de la ironía—. ¿Se da cuenta, señor Mackenzie? Ni siquiera estoy aquí esta noche.

CAPÍTULO 46

Sime abrió los ojos y parpadeó, alertado por la inesperada luz del sol. Ya no tenía frío, se sentía un poco aletargado, y le llevó unos instantes comprender que estaba acostado en el sofá de la casa de verano, con la cabeza apoyada en varios cojines y arropado con una manta que lo cubría hasta los hombros.

Algo lo había despertado. Un ruido. Hizo un esfuerzo por recordar cómo había llegado hasta allí.

La policía de Cap-aux-Meules se había presentado en la lancha salvavidas con un médico y un equipo de auxiliares del hospital. Pero finalmente decidieron poner cómodo a Aitkens sin moverlo del sitio, y esperar a que amainase el viento para llamar a un helicóptero de rescate que lo sacara de los acantilados. El médico había desinfectado y curado la herida que tenía Sime en el hombro. Lo encontraron tiritando, con hipotermia y congelación, así que lo envolvieron en una manta térmica y lo llevaron a la casa.

Recordó que, justo antes de dormirse, había estado pensando que, de igual modo que Crozes tenía una fijación con Kirsty, él se había centrado tanto en Briand que su obsesión no le había dejado sospechar de Aitkens. ¿Cómo iban a imaginar que tenía semejante motivo para matar a su prima?

Sime cayó en la cuenta entonces de qué era lo que lo había despertado. Habían sido las risas que se oían en el porche, y en aquel mismo instante comprendió que había dormido. Casi sorprendido, consultó el reloj. Eran poco más de las ocho de la mañana. Debía de haber estado fuera de combate cerca de diez horas. Era la primera vez en varias semanas que dormía como era debido, una noche entera, de un tirón y sin pesadillas.

Se abrió la puerta y asomó la cabeza de Aucoin.

—Ah, está despierto. Bien. ¿Cómo se encuentra?

Sime asintió.

—Bien.

Le entraron ganas de gritar: «¡He dormido! ¡Me siento jodidamente genial!»

—En estos momentos, el helicóptero se está llevando a Aitkens. Lo más probable es que lo trasladen en un avión medicalizado hasta Quebec. Ha costado mucho sacarlo de esos acantilados de una pieza.

—¿Va a...?

—Vivirá, sí. Pero vivirá para lamentarlo.

—¿Tienen el cuchillo? Lo dejé dentro de la casa, encima de una silla.

Aucoin sonrió.

—Relájese. Tenemos el cuchillo.

—El patólogo probablemente podrá corroborar que coincide con las heridas sufridas por Cowell. Puede que incluso todavía queden restos de sangre en el punto de unión entre la empuñadura y la hoja.

—Pronto lo averiguaremos. Esta misma mañana lo enviaremos a Montreal. —Señaló con la cabeza varias prendas de ropa apiladas encima de un sillón—. La enfermera ha metido su ropa en la secadora. —Y agregó con una amplia sonrisa—: Incluso le ha lavado los calzoncillos. No he querido despertarlo hasta ahora, pero ya falta poco para que zarpe el ferry.

Cuando Aucoin volvió a salir, Sime se incorporó y le vino a la memoria lo que había dicho Aitkens en el acantilado la noche anterior. Se miró un momento la mano y, con cierta dificultad por culpa de los nudillos hinchados, se sacó el anillo del dedo y lo acercó a la luz para ver la cara interior. Allí estaba, inscrita a lo largo, casi borrada tras más de un siglo y medio, la frase en cuestión: «*Sto pro veritate.*» «En pro de la verdad.»

• • •

Cuando salió al porche, notó que el viento había amainado. Ya había pasado la tormenta, y ahora brillaba un acuoso sol otoñal que jugueteaba con las nubes de perfiles dorados que se repartían como borras de algodón por todo el cielo y cuyos rayos arrancaban una miríada de destellos a un mar que sólo ahora comenzaba a calmarse, tras la furia desatada de la noche anterior.

Sintió las piernas temblorosas cuando bajó los escalones y subió al asiento trasero del coche que iba a llevarlos al puerto.

Mientras bajaban la colina, tuvo la sensación de que la isla iba pasando lentamente, enmarcada por la ventanilla del coche, como los fotogramas de una película. La *épicerie*, los montones de cestas para las langostas, y hasta la iglesia, con aquella cruz gigantesca que proyectaba su larga sombra sobre el cementerio. Le pareció vislumbrar por un instante la lápida que señalaba la tumba de Kirsty Guthrie, pero no podía estar seguro del todo, y un momento después quedó atrás.

Ya a bordo del ferry, subió a la cubierta superior y se quedó en la popa para contemplar una vez más cómo Entry Island iba perdiendo sus rasgos distintivos y se transformaba en una silueta recortada contra el resplandor del sol, que se elevaba por detrás de ella. Su sombra se extendía sobre el mar de tal manera que casi le pareció poder tocarla. Le dolía el hombro, y sabía que sin duda requeriría más atención médica, pero casi no lo notaba.

Un coche patrulla acudió a recibirlos en el muelle de Cap-aux-Meules. El trayecto hasta la Sûreté duró menos de diez minutos. El sol ya estaba alto en el cielo, y el viento se había calmado hasta convertirse en una mera brisa. Iba a hacer un día estupendo. Cuando entraron en el vestíbulo del edificio, Aucoin lo cogió del brazo.

—Supongo que querrá encargarse personalmente de esto —le dijo.

Se notaba a todas luces que se sentía avergonzado y no quería tomar parte en aquello. Sime asintió con un gesto.

• • •

Kirsty levantó el rostro cuando lo vio entrar en su celda. Llevaba una camiseta y una chaqueta, y todos sus efectos personales estaban dentro de una bolsa de deporte que debía de haberle prestado alguien de la comisaría. Se había duchado, y su pelo aún estaba húmedo y desgreñado sobre los hombros. Se puso de pie y le dijo:

—Ha venido antes de la hora prevista. Creía que el vuelo no salía hasta las doce.

Sime quería rodearla con sus brazos y decirle que todo había acabado. En cambio, se limitó a responder:

—Van a retirar los cargos.

Vio la sorpresa pintada en el rostro de Kirsty.

—¿Cómo dice? ¿Por qué?

—Tenemos bajo custodia al asesino de su marido.

Ella lo miró fijamente, sin poder creer lo que estaba oyendo, y tardó varios segundos en reaccionar.

—¿Quién es?

Sime dudó unos instantes.

—Su primo Jack.

Kirsty palideció por completo.

—¿Jack? ¿Está seguro?

Sime asintió.

—Vamos a tomar un café, Kirsty. Si me concede el tiempo necesario, tengo una historia muy larga que contarle.

EPÍLOGO

Sime iba siguiendo el camino que subía de la playa de guijarros y pasaba entre los restos de las casas que, en otra época, habían formado la aldea de Baile Mhanais.

Jack Aitkens había sido un necio al pensar que iba a poder heredar todo aquello. No sólo el dinero, sino también la historia, las vidas vividas y perdidas. Incluso aunque hubiera reclamado la herencia que había quedado retenida, lo que ciento cincuenta años antes podía representar una fortuna en la actualidad valía tan sólo una fracción de la cantidad inicial. Desde luego, no lo suficiente para matar por ella. Ni para pasar el resto de la vida sentado en una silla de ruedas y encerrado en prisión.

El viento le agitaba el cabello, y el sol se derramaba por la ladera de la colina perseguido por las sombras de las nubes, que iban cruzando las ruinas del antiguo asentamiento. Le habría gustado saber en cuál de aquellas casas había vivido su antepasado; dónde lo había dado a luz su madre, a él y a sus hermanas; dónde había muerto su padre, al que habían disparado mientras intentaba conseguir algo de comida para su familia.

Costaba trabajo imaginarlo tal como había aparecido en sus sueños, tal como lo había visto en los cuadros. Policías uniformados golpeando y reduciendo a los aldeanos, hombres prendiendo fuego a los tejados de las casas. Lo único que quedaba eran los fantasmas de los recuerdos y el viento incesante que silbaba entre las ruinas.

Al llegar al punto más elevado de la aldea, se detuvo para volver la vista hacia la colina. Allí estaba Kirsty, junto a los restos del antiguo redil para las ovejas, exactamente igual que hizo Ciorstaidh antes que ella. El viento le retiraba el pelo de la cara. Ya resultaba imposible separarlas a las dos, y casi igual de difícil trazar una línea entre él mismo y su antepasado. Aquello no era sólo una peregrinación al pasado de ambos, sino un viaje en busca de un futuro. Para él, una forma de huir de una vida apenas vivida; para ella, la libertad de la prisión que había supuesto Entry Island.

Kirsty le hizo un gesto con la mano para que se acercara, y él subió la colina para ir a encontrarse con la luz de aquellos ojos azules que iluminaban su vida.

—Las piedras verticales están allí, al otro extremo de la playa —le dijo.

Sime sonrió.

—Pues vamos a echarles una ojeada.

Iniciaron el descenso hacia la playa, y Sime cogió a Kirsty de la mano para ayudarla a mantener el equilibrio por aquel terreno desigual.

Se preguntó si siempre habría sido su destino cumplir la promesa que hizo el joven Sime Mackenzie tanto tiempo atrás. Y si Kirsty y él estaban destinados a consumar el amor que tan esquivo les resultó a sus antepasados. Sólo si uno creía en el destino, se dijo. O en la predestinación.

Sime nunca había estado seguro de creer en ninguna de las dos cosas.

POSDATA

Lo que le sucedió a Michaél

TOMADO DEL DIARIO DE SIME

Marzo de 1848

Esta noche escribo con miedo en el corazón. Es lo primero que escribo desde que llegué al campamento de los leñadores, de lo cual hace ya cuatro meses. No ha habido tiempo para llevar un diario, y, aunque lo hubiera habido, aquí no dispongo de ninguna intimidad. Además, tampoco he tenido muchas ganas.

Vivimos en unas cabañas alargadas que me recuerdan a los lazaretos de Grosse Île, y dormimos en una de las literas que recorren las dos paredes principales, dispuestas en dos alturas. Aquí es imposible guardar dinero ni objetos personales. Nada está a salvo. Lo que uno tenga de valor, debe llevarlo encima a todas horas.

En el tiempo que llevamos en el campamento no hemos hecho más que trabajar, comer y dormir. Han sido jornadas largas y agotadoras, de talar y desbastar árboles, para después arrastrarlos con cuadrillas de caballos hasta el río Gatineau. Por el momento, los troncos descansan sobre la capa de hielo. Hay montañas de ellos. Pero en primavera, con el deshielo, el río se los llevará corriente abajo hasta los grandes aserraderos comerciales de Quebec.

Nos dan bastante bien de comer, sentados a unas mesas alargadas que parecen comederos para el ganado. Tienen que llenarnos la barriga para que podamos hacer el trabajo que hacemos. Es una tarea implacable, y el único día que tenemos para nosotros es el Sabbath. Los pocos que somos de las islas solemos juntarnos los domingos, yo leo algo de la Biblia en gaélico y luego cantamos salmos. Los franceses consideran que estamos locos. Ellos son gente muy poco religiosa. Católicos, por supuesto.

La empresa también nos proporciona alcohol. Es la manera de tenernos contentos. Pero no conviene beber mucho entre semana, porque al día siguiente uno no está en condiciones de trabajar. Así que el día adecuado para beber es el sábado. Y a veces se nos va un poco la mano, la verdad.

De vez en cuando, los escoceses organizan un *ceilidh*. Tenemos a uno que toca el violín, y a otro que tiene un acordeón. No hay mujeres, por supuesto, sólo bebemos y apostamos, y hasta bailamos a lo loco cuando empieza a correr el alcohol. Y entonces es cuando se suman los franceses. Al principio son bastante reticentes, pero, en cuanto se toman un trago, son peores que nosotros.

Esta noche ha habido un *ceilidh*, y yo estaba en un rincón de la cabaña de recreo, jugando a las cartas con unos compañeros, cuando vi que estallaba una pelea.

La cabaña estaba abarrotada de gente, la música reverberaba en las vigas del techo. El tabernero no había parado de servir alcohol, y la mayoría de los hombres tenían una buena melopea. Pero, de pronto, estallaron unas voces más elevadas de lo normal. Voces estridentes y airadas que se hacían oír por encima del ruido y del humo. Se había formado un corrillo, y en el centro del mismo había varios hombres empujando hacia fuera, en todas direcciones. Yo y algunos más nos subimos a las mesas para ver qué estaba ocurriendo.

En el centro del círculo había dos tipos enormes peleándose. Grandes puños se estampaban contra rostros ensangrentados. Uno de ellos era Michaél. Durante nuestra estancia en este lugar, cada vez se ha ido aficionando más a la bebida, y cuando ya se ha tomado unos cuantos tragos empieza a discutir, y en ocasiones se pone violento. Ha vuelto a dejarse crecer la barba, y también lleva otra vez el pelo largo, de modo que cuando se enfurece da miedo verlo.

Pero esta noche escogió pelearse con una bestia. Un francés al que llaman el Oso. Por lo menos, así lo llamamos nosotros. Los franceses lo llaman *Ours*. Es un individuo gigantesco que tiene más pelo en el cuerpo del que yo he visto jamás, una barba muy poblada y la cabeza rapada. En una pelea con un oso de verdad, no sé cuál de los dos terminaría venciendo.

De inmediato, me bajé de la mesa de un salto y me abrí paso entre el gentío. Varios compañeros me ayudaron a agarrar a Michaél y lo apartamos enseguida de los puños del Oso. Los franceses hicieron lo mismo con su compatriota. Ambos forcejeaban como animales para zafarse de nosotros.

Poco a poco, los dos dejaron de luchar y se quedaron mirándose furiosos el uno frente al otro en el centro de la tormenta, resollando como caballos tras una galopada, desprendiendo vapor y goteando sangre en el suelo.

—Ya acabaremos esto mañana —rugió el Oso en inglés con su burdo acento.

—¡Que te jodan! —replicó Michaél.

—Mañana es el Sabbath —apunté yo.

—A la mierda el Sabbath. Zanjaremos este asunto como hombres. En el claro que hay al fondo del antiguo campamento de leñadores. A las doce del mediodía.

—¡Pelear no os hace más hombres! —le grité yo a Michaél—. ¡Os hace parecer colegiales!

—¡Tú no te metas en esto! —me advirtió el Oso con cara de pocos amigos. A continuación, volvió a concentrar su odio en Michaél—. La cita es *à midi* —le dijo—. Más te vale acudir.

—¡Puedes estar jodidamente seguro de eso!

Lo he intentado todo para disuadir a Michaél. A mí me da la impresión de que el Oso es más grande y fuerte y de que Michaél va a llevarse una buena tunda. Y cuando aparece la sangre, los hombres así no saben cuándo parar. Pero está en juego el honor, y Michaél no quiere ni oír hablar de echarse atrás, aunque yo estoy seguro de que mañana, cuando se le haya pasado la borrachera a la fría luz del día, se va a arrepentir.

Lo cierto es que temo por su vida.

El antiguo campamento se encuentra a poco más de un kilómetro de donde construyeron el nuevo, y al fondo hay una gran explanada de terreno despejado. Llegado el Sabbath, a mediodía, prácticamente todos los leñadores nos habíamos congregado allí. Yo no acudí para ver la pelea, sino para ayudar a Michaél e impedir que resultara demasiado malherido. ¡Qué triste fracaso el mío, por cierto!

Sabe Dios qué temperatura podía hacer, pero estaba muy por debajo de la del hielo. Sin embargo, el sol brillaba en un cielo sin nubes, y los dos adversarios iban desnudos hasta la cintura. Si Michaél tenía alguna ventaja sobre el Oso, era su inteligencia. El francés era un tipo grande, pero torpe y estúpido. Michaél, en cambio, había sido agraciado con una mente aguda y una astucia innata. Y aunque el Oso era más fuerte, él era más rápido y de pies más ligeros. Cuando tuvo suficiente espacio a su alrededor, se lanzó inmediatamente contra el francés para propinarle un puñetazo en la nariz y retrocedió de nuevo antes de que el otro pudiera golpearlo. El Oso comenzó a sangrar y emitió un rugido, pero Michaél ya estaba atacando nuevamente, y le asestó dos puñetazos rápidos en el plexo solar y un rodillazo que lo alcanzó de lleno en el pecho y lo empujó hacia atrás, de tal modo que retrocedió unos pasos, tambaleándose, y finalmente cayó de rodillas.

El público aulló y vitoreó a los contrincantes para alentarlos, y el fuerte clamor se elevó en la quietud del bosque.

El Oso se incorporó otra vez, entre estertores, y sacudió la cabeza como un animal. A continuación, comenzó a avanzar hacia Michaél, con los brazos ligeramente abiertos en los costados y los ojos fijos como barrenas en su adversario. Michaél retrocedía siguiendo el perímetro del círculo que formaba el público, y de cuando en cuando lanzaba algún que otro puñetazo, pero sus golpes daban la impresión de rebotar en el Oso igual que rebota el agua en la madera engrasada. Hasta que el francés, ignorando las patadas y los puñetazos, consiguió acorralarlo.

Ni siquiera alcancé a ver el destello del cuchillo que se sacó del cinto, a su espalda. Cerró un brazo en torno al hombro de Michaél, lo atrajo hacia sí, y con la otra mano levantó bien alto el cuchillo y se lo hundió en el abdomen. Oí que Michaél lanzaba una exclamación ahogada, y que el aire escapaba de sus pulmones en un gesto de sorpresa y dolor. Se dobló por la cintura, y los presentes enmudecieron. El Oso retiró la hoja y volvió a clavársela. Y otra vez más. Sólo entonces se apartó de él y dejó que Michaél cayera de rodillas agarrándose el vientre, con la sangre rezumando entre sus dedos, para finalmente desplomarse en el suelo de bruces.

El estupor se extendió entre los presentes como un reguero de pólvora y los hizo dispersarse en silencio, atemorizados, igual que el humo en el viento. El Oso permanecía erguido sobre el cuerpo de Michaél, con la respiración agitada y la boca torcida en un gesto de desprecio. El cuchillo goteaba sangre. Luego carraspeó con fuerza y escupió sobre el adversario caído.

Sus amigos lo agarraron inmediatamente y se lo llevaron de allí, al tiempo que yo corría al lado de Michaél. Me arrodillé junto a él y, al darle la vuelta con cuidado, vi cómo iba apagándose la luz en aquellos ojos azul claro que yo conocía tan bien.

—¡Qué cabrón! —susurró entre la sangre que borboteaba de sus labios. Su mano me aferró de la manga—. Estás en deuda conmigo, escocés.

Y dicho esto, se fue. Sin más. Toda aquella vida, aquella energía y aquella inteligencia desaparecieron en un instante. Robadas por una bestia humana que ignoraba lo que era la dignidad. Que nada sabía de la generosidad de Michaél, de su lealtad, de su valentía. Y lloré por él, igual que había llorado por mi padre. Y no estoy seguro de haberme sentido nunca tan solo en el mundo.

• • •

No parecía justo que el sol brillara con tanta fuerza, que penetrase por las ventanas de la oficina del capataz y se derramase sobre su escritorio provocando un reflejo que nos deslumbraba, mientras Michaél yacía allí fuera en el suelo, muerto.

El capataz tendría unos cuarenta años, y había pasado toda su vida adulta en el negocio de la madera. Tenía la mandíbula apretada y los labios cerrados en una expresión dura.

—No pienso hacer venir a la policía —dijo—. Tendríamos que interrumpir la producción mientras se investigase el crimen. Y puedes apostar hasta tu último dólar a que no hay un solo hombre aquí que esté dispuesto a decir que vio lo que sucedió. Ni siquiera tus queridos escoceses.

—Yo sí —afirmé.

El capataz me taladró con la mirada.

—No seas idiota, hombre. No vivirías para testificar. —Negó con la cabeza—. No puedo permitirme el lujo de que estalle una guerra entre los escoceses y los franceses. Y tampoco puedo permitirme más retrasos en la producción. Ya va bastante retrasada.

Cruzó la estancia para ir hasta una pequeña caja fuerte apoyada contra la pared del fondo y sacó un fajo de billetes atados que tenía preparado. Lo arrojó sobre la mesa.

—Ése es vuestro dinero. El tuyo y el de O'Connor. Puedes llevarte uno de los caballos. Recoge el cadáver y márchate.

Ya se había hecho de noche cuando, una vez que hube envuelto a Michaél en una lona, lo subí a la grupa del caballo. El campamento había estado muy tranquilo todo el día, y nadie me dijo una sola palabra cuando recogí todas nuestras pertenencias, las de Michaél y las mías, para meterlas en las alforjas. Nadie salió de las cabañas para estrecharme la mano ni para despedirse de mí cuando me fui con el caballo para tomar el sendero que se alejaba del río.

La sensación que tenía en mi interior era tan gélida como el frío que sentía por fuera. Pero no estaba tan entumecido como para no percibir el miedo que todavía pesaba como una nube negra sobre el campamento. Apenas había recorrido un breve trecho cuando saqué el caballo del camino y me interné en el bosque para atarlo a un árbol.

No había dejado de pensar en lo último que me había dicho Michaél. «Estás en deuda conmigo, escocés.» Le debía dinero, sí; el que me había prestado él en Grosse Île para pagar la manutención de los hijos de Catrìona Macdonald. Tenía la intención de ir pagándoselo con mi salario. Aun así, sabía que Michaél no se refería a eso. Y también sabía lo que tenía que hacer. Y que no estaba bien hacerlo. Pero Michaél tenía razón, estaba en deuda con él.

Supongo que debían de ser cerca de las doce de la noche cuando regresé al campamento a hurtadillas. No se veía ninguna luz. No se oía nada. Aquellos hombres trabajaban duro, jugaban duro y dormían como marmotas. En el cielo brillaba la luna nueva, una estrecha cuña de luz que me valió para orientarme cuando me deslicé, igual que un espectro, entre las cabañas hasta dar con la que servía de dormitorio a los franceses. Las puertas nunca se cerraban con llave, y el único temor que tenía yo era que, al abrirla, produjera un chirrido en el silencio de la noche y despertara a los hombres que dormían allí. Pero fue una preocupación vana, porque se abrió sin hacer ruido.

El interior estaba muy oscuro, y tuve que esperar a que mis ojos se adaptasen al escaso resplandor de la luna que entraba por las ventanas para después ponerme a recorrer las filas de literas en busca de la cara grande y barbuda del Oso.

Su litera era la segunda empezando por el final, y estaba en la fila de abajo. El individuo que dormía en la de arriba respiraba con suavidad, ronroneando como un gato, con un brazo colgando por el borde del colchón. El Oso estaba tendido boca arriba, y roncaba igual que el jabalí que habíamos cazado en el bosque en una ocasión. Dormía profundamente, sin remordimientos de conciencia, sin pensar ni un solo momento en la vida que había segado aquel día de manera tan gratuita. Sin pensar en los segundos, minutos, horas, días, meses y años de experiencia acumulada que habían dado forma al hombre que era Michaél O'Connor. Un hombre con sus defectos, sí, pero también una persona generosa y de buen talante, cuya mera existencia había sido borrada de la faz de la tierra con el simple centelleo de la hoja de un cuchillo.

Sentí que me invadía una oleada de rabia y de dolor, y me arrodillé junto a su cabeza rapada. Sabía que, si me sorprendían, acabarían conmigo sin piedad. Pero en aquel momento me daba lo mismo. Me guiaba una sola idea, un solo propósito.

Saqué mi cuchillo de caza, tapé la boca del Oso apretando fuerte con la mano izquierda, y a continuación le rajé el cuello con todas mis fuerzas. Al instante, sus ojos se abrieron de par en par. Estupor, dolor, pánico. Pero yo le había seccionado la arteria carótida y la vena yugular, y también la tráquea, de modo que, aunque su corazón luchaba desesperadamente por enviar sangre al cerebro, la vida se le fue poco a poco.

Le puse ambas manos encima de la cara mientras él se agarraba a mis muñecas, y recurrí hasta el último resquicio de fuerza que me quedaba en el cuerpo para impedir que se moviese. Sus piernas se agitaron débilmente y sus ojos se volvieron hacia los míos. Quería que me viera. Quería que supiera quién lo había matado y por qué. Pensé en escupirle a la cara, igual que había hecho él con Michaél cuando ya estaba derrumbado en el suelo, desangrándose.

Pero lo único que hice fue perforarlo con la mirada, y en sus ojos vi que sabía que no tenía salvación. En cuestión de segundos dejó de forcejear, y fue como si de nuevo me encontrase en Langadail, contemplando cómo se le escapaba la vida al ciervo al que acababa de degollar. Por fin, sus ojos se apagaron y murió. Todo su cuerpo quedó inerte. Sus manos perdieron fuerza y se soltaron de mis muñecas.

Había una gran cantidad de sangre. La manta que le cubría el pecho estaba empapada, y yo tenía las manos teñidas de rojo. Me las limpié en la almohada y guardé mi cuchillo. Después, me incorporé para contemplar una vez más aquel desagradable rostro, ya sin vida, y a continuación di media vuelta y desaparecí en la oscuridad.

Deuda saldada.

He caminado toda la noche tirando del caballo, con el fin de estar lo más lejos posible del campamento cuando descubran que ese bastardo ha muerto. Pero ahora, con las primeras luces del alba, he hecho un alto aquí, en lo más profundo del bosque. No sólo para que descanse el caballo, sino también para encender un fuego con el que calentarme un poco. Nunca había tenido tanto frío, nunca, y me cuesta trabajo sostener la pluma sin que me tiemblen los dedos.

Pero tengo la sensación de que este frío me viene de dentro, del espacio gélido y yermo que es ahora mi alma. Jamás hubiera creído posible que fuera a ser capaz de quitarle la vida a otro ser humano a sangre fría. Pero a sangre fría lo he hecho, y con premeditación, y lo único que lamento es que no esté Michaél aquí conmigo.

Viernes, 31 de marzo

Esta mañana he llegado a casa. Entré en el pueblo justo antes de que amaneciera, llevando a Michaél en la grupa de mi caballo. Su cuerpo estaba helado y rígido.

La cabaña estaba oscura y fría cuando entré, pero en general todo estaba tal como lo habíamos dejado. No creo que haya entrado nadie en ella durante los cuatro meses que hemos estado ausentes. Y además, no hay nada que robar. El cartel con el que la Compañía Maderera del Este de Canadá ofrecía trabajo seguía encima de la mesa, donde lo había dejado Michaél, y lo miré con un sentimiento de rabia. Rabia por que el destino nos hubiera deparado tan aciaga suerte. Todavía me acordaba del día en que regresó de la tienda de comestibles de Gould con aquel cartel en la mano. Si ese día no se lo hubiera encontrado por casualidad y no hubiera sugerido que aquélla era una manera de ganar algo de dinero durante los meses de invierno, aún estaría vivo. Nosotros mismos sembramos las semillas de nuestra destrucción sin ser conscientes de ello.

Encendí fuego e hice té para entrar un poco en calor y abordar la tarea que me esperaba. Aún tenía las manos manchadas de la sangre del francés, que a aquellas alturas casi se había vuelto negra. Me las lavé con agua helada, me cambié de ropa y cogí el pico que habíamos utilizado para excavar las raíces de los árboles. Salí al exterior de nuevo cuando el sol ya se elevaba en el cielo y proyectaba sus primeros rayos entre el follaje, y me interné entre los árboles con mi caballo.

Me llevó casi media hora llegar a la parcela de tierra de Michaél. Las marcas que había hecho en su día en los árboles para marcar las cuatro esquinas todavía eran visibles. Más o menos en el centro, encontré un claro lo bastante amplio para lo que me proponía, y tanteé el suelo con el pico. Aún estaba congelado y duro como una piedra. Entonces supe que iba a ser un trabajo largo y difícil.

Después del primer medio metro, el suelo empezó a ablandarse, porque llegué al hielo permanentemente congelado. Pero había tardado más de dos horas en alcanzarlo, y posiblemente tardé otras tres en terminar la tumba. Tuve que cavarla trazando un arco, a fin de adaptarla a la curva que formaba el cuerpo congelado de Michaél, porque no hubo manera de enderezarlo. A continuación, lo bajé con cuidado hasta el hoyo, todavía envuelto en la lona, y empecé a echar encima paladas de tierra. Cuando hube terminado, deposité una piedra donde estaba situada la cabeza y otra a los pies, reconfortado por la idea de que al menos mi amigo descansaría durante toda la eternidad en una tierra que le pertenecía. Aquella parcela nunca había sido despejada de árboles, y lo más probable era que ya no se despejara nunca. Pero seguro que, en alguna oficina de alguna ciudad, ese rectángulo figura registrado a nombre de Michaél O'Connor. Y en él descansa su dueño, su amo y señor por siempre jamás.

Luego me incorporé, rodeado por los árboles del bosque y sintiendo el calor del sol en la piel, sudoroso a pesar del aire frío, y pronuncié mi despedida definitiva: «*Cuiridh mi clach air do charn.*» «Pondré una piedra sobre tu túmulo.» Acto seguido, recité en voz alta el versículo del Evangelio de

San Juan, capítulo 11, que ya me sabía de memoria: «Yo soy la resurrección y la vida, dice el Señor. Aquel que crea en mí, aunque haya muerto, vivirá; y aquel que viva y crea en mí, no morirá.»

Aquí sentado, escribiendo estas líneas, deseo fervientemente creer en lo que dice ese versículo, igual que lo creía cuando lo recitó el viejo Calum ante el féretro de mi padre. Pero no estoy seguro de que siga creyendo en esas palabras. Lo único que sé es que he perdido a Ciorstaidh, que mi familia ha muerto y que Michaél ya no está.

NOTA

Es necesario señalar que, aunque Baile Mhanais, el castillo de Ard Mor y la comarca de Langadail son lugares ficticios, los sucesos narrados en relación con la evacuación de los asentamientos de esa zona están basados en hechos reales que tuvieron lugar en el siglo XIX en la isla de Barra, la islas de North Uist y South Uist, la isla de Harris, y, en menor medida, la isla de Lewis, durante lo que se conoce como las Highland Clearances, lo que los escoceses llaman la Expulsión de los gaélicos.

La hambruna de la plaga de la patata que se sufrió en las Tierras Altas fue real y duró casi diez años.

Grosse Île, la isla del río San Lorenzo donde los barcos pasaban la cuarentena, existió tal como aparece aquí descrita, y en la actualidad se conserva casi como era cuando finalmente se clausuró en 1937.

La cruz celta más grande del mundo es la que se levantó en Grosse Île en memoria de los cinco mil inmigrantes irlandeses que fallecieron allí en 1847. Este libro está dedicado a la memoria de todos los escoceses que también murieron allí, y a los muchos más que continuaron llegando para ayudar a que Canadá se convirtiera en el extraordinario país que es hoy día.

AGRADECIMIENTOS

Quisiera expresar mi sentido agradecimiento a todas las personas que tan generosamente me regalaron su tiempo y su experiencia mientras duró mi investigación para escribir este libro. En particular, me gustaría expresar mi gratitud hacia Bill y Chris Lawson, del Seallam Visitor Centre de Northton, en la isla de Harris, que son especialistas en la historia familiar y social de las Hébridas Exteriores de Escocia desde hace más de cuarenta años; a Mark Lazzeri, administrador de fincas del North Harris Trust, por sus extraordinarios conocimientos históricos de las tierras y los habitantes de North Harris, y por sus consejos sobre la manera de acechar, matar y destripar a un ciervo; a Sarah Egan, por guiarme a través de lo que queda de los asentamientos evacuados del suroeste de Lewis; a Marilyn Savage, cuyo apellido de soltera era Macdonald, y a su madre, Sarah, por el tiempo que me dedicaron y la generosidad con que me guiaron por los Cantones del Este de la provincia de Quebec; a Ferne Murray y Jean MacIver, ambos naturales de Lennoxville, Quebec, por su hospitalidad y por compartir conmigo su conocimiento de la comunidad escocesa que vive en los Cantones del Este; al teniente Guy Lapointe, el capitán Martin Hébert, el sargento Ronald McIvir y el sargento *enquêteur* Daniel Prieur, de la Sûreté de Québec, Montreal; al sargento *enquêteur* Donald Bouchard, de la Sûreté de Québec en la municipalidad de las islas de la Magdalena; a Léonard Aucoin, por su hospitalidad y su ayuda a la hora de desentrañar los secretos de las islas de la Magdalena y por haberme permitido tomar prestada su casa para utilizarla en este libro; a Normand Briand, de la Guardia Costera del Canadá en las islas de la Magdalena; a Byron Clarke, por compartir conmigo su conocimiento de la comunidad anglófona de Entry, y a Daniel Audet, del albergue La Ruée Vers Gould, por haberme permitido acceder a sus extraordinarios registros históricos del asentamiento de Gould en los Cantones del Este de la provincia de Quebec.